BASTEI
LÜBBE

Elizabeth Moon

Wachablösung

Roman

Ins Deutsche übertragen
von Thomas Schichtel

BASTEI
LÜBBE

BASTEI LÜBBE TASCHENBUCH
Band 23 260

1. Auflage: Mai 2003

Vollständige Taschenbuchausgabe

Bastei Lübbe Taschenbücher ist ein Imprint
der Verlagsgruppe Lübbe

Deutsche Erstveröffentlichung
Titel der amerikanischen Originalausgabe: Change of Command

Lektorat: Uwe Vöhl / Stefan Bauer
Titelillustration: Fred Gambino / Agentur Schlück
Umschlaggestaltung: QuadroGrafik, Bensberg
Satz: Fanslau Communication/EDV, Düsseldorf
Druck und Verarbeitung: Maury Imprimeur
Printed in France
ISBN: 3-404-23260-7

Sie finden uns im Internet unter
http://www.luebbe.de

Der Preis dieses Bandes versteht sich einschließlich
der gesetzlichen Mehrwertsteuer.

Susie und John Neary gewidmet
für all die Jahre der Freundschaft

Danksagung

Wie immer haben eine ganze Menge Leute mit technischen Detailkenntnissen geholfen. Bestimmte Teile des vorliegenden Buches hätten ohne die Hilfe der Fechtgruppe nicht geschrieben werden können ... Ich überlasse es ihren Mitgliedern, darauf zu kommen, wer welche unabdingbare Information oder welchen unverzichtbaren Rat gegeben hat. David Watson hat mich bei der Choreographie der Kämpfe und mit Tipps zur Metallurgie unterstützt, und Kathleen Jones leistete treue Dienste bei der strukturellen Entwicklung einer sehr komplizierten Handlung. Susan und Andrew lieferten beide nützliche Informationen über Aspekte der Hochfinanz, an die ich selbst nie gedacht hätte (Aktien parken?); Allen half bei Verfahrensfragen der Marine aus. Weitere Unterstützung erhielt ich von einer Diskussionsrunde auf dem Baltimore WorldCon, aber leider verlor ich bei einem Computerabsturz sechs Wochen später sämtliche Namen, Email-Adressen und sogar normale Postadressen (ich hatte sie natürlich im Computer gespeichert ... und da es die Mail-Funktion war, die abstürzte ...). Den Teilnehmern gilt trotzdem mein Dank, obwohl ich ihnen diesen nicht in angemessener Weise aussprechen kann, solange wir uns nicht auf einer weiteren Convention begegnen. Ihre Vorschläge veränderten einen Abschnitt grundlegend; verbliebene Fehler gehen allein auf mein Konto, darunter die Eingabe ihrer Adressen in einen Computer, der kurz vor dem Verlust seines

Gedächtnisses stand, sodass ich diesen Menschen nicht angemessen danken konnte.

Kapitel eins

Castle Rock

Aktuelle Meldung: »Heute wurde der Sprecher des Kabinetts und des Großen Rates der Regierenden Familias auf dem Weg vom Shuttlehafen zum Palast ermordet. Sein enger Freund und Rechtsberater Kevil Mahoney erlitt ernste Verletzungen und wird gerade in einer abgesicherten medizinischen Einrichtung behandelt. Drei Personen vom Sicherheitspersonal sind ebenfalls ums Leben gekommen. Sprecher Thornbuckles jüngste Tochter, die in einem eigenen Verkehrsmittel unterwegs war, blieb unverletzt, sie befindet sich jetzt jedoch in schützendem Gewahrsam …«

Breitis Hospitalpavillon

Kevil war sich der Tatsache bewusst, dass er beängstigende Träume hatte, und versuchte, sich ins Bewusstsein hinaufzukämpfen. Er fühlte sich steif, als läge er schon zu lange in gleicher Haltung, und irgendwo in der Ferne litt jemand starke Schmerzen. Rote und rosafarbene Wirbel glitten durch sein Blickfeld; wenn er blinzelte, erreichte er damit lediglich, die Wirbel noch um hässliche grüne Schmierflecken zu ergänzen. Er glaubte, etwas zu hören, aber – wie die unklaren Formen, die seiner Sicht spotteten – zeigten sich diese Laute seltsam wenig hilfreich, blieben stumpf und ohne Struktur.

Er bemühte sich stärker und erkannte schließlich eine Stimme, aber sie bediente sich einer obskuren Sprache, die ihm nicht geläufig war. Was war eine Subkutan-irgendwas? Was war ein Intraschlauch? Sein benebeltes Bewusstsein versuchte, ihm ein Arsenal von Schläuchen zu zeigen, die nebeneinander ausgestreckt lagen.

»... benötigt eine vollständige Verjüngung, falls er lange genug überlebt«, vernahm er plötzlich mit silbriger Klarheit.

Erst spülte Eis, dann Feuer durch ihn hindurch; er erfuhr nie, ob es auf etwas zurückging, was diese Leute taten, oder ob der eigene Körper auf das reagierte, was er gehört hatte. Er öffnete die Augen und wurde eines blassen verschwommenen Bildes ansichtig; er kämpfte darum, den Mund zu öffnen, und bemerkte dann, dass er bereits offen stand, aufgestemmt von irgendeinem Instrument.

»Liegen Sie still«, sagte jemand. »Schließen Sie die Augen.«

Er war nicht in der Stimmung zu gehorchen. Er würgte an dem Ding im Mund, und jemand zog es heraus.

»Was ist passiert?«, krächzte er mit einer Stimme, die er nicht erkannte, aber in der schmerzenden Kehle spürte.

In diesem Augenblick, noch während er die Frage stellte, meldete sich sein Gedächtnis zurück. Noch während die Leute, die er noch nicht richtig erkennen konnte, zögerten, wusste er, was passiert war.

Er und Häschen in dem Bodenfahrzeug. Häschens Gesicht, seit so vielen Monaten angespannt und voller Falten, entspannte sich endlich. Sie schwatzten über die anhaltenden Probleme, die aus dem pharmazeutischen

Werk der Morrellines auf Patchcock entstanden, die steigenden Preise für Verjüngungen und deren politische Auswirkungen …

Und dann das grelle weiße Licht irgendeiner Waffe, und Häschens Gesicht löste sich zu einem Chaos von Rot und Rosa und Grau auf …

Er musste tot sein. Niemand konnte das überleben. Und er, Kevil Mahoney, lebte – zumindest derzeit noch –, weil der Kopf seines Freundes die volle Wucht des Angriffs aufgefangen hatte, was auch immer da passiert war.

Die Gottesfürchtige Miliz von Neutexas hatte ihnen Rache geschworen. Offenkundig war das keine leere Drohung gewesen.

Er musste herausfinden, was geschehen war. Wer führte jetzt das Kommando? Was unternahm die Raumflotte? Kevil spürte jedoch, wie sich ein dunkler, kalter Nebel über ihn legte, und er glitt in ein Dunkel, von dem er nicht wusste, ob es vom Tod oder einem Medikament stammte.

Hobart Conselline gestattete sich nicht, irgendeines der Gefühle zu zeigen, die in ihm brodelten. Der vorsichtige Ernst, den das Gesicht seines Sekretärs verriet, demonstrierte den Erfolg von Hobarts Bemühungen; der alberne Kerl hatte keine Ahnung, wie sein Arbeitgeber die Nachricht aufnahm. Gut.

»Es wurde von drei verschiedenen Agenturen bestätigt, Mylord«, sagte der Sekretär.

»Entsetzlich!«, sagte Hobart und schüttelte den Kopf. »Ich schätze, es waren diese Terroristen, die Vergeltung für die Hinrichtungen …«

»So lauten die aktuellen Spekulationen, Mylord.«

»Wie viele Menschen wurden getötet oder verletzt?«

»Lord Thornbuckle und drei Sicherheitsleute sind tot; Ser Mahoney lebt, schwebt jedoch in Lebensgefahr. Man erwartet nicht, dass er überlebt.«

»Eine wirklich schreckliche Situation.« Hobart schüttelte wiederum den Kopf. Für manche Leute ganz bestimmt schrecklich. Häschen Thornbuckles Angehörige und Freunde waren sicherlich benommen vor Schreck und Verwirrung. Das Gleiche galt bestimmt für den ganzen Rat, falls nicht jemand ins Ruder griff und die Führungsstärke demonstrierte, die schon seit mehreren Jahren nötig gewesen wäre. Wäre Kevil Mahoney unverletzt geblieben, hätte man sich wahrscheinlich an ihn gewandt, aber ohne Häschen und Kevil liefen die Familias sicher durcheinander wie eine in Panik geratene Schafherde, die das Wolfsrudel ringsherum vergebens anmähte. Hobart wusste genau, welcher weitsichtige, starke und entschiedene Mann jetzt die Führung übernehmen sollte.

»Richten Sie Miranda unser Beileid aus,« wies er seinen Sekretär an. »Setzen Sie die Sekretärin meiner Frau davon in Kenntnis, dass, da bin ich mir sicher, meine Gattin Miranda persönlich kondolieren möchte.« Die arme, kluge, schöne Miranda, die so viel Pech gehabt hatte bei der Auswahl ihrer Männer und Kinder.

Und nicht zu vergessen die arme Brun. Wie jeden, der diesem Kind je begegnet war, hatte ihn ihre flatterhafte, impulsive Schönheit entzückt. Sie hätte einen guten Mann gebraucht, um gesetzter zu werden, aber Häschen hatte darauf bestanden, ihr jede Freiheit zu gewähren, und damit eine Katastrophe heraufbeschworen. Ein weiteres Beispiel für Häschens beklagenswerten Mangel an entschiedener Führungsstärke. Nichts Vergleichbares war jemals den Conselline-Töchtern widerfahren oder würde es je. Häschens ältere

Kinder hatten sich ganz ordentlich entwickelt, obwohl der junge Buttons kein zweiter Häschen war. Er zeigte die ganze Steifheit seines Vaters, aber ohne dessen Brillanz. Umso besser; das Letzte, was die Consellines gebrauchen konnten, war ein weiterer Häschen Thornbuckle auf diesem Stuhl.

»Sie haben Botschaften von etlichen Familien erhalten«, stellte der Sekretär fest.

»Zweifellos«, sagte Hobart. Die Leute, mit denen er im Vorgriff auf die diesjährige Versammlung des Großen Rates gesprochen hatte, interessierten sich gewiss für die Pläne, die er jetzt schmiedete. Einen Augenblick lang machte ihn eine Vision dieser Pläne blind für das Zimmer um ihn herum. Jetzt, wo Häschen und Kevil Mahoney nicht mehr im Spiel waren – und Häschens Anhänger in Auflösung begriffen, entsetzt und voller Trauer –, konnte jemand, der wusste, was er wollte, und rasch und entschieden handelte, vielleicht mehr erreichen, als er selbst für möglich gehalten hatte.

Er sah kurz die Botschaften durch, als der Sekretär Anstalten traf, das Zimmer zu verlassen. Wie er erwartet hatte: Schock, Besorgnis, Angst, Schock … mit jedem Augenblick, der verstrich, stärkte sich seine Überzeugung, dass er und nur er allein in dieser Krise aktiv werden musste. Welch glücklicher Umstand, dass er nicht wie die anderen von Castle Rock abgereist war! »Erstellen Sie eine Liste aller Ratsmitglieder, die sich noch auf dem Planeten befinden«, sagte er. Der Sekretär nickte. »Und arrangieren Sie eine Konferenzschaltung für alle Ratsmitglieder des Conselline-Clans.«

»Sir, ich habe die Liste bereits – und führe eine laufend aktualisierte Datei über sämtliche Ratsmitglieder …«

»Ausgezeichnet!« Hobart ging diese sorgfältig durch, während der Sekretär die komplizierten Schaltungen aus Ansible- und konventionellen Funkverbindungen vornahm; Hobart war sich darüber im Klaren, dass er nie eine bessere Gelegenheit erhalten würde.

Der Barraclough-Clan, zu dem die kleineren Clans Aranlake und Padualenare gehörten, war nicht anlässlich der Rückkehr Bruns an Häschens Seite geeilt. Die Aranlakes hatten mit Ausnahme von Lady Cecelia de Marktos einen Aranlake-Kandidaten – Hubert Roscoe Millander – für den Familien-Vorsitz unterstützt und verloren. Sie saßen jetzt schmollend zu Hause. Die Padualenares befürworteten Häschens Bruder Harlis, der seinerseits ihren Anspruch auf einen höheren Rang als die Aranlakes und ihre Ambitionen auf den Kolonialwelten unterstützte. Damit blieben nur ein paar echte Barracloughs auf dem Planeten, und zwar die, die Häschen am nächsten gestanden hatten und deshalb von seinem Tod wohl am stärksten erschüttert waren.

Hobart blickte sich im Zimmer um, und sein Blick schweifte von einem Indiz für sein hohes Ansehen zum anderen. Wäre *seine* Familie am Boden zerstört, falls er umgebracht würde? Delphine sicherlich; sie würde in einem fort weinen, bis das hübsche Gesicht ganz verschwollen und mit hässlichen Verfärbungen bedeckt war. Die Mädchen würden zwar auch weinen, aber nur eine Zeit lang, dessen war er sicher. Dann würden sie sich einen anderen Gönner suchen, eine andere Quelle von Wohlwollen und Luxusgütern. Launenhaft, so waren Frauen nun einmal, es sei denn, man schulte sie richtig, wie er es mit Delphine getan hatte. Die Jungen allerdings, falls er sie gut erzogen hatte, würden sofort planen, wie sie ihn rächen und sich mehr Macht aneignen konnten.

Aber man würde ihn nicht ermorden. Er gedachte vorsichtiger zu sein als Häschen, mehr auf versteckte Gefahren zu achten, weniger – nein, nicht weniger *tapfer* zu sein, wohl aber weniger tollkühn. Brun hatte die tollkühnen Gene zweifellos von Häschen, nicht von der umsichtigen Miranda.

Seine Erregung wuchs, während er weiter die Liste durchging. Falls er Häschen hätte umbringen lassen – und der Gedanke war ihm mehr als einmal gekommen während dieses Jahres, als es schien, als könnte man diesen großen Idioten auf keine andere Weise aus einem Amt befördern, für das er untauglich war –, dann hätte er sich keinen günstigeren Zeitpunkt aussuchen können. Am besten war noch dabei, dass er es nicht getan hatte; er hatte nichts damit zu tun. Das Schicksal lächelte ihm letztlich zu. Er hatte sich als tauglich erwiesen, ungeachtet widrigster Umstände des Schicksals, Erfolg zu haben, und jetzt erwählte ihn das Schicksal ganz im Stil einer Frau für genau diese Energie und Beharrlichkeit, für diesen Willen, letztlich zu triumphieren.

Er schloss einen Moment lang die Augen und gestattete sich den Luxus, sich den Augenblick vorzustellen, in dem er das Amt des Sprechers übernahm – wenn sich ihm die Gesichter zuwandten, ihm zuwenden *mussten*, die ihn zuvor missachtet oder sich von ihm abgewandt hatten; wenn er endlich Gelegenheit fand, seine wahren Fähigkeiten zu demonstrieren. *Ich führe die Familias zur Größe, und alle Welt wird wissen, wer sie vor der Zerstörung bewahrt hat!*

»Ich hatte keine Ahnung, dass sie es von *meinem* Sold abziehen würden!«, beschwerte sich Barin Serrano. Seine Stimme quiekste fast, aber er konnte es nicht verhindern. Der gesamte Sold dahin – *nichts* mehr in seinem Kreditwürfel, und dabei hatte er die traditionellen Verlobungs- und Hochzeitsgeschenke schon bestellt.

»Na ja, was dachten Sie, wer dafür zahlen würde? Diese Leute haben bereits den kompletten Ermessensfond des Sektors verbraucht und den größten Teil der Freizeitrücklagen. Und dabei hat man Ihnen noch nicht mal sämtliche Personen in Rechnung gestellt, sondern nur die, für die Ihr Sold reicht.«

»Zehn abhängige Personen …«, brummte Barin. Sie würden sogar dann noch seinen ganzen Sold auffressen, wenn er befördert war. Vermutlich konnte er sich glücklich schätzen, dass die Flottenvorschriften eine Verschuldung ihrer Angehörigen untersagten. »Und ich bin noch nicht mal verheiratet! Wie konnten sie mir das nur antun?«

»Sehen Sie es mal so, Sir: Damit kommen Sie wenigstens nicht in Schwierigkeiten.«

»Nein … nicht wirklich. Ich habe gerade die Bestellung für meine Hochzeit aufgegeben …«

»Na ja, Sir …«

»Achtung, Achtung, an alle …!« Eine Pause trat ein, in deren Verlauf sich Barin überlegte, wie er sich aus seiner derzeitigen finanziellen Klemme befreien konnte. Dann meldete sich die Stimme des Kommandanten: »Es ist meine traurige Pflicht, Ihnen mitzuteilen, dass der Kabinettssprecher ermordet worden ist. Halten Sie sich bereit …«

Barin starrte den Chief an, der wiederum ihn anstarrte. Der Sprecher ermordet? Wo? Wie?

Und was wurde jetzt aus Brun und all diesen Frauen?

RSS *Shrike*

»Lieutenant Suiza, wir haben hier eine Blitzmeldung höchster Priorität, Verschlüsselung Kobalt.«

»Hmmm …« Esmay Suizas Gedanken waren, wie derzeit häufig, zu Barin abgeschweift. »Klar – nun – lassen Sie die Verbindung zum Ansible stehen, und ich hole den Kommandanten.« Die letzte Prioritätsmeldung war medizinischer Natur gewesen und hatte sie angewiesen, ranghohe Unteroffiziere, die eine Verjüngung gehabt hatten, vom Dienst zu entbinden; eine solche Person hatten sie jedoch nicht an Bord. Was Esmay sich wünschte, das war eine Nachricht von Barin, vorzugsweise mit einer wohlwollenden Reaktion seiner Familie. Auf verschiedenen Schiffen zu dienen war wirklich ein Hemmschuh für die Kommunikation; sie hoffte, ihn in ein paar Tagen persönlich treffen zu können. Kommandant Solis wusste, dass ihr noch Urlaub zustand; er hatte schon gesagt, dass sie sich freinehmen konnte. Sie hatte jedoch noch nicht gehört, wann …

Kommandant Solis, der sich so früh während der ersten Schicht nie redselig zeigte, wurde noch schweigsamer, als die verschlüsselte Meldung auf seiner Konsole eintraf. Esmay blickte hinüber: »Sir?«

»Ich … habe nichts gesagt, Lieutenant.« Er blickte ihr in die Augen. »Lord Thornbuckle ist tot. Ermordet. Vermutlich …« Er senkte den Blick auf den Ausdruck des Chiffriergeräts. »Vermutlich war es die Miliz von

Neutexas, als Vergeltung dafür, dass wir ihre Ranger hingerichtet haben.« Eine Pause trat ein, in der Esmay ihr Bestes tat, nicht die Frage zu stellen, die ihr förmlich auf den Lippen brannte. Er beantwortete sie trotzdem. »Lieutenant, Sie können sich darauf verlassen, dass jeder Urlaub gestrichen ist. Tut mir Leid. Es gibt dringlichere Dinge als eine Hochzeit.«

»Es wird nicht schaden, trotzdem den Papierkram zu erledigen«, sagte Esmay, ohne nachzudenken. Solis sah sie lange an, nickte schließlich jedoch.

»Gute Idee. Falls Sie dann eine Gelegenheit finden … Bis dahin möchte ich jedoch erst mal eine Bedrohungsanalyse sehen … Fangen Sie damit an, während ich die Besatzung informiere.«

Altiplano

Aktuelle Meldung: »General Casimir Suiza gab heute bekannt, dass die Landbraut Suiza plant, einen Fremdweltler zu heiraten, Barin Serrano, der ebenfalls als Offizier im Regular Space Service dient. Widerstand gegen jede derartige Ehe mit einem Fremden wird von der Grundbesitzergilde erwartet; man hat bereits Fragen bezüglich der Nachfolge aufgeworfen, da die Landbraut Suiza weiterhin einen außerplanetaren Wohnsitz hat und im Regular Space Service dient. Weitere Meldungen: Der Sprecher des Kabinetts wurde auf Castle Rock ermordet …«

Allgemeine Presseagentur der Guernesi-Republik

Aktuelle Meldung: »... mehr Besorgnis jedoch löst die Gefahr neuer Gewalt seitens der diversen neutexanischen Milizen aus, die keineswegs vernichtet wurden bei dem kostspieligen Einsatz der Regierenden Familias, um die Tochter des Sprechers zu retten. Im Parlament wurden Fragen nach der Beteiligung von Mitarbeitern des Guernesi-Geheimdienstes bei diesem Einsatz gestellt und ob nicht eine derartige Kooperation mit den Regierenden Familias den Guernesi-Interessen abträglich ist ...«

Memorandum an den Heiligen Stuhl der Benignität:

Was immer die Regierenden Familias durch den Angriff auf die texanische Miliz zu erreichen hofften, und obwohl es ihnen gelang, die Tochter ihres Sprechers zu befreien, werden sie feststellen, dass sie in ein Hornissennest gestochen haben. Obwohl es verführerisch erscheint, daraus für uns Nutzen zu ziehen, glaube ich, dass jeder Kontakt zu dieser Miliz unsere gewohnte Politik gefährden und das Risiko mit sich bringen würde, es mit dem Heiligen Vater zu verscherzen.

Unsere Geheimdienstberichte sprechen jedoch von anhaltenden und sich vertiefenden Zerwürfnissen zwischen den herrschenden Elementen, die wir gut nutzen könnten, ohne uns mit den Neutexanern einzulassen. Projekt Tanz hat bislang präziseste Einschätzungen des Verhaltens führender Familien-Clans geliefert. Projekt Vasall erweist sich ebenfalls als profitabel, und den jüngsten Daten zufolge steht zu erwarten, dass 15 bis 23 % des führenden RSS-Unteroffizierskorps innerhalb der nächsten 180 Tage ernste Auswirkungen erleiden werden, gefolgt von Spitzenwerten in 250 bis 300 Tagen. Drei unabhängige Quellen haben bestätigt, dass erste Ausfälle schon vor 300 Tagen auftraten. Es überrascht schon ein wenig, dass die Familias die Herstellung und den Vertrieb dieser Medikamente nicht bereits zurückgefahren haben …

Memorandum an den Admiral der Flotte:

Auf Ersuchen des Kabinetts und des Großen Rates wahren sämtliche Schiffe, die nicht im Alarmzustand sind, am Tag des Begräbnisses von Lord Thornbuckle um 12 Uhr eine Schweigeminute. Weitere Bekundungen finden nicht statt, und ein Salut erfolgt nicht.

»Eine Schweigeminute zum Zeichen des Respekts vor dem Sprecher des Großen Rates.«

Die Stille zog sich hin. Es fühlte sich nach mehr als einer Minute an. Esmay fragte sich, wie es Brun ging. Brun hatte noch kaum Zeit gehabt, sich von ihrer Gefangenschaft zu erholen, und verlor schon den Vater. Esmay murmelte Gebete, an die sie seit Jahren nicht mehr gedacht hatte.

Memorandum an den Personalchef vom Chef des Medizinischen Dienstes:

Dringend: Schicken Sie sofort alle Mannschaftsdienstgrade, die innerhalb der letzten zehn Jahre eine Verjüngungsbehandlung erhalten haben, zum Medizinischen Dienst. Machen Sie keine Ausnahmen! Falls nötig, gehen Sie in der Reihenfolge der erhaltenen Behandlungen vor.

Admiral Vida Serrano, die inzwischen als Kommandantin von Sektor Sieben sicher im Sattel saß, las das Memorandum schweigend und war sich dabei der angespannten Schultern von Master Chief Valdos deutlich bewusst. Sie hatte Barins und Kommandant Escovars Sorgen bezüglich geistigen Verfalls bei ranghohen Mannschaftsdienstgraden persönlich weitergegeben und dabei strengste Sicherheitsvorkehrungen gewahrt. Sie hatte sich über die anschließenden medizinischen Untersuchungen auf dem Laufenden gehalten, aber die Einzelheiten sagten ihr nichts. Die Neurobiologie der Verjüngung war nicht ihr Fachgebiet. Sie benötigte eine Einführung in dieses Thema, hatte bislang jedoch keine erhalten, trotz mehrerer und zunehmend nachdrücklicher Anfragen beim Flottenoberkommando.

Wie konnte sie Valdos und andere Personen unter ihrem Kommando beruhigen, ohne die Informationen zu kennen, die sie dafür brauchte?

Was würde geschehen, wenn sie dazu nicht in der Lage war?

»Holen Sie mir die Personal- und Medizinchefs ran«, sagte sie. »Wir befinden uns in einer Lage, die ich nicht ganz begreife, und ich möchte sicherstellen, dass wir in diskreter und fairer Weise damit umgehen.«

»Sir.« Eine Pause trat ein. »Falls der Admiral gestattet …«

»Reden Sie.«

»Stimmt es, dass die da oben nach Möglichkeiten suchen, ranghohe Uffze rauszuwerfen, eine Ausrede, um keine weiteren Verjüngungen mehr zu gestatten?«

Genau die Art Idee, von der Vida Serrano nicht wollte, dass sie die Runde machte. Aber stimmte sie?

»Nach meiner Meinung, Chief – und es ist nur meine Meinung, obwohl mir ein paar Daten vorliegen –, könnte die Sache mit gesundheitlichen Problemen zu tun haben, die aus einem Schwung minderwertiger Verjüngungs-Medikamente resultieren.«

»Probleme also.«

»Ja. Ich möchte niemanden anschwärzen, weil ich nicht alle Fakten kenne. Ich bin kein medizinischer Offizier. Was ich allerdings weiß: Die Untersuchung eines ganz anderen Problems hat eine Quelle kontaminierter Verjüngungsmedikamente offen gelegt, und das hat die Sorge geweckt, diese Medikamente könnten in unsere Versorgungskette gelangt sein. Derweil zeigten mehrere ranghohe Unteroffiziere neurologische Symptome, alle innerhalb eines Zeitraums von wenigen Monaten bis zu einem Jahr. Sie taten auf weit auseinander liegenden Posten Dienst und gehörten nicht alle demselben Dienstzweig an.«

»Könnte man uns – verdorbene Medikamente gegeben haben, um später zu rechtfertigen, dass uns keine Verjüngung mehr genehmigt wird?«

»Mit Absicht?« Er nickte. »Auf keinen Fall. Ich vermute, dass ein simpler Fehler vorliegt – oder dass eine feindliche Macht uns unsere wertvollsten Unteroffiziere rauben möchte, damit wir ein leichteres Ziel bieten.«

»Ich hoffe, dass Sie Recht haben, Sir.« Kopfschüttelnd ging er hinaus.

Sie hoffte selbst, dass sie Recht hatte ... und dass er ihr glaubte. Falls die Unteroffiziere anfingen, sich zu sorgen, man könnte ihnen mit Absicht schlechte Medikamente verabreicht haben, würde die eng gefügte Gemeinschaft der Raumflotte mit tödlicher Geschwindigkeit zerfallen.

Internes Memorandum, MorCon Pharmaceuticals:

... trotz äußerster Anstrengungen unserer Werbeabteilung, das Vertrauen in unser Produkt wiederherzustellen, bleibt der Marktanteil stark reduziert, verglichen mit unserer 68-prozentigen Marktbeherrschung vor dem Patchcock-Skandal. Die Wettbewerber haben die Erkenntnisse über die schlechte Qualität unseres Produktes optimal ausgenutzt, und unsere Rechtsabteilung liefert die Information, dass der Prozessdruck weiter zunimmt. Das wirkt sich nachdrücklich auf die Gewinne aus, die früher über 20 % des Gesamtgewinns des Conselline-Clans darstellten. Nichtpolitische Versuche, uns zu erholen, haben sich als unwirksam erwiesen; wir benötigen Hilfe durch den Gesetzgeber; er muss Gesetze aufheben, die uns daran hindern, fair und ehrlich mit den Folgen der Fehler umzugehen, die andere begangen haben. Wir halten es für vordringlich, Möglichkeiten zu erschließen, wie wir unseren Marktanteil wieder erhöhen können. Lady Venezia Morrelline widersetzt sich diesem Ansinnen weiterhin, und wir konnten sie nicht davon überzeugen, dass man uns für die Sabotage-Akte eines fremden Agenten nicht verantwortlich machen kann …

Militärgefängnis des Regular Space Service Stack Islands, Copper Mountain

An einem kalten, windigen Tag des örtlichen Herbstes mussten die Gefangenen des Militärgefängnisses Stack Islands in Reihen aufmarschieren, um hinter Trennwänden sowohl aus Stahl wie aus unsichtbaren Energiefeldern hervor einen weiteren zeremoniellen Kommandowechsel zu verfolgen. Vor den Trennwänden hatten fast sämtliche Wachen in Formation Aufstellung bezogen und spürten unbehaglich die Blicke der Gefangenen im Rücken. Ungeachtet des Energiefeldes schützte sie nichts vor dem Groll.

Ganz vorn gab Iosep Tolin sein Kommando erleichtert an Pilar Bacarion ab. Keinen einzigen Augenblick dieses Exils von seinem früheren Machtbereich hatte er genossen, und er hatte in den frühzeitigen Ruhestand eingewilligt, nur um diesem Ort zu entkommen. Pilar allerdings – Iosep freute sich schon richtig darauf, die ganze Ausdehnung des Großen Ozeans und später ein Stück tiefen Weltraums zwischen sich und eine der wenigen Frauen zu legen, die jemals Admiral Lepescu nahe gestanden hatten.

Commander Pilar Bacarion ihrerseits empfand beinahe körperliches Vergnügen über die Anspannung in Tolins Gesicht. Er konnte sie nicht nur nicht leiden, er fürchtete sie. Das sollte er auch. Sie alle sollten es, und mit der Zeit *würden* sie es auch. Sie lächelte Tolin an, gestattete ihm zu sehen, dass sie seine Furcht bemerkte, und sah Schweiß auf seiner Stirn glänzen, sogar in dieser Kälte. Dann entließ sie ihn aus ihrem Blick und wandte diesen ihren Untergebenen zu.

Sie zuckten nicht zusammen. Das hatte sie auch nicht erwartet. Die Blicke der Männer forderten sie heraus – die erste Frau überhaupt auf dem Kommandoposten dieses Gefängnisses. Ob sie hart genug war, fragten diese Blicke. Schaffte sie diesen Job? Andere – deren Identitäten Pilar schon kannte – hegten keinerlei Zweifel an ihrer Härte. Sie wussten sehr gut, dass Lepescu ihr Mentor gewesen war und sie seine Absichten unterstützt hatte. Sorgfältig in ihrer Reisetasche versteckt waren Scheibchen der Ohren, die sie als Trophäen genommen hatte; als es unklug geworden war, diese Beweise des eigenen Status aufzubewahren, hatte sie sie eigenhändig in dünne Scheiben geschnitten und Verstecke für sie gefunden.

Sie hatte GEJAGT, hatte an der ältesten JAGD überhaupt teilgenommen; sie hatte getötet. Sie hatte die JAGD auf Sirialis überlebt, sich von dort verabschiedet und das Kommando über ein Schiff angetreten, ehe das Spiel endete, Lepescu tot war und Heris Serrano bei den hohen Tieren der Raumflotte wieder Ansehen genoss. Aber niemand wusste von Pilar. Sie waren alle tot, und die Gefangenen, auf die sie Jagd gemacht hatte, hatten nie ihr Gesicht gesehen. Sie konnte auf ihr Glück und ihre Fähigkeiten zählen – eines Tages würde sie sie direkt an Heris Serrano messen, und sie wusste, dass sie siegen würde.

Sie blickte über die Wachmannschaften hinweg, über den Energiezaun, und betrachtete die Gefangenen in ihren tristen Reihen. Dort fand sie potenzielle Verbündete. Wenn es so weit war.

Tolin reiste schließlich in seinem jaulenden Flugwagen ab. Sie wünschte ihm einen hässlichen Sturm auf dem Weg zum Hauptkontinent, aber eigentlich war es egal. Sollte er ruhig überleben – und eines Tages erkennen, was er bei ihrer kurzen Begegnung tatsächlich vor Augen gehabt hatte.

Als die Zeremonie vorüber war, rief Pilar ihr Personal zusammen. Die Leute waren unklug genug, Überraschung zu zeigen; sie gestattete sich auf dem Weg in ihr Büro ein gepresstes Lächeln und dachte darüber nach, wie rasch diese Leute erfahren würden, was für ein Mensch ihr neuer Boss war.

Auf dem Hauptkontinent und dem zentralen Stützpunkt hatte der Herbst diesen brutal heißen Sommer noch nicht gemildert. Es war ein trockenes Jahr, und feiner rötlicher Staub überzog jetzt den Himmel mit schmutzigbrauner Farbe, als er vom Wind hoch hinauf in die Atmosphäre getragen wurde.

Bei solchem Wetter verbrachte jeder, der Ausgang genoss, Stunden in den Kneipen der Q-Town, um dort den kühlsten Getränken zuzusprechen. Sogar Kampfveteranen ertrugen das Gedränge in ihrer Lieblingspinte. Es war zu heiß und wäre zu anstrengend gewesen, sich zu beklagen.

Margiu Pardalt kam frisch von der Akademie; sie war die einzige Xavier-Stämmige ihrer Klasse und hatte die Angewohnheit, immer die Klassenbeste zu sein. Das musste sie auch; sie musste schließlich für ihre Schwester Masiu einspringen, die vor Jahren von Plünderern umgebracht worden war. Masiu war das Familiengenie gewesen: brillant und tapfer, alles, was eine Familie sich nur wünschen konnte. Margiu war die Zweitbeste und wusste es – ein armseliger Ersatz für die gefallene Heldin –, also lag es an ihr, ein Zeichen zu setzen und dem Gedächtnis Masius gerecht zu werden. Ihren Platz auf der Akademie hatte sie von den Familias als Geschenk zum Gedenken an Masiu erhalten. Sie wollte sich einen Platz im Universum erkämpfen, der ihre Dankesgabe sein sollte.

Sie hatte sich einen freien Abend verdient, indem sie auf Copper Mountain wieder mal als Klassenbeste abschnitt, und sie fand es nur passend, dass ihre freien Stunden in eine Zeit fielen, zu der sie kein vernünftiger Mensch genießen konnte. Sie wäre ja in ihrer Unterkunft geblieben, aber ihr Ausbildungsoffizier hatte sie angewiesen, den Stützpunkt zu verlassen – und Befehl war Befehl.

Ein weiterer Windstoß heulte durch die Hauptstraße von Q-Town und trieb heißen, stechenden Staub in

Margius Nase. Sie musste niesen und ihre Augen tränten. Es erinnerte sie zu sehr daran, wie die Benignität Xavier versengt hatte und Margiu und ihre Familie sich wochenlang zerrissene Laken um die Köpfe hatten wickeln müssen, um Staub und Asche aus der Luft zu filtern.

Ein Stück vor ihr und zu ihrer Rechten entdeckte sie eine Tür, die sich gerade öffnete, als jemand herauskam, und ein Schwall kühlerer Luft strich über Margius Flanke. Sie trat ein.

Das Gedränge hier fiel mäßig aus – geringer als in den beiden Kneipen, in die sie zuvor einen Blick geworfen hatte, um gleich wieder zu gehen –, und es roch ebenso nach Speisen wie nach Getränken. Margiu bahnte sich den Weg zu einer freien Nische, schlüpfte hinein und blickte sich um. Tische und Stühle sahen ein bisschen seltsam aus, bis ihr klar wurde, dass sie wie Schiffsinventar gestaltet waren. Nein, es *waren* sogar Teile von Schiffen. Rasch fuhren ihre Augen über die lange dunkle Theke – offensichtlich Rumpfmaterial. Die Modelle – offensichtlich Militärfahrzeuge. Kampfauszeichnungen und Fotos hingen an der Wand.

Es war also ein Schrein. Margiu empfand einen vagen Trost und senkte den Kopf, um für die Toten und die Überlebenden gleichermaßen zu beten. Ihre Familie gehörte den Synorhinen an; sie hatte die korrekten Formen des Abschiednehmens und Gedenkens seit frühester Kindheit gelernt.

»Brauchen Sie Hilfe?«, fragte jemand. Margiu blickte auf und sah sich Auge in Auge einem Mann gegenüber, der auf einem Schwebestuhl saß.

»Nein, Sir – ich habe nur die Toten geehrt«, antwortete sie.

»Hmm. Würden Sie mir die Ehre erweisen, Ihren Namen zu erfahren?«

»Ensign Pardalt«, sagte sie. »Von Xavier.«

»Ah. Xavier.« Er musterte sie sorgfältig. »Und Sie waren auf der Akademie, als …«

»Nein, Sir, ich war zu Hause … auf Xavier, meine ich.« Sie wusste schon, dass für Flottenangehörige die Flotte das Zuhause war und der Herkunftsplanet nur – der Herkunftsplanet.

»Und Sie haben den Angriff der Benignität überlebt – und Ihre Familie auch?«

»Die meisten.«

»Sie sind hier jederzeit willkommen, Ensign. Sie haben es sich verdient.«

Aber sie hatte sich gar nichts verdient. Noch nicht. So wie sie es sah, hatte Masiu alles verdient, was sie, Margiu, heute genoss. Trotzdem wollte sie einem solchen Menschen, einem Kampfveteranen, nicht widersprechen.

»Danke«, sagte sie also. Dann fragte sie vorsichtig, in der Hoffnung, dass sie die Signale richtig gedeutet hatte: »Darf ich Ihnen etwas zu trinken anbieten?«

Sie erkannte eine Reaktion, konnte sie aber nicht klar deuten. »Da Sie mein Etablissement zum ersten Mal besuchen, hoffe ich, dass Sie mir die Ehre erweisen, einen Drink von mir zu akzeptieren.«

Sie neigte den Kopf. »Ich fühle mich geehrt.« Während sie wartete, wurde ihr langsam klar, dass er auf ihre Bestellung wartete. Sie war das nicht gewöhnt, warf jedoch einen Blick auf das Menüdisplay und entschied sich für ein dunkles Ale, mit Ingwer gewürzt.

Als der stark mit Reif beschlagene Krug eintraf, begleitete ihn eine Schale mit rohen Gemüsesticks auf Eisstücken.

»Da Sie gewürztes Bier mögen, dachte ich mir, dass Ihnen vielleicht auch die gefallen«, sagte der Mann. Margiu knabberte an einem der Sticks, der sich als erfrischend knuspriger Happen erwies. Der Mann nippte derweil am eigenen Getränk und betrachtete Margiu über den Rand des Glases hinweg. Sie fand das beunruhigend.

»Wir hatten auch Lieutenant Suiza zu Gast, als sie hier einen Kurs belegte«, sagte er schließlich.

Diesen Namen kannte sie natürlich. Suiza war von Margius Familie in ihre Gebete eingeschlossen worden, und Margiu hatte auf der Akademie und später eine Menge von ihr gehört. »Ich bin ihr nie begegnet«, erzählte sie. »Aber wir schulden ihr viel.«

»Sie erinnern mich an sie«, sagte der Mann. »Sie ist auch ein stiller Typ.«

»Sie ist eine echte Heldin«, fand Margiu. »Ich bin nur ein ganz grüner Ensign.«

»Womöglich erstaunen Sie sich noch selbst«, sagte der Mann.

Sie hing zuzeiten entsprechenden Fantasien nach, aber sie wusste, dass es albern war. Sie konnte ernst sein, gründlich, fleißig, umsichtig – und nichts davon war eine heroische Tugend, so wie sie Heroismus verstand.

Zenebra
***Sport am Abend* mit Angh Dior**
Chauncy Network

»Lady Cecelia de Marktos, die vor mehreren Jahren mit einem Pferd aus dem Stall D'Amerosia in den Wettkampfsport zurückkehrte, hat sich in der laufenden

Saison auf einem Pferd aus eigener Zucht, Seniority, für die Senior Horse Trials in Wherrin qualifiziert. Mit der erfahrenen Reiterin und Eigentümerin auf dem Rücken gewann Seniority den Challenge Event für vielversprechende Jungtiere und anschließend auch den Stavenge. Man erwartet, dass das Paar ein ernster Rivale für den amtierenden Champion Liam Ardahi auf dem erfahrenen Champion Plantagenet sein wird, die unter den Farben des Orregiemos Combines antreten …«

Die Zuschauer erblickten Lady Cecelias nettes, knochiges, leicht pferdeähnliches Gesicht unter zerzausten rot-goldenen Locken … dann ein Bild, wie sie mit Seniority Übungssprünge ausführte, das glänzend rote Fell des Pferdes nur eine Nuance dunkler als das Haar der Reiterin, dann eine Aufnahme vom letzten Hindernis in Stavenge. Das Bild wechselte zu Liam Ardahi, wie er im Jahr zuvor Plantagenet über die große Kombination aus Stufe und Brücke auf dem B-Kurs der Wherrin-Trials führte, und stoppte kurz vor ihrer Landung, während der Kommentator ihre bisherigen Leistungen aufzählte.

Cecelia schnitt eine Grimasse über die Bilder. Wie jeder erfahrene Reiter entdeckte sie Fehler in allem, was sie tat, und sie hätte viel lieber die Aufnahme vom Sprung über das siebzehnte Hindernis gesehen – wo sie und Seniority eine schwierige Kombination sauber geschafft hatten – als die von diesem letzten Hindernis, wo Seniority zu tief gesprungen war und Cecelias Handhaltung auch den Grund dafür zeigte. Für ein paar entscheidende Sekunden hatte die Konzentration nachgelassen.

Warum hatte sie nur an Pedar Orregiemos und die Verjüngten gedacht und nicht an das dreißigste Hindernis?

Wherrin Reitpark

Zwei Tage später brachte Cecelia Seniority in genau der Form vom Galopptraining zurück, die sie wollte – Puls und Atmung schön erholt, und er hätte ohne Überanstrengung noch weitere anderthalb Kilometer laufen können. Wenn sie seine Fitness jedoch jetzt noch weiter steigerte, erreichte er seine Spitzenwerte vor den Senior Trials. Nein, lieber heute Nachmittag ein ausgiebiger Spazierritt und morgen …

»Cece! Hast du es schon gehört?« Colum erwartete sie wie gewohnt am Eingang zur Rennstrecke, aber heute war er es, der sich als Erster zur Wort meldete.

»Was denn?« Sie löste den Helmriemen und schob die einsame Locke roten Haares wieder unter den Helm, die sich immer befreite und sie an der Stirn kitzelte.

»Lord Thornbuckle ist tot … Sie bringen es in allen Nachrichten …«

Sie spürte ein Gewicht in der Brust, als hätte sie dort einen Tritt erhalten. »Häschen?« Eine rasche Bildermontage ging ihr durch den Kopf – Häschen am Kopfende der Tafel; Häschen am Eröffnungstag der Jagdsaison hoch zu Ross; Häschen bei der Übernahme des Ratsvorsitzes von Kemtre; Häschen und Kevil, die Köpfe zusammengesteckt, um über irgendwas zu diskutieren … »Das kann nicht sein …!« Er war mehr als zwanzig Jahre jünger als sie und gesund wie ein Pferd …

»Sie sagen, dass es womöglich diese Terroristen waren.«

Die Wirklichkeit meldete sich zurück, als Seniority den Kopf senkte, ihn am Bein rieb und an den Zügeln zerrte; Cecelia blinzelte, sah sich um, erblickte zurückhaltende Aktivität neben den Scheunen. Der erste saure Biss der Trauer durchdrang ihren Schock. Falls die Meldung stimmte, würde sie eine Menge Nachwehen hervorrufen. Colum schien zu begreifen, dass sie nichts sagen konnte; er warf dem Pferd eine Kühldecke über den Rücken und griff in die Zügel. Cecelia blieb sitzen, während er Seniority auf den Gang zwischen den Scheunen führte, wo die Gesichter der Stallburschen verrieten, dass die Nachrichtensendungen sich umfassend über den Zwischenfall verbreiteten.

»Haben Sie es gehört?« Das war Roz, die Vorarbeiterin ihrer Stallburschen.

»Ja.« Sie rutschte vom Pferd und zog die Steigbübel hoch; mechanisch koordinierte sie ihre Tätigkeit mit der Pferdemagd, während sie den Braunen absattelten und sich daran machten, ihn abzureiben.

»Sie haben ihn gekannt, nicht wahr?«

Schon die Vergangenheitsform. Cecelia zitterte. »Ja, seit langem.«

»Es ist schrecklich. In den Nachrichten hieß es, es wäre nicht mal genug übrig geblieben für einen Neuroscan. Keine Chance …«

Sie wollte das nicht hören; sie wollte darüber nicht nachdenken. Der verjüngte Körper kam ihr auf einmal fremd vor, eine Umkehrung ihrer Empfindungen zu der Zeit, als sie sich in einem alternden Körper noch jung gefühlt hatte … jetzt fühlte sie sich in einem Körper gefangen, der ihre Emotionen nicht nachvollziehen konnte.

»Denken Sie, man wird die Trials absagen?«

Cecelia blickte zu Roz hinüber, die in unschönen Flecken rot anlief. »Das bezweifle ich«, antwortete sie. »Die Trials wurden auch nicht gestoppt, als Kemtre abdankte.«

Aber noch während sie das sagte, wurde ihr unbehaglich zumute. Ob die Trials nun ihren Lauf nahmen oder nicht – sollte *sie* reiten? Was wäre das Richtige? Sie unterbrach die Striche der Bürste über Senioritys muskulöse Hinterbacke, um Reisezeiten zu berechnen. Sie konnte Castle Rock unmöglich rechtzeitig zu irgendeiner Gedächtnisfeier erreichen, selbst wenn sie auf die Teilnahme am Wettkampf verzichtete. Was nützte es Häschen also, wenn sie nicht startete?

Was nützte es sonst jemandem?

Sie stand da und sah zu, wie Roz und Gerry das Pferd jetzt mit Schwämmen reinigten, und sie fragte sich, warum ihr dieser Gedanke gekommen war – und warum sie in irgendeinem Winkel nicht glaubte, dass diese schreckliche Milizgruppe Häschen ermordet hatte. Aber wer sonst? Und wie sollte sie es herausfinden?

»Cece …« Dale, ihr Trainer, hatte Max im Schlepptau. »Ich weiß, es ist schrecklich, aber du musst diesen Burschen reiten!«

Sie hätte am liebsten gesagt, dass sie es nicht konnte, aber sie wusste, dass sie es konnte. Und was immer Menschen widerfuhr, Pferde brauchten ihre ungestörte Routine. Sie ließ sich von einem Stallburschen auf Max hinaufhelfen und kehrte auf die Rennbahn zurück.

Und wie immer wurden ihre Gedanken klar, allein schon davon, dass sie auf dem Rücken eines galoppierenden Pferdes saß. Max war nicht Seniority, aber reifte allmählich zu einem sehr guten Pferd über kurze Distanzen heran, und er würde einen guten Preis einbringen, wenn der richtige Zeitpunkt gekommen war.

Falls der richtige Zeitpunkt kam, jetzt, wo Häschen tot war. Wer überblickte schon die politischen Folgen? Sie jedenfalls nicht, obwohl sie sich in letzter Zeit mehr um Politik gekümmert hatte, als es ihre Gewohnheit war. Bunny war ein guter Verwalter gewesen, außer vielleicht zur Zeit seiner Raserei, als Brun entführt war – woraus ihm niemand einen Vorwurf machen konnte. Sonst lief alles gut – Cecelias Investitionen entwickelten sich Gewinn bringend, und falls ihr das gelang, dann ging es der Wirtschaft doch sicher generell gut. Mal abgesehen von den Schwankungen bei den Verjüngungs-Medikamenten, die sich aber während des zurückliegenden Jahres weitgehend beruhigt hatten. Die Consellines hatten Gesicht verloren – und Marktanteile –, aber sie waren ganz sicher nicht ruiniert.

Und wie stand es um Miranda und Brun? Kehrten sie wohl nach Sirialis zurück? Und obwohl Cecelia diesen Gedanken verabscheute, der sich jetzt in den Vordergrund drängte: Veranstalteten sie wohl weiterhin Fuchsjagden?

Natürlich war das nicht das Wichtigste – wichtig war, den Mörder Häschens zu finden und mit ihm abzurechnen. Oder mit ihr.

Max nutzte die Geistesabwesenheit seiner Reiterin und scheute vor einem Rascheln in der Hecke neben der Bahn. Cecelia fing ihn, ehe er durchgehen konnte, und hielt ihn entschieden auf Kurs. Am besten konzentrierte sie sich auf das Pferd; das war immerhin etwas, was sie steuern konnte. Für den Rest des zweistündigen Spazierritts gelang es ihr, Trauer und Sorgen in Schach zu halten.

Beides meldete sich zurück, als sie Max wieder den Stallburschen übergab. Roz machte ein Gesicht, das fast so grimmig war, wie Cecelia sich fühlte – sie hatte für zwei Saisons auf Sirialis gearbeitet, erinnerte sich Cecelia, und besaß ein Sammelalbum über die Familie Thornbuckle. »Es wird nie wieder sein wie früher«, sagte sie leise zu Cecelia. »Der junge Buttons ist ein feiner Mann, aber hat nicht das Format seines Vaters.«

»Nein … aber Kevil wird ihm helfen.«

»Er wurde auch verletzt, wissen Sie? Wirklich übel – er stirbt vielleicht.«

»Kevil Mahoney?«

»So hieß es in den Nachrichten. Falls man ihnen trauen kann. Jedenfalls: Zur Hölle mit diesen Terroristen! Ich weiß nicht, warum sie die Probleme der Welt noch vermehren müssen; als gäbe es nicht ohnehin genug davon!«

»Lady Cecelia …« Das war Dale, die sich förmlicher gab als sonst. »Da ist ein Besucher.«

Das Letzte, was sie jetzt wollte. Sie wandte sich ab, überließ Max Roz und dem neuen Mädchen, zog sich die Handschuhe aus und steckte sie in den Gürtel.

Der Besucher lungerte im Stallbüro herum und blätterte durch die Fütterungsverzeichnisse.

»Raus da«, sagte Cecelia, aber ohne große Schärfe. Sie hatte selbst schon heimliche Blicke in die Heu-Rezepte anderer Besitzer geworfen und sich gefragt, ob sie wohl aus besseren Quellen beliefert wurden. Jeder schnüffelte in Stallbüros herum.

»Du siehst großartig aus«, fand Pedar Orregiemos. »Trotzdem – schlimme Nachrichten, wirklich schlimme Nachrichten.«

»Ja, das sind sie.« Cecelia sank schwer in einen der ramponierten Ledersitze. »Ich begreife es immer noch nicht richtig.«

»Ich bin herübergekommen, weil ich weiß, dass du beiden nahe gestanden hast«, sagte Pedar.

Cecelia blickte scharf auf: »Beiden?«

»Häschen und Kevil, meine ich. Zumindest wurde es

so seit ein paar Jahren erzählt. Die Leute haben sogar den jungen George deswegen gefoppt.«

»Wegen mir und *Kevil?«*

Er zuckte die Achseln. »Und warum nicht?«

»Kevil und ich sind Freunde!«, erwiderte Cecelia und spie die Worte fast hervor. »Freunde, kein Liebespaar.« Na ja, zweimal doch, und sie kamen danach überein, dass es nicht annähernd so gut funktionierte, wie sie beide gehofft hatten. »Ja, ich habe nach meiner Verjüngung viel Zeit mit ihm verbracht, weil ich seinen juristischen Rat brauchte, um meine Angelegenheiten zu ordnen. Aber das war auch alles.« Sie spürte die Hitze in ihrem Gesicht, diese Mischung aus Zorn und Scham.

»Na ja, dann eben ein Freund. Trotzdem … Ich war sicher, du würdest mitgenommen sein, sodass ich herübergekommen bin, um mal nach dir zu sehen.«

Widerlicher kleiner Aufsteiger! Ja, er war reich, und ja, seine Familie hatte einen Sitz im Großen Rat, aber er war nur ein kleiner Zweig an der sehr großen und alten Conselline-Ulme … ihr Zweig des Aranlake-Clans hingegen bildete einen viel größeren Anteil der noch größeren und älteren Barraclough-Eiche.

Cecelia verbannte diesen Gedanken. Sie war eigentlich nicht von der Sorte Mensch, die einen Stammbaum verehrte; man konnte sich seine Eltern schließlich nicht aussuchen. Pedars Eigenheiten traten jetzt im Alter – trotz mehrerer Verjüngungen – deutlicher zutage, aber Cecelia war schon seit ihrer ersten Begegnung damit vertraut, irgendwann auf irgendjemandes Geburtstagsparty. Er spielte so gern den Beschützer … Pech für ihn, dass sie auf niemandes Schutz angewiesen war.

»Mir geht es gut, Pedar. Es wird mir wieder gut

gehen – ich werde trauern und dann darüber hinwegkommen.«

»Warum darf ich dich nicht zum Abendessen ausführen?«

Wie so oft genau der freundliche Impuls, der falsch lag. »Bitte nicht heute Abend. Ich möchte einfach nur nach Hause und ein bisschen weinen. Ein anderes Mal vielleicht.«

»Ich nehme dich beim Wort«, sagte Pedar und verneigte sich höflich. *Verschwinde,* dachte Cecelia so laut, wie sie nur konnte, ohne dabei das höfliche Lächeln zu verlieren, das richtig schmerzte. Er verneigte sich erneut und ging.

Sie und Häschen hatten hin und wieder über Pedar gelacht – und einander dabei vertraut, dass es jeder für sich behielt. Seine steifen kleinen Verbeugungen; seine übertriebene Höflichkeit; seine Leidenschaft für antike Kleidung und Sportarten, die noch nutzloser waren als Fuchsjagden und Military.

Sie würde nie wieder zusammen mit Häschen lachen können. Sie würde nie wieder sehen, wie dieses lange, dumme Gesicht vor Intelligenz aufleuchtete, vor rascher Auffassungsgabe. Sie würde sich nie wieder am Glanz der Liebe zwischen Häschen und Miranda wärmen können ... einer Liebe, deren Wachsen und Tieferwerden sie über die vielen Jahrzehnte hatte verfolgen können, die sie beide schon kannte.

Tränen liefen ihr übers Gesicht, und als Dale ins Büro zurückkehrte, hatte sich Cecelia in dem großen Sessel zusammengerollt, und sie hörte gar nicht, wie er eintrat, gleich wieder hinausging und die Tür leise hinter sich schloss.

Kapitel zwei

Castle Rock
Alter Palast

Der Tag vor Häschens Begräbnis dämmerte klar und kalt herauf. Miranda erwachte vor dem Morgengrauen und sah sich an, wie das Licht über den östlichen Himmel sickerte. Sie lag reglos unter der Decke und spürte deren Gewicht, und es widerstrebte ihr, dieses warme Nest zu verlassen und sich einem Tag zu stellen, der lang und schwierig zu werden versprach. Im ehelichen Schlafzimmer – ihrem Schlafzimmer – war es nicht kalt, aber ihr war nicht mehr warm gewesen seit dem ersten entsetzlichen Augenblick, in dem man ihr sagte, dass Häschen tot war.

Ein leises Klicken ertönte, gefolgt von einer so leisen Musik, dass sie sie kaum hörte – einer Musik, die sie sich selbst ausgesucht hatte. Sie streckte die Hand aus und drehte die Lautstärke auf – eigentlich sinnlos bei diesem langsamen Crescendo, wenn sie ohnehin bereits wach war – und warf mit wütender Geste die Bettdecke ab.

Häschen war tot. Nichts konnte das ändern, nicht die Musik, nicht die Morgendämmerung, nicht irgendeine Stimmung Mirandas. Unter den Füßen fühlte sich der Teppich nach wie vor weich und dick an. Die flauschige Jacke wärmte ihr die Schultern.

Häschen war tot. Sie lebte und war schön (sie hörte es die Menschen flüstern, und schließlich stimmte es auch) und sehr, sehr reich.

Schwach hörte sie durch die geschlossene Tür einen kräftigen Schrei.

Sie war reich und die Großmutter von Bastarden, deren Väter, falls nicht schon tot, Verbrecher waren und zweifellos Kumpane derjenigen, die Häschen ermordet hatten.

Miranda hatte Häschen nicht erzählt, was sie für diese Babys empfand. Von Großmüttern wurde eigentlich eine natürliche Liebe zu ihren Enkelkindern erwartet, aber sie erblickte in diesen Jungen nichts weiter als den Wandalismus, der ihrer Tochter zugefügt worden war.

Häschen hatte es anders gesehen. Häschen hatte vorausgesetzt, dass sie sie lieben würde, falls Brun es schon nicht über sich brachte; Häschen hatte vorausgesetzt, dass Miranda die Fürsorge für die Babys organisierte.

Häschen war tot.

Sie stand da, konnte sich lange nicht bewegen. So sollte es eigentlich nicht sein; Menschen ihres Alters sollten erwachsen sein, reif, gefestigt … sie fügten sich dem Verlust; so stand es in den Büchern, die sie gelesen hatte.

Sie fügte sich nicht. Sie hätte am liebsten die Faust zum Himmel geschüttelt und geschrien; sie wäre am liebsten von einer Klippe gestürzt und ertrunken. Das Geheimnis lautete, dass auch die Reichen ein Herz in sich trugen … Sie hatte Häschen geliebt, wie die Mädchen in romantischen Abenteuerwürfeln ihre Helden liebten, und vierzig Jahre Ehe hatten daran nichts geändert.

Und er war tot.

Und sie lebte und hatte Kinder und Enkel und Bastardenkel, die keine Schuld an den Sünden ihrer

Väter hatten, und eine Tochter, die noch nicht ganz von dem genesen war, was man ihr angetan hatte; und alle Hoffnungen Häschens auf den Frieden der Welt und seine Träume davon lagen rings um sie alle in Trümmern.

Als ihre Zofe anklopfte, lächelte Miranda und nahm gelassen eine Tasse Tee in Empfang, die sie mit perfekter Selbstbeherrschung trank, während ihr die Zofe das Bad einließ.

Brun Meager war schon vorher aufgewacht, mitten in der Nacht, als die Zwillinge schrien, wie sie es so oft taten. Sie sollten eigentlich die Nacht durchschlafen, sagten die Kindermädchen, aber das hatten sie nicht häufiger als einmal in vier Nächten getan, seit man sie von Unser Texas weggeholt hatte. Und Brun hatte zu ihrer Verärgerung herausgefunden, dass sie ebenfalls aufwachte, wenn es die Zwillinge taten, auch wenn jemand anderes sie schon fütterte und sauber machte.

Sie nutzte die Zeit für ihre sportlichen Übungen, die sie derzeit nie ausfallen ließ. Als die Zofe anklopfte, stand sie bereits unter der Dusche, um wieder frisch zu werden. Aus den Spiegeln im Bad blickte ihr das eigene Gesicht entgegen – was seltsam war nach fast zwei Standardjahren ohne Spiegel … ein älteres Gesicht, ein härteres Gesicht, aber ungeachtet aller Erlebnisse eines von denkwürdiger Schönheit.

Man sollte in dieser Hinsicht etwas unternehmen … aber nicht heute. Heute würde sie ihre Mutter, die Brüder, die ältere Schwester auf der Begräbnisprozession begleiten; heute würde sie den Kopf hoch tragen im Angesicht des Universums. Diese Leute hatten sie gezwungen, ihre Kinder auszutragen. Sie konnten sie nicht zwingen, sich zu verstecken.

Palast-Sicherheitsdienst
Castle Rock

Colonel Bai-Darlin hatte die ganze Nacht nicht geschlafen. Ein Staatsbegräbnis zu organisieren, das war von jeher ein Albtraum aus Protokoll und endlos komplizierten Details und würde es immer bleiben. Normalerweise spielten dabei jedoch keine Sicherheitsfragen höchsten Niveaus eine Rolle. Sogar wenn ein Staatsoberhaupt ermordet worden war, war die Gefahr damit normalerweise beendet. Nur auf 23,87 Prozent der politischen Morde in den letzten fünfhundert Jahren waren weitere Attentate gefolgt.

Aber diesmal war es anders. Die übrigen Zweige der Gottesfürchtigen Miliz von Neutexas hatten Lord Thornbuckle und seine Familie ausdrücklich bedroht, und darüber hinaus Drohungen ausgesprochen gegen Hazel Takeris, die Frauen und weiblichen Angehörigen der Ranger sowie diverse Mitglieder des Regular Space Service, einschließlich Admiral Vida Serranos. Die Flotte war in der Lage, dachte Colonel Bai-Darlin, ihre Leute zu schützen. In seiner Verantwortung hingegen lag die Sicherheit der Zivilisten, besonders derjenigen, die als Teilnehmer der Begräbnisprozession verwundbar waren.

Sein Vorgänger, Colonel Harris, versuchte in genau diesem Augenblick zu erklären, warum sein Dienst keine ausreichenden Sicherheitsvorkehrungen getroffen hatte, warum Lord Thornbuckle ums Leben gekommen war und man noch niemanden verhaftet hatte – nicht einen einzigen Angehörigen oder Sympathisanten der Miliz.

Bai-Darlin musste annehmen, dass sie es noch einmal probierten. Er musste davon ausgehen, dass alles, was

Harris getan hatte, falsch war – dass Harris etwas Entscheidendes übersehen hatte.

Es sei denn, es war gar nicht die Gottesfürchtige Miliz von Neutexas gewesen. Bai-Darlin hob den Kopf, als nähme er eine Witterung auf. Was, wenn jemand anderes dahinter steckte, wenn jemand versuchte, die hitzköpfigen Neutexaner als Deckung zu benutzen?

In diesem Fall lief das Begräbnis wahrscheinlich problemlos ab. Was in diesem Augenblick seine ganze Sorge war.

Brun musterte ihre Mutter, als sie beide auf die Veranda und in das kalte Sonnenlicht hinaustraten. Sicherheitsleute in dunklen Uniformen und offensichtlich bewaffnet trieben sich um sie herum. Fünf Autos erwarteten sie, alle im gleichen glänzenden Burgunderrot mit schwarzen und goldenen Zierleisten.

»Fünf?«, fragte Brun.

»Die Sicherheit«, antwortete ihre Mutter. »Vier dienen nur der Tarnung.«

»Ah.« Vier Autos sollten falsche Spuren legen, obwohl Brun nicht einsah, was das nützen sollte, da alle Welt wusste, wo das Begräbnis stattfand.

Zumindest konnte sie sehen, wer hier war und wer nicht hatte kommen können – oder wollen. Keine Lady Cecelia … na ja, jetzt war schließlich die Zeit der Wherrin Trials, und sie hatte die Nachricht vielleicht noch nicht mal gehört. Bruns Schwester Berenice war allerdings zugegen, wie auch ihr Bruder Abelard. Weder Raffa noch Ronnie jedoch – absurd, wie sie sie vermisst hatte! Raffas Tante Marta Saenz war auf ihren Heimatplaneten zurückgekehrt, kaum dass Brun wieder zu Hause eintraf; während der Zeit ihrer Entführung war Marta eine solche Stütze für ihren Vater gewesen, und die Schilderungen der Mutter davon klangen nur ein klein wenig sauer. Kein George – aber natürlich musste der abstoßende George über den eigenen lebensgefährlich verletzten Vater wachen. Von Bruns eigenem Clan waren des Vaters jüngerer Bruder Harlis und sein Sohn Kell zugegen, und Kell schnitt in Bruns Augen jetzt auch nicht besser ab als beim letzten Mal. Dazu kam ein ganzer Schwung Consellines, die sie meist nicht genug kannte, um ihnen Namen zuordnen zu können, und schließlich noch Venezia Morrelline.

Unter normalen Umständen – nicht, dass der Tod ihres Vaters je etwas Normales hätte sein können – hätte Kevil Mahoney die Eloge gehalten. Stattdessen tat es nun Onkel Harlis, und die Lobesrede glitt in eine leise Kritik der Politik ab, die Bruns Vater betrieben hatte. Ein feiner Mann mit starker Loyalität zur eigenen Familie ... und für die eigenen Kinder ein Mann mit großen Fähigkeiten, der sie vielleicht nicht ganz ausgeschöpft hatte ...

»Völliger Quatsch!« Der das leise murrte war ein Urgroßonkel aus der Barraclough-Hauptlinie. Er ergriff als Nächster das Wort und pries Häschen so, wie Brun es auch erwartet hatte, dass man ihn lobte. Das war der Vater, an den sie sich erinnerte: großzügig, loyal, intelligent, fähig.

Weitere folgten. Politische Freunde, die schilderten, wie Lord Thornbuckles taktvolle, aber entschiedene politische Führung den Staat nach Kemtres Abdankung zusammengehalten hatte. Politische Widersacher, die ihre Lobreden mit feinsinnigen Anspielungen auf die gelegentlichen Fehler ihres Vaters ausstatteten, und die dabei dermaßen taktvoll das Offensichtliche ausließen, dass Brun feststellte, wie sie der Gegenstand eines heimlichen Blickes nach dem anderen wurde.

Ohne sie – ohne ihre idiotische Unbesonnenheit – würde ihr Vater noch leben, wäre er noch an der Macht und hätten diese verschlagenen Kritiker nicht den Mund aufgemacht. Sie blickte auf die Hände ihrer Mutter und sah, dass die Haut über den Knöcheln weiß wurde, obwohl Mirandas Gesicht nichts verriet. In Brun rührten sich Schuldgefühl, Trauer, Scham ... und ein ganz tief sitzender Zorn. Zum Teil trug sie persönlich die Schuld, aber es war nicht *allein* ihre Schuld. Die Winkelzüge dieser Leute, die Tatsache, dass sie Bruns Unglück und den Tod ihres Vaters ausnutzten – dafür trugen sie *selbst* die Verantwortung.

Sie war entschlossen gewesen fortzugehen, jemand anderes zu werden, die Verbindung zu jener unbesonnenen jungen Brun abzubrechen, die gefangen genommen worden war; aber während sie jetzt auf dem Begräbnis des Vaters seine Feinde betrachtete – Feinde, von denen sie gar nichts gewusst hatte –, geriet dieser Entschluss ins Wanken.

Prima Bowie saß da und bestickte einen Kragen mit einer Reihe winziger grüner Blätter, und derweil behielt sie ihren Haushalt scharf im Blick. Es fiel ihr schwer, sich klar zu machen, dass sie noch vor kurzem tatsächlich Prima Bowie gewesen war, Mitchs erste Frau und Mutter von neun Kindern, die einen richtigen Haushalt zu führen gehabt hatte, einen Haushalt mit Garten und Webeschuppen, mit Spielplätzen für die Kinder, mit Dienern und Hauslehrern. Jetzt stand der Name Prima Bowie auf ihrer neuen Familias-Ausweiskarte, denn so hatte ihn Hazel diesen Leuten erklärt; nicht einmal Hazel hatte gewusst, dass das kein Name, sondern ein Titel war. In Primas Kindheit hatte sie Ruth Ann geheißen, lange bevor sie irgendeines Mannes

Prima wurde, aber nach dem Tod ihres Vaters sprach niemand sie mehr so an. Und Mitchs Nachname hatte auch nicht Bowie gelautet – es war wiederum nur ein Titel. Eigentlich hatte er Pardue geheißen. Also sollte Primas Name eigentlich auf Ruth Ann Pardue lauten.

Sollte sie es jemandem sagen? Es wäre nicht angemessen, Prima Serrano genannt zu werden, wenn diese junge Frau Barins erste Gemahlin wurde. Prima war sich darüber im Klaren, obwohl sie den Gedanken verabscheute, die Zweite oder Dritte hinter einem so jungen Ding zu sein – und, was noch schlimmer war, einem heidnischen Gräuel, das tatsächlich beim Militär diente!

»Prima?« Sie blickte auf und sah Simplicity unter der Tür. »Hazel ist hier, Mama … Prima …«

Simplicity hatte nie gelernt, sie anders als Mama anzureden. Prima wünschte sich, Mitch hätte deswegen nicht so ein Theater gemacht, aber das hatte er nun mal, und so musste sie das Kind in den Dienstbotenflügel schicken, noch ehe es der Jungfrauenlaube entwachsen war. Prima kam der Gedanke, dass sie diese Entscheidung jetzt rückgängig machen konnte.

»Hier ist es in Ordnung, wenn du mich Mama nennst, Simplicity«, sagte sie sanft. Das Gesicht des Mädchens entspannte sich.

»Mama! Aber der Ranger …«

»Ist nicht da. Du darfst Mama sagen.«

Simplicity rannte auf sie zu, ganz das kleine Mädchen, das sie innerlich auch war, und drückte Prima unbeholfen. »Liebe dich, Mama.«

»Ich liebe dich auch, Simplicity«, sagte Prima sehr kühn. Sie tätschelte dem Mädchen die Schulter. »So ist's brav. Geh jetzt in die Küche und hole uns Limonade.«

»Ja, Mama.« Simplicity war seit jeher fügsam und lieb; Prima konnte nicht umhin, sich zu wünschen, Mitch hätte diese liebe Art mehr anerkennen können.

Hazel tippte an den Türrahmen. »Prima?«

»Ja.« Prima stach die Nähnadel durch ihre Arbeit und legte sie weg. »Komm rein und setz dich. Was gibt es Neues?«

Hazel sah sie an. »Du könntest ein Vidgerät einschalten.«

»Dort läuft doch nur Unfug«, fand Prima. »Die ganze Streiterei, und außerdem benutzen sie schlimme Wörter.« Sie sprach nicht von den übrigen Dingen, die sie zufällig dort gesehen hatte. Männer und Frauen ohne Kleidung, die Sachen anstellten, wie sie sich Prima nie hatte vorstellen können.

»Lord Thornbuckle wird heute bestattet«, erzählte Hazel.

Das wusste Prima. Alle wussten es. Auch bei abgeschaltetem Vidgerät kam man nicht umhin zu erfahren, dass der Sprecher des Kabinetts, dessen Tochter Ursache all dieser Schwierigkeiten war, gestorben war und – nein, nicht begraben wurde, weil man das hier nicht machte, sondern … sondern wie immer sie das heute nannten.

Eigentlich war alles seine Schuld. Prima hätte das gern geglaubt; gern hätte sie sich eingeredet: Wäre dieser eine arrogante blonde Mann kein so schlechter Vater gewesen, dass seine Tochter in Gefangenschaft geriet, dann wäre sie selbst nach wie vor Prima Bowie, erste Gattin eines Rangers, sicher und glücklich in dem Haushalt, mit dem sie seit ihrer Hochzeit vertraut war – den sie mitgeholfen hatte aufzubauen.

Das war ein bequemer Gedanke. Alles war seine Schuld, und Mitch war nur der unschuldige Depp heidnischer Machenschaften. Und sie selbst war ein unschuldiges Opfer. Die Kinder … Prima seufzte. So sehr sie sich auch Mühe gab, sie konnte sich nicht davon überzeugen – nicht ganz –, dass alles Lord Thornbuckles Schuld war. Oder auch die seiner Tochter, obwohl Prima die große gelbhaarige Frau verabscheute.

»Prima …« Hazel beugte sich vor. »Es tut mir Leid, aber – ich muss mit dir wirklich über deine Pläne reden.«

»Meine Pläne?« Prima wurde starr, und ihre Finger stoppten für einen Augenblick ihre rastlosen Bewegungen. »Was meinst du damit?«

»Alle möchten wissen, was du vorhast – was die Einschulung der Kinder angeht, oder wirtschaftlich auf eigene Füße zu kommen …«

»Auf eigene Füße kommen!« Prima stürzte sich auf diese Frage; sie wollte nicht darüber diskutieren, die Kinder auf eine der heidnischen Schulen zu schicken. »Aber die Serranos haben uns ihren Schutz versprochen …«

»Schutz, ja. Aber ihr seid Hunderte, alles in allem – sie können es sich nicht leisten, euch alle zu unterhalten, nicht in diesem Stil …«

In diesem Stil – in einem Zimmerlabyrinth in einem hohen Gebäude, dessen Fenster Ausblick auf weitere hohe Häuser gewährten. Prima hätte alles gegeben für ein bisschen Erde, auf dem sie gehen konnte, ein Stück Himmel, das sie betrachten konnte.

»Und es gibt Gesetze für die Kinder, für ihren Schulbesuch …«

Darauf wusste Prima eine Antwort. »Ich schicke meine Kinder nicht auf irgendeine heidnische Schule, wo man ihnen Abscheuliches beibringt …«

»Es gibt auch religiöse Schulen«, wandte Hazel ein. »Ich habe dir einen Würfel mitgebracht ...«

Einen Würfel. Den sie nur mit Hilfe eines Würfellesers lesen konnte. Einer Maschine. Maschinen, so hatten die Pastoren immer gelehrt, machten Frauen faul.

»Ich muss meinen Namen ändern«, sagte sie plötzlich. Hazel schien überrascht. »Ich bin nicht mehr Mitchs Prima«, erklärte Prima. »Ruth Ann lautete mein Geburtsname, und ich sollte wieder Ruth Ann heißen.«

»Ruth Ann«, sagte Hazel leise und kostete den Namen. »Das ist ein hübscher Name.«

»Für mich klingt er fremd; seit meinen Eltern vor vielen Jahren hat mich niemand mehr so genannt.«

»Hat man dich nicht weiter so ...?«

»Nein, das wäre unpassend gewesen. Seit dem Tag meiner Hochzeit mit Mitch war ich Prima Pardue, und seit dem Tag, als er Ranger wurde, Prima Bowie.« Sie zappelte ein bisschen herum und wünschte sich, sie bräuchte diese Frage nicht zu stellen, die ihr auf der Zunge brannte. »Hazel ... ich sehe nie Kinder wie Simplicity, auch nicht im Video, wenn ich einmal zuschaue. Sicherlich hat dein Volk doch auch einmal Kinder, die ... nicht ganz ... richtig im Kopf sind, oder?«

»Nur selten«, antwortete Hazel. Sie wurde rot; Prima wusste, dass ihr ein verbotener Gedanke durch den Kopf ging. »Ich weiß, dass du es nicht gern hörst, aber – die Menschen unterziehen sich Tests und medizinischen Behandlungen, noch bevor die Kinder auf die Welt kommen – um sicherzustellen, dass mit ihnen alles in Ordnung ist. Wenn während der Schwangerschaft oder Geburt doch etwas passiert, reparieren sie es.«

»Sie reparieren es.« Wie eine Tür? Aber Menschen waren doch keine Türen und Fensterläden und Schuhe … »Wie kann man einen Verstand reparieren?«, fragte sie wagemutig.

»Ich weiß es nicht.« Hazels Röte ließ nach. »Ich bin noch klein; ich habe die Schule nicht abgeschlossen und nie irgendwas über Medizin gelernt…«

»Könnten sie … Simplicity … immer noch reparieren?«

»Ich denke, nein«, antwortete Hazel. »Ich kann mal fragen, aber ich glaube, die Kinder müssen jünger sein.« Sie legte den Kopf schief. »Aber Prima – Ruth, meine ich –, es ist gar nicht nötig, Simplicity zu reparieren. Sie ist doch lieb und liebevoll, so, wie sie ist.«

»Dein Volk legt keinen Wert auf eine liebe Art«, erwiderte Prima. »Es legt Wert auf Intelligenz.«

Hazel schwieg eine Zeit lang und wirkte nachdenklich. »An vielen Stellen in den Familias stimmt das, aber vielerorts wird man Simplicity für ihren Sanftmut, ihre Freundlichkeit hoch achten. Ich denke, du schätzt uns falsch ein. Falls du einen Platz suchst…«

»Nein, ich möchte sie nicht wegschicken! Das hat mir auch Mitch gesagt!« Das war es, was Mitch getan hatte. Es schmerzte sie immer noch, dass Simplicity Monate in diesem Kinderhort hatte aushalten müssen, fort von dem Zuhause, das sie liebte.

»Ich wollte nicht sagen, dass du sie wegschicken sollst. Ich meinte, zieht zu einem Ort, wo sie willkommen ist.«

»Ich kann nirgendwohin gehen ohne die Erlaubnis meines – ohne die Erlaubnis von Ensign Serrano.«

»Du könntest ihm sagen, was du möchtest.«

»Hazel – du weißt, dass ich das nicht tun kann. Er ist mein – na ja, nicht mein Ehemann, wie er es sein sollte, aber unser Beschützer. Es liegt an ihm, über uns zu entscheiden.«

»So macht man das bei uns nicht«, wandte Hazel ein. Prima hatte das schon gehört, aber es fiel ihr schwer, daran zu glauben. Ensign Serrano war ihr Beschützer, verbürgt durch seine Großmutter; er hatte das Recht zu entscheiden, wo sie lebten und wie sie lebten. »Es würde ihn wahrscheinlich freuen, fallst du einen Platz fändest, wo du und die anderen glücklich sein könnten.«

»Ich weiß nicht, wie ich das tun soll«, sagte Prima. »Ich weiß nicht, wo ich anfangen soll«.

»Du könntest Professor Meyerson fragen.«

»Waltraude?« Dieser Gedanke war Prima gar nicht gekommen; sie wusste, dass Meyerson behauptete, Fachkenntnisse in texanischer Geschichte zu haben – obwohl nach Primas Meinung von einer sehr seltsamen Version dieser Geschichte –, aber was wusste diese Frau schon von anderen Planeten?

»Sie ist Professorin – Dinge herauszufinden ist das, worauf sie sich am besten versteht.«

»Kannst du das erklären?«, fragte Prima. Mit Hazel konnte sie viel leichter reden, sogar wenn sie eine Männerhose trug, als mit Waltraude in einem Kleid. Waltraude betrachtete sie alle, als wären sie Karotten und Rüben und Kartoffeln auf dem Küchentisch – als überlegte sie, wie sie sie zu einem Eintopf verarbeiten konnte.

»Falls sie rechtzeitig zurückkommt. Prima – ich bin vor allem gekommen, um dir zu sagen, dass ich heute fortgehe. Ich müsste eigentlich jetzt schon auf dem Weg zum Schiff sein – die Zollfreigabe wird länger dauern als üblich. Ich kehre zu meiner Familie zurück.«

»Oh.« Irgendwie hatte sie gewusst, dass Hazel fortgehen würde, wie auch die ehemaligen Gefangenen gegangen waren. Diese Frauen ... Prima sorgte sich immer noch um sie, aber sie hatten alle darauf bestanden zu gehen – manche, um sich einem Eingriff zu unterziehen, der ihnen die Stimme zurückgab, andere mit Stimm-Synthesizern –, zurück zu ihren Familien, falls sie welche hatten, oder zu einem eigenständigen Leben, das zu wünschen sich Prima gar nicht vorstellen konnte. »Ich werde dich vermissen, Hazel«, sagte Prima und spürte, wie ihr heiße Tränen aufstiegen.

»Du warst gut zu mir«, sagte Hazel, trat zu ihr und drückte sie. Prima spürte inzwischen die jungen Brüste des Mädchens ... Hazel war im gebärfähigen Alter, aber sie würde keine Kinder bekommen. Sie würde schreckliche Dinge mit sich anstellen – oder hatte das schon getan –, damit sie noch auf lange Zeit keine Babys bekam. Sie war vielleicht schon ein Gräuel.

Und doch war Hazel ein gutes Mädchen – aufrichtig, freundlich, sanft. Sie hatte sich ganz zu Anfang so verzweifelt um die beiden kleinen Mädchen gesorgt; sie war so lieb zu allen Kindern gewesen. Wäre sie Primas Tochter gewesen, dann wäre Prima stolz auf sie gewesen. Aber jetzt ging sie fort auf irgendeine Schule oder um mit irgendeinem Schiff zu fahren oder – Prima konnte sich all diese Möglichkeiten gar nicht vorstellen und war sich im Klaren darüber. Woher wusste ein solches Kind nur, was sie wollte, was richtig war?

»Gottes Segen sei mit dir«, sagte Prima und empfand es als sehr wagemutig, einer Heidin einen Segen zu geben. Sie hätte Hazel am liebsten gesagt, sie solle keine Gräueltechnik benutzen, aber ihr war klar, dass es keinen Sinn gehabt hätte. Das Mädchen war ein Produkt dieser Technologie; Hazels Familie benutzte sie, und sie würde sie auch benutzen. Schweigend betete Prima darum, dass Gott für Hazels Sicherheit sorgen möge.

Sektor Sieben
Oberkommando

»Wir wissen jetzt, was passiert ist, Admiral.« Der leitende medizinische Offizier drückte die Display-Steuerung, und verschwommene Farbkleckse wurden scharf. »Das Büro des Flottenadmiralarztes hat diese Unterlagen per Ansible übermittelt; die Forschungslabors sind der Sache schließlich auf den Grund gekommen. Bei einer normalen Verjüngung, wie Sie sie hier links sehen, binden alle Stoffwechsel-Wirkstoffe der Verjüngungsmedikamente bestimmte Abbauprodukte.«

»Und in normaler Sprache heißt das?«, fragte Vida Serrano. Sie wusste, was es bedeutete, und sie wusste auch, dass das wiederum den anderen klar war, aber sie war entschlossen, es ihnen in einer Sprache abzuringen, die jeder verstand. Sie war bereits im Geheimen von Marta Katerina Saenz informiert worden.

»Die Verjüngungsmittel zerfallen im Körper zu anderen Chemikalien, und diese stoffwechsel-aktiven Chemikalien heften sich an jene chemischen Verbindungen und beseitigen sie, die für den Alterungsvorgang sorgen.«

»Sehr gut.«

»Bei einer normalen Verjüngung bleibt nach diesem Vorgang nur gesundes, nicht gealtertes Gewebe als Vorlage für die Zellerneuerung zurück, den zweiten Teil des Verjüngungsvorgangs.«

»Also wirft der erste Teil sozusagen das Alte hinaus, und dann baut der zweite das Neue?«

»Ja, Admiral. Aber hier rechts – falls Sie bitte mal genau hierhin sehen – erkennen Sie, dass diese grün eingefärbten Gewebe nicht entfernt werden. Links ist kein Grün, wohl aber rechts.«

»Rechts, ja. Und es bedeutet, wie ich vermute, dass altersgeschwächtes Gewebe in der Vorlage zurückbleibt, wenn die Verjüngung ihren Lauf nimmt.«

»Genau. Aus altersgeschwächtem Gewebe entwickelt sich weiteres altersgeschwächtes Gewebe. Und nach einigen Jahren – je nach Ausmaß des Zerfalls im Ursprungsgewebe wie auch der genauen Struktur des fehlerhaften Medikaments – wirkt sich der Zerfallsprozess auf das Gehirn aus wie jede andere Form seniler Demenz auch.«

»Und – wie behebt man das?«

»Leider wissen wir das nicht. Es hat den Anschein, dass – solange kein funktioneller Zerfall eingetreten ist – eine Verjüngung mit intakten Medikamenten einen frischen Start bewirkt. Aber als wir das bei einem unserer ersten Patienten probierten, hat es nicht funktioniert. Der Körper verjüngte sich, aber die geistigen Funktionen blieben die Gleichen. Wir behalten den Mann jetzt seit Monaten im Auge, und obwohl der Zerfall nicht fortgeschritten ist, hat sich seine Verfassung auch nicht gebessert.«

»Wie sieht es mit anderen Behandlungen aus? Sicherlich hatten Sie doch vor der Verjüngungstechnik Möglichkeiten, solche Probleme anzugehen?«

»Nein, im Grunde nicht. Admiral – ich weiß, dass niemand das gern hört, aber medizinische Wunder sind selten echte Wunder.«

Marta hatte ihr das Gleiche erklärt, aber sie hatte trotzdem auf bessere Nachrichten gehofft.

»Wie früh können Sie das Problem erkennen?« Falls es nicht umzukehren war, vielleicht erwies sich dann eine Früherkennung als hilfreich.

»Innerhalb eines Jahres nach einer missglückten Verjüngung, was reichlich Zeit für eine Heilung lässt. Aber die Tests dauern Wochen; vielleicht können wir sie irgendwann mal beschleunigen, aber bislang nicht. Und wir müssen eine Menge Leute testen.«

Was sollten sie nur tun mit den Fällen, wo Verjüngungen gescheitert waren, wo bereits Schäden eingetreten waren? Vida schauderte es. Eine Verjüngung des Körpers bei geistiger Senilität? Wer sorgte für diese Menschen? Und wie lange? Oder … sollte man sie sterben lassen? Wie man dieses Dilemma auch anging, keine Möglichkeit schien vertretbar, und diesmal war Vida froh, dass die Entscheidung nicht bei ihr lag. Sollten der Grand Admiral und der Admiralsarzt eine Lösung austüfteln; was in diesem Fall fair war, ging über Vidas Vorstellungen.

Zenebra
Zwei Tage vor den Senior Trials

Für das Abendessen hatte Pedar das Raymond's ausgesucht, das Moderestaurant des Jahres. Cecelia lenkte ihn von einem Gespräch über die Trials ab – er wollte, dass sie sämtliche übrigen Teilnehmer zu seiner Erheiterung sezierte.

»Das wäre nicht richtig«, beharrte sie. »Sie sind nicht nur meine Konkurrenten, sondern auch meine Freunde; es wäre nicht ehrenhaft, sie dermaßen auseinander zu nehmen.« Sie drückte die Bedienungstasten des Tisches und rief das Schachbrett auf. »Spielen wir lieber.«

»Sei nicht naiv, Cecelia«, sagte Pedar. Hatte er sich wieder mal verjüngen lassen? Sie konnte es nicht erkennen. Nach wie vor kleidete er sich eher nach einem Schauspieler, der in einem Stück aus alter Geschichte auftrat. Cecelias Interesse an Geschichte erstreckte sich nicht auf Kleidungsstile, sodass sie nicht genau sagen konnte, welcher Periode seine Garderobe zuzuordnen war. »Das wirkliche Leben bietet keinen Raum für Ehre. Der Sport vielleicht …« Er nahm einen schwarzen und einen weißen Springer zur Hand und ließ sie sich voreinander verbeugen. »Aber selbst du weißt, dass es im Grunde darauf ankommt zu siegen.« Er schlug die Figuren aneinander.

»Falls man gegen die Regeln verstößt«, sagte Cecelia, um eine angemessene Reaktion bemüht, »wird man disqualifiziert.«

Pedar legte die Hand schräg. »Dann könnte man sagen, dass Häschen gegen die Regeln verstoßen hat.«

Sie glaubte nicht, was sie da gehört hatte. »Du …«

»Cecelia – die Regeln bewegen sich auf einem anderen Niveau, wenn man von der Wirklichkeit spricht … sicherlich ist dir das klar.« Er schlug einen nachsichtigen Ton an, ganz der wissende Erwachsene, der sich an eine ahnungslose Jugendliche wandte. »Männer wie Häschen machen die Regeln … bis jemand anderer sie wieder kippt.« Er schob den weißen König über das ganze Brett und verschob dabei die übrigen Figuren, bis der König den Rand erreichte. »Trotzdem gibt es immer auch Regeln hinter den Regeln … die Regeln, die jemandes Position gewährleisten – oder ihn beseitigen.« Er berührte die Spielfigur mit dem Finger; sie wackelte einen Augenblick lang an der Tischkante und fiel dann herunter.

Cecelia spannte sich an, als tauchte ein unerwarteter Graben hinter einem Hindernis auf, das sie zu kennen geglaubt hatte. Pedars Miene wechselte, spiegelte ihre wider; sie empfand Widerwillen dagegen, dass er es bemerkt hatte. Allerdings lächelte er weiter und wartete auf ihre Antwort. Sie wusste nicht, was sie sagen sollte. Sie musste jedoch irgendwas sagen; sie spürte, dass sein Lächeln allmählich gefror wie zu stark durchgequirltes Eiweiß.

»Ich verstehe«, sagte sie und kaufte sich damit Zeit. Sie verstand noch nicht, welche Regeln Häschen gebrochen hatte, um diesen Mann und seine Fraktion zu ihrer verzweifelten Tat zu treiben. Sie begriff nicht, warum Pedar so ganz allgemein Andeutungen von sich gab oder welche Reaktion er von ihr darauf erwartete. Was sie jedoch erkannte: Nichts war Zufall, weder Häschens Tod noch diese Verabredung zum Abendessen noch irgendetwas, was Pedar tat. Vielleicht ging das Ganze schon bis zu den Trials vor etlichen Jahren zurück, als Cecelia zum ersten Mal seit Jahren wieder geritten hatte. Damals wollte er mit ihr über die Politik der Verjüngten reden, und sie tat es als bloße Modeerscheinung ab. »Ich frage mich wirklich«, sagte sie nun nach langer Pause, »was die Gottesfürchtige Miliz von Neutexas mit den Verjüngten zu tun hat, falls überhaupt etwas.«

Er entspannte sich genau dieses kleine Stück weit, dem sie entnehmen konnte, dass sie an dieser Gesprächshürde die sichere Alternative gewählt hatte.

»Menschen brauchen etwas, dem sie die Schuld für ihre Enttäuschungen geben können«, sagte er. »Während manche Möglichkeiten versperrt werden, müssen andere als offen erscheinen. Andernfalls breiten sich Unruhen aus.«

Cecelia zerbrach sich darüber den Kopf. Erneut wartete er auf ihre Reaktion und zeigte dieses nachlässige Lächeln, dem sie entnahm, dass er sie für begriffsstutzig hielt. Sie hasste seine Geduld; falls es das war, was ihr als Verjüngter bevorstand, konnte sie ihr Pferd genauso gut über eine Klippe lenken und es hinter sich bringen. Versperrte Möglichkeiten – das musste auf die Tatsache anspielen, dass Verjüngte nahezu ewig leben konnten, und wer gab schon Macht und Privilegien auf, solange er jung und einsatzfähig war? In Gedanken übertrug sie das Problem auf die Pferdezucht, wo es für sie leichter zu durchdenken war. Falls die alten Pferde nicht wegstarben und man mit gleicher Geschwindigkeit weiterzüchtete … nun, natürlich!

»Ich frage mich, ob Verjüngungsmedikamente bei Pferden wirksam wären«, sagte sie, ehe sie die Zunge unter Verschluss nehmen konnte.

Pedar platzte los, und der Glatzkopf am Tisch nebenan blickte auf. »Cecelia, meine Liebe! Nur du kannst auf die Idee kommen, ein Pferd zu verjüngen!«

Sie spürte die Hitze in ihrem Gesicht. Und doch – falls er sich dermaßen über sie lustig machte, dann fürchtete er ihren Verstand nicht. Sie gestattete sich eine Spur Schärfe im Ton. »Ich verstehe, was du meinst, Pedar. Wer sich eine Verjüngung nicht leisten kann oder einfach nur ungeduldig ist, sieht vor sich nur einen Lebensweg voller blockierter Möglichkeiten – blockiert von den Verjüngten. Aber das Universum ist groß … Wer unzufrieden und ehrgeizig genug ist, findet Kolonialwelten …«

»Diebstahl ist immer profitabler, bis der Dieb gefasst wird«, murmelte Pedar.

»Das ist…« Sie wollte schon ›lächerlich‹ sagen, als ein Ausdruck von Anspannung in Pedars Gesicht sie zum Schweigen brachte.

Sie musste einfach über zu vieles nachdenken, und sie wollte eigentlich über nichts davon nachdenken. Welchen Nutzen hatten ihr Reichtum und ihre Fähigkeiten und ihr verjüngter Körper, falls sie nicht tun konnte, was sie wollte, ohne sich über den Rest des Universums Gedanken zu machen? Was sie sich gewünscht hatte – was sie zu erreichen gehofft hatte – war ein langes Leben voller ganz persönlicher Freuden … die in jenen Stallungen auf Rotterdam begonnen hatten, dort aber nicht aufhörten. Wobei es um Pferde ging und um die Menschen, die sich selbst als Pferdeliebhaber verstanden, seit lange vor dem Aufbruch der Menschen von der Alten Erde.

Sie wies sich selbst darauf hin, dass sie jetzt Zeit für beides hatte. Sie brauchte die vorbeiziehenden Jahre nicht mehr zu fürchten, die Alterung von Gelenken und Knochen, die sie langsamer und ungeschickter machte. Sie konnte sich erlauben, ein paar Monate zu investieren und sich mit den Verwicklungen zu befassen, die Pedar andeutete, und brauchte dabei nichts von ihren Träumen zu opfern.

Aber sie wollte das nicht tun.

Und Pedar wusste es. Während sie den asymmetrischen Löffel eintunkte, der stets für kalte Biaristi-Suppen benutzt wurde, während sie sich anschließend mit einem Schluck Eran-Ale erfrischte und sich dann den knusprigen Streifen aus gewürztem Steinhuhn widmete – während all dessen spürte sie, wie Pedar sie nur aushorchte, um seine Erwartung zu bestätigen, dass sie sich diesen Rückzug wünschte. Er hatte das Gespräch bereits wieder den Trials zugewandt, zu ihren

Chancen und seinen. Sie gab mechanische Antworten, verfolgte aber aus der Distanz die subtilen Signale seiner Mimik.

Was für ein Ekel dieser Mann doch letztlich war! Er schlenkerte ihr zum eigenen Vergnügen eine Verschwörung vor der Nase herum, überzeugt davon, dass sie sich auf nichts als Pferde für längere Zeit konzentrieren konnte, jedenfalls nicht lange genug, um irgendwelche gefährlichen Informationen zu erhalten oder etwas zu unternehmen ...

»Ich finde, du hast völlig Recht, wenn du trotzdem antrittst«, sagte er. »Schließlich ist es ohnehin zu spät, um an irgendeiner Zeremonie teilzunehmen.«

»Das Pferd ist bereit«, sagte Cecelia und unterdrückte einen Impuls, es sich anders zu überlegen und schließlich doch nicht zu reiten. »Und ich bin es ebenfalls. Du bleibst ja auch.«

»Aus den gleichen Gründen«, bestätigte Pedar. »Ich bin vorbereitet, mein Pferd ist es und meine Konkurrenten ... sind hier.«

Und es verschaffte ihm dem Anschein nach ein starkes Alibi. Während irgendjemand Häschens Ermordung plante, hatte sich Pedar in sehr großer Entfernung davon in aller Öffentlichkeit bewegt und das Training seines Pferdes für die Senior Trials überwacht. Cecelia wusste, dass er es trotzdem selbst hatte durchführen können – jeder wusste das –, aber die Verbindungen zu finden und zu beweisen, das würde sich als schwieriger erweisen. Und gefährlicher.

Wie sie am entscheidenden Tag feststellte, war sie für dieses Ereignis noch besser vorbereitet, als sie selbst geahnt hatte. Obwohl nichts die Senior Trials zu einem mühelosen Unterfangen machen konnte, war sich

Cecelia ihrer Anstrengungen kaum bewusst. Seniority reagierte gut auf ihre distanzierte Gelassenheit und legte fehlerfrei Runden durchs Gelände und durchs Stadion hin – und das war letztlich ausreichend für den Sieg, weil sich der Führende in der Dressur-Wertung (der im Gelände ebenfalls fehlerfrei blieb) am nächsten Tag einen Sprungfehler leistete. Liam Ardahi musste schon bei den Geländeprüfungen aus dem Wettkampf ausscheiden, weil Plantagenet mehrfach vor dem Wasser scheute. Cecelia fragte sich, ob das reiner Zufall war; Plantagenet hatte sich früher immer kühn ins Wasser gestürzt. Aber falls Pedar sie durch einen bedeutenden Sieg ablenken wollte … Er war sonst ein rücksichtsloser Wettkämpfer, aber er hatte schon einen viel bedeutsameren Kampf gewonnen – wie er es sah.

Auf ihrer Ehrenrunde lächelte sie der Presse zu und erinnerte sich daran, allen ihren Mitarbeitern zu danken und dabei eine persönliche Notiz mit einer Bonuszahlung für jeden nicht zu vergessen. Beim Empfang am Abend trug sie ihre gelbe Halskette, die nach Epona gestaltet war. Wie diese rätselhafte Göttin lächelte Cecelia, akzeptierte die Glückwünsche und gab schließlich einen wunden Ellbogen vor, um sich vor Mitternacht verabschieden zu können.

Eine Stunde später ritt sie im Overall eines Stallburschen auf Max die dunkle Straße zum Raumhafen entlang; Max' wachsam gespitzte Ohren und forsche Bewegungen verrieten, dass wenigstens er dies für eine gute Idee hielt. Falls jemand Fragen stellte: ihr Auto parkte bei den Stallungen, und alle wussten, dass sie mit größter Wahrscheinlichkeit dorthin gegangen war, um die Feiern des Abends abzuschließen. Colum hatte Max für sie satteln lassen – ein zusätzlicher Ausritt konnte diesem Pferd nicht schaden –, war aber nicht mehr zu sehen gewesen, als sie das Tier aus dem Stall führte.

Fünf Kilometer weiter wartete an einer Stelle, wo eine Zufahrtsstraße in die Bahn von Kurs A, Abschnitt C, mündete, Dale mit Truck und Anhänger, worin ein Pferd ungeduldig herumstampfte; Roz war mit dem eigenen ramponierten kleinen Auto gekommen. Cecelia schwang sich von Max herunter, half dabei, ihn zu Dulcy in den Anhänger zu führen – es konnte schwierig werden, ihn in einen leeren Anhänger zu stecken – und kämpfte schließlich mit der wackligen Fahrertür des Autos. Roz knallte die Tür von außen zu und stieg in den Lastwagen; Cece fuhr allein zum örtlichen Flughafen.

Wenn man ein eigenes Schiff steuerte, brachte das den Vorteil mit sich, dass der offizielle Flugplan und das tatsächliche Ziel nichts miteinander zu tun haben mussten. Cecelia hatte mit ihrem Personal das Training besprochen, das Seniority und Max für die restliche Saison erhalten sollten, und den Leuten erklärt, sie würde das Labor von EquiSite besuchen und sich dort einmal die neuen Genmanipulationstechniken anschauen, die man erst kürzlich bei Pferden angewandt hatte, ehe sie anschließend nach Rotterdam zurückkehrte.

Dann reichte sie einen Flugplan nach Rotterdam ein und wusste dabei, dass ihre Angestellten dazu keinen Kommentar abgeben würden.

Ihr neues Raumschiff, das direkt vom Planeten starten und in den Sprung gehen konnte, erlaubte ihr, Zenebras übervölkerte Orbitalstation zu umgehen. Sie rechnete damit, dass Pedar ihren Flugplan und Sprungvektor überprüfte. Fein. Sollte er prüfen. Der Ausgangsvektor nach Rotterdam führte im Grunde zum ersten

Zwischensprungpunkt, und von dort aus konnte sie mühelos Castle Rock ansteuern. Sie dachte einen Augenblick lang dankbar an Heris, die ihr vorgeschlagen hatte, ihr eigenes Raumschiff steuern zu lernen und den Pilotenschein zu machen.

Obwohl sie den Luxus der *Sweet Delight* und den Respekt vermisste, wie ihn eine ausgewachsene Yacht genoss. Wonach sie sich jetzt wirklich sehnte, das waren ein weiteres langes heißes Bad und eine Massage. In das neue Schiff hatte sie eine kleine Nasszelle und die dafür erforderliche Wiederaufbereitung gestopft, indem sie auf jede Möglichkeit verzichtete, jemanden mitzunehmen. Also eine Dusche und keine Massage, und sie rechnete damit, morgen früh mit steifen Gliedern zu erwachen. Selbst ein verjüngter Körper überstand die Senior Trials nicht ohne Belastung.

Trotzdem, es war die Sache wert. Die *Pounce* war schneller als ihre alte Yacht und konnte auf Planeten landen. Inzwischen hatte Cecelia die Orbitalstation hinter sich gelassen und folgte den Funkfeuern zum Sprungpunkt des Systems.

Kapitel drei

Zwei ereignislose Transits nach dem Aufbruch von Zenebra hatte Cecelia die nähere Umgebung von Castle Rock erreicht und brachte in Erfahrung, dass Miranda sich noch auf dem Planeten aufhielt und in der Residenz wohnte. Als sie dort anrief, berichtete der Angestellte, der das Gespräch entgegennahm, dass Miranda bereit war, sie zu empfangen. Cecelia buchte ihren Shuttleplatz, während sie darauf wartete, dass der Stationsschlepper ihr Schiff sachte ins Docksgeschirr stieß. Der Papierkram, mit dem man bei Docksmeister und Zoll von Rockhouse Major abgefertigt wurde, schien ewig zu dauern (hatte Heris sich das wirklich gefallen lassen, oder war es aufgrund des Attentats schlimmer geworden?), aber sie erreichte ihr Shuttle doch noch mit ein paar Minuten Reserve. Sie erblickte auf Rockhouse Major niemanden, den sie kannte, und auch nicht im Shuttle nach unten. Das war ihr recht; sie war nicht in Stimmung, um sich mit irgendeinem Bekannten zu unterhalten.

Als sie jedoch aus dem Tor des Shuttlehafens kam und Ausschau nach einem Mietwagen hielt, erblickte sie einen der langen schwarzen Staatswagen mit dem Wappen der Familias auf den Türen, und der Fahrer erkannte sie eindeutig.

»Lady Cecelia?«

»Ja?«

»Lady Miranda schickt uns, um Sie abzuholen. Ihr Gepäck?«

»In der Ablage«, antwortete sie und reichte ihm ihren ID-Streifen. Der Fahrer nickte seinem Assistenten zu, der den Streifen entgegennahm und zur Gepäckablage ging. Verspätet fragte sich Cecelia, ob sie sich der Identität und Autorisierung dieser Männer hätte versichern sollen – Heris, dachte sie, hätte sie gescholten, wäre sie dabei gewesen. Der Fahrer streckte jetzt jedoch ein flaches Päckchen aus.

»Lady Miranda wollte, dass Sie das als Erstes erhalten«, sagte er.

Sie öffnete es. Eine Notiz von Miranda und ein Flatpic von dem Fahrer und seinem Assistenten. »Du machst dir vielleicht keine Sorgen«, hieß es in der Notiz, »aber wir haben gelernt, dass wir alle Vorsichtsmaßnahmen ergreifen müssen. Ich freue mich darauf, dich zu sehen.«

Innerhalb von Minuten war der Assistent mit Cecelias wenigen Gepäckstücken zurück, alle mit dem Streifen versehen, der besagte, dass sie die Zollabfertigung durchlaufen hatten. Cecelia stieg in den Wagen und fragte sich, während er losschoss und sich in den Verkehr einfädelte, ob sie dieselbe Strecke nahmen wie Häschen an dem Tag seiner Ermordung. Sie stellte die Frage jedoch nicht laut.

Im Palast erschien ihr zunächst alles normal. Die gleichen Uniformen am Tor und vor den Türen. Der gleiche unaufdringlich tüchtige Angestellte, der sie erst in ihr Gästezimmer führte, wo sie Ausblick auf einen kleinen Garten hatte, und anschließend, sobald sie geduscht und sich umgezogen hatte, in Mirandas Suite. In diesem stillen, kultivierten Haus fiel es schwer, sich daran zu erinnern, dass Häschen tot war und der Frieden überhaupt in Gefahr. Cecelia ertappte sich, wie sie damit rechnete, dass er ihr auf dem Korridor entgegenkam und dabei ein Lächeln in das freundlich dumme Gesicht trat.

Dann stand sie Miranda gegenüber und sah die Verwüstung dieser legendären Schönheit. Cecelia fragte sich, wie sich dieselben exquisiten Konturen und dieselbe makellose Haut jetzt als Ödland präsentieren konnten. Als das Begrüßungsritual absolviert war und das Personal Teegeschirr auf den niedrigen Tisch gestellt und sich zurückgezogen hatte, konnte Cecelia nicht mehr an sich halten. War auch nicht nötig, wenn die Porzellanfläche schon zersprungen war.

»Miranda, was hat man dir erzählt – zu der Frage, wer es getan hat?«

»Nichts.« Miranda schenkte eine Tasse Tee ein und reichte sie Cecelia; die Tasse klapperte nicht auf dem Untersatz. »Ich weiß, dass es in den Nachrichten heißt, die neutexanische Miliz steckte dahinter, hätte Rache für die Hinrichtungen geübt. Ich weiß, dass der vorherige Sicherheitschef vom Dienst suspendiert wurde. Man hat mich jedoch ganz freundlich darüber informiert, dass die Ermittlungen noch andauern und man mich in Kenntnis setzen wird, sobald sie abgeschlossen sind. Nimm doch ein Stück Gebäck; du hast immer diese geringelten Dinger gemocht, nicht wahr?«

Cecelia ignorierte das angebotene Gebäck. »Miranda … ich denke nicht, dass es die Neutex-Miliz war.«

»Warum?« Mirandas Gesicht verriet auch nicht mehr als eine Kamee.

»Ich denke, es war jemand … aus den eigenen Reihen.«

»Aus der Familie?« Ihr Ton fiel kühl aus. Warum reagierte sie nicht mit Entrüstung? Warum zeigte sie keine Angst? Hatte sie einfach zu viel durchgemacht?

Cecelia wartete einen Augenblick lang und fuhr fort: »Pedar sagte … Häschen hätte gegen Regeln verstoßen.«

Mirandas Lippen zuckten; vielleicht eine Grimasse, vielleicht ein Lächeln. »Das hat er auch. Er war so … so still, so … entgegenkommend, hatte man immer den Eindruck. Aber vom ersten Mal an, als er mir ein Stück Obsttorte brachte, das er dem Koch gemopst hatte – damals, als wir noch Kinder waren –, und er mir dann zeigte, wo wir uns vor den Gouvernanten verstecken konnten … seitdem hat er Regeln gebrochen.«

»Hier geht es um Wichtigeres«, meinte Cecelia.

»Ich weiß.« Miranda starrte an Cecelias linkem Ohr vorbei, als betrachtete sie in großer Entfernung etwas, obwohl sie zu müde war, ihm viel Aufmerksamkeit zu schenken.

»Miranda!« Aber noch ehe sich Miranda ihrer Besucherin wieder zugewandt hatte, hatte diese schon heruntergeschluckt, was sie alles sagen wollte: Du kannst jetzt nicht aufgeben! Du musst durchhalten! Du hast eine Familie …

»Ich habe eine Familie«, sagte Miranda, wieder in diesem kühlen, ruhigen Ton. »Ich trage Verantwortung. Kindern gegenüber. Enkeln. Du möchtest nicht, dass ich das vergesse.«

»Nein …« Cecelia hatte die Stimme gesenkt und bemühte sich, still zu sitzen.

»Es ist mir egal.« Miranda wandte ihr dieses Kameegesicht jetzt ganz zu. »Ich mache mir nichts aus den Kindern – nicht mal aus Brun, obwohl ich mir das eigentlich am verzweifeltsten wünsche. Ich mache mir nichts aus den Enkeln, diesen Bastardbälgern, die meiner Tochter aufgezwungen wurden …« Ihr stockte der Atem, ehe sie wieder unsicher Luft holte – und strafte so dieses *Mache-mir-nichts-aus-ihnen* Lügen. Cecelia schwieg; es gab nichts, was sie hätte sagen können. »Ich mache mir aus niemandem etwas«, fuhr Miranda fort, »außer Branthcombe. Häschen. Den ich geliebt habe – und das in der heutigen Zeit, ungeachtet der Verjüngungen und der genetischen Selektion und alles anderen, das wir erfunden haben, um uns den Schmerz des Lebens zu ersparen. Mein ganzes Leben lang habe ich ihn geliebt, seit er mir die Obsttorte brachte und wir sie auf der hinteren Treppe gegessen haben, indem wir abwechselnd hineinbissen. Für mich war es ein Wunder, dass er mich liebte. Dass er die Jagdsaison überlebt hat, die durchzumachen wir unsere jungen Leute immer noch zwingen, dass er sich nach all den Jahren meiner Isolation auf Cypress Hill noch an mich erinnerte, dass er mich geheiratet hat. Und dass er der Vater meiner Kinder wurde, und ungeachtet aller Widrigkeiten immer loyal und anständig blieb und …« Schließlich brach ihr die Stimme und ging in ein Schluchzen über.

»Meine Liebe …« Cecelia streckte unsicher die Hand aus. Miranda war so lange nur eines von vielen exquisiten Porzellanfigürchen in Cecelias geistiger Sammlung schöner Frauen gewesen – wie die eigene Schwester, wie alle Frauen dieses Typs –, und sie hatte keine von ihnen je anders angefasst, als das Ritual klassentypischer Zuneigung erforderte – die Fingerspitzen, die Wangen. Aber Miranda wich nicht zurück, lehnte sich vielmehr an sie, als wäre Cecelia ihre Mutter oder eine Tante.

Sie schluchzte lange, und Cecelia bekam schon einen Krampf im Kreuz, weil sie sich drehen musste, um Miranda zu halten – aber mit der Zeit beruhigte sie sich.

»Verdammt!«, sagte sie. »Ich dachte schon, ich wäre darüber hinweg.«

»Ich denke nicht, dass du überhaupt darüber hinwegkommen kannst«, sagte Cecelia.

»Nein. Nicht wirklich. Aber genug, um normal weiterzumachen. Du hast Recht, wenigstens das muss ich schaffen. Aber ich weiß im Grunde nicht, wie.«

»Deine Ratgeber …«

»Sind Geier.« Miranda warf Cecelia einen Seitenblick zu und wich ein wenig zurück; Cecelia verstand den Hinweis, stand auf und streckte sich. »Du warst nie verheiratet und erkennst vielleicht nicht, wie kompliziert die Lage ist. Dein Besitz gehört ausschließlich dir, und du hast die freie Verfügung darüber …«

»Solange sich meine tolpatschigen Verwandten nicht einmischen«, gab Cecelia zu bedenken. Vergeblich hatte sie sich bemüht, die Einmischung ihrer Schwester in die Aufsetzung ihres Testaments zu vergessen. Die rechtlichen Nachwehen hatten sich über Jahre erstreckt.

»Stimmt. Aber ich habe es jetzt mit Häschens Erbe auf mehreren eigenständigen Gebieten zu tun, und aus einigen davon hatte ich mich stets herausgehalten. Die politischen …«

»Sicherlich erwartet doch niemand von dir, das Amt des Sprechers …«

»Nein.« Miranda klang bissig. »Alle sind überzeugt, das ich unter allen Gebicten von Politik noch am wenigsten verstehe. Leider – da ich im Grunde Ahnung davon habe und das Amt übernehmen könnte, falls sie mich nur ließen.«

Cecelia konnte mit knapper Not vermeiden, dass sie den Mund aufsperrte. Miranda war politisch interessiert? Dann dachte sie an Lorenza, die es sicherlich gewesen war, und unterdrückte einen Schauder. Sie setzte sich wieder und goss sich eine Tasse Tee ein.

»Lorenza«, sagte Miranda, wieder ein unheimlicher Widerhall zu Cecelias Gedanken. »Das war auch so ein Fall von hinter den Kulissen erworbener Sachkenntnis. Sie und ich, wir haben die heikelsten Machtspiele getrieben … es würde dich langweilen, Cecelia, es sei denn, du könntest es dir in reiterlichen Begriffen vorstellen … falls du dir vorstellen könntest, auf einem wirklich gut ausgebildeten Pferd zu sitzen, das dich verachtete, aber aus irgendeinem Grund präzise deinen Kommandos gehorchte.«

»Ich hatte so eines«, sagte Cecelia in der Hoffnung, Miranda auf ein erfreulicheres Thema zu bringen. Mirandas verärgertes Zischen stoppte sie jedoch.

»Wir sprechen nicht über Pferde! Hast du je gefochten?«

Fechten. Mögliche Bedeutungen gingen Cecelia durch den Kopf, aber sie hatte einfach keine Ahnung.

»Ein antiker Sport«, erklärte Miranda. »Geht auf eine noch ältere Kampfesweise zurück. Schwertkampf, auch Fechten genannt.«

»Nein«, sagte Cecelia mürrisch. Sie hatte gerade eine halbe Stunde darauf verwandt, eine verzweifelte Frau zu trösten, und jetzt befragte diese sie über einen Sport – den sie immer für hochgradig albern gehalten hatte –, als wäre sie ein Schulmädchen. Er hatte nicht mal was mit Pferden zu tun. »Ich … äh … fechte nicht.«

»Das solltest du aber«, fand Miranda. Sie stand auf, ging unruhig im Zimmer herum und berührte dabei die Flächen ringsherum, als ertastete sie sich den Weg, statt ihn mit den Augen zu erkennen. Vorhang, Vorhang, Sekretär, Stuhl … »Es ist eine ausgezeichnete Disziplin, die man zum Beispiel auch gut an Bord von Raumschiffen einsetzen kann.«

»Schwerter?« Cecelia konnte nicht ganz verhindern, dass Erstaunen in ihrem Ton mitschwang. Verlor Miranda allmählich den Verstand? Tränen, dann Politik, jetzt Schwerter?

»Sie beschädigen die Innenschotten weniger«, erklärte Miranda. »Falls man nur vorhat, Menschen umzubringen, warum dann auch das Schiff zerstören?«

Sie musste verrückt geworden sein. Sicher war das, überlegte Cecelia, eine Nebenwirkung dessen, was so lange ihre Schönheit erhalten hatte, was immer das war. Hatte sie wohl verdorbene Verjüngungsmedikamente erhalten?

»Cecelia, ich bin nicht verrückt. Na ja ... nicht sehr jedenfalls. Ich bin außer mir vor Trauer, Enttäuschung und Zorn, aber nicht so, wie wir uns das normalerweise vorstellen. Fechten ist – falls du irgendwas davon verstündest – die ideale Metapher für das, was Lorenza und ich getan haben und auch Häschen und Lorenzas Bruder Piercy ... Aber nein; du kennst die Begriffe nicht.«

Cecelia spürte, wie es hinter ihren Augen zu kochen begann. Sie kniff sie fest zu und redete mit geschlossenen Augen weiter: »Miranda, ich weiß, dass du trauerst; es war gut für dich zu weinen. Aber hör bitte auf, mich wie ein dummes, pferdenärrisches Schulmädchen zu behandeln!«

»Aber das bist du!«, erklärte Miranda mit der gleichen ausdruckslosen kühlen Stimme. »Du warst es schon immer; du hast dich geweigert, erwachsen zu werden – bist in dieser Beziehung genau wie Brun. Es war lächerlich von Häschen, Brun ausgerechnet zu *dir* zu schicken ...«

»Du ... gibst mir die Schuld? Für das, was Brun passiert ist?«

»Im Grunde nicht ... Ich meine, vom Verstand her ist mir klar, dass *wir* ihren genetischen Typ gewählt haben, dass wir uns entschieden haben, ihr eine hohe Risikofreude und leichte Ansprechbarkeit zu vermitteln. Aber dann bist du auf den Plan getreten, ein so tolles Vorbild für ein solches Mädchen – hast sie angestachelt, von einer Jagdsaison zur nächsten immer höhere Hindernisse zu riskieren, als gäbe es nichts als Pferde auf der Welt. Und was hat es ihr eingebracht, sich ein solches Vorbild zu wählen? Diese ... diese Erniedrigung!«

Die Verblüffung hatte den Zorn für einen Augenblick vertrieben. »Sie ist anders als ich«, sagte Cecelia, begann sich ihren Argumentationsweg zu ertasten.

»Sie ist keine Pferdenärrin, nein. Aber diese – diese dickköpfige Sorglosigkeit, diese Bereitschaft, Verantwortung abzuwerfen ...«

Cecelia spürte erneut, wie sich gleich hinter den Augen die Wut staute. »Ich wusste gar nicht, dass du mich für verantwortungslos hältst«, brachte sie schließlich leise hervor.

Miranda drehte rasch die Hand, eine abmildernde Geste. »Natürlich nicht in allem. Aber du hast kein Gespür für Familie, keine Loyalität zu den Familias ...« Sie wandte das Gesicht ab; die Glocke aus goldenem Haar schwenkte kurz durch einen weiten Bogen und kam in neuer Vollkommenheit zur Ruhe. »Und dann hat sie diese behämmerte Nummer durchgezogen, um *dich* zu retten – sie hätte dabei umkommen können ...«

»Ich hatte sie nicht darum gebeten«, erwiderte Cecelia. Etwas löste in ihrem Kopf die Alarmglocken aus, ein leises Hämmern. »Das konnte ich gar nicht. Sie hat mich einfach ...«

»Geliebt«, sagte Miranda. Unter minzgrüner Seide

stiegen ihre Schultern und senkten sich wieder; Cecelia hörte sie nicht seufzen, aber sie wusste, dass es geschehen war.

»Sie hat ihre Familie geliebt«, sagte sie. »Und du musstest ja nicht gerettet werden.«

»Nein.« Miranda wandte sich ihr wieder zu, die Miene so gefasst wie üblich. »Nein, das brauchte ich nie.« Lange stand sie reglos da und schwieg. Cecelia fiel es schwer zu atmen. Dann zuckte Miranda erneut die Achseln. »Kata Saenz meinte, wir hätten für Brun die falschen Vorbilder ausgesucht; sie hat es Häschen erzählt, während die Planungen zu Bruns Rettung liefen. Damals habe ich mich darüber gefreut; ich wusste, dass wir etwas falsch gemacht hatten, obwohl sich unsere anderen Kinder gut entwickelt haben. Und der Schock, gesagt zu bekommen, er wäre es zum Teil selbst in Schuld, hat Häschen aus seiner Wut auf das Suiza-Mädchen gerissen, und letztlich hat sie Brun das Leben gerettet. Nur kann ich Brun nicht verstehen, obwohl sie mein Kind ist.«

»Was ist mit dem Rest der Familie? Buttons und Sarah …?«

»Sind wunderbar hilfreich, so weit es ihnen möglich ist. Buttons hat natürlich erwartet, er könnte als Erbe seines Vaters dessen Amt übernehmen. Aber Häschens jüngerer Bruder Harlis … Erinnerst du dich an ihn?«

Cecelia nickte. Harlis zeigte die ganze Arroganz und künstliche aristokratische Stutzerhaftigkeit und dabei nur zwei Drittel des Verstandes von Häschen. Häschen hatte sich stets innerhalb eines Augenblicks vom törichten fuchsjagenden Gutsherrn in einen vernünftigen, praktischen und sehr tüchtigen Politiker verwandeln können. Harlis war Harlis – ganz Fassade und ohne Substanz.

»Harlis stellt die Hierarchie der Familie in Frage, und ich bin nicht sicher, ob Buttons ihn aufhalten kann. Ich habe Häschen vor drei Jahren gesagt, er sollte die Lage klären, nur für alle Fälle, und er und Kevil haben sich darüber Gedanken gemacht, aber dann ist Bubbles – Brun – verschwunden.«

»Und natürlich hat Häschen dann nicht mehr an das andere Problem gedacht.«

»Nein, und auch nicht an irgendwas sonst. Harlis konnte einige entfernte Verwandte davon überzeugen, Häschen hätte den Verstand verloren und seine Kinder könnten die entsprechende Veranlagung zeigen. Einige haben das geschluckt und ihren Einfluss zugunsten von Harlis geltend gemacht. Er hat verblüffend viele Anteile an mehreren unserer Unternehmen erworben; sogar die alte Trema hat ihm ihre Anteile vermacht …«

»Wirst du klarkommen?«

»Wahrscheinlich, aber ich verliere eine Menge. Und dabei wollte ich das Vermögen für Brun behalten – für sie und die Zwillinge. Sie braucht einen sicheren Platz; Sirialis wäre perfekt gewesen …«

»Harlis kann doch nicht Sirialis übernehmen …!« Cecelias erster Gedanke war, dass Harlis die Fuchsjagden nie geschätzt hatte und womöglich die Tradition der jährlichen Jagden beendete; sie verbannte diese Vorstellung und schämte sich. Vielleicht war sie tatsächlich so egoistisch und engstirnig, wie Miranda glaubte.

»Er versucht es.« Miranda senkte die Stimme und ahmte die von Harlis nach. »›Oh, du bist natürlich jederzeit willkommen, Miranda! Du findest hier immer einen Platz. Aber es war Familienbesitz und gehörte nicht allein Häschen.‹ Als ob ich dorthin fahren und in der Wohnung herumlungern würde, die er mir so großzügig angeboten hat, während er herumstolziert und den Gutsherrn gibt!«

Cecelia verkniff sich den Hinweis, dass, falls er seinen Willen bekam, er tatsächlich der Gutsherr sein und ihn nicht nur spielen würde. »Und was tust du dagegen? Ich vermute, du hast einen Plan.«

»Ja, aber ich habe mich noch nicht entschieden … es würde bedeuten, viel von dem zu zerstören, was Häschen aufgebaut hat … familiäre Beziehungen, Freundschaften, Bündnisse. Ich kann an meine Familie appellieren …« Unter den Gründerfamilien war die Mirandas zunächst bekannt geworden für Informationsmanagement und später für Entwicklung und Produktion einer Vielzahl von Geräten, die sich zu normalen Computern verhielten wie Spitzensportpferde zu Kinderponys.

»Aber es hat – es hat Häschen gehört und steht dir rechtmäßig zu …« Das Erbrecht war der einsame unverrückbare Bestandteil der Rechtsordnung: die Konzentration von Vermögenswerten innerhalb einer Familie, das Fundament der Familienmacht. So wütend Cecelia auf ihre Schwester gewesen war, als diese ihr Testament in Frage stellte, wusste sie doch, dass keine Anfechtung erfolgt wäre, hätte sie ihr Vermögen einem Familienmitglied hinterlassen, und sei es ein ferner Verwandter.

»Cece – du begreifst nicht, wie fadenscheinig das Gewebe geworden ist, seit du die Sache mit Kemtre und Lorenza aufgedeckt hast. Ich vermute, das hat schon vorher angefangen, aber zu dem Zeitpunkt wurde es offenkundig.« Miranda legte eine Pause ein und runzelte leicht die Stirn, während sie überlegte. »Häschen und ich und Kevil, wir haben mit knapper Not ein Bündnis von Familien aufrechterhalten. All diese Jahre, in denen wir gesellschaftliche Bindungen geknüpft haben, Geschäftsverbindungen, in denen Kevil seine rechtlichen Fähigkeiten und seine Intuition ausgespielt hat! Ich schwöre, dass er mehr über die vergammelten Leichen in den Kellern der großen Familien wusste, als irgendjemand jemals ahnte. Häschen ging damit hausieren, und ich lächelte und gab mich huldvoll und arbeitete mit den Ehefrauen und Geliebten. Wir hielten das alles mit Mühe zusammen, aber die Krisen haben dieses Gebäude immer wieder aus dem Gleichgewicht geworfen. Kemtres Abdankung, dieser Patchcock-Schlamassel – die Angst vor verdorbenen Verjüngungsmedikamenten, der Kollaps der Morrelline/Conselline-Familie und dann Bruns Entführung …« Ihre Stimme verklang.

»Und ich bin nach Rotterdam zurückgekehrt, um mit Pferden zu spielen«, sagte Cecelia.

»Ja. Ich habe in gewisser Weise Verständnis dafür. Venezia Morrelline hatte ihre Töpferarbeiten und du deine Pferde, und Kata Saenz ihre Forschungen. Die meisten Leute haben private Interessen, und das sollte ein gutes politisches System schließlich auch leisten: Jemandem die Freiheit gewähren, das zu tun, was er am besten kann, was immer es ist. Die Leuten möchten eine Arbeit verrichten, die sie lieben, möchten heiraten und Kinder haben und etwas Spaß. Aber falls zu viele Leute nur das tun, Cecelia, bleiben Lücken für solche Menschen, die Macht um der Macht willen erstreben und sie später auf eine Art und Weise benutzen, mit der sie deine Lebensqualität mindern.«

Wie Häschen, der Flottenressourcen einsetzte, als gehörten sie ihm persönlich, um Brun zu retten. Sie sprach das nicht aus; ihr war klar, dass Miranda wusste, wie die Leute darüber dachten. »Wie geht es Kevil?«, erkundigte sie sich stattdessen.

»Er lebt.« Ihrem Tonfall konnte Cecelia nicht entnehmen, ob Miranda darüber froh war oder nicht. Dann seufzte sie. »Ich kann mir einfach nicht wünschen, Kevil wäre tot – nur, dass Häschen doch auch noch leben möge. Kevil wurde schlimm verletzt – hat tagelang im Regenerationstank gesteckt; dann die Kopfwunde – er ist immer noch nicht wieder der Alte. Er wird es vielleicht auch nie wieder, sagen die Ärzte. Und ohne Häschen – oder mich, falls ich nicht doch eine Möglichkeit finde – genießt er nicht mehr die nötige Unterstützung, um fortzuführen, was er früher für uns tat.«

»Ich sollte ihn besuchen«, sagte Cecelia.

»Ja, das solltest du. Du solltest ihm sagen, was du mir gesagt hast, und dabei alle Namen nennen, die du kennst. Ihm fällt dazu vielleicht etwas ein, was hilfreich wäre, was uns eine Angriffsfläche bietet.«

»Und Brun?«

»Brun … hat die verrückte Idee, ihre Identität zu ändern. Zu den Guernesi zu gehen und sich dort einer Verjüngung und Bioskulptur zu unterziehen, die sie von den Knochen an zu einem neuen Menschen macht. Ich denke, die Prinzenklone haben sie auf diese Idee gebracht.«

»Sie möchte die Kinder nicht«, sagte Cecelia, und es war eine Feststellung.

»Würdest du sie wollen?« Miranda schauderte es, dann seufzte sie. »Nein, sie möchte sie nicht. Ich möchte sie eigentlich selbst nicht. Häschen aber hat sie gewollt. Er hegte die verrückte Vorstellung, sie könnten aufwachsen und beweisen, dass ihre Existenz kein Desaster wäre – aber das ist es.«

»Das ist eine schwere Last für die beiden.«

»Ja. Und unfair. Ich weiß das. Aber nichts kann ungeschehen machen, was sie nun mal sind: Bastarde, Bruns Untergang, der Ruin all unserer Hoffnungen für die Familias. Sie sind die brennende Zündschnur, die armen kleinen Bälger.«

»Wie sind sie?«

»Babys. Eigentlich inzwischen Kleinkinder. Keiner ähnelt irgendjemandem aus unserer Familie, aber sie ähneln sich auch gegenseitig nicht. Einer hat die hellsten roten Haare, die ich je gesehen habe, während die des anderen braun sind. Brun sagt, einer der Männer wäre ein Rotschopf gewesen …«

Cecelia fiel auf, dass Miranda keine Namen nannte; ehe sie danach fragen konnte, fuhr Miranda fort:

»Der Genscan verrät einige interessante Anomalien – einem Genetiker zufolge, der sich auch die Frauen und die übrigen Kinder angesehen hat, leiden diese Menschen an ernster Inzucht und einer entsprechenden Konzentration unerwünschter rezessiver Merkmale. Sie haben bemerkt, dass die von gefangenen Frauen geborenen Kinder weniger oft körperliche Gebrechen aufwiesen, hielten das jedoch für den Beweis, dass ihr Gott die Entführung von Frauen segnet. Natürlich haben wir die Jungen sofort behandelt, aber für eine vollständige Gesundung war es zu spät.«

»Wie habt ihr sie genannt?« Cecelia gelang es schließlich, ein Wort dazwischen zu bekommen.

Miranda wurde rot. »Wir haben eigentlich – keine Namen für sie. Brun hat ihnen nie welche gegeben und weigert sich, über das Thema zu reden. Die Kindermädchen nennen die Jungs Röttel und Bräunchen. Ich weiß …« Sie hob die Hand. »Das sind Namen für Hunde oder Ponys, nicht für Jungs. Bestenfalls Spitznamen. Ich habe nur nicht … Häschen und ich hatten darüber diskutiert, als er ermordet wurde.« Sie bewegte unruhig die Teetasse. »Würdest du sie gern sehen?«

»Natürlich.« Cecelia stand auf.

Den Flur hinunter und an mehreren Türen vorbei, und dann hörte sie bereits ein glückliches Kind krähen und ein weiteres glucksen. Miranda blieb vor der offenen Tür stehen. Cecelia blickte hindurch. Zwei junge Frauen in bunten Kitteln, ein mit Spielsachen übersäter Fußboden und zwei stämmige Kleinkinder. Einer, der Rotschopf, hüpfte auf und ab und klatschte dabei in die Hände. Der andere, der in einem Durcheinander von Bauklötzen saß, blickte rasch zur Tür und lächelte.

Das waren normale Kinder, keine Monster. Glückliche Kinder, keine Monster. Kinder, die mehr waren als »brennende Zündschnüre« – die potenziell normal waren, falls sie nur nicht mit der Last einer Vergangenheit aufwuchsen, die sie nicht zu verantworten hatten.

»Du musst sie wegschicken«, sagte Cecelia und überraschte sich damit selbst. »Es gibt Menschen, die sich Kinder wünschen und keine haben; es gibt Orte, wo man diese Jungs lieben wird, wie man es tun sollte.«

»Häschen hat gesagt …«

»Häschen ist tot. Sie leben. Sie können eine gute Zukunft haben – und das Universum ist groß genug, damit sie nicht irgendjemandes Marionetten in irgendeinem Machtspiel sein müssen.«

»Und weißt du, wer …?« Ein Tonfall, der irgendwo zwischen Sarkasmus und Hoffnung hängen blieb.

»Nein, aber ich kann es in Erfahrung bringen. Gestattest du mir das? Für sie ein Zuhause zu finden, wo sie eine Chance haben?«

Miranda ließ die Schultern hängen. »Ich … weiß nicht.«

»Miranda. Du hast noch andere Enkelkinder und wirst weitere bekommen. Kinder, die du ganz natürlich lieben kannst. Kinder, deren politische Bedeutung – falls überhaupt vorhanden – mit einer familiären Verpflichtung Hand in Hand geht. Du hast diesen Jungen nicht einmal *Namen* gegeben – und du weißt selbst, dass das falsch ist. Gib sie her; gib ihnen eine Chance.«

»Brun möchte …«, sagte Miranda. »Sie hat gesagt … sie möchte sie nicht hassen, aber sie kann nicht in ihrer Gesellschaft leben. Aber wir beide ertragen auch den Gedanken an ein Waisenhaus nicht.«

»Sie hat Recht«, fand Cecelia. »Du hast gesagt, wir ähnelten einander – und insoweit könnte das stimmen. Falls ich diese Kinder unter solchen Umständen geboren hätte, müsste ich sie hergeben. Es ist ein großes Universum; sie bräuchten es nie zu erfahren.«

Sie ließ Miranda an der Tür stehen und betrat das Zimmer, nickte den Kindermädchen zu und setzte sich auf den Boden. Röttel, dessen Haare wie orangefarbene Flammen glänzten, steckte sich einen dicken Daumen in den Mund, aber Bräunchen lächelte sie an. Cecelia holte den Schlüsselring für die Ställe hervor und klimperte damit. Bräunchens Lächeln wurde breiter, und er kam zu ihr und griff nach den Schlüsseln. Obwohl er Brun kaum ähnelte, deuteten seine Kühnheit und das Funkeln in den Augen auf Bruns Charakter hin.

Cecelia betrachtete sich nicht als religiös, ertappte sich jetzt jedoch dabei, wie sie zu irgendwas irgendwo darum betete, diesen Jungs ein Leben zu schenken, das besser war, als der Beginn andeutete.

»Lady Cecelia!« Das war Brun. Cecelia drehte sich um.

»Du siehst gut aus«, sagte sie. Brun sah körperlich

gut aus – der hoch gewachsene Körper gepflegt und fit, der Schwung ihrer goldenen Locken eine Pracht, die den Kopf einrahmte. Aber die klaren Augen wirkten verdunkelt und schienen noch dunkler zu werden, als sie die Jungs betrachtete.

»Mir geht es gut«, sagte sie. »Unter den Umständen.«

»Ich bin mit dir und deiner Mutter einer Meinung«, sagte Cecelia. »Diese Jungs brauchen ein richtiges Zuhause, ganz zu schweigen von Namen.«

Bruns Gesicht wurde erst starr; dann lächelte sie. »Immer noch taktvoll, wie ich sehe.«

»Wie immer«, pflichtete ihr Cecelia bei. »Meine Liebe, ich bin fast neunzig, und die Verjüngung hat nichts dazu beigetragen, mich zu einem weicheren Menschen zu machen. Warum tun wir es nicht heute?«

»Heute?« Sowohl Miranda als auch Brun wirkten schockiert; das Gleiche galt für die Kindermädchen.

»Sie lernen allmählich zu sprechen; verstehen tun sie bereits noch mehr. Jeder Tag, den ihr wartet, macht es für sie noch schwerer.«

»Ich … möchte sicherstellen, dass sie ein gutes Zuhause bekommen … dass ihnen nichts fehlt …«, sagte Brun.

»Ein gutes Zuhause ist ein liebevolles Zuhause«, erklärte Cecelia mit der ganzen Selbstsicherheit der Kinderlosen. »Und derzeit fehlen ihnen die grundlegendsten Notwendigkeiten überhaupt – Namen, Eltern …«

»Aber was willst du mit ihnen machen?«

»Sie in ein sicheres und liebevolles Zuhause bringen. Brun, du kennst mich schon dein ganzes Leben lang. Habe ich dich je angelogen?« Brun schüttelte den Kopf, und Tränen stiegen ihr in die Augen. Miranda wollte etwas sagen, aber Cecelia gab ihr mit einem Wink zu verstehen, dass sie sich heraushalten sollte. »Ich habe dir stets die Wahrheit gesagt, selbst wenn du sie nicht hören wolltest. Ich sage dir auch jetzt die Wahrheit – falls du mir diese Jungs anvertraust, sorge ich dafür, dass sie ein gutes Zuhause finden. Ich kümmere mich persönlich darum …«

»Aber deine Pläne …«

»Es sind meine Pläne. Miranda, du hast mich mit meiner eigensüchtigen Lebensweise aufgezogen. Und jetzt kommt uns diese Eigensucht zustatten. Ich kann dir helfen, jetzt auf der Stelle, weil mir keine anderen Verpflichtungen im Weg stehen.« Sie schlug einen weicheren Ton an. »Bitte, lass mich.«

Brun schlug die Augen nieder und nickte dann. Cecelia sah Tränen in ihren Augen glänzen.

Miranda starrte Cecelia lange an und sagte schließlich: »In Ordnung. Und ich habe noch Geld für sie – für den Start in ein neues Leben …«

»Gut.« Cecelia zerbrach sich den Kopf darüber, was jetzt zu tun war. Sie hatte *heute* gesagt, ohne richtig darüber nachzudenken, was das bedeutete, aber jetzt sahen die beiden Kindermädchen sie an und warteten auf ihre Befehle. Sie hatte keine Ahnung, wie lange es dauerte, alles Nötige für zwei Kinder zu packen, oder wohin sie sie bringen sollte, aber sie wusste, dass sie nicht zögern durfte. Sie wandte sich an die Kindermädchen.

»Haben Sie Vollzeitstellen und wären Sie in der Lage, für etwa einen Monat auf Reisen zu gehen?«

»Ja, Ma'am«, antwortete eine. »Wir stammen von Sirialis, aber wir dachten, wir würden auf Jahre hier bleiben …«

»Würden Sie dann bitte die Sachen der Jungs packen – oder jemandes Hilfe dabei anfordern? Ich muss mit Miranda sprechen und ein paar Abmachungen treffen…« Sie brauchte ein größeres Schiff – und für einen Moment versetzte es ihr einen Stich, als sie daran dachte, wie leicht es mit der *Sweet Delight* und Heris Serrano gewesen wäre, die Zwillinge und ihre Kindermädchen überallhin mitzunehmen. Sollte sie Plätze auf einem kommerziellen Passagierschiff reservieren? Nein, dort drohte zu viel öffentliche Aufmerksamkeit. Sie musste ein Schiff mit Besatzung mieten. Nein, zunächst brauchte sie ein weiteres Zimmer – mehrere Zimmer – in ihrem Hotel. Sie hatte bislang nur eins reserviert. Oder vielleicht ein anderes Hotel? Ideen wirbelten ihr durch den Kopf wie Blätter im Wind. »Miranda, gehen wir lieber in deine Suite … wir haben Wichtiges zu besprechen.«

»Ja, Cecelia.« Miranda nickte den Kindermädchen zu, die bereits die Spielsachen einsammelten. »Ich schicke eine Zofe, die alles packt; sorgen Sie einfach dafür, dass die Jungs sauber und angezogen sind. Und ich sorge für Ihre Gehälter und Empfehlungen.«

Dann ging sie voraus in ihre Suite. Brun begleitete sie, das Gesicht aufs Neue starr vor Kummer.

»Hast du irgendeine Idcc, wohin du sie bringst?«, wollte Miranda wissen, als sie wieder in ihrem Wohnzimmer waren.

»Ja.« Der Gedanke war ihr gekommen, während sie durch den Flur gingen. »Ich kenne den perfekten Planeten und wahrscheinlich das perfekte Paar. Möchtest du es wissen?«

»Nicht … jetzt. Später vielleicht.« Brun saß mit hängenden Schultern da und starrte auf den Teppich.

»Na fein. Miranda, ich muss dein Funkgerät benutzen …«

»Ich rufe am besten Poisson …«

»Nein. Ich nehme die Reservierungen selbst vor.« Nur für das erste Hotel, sagte sie sich. Von dort aus würde sie dann die Reise arrangieren. Und sie wollte keine Aufzeichnungen in Palastcomputern zurücklassen, wo die Reporter vielleicht schon eine undichte Stelle kannten.

»Ich verfüge über Mittel …«

»Du hast gesagt, du hättest Auseinandersetzungen mit Häschens Bruder …«

»Ich meine jetzt eigene Mittel. Lass mich wenigstens helfen!«

»Natürlich.« Cecelia wandte sich höflich Brun zu, als Miranda eine Verbindung zu ihrer Bank öffnete. »Brun – hast du in jüngster Zeit von diesem Mädchen gehört – Hazel, nicht wahr?«

Brun blickte auf. »Ich sorge mich um sie. Es scheint ihr zwar gut zu gehen für jemanden, der so viel durchgemacht hat, aber sie hat nie eingestanden, wie schlimm es war. Sie möchte ständig, dass ich mich mit der Frau dieses Rangers treffe – mit Prima Bowie.«

»Warum?«

»Ich weiß es nicht.« Brun bewegte sich unruhig. »Hazel hat sie gemocht, denke ich. Sagt, sie wäre freundlich. Hazel empfindet Mitleid mit ihr, einer Fremden in unserer Gesellschaft. Aber diese Frau hat sich frei entschieden; sie ist nicht entführt worden.«

»Sind sie immer noch zusammen, all diese Frauen?«, erkundigte sich Cecelia.

»So weit ich weiß, ja. Es ist mir … im Grunde egal.«

Miranda mischte sich ein. »Ich habe eine Einzahlung

auf dein Konto vorgenommen, Cecelia; ich kann später mehr schicken, falls …«

»Mach dir deswegen keine Sorgen«, unterbrach Cecelia sie. »Sag mir – führen die Kindermädchen die Jungs auch mal zum Spielen aus? In einen Park oder so was?«

»Nicht außerhalb des Palastgeländes. Die Nachrichtenmedien sind auch so schon schlimm genug.«

»Dann – gibt es Palastangestellte mit Kindern? Sind welche im Haus?«

»Ich bin mir sicher, dass wir hier welche haben, aber ich weiß nicht, wer …«

»Vielleicht wissen es die Mädchen. Wir möchten schließlich keine Publicity, wenn wir die Kinder hinausbringen.«

Die kleine Schlange von Kindern der Briary-Meadows-Grundschule, die im Rahmen ihres Schulausflugs gerade zwei und zwei hintereinander durch die öffentlichen Räume geführt wurden, erhielt einen kleinen Schwanz. Die Schüler schenkten dem keine große Aufmerksamkeit; sie waren schon müde von den Glaskästen voller Trophäen – Geschenke, wie sie diese oder jene berühmte Person von einer anderen Berühmtheit erhalten hatte –, den Zimmern voller interessanter Möbel, die sie nicht anfassen durften, den Seidenseilen, an denen sie nicht schaukeln durften, den ständigen Ermahnungen, auch aufzupassen, still zu sein, nicht zurückzubleiben und nicht zu dicht aufzuschließen.

Man hatte den Kindern einen Besuch in der berühmten Eisdiele Ziffra versprochen, falls sie sich benahmen, und nur ein stetiger Fluss leiser Kommandos hinderte sie daran, sich gegenseitig niederzurennen, als es zur

Tür hinausging. Die Kindermädchen trugen inzwischen die grünen Kittel erwachsener Schulbetreuer, komplett mit Namensschildchen; sie bildeten die Nachhut, jede mit einem Kleinkind auf der Hüfte.

Draußen lauerten die Mediengeier weiterhin auf irgendeine Spur von Brun oder ihren Kindern, aber sie kümmerten sich nicht um das Durcheinander aus piepsenden Stimmen und geschäftigen Erwachsenen. Sie hatten die hellgrünen Busse mit dem Namen der Schule und haufenweise Kinder ankommen gesehen, offenkundig Schüler, die von Lehrern in ordentlichen Reihen aufgestellt wurden, während erwachsene Freiwillige die unvermeidlichen Ausreißer einfingen. Wenigstens ein solcher Schulausflug fand jeden Tag statt; der Palast war von jeher eine beliebte Touristenattraktion, und Busladungen von Kindern, Senioren und Kongressteilnehmern trafen so häufig ein, dass niemand aus dem Pressekorps sie eines Blickes würdigte.

Auch jetzt kümmerten sie sich nicht um das Durcheinander, während sich die schnatternden Kinder in die Busse drängten und geplagte Erwachsene sie zählten, Unterlagen verglichen und die Türen schlossen; die Reporter achteten lieber darauf, ob nicht Lady Cecelia wieder auftauchte, deren Limousine am äußeren Ende des Parkplatzes wartete.

Eine halbe Stunde später verließ Cecelia den Palast, lächelte in die Hololinsen und nahm die Glückwünsche für ihren Sieg bei den Senior Trials entgegen. Sie wehrte ein paar Fragen nach ihrem Zuchtprogramm ab, drückte Mitgefühl für Bruns Familie aus und stieg in die wartende Limousine, um in das Medizinzentrum zu fahren, wo Kevil Mahoney nach wie vor in kritischem Zustand war.

Und später am Nachmittag verließen die zwei freiwilligen Schulhelferinnen, die ihre grünen Kittel und Namensschildchen vorübergehend ausgeliehen hatten, den Palast durch einen Personalausgang, zusammen mit weiteren Angestellten, die außerhalb wohnten. Auch sie beachtete niemand.

Miranda lauschte der Stille und spürte, wie sich in ihren Gedanken etwas veränderte. Sie hatte die Zwillinge nie wirklich hören können, aber das Wissen, dass sie nicht mehr hier waren, dass sie sie nicht einmal dann hören konnte, wenn sie den Flur hinunterging, trug sie zu einem fernen Horizont. Sie blickte auf die Uhr. War es immer noch so früh? Sicherlich hatte Cecelia sie noch nicht vom Planeten fortbringen können. Sie konnte sich ja davon überzeugen … Sie erstarrte, die Hand zum Funkgerät ausgestreckt.

Nein. Als wäre es ein Robotarm, den sie bediente, konzentrierte sie sich auf die Hand und nahm sie zurück auf den Schoß.

Sie waren fort. Sie waren für immer fort.

Eine Leichtigkeit füllte sie aus, als wäre sie nur eine durchsichtige Hülle ihrer selbst. Vielleicht wurde sie einfach fortgeweht … aber das war natürlich Unsinn. Sie war müde, sehr müde, und …

»Mutter?«

Schwere und Dunkelheit kehrten so plötzlich zurück, dass sie kaum noch Luft bekam. »Ja, Brun?«

»Denkst du, dass es ihnen gut gehen wird?«

»Natürlich.« Miranda holte tief Luft. »Cecelia ist zuverlässig, auf ihre eigene Art, und sie wird dafür sorgen.«

»Gut.« Brun betrat das Zimmer zögernd, als wäre sie unsicher, ob sie willkommen war. »Ich fühle mich … seltsam.«

Natürlich fühlte sie sich seltsam. Niemand konnte das überleben, was sie durchgemacht hatte, ohne sich seltsam zu fühlen, sobald das Leben Gelegenheit gab, innezuhalten und sich der Ereignisse bewusst zu werden.

»Setz dich«, sagte Miranda. »Nimm einen Schluck Tee.« Cecelia hatte ihre Tasse nicht mal ausgetrunken. Brun setzte sich so zaghaft, wie sie das Zimmer betreten hatte. Eine Zeit lang knabberten sie beide schweigend Gebäck; denn stellte Brun ihren Teller ab.

»Was wird wohl aus dem Familienbesitz?«

Das war nicht die Frage, die Miranda erwartet hatte, aber eine, der sie sich im Augenblick nur zu gern widmete. »Es wird sehr schwierig werden«, antwortete sie. »Als dein Vater die Flotte mobilisierte, um nach dir zu suchen, hat er eine Menge Leute gegen sich aufgebracht, einschließlich der eigenen Familie.«

»Zu viel für nur einen Menschen«, murmelte Brun.

»Es ging ja nicht um ihre Tochter«, wandte Miranda ein. »Und es war nicht deine Entscheidung, sondern seine. Harlis hat dadurch jedoch beim Rest der Familie Boden gutgemacht – er hatte schon daran gearbeitet und behauptet, Häschen verwendete zu viel Zeit und Kraft auf Ratsangelegenheiten und vernachlässigte die Interessen der Familie. Er sagte, Buttons wäre zu jung und unerfahren; er fing an, alberne, zeitvergeudende Berichte anzufordern und an allem herumzumäkeln. Buttons hatte in nur wenigen Jahren viel zu lernen, aber er hat es gut gemacht. Nur verspricht Harlis, er täte es besser. Und jetzt – na ja, er ist entschlossen, sich Sirialis anzueignen.«

»Dumm von ihm«, fand Brun mit einer Spur ihrer alten Arroganz. »Die Liegenschaft ist nicht profitabel; sie hat nie etwas abgeworfen …«

»Genau darauf hat sich Harlis zum Teil berufen. Er behauptet, bei richtigem Management könnte der Besitz etwas abwerfen. Und dazu gehören Fuchsjagden natürlich nicht ... außer als kommerzielle Veranstaltung. Und mit kommerziellen Unterfangen kennt er sich aus. Ich weiß nicht, ob du die Entwicklung der Geschäftszweige verfolgt hast, die er leitet ...«

»Nein«, sagte Brun.

»Dann kannst du dir die Unterlagen später ansehen. Er denkt, Sirialis würde sich als Kolonisationsprojekt bezahlt machen ...«

»Er möchte Kolonisten auf den Planeten holen?«

»Ja. Nach seiner Auffassung strotzt der Planet von vergeudetem Platz, den man profitabel nutzen sollte. Buttons hat auf die landwirtschaftlich genutzten Flächen hingewiesen, aber Harlis besteht darauf, das wäre nicht genug, und er behauptet, Häschens Rechtsanspruch hätte nur auf Lebenszeit bestanden. Kevil hatte sich vor dem Anschlag schon um diese Frage gekümmert, aber – jetzt kann er auch nicht mehr helfen.«

Brun machte ein finsteres Gesicht. »Ich frage mich, ob der liebe Onkel Harlis irgendetwas mit dem Anschlag zu tun hat.«

»Nein, Liebes, das war nicht Harlis.« Miranda stieß diese Worte mit mehr Nachdruck hervor, als sie vorgehabt hatte, und als Brun sie ansah, dämmerte ihr etwas.

»Mutter – du *weißt* etwas? Du weißt, wer es getan hat?«

»Ich weiß, dass es nicht Harlis war.« Verdammt, sie musste sich etwas ausdenken, oder Brun würde erneut losstürmen und sich in Gefahr bringen.

»Du glaubst nicht, dass es die Neutexaner ...?«

»Nein. Es ist zwar die offizielle Linie, aber nicht meine.«

»Wer dann?«

»Brun, ich möchte dieses Thema nicht mit dir diskutieren. Jedenfalls nicht jetzt. Wir müssen uns über die Familie deines Vaters unterhalten und darüber, was sie wahrscheinlich tun wird, sowie über einige weitere wirtschaftliche Fragen. Um diese Dinge müssen wir uns sofort kümmern. Die Mörder deines Vaters ... können warten.«

»Die Spur ...«

»Wird nie kalt werden. Bitte, Brun! Hör einmal in deinem Leben auf mich. Wir müssen vorsichtig sein!«

Brun wurde bleich, als sie das hörte; ihre Kiefermuskeln wölbten sich. »Ich möchte in die Guernesi-Republik auswandern.«

»Nein, ich brauche dich hier.«

»Wozu? Als Ausstellungsstück?«

»Nein, als Bundesgenossin. Falls wir unsere Stellung verteidigen möchten, müssen alle mithelfen. Deine Schwestern setzen sich bereits ein – zwar stecken sie bis zum Hals in familiären Aufgaben, aber sie bemühen sich, Unterstützung zu organisieren. Buttons und Sarah arbeiten beide auf Hochtouren. Ich brauche die Hilfe eines Menschen, dessen Loyalität nicht in Zweifel steht – ich brauche dich.«

»Oh ...« Brun blickte an ihr vorbei in eine Ferne, die Miranda nicht auszuloten vermochte.

»Du warst nur zu bereit, Cecelia zu helfen«, gab Miranda zu bedenken und schämte sich der Schärfe ihres Tons.

»Brauchst du mich wirklich?«, fragte Brun.

Miranda musterte sie scharf. »Natürlich ... Nein, ich möchte es genauer ausdrücken: Ja, ich brauche dich.

Niemand kann für dich einspringen; niemand in der Familie verfügt über eine vergleichbare Ausbildung und Erfahrung.«

»Du meinst es wohl ernst … aber du hast mich früher nie gebraucht. Ich mache nur Schwierigkeiten …« Trotzdem verriet Bruns Stimme jetzt Unsicherheit.

»Nein, du bist diejenige, die Schwierigkeiten überlebt. Brun, bitte … hilf mir.«

Brun verzog das Gesicht. »Ich weiß nicht, ob ich es kann …«

»Du kannst es, wenn du nur willst«, sagte Miranda entschieden. »Ich möchte die finden, die deinen Vater ermordet haben, und diejenigen, die versuchen, die Regierenden Familias zu demontieren, und ich möchte erfahren, welche Absichten dahinter stecken. Ich bin nicht sicher, ob es dieselbe Person oder Organisation ist, aber es könnte gut sein.«

Brun betrachtete verblüfft ihre perfekte, gelassene, makellose Mutter. Ihr ganzes Leben lang hatte sie ihre Mutter als die Ikone betrachtet, für die jeder sie hielt. Der Vater war der Aktive gewesen, der Macher und Gestalter. Die Mutter half ihm auf seinem Weg, indem sie danebenstand und lächelte.

Jetzt erblickte sie die tatsächliche Person hinter den Etiketten »Mutter« und »Gemahlin Häschen Thornbuckles« … eine Frau, so intelligent, hart und kenntnisreich, wie ihr Vater jemals gewesen war. Vielleicht gar so gefährlich wie Lorenza. Nach dem Schimmer in Mirandas Augen zu urteilen, war ihr diese Erkenntnis gekommen, und sie genoss die Überraschung.

»Es war kein Fehler, dass ich mir Brun *Meager* als Künstlernamen gewählt habe«, sagte Brun und stellte ihre Hypothese auf die Probe.

Ihre Mutter lächelte. »Durchaus nicht. Ich freue mich, dass es dir klar wird. Nun – stehst du mir bei?«

»Ja. Falls ich kann …«

»Du kannst. Nicht alles auf einmal, aber … Ich möchte es mal so erklären: Ich habe nach dieser skandalösen Patchcock-Affäre deinen Vater vor denen seiner Verwandten gewarnt, die das Gleiche taten wie diese Morrelline-Dame. Zugegeben, ihre Brüder hatten nichts Besseres verdient, aber andere konnten ihnen auch mit weniger guten Gründen nacheifern. Er war überzeugt, alles Nötige in die Wege geleitet zu haben, zum Teil deshalb, weil der alte Viktor Barraclough stets sein Freund und Mentor gewesen war. Aber ungefähr zur Zeit der Xavier-Invasion entdeckten er und Kevil Unregelmäßigkeiten … Aufkäufe von Unternehmensanteilen, denen sie keinen Namen zuordnen konnten, Personalwechsel in einigen Aufsichtsräten, die keinen Sinn ergaben. Die militärische Krise kam natürlich an erster Stelle; und als anschließend Beweise für Verräter bei der Flotte vorlagen, haben sie sich darüber und über Ratsangelegenheiten viel mehr Gedanken gemacht. Das Ergebnis all dessen jedoch lautet: Harlis verfügt über ausreichend Anteile und Stimmen in diversen Aufsichtsräten, um plausibel den Anspruch erheben zu können, dass viel vom Vermögen deines Vaters diesem eigentlich nicht persönlich gehörte. Ich denke, er hat die Unterlagen manipuliert, aber ich hatte nicht die Zeit, mich richtig darum zu kümmern. Und hier kann ich es nicht tun.«

»Könntest du es auf Appledale tun?«

»Im Grunde nicht … ich muss nach Sirialis fahren; dort haben wir die Sicherungsdateien abgelegt. Dein Vater hielt mich zuzeiten für paranoid, aber ich habe darauf bestanden, dass wir halbjährlich eine Komplettsicherung vornahmen und einfach nur archivierten. Ich denke, dass Harlis deshalb so scharf darauf ist, sich Sirialis anzueignen; er vermutet die Daten dort irgendwo.«

»Dann solltest du nach Sirialis fahren«, sagte Brun. »Er kann dich schließlich nicht daran hindern, oder?«

»Noch nicht. Aber ich kann dich auch nicht allein hier lassen …«

Brun unterbrach sie. »Du wolltest, dass ich helfe; jetzt gib mir auch die Möglichkeit. Von der nächsten Sitzung des Großen Rates ist ohnehin nichts zu erwarten; sie sind wahrscheinlich noch im Schockzustand und werden tagelang schwafeln.«

»Da bin ich nicht so sicher; dieser Conselline-Bursche hat es immerhin geschafft, zum Interims-Sprecher gewählt zu werden …«

»Was auch immer passiert, es kann nicht so wichtig sein, wie Harlis aufzuhalten. Fahre! Ich gehe zur Ratssitzung und informiere dich anschließend, was gelaufen ist. Versprochen!« Brun streckte die Hand aus und täschelte ihrer Mutter den Arm. »Wir lassen nicht zu, dass sich Harlis alles unter den Nagel reißt, und wir lassen nicht zu, dass irgendein Conselline-Idiot die Familias ruiniert. Falls es das ist, was hier läuft.«

Ihre Mutter bedachte sie mit einem prüfenden Blick. »Manchmal, Brun, ähnelst du bemerkenswert deinem Vater.«

»Tut mir Leid …«

»Nein, das braucht es nicht. In Ordnung – zunächst verlassen wir diesen ….« Mit einem Armschwenk umfasste sie den ganzen Palast. »Dann reise ich nach Sirialis ab.«

Cecelia hielt unterwegs zum Krankenhaus an, um im Hotel anzurufen und dem Personal zu versichern, dass es sich bei den beiden jungen Frauen und den zwei Kindern um genau die Personen handelte, denen sie Vollmacht erteilt hatte, sich unter ihrem, Cecelias, Namen einzutragen. Zwei weitere Zimmer? Kein Problem. Cecelia lächelte vor sich hin; sie war klug genug gewesen, in ein Hotel hier auf Castle Rock zu investieren, statt sich ganz auf die Gastfreundlichkeit von Freunden zu verlassen.

Als sie das Krankenhaus erreichte, erfuhr sie, dass sie George knapp verpasst hatte. Sie stieg die Treppe hinauf, blieb auf dem Korridor vor der Intensivstation stehen und betrachtete die reglose Gestalt im Bett.

Er sah miserabel aus, fand sie; sie fragte sich, ob sie damals auch so schlimm ausgesehen hatte. Er war nicht bei Bewusstsein, erklärte man ihr; man kämpfte immer noch darum, den Druck im Gehirn zu steuern, und er stand unter der Wirkung starker Beruhigungsmittel, außer bei der wöchentlichen Prüfung der Nervenfunktionen. Cecelia blinzelte, als ihr die Tränen kamen, und erinnerte sich an die eigene Zeit im Medikamentenkoma … fragte sich dabei, ob Kevil mehr wahrnahm, als sie ahnten … und versprach ihm lautlos, zurückzukehren und ihn hier herauszuholen, koste es, was es wolle. Es fiel ihr schwer zu gehen, aber auf sie wartete eine noch dringlichere Aufgabe.

Im Laurels trat sie an die Rezeption und bat um Hilfe dabei, eine Yacht zu mieten. Das Laurels war auf solche Bitten eingestellt; der Portier brauchte nur einen Augenblick, um Cecelia mit der Buchungsstelle von Allsystems Leasing zu verbinden.

Als Inspirationsquelle hatte ihr Neffe Ronnie gedient. Ronnie und Raffaele waren als Frischvermählte hinaus an die Grenze umgezogen – nach Excet-24, einen gerade für die Kolonisation freigegebenen Planeten. Cecelia hoffte, dass er einen wohlklingenderen Namen erhielt, ehe er sich für die Vollmitgliedschaft in den Familias qualifizierte. Als Ronnie und Raffa sich zuletzt gemeldet hatten, waren sie noch kinderlos gewesen, aber »voller Hoffnung«. Cecelia wusste nicht recht, wer solche Hoffnungen hegte – das junge Paar oder ihre Eltern –, aber sie erinnerte sich an Raffas Fähigkeiten bei der Lösung von Problemen und war überzeugt, dass sie für die Jungen ein gutes Zuhause finden würde, falls sie sie nicht selbst nehmen wollte.

Das bedeutete jedoch eine lange Reise – mindestens sechs Wochen. Sie diskutierte die Route mit dem Leasing-Agenten und bestellte das Premium-Platin-Paket an Vorräten. Es machte ihr nichts aus, Häschens Familie diesen Dienst zu erweisen, aber warum sollte sie es dabei ungemütlich haben? Sie wollte mal wieder etwas Frisches essen.

Auf Mirandas Rat hin stellte sie drei weitere Kindermädchen ein. Eine wollte emigrieren und akzeptierte gern anstelle des Gehalts Siedlungsrechte. Sie brachte ihre eigenen Kinder mit, zwei und vier Jahre alt. Fünf Personen, die für vier Kinder sorgten, waren vielleicht übertrieben, überlegte Cecelia, aber sie hatte nicht vor, eigenhändig auch nur eine einzigee Windel zu waschen oder eine einzige laufende Nase abzuwischen.

Bis Mitternacht hatte sie alles arrangiert. Die Yacht war nicht sofort bereit; selbst mit großem finanziellen Aufwand dauerte es seine Zeit, ein großes Raumschiff auf eine Luxusreise vorzubereiten. Cecelia traf jedoch Vorkehrungen, dass eines der Kindermädchen Mirandas mit den Jungen täglich in einen Park ging, zusammen mit dem neu eingestellten Mädchen und dessen Kindern, sodass die Suite wenigstens für ein paar Stunden am Tag frei war. Niemand hatte seit Monaten mehr Bilder von den Jungen gesehen; niemandem, davon war Cecelia fest überzeugt, würden zwei weitere junge Frauen mit Kindern in einem Park auffallen, der voller junger Frauen mit Kindern war. Sie hatte mit den Kindermädchen besprochen, was für die Reise und sechs Monate danach an Kleidung gebraucht wurde, denn sie wusste nicht recht, wie leicht es war, auf einer Kolonialwelt Kinderkleidung aufzutreiben. Sie vereinbarte Kreditgrenzen, damit von den Kindermädchen getätigte Käufe nicht bis zu ihr oder Miranda zurückverfolgt werden konnten.

Dann fiel sie ins Bett, umwabert vom Schein ihrer Tugendhaftigkeit. Als die Zwillinge um zwei Uhr früh brüllend wach wurden, zog sie sich ein Kissen über den Kopf und schlief weiter. Das war jemand anderes Aufgabe.

Als das Raumschiff schließlich beschleunigte und dabei Rockhouse Major hinter sich ließ, war Cecelia überzeugt, dass niemand Verdacht geschöpft hatte. Die Nachrichtenreporter hatten nur das übliche Interesse an dem gezeigt, was Cecelia tat, und schienen ihre lässige Bemerkung zu akzeptieren, sie hätte die große Yacht gemietet, weil sie es leid wäre, in dem kleinen Schiff die ganze Arbeit selbst zu leisten, und jemanden mitnehmen wollte, der kochte und sauber machte.

Die beiden Jungs freuten sich sehr über die Gesellschaft anderer Kinder; Cecelia studierte in ihrer Kabine die medizinischen Unterlagen der beiden und gelangte zur gleichen Schlussfolgerung wie die Ärzte und Psychologen: Normale Kinder, die mit einem normalen

Leben rechnen konnten. Die eigentliche Frage jedoch lautete … sollte sie Raffaele und Ronnie die tatsächliche Identität der Kinder mitteilen? Ihrer Meinung nach sollten es die Jungen selbst nicht erfahren – zwar sollten sie ruhig wissen, dass man sie adoptiert hatte, aber nicht, dass ihre Väter die Mutter vergewaltigt und gefangen gehalten hatten. Natürlich mussten sie eines Tages Zugriff auf die eigenen Krankenakten erhalten; therpeutische Fortschritte machten es vielleicht irgendwann möglich, die Korrektur ihres Genoms abzuschließen.

In beiden Richtungen erblickte Cecelia moralische und emotionelle Untiefen.

Kapitel vier

Die Excet-Kolonie 24 wirkte aus dem Weltraum wie das Paradies – saphirblaue Meere und smaragdgrüne Wälder, goldbraune Trockengebiete und olivfarbene Savannen, und über allem die weißen Bausche und Streifen von Wasserdampfwolken. Man hatte auf dem Planeten vor zweihundert Jahren die üblichen invasiven Lebensformen ausgesetzt und ihn anschließend scharf überwacht. Ursprünglich hatte man die Kolonisierung erst hundert Jahre später geplant, zu einem Zeitpunkt, an dem sich das eingeführte Ökosystem stabiler etabliert hatte – aber dann zeigte sich, dass das Sauerstoffniveau nie gefährlich abfiel; schon das ursprüngliche System hatte auf einer Sauerstoff-Kohlenstoff-Basis beruht.

Im Gegensatz dazu betrachtete Cecelia den Kolonialraumhafen nur als schmutzigen kleinen Schutthaufen. Die Charteryacht war mit einem eigenen Shuttle ausgestattet, dessen breiter Sichtschirm einen klaren Blick auf all den Dreck gewährte. Weggeworfene Frachtcontainer lagen an beiden Enden der Startbahn herum. Der einzigen Startbahn. Die Raumhafengebäude waren hässliche Stapel, die viel zu sehr denen von Patchcock ähnelten. Die weißen Rauchfahnen von Zementfabriken – den Kalköfen, in denen Kalkstein und Schiefer für Bauzwecke zu Zement verarbeitet wurden – breiteten sich sacht über einen Hintergrund aus dichtem grünem Wald.

Für die Zollabfertigung sorgte eine gehetzte junge Frau mit einem nahezu unverständlichen Akzent, die sich nur dafür interessierte, ob die Neuankömmlinge Siedlungsrechte besaßen.

»Ich *brauche* kein Siedlungsrecht«, erwiderte Cecelia. »Ich bleibe nicht; ich bin nur zu Besuch …«

Die junge Frau betrachtete sie finster, nahm Cecelias IDs entgegen und steckte sie in eine Maschine. Einen Augenblick später drehte sie sich um und sah Cecelia lange an.

»Sie bleim nich.«

»Nein, ich bleibe nicht. Ich besuche nur meinen Neffen und seine Frau. Ronald Vandormer.«

»Aoh! Rownnie! Warm hamses nich sacht?«

»Ich habe es versucht«, erinnerte Cecelia sie.

»Um diese Zeit isserm Büro«, erklärte die Frau. »Se können rübergehn.« Sie zeigte ihr den Standort des »Büros«, eines zweistöckigen Betonwürfels.

Wie die meisten Kolonien hatten die Investoren auch dieser zunächst einen Vorsprung eingeräumt; die Raumhafenstadt verfügte über ein kleines Netz aus befestigten Straßen und ein größeres aus Schotterpisten. Die ersten circa hundert Häuser bestanden aus solidem Material – in diesem Fall Betonblöcken. Darüber hinaus setzte sich die Ansiedlung aus wackeligen Konstruktionen zusammen, die Cecelia nur als Schuppen bezeichnen konnte – unbeholfen aus nacktem Bauholz errichtet. Während sie durch die Stadt ging, fiel Cecelia auf, wie viele Menschen Gegenstände in der Hand trugen … dass also Handwagen fehlten, ganz zu schweigen von richtigen Fahrzeugen.

An der Seite des zweistöckigen Hauses umschloss eine niedrige Mauer einen Hof, auf dem eine Gruppe Männer an einer Maschine arbeitete, mit der Cecelia nicht vertraut war. Sie wollte sie schon nach Ronnie fragen, als ihr eines der Gesichter auf einmal bekannt erschien. Ronnie? Sie blinzelte im strahlenden Sonnenlicht, und der Eindruck … blieb bestehen. Der Hochglanzaristokrat, der immer nur auf Haaresbreite von einem Stutzer entfernt gewesen war – und das nur, weil sein Freund George schon gebügelt und geschniegelt auf die Welt gekommen war, wie man so sagte –, stand dort in braunem Arbeitshemd und Hose, und beide waren voller Flecken aus Matsch oder Schmierfett. Cecelia konnte nicht mal erkennen, welche Farbe seine Schuhe ursprünglich gehabt hatten. Aber es war Ronnie – so gut aussehend wie eh und je, wenn nicht noch besser.

Ehe sie ihn ansprechen konnte, wandte er sich ab und betrat das Gebäude; die übrigen Männer fuhren damit fort, irgendetwas mit Maschinen und Holz anzustellen. Cecelia folgte Ronnie ins Haus, in ein Zimmer mit groben Wänden und Betonfußboden, und traf ihn dort dabei an, wie er etwas in einen Tischcomputer tippte.

»Ronnie …«

Er blickte auf; dann wurden seine Augen groß. »Tante Cecelia!«

»Ich habe eine Nachricht geschickt«, sagte sie.

»Wir haben sie nie erhalten.« Er zuckte die Achseln. »Wahrscheinlich steckt sie irgendwo im Stapel, aber alle sind einfach zu beschäftigt …« Er blickte zum Fenster hinaus auf das geschäftige Treiben im Hof.

»Es sieht ganz danach aus«, sagte Cecelia und musterte ihn. Sie hatte nie erwartet, dass er sich auf diese Weise verändern würde. Und warum erwähnte er Häschens Tod mit keinem Wort? Und fragte nicht nach Brun?«

»Das tut es, und ich hätte nie gedacht, dass ich mich dem mal aussetzen würde, um die Wahrheit zu sagen.«

»Wer ist euer Gouverneur?«

»Ähem … ich bin es, seit Misktow weggerannt ist.«

»Weggerannt?«

»Ja … es geht ziemlich leicht. Er hat sich auf einem abfahrenden Schiff versteckt und den größten Teil unserer übertragbaren Mittel mitgenommen.«

»Aber – aber das ist kriminell!«

»Das ist es«, bekräftigte Ronnie. »Ich habe jedoch nirgendwo Polizeikräfte gesehen, die ihn hätten aufhalten können, und wir haben hier unten keinen Ansible-Zugang. Kein Geld, keine Kommunikation.«

»Oh.« Vielleicht wusste er noch gar nichts von der Ermordung Häschens. Cecelia sah sich erneut im Zimmer um. Im Grunde genommen war es kein Büro – sie erblickte Möbel, die sie aus dem Sommerhaus von Raffas Mutter kannte. Ein Esszimmertisch voller Datenwürfel und Bücher. Ein Sofa, auf dem sich weitere Bücher stapelten sowie Bögen aus Plastik und Papier, die nach Bauplänen aussahen. Über allem hatte sich eine Schicht aus grobkörnigem grauem Staub und Asche ausgebreitet.

»Aber wir halten uns eigentlich ganz gut«, sagte Ronnie, ehe sie ihre Gedanken ordnen konnte. »Es ist nur … Es gibt eine Menge, was ich vorher nicht wusste. Und immer noch nicht weiß. Weißt du, Tante Cecelia, egal wie viele Würfel man studiert, man lernt immer noch Neues …«

»Zum Beispiel?«

»Na ja … Die Zementwerke funktionieren ganz gut, und wir verfügen über reichlich Sand und Kies, sodass wir keine Probleme mit nichtarmierten Bauprojekten haben. Aber meinen Würfeln zufolge ist nichtarmierter Beton gefährlich …«

»Und was sagt das technische Team eurer Kolonie dazu?«

»Technisches Team? Wir haben keines. Ich weiß, der Prospekt behauptet das Gegenteil, aber das stimmt nicht. Tante Cece, neunzig Prozent unserer Bevölkerung sind mäßig ausgebildete Arbeiter ... was durchaus sinnvoll ist ... aber es sind bescheiden ausgebildete Arbeiter in einem System mit hohen Ansprüchen. Sie sind eine höher entwickelte Infrastruktur gewöhnt. Sie verstehen sich auf ihre Arbeit in einer Welt, in der alles schon vorbereitet ist – aber nicht darauf, Dinge von Grund auf herzustellen. Die Bauern wissen, wie man auf großen Feldern Getreide anbaut, aber nicht, wie man diese Felder anlegt. Die Installateure können Rohre in modularen Standardhäusern verbinden, aber sie sind nicht in der Lage, Installationen von Grund auf zu bauen. Dafür ist normalerweise das technische Team zuständig – die Brücke von Standardkonstruktionen zu den örtlichen Bedingungen zu schlagen. Aber wir haben halt keines.«

»Wenn die Lage so schlimm ist, wieso geht ihr dann nicht weg?«

Ronnies Miene schaltete auf stur. »Wir möchten nicht weggehen, Tante Cecelia; wir möchten die Kolonie zum Laufen bringen. Wir haben unser ganzes Geld hineingesteckt – sogar die Hochzeitsgeschenke ...«

»Sogar eure Ersparnisse?«

Er wurde rot. »Zunächst nicht, aber als Misktow getürmt ist, mussten wir etwas unternehmen. Wir hätten uns freikaufen und wie dumme Kinder nach Hause flüchten können, aber ... die Kolonie brauchte Hilfe. Also haben wir genügend Reserven mobilisiert, um die Kolonie am Leben zu halten, während wir versuchten, unsere Probleme zu lösen.«

Das war ein ganz anderer Ronnie als der verzogene Junge, den sie kannte. Keine Spur von Verdrossenheit oder Gejammer in Stimme oder Gebaren – er war in Schwierigkeiten geraten, und er war entschlossen, sie zu meistern.

»Wie geht es Raffa?«, fragte sie.

»Gut – allerdings ist sie müde.« Er lächelte, aber in den Augen stand Besorgnis. »Sie versucht, eine Schule aufzubauen, aber es ist schwierig – die Eltern sagen, sie wären zu beschäftigt und bräuchten die Kinder zu Hause.«

»Gehören zu diesen Siedlergruppen nicht auch ausgebildete Lehrer?«

»Auf dem Papier schon.« Ronnie verzog das Gesicht. »Früher wusste ich vieles nicht. Ich dachte, jede Standardkolonie würde mit Fertighäusern abgesetzt, einem technischen Team mit Fünf-Jahres-Vertrag, mit den Bildungs- und Gesundheitsressourcen, die im Vertrag genannt sind.«

»Und das ist nicht der Fall?«

»Nein – zumindest hatte ich, ehe Misktow weglief, als wir immer noch über die nötigen Mittel verfügten, einige Nachforschungen angestellt und erfahren, dass viele Kolonien an Verknappung leiden. Aber sie sitzen alle auf irgendwelchen Planeten fest und bestehen überwiegend aus ungebildeten Menschen, die keinen Schimmer haben, an wen im Kolonialamt sie sich wenden müssten … niemand weiß das jemals. Sogar ich nicht – ich habe Botschaften geschickt, aber nie eine Antwort erhalten. Wir haben seit über einem Jahr nichts mehr von unseren Familien gehört, obwohl wir genug Mittel zusammengekratzt hatten, um ihnen dreimal im Huckepackverfahren Botschaften zu senden.«

»Hmm. Nun, Ronnie, ich habe deine Schwierigkeiten vielleicht noch vergrößert, aber …«

»Cecelia!« Raffa fegte durch die Tür wie ein Frühlingswindstoß. »Ich bin so froh, dich zu sehen! Das Einzige, was ich hier manchmal vermisse, sind meine Freunde!«

Das Mädchen – nein, die junge Frau – schien recht gesund und aufrichtig froh, Cecelia zu sehen. Diese raffte ihren Mut für das zusammen, was sie nun tun musste.

»Raffaele, Ronnie – habt ihr von Häschen gehört?«

»Häschen? Nein – was ist mit ihm los?«

»Er wurde vor mehreren Monaten ermordet, angeblich von Bundesgenossen der Männer, die nach Bruns Entführung hingerichtet wurden …«

»Warte mal – Brun ist entführt worden? Von wem? Ist alles in Ordnung mit ihr?«

Wie lange hatten sie schon keine Verbindung mehr? Cecelia konnte kaum glauben, dass sie nichts davon erfahren hatten. Sie gab ihnen einen kurzen Überblick über die Ereignisse und schloss ihn mit den Worten ab: »Also, seht ihr, als ich mir Gedanken über ein gutes Zuhause für die Babys gemacht habe, seid ihr mir eingefallen – ich war sicher, ihr könntet etwas für sie finden.«

»Bruns Babys?«

Jetzt war es heraus. »Ja.«

»*Natürlich* möchte ich sie!«, sagte Raffa fast heftig. Dann warf sie Ronnie einen Blick zu. »Das tun wir doch, nicht wahr, Ron?«

»Natürlich«, sagte dieser, es klang jedoch wieder müde. »Ich weiß zwar nicht genau wie, aber wir schaffen das schon.«

»Ich habe Kindermädchen mitgebracht, darunter eine Frau mit zwei eigenen Kindern, die hier bleiben möchte. Und Geld, das mir Miranda für die Bildung der Kinder mitgegeben hat.«

»Falls es reicht, um einen Lehrer zu bezahlen«, sagte Raffa, »dann können wir die Schule aufmachen …«

Cecelia wusste nicht, ob es dafür genug war, aber zur Not wollte sie aus Raffas und Ronnies Eltern das Nötige herauspressen. Sie würde auch herausfinden, überlegte sie, warum Botschaften nicht hierher durchkamen, darunter auch ihre.

»Wo sind die Kinder?«, wollte Raffa wissen und blickte sich um.

»Noch im Shuttle«, antwortete Cecelia. »Ich bezweifle, dass ich sie je an dieser … dieser Person im Terminal vorbeibekommen hätte.«

»Oh, Ganner … sie war Misktows Freundin, und er hat sie hier sitzen gelassen. Sie glaubte, sie würde die Dame des Gouverneurs werden und über alle das Zepter schwingen, und nun ist alles anders gekommen. Sie hasst einfach jeden.«

»Außer gut aussehenden Männern«, sagte Raffa mit einer Spur Schärfe im Ton. »Lady Cecelia, du solltest dir mal ansehen, wie sie um Ronnie herumscharwenzelt. Ich weiß, dass er dafür unempfänglich ist, aber es ist zuzeiten schon etwas abstoßend.«

»Es ist praktisch, wenn ich etwas brauche«, sagte Ronnie. »Kommt, holen wir die Babys aus dem Shuttle. Falls Babys auf mir herumkrabbeln, dann wette ich, wird mich Ganner weniger attraktiv finden.«

Als Cecelia wieder aufbrach, war ihr klar geworden, dass mit Excet-24 mehr im Argen lag als nur ein schurkischer Gouverneur oder ein fehlendes technisches Team. Sie hatte sich bislang nie viel Gedanken um Kolonialwelten – warum unbequem leben, falls es nicht nötig war? – oder Kolonialpolitik gemacht, aber sicherlich war nicht geplant, dass es so lief. Verständlich, dass die Kindermädchen angesichts der Zustände auf dem Planeten große Augen machten, und Cecelia hatte Mühe, sie zu überreden, dass sie bis zu ihrer Rückkehr blieben.

»Ich finde heraus, warum Botschaften nicht ankommen«, versprach sie Ronnie. »Und ich treibe einige der Experten auf, die ihr braucht. Ihr habt euch wundervoll gehalten …« Sie glaubte das im Grunde nicht, aber das junge Paar hatte sich sehr bemüht und klagte nicht, und in Cecelias Augen brachte ihnen das kräftig Punkte. »Natürlich dauert es ein paar Monate – das versteht ihr ja …«

»Das sagen alle«, gab Ronnie zu bedenken, aber es schwang keine Schärfe darin mit.

Während der ganzen Fahrt nach Sirialis schmiedete Miranda Pläne. Falls sie versuchte, auf die Sachkenntnisse von Familienmitgliedern zurückzugreifen, fand es Harlis womöglich heraus und gab sich dann gewiss Mühe, sie aufzuhalten. Und sie musste annehmen, dass er davon erfuhr; sie war sicher, dass sie nur einen kleinen Vorsprung bekam, bis er eine Möglichkeit fand, sie von den Daten abzuschotten, die sie sich ansehen musste.

Häschen hatte sie damals zunächst geneckt, als sie darauf bestand, sich ein eigenes Archiv anzulegen, getrennt von der Familie, und das in Geräten, die physisch mit nichts weiter verbunden waren als mit einem solarbetriebenen Generator. Verfolgungswahn, sagte er, war ein Merkmal der Meager-Linie. Sie presste fest die Lippen zusammen, wenn sie an dieses Lachen zurückdachte und an ihre verächtliche Antwort … sie war noch so jung gewesen, so von sich selbst überzeugt!

Und hatte so Recht gehabt. Nicht umsonst beschäftigte sich ihre Familie seit Jahrhunderten mit Informationstechnik. Sie blieb damals hartnäckig; Häschen gab nach; ihr persönliches und sehr vollständiges Archiv befand sich nicht im Herrenhaus – obwohl sie dort eine Tarnkopie als Köder aufbewahrte –, sondern in einer abgelegenen Jagdhütte. In jeder Jagdsaison – und auch zwischendurch, falls sie mal dort waren – ergänzte sie die Daten und löschte die aktuellen Logs.

Mit Kevils Hilfe wäre es ja leichter gegangen, aber sie schaffte es auch selbst, falls ihr genug Zeit blieb. Das war die ganze Kunst: genug Zeit zu finden!

Das Personal auf Sirialis empfing sie mit dem Mitgefühl und Respekt, wie sie es erwartet hatte. Harlis hatte vielleicht Spione und Anhänger vor Ort, aber sie traten jetzt sicher noch nicht aus den Kulissen hervor. Miranda verbrachte die ersten Tage so, wie es alle erwarteten, empfing Kondolenzbesuche und beantwortete Fragen nach der Zukunft des Planeten, so gut sie es vermochte.

Das große Haus wirkte leer, sogar mit dem ganzen Dienstpersonal … wenn man wusste, dass Häschen nie mehr diese Treppe herabkommen würde, nie mehr aus dieser Bibliothek zum Vorschein kommen würde, nie mehr am Kopfende dieser langen Tafel sitzen würde. In den Ställen und Hundezwingern vermisste sie ihn nicht weniger; obwohl sie in jeder Jagdsaison mit der Meute geritten war, war die Fuchsjagd nie ihr liebster Sport gewesen. Sie hatte mitgemacht, weil Häschen so viel Freude daran wie auch an ihrer Gesellschaft gehabt hatte.

Als sie am ersten Abend allein in dem großen Zimmer saß, das sie früher miteinander geteilt hatten, wanderten ihre Gedanken zu Cecelias Besuch zurück. Wohin hatte sie die Zwillinge gebracht? Sie hatte anscheinend genau gewusst, wohin sie wollte ... na ja, so war Cecelia schon immer gewesen, obwohl meist ein Pferd eine Rolle gespielt hatte.

Aber was hatte sie noch gleich gesagt, ehe es um die Zwillinge gegangen war? Über Häschens Mörder, irgendeine Intrige – Miranda zerbrach sich den Kopf, um sich wieder daran zu erinnern, versuchte die Verwirrung der letzten Wochen zu durchdringen, die Dringlichkeit ihrer Sorgen um den Familienbesitz, die reisebedingten Kopfschmerzen. Schließlich zuckte sie die Achseln und gab für heute Abend auf.

Der Name fiel ihr erst wieder ein, als sie die Jagdhütte weit nördlich des Herrenhauses betrat, dort, wo der Schnee immer noch tief auf den im Schatten liegenden Bergflanken lag. Sie fertigte Kopien aller entscheidenden Daten an – und war verblüfft von der schieren Anzahl Datenwürfel, die sie dafür brauchte –, ehe sie alles ordentlich für den Rückflug in ihre Reisetasche packte. Für heute war es zu spät – sie wollte in Anbetracht ihrer Müdigkeit keinen Nachtflug riskieren –, also machte sie sich einen Klumpen Gefriersuppe heiß und setzte sich mit einem Teller Suppe und einem Becher Kakao vor den Kamin. Was sie empfand – war nicht Selbstgefälligkeit, sondern Zufriedenheit mit sich selbst. Sie hatte die Reservedateien, an denen sie im Herrenhaus arbeiten konnte, und ihre Verbindung zur Raumüberwachung zeigte ihr, dass keine Raumschiffe in diesem Sonnensystem waren. Harlis konnte also unmöglich rechtzeitig eintreffen, um ihr Versteck zu finden.

Ihre Gedanken schweiften wieder zu den Zwillingen ab und über sie zu Cecelia, und schließlich – als liefe hier ein Datenwürfel ab – reichte ihr das Gedächtnis wieder den ersten Teil ihres Gesprächs. Nicht die neutexanische Miliz – nun, daran hatte sie selbst gezweifelt, obwohl diese Leute sicherlich fähig waren, zu töten und zu verstümmeln. Aber … Pedar Orregiemos?

Cecelia hatte nicht davon gesprochen und wusste es vielleicht gar nicht, aber Pedar hatte Miranda einmal heiraten wollen. Sie hatte ihn jedoch nicht geliebt; er war älter als Häschen, und kleinliche Aufgeblasenheit hatte sie noch nie leiden können – aber er war später überzeugt, dass sie Häschen nur aufgrund seines Geldes geheiratet hatte. Er sprach es auch aus, eines Nachmittags im Rosengarten. Zwar hatte sie ihm dafür keine Ohrfeige versetzt, aber die Versuchung war groß gewesen.

Pedar? War das möglich? Sie konnte sich nicht vorstellen, dass er es selbst tat, außer womöglich mit einem Degen – er war seinerzeit ein formidabler Fechter gewesen und hatte sich wahrscheinlich in Form gehalten. Und Cecelia hatte ihn vielleicht missverstanden. Welchen Grund hätte er gehabt? Was gewann Pedar, wenn er Häschen umbrachte oder umbringen ließ?

Erst als sie den Henkel vom Kakaokrug abbrach, merkte sie, wie aufgewühlt sie war. Zum Glück war der Kakao abgekühlt; sie wischte den Schlamassel auf, kehrte die Splitter in den Mülleimer, den sie mit zurück ins Herrenhaus nehmen würde, und bemühte sich, das Herzklopfen zu beruhigen.

Pedar war schließlich ein Verjüngter – nicht einfach jemand, der sich hatte verjüngen lassen wie sie und Häschen auch, sondern jemand, der sich von Menschen bedroht fühlte, die es nicht taten. Sie erinnerte sich an einen Streit vor sechs – nein, mindestens sieben – Jahren über Verjüngte und Alternde; es geschah auf einer von Kemtres Partys, und Pedar beharrte sehr lautstark darauf, es würde letztlich mit Blutvergießen enden. *Entweder bringen sie uns aus Neid um oder wir sie in Selbstverteidigung,* sagte er, und dann führte einer der anderen Männer ihn weg und brachte ihn wieder zur Vernunft.

Hätte er Häschen deshalb umbringen lassen? Gehörte er einer Gruppe an, die es getan hätte? Und wer noch?

Sie versuchte, diese Gedanken abzuschalten – sie brauchte Ruhe. Auf sie wartete am nächsten Morgen ein langer Flug und danach viel Arbeit; sie lag jedoch lange wach und warf sich hin und her, der Magen aufgewühlt vor Zorn.

Als sie am nächsten Tag wieder das Herrenhaus betrat, ging sie, wie schon so oft, an den Vitrinen mit antiken Waffen vorbei und blieb stehen. Häschen hatte nur deshalb gefochten, weil das ein gesellschaftliches Muss war. Er hatte ihr in der Fechthalle Gesellschaft geleistet wie sie ihm auf der Jagd. Allerdings hatte er eine seltsame Leidenschaft empfunden für alte Waffen, Klingen ebenso wie Feuerwaffen.

Es war eine vielfältige Sammlung und so gut organisiert, wie es ging: Schwerter in diesem Schaukasten, Dolche in jenem, Pistolen hier, Gewehre dort, dazu Glasdachtruhen mit Helmen und Brustharnischen und Panzerhandschuhen.

Miranda blieb vor der an der Wand montierten Vitrine mit den Schwertern stehen. Die breitesten Klingen kamen zuunterst – das einzelne Breitschwert, die beiden Säbel, einer gerade und der andere leicht gekrümmt. Zwei Fechtsäbel, ein Rapier, fünf Degen, vier Florette – die Letzteren paarweise arrangiert, schräg, die Spitzen gekreuzt.

Spontan öffnete Miranda die Vitrine, nahm das Breitschwert heraus und drehte die Klinge im Licht, um das

Tupfenmuster der vielfach gefalteten und gehämmerten Stahlschichten zu betrachten. Als sie mit den Fingerknöcheln darauf klopfte, klang die Klinge ein wenig nach, und die Schneide war immer noch scharf genug, um jemanden zu verletzen.

Sie wünschte, sie hätte etwas über die Geschichte dieses Schwerts gewusst. Häschen hatte es für eine alte Reproduktion des frühen Weltraumzeitalters gehalten, kein echtes Relikt aus der planetaren Frühzeit. Als sie dann jedoch eine kriminaltechnische Untersuchung durchführten, fand man Spuren von Menschenblut in den eingravierten Runen. Gut, es waren nur Spuren, und die Messungen konnten es nicht genauer datieren als innerhalb eines Zeitraums von zweihundert Jahren, aber … Miranda hatte sich schon immer darüber Gedanken gemacht.

Die Säbel waren leichter zu datieren. Einer war als Zierschwert für einen Vorfahren Häschens angefertigt worden, ein Geschenk zur goldenen Hochzeit, und die Inschrift war mit Datum versehen. Diese Klinge hatte nie einem anderen Zweck gedient als der Präsentation – bei Prozessionen hoch gehalten oder bei Begräbnissen auf den Sarg gelegt. Der Zweite war ein Offizierssäbel – auch eine zeremonielle Waffe, wie Miranda vermutete, vor zweihundert Jahren über ein uneheliches Kind von einer Familie geerbt, von der sie nie gehört hatte.

Die Fechtsäbel zumindest waren richtig alt – einer ganz sicherlich aus dem 20. Jahrhundert alter Zeitrechnung –, aber obwohl Miranda mit solchen Waffen trainiert hatte, hatte sie sich nie für sie erwärmen können. Für das scheinbar so ähnliche Rapier hingegen schon. Dieses Rapier mit seinem elegant geformten Griff blieb wie von selbst in der Balance, als sie es herausnahm und herumschwenkte.

Fast schuldbewusst legte sie es zurück. Was dachte sie sich eigentlich dabei? Nichts, sagte sie sich. Überhaupt nichts. Sie klappte die Vitrine zu und schloss sie ab. Das waren unbezahlbare Antiquitäten, keine Spielsachen; falls Miranda trainieren wollte, fand sie in der Fechthalle moderne Waffen und Ausrüstung, die für ihren Sport viel besser geeignet waren.

Und sie hatte keine Zeit. Sie kehrte in das große quadratische Büro zurück, von dem aus Häschen die Liegenschaft verwaltet hatte. Hier war jetzt ihr Arbeitsplatz, während sie herauszufinden versuchte, was Harlis getan hatte.

Altiplano

Luci Suiza hatte erwartet, der Aufruhr über die Verlobung ihrer Kusine Esmay mit einem Fremdweltler würde das Interesse an ihren eigenen Plänen wegspülen, aber irgendwie entwickelte sich das Gespräch an der abendlichen Tafel so, dass es sie einbezog. Sie hatte gerade den Mund mit Maissuppe voll, als Papa Stefan einen Hagel von Klagen über die Quartalsbuchungen losließ.

»... und diese albernen Ausgaben für Dinge, die wir nicht brauchen, um einen auswärtigen Markt zu erschließen, ohne den wir über Jahrhunderte gut ausgekommen sind. Wir sind keine Leute solchen Schlages, das ist meine Meinung. Luci! Du kannst mir nicht weismachen, das wäre alles Esmays Idee gewesen!«

Luci schluckte rasch, verbrannte sich den Hals mit der Suppe, konnte es aber gerade noch vermeiden, nach Luft zu ringen. »Nein, Papa Stefan. Aber wir sprechen hier von der Zukunft ihrer Herde, und ich habe Nachforschungen darüber angestellt, was …«

»Nachforschungen!« Wenn Papa Stefan erst mal richtig in Fahrt war, unterbrach er sogar Generale; unverheiratete Mädchen erhielten erst gar keine Chance. »Du weißt ja gar nicht, was Nachforschungen sind. Du hast dich von diesen außerplanetaren Magazinen verführen lassen, die du liest. Falls meine Mutter noch lebte …«

Luci stellte zur eigenen Verblüffung fest, dass sie das Gen für Unterbrechungen geerbt hatte. »Das tut sie aber nicht. Esmay ist die Landbraut, und sie stimmt mir zu. Diese Fremdweltler brauchen die genetische Anreicherung durch unsere Zuchttiere, und wir brauchen ihre.«

»Du hast mich unterbrochen!« Papa Stefan brüllte nicht direkt, sah aber ganz danach aus, als wäre er nicht mehr weit davon entfernt.

»Du hast mich zuerst unterbrochen«, wandte Luci ein. Sie hörte ihre Eltern erschrocken murmeln, ignorierte es aber in der Aufregung ihrer Attacke. »Die gentechnischen Anlagen waren meine Idee, und es ist meine Verantwortung! Ich habe bei der Landbraut nachgefragt, die mit der finanziellen Investition einverstanden war und jedes Verständnis für meine Pläne zeigte.«

»Das klingt überhaupt nicht nach einer Landbraut«, knurrte Papa Stefan. »Eine Landbraut sollte Ressourcen sparsam handhaben und sie nicht in durchgeknallte Pläne stecken …«

»Wie das Barley-River-Bewässerungsprojekt?« Das war Sanni, die sich einen Seitenhieb gegen Papa Stefans einen großen Fehler nie verkneifen konnte. Als junger Mann hatte er fest geglaubt, es wäre praktisch und profitabel, trockenes Küstenland mit Wasser aus dem Barley zu bewässern. Seine Mutter, damals gerade erst Landbraut geworden, hatte ihm dafür genug Geld zur Verfügung gestellt, um den Etat der Estancia für zehn Jahre aus dem Gleichgewicht zu bringen.

»Das ist überhaupt nicht dasselbe«, beschwerte sich Papa Stefan.

»Das ist es nicht«, bestätigte Luci. »Meine Idee verläuft nach Plan und bleibt im finanziellen Rahmen, und sie kostet uns tatsächlich sogar weniger, als mir die Landbraut bewilligt hat, weil ich Unterstützung durch andere Züchter erhalte.«

»Das ist auch wieder so eine Sache«, sagte Papa Stefan, ohne auf den Teil mit dem Plan und dem finanziellen Rahmen einzugehen. »Du hast dich außerhalb der Familie umgesehen und Außenseiter hereingeholt …«

»Die seit Generationen unsere Bundesgenossen sind«, entgegnete Luci. »Ich heirate schließlich auch Philip …« Es war ihr einfach herausgerutscht, und das nicht in dem Augenblick, den sie geplant hatte.

»Philip? Was für einen Philip?«

»Philip Vicarios«, erklärte Sanni ruhig; mit einem kurzen Blick ermahnte sie Luci. Papa Stefan starrte sie einen Augenblick lang an und wandte sich dann zu Casimir und Berthold um.

»Sie heiratet einen Vicarios?«

Luci hatte nicht wirklich an dem gezweifelt, was ihr Esmay gesagt hatte, aber jetzt wurde ihr kalt zumute, als sie in den Gesichtern der Familie die Bestätigung erhielt.

Berthold zuckte die Achseln. »So weit ich weiß, ist Esmay einverstanden.«

»Und du, Casi?«

Casimir nickte. »Die Familie ist mit uns verbündet. Paul ist mein Freund …«

»Und *weiß* sie …«

»Kinder, ihr dürft gehen«, unterbrach ihn Sanni. Die jüngeren Kusinen und Vettern, die schon große Augen machten, verließen schleunigst die Tafel, ohne den Älteren auch nur kurz zuzunicken. Lucis jüngerer Bruder bedachte sie mit einem Blick, dem sie entnehmen konnte, dass er ihr einen Hinterhalt legen und alles aus ihr herausquetschen wollte. Als sich die Tür hinter den Kindern schloss, unterbrach Luci die Stille.

»Ich weiß es. Esmay hat es mir erzählt. Sie sagte, es wäre nicht von Bedeutung, sie hegte keinen Groll gegen diese Familie, und falls Philip nett wäre …«

»Nett! In der Ehe geht es doch nicht um Nettigkeit!« Papa Stefan hatte eine hässlich rote Gesichtsfarbe angenommen.

»Doch«, erwiderte Sanni. »Nicht, dass dir das klar wäre …«

»Ruhe!« Casimir unterbrach diese familiären Streitigkeiten nur selten, aber diesmal tat er es mit all der Befehlsgewalt, die er über Jahre im aktiven Militärdienst gewonnen hatte. »Zu viel steht hier auf dem Spiel, um alte Schlachten neu aufzuführen oder Energie und Geduld zu vergeuden, indem wir uns gegenseitig anbrüllen. Als Treuhänder der Landbraut weiß ich, dass sie tatsächlich Lucis Wunsch zugestimmt hat, Philip Vicarios zu heiraten. Sie hat auch zugestimmt, dass Luci die Anlagen erwirbt, die es uns ermöglichen, Genlinien zu exportieren, und ihre Gründe dafür waren fundiert genug, um mich und die übrigen Treuhänder davon zu überzeugen. Schließlich ist das auch nicht das Thema. Das eigentliche Thema lautet: Die Landbraut möchte einen Fremdweltler heiraten und nicht mehr auf unserem Planeten leben. Die übrigen Landbesitzer würden das gern als Ausrede nutzen, um unseren Einfluss in der Gilde zu schmälern. Ich sehe keine Chance, Esmay zu einer anderen Entscheidung zu überreden – ungeachtet aller Gründe, die uns einfallen –, also schlage ich vor, dass wir uns darauf konzentrieren, den Schaden für die Familie Suiza in möglichst engen Grenzen zu halten, und dass wir aufhören, uns gegenseitig Schaden zuzufügen.«

Luci hatte nicht erwartet, dass ihr Onkel Casimir so vernünftig sein würde. Zu ihrer Überraschung widmete sich Papa Stefan wieder seinem Essen, stach zwar auf die Scheiben Cattleope ein, als wären es Feinde, sagte aber nichts mehr. Sanni löffelte den Rest ihrer Suppe in nachdenklichem Schweigen; Berthold bediente sich mit einem Schwung Kartoffeln in roter Sauce und machte sich daran, ihn mit gleichmäßigen Bissen zu verspeisen. Casimir sah Luci an.

»Hast du noch irgendwelche Bomben zu werfen, Luci?«

»Nein, Onkel.«

»Hat Esmay dir gegenüber von einer Weitergabe der Landbraut-Pflichten gesprochen?«

Luci spürte, wie sie rot wurde. »Das hat sie … gewissermaßen … aber …«

»Sie hat von dir gesprochen.« Das war eine Feststellung. Casimir legte die Hände zu einem Dach zusammen und musterte sie darüber hinweg. »Hast du zugestimmt?«

»Ich habe ihr gesagt, es wäre zu früh«, antwortete Luci. »Ich bin erst …«

»In einem Alter, in dem in früherer Zeit schon zwei Landbräute ins Amt eingeführt wurden. Sogar ein Jahr älter als Silvia.« Luci hatte noch nie von Silvia gehört, obwohl sie wie alle Kinder hundert Jahre Suiza-Landbräute auswendig gelernt hatte. »Womöglich hilft es, dass sie dich als designierte Landbraut benannt hat – das und deine Ehe mit einem Vicarios könnten beweisen, dass die Suizas nicht in interstellare Politik verwickelt sind.«

Kapitel fünf

Hobart funkelte Oskar Morrelline an, den früheren Vorsitzenden des Morrelline-Zweiges im Clan. »Venezia hat dich ausgetrickst«, sagte er. »Deine bescheuerte Schwester hat uns Marktanteile gekostet und unsere Profite um achtundzwanzig Prozent gedrückt …«

»Es ist nicht *meine* Schuld«, wandte Oskar ein. »Falls …«

»Doch, das ist es«, unterbrach ihn Hobart aalglatt. »Deine Tochter Ottala – was ist eigentlich los mit den Frauen in eurer Familie? – haut ab nach Patchcock und kommt dort ums Leben. Damit hat alles angefangen – mit einer Tochter, die du auch nicht besser im Griff hattest als Häschen seine Brun …«

Oskars Gesicht hatte sich mit einer hässlichen Färbung verdunkelt; Hobart hatte Spaß daran, wie immer, wenn er Macht ausübte. »Nein, Oskar, ich kann nicht darauf vertrauen, dass du es richtig machst, was immer es ist. Ich kann dir kein Ministerium übertragen. Ich rechne damit, dass sich in ein paar Jahren das öffentliche Klima verändert haben wird, und dann finden wir vielleicht etwas für dich.«

»Du erwartest meine Stimme, aber du gibst mir nichts dafür?«

»Ich erwarte deine Stimme, weil du weißt, wo deine Vorteile liegen. Selbst wenn Häschens Clique etwas zu bieten hätte, würdest du es von ihr nicht erhalten. Und sie können dir nichts mehr bieten – jetzt nicht mehr.«

Oskar sah ihn finster an, gab aber nach, wie Hobart es vorher gewusst hatte. Oskar war jemand, der gern viel Geschrei machte, aber falls das nicht funktionierte, konnte er keine weitere Waffe ins Feld führen. Hobart hingegen hatte stets eine zweite Waffe zur Hand – und eine dritte und vierte, dachte er bei sich. Er wechselte den Tonfall und fuhr mit seinen Ausführungen fort; falls Oskar irgendwie kapierte, worin das wirkliche Problem bestand, erwies er sich vielleicht noch als nützlich.

»Wer den Verjüngungsprozess in der Hand hat, bestimmt alles – solange die Öffentlichkeit nicht gegen die Verjüngung rebelliert. Wir müssen Maßnahmen gegen die Verschwörung der Generationisten ergreifen; sollten die Kurzlebigen erkennen, in welcher Gefahr sie schweben, könnten sie gefährlich werden, denn sie sind nach wie vor in der Überzahl.«

»Aber Venezia sagt …«

»Venezia ist ein Dummkopf. Ja, es ist auf diesem Gebiet etwas schief gegangen, ernsthaft schief gegangen. Ein Spion der Benignität, falls ich die wenigen Informationen richtig deute, die nicht geheim gehalten werden. Aber so schlimm ist das gar nicht. Frauen sind so leicht erregbar, ganz zu schweigen von sentimental, und Venezia insbesondere …«

Oskar nickte eifrig; Hobart lächelte vor sich hin. Wie es die Morrelline-Brüder hassten, dass Venezia das Kommando führte! »Sie hat nie etwas anderes zuwege gebracht als ihre Töpfer-Spielereien«, sagte Oskar.

»Absolut. Woher sollte sie irgendwas von der wirklichen Welt verstehen? Man kann nicht erwarten, dass sie einsieht, wie viele Menschenleben durch ihr haarspalterisches Beharren auf exakten Verfahrensweisen beeinträchtigt oder – man denke an die Verknappung von Verjüngungsmedikamenten – vorzeitig beendet würden.«

»Aber Hobart – wie können wir die Sache wieder an uns ziehen? Wie können wir sie hinausdrängen?«

Genau die Eröffnung, auf die Hobart gehofft hatte. »Indem du genau das tust, was ich dir sage«, antwortete er. »Ich brauche deine Unterstützung auf allen Sitzungen des Großen Rates; ich erkläre dir vorher, was du dort sagen und wie du abstimmen sollst. Mit einfühlsameren und kooperativeren Ministern sollte es uns möglich sein, die liebe Venezia in eine Hilfsrolle zurückzuführen.«

»Das wird ihr nicht gefallen«, behauptete Oskar und blies die Pausbacken auf.

»Das ist mir egal«, erwiderte Hobart. »Ich werde nicht hinnehmen, dass sich eine einzelne Frau dem Conselline-Clan in den Weg stellt.« Er freute sich schon auf den entscheidenden Augenblick, wahrscheinlich mehr als Oskar. Venezia war von jeher ein ständiges Ärgernis bei Vorstandssitzungen des Clans und steckte ihre Nase in alle möglichen unpassenden Winkel. Er hatte sie mehr als einmal aus dem eigenen Büro werfen müssen, wo sie sich an die Angestellten herangemacht und weiß der Himmel was alles aus ihnen herausgekriegt hatte. Sie schien zu glauben, es wäre ihr moralischer Auftrag, den ganzen Clan von allem Zwielichtigen zu reinigen.

»Wir tragen Verantwortung für die Gesamtheit der Familias …«, sagte sie immer, während Hobart mit den Zähnen knirschte. Sie trugen keine Verantwortung für die Gesamtheit der Familias; sie waren den Aktionären der Familie verantwortlich, und Schluss! Zwar hatte er nicht vor, sie zu überreden, dass sie weiterhin fehlerhafte Medikamente herstellten – das war schlecht fürs

Geschäft, und die Leute würden dieses Thema scharf im Auge behalten –, aber darüber hinaus war es nicht ihre Aufgabe, die Heiligen zu spielen, falls es das war, das Venezia vorschwebte.

»Wäre Kemtre kein Schwächling gewesen, dann wäre es zu keiner dieser Katastrophen gekommen. Er hat seinen Sohn mit Drogen vollgepumpt, bis er verblödete, und dann diese verdammten Klone erzeugt!«

»Ich kann nicht finden, dass das Klonen so eine schlechte Sache ist.«

»Nein, ich auch nicht, außer dass die Bevölkerung ohnehin schon schnell genug wächst. Wir brauchen keine Klone; wir brauchen vernünftige und starke Männer, die sich darauf verstehen, Hysterie zu bändigen. Soll keine Beleidigung sein.« Er musterte Oskar, aber dieser nahm keinen Anstoß daran, dass Hobart seine Schwester hysterisch nannte. »Jetzt, Oskar, möchte ich, dass du mal mit den Leuten vom Broderick-Institut redest und ihnen sagst, sie sollten ihre Hausarbeiten ein wenig besser machen ...«

»Broderick-Institut? Was haben die denn gemacht?«

Manchmal fragte er sich schon, ob Oskar überhaupt ein Gehirn hatte. Trotz ihrer unpraktischen Einstellung war Venezia immerhin recht clever. »Oskar, dort arbeitet Dr. Margulis.« Oskar zeigte weiterhin ein ausdrucksloses Gesicht. »Der Dr. Margulis, dessen Bericht über die so genannten schlechten Medikamente von Patchcock fast eine Panik auf den Märkten auslöste ...«

»Oh – *der* Dr. Margulis. Aber ich dachte ...«

»Er hat noch mehr auf Lager – der Mann ist ein heimlicher Generationist, da bin ich sicher, der nur nach einer Ausrede sucht, um die Leute vor Verjüngungen abzuschrecken. Broderick hat ihm seit fünfzehn Jahren die Zügel schleifen lassen, und sieh dir nur an, wohin die so genannte freie Forschung geführt hat! Sie ist dir und mir und den ganzen Familias teuer zu stehen gekommen. Man muss den Mann an die Kandare nehmen; zumindest muss irgendjemand *unparteiliche* Forschungen betreiben und demonstrieren, wie zuträglich eine Verjüngung ist. Und da der Conselline-Clan zwei Drittel der Gelder für das Broderick-Institut bereitstellt, muss man die Leute dort erinnern, wie wichtig echte Ausgewogenheit in der Wissenschaft ist.«

»Werden sie nicht über eine Gefährdung der Forschungsfreiheit klagen?«

»Sie sind keine Universität, sondern ein privat finanziertes Forschungsinstitut. Falls du taktvoll vorgehst, werden sie es verstehen, ohne die Wände hochzugehen. Das ist deine Aufgabe.«

Oskar ging schließlich, und Hobart stieß explosiv die Luft hervor. *Idioten!* Er war von Idioten und Unfähigen umgeben, und sie alle wollten etwas von ihm. Er warf einen Blick auf den Schreibtisch und wies seinen Sekretär an, Pedar Orregiemos hereinzuschicken. Wieder ein Idiot. Kleine Familie, großes Ärgernis, aber auch ein geborener Speichellecker, und solche Leute konnten nützlich sein.

Pedar trat ein und schien auf irgendetwas sehr stolz zu sein. Hobart hatte jedoch keine Zeit für Pedars Selbstbeweihräucherung. Außerdem würde der Mann sehr bald noch eingebildeter sein, und das mit gutem Grund.

»Uns droht ein Problem«, erklärte Hobart, und Pedars Miene wechselte rasch von Selbstgefälligkeit zu Besorgnis. »Wie du weißt, bin ich auf der Krisensitzung des Rates kurz nach der Ermordung Lord Thornbuckles zum vorläufigen Sprecher gewählt worden.« Pedar nickte. »Die nächste Sitzung wird entscheidend. Falls wir nicht wieder eine so unsichere Regierung erleben möchten, wie wir sie zuvor hatten, und falls wir uns den drohenden Herausforderungen stellen möchten, müssen wir rasch handeln. Hilfst du mir?«

»Natürlich«, sagte Pedar. »Was kann ich tun?«

»Langfristig kannst du mit dem Posten meines Außenministers rechnen.« Hobart legte eine Pause ein und genoss den Anblick eines Pedars, der wenigstens einmal nicht mehr wusste, was er sagen sollte. Der Mann hatte mit einer solch hohen Ehre nicht gerechnet … gut, dann war er umso eher bereit, sie sich zu verdienen. »Aber nicht sofort. Zunächst brauchen wir Zustimmung zu einigen geänderten Verordnungen. Ich gebe dir die Texte; ich möchte von dir eine Analyse der zu erwartenden Reaktionen.«

»Natürlich; ich kümmere mich darum.«

»Ich berufe die nächste Sitzung unverzüglich ein; es wäre unmoralisch, nicht so schnell wie möglich eine Generalversammlung abzuhalten.« Pedar nickte wie ein Kinderspielzeug. Begriff er überhaupt die Wichtigkeit einer solchen Maßnahme? Wusste er, wie entscheidend der Zeitaspekt war, wie vorteilhaft diese Eile für die Consellines war? Einen Augenblick lang überlegte Hobart, ob er es ihm erklären sollte, ob er ihm einige seiner Kenntnisse über die Maßnahmen der Familie mitteilen sollte, darüber, wer teilnehmen konnte, und damit auch über den zu erwartenden Ausgang der Abstimmung. Nein. Besser gab er nicht mal Pedar einen Hinweis darauf, wie viel er, Hobart, wusste!

Er fuhr fort: »Nach dieser Sitzung werde ich eine Kabinettsumbildung vornehmen; das Außenministerium steht weit oben auf meiner Liste, aber ich kann dir kein genaues Datum nennen. Du musst allerdings begreifen, aus welcher Richtung die eigentliche Gefahr droht.« Hobart beugte sich vor. »Es geht nicht um Krieg, egal, was alle Welt behauptet. Die Familias sind groß, stark, mächtig und verfügen über energische Streitkräfte – na ja, überwiegend energisch. Anton Lepescu war mehr als nur ein bisschen verrückt, aber das heißt nicht, dass alle seine Vorstellungen schlecht gewesen wären. Er hatte zum Beispiel Recht, was Militär und Krieg angeht. Hätte man ihm den Rettungseinsatz übertragen, glaubst du, wir hätten dann jetzt ein Problem mit den übrig gebliebenen Terroristen?«

Pedar schüttelte den Kopf; Hobart gestattete sich ein Lächeln.

»Natürlich nicht«, fuhr er fort. »Er hätte sichergestellt, dass keine übrig blieben. Er hätte sich nie diese Idiotie erlaubt, Hunderte von Frauen und Kindern herzubringen – geborene Unruhestifter, jeder Einzelne von ihnen! Und wem haben wir dieses diplomatische und politische Problem zu verdanken? Häschen Thornbuckles Freunden, den Serranos. Die, wie wir alle wissen, keiner der Repräsentierten Familien unmittelbar Loyalität schulden.«

»Na ja, Hobart, aber das gilt doch heute für alle Flottenfamilien …«

»Heute schon, aber *früher* war das anders. Darauf will ich ja hinaus. Ich habe Geschichtsbücher gelesen; ich weiß, was angeblich passiert ist. Aber woher sollen wir wissen, dass die Serranos wirklich nicht daran beteiligt waren, ihre Gönnerfamilie abzuschlachten? Welcher Beweis liegt uns denn vor?«

Pedar wirkte erst überrascht, dann nachdenklich. »Darüber habe ich nie nachgedacht. Aber sie sind mächtig …«

»Ja. Fest eingenistet. Und ich bin überzeugt, dass sie

anständige, loyale Soldaten in ihren Reihen haben. Insgesamt ist ihr Einfluss jedoch fragwürdiger Natur. Wir brauchen eine Flotte, die zuverlässig jeden Gegner zermalmt und unsere Schifffahrtswege schützt sowie die neuen Planeten, die wir für unsere Kolonisten öffnen müssen.«

Nachdem Pedar gegangen war, starrte Hobart zum Fenster hinaus und grübelte. Sein Bruder Guilliam war von jeher der Liebling der Familie. Alle liebten Guilliam; Hobart hegte den Verdacht, dass seine Eltern diesen natürlichen Charme in Guilliams Gene hatten einbauen lassen, während er selbst den stahlharten Kern erhalten hatte, an dem es dem Bruder fehlte. Ihn hatte man als das ungeliebte Arbeitspferd entworfen, und von ihm erwartete man, dass er sich zurückhielt, dass er hinterherging und all die schwierigen Aufgaben erledigte, die über Guilliams Kräfte gingen.

Die Leute redeten immer noch über Guilliam. Zu schade um den armen Kerl, sagten sie. Hobart wusste, was sie damit im Grunde ausdrücken wollten – zu schade, dass sie sich mit ihm auseinander setzen mussten statt mit dem weicheren Bruder. Guilliam beteiligte sich nicht an den Familiengeschäften – hatte es seit dem Tod ihrer Eltern nicht mehr getan, als die eskalierende Abhängigkeit von Starplex-Baumharz einen permanenten Gehirnschaden herbeiführte, den selbst eine Verjüngung nicht wieder beheben konnte.

Mit Guilliam war bei der nächsten Ratssitzung nicht zu rechnen, so wenig wie bei den vorangegangenen. Und auf Hobarts Seite … er ging die Liste erneut durch und hakte in Gedanken Namen ab. Die kleinen Familien – Derringer, Hochlit, Tassi-Lioti, dieser ganze Haufen – jammerten jetzt nach Führung und folgten wahrscheinlich jedem, der sich stark genug zeigte. Harlis Thornbuckle, Häschens Bruder, wünschte sich so sehr, Häschens Besitz in die Hand zu bekommen, dass er wohl in Absprachen einwilligen würde ... auch wenn man sich langfristig nicht auf ihn würde verlassen können. Wäre Kevil Mahoney einsatzfähig gewesen, dann hätte er vielleicht einige der unsicheren Kantonisten ins gegnerische Lager geholt, aber er lag nach wie vor im Krankenhaus, und die Gegenseite war nicht mehr als eine konfuse Versammlung von Barracloughs, die mehr darauf erpicht waren, um die Führung über den eigenen Clan zu zanken, als Gefahren von außen abzuwehren. Da Mahoney nicht auf Hobarts Seite stand, war es nur gut, dass er nicht aktiv werden konnte. Hobart rechnete damit, Mahoney später auf seine Seite ziehen zu können; der Mann brauchte schließlich eine Machtbasis. Reiner Zufall, dass er Häschens Freund geworden war; genauso gut konnte er sein Freund werden.

Mit ein bisschen Glück nahm von Häschens Familie überhaupt niemand an der Sitzung des Großen Rates teil. Sie rechneten sicher damit, dass nichts Bedeutsames auf der Tagesordnung stand, nur die Wahl eines schwachen Sprechers, der Häschens Amtszeit zu Ende brachte. Das war seine Chance. Er war in der Lage, das schwache, kraftlose, führungslose Staatsschiff in die Hand zu nehmen – den Wind der Zeit einzufangen und sie alle in eine bessere Zukunft zu steuern, als irgendjemand sonst sie zu sehen vermochte.

Und man würde ihn diesmal ernst nehmen. Nicht als Ersatz für Guilliam, sondern als die Führungspersönlichkeit, die er war: jung und energisch, selbst ohne Verjüngung – und wenn es Zeit für eine solche wurde, wusste er genau, an welche Quelle er sich wenden musste.

Sein elektronischer Zeitplaner piepte; Hobart stellte ihn mit einem Fingerschnipsen aus. Er spielte mit der Idee, das Training einmal ausfallen zu lassen, aber die Gewohnheit hatte ihn schon auf die Beine gebracht. Iagin, der Schwertmeister, der seinen Fechttrainer überwachte, erschien heute zur zweimal jährlichen Kontrolle von Hobarts Fortschritten.

Der nach Kiefer und Sandelholz duftende Umkleideraum veränderte seine Stimmung, worin ja auch sein Zweck bestand, und half ihm, sich auf den eigenen Körper zu konzentrieren. Hobart zog sich die Straßenkleidung aus und warf sie in den Wäschekorb. Die Trainingssachen hingen auf Ständern … für die heutige Fechtstunde wählte er einen hautengen Anzug und Lederrüstung. Sein Trainer hielt nichts von der Letztgenannten, aber Hobart fühlte sich nicht in Stimmung, den Trainer linde zu stimmen.

Zufrieden musterte er sich im Spiegel. Breite Brust, flacher Bauch, muskulöse Beine, aufrechte Haltung, fester Mund. Nicht eine einzige schlaffe Faser an ihm, weder in Geist noch Körper. Ein Mann, fit für Führungsaufgaben.

Im eigentlichen Trainingsraum machte er sich wie üblich warm und wandte sich anschließend den Dehnübungen zu. Während er sich zu einer Brezel verschlang und dabei bemüht war, sich nicht im Spiegel anzusehen – er hasste diese Dehnübungen, die bestenfalls würdelos waren –, ging die Tür auf und der Schwertmeister trat ein. Der Trainer hätte das nicht gewagt; Hobart hatte ihm deutlich erklärt, dass er keine Aufsicht während der Aufwärmübungen brauchte. Die Schwertmeister jedoch stellten einen alten, stolzen Menschenschlag dar, und Hobart ertrug ihre Arroganz, um sich ihre Fertigkeiten zunutze zu machen. Häschen hatte sich nie dem Fechtsport gewidmet und sich entschieden geweigert, einen Schwertmeister auf seinem Anwesen zuzulassen, obwohl es bei den meisten Familien einen gab. Na ja, und wer war kürzlich umgekommen?

»Lord Conselline«, sagte der Schwertmeister. »Ihre Form lässt zu wünschen übrig.«

»Lehren Sie mich«, sagte Hobart, stolz darauf, eine Aufwallung von Zorn besiegt zu haben.

Der Schwertmeister beugte und drehte sich in die Dehnhaltung und blieb darin. »Sie halten das Knie nicht gerade«, sagte er unter dem Arm hervor. »Und Sie beugen das Rückgrat zu sehr im Brustbereich und nicht genug in den Lendenwirbeln.« Er richtete sich auf, war weder rot im Gesicht noch außer Atem. »Versuchen Sie es noch einmal.«

Hobart drehte und schlang sich in den erforderlichen Knoten. Er wusste, wozu das diente, aber er mochte diese Übung nicht und hatte sie seit Monaten vernachlässigt. Der Schwertmeister stützte ihn mit den Händen und schob und zog … Hobart spürte ein Knacken im Rücken; dann ließ plötzlich eine Verspannung nach, die ihm noch gar nicht bewusst geworden war.

»Genau so«, sagte der Schwertmeister. »Sie sollten sich von Orris in diesem Punkt wirklich mehrere Monate lang helfen lassen.«

»Ich denke darüber nach«, sagte Hobart und richtete sich vorsichtig wieder auf.

»Gut. Falls Sie dann bereit sind …« Der Schwertmeister deutete mit dem Kopf zur Fechthalle.

»Stimmt es«, fragte Hobart, als sie durch den Türbogen gingen, »dass alle Schwertmeister mit dem Schwert getötet haben müssen?«

»Es ist eine Tradition«, antwortete der Schwertmeister.

Hobart hätte gern gewusst, was für ein Gefühl man dabei hatte, kam aber auf keine höfliche Wendung für diese Frage. Und mit was für einer Klinge taten sie es? Die Schwertmeister lehrten den Kampf mit sämtlichen Schwertformen, hatten sämtliche Stile gemeistert.

Orris verteilte die Übungsmasken aus durchsichtiger Panzerkeramik mit elektrischen Schaltungen, die auf Berührung reagierten, und händigte dann die Aufwärmwaffen aus. Hobart warf ihm einen Blick zu und fragte sich, was Orris Meister Iagin erzählt hatte; er vermutete, dass Orris mehr weitergab als den Stand von Hobarts Fechtkunst. Schließlich musste Hobart ab und zu während einer Übungsstunde Anrufe entgegennehmen, und womöglich hatte Orris Gesprächsbrocken mitgehört. Es konnte jedoch nichts Wichtiges dabei gewesen sein, überlegte Hobart. Jedenfalls nichts, was einen Schwertmeister interessiert hätte.

In Maske und Handschuh, das Schwert in der Hand, stellte er sich Meister Iagin auf der Fechtbahn entgegen. Der Gruß – altmodisch, förmlich, eine völlige Zeitverschwendung, und doch bestimmte diese Geste den emotionellen Charakter dessen, was folgte. Die ersten Klingenwechsel … langweilig, denn Hobart wollte diese Trainingsstunde nur endlich hinter sich bringen und sich dann wieder seinen Intrigen zuwenden.

Meister Iagins Schwertspitze erwischte Hobarts Gesichtsschutz, der rot aufleuchtete. Einen Augenblick lang bekam Hobart vor Wut kein Wort hervor und grunzte dann: »Touchee.«

»Sie sind nicht bei der Sache, Lord Conselline«, stellte Meister Iagin fest. Hinter dem glänzenden Gesichtsschutz blieb seine Miene undeutbar – ruhig, ein wenig streng, aber ohne Zorn oder Besorgnis.

»Entschuldigung«, sagte Hobart. Das war schließlich einer der Gründe, warum er dem Fechtsport treu geblieben war – die Notwendigkeit, sich völlig auf das zu konzentrieren, was er gerade tat. Orris gönnte ihm jedoch normalerweise ein paar Minuten der Eingewöhnung und hatte ihm noch nie so früh im Training einen Treffer versetzt. Trotzdem … der Schwertmeister war nun mal der, der er war, und hielt Fechten wohl für das Wichtigste im Universum. In seinem galt das vielleicht sogar. Hobart raffte seine herumirrenden Gedanken zusammen, sperrte sie weg und konzentrierte sich auf Iagins Schwert.

Gerade noch rechtzeitig, denn es zuckte schon wieder heran, und Hobart parierte es nur mit knapper Not. Er versäumte die Riposte, aber nach der nächsten Parade gelang sie ihm … nur um von Meister Iagin pariert und seinerseits mit einer so heftigen Riposte gekontert zu werden, dass sie Hobarts Abwehr durchdrang und ihn leicht an der Brust berührte.

»Touchee«, sagte er, diesmal fröhlicher. Man erwartete von ihm nicht, einen Schwertmeister zu schlagen, sondern nur zu zeigen, dass er trainiert hatte.

Das hatte er tatsächlich, und mit dem nächsten Angriff erzielte er sogar einen Treffer. Seine Laune stieg. Bei sieben vorherigen Begegnungen war ihm nie ein Treffer gegen den Schwertmeister gelungen. Dieses ganze Training mit Gewichten musste der Grund sein. Zwanzig Treffer – sechzehn für den Schwertmeister und vier für ihn –; dann folgte eine Pause für erneute Dehnübungen, ehe sie zu den schwereren Klingen griffen.

»Ihr rechter Unterarm ist eindeutig kräftiger geworden«, sagte der Schwertmeister.

»Orris hat mir Hanteltraining verordnet.«

»Gut. Mir fällt jedoch auf, dass Ihr linker Arm noch wesentlich schwächer als der rechte ist – dabei dürfte der Kraftunterschied nicht über fünf Prozent liegen, es sei denn, jemand wurde verwundet. Wurden Sie?«

Hobart machte ein finsteres Gesicht. »Er ist stärker als letztes Jahr.«

»Das ist er wirklich. Das Ungleichgewicht wirkt sich jedoch auf mehr aus als nur Ihre Fechtkunst mit der linken Hand, Mylord. Es beeinflusst auch die Haltung der Wirbelsäule und die Beinarbeit. Sie müssen das ausbalancieren, wie man auch nach einer Balance von Arbeit und Spiel strebt.«

Hobarts Miene verdunkelte sich noch mehr; er spürte, wie sich Spannung im Hals aufbaute. »Ich habe keine Zeit zu spielen, Schwertmeister. Sicherlich haben Sie von der schrecklichen Krise gehört, der wir gegenüberstehen? Lord Thornbuckle wurde von Terroristen ermordet …«

»Ja, natürlich«, antwortete Meister Iagin. »Aber das unterstreicht meinen Punkt. Sie müssen im Gleichgewicht sein, um solchen Schlägen standzuhalten. Mangelnde Balance in unserer Gesellschaft ist der Grund für ihre Verwundbarkeit – denn der Undisziplinierte taumelt und stürzt, wenn der Schlag auf ihn niedergeht.«

»Ich habe nicht vor, zu taumeln und zu stürzen«, sagte Hobart. Im Augenwinkel erblickte er sich in den Spiegeln, die die Fechthalle säumten – gerötet, eine wilde Erscheinung. Gefährlich.

»Gewiss nicht, Mylord; davon bin ich überzeugt. Ihre Arbeit hier – die Disziplin, die Ihnen ermöglicht hat, Ihren derzeitigen Trainingsstand zu erreichen – hilft Ihnen, zusammen mit Ihren angeborenen Talenten.

Aber wie jede Bewegung die Kontraktion einer Muskelgruppe mit der Streckung einer anderen ausbalanciert, so muss der Standfeste Anspannung und Entspannung ins Gleichgewicht bringen.«

»Ich finde hier Entspannung«, erklärte Hobart und schloss mit einem Wink die ganze Trainingsanlage ein.

»Das ist gut«, fand Meister Iagin. »Sie haben das Herz eines Kriegers, das Erleichterung darin findet, stärker zu werden.«

So etwas wie ein Lob. Er nahm es an. Er wusste, dass er das Herz eines Kriegers hatte, und er spürte, wie er stärker wurde.

Nach der Übungsstunde lud Hobart Meister Iagin zum Abendessen an der Familientafel ein, aber der Schwertmeister lehnte ab. »Mit Ihrer Erlaubnis, Mylord, gehe ich in Ihren Gärten spazieren; ich muss morgen mein Schiff nehmen und finde nicht oft Gelegenheit, mir in solch schöner Umgebung die Beine zu vertreten.«

»Natürlich.« Er verstand zwar nach wie vor nicht, was Meister Iagin so an dem Garten faszinierte, aber er hatte mit dieser Bitte gerechnet. Diskrete Überwachung hatte erwiesen, dass der Schwertmeister nicht mit einer Dienstmagd Bodenakrobatik hinter der Hecke übte oder irgendwelche Kommunikationsgeräte benutzte, um mit einem Bundesgenossen Kontakt aufzunehmen. Er tat immer genau das, wofür er um Erlaubnis gebeten hatte – er spazierte die Kieswege entlang, blieb ab und zu stehen und schnupperte an einer Blume; er tat so, als würde er mit dem Ritter aus Formschnitt fechten, und falls eine der Katzen des Gärtners auftauchte, hob er sie auf und streichelte sie. Am hinteren Ende angekommen, blieb er immer stehen und betrachtete sich die Fische mit den schwarzen Flossen im Seerosenteich.

Nicht das, was Hobart von einem Schwertmeister erwartete, aber diese Leute waren für seltsame Angewohnheiten bekannt. Die meisten von ihnen mochten aus irgendeinem Grund Gärten.

Beim Abendessen erkundigte sich Delphine, ob der Schwertmeister noch da wäre. Hobart bedachte sie mit einem Blick, der sie sofort zum Schweigen brachte, gab ihr dann aber doch Antwort: »Er ist hier, aber er reist morgen ab. Warum?«

»Ich wollte ihn nur gern treffen …«

»Dafür hast du keinen Grund; du nimmst das Fechten nicht ernst.« Delphine konnte mit dem Florett in der Hand und in weißer Fechtkleidung eine hübsche Pose einnehmen, und vor der Rosenhecke im Garten wirkte sie so sehr reizvoll. Ihre Beinarbeit war jedoch erbärmlich, und sie hatte nie einen Hauch Entschlossenheit gezeigt, sich weiterzuentwickeln. Er hätte sich darüber auch nicht übermäßig gefreut, aber ihr Unvermögen, sich ihm auch nur in diesem Punkt zu widersetzen, war lediglich ein weiterer Beweis ihrer Schwäche. Zum Glück hatte er für seine Söhne andere Genlinien auswählen können.

Delphine spießte ihre Meeresfrüchte auf die Gabel und wechselte das Thema. »Ich habe heute Miranda angerufen, aber ihr Privatsekretär wollte mich nicht verbinden. Ich konnte jedoch für morgen einen Termin vereinbaren; sie empfängt Kondolenzbesuche.«

»Das ist gut«, fand Hobart. Kurz flackerte Zorn darüber auf, dass ein Sekretär seine Frau – *seine* Frau, Lady Conselline! – daran hinderte, mit Miranda Thornbuckle zu sprechen, und erlosch dann wieder. Es war schließlich nicht wichtig. Miranda würde schon bald erfahren, dass wie Wasser im Sand verlaufen war, was sie durch Häschen an Macht erworben hatte.

»Hobart – schwebst *du* in Gefahr?«

»Ich?!« Er lächelte sie an, überrascht von ihrer Sorge und erfreut darüber. »Nein, meine Liebe. Häschen hat sich Feinde gemacht, die mir erspart geblieben sind.« Er hatte andere Feinde, von denen es jedoch keiner wagen würde, ihn ermorden zu lassen. »Außerdem bin ich vorsichtiger. Wir haben einen ausgezeichneten Sicherheitsdienst. Mach dir keine Sorgen um mich, auch nicht um dich und die Kinder.«

»Es ist alles so schrecklich«, fand Delphine und legte die Gabel hin. »Piraten entführen Brun, und dann die Terroristen …«

»Es kommt nicht wieder vor!«, versprach ihr Hobart mit Entschiedenheit. »Dafür sorge ich!«

Sie machte große Augen – diese zwischen Immergrün und Blau irisierenden Augen, die er so sehr liebte. »Aber Hobart – wie denn? Du bist doch nicht …«

Falls sie sagte, er wäre nicht wichtig, würde er sie auf der Stelle umbringen; er spürte, wie er starr wurde, und sah in ihrem Gesicht die Reaktion auf seine Miene. Sie klappte den Mund zu; Tränen stiegen ihr in die Augen, und sie blickte auf den Teller.

»Ich weiß, dass du es kaum glauben kannst«, presste er leise zwischen den Zähnen hervor, »aber ich bin keine unbedeutende Figur …«

»Oh Hobart, das habe ich doch gar nicht behauptet … ich habe nicht gemeint …«

»Und ich kann und werde für deine Sicherheit sorgen. Und die anderer. Es ist meine Pflicht, und ich habe mich nie vor der Pflicht gedrückt.«

»Natürlich nicht«, sagte sie. Und die Serviette fuhr hoch, um Tränen abzuwischen.

»Wir haben Nachlässigkeit an führender Position

erlebt«, sagte Hobart entschieden und spürte die Worte regelrecht im Mund. »Mit allem gebührenden Respekt gegenüber Lord Thornbuckle – ich kannte Häschen mein ganzes Leben lang –, er hatte einfach nicht … den Mumm, das Nötige zu tun. Ich werde diesen Fehler nicht machen. Wenn ich Erster Sprecher bin – und das werde ich in wenigen Tagen sein, Delphine! –, wird sich die Politik grundlegend ändern. Nichts mehr von dieser Nachlässigkeit einer alteingesessenen Bürokratie gegenüber, die immer Angst vor Veränderungen hat, um ja keinen Einfluss zu verlieren! Ich werde Entscheidungen treffen und den Staat retten.« Er blickte auf und sah, dass sie ihn mit immer noch großen Augen anstarrte. Er zeigte mit dem Messer auf sie. »Und du, meine Liebe, wirst niemandem ein Wort davon sagen! Ich zweifle nicht daran, dass der Große Rat nur zu froh sein wird, jemanden zu wählen, der eine klare Vision von dem hat, was getan werden sollte. Aber ich möchte nicht, dass die Ratsmitglieder verwirrt werden, indem sie erst deine Version der Geschehnisse hören, ist das klar?«

»Ja, Hobart.«

»Du wirst morgen auch nichts zu Miranda sagen.«

»Nein, Hobart.«

»Und du wirst aufhören, mit diesem Krebs herumzuspielen, und richtig essen.«

»Ja, Hobart.«

Das war besser. Falls sie sich einfach darauf beschränkte zu tun, was er ihr sagte, und keine Einwände erhob, würde sie sich als beispielhafte Ehefrau erweisen. Er konnte sie sich gut im Palast vorstellen, wie sie die Gäste empfing, die er zu den nötigen gesellschaftlichen Ereignissen eingeladen hatte. Delphine verstand sich auf gesellschaftliche Ereignisse. Dekorativ, taktvoll, mit weicher Stimme. In dieser Beziehung wie Miranda, Häschens Witwe. Aber seine Frau. Sein Werkzeug.

RSS *Gyrfalcon*

Barin Serrano überprüfte im Spiegel noch einmal sein Aussehen. Wie alle Absolventen seines Jahrgangs, die sich nicht blamiert hatten, war er zum Jig befördert worden, und in einer Stunde hatten die Ensigns zur Beförderungszeremonie im Büro des Kommandanten zu erscheinen. Der Tradition folgend hatten ihm seine Eltern die eigenen alten Abzeichen geschickt – jeweils ein Paar davon – sowie einen Geldchip, der seinen Beitrag zur Feier in der Messe der Juniorоffiziere decken sollte. Das war praktisch, wenn er bedachte, dass sein Sold inzwischen auf null hinauslief. Die Eltern hatten das im Begleitbrief nicht angesprochen. Er fragte sich, ob der Brief schon geschrieben worden war, ehe sie es erfuhren. Oder ob sie einfach nicht wussten, was sie dazu sagen sollten.

Zum Glück verlangten die Beförderungen auf den unteren Rängen noch keine Galauniform, und Barin hatte ein natürliches Talent dafür, eine adrette Erscheinung abzugeben. Seine Gedanken schweiften, wie sie es oft taten, zu Esmay Suiza ab, deren lockeres braunes Haar sie manchmal so entsetzte, wie es ihn entzückte. Er war überzeugt, dass sie nie begreifen würde, wie er sich angesichts dieser ungebärdigen Büschel fühlte.

Er hat seit Wochen nichts mehr von ihr gehört, aber sie saßen beide auf den jeweiligen Schiffen fest. Sie hatten damit gerechnet. Womit er nicht gerechnet hatte, das war seine Empfänglichkeit für alles, was ihn an sie erinnerte, aber er vermutete, dass das irgendwann vorüberging.

»Komm schon, Barin!«, rief jemand von der Luke der Ensigns-Unterkunft her. Nach einem letzten kritischen Blick (nein, ihm wuchsen nicht plötzlich Haare aus den Ohren) drehte er sich um und folgte den anderen zur Zeremonie.

Die eigentliche Zeremonie war kurz, aber das, was sich ihr anschloss, war es keineswegs. Jeder frisch beförderte Jig hatte traditionsgemäß ein Dutzend Getränkegutscheine gespendet, und die ersten zwölf Personen von Mannschaftsrang, die den neuen Rang erkannten, erhielten jeweils einen. Barin, der in der Reihenfolge des Alphabets einer der letzten an Bord war, stellte fest, dass er auf jeder Korridorkreuzung in einen Hinterhalt geriet, bis auch sein letzter Gutschein vergeben war.

Vier Stunden später kamen die ersten neuen Ensigns an Bord, stiegen direkt von der *Cape Hay* um, die sie vom Sektor-HQ hierhergebracht hatte. Zwei hatten bereits einen Teil des Weges vom frischen Patent bis zum Jig hinter sich, aber drei waren Absolventen des laufenden Jahres und damit noch so feucht hinter den Ohren, dass es tropfte. Barin war im Borddienst noch der jüngste von den Jigs und fand sich dabei wieder, dass er die Ensigns in die Unterkunft der Junioroffiziere führen musste. Die Älteren kannte er von der Akademie; Cordas Stettin war sogar eine Art Vetter aus der Familie seiner Mutter, und Indi Khas hatte zur selben Kadetteneinheit gehört. Sie wirkten unglaublich jung auf ihn; er konnte gar nicht glauben, dass er selbst mal ein solcher Grünschnabel gewesen war. Trotzdem hätte er jedes Mal fast hinter sich geblickt, wenn einer von ihnen ihn mit *Sir* anredete.

Die *Gyrfalcon* befand sich auf etwas, das man als Routinepatrouille hätte bezeichnen können, wäre da nicht die beharrliche Furcht zu spüren gewesen, dass die neutexanischen Kolonien irgendwas im Schilde führten. Normalerweise war Sektor Sieben eine ruhige Gegend; die Transitpunkte, die aus dem Raumgebiet der Benignität hierher führten, machten eine Invasion durch ihren Hauptfeind unwahrscheinlich. Diesmal rechneten jedoch alle mit Schwierigkeiten. Alle Arbeitsabläufe an Bord unterlagen den Einschränkungen eines Alarms der Stufe 2. Ein paar Tage unter diesen Bedingungen, dachte sich Barin, und die Leute wurden allmählich nachlässig: sicherten die Sprengschutzwände nicht mehr richtig, vergaßen, die Duschabflüsse nach Gebrauch abzudichten, oder sonst ein oder mehrere heikle kleine Details, die im Fall eines Überraschungsangriffs Leben retteten oder bei Nichtbeachtung vergeudeten.

Junioroffiziere und Seniorunteroffiziere waren der einzige Schutz vor diesem natürlichen Nachlassen der Vorsicht, und die *Gyrfalcon* hatte acht Senior-Uffze durch die Sicherheitsmaßnahmen gegenüber Verjüngten verloren. Wenn Barin mit seiner Inspektionsrunde an der Reihe war, tat er dies mit geschärftem Verständnis ihrer Bedeutung. Schließlich hatte er einen Onkel verloren, weil jemand vergessen hatte, eine Sprengschutzbarriere zu sichern; und mit dieser Geschichte war er aufgewachsen.

Die *Cape Hay* hatte jedoch auch neue Befehle überbracht, und Kommandant Escovar zitierte Barin zu einem Gespräch darüber herbei.

»Erinnern Sie sich an diese Professorin, die bei Ihren Ehefrauen – äh, Schützlingen geblieben ist?«

»Ja, Sir.«

»Na ja, wir werden sie an Bord nehmen und zum

Oberkommando von Sektor Eins mitnehmen, wo wir eine Art Diplomatin der Lone-Star-Konföderation treffen, um sie dann nach Castle Rock zu bringen. Und es wäre vielleicht eine gute Idee, wenn Sie diese Frauen dazu überredeten, etwas anderes zu tun, als herumzusitzen und die Mittel der Flotte zu verbrauchen. Vielleicht hören sie nicht auf Sie, aber sie haben Professor Meyerson gesagt, sie könnten ohne Ihre Erlaubnis nichts tun. Oh, und Sie haben Post!«

Barin las den Nachrichtenwürfel, sobald er einen freien Augenblick hatte, was Stunden später der Fall war. Seine Eltern hatten den Würfel besprochen, aber das volle Gewicht der Serrano-Dynastie lag dahinter.

Er wäre ohnehin jung fürs Heiraten, und da die Flotte ihm bereits die Verantwortung für ein Maximum an abhängigen Personen übertragen hätte, wie konnte er da nur ans Heiraten denken? Natürlich waren sie überzeugt, dass Lieutenant Suiza es verstehen würde, und falls sie sich wirklich etwas aus ihm machte, würde sie selbst es ihm leichter machen wollen statt schwerer. Man brauchte keine ungebührliche Eile an den Tag zu legen, vorausgesetzt …

In grollendem Schweigen debattierte Barin mit dem Nachrichtenwürfel. Wie konnte er nur an eine Heirat denken? Wie konnte er es nicht tun? Ungebührliche Eile? Sie kannten einander inzwischen seit Jahren; sie hatten gemeinsam einen Angriff der Bluthorde durchgestanden, die Machenschaften neidvoller Unruhestifter, eine sehr heikle Geiselbefreiung, und man konnte ihm nicht – NICHT! – sagen, er wäre zu jung, zu unerfahren, zu irgendwas, um zu heiraten. Er war ein Jig, nicht irgendein Grünschnabel von Ensign, der frisch von der Akademie kam!

Er liebte sie. Sie liebte ihn. Es war so einfach, falls andere sie doch nur in Ruhe ließen. Vielleicht bekam Esmay Urlaub und sie konnten sich irgendwo treffen … privat … Er spielte kurz mit der Idee, durchzubrennen und heimlich zu heiraten, seiner Familie zu trotzen. Allerdings wäre das Esmay gegenüber nicht fair gewesen. Die Landbraut Suiza erwartete – verlangte – mehr als eine hastige Zeremonie vor irgendeiner örtlichen Amtsperson. Trotzdem – jetzt, wo das Schiff zum diplomatischen Dienst abkommandiert war, brachten sie vielleicht – nur vielleicht – ein Treffen zustande.

Kapitel sechs

RSS *Shrike*

»Die Postliste, Lieutenant.« Chief Conway reichte Esmay die ausgedruckte Liste. Es gelang Esmay, ein Seufzen zu unterdrücken. Diese ganzen neuen Sicherheitsvorkehrungen verschlangen Zeit, da jede eingehende Postsendung an jeder Poststelle von ihr geprüft und initialisiert werden musste. Zum Glück konnten sie Postsendungen nur dann abfragen, wenn sie einer Flotten-Vermittlungsstation einigermaßen nahe waren. Trotzdem konnte sie nicht glauben, dass alle diese Sicherheitsvorkehrungen auf einem so kleinen Schiff wirklich nötig waren. Sie sah die Liste durch und stellte fest, dass der Chief drei Namen gekennzeichnet hatte, einen Pivot-Major und zwei Sergeants Minor. Sie hatten mehr als ein Signal über die durchschnittliche Zahl von Kontakten hinaus erhalten, und das aus mehreren Quellen.

»Keine Pakete«, murmelte Esmay und kontrollierte die Spalten.

»Nein, Sir, nicht für diese Personen. Sie selbst haben allerdings eins erhalten. Und Pivot-Major Gunderson heiratet nach dieser Tour. Die Antwortadressen stimmen mit denen seiner nächsten Verwandten überein, denen der Schwagerfamilie und dem medizinischen Zentrum auf Rockhouse Major.«

»Medizinisches Zentrum?« Dann fiel es ihr wieder ein. »Oh, natürlich!« Gunderson war neuroverstärkt, und … »Und seine Verlobte ist auch eine Neuroverstärkte?«

»Nein … ein ziviler Softsider. Gunderson ersucht um die Genehmigung eines Steuerungsimplantats.«

Das ergab Sinn – er wollte seine Frau sicherlich nicht versehentlich in Stücke reißen. »Trotzdem – eine Zivilistin?«

»Der Sicherheitsdienst hat sich alles angesehen«, sagte der Chief, der ihr besorgtes Stirnrunzeln richtig gedeutet hatte. »Es ist keine Flottenfamilie, wohl aber seit zwei Generationen Lieferanten.«

Esmays Blick schweifte zum nächsten Namen.

»Farleys Eltern haben die ganze Familie auf sie gehetzt, um sie zu überreden, dass sie die Flotte verlässt und für ihr Schifffahrtskonsortium arbeitet. Farley sagt, man würde sie damit schon seit Jahren plagen, und löscht die Briefe einfach.«

Ein Nachrichtenwürfel von Barin. Esmay legte ihn zur Seite, um ihn sich später anzusehen. Er trug den Aufkleber, demzufolge er die Zensur im Sektor-Oberkommando passiert hatte. Barin musste seiner Familie inzwischen Bescheid gesagt haben – seine Großmutter war ja schon informiert; dieser Würfel behandelte wahrscheinlich die Reaktion der Familie auf seine Heiratsabsichten. Von der eigenen Familie hatte Esmay bislang nichts gehört, obwohl das nicht allzu erstaunlich war, bedachte man die langen Übermittlungszeiten, wie sie durch die neuen Sicherheitsbestimmungen entstanden. Sie hoffte, dass sie bald eine Antwort erhielt. Sie und Barin konnten nur mit einer kurzen Zeitspanne rechnen, um die Trauung zu vollziehen, und obwohl sie beide eine kleine und zwanglose Zeremonie wünschten, wollte Esmay trotzdem, dass es sich wie eine Hochzeit anfühlte, was bedeutete, dass die Familien zugegen sein mussten.

Ihre übrige Post war offizieller Natur und bezog sich auf ihre Stellung an Bord der *Shrike* … alles außer dem Paket, ganz schön ramponiert nach seiner Reise von einem Checkpoint zum nächsten; es trug Brun Meagers Namen auf dem ID-Feld des Absenders.

Ein Paket von Brun? Esmay hatte von ihr nichts mehr gehört, seit sie mit den Kindern nach Castle Rock abgereist war. Esmay fielen die Schäden am Versiegelungsband auf, wo der Sicherheitsdienst es geöffnet hatte, wie es die neuen Vorschriften verlangten. Esmay legte die Hand auf das ID-Schild und fragte sich kurz, wie Brun an ihren Handflächenabdruck gekommen war; das Siegelband klappte auf. Esmay wickelte das Packpapier auf und war sich dabei der Augen des Sicherheitsdienstes bewusst, die sie betrachteten.

Als die letzte Falte des Papiers entfernt war … wurde eine Stickerei sichtbar, die so hervorragend gefertigt war, dass Esmay nicht verhindern konnte, entzückt nach Luft zu schnappen. Es war ein langes Band, breit wie ihre Hand und – sie entfaltete es vorsichtig – fast so lang wie sie. Und jeder Zentimeter prangte in Stickereien und Spitzen, weiß auf weiß. Sie wagte kaum, den Stoff mit bloßen Händen anzufassen; sie hätte am liebsten weiße Handschuhe getragen, um ihn zu schonen. Sachte legte sie ihn auf den Schoß und wandte sich wieder der Schachtel zu.

Unter dem zusammengefalteten Stoffband kam ein Quadrat aus irgendeinem weißen Stoff zum Vorschein, der mehr an ein Netz erinnerte und mit winzigen Perlen besetzt war. Und *darunter* wiederum mehrere Seiten mit Zeichnungen, Entwürfen eines Kleids – eines Hochzeitskleids, erkannte Esmay, mit langen Ärmeln und hohem Kragen. Es war von ernsterem Schnitt, als sie es von Brun erwartet hätte; an den Schultern deutete es beinahe eine Uniform an.

Der Datenwürfel in dem Paket enthielt die Erläuterungen. »Barins Errungenschaften müssen einen Weg finden, für ihren Unterhalt selbst aufzukommen, hat mir Hazel gesagt, und du brauchst ein Hochzeitskleid. Handarbeit dieser Qualität ist selten; falls die Frauen für einen guten Designer arbeiten, werden sie auch gut dafür bezahlt. Also habe ich mir die Freiheit genommen, mit einigen Designern zu sprechen. Ich vermute, du möchtest nicht ein Jahreseinkommen dafür aufwenden. Für die Flottenheldin, die mich gerettet hat, und für den Kontakt zu den Handwerkerinnen, die solche Qualitätsarbeiten anfertigen, ist Goran Hiel bereit, dein Kleid zu entwerfen. Er gilt nicht als so gut wie Marice Limited, aber mir gefiel der leichte militärische Touch.«

Es war nicht zum ersten Mal, dass Brun versuchte, Barins und Esmays Leben für sie zu planen. Es geschah jetzt zum … vierten Mal, dachte Esmay, und gab sich Mühe, keinen Widerwillen zu empfinden. Brun war mit der Erwartung aufgewachsen, dass alles in ihrem Sinne lief; Geld und Schönheit und Glück hatten sie auch nur einmal im Stich gelassen. Kein Wunder, dass sie jetzt damit fortfahren wollte, die Welt an die Leine zu nehmen – oder zumindest das Leben ihrer Freunde. Sie kehrte nur zur Normalität zurück; sie hatte nicht vor, mit ihrer Macht zu protzen. Wahrscheinlich nicht.

Esmay sah sich erneut die Zeichnungen und die Stickerei an. Einen Augenblick lang stellte sie sich in diesem Kleid vor, gefertigt aus solch hinreißendem Material. Sie würde aussehen wie … nein, darüber durfte sie nicht nachdenken, jetzt nicht. Es war ein viel zu großartiges Kleid für sie, einen schlichten Lieutenant der Flotte, der sich eine stille, familiäre Hochzeit wünschte.

Aber für die Landbraut Suiza?

Es war nicht zu großartig für die Landbraut Suiza, aber sie hatte nicht vor, Barin in ihrer Stellung als Landbraut zu heiraten … sie legte eine Pause in ihren Überlegungen ein, um die Stickerei zusammenzufalten und in die Schachtel zurückzulegen. Hatte sie das wirklich nicht vor?

Ein Wasserfall von Problemen breitete sich vor ihr aus, angefangen mit ihrer Stellung als Landbraut Suiza. Was, falls jemand glaubte, ihre Hochzeit mit Barin hätte irgendwas damit zu tun? Mit der historischen Stellung der Suizas von Altiplano und dem Regular Space Service oder mit Altiplanos zwiespältiger Position innerhalb der Regierenden Familias?

Was, wenn die eigene Familie das dachte? Was – schon der Gedanke daran bereitete ihr Unbehagen – war mit der Verbindung zum Land, die mit der Landbraut-Zeremonie geknüpft worden sein sollte? Was, wenn das Land selbst, das Land Suiza, dachte, ihre Hochzeit mit Barin Serrano hätte mit mehr als nur Liebe zu tun?

Und sie hatte sich noch nicht einmal förmlich um einen Statuswechsel bemüht. Rasch, ohne groß darüber nachzudenken, rief sie die relevanten Formulare auf.

BEWERBUNG ALS OFFIZIER UM DIE LEBENSPARTNER-ZEREMONIE: VORGEHENSWEISE UND VORAUSSETZUNGEN.

Obwohl sie intellektuell von den offiziellen Formularen gewusst hatte, vermittelte ihr der tatsächliche Abruf mit dem Tischcomputer ein Gefühl von … großem Ernst. Als Erstes kam eine lange, deprimierende Reihe von Warnungen, Einschränkungen und entmutigenden statistischen Auswertungen; sie musste jeden Absatz als gelesen markieren. Offizielle Lebenspartnerschaften (auch als Ehen bekannt, informierte sie der Text schwülstig) scheiterten sogar zwischen Partnern mit langer Vorgeschichte in der Flotte. Der Bericht führte alle möglichen Gründe an, darunter auch einige, an die Esmay gar nicht gedacht hätte (Fand man wirklich Menschen, die sich noch als Erwachsene ihres Geschlechts nicht sicher waren? Und wie viele Menschen traten, nachdem sie geheiratet hatten, zu einer Religion über, die das Zölibat vorschrieb?).

Sie las weiter und markierte beharrlich einen Absatz nach dem anderen, bis sie zu der Stelle kam, die Offiziere davor warnte, gefühlsmäßige Beziehungen zu Personen von planetarer Bedeutung einzugehen. Und genau dort fand sie in einer Liste mit Generalgouverneuren hiervon und stellvertretenden Generalsekretären davon und Kommandeuren von was nicht allem den Eintrag: »Altiplano: Sektorbefehlshaber, ihre unmittelbaren Angehörigen, und Landbraut/Landbräutigam.«

Landbräutigam? Ein solcher Titel existierte auf Altiplano nicht. Der ganze Sinn der Landbraut bestand darin … ihre Gedanken verhakten sich wieder an der Warnung, und sie warf erneut einen Blick auf die Titelzeile. »Offiziere werden besonders vor politischen Verwicklungen gewarnt, darunter Beziehungen entweder beiläufiger oder permanenter Natur mit folgenden Personengruppen …«

Sie konnte kaum eine Beziehung zu sich selbst vermeiden, aber … was bedeutete das für Barin? Esmay besaß das Offizierspatent des Regular Space Service.

Sicherlich konnte man ihr den Status der Landbraut nicht vorhalten … ihr doch nicht …

Aber falls das doch geschah … Sie war noch nicht Landbraut gewesen, als sie und Barin sich kennen gelernt und ineinander verliebt hatten. Sie war nur irgendein Ensign gewesen … *nur irgendein Ensign, der eine Meuterei überlebt und einen Planeten gerettet hatte* … im Grunde jedoch einfach nur ein Flottenoffizier. Es war nicht falsch von ihr gewesen, sich in Barin zu verlieben, und umgekehrt galt das Gleiche. Was machte es da schon aus, dass sie inzwischen auch die Landbraut Suiza war?

Wo sie gerade daran dachte – hatte sie die Flotte jemals *offiziell* über diesen Titel informiert? Lady Katerina Saenz wusste es, aber Esmay hatte sich so darauf konzentriert, bei der Befreiung Bruns zu helfen – das war viel wichtiger –, und sie war überhaupt nicht sicher, das Formular eingereicht zu haben. Esmay rief ihre Personaldatei auf. Herkunftsplanet, Familie, Religion, zu Hause verliehene Preise und Auszeichnungen – den Gestirnten Berg hatte sie erwähnt, nicht jedoch die Landbraut.

Bereits von Schuldgefühlen geplagt, durchsuchte sie die Datenbank für Personalangelegenheiten nach dem richtigen Formular und fand keines. Na ja … nicht allzu viele Offiziere wurden Landbräute. Tatsächlich war sie die Einzige. Das bedeutete jedoch, über das Versäumnis mit Kommandant Solis zu reden; er wollte bestimmt nicht später einmal damit überrascht werden.

»Kommandant, kann ich mit Ihnen reden?«

»Gewiss.« Er blickte von seiner Arbeit auf und wirkte viel weniger bedrohlich, als sie ihn früher mal eingeschätzt hatte.

»Es geht um diese Formulare für Statusveränderungen«, begann Esmay. »Die Warnungen für Offiziere …«

Seine Brauen stiegen. »Ich kann mir nicht vorstellen, dass Sie in dieser Hinsicht Schwierigkeiten haben … Sie und dieser junge Mann gehören beide der Flotte an. Es sei denn, Sie glauben immer noch, er wäre viel zu jung für Sie.«

»Nein, Sir. Aber der Abschnitt über planetare Verwicklungen …«

»Ich weiß, dass Ihr Vater eine wichtige Person ist, aber Sie sind Flottenoffizier …«

»Und eine Landbraut.«

»Landbraut? Was ist das?«

»Eine verbotene Stellung, steht hier.« Esmay übergab ihm den Ausdruck, den sie gemacht hatte. »Ich weiß nicht, ob es für meinen Fall gilt – ich bin Flottenoffizier, und als ich Barin begegnete, war ich noch nicht die Landbraut Suiza …«

»Umph. Eine Landbraut muss etwas Außergewöhnliches sein. Was tut eine Landbraut, Lieutenant?«

Das konnte sie nicht erklären, wo sie es doch selbst kaum verstand. »Sie – die Landbraut symbolisiert die Verbindung der Familie zum Land – zum Erdboden selbst –, das sich in ihrem Besitz befindet. Sie symbolisiert die Bindung der Familie an dieses Land. Es ist … sozusagen religiöser Natur.«

»Ich wusste nicht mal, dass sie eine Landbraut sind«, stellte der Kommandant fest.

»Es ist während meines Heimaturlaubs dazu gekommen, nachdem meine Urgroßmutter gestorben war«, erläuterte Esmay. »Als ich dann zurückkehrte, waren wir so mit dem Rettungseinsatz beschäftigt, dass ich vergessen habe, es zu melden … Ich hielt es nicht für wichtig.«

»Ja … wir alle waren damals etwas beschäftigt. Aber jetzt müssen Sie es melden. Die Personalabteilung wird es definitiv wissen wollen, und dort wird man sich womöglich Ihrer Pflichten wegen Sorgen machen. Wie viel Zeit Sie aufwenden müssen, in der Sie der Flotte nicht zur Verfügung stehen, und so weiter.«

»Gar keine«, wandte Esmay ein. »Das hat mein Vater wenigstens gesagt …«

»Aber Religion …« Er wirkte nachdenklich. »Religiöse Positionen erfordern normalerweise tatsächlich einen gewissen Aufwand an Zeit und Mühen, Lieutenant. Falls Sie nicht dort sind …«

Esmay dachte plötzlich an die Frühlings- und Herbstgleichen, zu denen die Urgroßmutter stets hinausgeritten war und irgendwas – Esmay wusste nicht, was – auf den Feldern getan hatte. Niemand hatte es ihr erklärt, aber …

»Es ist alles so schnell gekommen«, sagte sie. »Und dann bin ich zurückgekehrt ….« Sie hasste ihren plötzlich so flehenden Tonfall und brach ab.

»Sie müssen diese Sache klären, so oder so, ehe Sie den jungen Serrano heiraten«, sagte Solis. »Nicht nur wegen der Vorschriften, sondern weil Sie beide wissen müssen, worauf Sie sich einlassen. Und ich sehe hier, dass Sie gleich zweifach in Gefahr schweben, da Ihr Vater auch noch Sektorkommandeur ist.«

»Ja, Sir«, sagte Esmay. »Aber das war schon bekannt, ehe ich zur Vorbereitungsschule ging.«

»Damals standen Sie jedoch noch nicht im Begriff, in eine der ältesten Flottenfamilien einzuheiraten«, sagte er. Sein Ton war nicht böse, aber die schiere Faktenlage zog eine stählerne Barriere zwischen ihr und dem hoch, was sie sich erhoffte.

Esmay nickte und ging. Nachdem Master Chief

Cattaro die Datenbank der Admiralität nach dem korrekten Formular durchforstet hatte, kaute sie auf der Unterlippe. »Es gibt ein Verfahren dafür, Lieutenant – das gibt es immer. Ich möchte nur kurz nachsehen ...« Erneut tauchte sie in die Datenbank ein. »Ah! Was, denke ich, gehen wird, ist Nr. 7653, ein *Antrag auf Ausnahmegenehmigung, unspezifiziert,* sowie Nr. 78B-4, die *Meldung eines Zwischenfalls, Kategorie Verstöße, unspezifiziert;* und dann brauchen Sie noch Nr. 9245 ... nein, eigentlich sogar zwei davon. Eine Ausgabe als Beilage zu jedem der erstgenannten Formulare.« Chief Cattaro lächelte und wirkte mit jedem neuen Formular glücklicher als vorher. »Und wo Sie schon dabei sind, könnten Sie gleich auch eine Nr. 8813 einreichen – Ihren Antrag auf Genehmigung einer dauerhaften Bindung – verknüpft mit dem Etikettierungscode für ihre Personaldatei aus der Zeit vor dem Offizierspatent, denn darin sind Ihre Klassifizierungen aus der Vorbereitungsschule enthalten, und natürlichen brauchen Sie ...«

»Chief, ich werde nicht genug Zeit finden, um all das sofort zu erledigen.«

»Dann fangen Sie am besten an«, schlug Cattaro vor. Sie zeigte das leichte Funkeln in den Augen, wie es typisch war für einen Senior-Uffz, der einem Juniorоffizier gerade eine Menge Arbeit aufgehalst hatte. »Ich schicke alles einfach auf Ihren Schreibtisch, ja? Oder möchten Sie lieber hier arbeiten?«

Esmay konnte die Felder jeweils ausfüllen, während sie sich mit etwas anderem beschäftigte.

»Auf meinen Schreibtisch bitte, Chief.«

»Ja, Sir.«

Es nahm den Rest dieser Schicht und Teile der nächsten in Anspruch, die Formulare zu Chief Cattaros Zufriedenheit auszufüllen, als Nebenprogramm zu Esmays eigentlicher Arbeit. Aus Gründen, die nur den Formular-Designern der Personalabteilung bekannt waren, fragten keine zwei Formulare die Informationen in der gleichen Reihenfolge ab oder auch nur im gleichen Format, was es unmöglich gestaltete, Daten von einem Formular ins nächste zu kopieren. Der Familienname hier vorn, dort hinten. Weitere Vornamen hier als Initialen, dort ausgeschrieben. Herkunftsplanet per Code aus einer Tabelle oder ausgeschrieben oder per Code aus einer anderen Tabelle, die nicht mit der ersten übereinstimmte.

Sie wollten wirklich nicht, dass Landbräute in die Flotte einheirateten, entschied Esmay.

Barins Nachrichtenwürfel erwies sich – als sie endlich Zeit fand, ihn ins Lesegerät zu stecken – als nicht so informativ, wie sie gehofft hatte. Er liebte sie – sie konnte das gar nicht oft genug hören – und wartete immer noch darauf, endlich von seinen Eltern zu hören. Er fürchtete, sie könnten sich über die Entscheidung der Verwaltung entrüsten, ihn wirtschaftlich für die Frauen in die Pflicht zu nehmen, die die Flotte von Unser Texas mitgebracht hatte. Es würde schwierig werden, die Personalabteilung zur Bewilligung des Antrags auf Familienstandsänderung zu bewegen, wenn er sich eindeutig keine weiteren unterhaltsberechtigten Familienmitglieder leisten konnte.

Esmay fragte sich, ob jemand bei der Verwaltung eigentlich übergeschnappt war. Warum verlangten sie von Barin, den Unterhalt für diese Frauen zu bestreiten? Er hatte die Daten angefügt, die sie seiner Meinung nach brauchte – offenkundig hatte er die Abschnitte im Antrag nicht gefunden, die ihr zu existieren verboten und ihm, sie zu heiraten. Er versprach, wieder zu schreiben, gab jedoch zu bedenken, dass er auf Übertragungen von Schiff zu Schiff innerhalb des Postsystems der Flotte angewiesen sein würde, da sein kompletter Sold in den Unterhalt für die Neutex-Frauen ging.

Esmay nahm seine Informationen in die eigenen Formulare auf und schloss ihren Antrag dann mit den verspäteten Dokumenten zur *Bekanntgabe einer Beziehung* ab. Das war alles so albern! Man hatte sie schließlich in Kenntnis der Tatsache, dass sie die Tochter eines Sektorbefehlshabers war, in die Flotte aufgenommen, und auf Altiplano hegte man sowieso nicht den Wunsch, auf den Großen Rat der Familias Einfluss zu nehmen. Man hatte noch nicht einmal versucht, einen Sitz im Rat zu erhalten. Warum stand der Planet dann überhaupt auf der Ausschlussliste? Und wenn darauf schon Landbräute standen, warum hatte man dann nicht die elementarsten Nachforschungen betrieben und herausgefunden, dass es so etwas wie einen Landbräutigam nicht gab? Esmay verfluchte diesen anonymen »man« lautlos, beendete ihre Arbeit, frankierte die Dokumente, versiegelte sie mit dem Daumenabdruck und brachte sie ins Büro des Kommandanten, damit der Sekretär die erforderlichen Kopien anfertigte und für die Weitergabe vorbereitete.

Später widmete sie sich dem Rest des Nachrichtenwürfels. Die Ehefrauen der früheren Ranger, nun unter schwierigen Bedingungen in einem Wohnblock auf Rockhouse Major untergebracht, baten Barin ständig um Zusicherungen, die er nicht geben konnte.

»Großmutter weiß, warum ich es getan habe – und hält es nach den Umständen für gerechtfertigt –, aber sie hat mich davor gewarnt, dass die Flotte nicht erfreut reagieren würde, egal, welche Stellungnahme sie auch abgäbe. Das Oberkommando findet, ich hätte meine Vollmachten überschritten und ihnen riesige finanzielle Lasten aufgebürdet, ganz zu schweigen von dem öffentlichen Albtraum. Man besteht dort darauf, dass ich zum Unterhalt beitrage, obwohl selbst mein kompletter Sold nicht einmal für die Lebensmittel reicht. Alle – von den Frauen bis zu den Admiralen – scheinen der Ansicht, ich wäre es, der mit einer Lösung aufwarten müsste. Und ich bin ratlos. Diese Frauen scheinen nicht fähig, etwas anderes zu tun, als herumzusitzen und sich zu beklagen, und jetzt attackiert die Zivilbehörde *mich,* weil sie ihre Kinder nicht zur Schule schicken möchten.«

Esmay dachte an die Frauen zurück, die sie bei der Evakuierung im Shuttle gesehen hatte: die langen und langärmeligen Kleider, die Kopftücher, die von harter Arbeit gezeichneten Hände. Falls sie so religiös waren wie die Altgläubigen auf Altiplano, fühlten sie sich auf einer Raumstation sicher sehr unwohl oder auch nur auf einem der – Esmay zerbrach sich eine Zeit lang den Kopf nach einem anderen Wort, blieb dann aber doch bei der ersten Wahl – *fortschrittlicheren* Planeten.

Seit ihrem Ausscheiden aus der Einsatzgruppe hatte sie nicht oft an die Frauen und Kinder gedacht, die man im Rahmen des Einsatzes umgesiedelt – oder gerettet – hatte. Sie war davon ausgegangen, dass man die von den Neutexanern entführten Frauen medizinisch behandelt und »irgendjemand« bezüglich der anderen »irgendetwas« unternommen hatte.

Anscheinend jedoch nicht. Obwohl es kaum fair war, die ganze Last Barin aufzuladen – falls man ihn trotzdem verantwortlich machte, musste Esmay etwas tun. Wie ärgerlich es war, auf einem anderen Schiff festzusitzen! So konnten sie nicht einfach mal darüber reden, Ideen austauschen und auf Lösungen kommen.

Sie bereitete Fragen an Barin und an den Bibliothekssuchdienst der Flotte vor, und beim nächsten Abwärtssprung schickte sie sie los.

Die Idee weckte sie einige Nächte später aus tiefem Schlaf, und sie lag mit großen Augen da und staunte über sich selbst. Die Frauen brauchten einen Platz, wo sie leben und ihre Kinder großziehen konnten, vorzugsweise auf einem Planeten. Sie brauchten eine Möglichkeit, Geld zu verdienen. Brun hatte für das Letztgenannte praktisch einen Vorschlag unterbreitet mit ihrer Bemerkung über die handwerkliche Geschicklichkeit. Und jetzt war Esmay von allein auf eine Lösung für das erstere Problem gekommen. Altiplano. Als Landbraut Suiza konnte sie sie auf Suiza-Land ansiedeln. In einem eigenen Dorf, falls nötig, um dort nach ihren eigenen Bräuchen zu leben. Ihre Handarbeiten konnte man exportieren, zusammen mit dem Genmaterial, um ihren Unterhalt über das hinaus zu erwirtschaften, was sie selbst auf dem Land erzeugten; Esmay war bereit, ihnen zu Anfang mit Vieh aus persönlichen Beständen zu helfen. Die Kinder konnten als Altiplaner aufwachsen, und in wenigen Generationen würden diese Menschen vollständig assimiliert sein.

Je mehr sie darüber nachdachte, desto besser erschien ihr dieser Weg. Die Frauen fanden vielleicht gar Ehemänner auf Altiplano, falls sie sie wollten. Da ihre Glaubensvorstellungen irgendwo zu dem großen, vielfach verzweigten Baum der Religionen gehörten, der aus dem Christentum der Alten Erde hervorgegangen war, fanden sie sicherlich die Grundhaltung der Altgläubigen auf Altiplano ansprechend. Esmay versuchte, nicht an die Passagen über die Religionsstreitigkeiten aus ihrem Kindergeschichtsbuch zu denken. Ihre Urgroßmutter hatte darauf bestanden, sie wären allesamt das Ergebnis von unzureichender Demut und überzogener Arroganz gewesen. Und ohnehin gehörte Religionsfreiheit heute zum Rechtssystem von Altiplano, obwohl diesem Planeten die Vielfalt an Kulturen abging, wie man sie in der Flotte und auf kosmopolitischeren Welten antraf.

Da sie nicht wieder einschlafen konnte, schaltete sie ihr Tischgerät ein und zeichnete einen Würfel für Barin auf, wobei sie ihre Idee in wesentlichen Zügen umriss; anschließend einen für Luci, mit dem sie der Kusine ihre Hochzeitspläne und auch Barins Probleme erläuterte und nach freien Flächen auf Suiza-Land fragte. Vor dem geistigen Auge sah sie die Ansiedlung schon irgendwo im Süden, ein ordentliches kleines Dorf aus Steinhäusern mit Gemüsegärten. Etwas, das laut Barins Schilderungen sehr den Haushalten ähnelte, aus denen die Frauen stammten.

Als sie die Wiesen auch noch mit Cateri-Ziegen und Cattleopes bevölkert hatte und sich die Dorfbewohner als fröhlich und produktiv vorstellte, mit lachenden Kindern, die auf den Straßen spielten, war sie wieder schläfrig geworden. Sie legte sich wieder ins Bett, überzeugt davon, dass es für jedes Problem eine Lösung gab und dieses spezielle gerade gelöst worden war.

Am nächsten Morgen war sie nicht mehr ganz so sicher – denn sie glaubte sich zu erinnern, dass diese Frauen oder zumindest ihre Männer Freigeburtler waren, aber sie gab die Würfel trotzdem in die Sammlung der ausgehenden Post und wandte sich wieder ihrer Arbeit zu.

Altiplano, Estancia Suiza

Als Luci Suiza von den Poloplätzen zurückkehrte, durchquerte sie die Eingangshalle – sie musste noch duschen, ehe die Familie Vicarios zum Abendessen erschien, und sie hatte gerade Esmays Halbbruder angewiesen, ihr Pony durch langsames Ausreiten abzukühlen. Das war ein Grund, der sie herführte; der andere bestand in dem kleinen roten Postlieferwagen, der vorgefahren war. Philip schickte ihr jeden Tag einen Brief; wenn sie Glück hatte, erreichte sie die Post vor allen anderen. Sie suchte seinen Brief und einen Nachrichtenwürfel von Esmay heraus und nahm beide mit in ihr Zimmer.

Sie las den Brief, ehe sie duschte, zog sich dabei die verschwitzten Sachen aus und spürte am ganzen Körper ein Kribbeln von den Wendungen, die Philip benutzte, wie auch von der kühleren Luft, die zum Fenster hereinwehte. Heute Abend – heute Abend fand das abschließende Treffen der Eltern statt, und danach waren sie beide verlobt.

Nach der Dusche zog sie sich einen kuscheligen weißen Bademantel an, steckte Esmays Würfel in das Lesegerät ihres Zimmers und bürstete sich das Haar, während der Text auf dem Bildschirm auftauchte. Esmay ging es gut; sie hatte von Barin noch nicht gehört, was seine Familie dachte; Brun hatte ihr hinreißende Muster von Stickereien und Skizzen für ein Kleid geschickt; die Flotte hatte eine Menge alberner Vorschriften darüber, wer wen heiraten durfte, also musste sie eine Menge Formulare ausfüllen … Luci legte eine Pause ein, steckte sich das Haar hoch und blickte auf die Uhr. Sie hatte noch Zeit. Sie streckte den Arm aus, zog ihre Kosmetiksachen näher an den

Würfelleser und versuchte, das Make-up aufzutragen, während sie gleichzeitig weiter den Brief las.

Die Flotte wollte nicht, dass Offiziere Landbräute heirateten. *Dann tritt doch zurück!*, dachte sich Luci, und klar doch, der nächste Abschnitt war eine lange, wortreiche Entschuldigung, gefolgt von dem Eingeständnis, dass Esmay selbst dachte, sie sollte zurücktreten. War Luci interessiert?

Luci war interessiert; sie stieß einen Seufzer über ihre abwesende Kusine aus und trug Lippenstift auf. Egal, was alle Leute sagten, es war einfach unmöglich, Polo zu spielen und anschließend noch weiche feuchte Lippen zu haben, ohne dafür Kosmetik zu benutzen. Der Brief ging noch weiter; Luci behielt aber auch die Uhr im Auge. Sie mochte ihre Kusine; sie bewunderte sie ungeheuer, aber in fünfundzwanzig Minuten kam Philip.

Esmays wunderbare Idee, die Frauen von Unser Texas und ihre Kinder auf Suiza-Land anzusiedeln, überraschte sie; der Eyeliner, den sie zunächst so sorgfältig aufgetragen hatte, geriet außer Kurs und zeichnete einen dunklen Streifen quer durchs Gesicht, ehe sich Luci wieder fing. Was?! *Neunzehn* Frauen und ihre Kinder – Dutzende von Kindern – sollten allesamt auf Suiza-Land angesiedelt werden? Freigeburtler von einem Planeten mit barbarischem religiösem Kult … Luci konnte sich nur zu gut vorstellen, was die Priester *dazu* sagen würden! Esmay schwafelte weiter über die geschickten Handarbeiten dieser Frauen und ihre Erfahrung auf technisch rückständigen Welten. *Wir sind technisch nicht rückständig!*, dachte Luci wütend. *Idiotin! Dummkopf!*

Dann entdeckte sie ihr Gesicht im Spiegel und gleichzeitig die Uhr, und der Zorn stieg in ihr auf wie ein Buschbrand. Esmay hatte nicht das Recht dazu!

Esmay war keine richtige Landbraut – denn keine Landbraut, die ihre Aufgabe wirklich verstand, sich wirklich etwas daraus machte, wäre auch nur für einen Augenblick auf diese Idee gekommen …

Luci stürmte ins Badezimmer und rannte beinahe zwei der kleineren Kinder um.

»Luci, was ist mit deinem …?«

»Seid still!«, knurrte sie sie an, rubbelte sich das Make-up vom Gesicht und ließ die Streifen auf dem Handtuch zurück. Dumme Esmay! Alberne Esmay! Nur gut, dass sie weggegangen war, und gut, dass sie als Landbraut zurücktreten wollte! Und Luci würde sie persönlich an den Haaren zerren, falls sie Gelegenheit dazu erhielt.

Als sie wieder in ihrem Zimmer war und zum Fenster hinausblickte, ob der Wagen der Vicarios schon kam, stachen ihr die wechselnden Streifen von Blau und Gold, wie sie abendlicher Schatten und sinkende Sonne auf die Poloplätze zeichneten, ins Herz. Es war so schön – so schön, dass es schmerzte. Wie war es nur möglich, dass Esmay das nicht wollte? Wie war es nur möglich, dass sie sich so wenig daraus machte und gar auf die Idee kam, das Land für einen Haufen Fremdweltler zu vergewaltigen?

Sie lehnte sich mit den Unterarmen auf die Fensterbank und saugte die kühle Luft ein, die den Duft von frühen Rosen und der Apfelblüte in sich trug. Irgendwo in der Ferne wieherten Pferde; die Stallknechte waren jetzt dabei, das Futter für den Abend zu mischen. Das war es, was Luci wollte, was sie sich immer gewünscht hatte – na ja, das hier und Philip, um es mit ihm zu teilen. Land, um es zu lieben und zu nähren und zu schützen, Schönheit, um sie zu hegen, die uralten Zyklen des Landes.

Licht spiegelte sich auf etwas, das der Straße folgte, und blitzte ihr direkt in die Augen, als der Wagen in ihre Einfahrt bog. Zweifellos die Vicarios, es sei denn, es war Lucis Vater, der spät aus der Stadt zurückkehrte. Keine Zeit mehr für Make-up, auch wenn sie wenigstens die aufgesprungenen Lippen wieder mit Farbe abdeckte. Schnell zog sie das blaue und weiße Oberhemd und den weißen Rock des umworbenen Mädchens über. Nach dem heutigen Abend trug sie dann den blauen Rock der angehenden Braut.

Esmay, du Idiotin!, war ihr letzter Gedanke, als sie die Tür schloss und den oberen Absatz der Treppe entlangstürmte.

Bis Mitternacht war die Familie Vicarios in ihr Stadthaus zurückgekehrt. Bei dieser dritten in der Reihe der förmlichen Begegnungen (die zwischen den Häusern beider Familien wechselten) waren die Eltern schön entspannt gewesen. Der Austausch von Geschenken, die rituellen Ansprachen, der arrangierte – und trotzdem wirkungsvolle – »unerwartete« Besuch des Priesters, der Lucis Hand in die Philips legte und einen Seidenschal rings um sie beide wickelte, all das war problemlos verlaufen. Luci und Philip hatten sogar ein paar Minuten für sich im Rosengarten, während die älteren Familienmitglieder von der erleuchteten Tür aus zusahen; Philip küsste sie respektvoll auf die Stirn und flüsterte ihren Namen.

Philip fuhr natürlich mit seinen Eltern wieder ab. Von jetzt an gab es keine gestohlenen Augenblicke mehr, geschweige denn Stunden, um einander zu entdecken … von jetzt an waren sie offiziell verlobt, und eine solche Verlobung unterlag Regeln. Die einen zum Wahnsinn trieben, vielleicht gar mit Absicht. Luci mopste eine weitere gefüllte Dattel von dem Tablett, das ein verschlafenes Hausmädchen in die Küche zurückbrachte, und folgte ihrem Vater in die Bibliothek. Onkel und Großvater saßen schon entspannt in Sesseln vor dem Kamin und blickten auf, als sie eintrat.

»Luci, du müsstest im Bett liegen.«

»Papa, ich bin nicht müde.« Er musterte sie unter hochgezogenen Brauen hervor, aber sie gab nicht nach. »Papa, ich habe heute einen Nachrichtenwürfel von Esmay erhalten.«

Ihr Onkel Casimir seufzte. »Esmay ... das ist auch wieder ein Problem. Berthold, hast du bei der Landbesitzergilde irgendwas erreicht?«

»Nichts. Oh, Vicarios wird sich uns nicht widersetzen, aber nur Lucis wegen, und seine Unterstützung ist halbherzig. Es wäre anders, wenn Esmay nicht schon in so jungen Jahren fortgegangen wäre, denke ich. Die Leute erinnern sich nicht richtig an sie, und obwohl sie ihr den Gestirnten Berg verliehen haben und sie als Heldin betrachten, möchten sie nicht, dass eine Landbraut mit einer außerplanetaren Familie eine Bindung eingeht – keine Landbraut, aber besonders nicht unsere. Cosca hat mir offen gesagt, dass er sich der Beziehung widersetzen wird, selbst wenn Esmay mitsamt ihrem Gatten herzieht. *Nichts Gutes ist je von den Sternen gekommen,* hat er beharrlich wiederholt.«

»Und die Stimmenzahl?«

»Reicht für eine Herausforderung, Casi, da bin ich sicher. Nein, der einzige Ausweg bestünde darin, dass Esmay kommt und persönlich mit ihnen redet.«

»Oder zurücktritt.«

»Oder zurücktritt, aber – wird sie das?«

Luci meldete sich zu Wort. »Sie hat in ihrem Würfel davon gesprochen.«

»Was – über einen Rücktritt? Warum?«

»Ihre heiß geliebte Flotte scheint von uns ähnlich wenig zu halten wie die Landbesitzergilde von ihr. Esmay schreibt, sie haben eine Art Vorschrift, die es Offizieren verbietet, Landbräute zu heiraten.«

Ihr Vater schnaubte. »Haben sie auch eine, die es Offizieren verbietet, Landbräute zu *sein*? Wie lächerlich!«

»Meinst du das ernst?«, erkundigte sich Casimir. »Sie haben eine eindeutige Vorschrift über Landbräute? Woher wissen sie überhaupt davon?«

»Ich habe keine Ahnung«, antwortete Luci. »Das war einfach, was Esmay gesagt hat. Und sie fragte auch, warum wir nicht einfach alle diese Frauen aufnehmen, die von Unser Texas geholt wurden – sie war überzeugt, sie würden gut zu uns passen.«

Benommenes Schweigen trat ein und befriedigte Luci durch seine Tiefe und Dauer.

»Sie hat *was?«*, fragte Casimir schließlich. »Sind diese Frauen nicht …?«

»Freigeburtler und religiöse Kultisten«, sagte Luci zufrieden. »Genau.«

»Aber – aber die Priester werden protestieren!«, gab Berthold zu bedenken.

»Nicht so stark wie die Landbesitzergilde, falls es ihr zu Ohren kommt. Lieber Gott, ich dachte, Esmay hätte mehr Verstand!«

»Sie ist verliebt«, erinnerte Luci, jetzt zur Großmut bereit. »Anscheinend nimmt die Flotte Barins Sold – zumindest einen Teil davon –, um den Unterhalt der Frauen zu bestreiten, und Esmay versucht ihm zu helfen. Es sind insgesamt neunzehn, und diese ganzen Kinder.«

»Auf unsere Kosten.« Casimir schüttelte den Kopf.

»Na ja, damit ist die Sache klar: Sie wird zurücktreten müssen, sobald ich Gelegenheit finde, sie zu benachrichtigen. Die Treuhänder werden mit ihrer Idee gewiss nicht einverstanden sein, vorausgesetzt, ich wäre bereit, ihnen davon zu erzählen.« Er warf Luci einen strengen Blick zu. »Du hast Philip doch nichts davon erzählt, hoffe ich?«

»Natürlich nicht!« Luci sah ihren Onkel finster an. Esmay hatte vielleicht keinen Verstand, aber sie, Luci, wusste sehr wohl, was die Familienehre erforderte.

»Ich hoffe, dass sie dich zur Landbraut ernennt, Luci«, sagte Casimir. »Du wärst gut darin.«

Luci hegte auf einmal schmerzliche Zweifel. War sie eigentlich Esmay gegenüber fair, der schließlich so viel Schlimmes widerfahren war? Aber unter dem Zweifel rührte sich der gleiche Jubel wie damals, als Esmay ihr die braune Stute geschenkt hatte … *meine, es ist meine, ich kann für sie sorgen, niemand kann ihr wehtun …*

»Ich frage mich, ob wir ein Ansible-Gespräch führen könnten«, sagte Casimir.

»Sicherlich ist es doch nicht so dringend«, warf Berthold ein.

»Was, wenn sie diese Leute einfach zusammenpackt und zu uns schickt? Besser auf Nummer Sicher gehen, als es später bereuen.«

»Das tut sie nicht«, sagte Luci. »Ich bin überzeugt, dass sie es nicht tut.« Sie hatte keine Ahnung, warum sie so sicher war, aber sie wusste es nun mal – wahrscheinlich war Esmay inzwischen selbst darauf gekommen, warum die Idee nichts taugte, und schickte mit der nächsten Post eine Entschuldigung.

»Das hoffe ich«, sagte ihr Vater. Er gähnte. »Oh, geh jetzt doch ins Bett, Luci! Ich bin erschöpft.«

Luci gab ihm einen Kuss und ging nach oben ins

Bett, überzeugt davon, dass sie bei all den Gefühlen, die in ihr stritten, nicht schlafen konnte. Sie zog sich schnell aus, hängte die Kleider auf und schlüpfte nackt unter die Bettdecke, wobei sie tief die duftende Nachtluft einatmete. Sie hoffte, dass Esmay für ihren Barin auch solche Gefühle hegte … falls Lucis arme Kusine schon nicht Landbraut sein konnte, hatte sie wenigstens eine große Liebe verdient.

RSS *Shrike*

Esmay betrat die Brücke und traf einen finster blickenden Kommandanten Solis an. Was hatte sie denn jetzt getan oder nicht getan?

»Ich hatte schon befürchtet, dass ich Sie verlieren würde«, sagte er.

»Mich verlieren?«

»Neue Befehle. Sie schicken mir einen neuen ersten Offizier und versetzen Sie wieder auf ein reguläres Kriegsschiff. Ich wusste, dass das irgendwann passieren würde. Obwohl wir beim Such- und Rettungsdienst jemanden mit Ihren Talenten immer gut gebrauchen können, halten die es für eine Verschwendung.«

Er reichte ihr den Nachrichtenwürfel. »Darin finden Sie alles; wir setzen Sie auf Topas ab.«

»Topas …« Eine zivile Raumstation.

»Der Wechsel auf ein anderes Schiff ist eine gute Gelegenheit zu ein paar Tagen Urlaub, Lieutenant. Vorausgesetzt, Sie können Urlaub gebrauchen.«

Barin! Ihr Herz hämmerte. Wenn sie jetzt nur noch herausfand …

»Die *Navarino* operiert in Sektor Sechs. Die *Gyrfalcon* wird, wie ich gehört habe, aus dem Patrouillendienst abgezogen, nach Castle Rock zurückgeschickt und anschließend in Sektor Eins…« Solis zeigte kein Lächeln, Esmay hingegen schon. Sie kannte die Vorschriften: von ihr wurde nichts weiter erwartet, als ihre neue Stellung rechtzeitig anzutreten. Welchen Weg sie von Topas zum Oberkommando von Sektor Sechs wählte, war ihre Sache. Sie erhielt zumindest eine Chance, Barin auf irgendeiner Station unterwegs zu treffen. Falls sie ihm eine Nachricht schicken konnte. Falls sie Urlaub erhielt.

Kapitel sieben

Benignität der wohltätigen Hand
Nuovo Venitza, Santa Luzia

Hostite Fieddi, Schwertmeister und Leiter der Truppe, verneigte sich vor der Präsidentenloge und dann zu beiden Enden des Grandes, wo die bedeutenden Gäste aus Staat und Industrie saßen; schließlich wandte er, begleitet von dem kalten Schauer, der diese verlangte Geste stets begleitete, dem gefährlichsten Mann seines Universums den Rücken zu, um den sterblichen Vertreter jenes Einen und Heiligen zu grüßen, der noch gefährlicher war, übte er doch die Herrschaft über alle Universen aus.

Das Protokoll, überlegte er mürrisch, war vom Teufel erfunden worden, um unschuldige Herzen zu umgarnen. Nicht, dass er selbst unschuldig gewesen wäre; er kam von der Einsatznachbesprechung mit seinem Vorgesetzten im Orden und hatte die Beichte noch vor sich. Inzwischen …

Trompeten schmetterten, jene alten gewundenen Widderhorntrompeten, und im Augenwinkel sah Hostite die Türen in den vier Ecken aufgehen wie dunkle Mäuler. Unter jeder stand eine glänzende Gestalt in einer der Grundstellungen. Ein leiser Trommelwirbel … und die erste Gestalt unter jeder Tür trat hervor, gefolgt von einer zweiten.

Acht waren es damit, und jede demonstrierte eine der Grundstellungen: ein Voller Vierer. Die Trommeln wechselten jetzt zu einem subtilen Rhythmus, Schritt auf Schritt; die Gestalten traten weiter vor und erreichten die freie Fläche, auf der Hostite wartete. Vier Frauen, vier Männer. Vier gehörten der Sonne an: reines Gold, Kupferrot, satte Bronze und Messing. Vier gehörten dem Mond an: Silber, Stahl, Blei, Platin. Und er, das Phantom des Tanzes, glänzte im Licht wie Obsidian.

Der Säbeltanz hatte seine Wurzeln in uralter Zeit, lange bevor die ersten Menschen die Erde verlassen hatten. Mehr als nur eine Kultur, die das Schwert benutzte, kannte Schwert- und Messer-Tänze, und mehr als eine hatte sie zur Ausbildung benutzt. Mehr als eine kannte auch das Schauspiel, bei dem die Reichen und Mächtigen zusahen, wie ihre Diener zu ihrem Vergnügen tanzten und bluteten. Und für manche Menschen hatten sich Lust und Gefahr schon immer berauschend vermischt.

Aber erst unter der Benignität hatten sich die alten Fäden zu einem solchen Garn aus Leben und Tod verwoben. Hostite lächelte hinter der Maske. Hier erlebte er den kaiserlichen Zirkus, und hier traten die heiligen Krieger auf und die Tänzer, ... und hier regierte er.

Die glänzenden Gestalten hatten einen Kreis gebildet, in dessen Mittelpunkt er stand ... den Spanischen Kreis, wie er aus seinen Studien wusste, mit seinen kunstvollen Figuren. Er drehte sich langsam und erfreute sich nicht weniger als der Präsident – da war er sicher – an diesen fein eingestellten Körpern unter der glänzenden Farbe. Anders als seine Maske waren die ihren durchsichtig – unsichtbar gar für alle, die nicht genau wussten, wohin sie blicken mussten. Und die Gesichter darunter – durch Bioskulptur so schön gestaltet wie die Leiber – erwiderten seinen Blick ungerührt.

Die Musik des Abends, ausgesucht vom Präsidenten, war Imetzinas »Quadrille für einen Abend am Meer«. Der Präsident winkte; der Eröffnungssatz begann. Hostite gab Vier und Sieben ein Signal, Messing und Blei. Insoweit folgte man der Tradition, und der Tanz startete in einem Stil, der schwerfällig wirkte.

Elegant und doch mit einer Strenge, wie sie durch die Waffen bedingt war, lösten sich Vier und Sieben aus dem Umkreis und traten nach innen vor. Beim Üben tanzten sie nackt, abgesehen von Handgelenks-, Ellbogen- und Knieschützern, aber hier – im Rahmen der förmlichen Aufführung, bei der sicherlich Jemand hinter dem Vorhang hervorlugte – trug Vier die kleinen Brustmedaillons aus Metallschuppen, ebenso einen Faltenrock aus Metallschuppen, der durch ihre Bewegung herumgewirbelt wurde. Sieben trug ein Lendentuch, kaum mehr als ein Hosenlatz, mit Schnüren umgebunden.

Die Schwerter bestanden alle aus Stahl, waren jedoch beschichtet, um die Farben der Tänzer aufzugreifen. Nur Hostites Klinge war nicht stählern, sondern aus echtem Obsidian gefertigt – brüchiger zwar, aber schärfer als jede andere.

Die traditionelle Quadrille verlangte, dass die Tänzer einander alle konfrontierten, zuerst paarweise, dann in Vierergruppen. Hostite machte sich ein wenig Sorgen um Vier – dies war ihr erster Auftritt im Grande, und obwohl sie bei der Probe völlig beherrscht gewirkt hatte, wusste er doch, dass die Aufregung über einen ersten Auftritt zu tödlichen Fehlern führen konnte. Caris, die normalerweise die Vier tanzte, hatte sich jedoch das Knie überdehnt, als sie eine Juniorenklasse unterrichtete: Irgendein sorgloser Schüler – er war jetzt kein Schüler mehr – hatte einen Klecks aus Wachs auf dem Boden hinterlassen.

Pelinn hätte noch ein halbes Jahr lang in der zweiten Truppe verbringen sollen, überlegte Hostite, aber sie war sehr begabt und sehr konzentriert, die Beste unter den Aushilfstänzerinnen. Er hoffte, dass sie heute Abend nicht schlimm verletzt wurde.

Die Musik führte die Tänzer zusammen, Schwert gegen Schwert, und wirbelte sie wieder auseinander. Vier bewegte sich perfekt im Takt, und im Zuge der aufeinander folgenden Tanzfiguren, einschließlich des schwierigen Handwechsels bei der Pirouette, entspannte sich Hostite etwas. Obwohl Messing und Blei die Falsche Kunst tanzten, viel weniger gefährlich als die Wahre, konnten sie einander permanent zeichnen, wenn sie einen Fehler begingen.

Acht und Zwei folgten Vier und Sieben: Platin und Kupfer, der äußerste Farbkontrast und der geringste im Geschlecht – beides waren Frauen, genetische Zwillinge, unterscheidbar nur durch Make-up und Kostüm. Hostite lächelte nachsichtig vor sich hin. Sie waren jetzt auf der Höhe ihrer Kraft, und nach all den Jahren gemeinsamer Ausbildung zeigten sie immer eine spektakuläre Show. Sie wirbelten, sprangen, zeigten Tritte ebenso wie rasche Stöße und weit ausholende Hiebe, und es schien, als müssten sie einander in Fetzen schneiden – was jedoch nie geschah.

Bronze und Stahl als Nächstes, Drei und Sechs, diesmal beides Männer. Weder Zwillinge noch gleich in Größe oder Stil. Stahl Sechs war vier Zentimeter größer als Bronze Drei und hatte die entsprechende Reichweite – aber der aus einer Akrobatenfamilie stammende Drei hielt als Tänzer locker mit. Ihre dicken Muskelstränge wölbten sich; ihre Waffen klirrten immer lauter aufeinander – und blieben stets im Takt.

Hostite winkte als Nächstes das Paarensemble in

Aktion: Eins und Fünf würden am Ende allein tanzen, aber jetzt gesellten sie sich zu Vier und Sieben. Gold und Messing, Blei und Silber ... die falsche Kunst und die wahre tanzten sowohl mit- als auch gegeneinander. Für viele Besucher war das mit seinen ineinander greifenden Symbolen der beste Teil jedes Tanzes, aber für den Meister bot er stets ein Problem. Im Finale mussten Eins und Fünf noch zu den schwierigsten Bewegungen fähig sein, weshalb sie sich jetzt keinesfalls verletzen durften – und doch mussten sie in diesem Augenblick die Wahre Kunst demonstrieren und ihren Vorrang vor der Falschen. Hostite machte sich erneut Sorgen um Vier; sie musste als unterlegen vorgeführt werden, ohne Fünf zu verletzen oder selbst zu stark verletzt zu werden.

Erneut beruhigte ihn ihr ruhiger, gleichmäßiger Rhythmus bei den geforderten spektakulären Bewegungen. Sie besaß das wahre dramatische Temperament; wenn die Wahre Kunst sie bedrängte, verzog sie das Gesicht, beugte sich nach hinten, schien an der Grenze, das Gleichgewicht zu verlieren – ohne je zu stürzen. Die wenigen dünnen roten Linien auf ihrer Haut steigerten den Eindruck nur und waren keine ernsten Wunden, die ihr Zeit für Ausbildung oder Aufführung rauben würden.

Der Tanz nahm seinen Fortgang, und die anderen Paare lösten sie jetzt ab: Zwei und Acht, die Sechs und Drei gegenüberstanden. Und hier, wo Hostite nicht mit Problemen rechnete, rutschte Sechs bei einer Drehung aus – vielleicht war der Boden dort rutschig von Schweiß, oder vielleicht ließ die Konzentration nach. Warum auch immer – Sechs glitt der linke Fuß seitlich weg, als sich das Körpergewicht daraufsenkte, und Zwei schnitt ihm im Zuge der zweiten Tanzfigur das Bein auf, über dem Knie vom seitlichen Oberschenkel bis zur hinteren Wade, und das Gelenk wurde sichtbar, bis das hervorspritzende helle Blut bewies, dass eine Arterie verletzt worden war. Die Zuschauer schnappten nach Luft, stöhnten beinahe. Hostite ignorierte sie und gab seinen Tänzern einen Wink. Drei und Acht traten zur Seite, gerieten nicht einmal aus dem Takt; Zwei wich zurück und kniete sich hin, die Waffe ausgestreckt. Hostite blickte zur Präsidentenloge. Welche Entscheidung würde fallen?

Eine Hand wurde ausgestreckt: die Musik brach ab, mitten im Satz. Die Tänzer stoppten, wahrten ihre Haltungen. Dann Stille, durchbrochen nur vom rauhen Atem von Sechs. Er lag dort, wo er gestürzt war, in einer Blutpfütze, die sich vergrößerte, und war bemüht, keinen Laut zu machen. Hostite wusste schon, dass der Treffer verstümmelnde Wirkung zeitigte. Der Mann blieb vielleicht am Leben und konnte weiter gehen, aber er würde nie wieder tanzen, selbst wenn das Gelenk hielt.

»Stahl«, sagte der Präsident. »Wir danken für Ihren Dienst. Er ist beendet.«

Ehe sich irgendjemand rühren konnte, reagierte Hostite; sein Obsidianschwert durchschnitt die Luft und die Kehle von Sechs. Er verneigte sich vor der Präsidentenloge.

»Fahren Sie fort«, sagte der Präsident. Hostite kehrte an seinen Platz zurück; die Musik setzte mitten im Satz wieder ein, wo sie abgebrochen hatte. Zwei kniete weiterhin am Boden, hatte keinen Partner mehr. Drei und Acht bewegten sich mit der Musik, tanzten, wichen Zwei und dem gefährlichen hellen Blut aus. Es ehrte die ehrenvollen Toten, wenn man vor ihnen tanzte und um sie herum.

Am Ende dieser Tanzfigur gab der Präsident erneut einen Wink, und wieder stoppte der Tanz. Jetzt schloss Hostite die toten Augen und führte die Gesten aus und sprach die Worte, die es der Seele von Sechs ermöglichten, ihres Weges zu ziehen. Diener kamen, rollten den Leichnam in eine Trageschlinge und trugen ihn hinaus, begleitet von leisem Trommelschlag; andere säuberten und trockneten den Boden.

Die letzten Figuren waren so schön wie nur irgendetwas, das Hostite je gesehen hatte; die abschließenden Paartänze von Silber und Gold, Sonne und Mond, überstiegen jede Kunst und stießen in das Reich des Geistes vor. Über Tod und Leben hinaus gingen die ewigen Feuer, und genau so bewegten sich die Tänzer.

Danach knieten sie alle in der Halle der Tänzer nieder, um das Andenken von Stahl zu ehren, und mit scharfer Klinge gab jeder einen Tropfen eigenes Blut auf das gewickelte Laken. Pelinn wirkte bleich, und das verwunderte nicht nach einem solchen Verlauf ihres ersten Abends; Hostite drückte sie an sich und hielt sie fest, bis sie nicht mehr zitterte. »Du warst gut«, flüsterte er. »Du warst sehr gut.«

Caskadar
Besitz der Familie Terakian

Goonar Terakian und Basil Terakian-Junos verfügten über die kombinierten investigativen Fähigkeiten, wie sie nur irgendein Reporter jemals gehabt hatte, und waren dabei dreimal so diskret. Sie verdienten ihr Geld nicht, indem sie Informationen offen legten, sondern indem sie sie vertuschten. Sie hatten nicht übermäßig lange für die Erkenntnis gebraucht, dass der Säufer, der sie damals auf der Hauptstation Zenebra angesprochen hatte, zur Gottesfürchtigen Miliz von Neutexas gehörte, und dass die Neutexaner einen terroristischen Feldzug gegen die Regierenden Familias führten. Neutexaner – so nannten die Terakians sie privat, um sie von den Texanern der Lone-Star-Konförderation zu unterscheiden, die absolut anständige Leute waren, wenn auch immer raffiniert, wo es um »Business« ging.

Da Goonar und Basil bei ihren jeweiligen Vätern Bericht erstattet hatten, kaum dass sie wieder an Bord von Terakian-Schiffen waren, hatte die Familie einen Planungsvorsprung vor der Flotte der Regierenden Familias. Aus diskreter Distanz verfolgte sie jeden Hinweis auf den Rettungseinsatz für Brun Meager … und die noch deutlicher erkennbaren Hinweise auf die geistige Instabilität ihres Vaters.

Jetzt begegneten sich Goonar und Basil erneut, diesmal im privaten Ferienhaus der Terakians auf Caskadar. Ihr ferner Vetter Kaim, derzeit einziges Familienmitglied, das im Regular Space Service diente, hatte sich überfälligen Urlaub genommen und lümmelte auf einer Couch auf der breiten Veranda von Sea Breeze. Finster blickte er in den gleichmäßig strömenden Regen, der wie aus einem Fass vom Himmel schüttete.

»Mein einziger Urlaub in vier Jahren, und es muss regnen!« Kaim war nie ein geduldiger Mensch gewesen.

»Es ist Herbst«, gab Goonar zu bedenken. »Es ist nur der Herbstregen …«

»Ich hasse Planeten«, stellte Kaim fest. Goonar sah Basil an, der die Achseln zuckte. Er wirkte fast so eingeschnappt wie Kaim.

»Du hast diesen Zeitpunkt vorgeschlagen«, sagte Goonar schärfer, als er beabsichtigt hatte. »Du kennst doch das Klima …«

»Ich kenne noch mehr.« Kaim seufzte, streckte sich und winkte die beiden anderen heran. »Hört mal – was habt ihr über Verjüngungen gehört, die schlecht verlaufen sind?«

»Na ja … man kennt ja diese Geschichte, dass das auf Patchcock hergestellte Zeug irgendwie verunreinigt war. Eine Intrige der Benignität, habe ich gehört, denn man hat einen Spion direkt in der Fabrik enttarnt, nicht wahr?«

»Das ist ja nur die Sache mit den schlechten Medikamenten«, sagte Kaim und winkte wie eine Nebensache ab, was einmal 27 Prozent Marktanteil gewesen waren und die Schande und der finanzielle Ruin einer Familie, die mehr als ein Dutzend Sitze im Großen Rat hatte. »Ich kenne jedoch Hinweise darauf, dass das ganze Verfahren fehlerhaft sein könnte. Bislang keine harten Fakten jedoch. Nach wie vor schiebt man alles auf einen Schwung Medikamente, mit denen etwas nicht gestimmt hat. Aber meinen Quellen zufolge zeigen einige der ersten Menschen, die sich wiederholt Verjüngungen unterzogen haben, Zeichen geistigen Verfalls. Zum Beispiel Lord Thornbuckle.«

»Das sehe ich anders«, erwiderte Basil. »Sie ist seine Tochter; an seiner Reaktion war nichts künstlich.« Basils eigene Tochter, die gerade drei war, hatte diesen Marmeladenfleck auf seiner Brust hinterlassen. Goonar taten ihre künftigen Verehrer jetzt schon Leid.

»Ich weiß, ich habe selbst keine Kinder«, sagte Kaim. »Aber trotzdem – die Sicherheit der ganzen Familias aufs Spiel zu setzen …«

Goonar grunzte und streckte mechanisch die Hand aus, um Basil auf die Schulter zu klopfen. Kaim hatte die Gewohnheit, fast damit zu prahlen, dass er nicht Vater wurde, als wollte er, dass die Familie seinen Gründen nachging. Basil hingegen hatte eine klare Haltung zu dieser Frage. Damit blieb es wie üblich Goonar überlassen, den Friedensstifter zu geben.

»Die Sache ist die«, sagte er, »falls es an einigen schlechten Medikamenten liegt, dann ist das etwas ganz anderes als ein grundsätzlich fehlerhaftes Verfahren. Kaim, sind nicht auch einige ranghohe Flottenoffiziere verjüngt worden?«

»Ja, aber nur jeweils einmal. Keiner hatte mehrere Behandlungen, es sei denn privat und nicht durch den Medizinischen Dienst. Zunächst taten es nur ein paar Freiwillige, vor vierzig oder mehr Jahren, als genug Erfahrung aus dem zivilen Bereich vorlag. Es dauerte weitere zwanzig Jahre, bis es bei Flaggoffizieren zum Standardverfahren wurde. Vor ungefähr zehn Jahren hat man dann begonnen, ranghohen Unteroffizieren Verjüngungsbehandlungen zu gewähren.«

»Also … in jüngster Zeit irgendwelche verrückten Admirale gesehen?«

»Na ja, da kann man stets Lepescu nennen«, sagte Kaim. Er hatte der Familie schon früher von Lepescu erzählt.

»Er war von Geburt an brutal«, meinte Goonar. »Diesen Schlag gab es schon vor der Verjüngung.«

»Das weiß ich.« Kaim rutschte unbehaglich hin und her. »Seht mal – das ist immer noch sehr, sehr geheim!«

»Yeah, klar«, sagte Basil. Er führte kunstvoll das Kreuzzeichen aus und spuckte nach links.

»Es sind nicht die Admirale – zumindest habe ich bislang keine verrückten Admirale erlebt; nicht, dass ich überhaupt viele dieses Rangs sehe. Aber bezüglich der Senior-Uffze ist eine medizinische Direktive ergangen … jeder, der in den letzten zehn Jahren einer Verjüngung unterzogen wurde, ist zu einer sofortigen Untersuchung angehalten. Und mir liegen solide Daten vor, dass im vergangenen halben Standardjahr allein in unserem Sektor acht Master Chiefs eine negative Leistungsbewertung erhalten haben.«

»Klingt für mich nach einer Lieferung schlechter Medikamente«, sagte Goonar.

»Yeah – falls die Admirale, die ja schon länger verjüngt sind, nicht bekloppt wurden, was soll dann bei anderen der Grund sein?«, fragte Basil.

»Vor allem Lord Thornbuckle bringt mich auf Gedanken«, sagte Kaim. »Ich werde einfach nicht schlau daraus, wie uns ein Mann seines Kalibers – seines angeblichen Kalibers – in einen Krieg führen kann, nur um seine hirnlose Tochter zu retten.«

Goonar streckte erneut die Hand nach Basils Arm aus und stellte fest – wie er erwartet hatte –, dass er vor Wut angespannt war. »Glaub uns ruhig«, sagte er. »Väter sind so. Sogar deiner.«

»Aber es könnte auch Absicht sein«, entgegnete Kaim. »Falls jemand die Flotte ruinieren wollte, dann wären duchgetickte Master Chiefs eine gute Möglichkeit.«

»Und wer könnte das tun? Wer hätte die Möglichkeit?«

»Falls die Verschwörung entsprechend weit gespannt ist, dann haben wir es wohl mit Sabotage im Bereich der Beschaffung zu tun oder auch weiter aufwärts. Ein weiterer Verräter …«

Goonar zuckte die Achseln. Kaims Vater, falls nicht Kaim selbst, hatte es immer mit Verschwörungstheorien gehabt; deshalb hatte sein Sohn auch zur Flotte gehen müssen, denn der Vater hatte zu lange die Politik dem Profit vorgezogen und seinem Sohn nicht den Start finanzieren können, wie ihn ein Familienmitglied erhalten sollte: mit eigenen Schiffsanteilen.

»In allen Organisationen findet man Verräter«, sagte Goonar.

»Ja, aber … worüber die Uffze sich sorgen: dass es von Anfang an nur eine Intrige war, die rechtfertigen soll, Militärangehörigen ohne Offiziersrang keine Verjüngungen mehr zu gewähren. Ich selbst sehe das anders, denn Admirale kosten mehr und arbeiten weniger; alle wissen, dass die Seniorunteroffiziere wertvoller sind – aber dieses Gespenst sitzt ihnen nun mal im Nacken. Und dass ihnen ein Gespenst im Nacken sitzt, kommt unseren Feinden zustatten. Ich kann mir gut vorstellen, dass die Benignität durch Agenten so etwas tut. Die hohen Tiere in der Flotte befürchten noch mehr Verräter im operativen Bereich wie Garrivay oder Hearne, aber warum sollte die Benignität nicht auch den Bereich Beschaffung beeinflussen?«

»Das denke ich auch.« Goonar war viel weniger daran interessiert, wer ein Agent der Benignität war, als daran, wie man eine solche Information gewinnbringend nutzen konnte. »Also … sie stellen entweder fest, dass eine schlechte Lieferung die Ursache war – und die Restkurse von Morrelline/Conselline gehen endgültig in den Keller und der ganze Konzern damit bankrott –, oder dass das Verfahren grundsätzlich fehlerhaft ist, sodass alle mit der Verjüngung verbundenen Produkte abschmieren?«

»Du Fiesling!« Kaim betrachtete ihn finster. »Interessierst du dich denn nur für Profite? Macht dir der Gedanke gar nichts aus, dass wir einer Invasion durch die Benignität oder die Neutex unmöglich standhalten können, falls alle Master Chiefs durchticken?«

»Die Neutexaner sind Amateure«, sagte Goonar zerstreut. »Dieser alberne Säufer …«

»… ist nicht die ganze Geschichte. Wie du schon sagtest: In jeder Organisation findet man Verräter, und jede Organisation hat ihre Trottel, die sich besaufen.«

»Trotzdem«, wandte Basil in einem samtigen Tonfall ein, der Goonar alarmierte, »trotzdem finde ich nicht, dass wir dafür verantwortlich sind, eure Verräter aufzuspüren – vorausgesetzt, ihr habt überhaupt welche. Andererseits tragen wir sehr wohl Verantwortung für die eigene Familie, die schließlich Steuern zahlt und damit auch deinen Sold, Kaim, sodass ich mir an deiner Stelle nicht so viel auf deine moralische Reinheit einbilden würde!«

Goonar breitete beide Arme aus. »Schluss damit, ihr zwei! Keiner von uns möchte, dass die Familias einer Invasion zum Opfer fallen, und keiner von uns möchte, dass die Familie Terakian Pleite geht. Wir sind alle vom selben Blut.« Das sich vielleicht in ein paar Minuten auf dem Boden der Veranda mischte, falls die beiden anderen nicht aufhörten, sich in Pose zu werfen.

»Daddy!« Basils Tochter kam durch die Tür des Esszimmers gestürmt, ihrer Mutter gute drei Meter voraus. »Hab dich gefunden!« Basil hob das Kind hoch, und es schenkte den anderen Männern ein breites Lächeln. »Zeit zum Essen!«, verkündete es.

»Klingt gut für mich«, sagte Goonar und stemmte sich hoch. »Komm her, Kleines, damit dein Vater aufstehen kann.« Das Kind hüpfte vom Schoß des Vaters zu Goonar, und er hob sich die kleine Last auf die Schulter, wo das Mädchen begeistert jauchzte. »Vergiss nicht, dich zu …«

»… ducken«, sagte sie und beugte sich über seinen Kopf. Im Esszimmer schüttelte ihre Mutter den Kopf.

»Tut mir Leid, Goonar. Lydias Jon hat im Bad der Kinder etwas in die Toilette gestopft, und wir hatten mit der Überschwemmung zu tun. Jessie ist uns entwischt.«

»Genau der richtige Zeitpunkt«, sagte Goonar gedämpft. Berish war fast so hübsch wie die kleine Jessie, und er beneidete Basil zu solchen Zeiten, wenn er an die eigenen ersten Ehejahre zurückdachte, als die Kinder noch süße kleine Wonneproppen gewesen waren und die Ehefrau eine unerschöpfliche Quelle des Entzückens. Er hatte daran gedacht, wieder zu heiraten, aber der Verlust Selas und der Kinder schmerzte immer noch; er wollte ein solches Risiko nicht noch einmal eingehen. Er setzte Jessie ab und folgte den anderen zum großen Esstisch.

Nach dem Mittagessen hörte der Regen für einige Zeit auf, und Goonar überredete die anderen Männer zu einem Spaziergang am Ufer entlang, vorbei an den orangefarbenen Flächen der Fischpferche. Hier, wo unebener Boden und eine Brise, die zum stürmischen Wind auffrischte, Ablenkung boten, waren Basil und Kaim weniger geneigt, sich zu zanken. Kaim eröffnete den anderen seine Gedanken wie ein Fischer sein Netz und schüttete einen Haufen vermischter Informationen vor ihnen aus, und Goonar wusste, dass er und Basil bedächtig darin herumsuchen würden. Als es Zeit fürs Abendessen wurde und der Wind die Wolken für einige Zeit nach Süden geweht hatte, erfreute sich Kaim eindeutig des bislang so verhassten Planeten.

Goonar selbst wünschte sich nichts so sehnlich, wie an Bord eines der Terakian-Familienschiffe zurückzukehren, am liebsten auf eines mit den neuen Entschlüsselungs-Algorithmen, das die Sendungen der Finanz-Ansibles abfangen konnte. Er versuchte, es sich bei den üblichen Wortbastelspielen nach dem Essen bequem zu machen, konnte sich aber nicht konzentrieren. Nachdem Kaim zum dritten Mal seinen Vorschlag mit 10-Punkte-Bonus durchkreuzt hatte, gab er auf.

»Ich bin total groggy«, sagte er. »Ich gehe ins Bett.«

»Ins Bett?«, fragte Basil. »So spät ist es doch noch gar nicht.«

»Nein, aber ich bin so müde.« Goonar gähnte und stieg die Treppe zu seinem Turmzimmer hinauf. Basil wusste zweifellos, was er vorhatte, und würde zuverlässig dafür sorgen, dass ihm Kaim nicht in die Quere kam. Problematisch war nur, dass kein Sicherheitssystem seine Funksprüche wirklich sauber halten konnte, nicht hier unten jedenfalls. Er stellte eine Verbindung zum Familien-Hauptquartier auf Caskadar her, bat darum, ihm die Marktberichte der letzten beiden Tage zu senden, und kündigte bei der Vermittlung an, dass er am nächsten Tag kommen würde, um etwas in den Stapel wartender Meldungen für das Ansible zu geben.

»Dann bis Mittag Ortszeit, Ser«, sagte der Vermittler. »Die Sendung geht um 13 Uhr hinaus, und wir müssen alle Daten erst noch verschlüsseln.«

»Ich bin bis 10 Uhr da«, versprach Goonar.

Als Basil Stunden später heraufkam, sichtete Goonar nach wie vor die Marktberichte.

»Ich dachte, du wärst groggy«, sagte Basil.

»Das bin ich.« Diesmal war das Gähnen echt. »Aber ich bin auch besorgt. Bei den Consellines läuft irgendwas ab – sieh dir das mal an …«

»Jetzt nicht. Morgen früh. Ich musste Kaim noch mehr Brandy aufschwatzen, damit er unten blieb, und falls ich jetzt nicht schlafen gehe, wird es mir morgen Leid tun.«

»Dir wird es noch länger Leid tun, falls du dir diese

Sache nicht ansiehst. Ich meine es ernst, Bas! Etwas geschieht da, eine ganz große Sache. Beachte nur diese Schwankungen im Verjüngungsindex!«

»Die Kurse schwanken doch schon seit diesem Schlamassel auf Patchcock«, sagte Basil. »Sie brauchten sechs Monate, um sich überhaupt mal zu erholen, und jedes kleine Gerücht erschüttert sie aufs Neue wie ein Glockenspiel, durch das der Wind fährt.«

»Also hör schon auf zu reden und sieh es dir an«, forderte Goonar und tippte auf die Tabelle.

»Oh!« Basil spitzte die Lippen und zog sie wieder ein. »Was ist mit den Roh ...«

»Sie sinken«, sagte Goonar und kramte im Stapel herum, bis er gefunden hatte, was er suchte. »Hier ... ich kann es nicht mit Bestimmtheit sagen, solange ich keine der großen Verbindungen angezapft habe, aber ich wette, das hier stammt aus den Conselline-Werken; sie sind als einziger Hersteller groß genug, um diese Ressourcen so schnell zu erschließen.«

»Und sie hatten zuvor Marktanteile verloren und ... Verdammt, ich wünschte, wir hätten Zugriff auf die Beschäftigungszahlen!«

»Also ... erzählen wir es ...«

»Den Vätern«, sagte Goonar. »Aber nicht Kaim. Ich bereite eine Ansible-Sendung für morgen vor.«

»Heute noch. Wie lange dauert die Vorbereitung? Brauchst du Hilfe?«

»Sorge nur dafür, dass mir Kaim nicht in die Quere kommt.«

Goonars Vorgesetzter war Basils Vater, nicht sein eigener – was typisch war für die Organisation der Terakian-Familie. Also reagierte er überrascht, als die nächste Nachricht von seinem Vater stammte.

»Goonar – sag Basil, er soll Kaim für weitere 48 Stunden garantiert auf dem Planeten festhalten. Dann setz dich ins nächste Shuttle nach oben.«

»Wie Gott will«, sagte Goonar sowohl aus Frömmigkeit wie aus praktischen Erwägungen, denn das war der Familiencode für »Was geht da vor?«

»In Seiner Gnade«, sagte sein Vater und trennte die Verbindung.

Also hatte er den Finger genau auf den wunden Punkt gelegt. Na ja, jetzt ging es darum, Basil zu überreden, dass er Kaim festhielt und ihn, Goonar, abreisen ließ.

Der Shuttleflug zur Orbitalstation schien ewig zu dauern, obwohl Goonar wusste, dass der übliche Rahmen gewahrt blieb. Nach der Ankunft suchte er sofort das Büro der Terakian-Reederei auf, wo das Personal eine rege Tätigkeit entfaltete, als liefe gerade ein Schiff ein.

»Wer kommt?«

»Wir haben die Nachricht gerade per Ansible erhalten. Die *Flavor* ist per Schnelltransit im Anflug und bringt irgendwas Wichtiges. Falls Sie mitfahren möchten, bin ich sicher, dass man an Bord Platz hat.«

Die *Favored-of-God,* die von Gott Begnadete mit dem Spitznamen *Flavor,* war Terakians schnelles Kurierschiff … und das modernste Aufklärungsschiff der Familie, vollgepackt mit den besten Sensoren, die man für Geld, Einfluss oder Tricks bekam. »Da ist sie …«, meldete einer der Techs und deutete auf die Displaywand. Ein heller Spritzer auf dem Bildschirm kündete davon, dass etwas mit Maximalgeschwindigkeit aus dem Sprungpunkt hervorgetreten war, und die Farbverschiebung zeigte, dass die *Flavor* gefährlich schnell anflog.

Was immer hier los war – die Väter zeigten sich bereit, alle Welt wissen zu lassen, dass sie eine dringende Aufgabe hatten. Normalerweise folgten Terakian-Schiffe den gleichen würdevollen Flugbahnen wie jeder andere Handelstransporter auch und zeigten nie ihre wahren Fähigkeiten, solange sie nicht in Schwierigkeiten gerieten.

»Welche geschätzte Ankunftszeit haben wir?«, erkundigte sich Goonar.

»Bei dieser Geschwindigkeit? In weniger als zwanzig Stunden.«

Zwanzig Stunden … warum hatte ihn sein Vater dann angewiesen, den Planeten sofort zu verlassen?

Damit er schon unterwegs war, ehe die Nachricht von der Ankunft der *Flavor* dort unten eintraf? Damit Kaim die beiden Ereignisse nicht in Verbindung brachte? Damit keine Funksprüche zum Planeten nötig wurden, die Kaim womöglich abfing?

Goonar seufzte. Obwohl man auf der Station ein absolut bequemes Hotel für Transitreisende fand und er mehr als genug Geld hatte, um sich dort einzuquartieren, wusste er – auch ohne zu fragen –, dass sein Vater von ihm erwartete, im Büro zu bleiben. Im Schlafraum für untere Angestellte mit seinen harten, schmalen Betten.

»Ich esse im Gefleckten Lamm zu Mittag«, sagte Goonar. »Falls mich jemand sucht.«

Er war mit dem Dessert beinahe fertig – Honigfeigen, gefüllt mit zerhackten Bitsainüssen –, als der Anruf kam. Ein Richtstrahlpaket für ihn von der *Flavor*.

Adhem, der Büroleiter, bedachte ihn mit einem Blick, den zu deuten Goonar nicht schwer fiel. Er hatte keinen sonderlich hohen Rang in der Familie; er war einer von vielen jungen Männern, die sich die Karriereleiter hinaufkämpften … warum traf man ihn dann auf einmal im Büro an, gerade rechtzeitig für die *Flavor* auf irgendeiner Schnellfahrt, und warum ging dieses Datenpaket an ihn und nicht jemanden weiter oben? Und Goonar war auf dem Weg nach oben und nicht nach unten oder zur Seite, weil er es besser wusste, als Adhem irgendwelche Informationen zu geben.

Die Kommandantin der *Flavor* empfing ihn an der Luke und umarmte ihn – Laisa, Basils Schwester, verfügte über die gleiche gefährliche Energie wie ihr Bruder. So wie Goonar seinem Onkel untergeordnet war, führte Laisas Befehlskette über Goonars Vater.

»Du kommst mit uns«, murmelte sie ihm ins Ohr.

»Das ist nett«, sagte Goonar und befreite sich. »Basil sagt, ich soll dir ausrichten, dass er dich lieb hat.«

»Wir tanken nur auf, und es geht wieder los«, sagte Laisa. Er nickte und durchquerte die Luke vor ihr.

Während der nächsten Stunden setzte er ihr das auseinander, was er von Kaim und aus den leichter zugänglichen Datenkanälen erfahren zu haben glaubte.

»Und jetzt kommt, was du noch nicht weißt«, sagte Laisa, sobald er fertig war. »Auf der *Elias Madero* wurde auch eine entfernte Verwandte unserer Familie entführt – ein junges Mädchen, Hazel Takeris. Vor siebzig Jahren hat sich ein junger Terakian in ein Chapapas-Mädchen verliebt …«

»Eine Griechin!«

»Ja, von Delphi Duetti. Natürlich waren beide Familien dagegen, also nannten sich die beiden fürderhin Takeris. Hatten allen Einwänden zum Trotz eine Menge Kinder, darunter sechs Jungen, die weiterhin die Gewohnheit pflegten, sich den Eltern zu widersetzen, indem sie eine Laufbahn als ganz normale Handelsschiffer einschlugen, die spät heirateten und nur wenige Kinder hatten. Dieses Mädchen ist die Urenkelin ihres Familiengründers – ihr Vater war Sohn seines Zweitältesten; die Mutter war jung gestorben und hatte ihn mit der einen Tochter zurückgelassen. Er wurde von den Neutexanern umgebracht, die die *Elias Madero* enterten und das Mädchen gefangen nahmen.«

Goonar hörte zu und versuchte irgendeinen Zusammenhang mit den Neuigkeiten zu entdecken, die er von Kaim mitgebracht hatte. Laisa fuhr fort:

»Als wir von dem Hinterhalt erfuhren, waren wir über diese Zusammenhänge nicht im Bilde. Der ursprüngliche Name war aus unseren Büchern verschwunden. Dann sah Tante Herdion eine Nachrichtensendung und glaubte, dort hätte man Terakian falsch buchstabiert. Du weißt ja, wie sie ist – sie hat sich gleich ans Telefon gehängt, entschlossen, kräftig auf der Sache herumzukauen. Man gab ihr alle Informationen, über die der Sender verfügte, nur um sie loszuwerden. Als die Nachrichten kurz nach der Rettung erwähnten, dass Hazel überlebt hatte, platzte Tante Herdion in eine Diskussion der restlichen Takeris-Familie hinein, in der es um Hazels Zukunft ging, und verlangte ein Mitspracherecht. Sie war sogar entschlossen, das Mädchen selbst zu adoptieren. Die Takeris sind nicht allzu glücklich darüber, aber sie sind außerdem nicht reich, sodass Tante Herdions Angebot, für Hazels Bildung zu bezahlen, ihnen die Abmachung versüßte.«

»Ja, aber was hat das mit Verjüngungsmedikamenten und Verjüngungspsychose zu tun?«

»Nicht viel – aber du musst diese Fakten kennen, um einige der neueren Entscheidungen des Familienrates zu verstehen, die sich auf alles Mögliche auswirken, von den Verträgen, die wir abschließen, bis hin zu den Auswahlkriterien für Besatzungsmitglieder. Der Familienrat hatte deinem Bericht von Zenebra über die dortigen neutexanischen Saboteure zunächst keine große Beachtung geschenkt, aber inzwischen betrachtet er die Neutexaner als mögliche ernste Gefahr speziell für die Terakian-Reederei, weil wir bei der Auswahl neuer Besatzungsmitglieder recht sorglos gewesen sind. Und weil du und Basil es wart, die diesen Agenten auf Zenebra erwischt haben. Sorgen bereiten auch mögliche Spione bei Schiffsmaklern. Der Familienrat ist überzeugt, dass die Piraten über die Abweichung vom eingereichten Flugplan der *Elias Madero* informiert waren.«

Goonar schnaubte. »Ich würde sagen, dass die Hälfte aller Kauffahrer, die in dieser Gegend arbeiten, von der Abkürzung wussten.«

»Damit ist Schluss. Zumindest, was Terakian-Schiffe angeht. Wir dürfen nur noch grüne Linien befahren …«

»Damit ist unser Express-Kurierdienst erledigt.«

»Ja, aber wir brauchen keine Piraten mehr zu fürchten. Zumindest keine Piraterie dieses Stils.«

»Also – wie sieht es nun mit dieser Verjüngungsgeschichte aus? Ich denke nach wie vor, dass wir Daten aus den Verbindungen der Finanz-Ansibles saugen sollten …«

»Haben wir schon. Ich weiß allerdings nicht recht, was das alles zu bedeuten hat.« Laisa reichte ihm mehrere Datenwürfel. »Dieser stammt von Benedictus, und dieser enthält drei Wochen alte Daten von Caskadar. Auf dem Weg nach draußen hören wir das neu ab.«

»Wohin fahren wir?«

»Wohin Gott und die Väter wollen. Man hat es mir noch nicht gesagt.«

Goonar machte sich an die Datenanalyse. Während die Preise für Verjüngungsmedikamente mit jedem Gerücht über Kontaminierung oder Verknappung auf und nieder gehüpft war, waren die Preise für die Rohstoffe seit der Patchcock-Affäre kontinuierlich gestiegen – zunächst langsam. Jemand kaufte das Zeug in großen Mengen. Für Verjüngungsmedikamente wurden teilweise dieselben Ausgangsstoffe benutzt wie für viele andere Pharmazeutika, aber einige waren charakteristisch für Verjüngung. Goonar hob die entsprechenden Daten auf dem Bildschirm hervor – die Preise stiegen stetig. Also … jemand kaufte das Zeug und nutzte die Rohstoffe vermutlich, um die fertigen Medikamente herzustellen, für die er einen Markt hatte – oder irgendwann zu haben glaubte.

Er grub sich immer tiefer in die Materie, machte Pause, um zu essen, schlief eine Zeit lang und erwachte, als Laisa durchrief. »Wir haben die neuen Daten.«

Er rieb sich die Augen und stöhnte. »Und auch eine Zielangabe, oh Wunderschöne?«

»Marfalk.«

Marfalk. Ein weitgehend unbekannter Planet; er hatte den Namen schon gehört, wusste aber nichts darüber. »Wie lange wird das dauern?«

»Etwa acht Tage.«

»Ich schlafe weiter.«

Aber er schlief nicht; die neuen Daten, die er sich noch nicht angesehen hatte, hielten ihn wach. Endlich wälzte er sich aus dem Bett, wobei er Flüche in vier verschiedenen Sprachen brummelte, und rief sie auf.

»Du hast mir gar nicht gesagt, dass ihr ein Memo

abgefangen habt«, beschwerte er sich über Schiffskom bei Laisa.

»Du warst verschlafen«, sagte sie.

»Jetzt nicht mehr.« Das Memo war verschlüsselt, aber die Systeme der *Flavor* waren dafür ausgelegt, alle üblichen kommerziellen Verschlüsselungsschemata zu knacken. Unter der ersten Schicht der Verschlüsselung lag eine weitere, wie üblich einfacher gestrickt. Die Maschine machte auch damit kurzen Prozess. Dann endlich der Code. Goonar betrachtete sich die Sache und ließ seinen Gedanken freien Lauf. Wessen Code war das? Etwas daran erschien ihm vertraut … dann fiel es ihm ein. Der Führungszweig der Conselline-Familie. Ihm stockte der Atem. »Laisa, haben wir einen Codechip für die Conselline-Führung an Bord?«

»Nein. Denkst du, das ist es, was wir da abgefangen haben?«

»Sieht ganz danach aus. Wir können unsere übrigen Chips gern daran abgleichen, aber ich wette, dass ich richtig liege.« Er legte den Kopf erst auf die eine Seite, dann auf die andere. Das Conselline-Memo wirkte schon in dieser Form beinahe lesbar, aber er wusste, dass dieser Eindruck täuschte. Nichts war jemals so einfach. Dann sprang ihm das Muster förmlich ins Gesicht, als hätte jemand die Worte rot unterstrichen.

Kapitel acht

Castle Rock

Brun rief in der Mahoney-Residenz an, und, oh Wunder, George nahm ab.

»George – hier ist Brun.«

»Oh … Falls du meinen Vater sprechen möchtest, er ist noch nicht wieder …«

»Nein, das weiß ich. Ich möchte dich sprechen.«

»Brun, tut mir Leid, dass ich nicht zu Besuch gekommen bin, als sie deinen Vater … Ich meine, ich war so beschäftigt, mit meinem Vater im Krankenhaus …«

»Ich weiß, George. Ich mache dir keinen Vorwurf; ich muss nur mit dir reden.«

»Ahm … ich muss dir sagen, dass ich mit deiner Kusine gehe.« Und ausgerechnete George klang verlegen! Und was hatte das mit den Verletzungen seines Vaters zu tun, mit der Ermordung ihres Vaters oder der politischen Lage? Trotzdem wusste sie, wie auf diese Eröffnung zu reagieren war.

»Ernsthaft?«

»Sieht ganz so aus. Wir gehen beide auf die juristische Fakultät.«

»Welche Kusine?« Brun wurde auf einmal kalt bei dem Gedanken, dass hier vielleicht die undichte Stelle zu suchen war, aus der Harlis Informationen gewonnen hatte.

»Nicht Harlis' Tochter, sondern Jessamines.«

Das Kind der Schwester ihrer Mutter. Das Mädchen,

das Brun auf Sirialis so ungeniert abgefertigt hatte, als es zum ersten Mal an der Jagd teilnahm. »Sydney?«

George lachte. »Nein, das ist ihre ältere Schwester. Ich spreche von Veronica. Was möchtest du, Brun?«

»Informationen natürlich. Wo stecken alle aus unserer Clique, und was geht eigentlich vor? Seit ich zurück bin … überstürzen sich die Ereignisse, und du bist der Einzige, den ich fragen kann, ohne dass er mir einen Vortrag hält.«

»Ronnie und Raffa haben sich als Pioniere aufgemacht – das wusstest du schon, oder?«

»Ja, obwohl ich sie immer noch für verrückt halte. Weißt du, wohin sie gegangen sind?«

»Irgendeine trübselige Kolonialwelt; ich kann nachsehen, falls du möchtest. Ich habe ihnen über das Amt für Entwicklung Post geschickt – zunächst jedenfalls, aber sie antworten nicht. Und dann mein Studium …«

»Mach dir darüber keine Gedanken, George. Ich hoffe, dass es deinem Vater bald wieder besser geht.«

»Es … er ist gar nicht mehr er selbst, Brun. Ich kann mich noch daran erinnern, wie du Lady Cecelia damals herausgeholt hast … Ich wusste ja gar nicht, wie das ist, wenn dich jemand, der dir nahe steht, anscheinend nicht mehr erkennt. Und er kann nicht reden; er gibt nur diese Laute von sich …«

Sie wollte nicht darüber nachdenken. Sie konnte es gar nicht, wenn sie bei Verstand bleiben wollte.

»George, es tut mir so Leid! Falls es dir recht ist, rufe ich später wieder an – wir sollten in Verbindung bleiben.«

»In Ordnung.« Er klang müde, besorgt, unglücklich. Brun fühlte sich einen Augenblick lang schuldig, konzentrierte sich dann aber auf das dringlichere Problem, der aktuellen politischen Entwicklung auf den Grund zu gehen. Sie rechnete nach wie vor nicht damit, dass auf der Sitzung des Großen Rates viel passieren würde, aber es war immer gut, wenn man sich vorbereitete. Sie ging das Verzeichnis durch, das ihre Mutter für sie zurückgelassen hatte, und runzelte die Stirn, als ein Name nach dem anderen mit einem Vermerk für Abwesenheit versehen war. Anscheinend dachten viele Leute, dass nichts Bedeutsames zu erwarten stand, und hatten sich nicht die Mühe gemacht, auf Castle Rock zu bleiben und es herauszufinden.

Brun steckte die Karte in den Schlitz, öffnete damit das Display und die Kommunikationseinrichtungen ihres Stuhles und setzte sich auf selbigen. Seit der offiziellen Vorstellung zu der Zeit, als sie alt genug für einen Ratssitz geworden war, hatte sie an keiner Sitzung mehr teilgenommen, und keiner ihrer Träume aus den Jahren seither hatte sich darum gedreht, zu einer Routinesitzung des Rates zu gehen.

Vom Kopfende ihres Familientisches aus betrachtete sie Onkel Harlis mit finsterer Miene und beugte sich dann zur Seite, um mit ihrem Vetter Kell zu reden. Na ja, sie wusste ohnehin schon, dass sie von ihm keine Hilfe zu erwarten hatte. Sie lächelte und bemühte sich um die Gelassenheit, die immer das Markenzeichen ihrer Mutter gewesen war.

Die Minister trafen langsam ein, jedoch nicht mehr in den förmlichen Roben, an die sie sich erinnerte – wann hatten sie damit aufgehört? Hatte ihr Vater diese Tradition abgeschafft?

Hobart Conselline trat auf das Podest des Sprechers. Brun blinzelte überrascht. Die Familie Conselline hatte in der Folge des Patchcock-Skandals Boden verloren, da die Morrellines zu diesem Clan gehörten. Obwohl niemand beweisen konnte, dass die Consellines von der Sache gewusst hatten, ergriffen damals andere Familien die Gelegenheit beim Schopf, dem größten und reichsten Clan Marktanteile zu entreißen. Wann hatten die Consellines ihren Einfluss zurückgewonnen? Und was hatte das zu bedeuten? Kurz ließ sie die Minuten der Notsitzung nach dem Tod ihres Vaters Revue passieren.

Als sie den Sichtschirm so einstellte, das sie jedes Gesicht deutlich erkennen konnte, fiel ihr etwas Seltsames auf. Zur Rechten des Sprechers konnte man den Mienen der Minister unterdrückte Schadenfreude entnehmen, vermischt mit Ungeduld und sogar Ärger. Links von ihm wirkten die Gesichter hingegen leblos, durchtränkt von Verzweiflung.

Was ging hier vor? Sie sah sich nach irgendjemandem um, den sie kannte, der ihr vielleicht einen Hinweis gab, aber sie war zu lange fort gewesen. Die Sitzanordnung war verändert; niemand saß dort, wo sie ihn erwartet hätte. Sie rief das entsprechende Diagramm auf. Niemand – warte mal … Sarahs ältere Schwester Linnet hatte ihren Platz eine Reihe weiter, vier Sitze aufwärts. Brun gab ihren Rufcode ein und setzt den eigenen Namen hinzu. Der Bildschirm leuchtete auf, und ein Text erschien: *Schön, dass du wieder da bist, Brun.*

Danke, gab Brun ein und blickte zu Linnet hinüber, die lächelte und ihr zunickte. *Irgendeine Idee, was hier heute vorgeht?*

Ja, aber das schicke ich dir nicht aufs Display. Wir reden in der Pause darüber.

Das war so klar wie Schlamm. Brun blickte hinüber;

Linnet nickte erneut, lächelte diesmal aber nicht. Na ja … Brun musste der Sache also selbst auf den Grund gehen. Sie nahm erneut Zugriff auf die Datenbank. Zuerst die unglücklichen Minister … von ihrem Vater ernannt, entnahm sie den Datumsangaben, die am längsten im Amt waren. Die Auswärtigen Angelegenheiten: Cabby DeLancre. Kleine Familie, aber ein guter, solider Mann, den ihr Vater respektiert hatte, wie Brun wusste. Verteidigung: Irion Solinari. Auch eine kleine Familie – ihr Vater hatte seit langem die Ansicht verfochten, dass auch die kleinen Familien bedeutende Ämter übernehmen sollten. Die Ministerin ohne Geschäftsbereich, Emilie Sante-Foin, die dem ministeriellen Mitarbeiterstab vorstand.

Die schadenfrohen Vertreter waren alle neu im Amt. Einen hatte Bruns Vater auf der Ratssitzung kurz vor seinem Tod ernannt. Elory Sa-Consell, Angelegenheiten der Legislative. Ein Conselline, aber von Kevil empfohlen – wie Brun den Papieren ihres Vaters entnommen hatte. Die Übrigen hatte man auf der Notsitzung unmittelbar nach dem Attentat ernannt. Ein neuer Minister für Innere Sicherheit, Bristar Anston Conselline, hatte Pauli De Marktos abgelöst, der offenkundig gerade versagt hatte und dessen Rücktrittsgesuch man dann ganz schnell entsprach. Eine neue Rechtsberaterin an Kevil Mahoneys Stelle: Sera Vesell. Eine gebürtige Conselline, stellte Brun mit einem kurzen Blick in die Biografie fest. Justiz: An Stelle von Clari Whitlow, die dieses Amt seit der Zeit vor Kemtres Abdankung ausgeübt hatte, nun Norum Radsin, der sogar Brun als Unruhestifter in der Welt der Rechtspflege bekannt war. Kolonialangelegenheiten: Davor Vraimont.

Also … sah es ganz nach einem Conselline-Staatsstreich aus. Warum wirkte Bruns Onkel dann so selbstgefällig? Erkannte er es nicht, oder wusste er es längst?

Die Aufregung begann schon vor der Sitzung. Kemtre Altmann, der frühere König, trat vor und bezog vor dem Konferenztisch Stellung. Er war augenscheinlich erneut verjüngt worden, seit Brun ihn zuletzt gesehen hatte; er wirkte gewandt und gesund und hatte gerade so viele graue Haare, dass es dekorativ wirkte; nur in der Haltung zeigte er immer noch diese Andeutung eines Adlers mit hängenden Schwingen. Erschrockenes Murmeln folgte seinen Schritten und erstarb schließlich.

»Ich erteile das Wort unserem geliebten früheren König«, sagte Hobart Conselline in einem Ton, der praktisch Butter vertropfte.

»Danke«, sagte Kemtre. »Ich möchte Sie nur bitten, die Interessen des Staates – der Familias – vorrangig zu berücksichtigen, wenn Sie über die Fragen nachdenken, mit denen wir uns zu befassen haben. Viele Differenzen, viel Zorn, viele Konflikte sind in unseren Reihen aufgetreten …«

Ach wirklich? Bruns Vater hatte ihr in der kurzen gemeinsamen Zeit gar nichts davon erzählt, aber vielleicht hatte er es ihr auch verschwiegen.

»Wir müssen an all das Gute der Regierenden Familias denken«, sagte Kemtre gerade. »Angesichts der Gefahren für unsere Stabilität dürfen wir nicht innerem Zank zum Opfer fallen. Das Wohlergehen aller überragt an Bedeutung jeden kleinlichen persönlichen Groll.«

Von irgendwo hinter ihr hörte Brun einen ärgerlichen Ausruf, und auf der anderen Seite des Saals stand ein Mann auf und brüllte: »Fang *du* nicht an, Viktor!«

Brun bediente hastig die Steuerung der Datenbank, um herauszufinden, wer diese Leute waren, während Kemtre sich bereits verneigte und durch den Zwischengang entfernte, begleitet von vereinzeltem Applaus, der an manchen Stellen eindeutig stärker ausfiel als an anderen. Viktor: Das musste Viktor Barraclough sein, ein entfernter Verwandter, Ältester im älteren Zweig dieses Clans, wenn auch nicht das gewählte Familienoberhaupt. Der andere Mann: sie nahm erneut die Sitzverteilung in Augenschein. Alfred Sebastian Morrelline-Contin.

Politische Instinkte, von denen Brun noch gar nichts geahnt hatte, sagten ihr, dass der ganze Vorfall arrangiert war ... Hobart Conselline hatte einen Staatsstreich durchgezogen, und Kemtre appellierte an die Einheit, weil er wusste, dass sie nicht bestand. Und ihr Onkel Harlis zeigte sich weder überrascht noch bestürzt, wie er es hätte sein sollen, wenn eine rivalisierende Familie nach so viel Macht griff – was bedeutete, dass man ihn vorab informiert hatte. Man hatte ihn gekauft, und sie glaubte zu wissen, mit welcher Münze.

Erbstreitigkeiten wurden vor dem Nachlassgericht verhandelt, und der Justizminister hatte das Recht, die Richter dafür zu ernennen. Hobarts neuer Minister hatte Harlis eine Abmachung vorgeschlagen.

Brun verschwamm vor Wut kurz das Bild vor Augen, als Hobart aufstand und zu sprechen begann ... über diesen traurigen Anlass und den Bedarf an klarer Führung. Hobarts Stimme hatte einen störenden Unterton – monoton und penetrant –, was es erschwerte, dem Sinn seiner Worte zu folgen. Bruns Gedanken schweiften zu der seltsamen Aufteilung der Mienen auf der Ministerbank ab. Nie hatte sie Kevil so sehr vermisst. Er hätte gewusst, warum Emilie Sante-

Foin finster dreinblickte und Davor Vraimont süffisant lächelte. Mit wenigen leisen Sätzen hätte Kevil deutlich machen können, welche Beziehung bestand zwischen Vraimont Industrial Arts und den Chancen, die es mit sich brachte, wenn man Minister für Kolonialangelegenheiten war.

Buttons schritt jetzt den langen Gang zum Tisch herab; Harlis funkelte ihn an, und Buttons nickte. Dann schenkte er Brun ein Lächeln, voll mit der müden Freundschaftlickeit eines Menschen, der zu erschöpft war, um zu kämpfen.

»Tut mir Leid, dass mich Geschäfte aufgehalten haben«, murmelte er.

»Ist nicht deine Schuld«, sagte Brun. »Jemand musste alles in Schwung halten. Ich freue mich, dass du es warst.«

Das schien ihn zu überraschen. Was hatte er denn erwartet – dass sie ihn schalt, weil er nicht an ihre Seite geeilt war?

»Hast du die Tagesordnung gesehen?«

»Nein, sie wurde nicht bekannt gegeben. Mutter sagte, sie wäre es, aber ich konnte die Mitteilung nirgendwo finden.«

»Worüber flüstert ihr da?«, fragte Harlis barsch. »Es ist fast Zeit für die Sitzung!« Er wirkte so zuversichtlich, wie Buttons besorgt schien, und sein Blick schweifte über Brun hinweg, ohne irgendetwas von der Zuneigung auszudrücken, mit der er sie früher überhäuft hatte. Sie bezweifelte, dass sie ihn noch dazu bezirzen konnte, in ihr Lager zu wechseln. Sein Sohn Kell bedachte sie mit anzüglichem Grinsen, und seine süffisante Miene machte deutlich, was er dachte.

»Mein Bruder und ich haben uns nur begrüßt«, sagte Brun. »Hast du ein Problem damit?«

Buttons legte ihr die Hand aufs Handgelenk; sie ignorierte es.

»Na ja, er hätte früher kommen sollen«, fand Harlis.

»Du warst überhaupt nie zu Besuch«, sagte Brun, missverstand den Zeithinweis absichtlich.

»Ich war auf dem Begräbnis!«, erwiderte Harlis lauter; Köpfe drehten sich in seine Richtung, und Hobart Conselline unterbrach seine Rede und funkelte ihn an.

»Ich habe nicht vom Begräbnis gesprochen«, sagte Brun, sprach mit Absicht leiser. »Vorher. Als ich wieder zu Hause war.«

»War nicht nötig«, brummte Harlis und wurde rot.

Brun sah ihn einfach nur an, bis auf dem Podest der Hammer knallte und die Glocke läutete: Signale, dass die einleitende Rede beendet war.

»Der erste Punkt auf der Tagesordnung«, verkündete Hobart, »ist die Abstimmung über die vorgeschlagenen Änderungen in den Konzernverordnungen.«

»Ich protestiere!« Das war erneut Viktor Barraclough. »Die Vorschläge sind nicht früh genug dem gesamten Rat zugänglich gemacht ...«

»Sie haben nicht das Wort!«, unterbrach ihn Hobart. Brun hörte die Schadenfreude aus seinem Ton heraus. »Außerdem sind alle mit diesen Änderungsvorschlägen vertraut. Ich habe sie schon bei der letzten Sitzung ...«

»Wo sie abgelehnt wurden«, erinnerte Viktor.

»Sie haben nicht das Wort«, sagte Hobart aufs Neue. »Falls Sie mich erneut unterbrechen, lasse ich Sie hinauswerfen. Setzen Sie sich jetzt. Falls Sie etwas Wichtiges zu sagen haben, können Sie das während der Debatte tun.«

Brun spürte, wie sich ihre Muskeln spannten, und holte tief Luft. Noch nie hatte sie erlebt, dass im

Großen Rat so etwas geschah. Nach den erschrockenen Blicken ringsherum zu urteilen, hatte das noch niemand.

»Der volle Text ist unter 34-888-16 abzurufen«, fuhr Hobart fort. »Die Nummer der Anmerkungen lautet 35-888-29. Bitte versuchen Sie, sie zu verfolgen, während ich sie durchgehe.«

Als wären sie kleine Kinder und Hobart Conselline der Lehrer. Brun rief die beiden Dateien auf und las rasch, wobei ihre Bestürzung wuchs. Vorschlag, das Wahlrecht auf die zu begrenzen, die derzeit einen Ratssitz innehatten – wobei Nachkommen aufgenommen werden durften, so weit Sitze frei wurden, und das in strenger Altersreihenfolge. Vorschlag, »geeignete Maßnahmen« gegen die Bedrohung durch die Generationisten zu treffen … welche Bedrohung? Vorschlag, eine Sonderkommission einzusetzen, die generationistischen Einflüssen auf den Regular Space Service nachging, und eine weitere, um den nicht angemessenen Einsatz von Ressourcen des Space Service für private Zwecke zu untersuchen. Mit einem kalten Schauer wurde Brun klar, dass damit ihre Rettung gemeint war. Vorschlag, den Zugang zu Nachrichtenmedien zu beschränken … öffentlichen Zugriff auf die Aufzeichnungen von Sitzungen des Großen Rates zu beschränken … das Quorum für Abstimmungen über Konzernverordnungen zu senken.

Jeder Vorschlag war schon vorher eingebracht – die Links verrieten Brun wann und von wem – und jeweils abgelehnt worden. Aber damals hatte es jeweils Zeit für Diskussionen gegeben, wobei Männer wie ihr Vater und Kevil Mahoney erklärt hatten, warum diese Vorschläge nicht den Gesamtinteressen der Familias entsprachen. Jetzt, wo sie hier saß, erinnerte sich Brun daran, wie

Hobart Conselline damals, als sie in ihren Ratssitz eingeführt wurde, aufgestanden war und die Begrenzung des Wahlrechts vorgeschlagen hatte. Damals sagte er, der Einfluss des Großen Rates würde durch schiere Fruchtbarkeit verwässert – die nicht vertretene Bevölkerung hätte den Respekt vor dem Großen Rat verloren, weil man dort schon hineingelangte, indem man einfach von den richtigen Eltern geboren wurde.

Sie schickte eine private Nachricht an Buttons: *War er schon immer so?*

Schon immer, seit ich einen Sitz innehabe, antwortete Buttons.

Brun schaltete sich wieder in Hobarts Rede ein.

»Obwohl niemand irgendjemandem einen so grausamen Anschlag wünschen würde, ist es vielleicht ein glücklicher Umstand für Lord Thornbuckle, dass er nicht mehr vor uns treten kann, um seine Maßnahmen zu rechtfertigen.«

Brun wurde starr und blickte zu Buttons hinüber. Seine Miene wechselte nicht, aber der Stift drückte so heftig auf das Pad, dass an dessen Rand eine rote Lampe ansprang.

»Es tut mir wirklich Leid«, fuhr Hobart fort, »falls das seiner Tochter Kummer bereitet, die diesen Zeitpunkt gewählt hat, um ihren Platz unter uns einzunehmen …« Der Ton implizierte, dass ihre Entscheidung zu kommen von ausgesprochen schlechtem Geschmack zeugte. »Private Gefühle müssen jedoch in diesem Fall hinter das öffentliche Wohl zurücktreten.« Er blickte zu ihrem Platz hinauf und zeigte dabei einen Blick, nach dem sich Brun das Gesicht am liebsten mit einem sauberen Handtuch abgewischt hätte. Sie rechnete damit, dass die Versammlung zu ihrer Verteidigung aufsprang – aber niemand rührte sich oder sagte etwas.

Hobart schenkte ihr ein steifes, leises Lächeln und setzte seine Rede fort.

»Da Lord Thornbuckle tot ist und nicht antworten kann, halten es manche vielleicht für unnötig, die Anschuldigungen auszuführen, die man gegen ihn vorbringen könnte. Ich glaube jedoch an die volle und faire Enthüllung. Die Änderungen an den Verordnungen, die ich vorschlage, sind nicht belanglos, und Sie müssen erfahren, warum ich solch drastische Maßnahmen vorschlage. Man kann nicht leugnen, dass die Regierenden Familias krank sind, gar auf dem Sterbebett liegen, und falls wir nicht rasch handeln, stirbt der Patient womöglich. Ohne unser Eingreifen wird er, wie ich glaube, sterben.«

Buttons murmelte etwas, das Brun nicht verstand. Sie blickte zu ihm hinüber; er hatte die Lippen zusammengepresst und wirkte einen Augenblick lang wie sein Vater in Wut.

Ein Licht leuchtete an der Anzeigetafel auf; jemand bat um Gelegenheit zu einem Zwischenruf. Hobart schüttelte den Kopf und redete weiter. »Wir haben keine Zeit für eine Diskussion; wir müssen dieses Problem lösen, es aus dem Weg schaffen, damit wir weitergehen können.«

»Es war noch immer Zeit für eine Diskussion!«, brüllte jemand ein paar Reihen weiter. Brun befragte ihr Display. Ein Seitenzweig des Dakkers-Clans, in der Datenbank der Familien mit türkisem Code gekennzeichnet.

»Das ist ja das Problem: Wir reden immer nur!«, brüllte jemand anderes. Ein Conselline-Seitenzweig – Hobarts dritter jüngerer Bruder.

Jetzt redeten viele Stimmen durcheinander, und Lichter blinkten auf der Anzeigetafel. Hobart schlug wiederholt mit dem Hammer zu, und schließlich legte sich der Aufruhr. Brun blickte sich um und entdeckte überall zornige, gerötete Gesichter, die sich gegenseitig mit zusammengepressten Lippen anfunkelten.

Wie war Hobart Conselline nur Sprecher geworden? Brun ging hektisch die Datenbank durch und versuchte, die Hintergründe der Geschichte aufzudecken. Es war auf der Notsitzung des Großen Rates geschehen, die in den Stunden nach dem Attentat abgehalten worden war. Notsitzungen erforderten nicht das übliche Quorum ... also wirkten daran nur die Räte mit, die persönlich zugegen waren oder sich über eine Ansible-Verbindung zuschalten konnten. Nur 23,2 Prozent des Großen Rates hatten abgestimmt. Natürlich war Lord Thornbuckles Familie weder anwesend noch verfügbar gewesen, ebenso wenig die meisten ihrer Freunde. Hobart Conselline erhielt die Mehrheit der Stimmen, auch wenn sie nur auf 15,8 Prozent aller Wahlberechtigten hinauslief. Und doch trat er hier auf, als stünde eine große Mehrheit des gesamten Rats hinter ihm.

»Blicke immer hinter das Offensichtliche«, hatte einer von Bruns Lehrern ihr beigebracht. »Wer hat einen Vorteil?« Eindeutig die Consellines, aber wie? Sie waren schon unanständig reich – so reich oder noch reicher als der ganze Barraclough-Clan –, also wozu dieser Griff nach der Macht? Was wollten sie noch erreichen?

»Wir stimmen jetzt ab«, verkündete Hobart gerade. »Wir tun es sofort und bringen es hinter uns, damit wir uns wichtigen außenpolitischen Fragen zuwenden können.«

Die Warnglocke für »Laufende Abstimmung« ertönte im Saal, und auf Bruns Bildschirm leuchteten die Vorschläge auf. Hatte Hobart die wirklich alle gelesen? Brun kämpfte sich durch das gewundene Rechtschinesisch und zerbrach sich den Kopf darüber, was das alles bedeutete. Kevil Mahoney sagte immer, die juristische Fachsprache wiese mehr Andeutungen auf als alle jemals geschriebene erzählende Literatur, aber Brun hatte nie Jura studiert. Manche Entwürfe sahen gar nicht übel aus; die genannten Gründe klangen irgendwie plausibel. Brun kaute auf der Lippe und bemühte sich, die verborgenen Absichten zu erkennen.

Besser stimmte sie gegen alle Vorschläge, nur zur Sicherheit. Sie hoffte, dass sie damit auf der sicheren Seite war. Sie tippte ihre Stimmen ein und lehnte sich zurück, um die anderen Ratsmitglieder zu betrachten. Kell markierte seine Entscheidungen langsam, Punkt für Punkt, und streckte dabei die Zungenspitze hervor. Harlis war schon fertig. Und Hobart Conselline … Hobart hatte *sie* im Blick, stellte sie fest.

Die Zeit schleppte sich dahin, während sie darauf warteten, dass die Abstimmung zu Ende ging. Die meisten hier hatten sich anscheinend schon vorher entschlossen, aber ein paar ernsthafte Seelen saßen über ihre Pulte gebeugt, kontrollierten eindeutig jedes Wort der Entwürfe und verglichen sie mit anderen Texten.

Der Ausgang erwies sich als weniger überraschend, als man hätte erwarten können … die Verordnungen wurden verabschiedet, und die nächste Abstimmung bestätigte Hobart Conselline für eine normale Amtszeit als Sprecher. Die Redebeiträge hatten nur Verwirrung gestiftet; auf beiden Seiten dessen, was sich eindeutig zu einer tiefen Kluft entwickelte, erstickten die Redner fast an ihrer Wut und sprachen planlos. Brun verhielt sich still, sah sorgfältig zu und machte sich Notizen. Buttons tat das Gleiche, stellte sie fest.

Nach der Sitzung kehrten sie im selben Wagen nach

Appledale zurück und unterhielten sich dabei, einer wortlosen Übereinkunft getreu, nur über das, was sie durch die Wagenfenster sahen. Nach dem Abendessen widmeten sie sich dem Geschäftlichen, und Bruns großer Bruder behandelte seine Schwester endlich als gleichrangig.

»Ich muss schon sagen, dass mich dein Auftritt heute beeindruckt hat.«

»Ich habe gar nichts getan.«

»Du hast weder einen Schmollmund gezogen noch warst du pikiert, hast geflirtet oder getobt. Du hast einfach dort gesessen, warst aufmerksam, intelligent und bedrohlich.«

»Bedrohlich?«

»Hast du nicht gesehen, wie dich unser neuer Sprecher während der Abstimmung im Auge behalten hat?«

»Ja. Hat mich nervös gemacht.«

»Das sollte es auch. Das ist ein merkwürdiger Mann, Brun. Na ja – Mutter ist nach Sirialis gefahren, habe ich gehört. Bleibst du hier?«

»Vorläufig ja. Ich habe mir vorgenommen, diejenige zu sein, die an Ort und Stelle bleibt, um sich mit dem Großen Rat auseinander zu setzen – es sei denn, du möchtest das übernehmen.«

»Bist du sicher? Wenn du nämlich den Rat im Auge behältst, kann ich mich auf das konzentrieren, was unser lieber Onkel mit den verschiedenen Unternehmen der Familie im Schilde führte. Ohne Kevil ist es schwierig …«

»Es tut mir Leid«, sagte Brun.

Er betrachtete sie ausgiebig, und sie wusste, dass er verstand, was sie damit meinte – es tat ihr Leid für alles; dass sie zu dem Streitpunkt geworden war, durch den die Familie Boden verloren hatte, und auch zum Grund für die Ermordung ihres Vaters.

»Es sollte dir nicht Leid tun, dass du du selbst bist«, sagte Buttons schließlich. »Und es sollte dir nicht Leid tun, dass du zurückgekehrt bist – ohne dich wäre alles schlimmer.«

»Ich wüsste nicht, wieso«, wandte Brun ein.

»Ich komme gleich auf ein Dutzend Gründe«, sagte Buttons. »Und du kannst das auch, wenn du dir nur die Mühe machst. Aber darauf kommt es im Moment nicht an. Man attackiert uns von allen Seiten … Nebenbei: Wo hast du die Kinder untergebracht? Ich möchte nicht, dass man sie als Geiseln nimmt und so gegen uns einsetzt.«

»Cecelia de Marktos hat sie irgendwohin gebracht. Wir können ihr vertrauen …«

»Na ja, solange sie sie nicht in eine Scheune steckt und in Rennpferde zu verwandeln versucht«, sagte Buttons mit dem ersten aufrichtigen Lächeln, das sie in seinem Gesicht sah. »Als Stallburschen, das würde mir ja nichts ausmachen, aber bei ihr weiß man ja nie.«

Brun lachte laut. »Du hast Recht – aber ich denke nicht, dass sie sie noch bei sich hat.«

»Gut. Solange die Kinder uns keine Schwierigkeiten machen …«

»Die nächsten zehn oder zwölf Jahre lang nicht … Ich möchte sie mir gar nicht als Teenager-Jungs vorstellen …«

»Falls die Regierenden Familias in zehn Jahren noch existieren, können wir uns immer noch darum sorgen.« Brun sah ihn an; er war ernst geworden und wirkte viel älter, als er tatsächlich war.

»Buttons – stimmst du Hobart in diesem Punkt zu?«

»Dass die Familias in Gefahr schweben? Ja. Dass diese

Gefahr durch eine lasche Führung herbeigeführt wurde? Nein. Seine Politik ist noch die größte Gefahr. Diese Einschränkung des Wahlrechts … Eine unserer Möglichkeiten, Spannungen zwischen Familien zu mildern, bestand darin, dass die kleinen Häuser durch Akkumulation von Ratssitzen wachsen konnten – dass sie Außenstehende in ihre Reihen aufnehmen konnten. Dad sagte, der Wechsel der Macht zwischen den Clans wäre einer der führenden Faktoren für die Stabilität der Familias. Deshalb hatte man ursprünglich auch die Monarchie eingeführt.«

»Warum sieht Hobart das nicht ein?«, fragte Brun.

»Ich weiß nicht. Als ich gerade zehn war und du noch im Kindergarten warst, habe ich mal ein Gespräch der Erwachsenen belauscht; es ging darum, wie die Methoden der Verjüngung die Politik verändern könnten. Ich war natürlich zu klein, um es zu verstehen. Ich weiß allerdings noch, dass es zum Streit zwischen Dad und Onkel Harlis kam. Als ich in der Schule Fragen stellte, schien sie niemand zu verstehen, und als ich später bei den Königlichen Marineinfanteristen war, taten alle so, als wären wiederholte Verjüngungen nur eine Methode, um über die normale Lebenserwartung hinweg jung zu bleiben – als ginge es nicht um eine Verlängerung des Lebens. Ich erinnere mich noch, wie damals – oh, ich denke, es war das Jahr, in dem Lepescu nach Sirialis kam –, wie sich Charlie Windetsson einmal beim Abendessen betrank und sagte, falls unsere Eltern nie alt würden, hätten wir keinen Grund, erwachsen zu werden. Es gäbe keine Zukunft für uns. Alle lachten und tranken und … ich erinnere mich noch, dass mir ein kalter Schauer über den Rücken lief. Ich habe die Party früh verlassen und Sarah angerufen, und wir beschlossen zu heiraten.«

»Das wusste ich noch gar nicht.«

»Na ja … Du warst damals ein richtiger Wildfang. Die meisten von uns waren es, und mir wurde auf einmal alles klar. Unsere Eltern waren zu dem Zeitpunkt, als sie ihre Ausbildung abschlossen, schon erwachsener gewesen, hatten schon in irgendeiner Form im Familiengeschäft mitgearbeitet. Manchmal noch früher. Aber ihre Eltern wiederum wurden selten älter als hundert Jahre und zogen sich in ihren Achtzigern aus dem Familiengeschäft zurück. Die ersten Verjüngungen haben dieses System bereits leicht aus dem Tritt geworfen, aber die neuen … Als ich nach Hause zurückkam, habe ich mit Dad darüber gesprochen. Er versprach mir, er und Mutter würden von ihren Pflichten zurücktreten, solange ich noch jung war; er hat mir gleich nach diesem Jagdball Anteile übertragen und mich ermutigt, aktiv im Rat und auch im Geschäft mitzuarbeiten.«

»Und ich dachte, du wärst total prüde geworden …«

»War ich auch. Aber ich wollte nicht einfach von einer Kindheit in die nächste übergehen – reich genug, um mich zu verjüngen und mein ganzes Leben lang zwanzig oder dreißig zu bleiben und nichts zu tun zu haben. Das ist keine Art zu leben …«

»Aber Onkel Harlis«, warf Brun ein. Sie wollte Informationen erhalten und keinen Vortrag über Lebensgestaltung hören. »Was ist mit ihm?«

»Er betrachtete wiederholte Verjüngungen als eine Möglichkeit, die Macht der Familie zu bewahren. Er wollte diese Möglichkeit zunächst den Ratsfamilien vorbehalten, wie einige andere auch, aber der Vorschlag kam nicht durch. Dann versuchte er es mit einer Altersbeschränkung: niemand unter achtzig sollte dafür in Frage kommen. Auch damit kam er natürlich nicht durch. Die Generationisten, die die Probleme mit dem älteren Verfahren nutzten, um ein Verbot wiederholter Verjüngungen durchzusetzen, rechneten mit seiner Unterstützung, aber er hat sie ihnen verweigert.«

»Du ... möchtest also sagen, dass die Bevölkerung wuchs?«

»Nicht einfach das. In unserer Schicht sank die Geburtenrate sogar, weil die Leute nun warten konnten, bis sie fünfzig oder sechzig oder noch älter wurden, ehe sie Kinder bekamen. Was sich wirklich verändert hat, waren die Zusammensetzung der Bevölkerung und die Machtstruktur. Alter brachte schon immer einen Erfahrungsvorsprung mit sich, und jetzt war dieser nicht mehr verbunden mit Einbußen an körperlicher Kraft und Energie. Die jüngeren Leute mussten sich andere Chancen suchen, da die älteren nicht mehr starben – oder auch nur in den Ruhestand gingen. Und natürlich wollten sich die Menschen verjüngen, besonders als sie erfuhren, wie hilfreich dieses Verfahren bei bestimmten Krankheiten und Verletzungen war. Jeder, der reich genug war, wollte es. Und die Consellines wollten die Gewinne daraus einstreichen.«

»Ahm ... und letztlich lief das alles auf Expansion hinaus ... wie bei Dads Vorschlag, neue Kolonien zu gründen?«

»Als vorläufige Maßnahme. Manche wollten angrenzende Gebiete annektieren, aber Dad widersetzte sich einer räumlichen Ausdehnung mit dem Hinweis darauf, dass wir ein vergrößertes Gebiet nicht sinnvoll würden verwalten können. Und warum die Nachbarn gegen uns aufbringen, wenn wir innerhalb der Familias Planeten hatten, die man besiedeln konnte? Dad wollte auch mehr Förderung für die Kolonien – er setzte dem Kolonialamt zu, Zugeständnisse für die weniger stabilen

Ökosysteme unter den neu eröffneten Welten zu machen. Das lief auf Konzessionen gegenüber den Unternehmen – und Familien – hinaus, die Siedlungslizenzen erwarben.«

Brun schüttelte den Kopf. »Ich weiß nicht genug, um dir in allem folgen zu können.«

»Nun, du kannst es lernen. Die Grundregel lautet: Je mehr Zeit ein Planet nach der Terraformung erhält, um sich zu stabilisieren, desto leichter kann man ihn besiedeln. Bis vor kurzem bedeutete das eine so langfristige Investition, dass nur wenige Familien den Versuch unternahmen. Als sich die Regierenden Familias zusammenschlossen, einigte sich der Rat auf eine Gemeinschaftsinvestition von einem Planeten pro Jahr. Und wir wissen nur anhand der Verlorenen Welten, um wie viel besser es den im alten Stil bewirtschafteten Planeten erging.«

»Paradise, Babylon, Oasis«, sagte Brun, um zu beweisen, dass sie zuhörte.

»Ja. Alle bei der zweiten Expansionswelle behandelt, und alle in den Cluster-Kriegen für Jahrhunderte aus den Unterlagen verschwunden. Sie hatten also zwischen sieben- und achthundert Jahre der Stabilisierung nach der Terraformung. Nicht das reife, natürliche Ökosystem eines Planeten, aber für menschliche Zwecke viel besser als die meisten Welten, die wir nutzen … erst heute nähern sich auch andere einer vergleichbaren Qualität. Die Scouts, die Paradise wieder entdeckten, fanden ausgewachsene Wälder mit 300 Jahre alten Bäumen …. Grasebenen mit tiefem Erdreich, nicht nur einer schmalen dunklen Schicht … Mündungsgewässer, reich an Meeresfrüchten, nicht nur ein paar Fischkolonien, die noch genährt werden mussten … ein stabiles Klima, das sinnvolle Wettervorhersagen ermöglicht.

Niemand hatte gewusst, welchen Unterschied fünfhundert zusätzliche Jahre machen konnten. Könnten wir allen terrageformten Planeten so viel Zeit einräumen, hätten die Kolonisten viel weniger Mühen. Es würde nicht leicht – das wird es nie –, wohl aber leichter.«

»Du hast von einer vorläufigen Maßnahme gesprochen. Dachte er daran, eine Begrenzung der Fortpflanzung oder der Verjüngung durchzusetzen?«

»Ich bin nicht sicher. Er hat zuzeiten von beidem gesprochen. Die Familias sind jedoch eine so komplizierte Struktur … du weißt ja, wir haben Planeten, die überwiegend mit Freigeburtlern bevölkert sind, und andere vorrangig mit Nullwachstümlern, und dazu kommen wahrscheinlich acht Dutzend Religionen, wobei die Randgruppen noch nicht berücksichtigt sind. Jede Politik, die den Beifall einer Gruppe findet, beleidigt zwangsläufig eine andere. Und inzwischen ist der Bevölkerungsanteil, der schon verjüngt wurde, von Jahr zu Jahr gestiegen. Jede Erhebung, die man vornahm, zeigte, dass die Verjüngten eine Wiederholung der Behandlung wünschten und erwarteten.«

»Ich frage mich, wie die Guernesi damit umgehen«, sagte Brun. »Sie kennen das Verfahren schon so lange wie wir, und sie fallen nicht auseinander.«

»Ich weiß nicht … das ist eine gute Frage. Haben sie auch so viele verschiedene Glaubensvorstellungen?«

»Das weiß ich nicht.« Brun schüttelte den Kopf. »Es ist wirklich ein kompliziertes Problem, Buttons.«

»Wir haben ein wirklich kompliziertes Universum, und wir stecken mitten in einem Wirbelsturm, falls wir aus der Sache nicht schlau werden.« Er betrachtete sie einen langen Augenblick unverwandt. »Du bist jetzt erwachsen und hast dich freiwillig dafür gemeldet, für unsere Familie den Ratswachhund zu spielen. Genau das ist es, was wir jetzt brauchen.«

»Und es hat so viel *Spaß* gemacht, die verrückte Blondine zu sein«, sagte Brun, aber es war nicht ernst gemeint.

Raumschiff *Jessamyn Essence*, von der Essential Transport Ltd.

In der Messe der arbeitenden Passagiere hatten die Männer den Nachrichtenwürfel über das Attentat und die anschließenden Ereignisse dreimal abgespielt, ohne dass mehr als ein paar gebrummte Flüche gefallen wären. Dann schaltete einer, der Älteste, den Spieler aus.

»Wir kommen also zu spät, und jemand hat'n schon erschossen; was machen wir jetzt?« Er blickte seine Kollegen fordernd an.

»Machen wir den Rest von ihnen fertig. Wenn er schon tot iss, passense vielleicht nicht mehr richtig auf. Ich könnte mir diese gelbhaarige Schlampe vornehmen.«

»Ich muss immer anne Kinner denken, Dan ... von Rechts wegen müsstense uns gehören.«

»Ben hat Recht«, fand ein anderer. »Falls jemand der Klapperschlange aufen Kopf tritt, kannse niemanden mehr beißen, egal wiese sich rumwirft. Wir brauchen nicht raumlaufen und Leute umbringen, als wärense Verbrecher. Aber unsere Kinner zurückholen, das wärne gute Sache.«

»Aber wie finden wir sie? Mal angenommen, man hatnen schon ein neues Zuhause gegeben?«

Dan hob die Hand. »Darüber wissen wir bislang

nichts. Zunächst mal suchen wir sie als Gruppe. Wahrscheinlich hören wir was, wenn wir unsere Ohren aufsperren. In jedem Hafen, den wir anlaufen. Und denkt dran – niemand besäuft sich, wie dieser Idiot auf Zenebra …« Sie alle wussten davon; dort war eine ganze Schiffsladung in Gefangenschaft geraten. »Keine Schlägereien, kein Zank. Wir haben eine Mission – eine neue Mission –, und so lauten die Regeln. Kapiert?«

»Jasir!«

Am nächsten Tag erreichte die *Jessy* Station Goldwyn, und die Passagiere mit Arbeitsvertrag gingen von Bord, nachdem sie sich beim Kapitän abgemeldet hatten. Diesmal, dachte der Kapitän, hatten die arbeitenden Passagiere tatsächlich gearbeitet – ohne zu klagen –, und er versüßte den Händedruck zum Abschied mit der kleinen optionalen Bonuszahlung. Was immer alle Welt über die Fanatiker sagte, er heuerte gern Leute von den frommen Bruderschaften an, weil er sich darauf verlassen konnte, dass sie hart arbeiteten und die Finger von der Fracht ließen.

Die Raumfahrer-Servicesektion von Goldwyn bot eine große Auswahl an billigen Unterkünften, Speisen und Getränken. Es war eine rein zivile Raumstation, die nur selten von RSS-Schiffen angelaufen wurde, und die Vielfalt der raumfahrenden Kulturen der Familias zeigte sich sowohl in der Ausstattung wie in der Küche. Die Männer folgten ihren Nasen zu etwas, was das vertraute Aroma von Rauch und Fleisch verbreitete, und setzten sich an einen langen Tisch. An einer Wand zeigte das Nachrichtenvideo Szenen von irgendeiner Geschäftskonferenz, aber die Männer kannten keines der Gesichter und wussten nicht, worum es dort ging. Dann tauchte ein Gesicht auf, das sie sehr wohl kannten, das Gesicht einer blonden Frau mit kurzen lockigen Haaren.

»… irgendeinen Kommentar zum Ausgang der Sitzung, Sera Meager-Thornbuckle?« Die Aussprache der Sprecherin war schwer zu verstehen.

»Nein … Sie wissen ja, dass unsere Familie noch trauert …« Der Akzent der blonden Frau war, falls überhaupt möglich, noch schlimmer.

»Ja, Sera, aber was halten Sie von einem Conselline als Sprecher?«

»Entschuldigen Sie mich …« Die Blonde wandte sich ab, und die Kamera folgte ihr und zeigte, wie sie in einen langen dunkelbraunen Wagen stieg.

»Verdammt!«, sagte einer der Männer. »Sie *ist* es!«

»Ihr Männer seid doch alle gleich!« Das kam von der Kellnerin im roten Karomuster und blauer Jeans, die die Speisekarten vor ihnen auf den Tisch knallte. »Nur weil sie jung und reich und hübsch ist …«

»Wir nehmen Chili«, sagte Dan. »Wir alle – jeder eine Schüssel Chili und ein paar Kräcker.« Sein Blick sorgte dafür, dass die anderen den Mund hielten, denn sie schienen auf dem Sprung, Dinge zu sagen, die sie keinesfalls sagen durften.

»Un' Bier?«, fragte die Kellnerin.

»Nein … jedenfalls jetzt noch nicht.« Nicht, ehe sie herausgefunden hatten, was sie wissen wollten – wo die Frauen und Kinder steckten. Falls es ihnen gelang, sie zu finden und nach Hause zu bringen – auch nur einige von ihnen –, würde man ihnen höchste Ehren erweisen, vielleicht sogar mehr, als wenn sie den Sprecher selbst umgebracht hätten. Die Ranger des Wahren Texas konnten dann nicht mehr behaupten, sie wären lediglich ein Haufen unverheirateter Herumtreiber, die nur Probleme machten.

»Sieh mal …« Ben packte Dan am Arm und deutete mit dem Kopf auf die Videowand. Da war sie wieder, diese Szene, die sie alle so wütend gemacht hatte – Frauen und Kinder in traditioneller Kleidung, die von einer Schiffsluke aus einem Korridor folgten, bewacht von den gepanzerten Soldaten der Familias-Flotte.

Dan fiel es schwer, dem Akzent der Moderatorin zu folgen, verstand jedoch den Begriff Station Baskar. Hatten sich die Frauen dort zur Zeit der Aufnahmen aufgehalten, oder war das ihr derzeitiger Standort? Er wusste es nicht, aber sie konnten es jederzeit herausfinden. Irgendwo fanden sie mit Sicherheit eine Kneipe und Menschen, die redeten, und jemand würde es schon wissen, wenn man ihm nur die richtigen Fragen stellte.

Kapitel neun

Castle Rock, Alter Palast

Hobart Conselline fuhr mit der Hand über die breite glänzende Tischfläche – *sein* Schreibtisch war das jetzt, wie zuvor der Häschen Thornbuckles und Kemtre Altmanns – und empfand warme Zufriedenheit. Seine Delphine wohnte jetzt in der Suite, die Miranda zuvor gehabt hatte, und ihm fielen alle Vergünstigungen zu, um die er bislang andere beneidet hatte: von dem tüchtigen, schweigsamen Personal bis zum Respekt derjenigen, die ihm bislang gleichgestellt gewesen waren und sich ihm jetzt unterordnen mussten.

Er hatte sich zunächst Sorgen gemacht, als er sowohl Brun als auch Buttons am Tisch der Thornbuckles sitzen sah, aber keiner von beiden meldete sich dann zu Wort. Und wie sie auch abgestimmt hatten, die Mehrheit war ihm gefolgt. Sogar ihr Onkel unterstützte ihn – aus einem bestimmten Grund zwar, aber das war nicht von Belang. Er hätte ohnehin neue Minister für Recht und Inneres ernannt sowie neue Richter berufen. Im eigenen Clan liefen gewisse juristische Aktionen ab, sodass er gut beraten war, wenn er diese Maßnahme traf. Falls Harlis davon einen Vorteil hatte und glaubte, es liefe so ganz zu seinen Gunsten, na ja – so war es ein leichter Gewinn und Hobart hatte noch nie im Leben leichten Gewinn ausgeschlagen.

Er lehnte sich im Sessel zurück und gab sich ein paar Minuten lang seinen Träumen hin. Er war relativ jung, und mit Hilfe wiederholter Verjüngungen würde er auch jung bleiben … und mächtig. Die Familias hatten vor mehreren Generationen schon erlebt, was sie von einer Folge wechselnder Sprecher hatten, um anschließend unter den Altmanns zu lernen, was geschah, wenn das Führungsamt erblich wurde: Wohlstand wurde zu noch mehr Wohlstand, ein stetiger Aufwärtstrend mit nur geringen Schwankungen. Aber noch niemand hatte erlebt, was Hobart ihnen jetzt zeigen würde: die Stabilität und der Wohlstand, wie sie ihnen ein Anführer verschaffte, der niemals senil wurde. Jahr für Jahr, Jahrzehnt für Jahrzehnt würde er zur Stelle sein, um zu dienen und zu schützen … zu führen und zu leiten …

Die Tischglocke läutete, und er richtete sich mit finsterer Miene auf. Das war die Zukunft, aber jetzt musste er sich zunächst den Problemen widmen, die ihm seine Vorgänger hinterlassen hatten.

»Mylord, Colonel Bai-Darlin, Kommandeur der Besonderen Sicherheitsgruppe, bittet um ein Gespräch.«

»Schicken Sie ihn herein.« Er würde ihnen schon zeigen, wie hart eine richtige Führungspersönlichkeit arbeitete! Unermüdlich gedachte er zum Wohl des Staates tätig zu sein, wie er auch stets dem Wohl der eigenen Familie und des eigenen Clans gedient hatte. Und realistisch betrachtet: bedachte man, welche Bedeutung sein Clan für die Volkswirtschaft hatte, dann konnte das, was für die Consellines gut war, auch für alle anderen nur gut sein – zumindest für die meisten.

Bai-Darlin trat ein, und die Art, wie er forsch salutierte und die Hacken zusammenschlug, überzeugte Hobart davon, dass er einen tüchtigen Mann vor sich hatte. Aber war er auch clever? War er unermüdlich?

»Mylord, ich dachte mir, Sie würden gern über den Stand der Ermittlungen informiert werden, was den Mordanschlag auf Lord Thornbuckle angeht…«

»Es waren diese Neutex-Terroristen«, behauptete Hobart. »Ich kann mir nicht vorstellen, warum Sie sie immer noch nicht geschnappt haben.«

»Mylord, bei den einleitenden Ermittlungen fanden wir keine Spur irgendeiner Person von einem neutexanischen Planeten, die zur fraglichen Zeit auf Castle Rock gewesen wäre – jedenfalls nicht mehr, seit die Ranger für ihren Prozess hergebracht wurden.«

»Dann taugen die Ermittler nichts! Was brauchen wir denn noch – eine hellrote Markierung an irgendjemandes Stirn? Sie hatten gedroht, den Sprecher zu töten, und der Sprecher wurde erschossen. Was möchten Sie noch?«

Bai-Darlin bedachte ihn mit einem Blick, bei dem sich Hobart unwohl fühlte. »Vielleicht Beweise.«

»Sie haben Beweise: die Leiche Lord Thornbuckles. Die Verletzungen von Ser Mahoney und die Schäden am Fahrzeug.«

»Ja, Mylord, aber nichts davon deutet auf die Gottesfürchtige Miliz von Neutexas hin. Wir kennen keinen Beleg dafür, weder auf Passagier- noch auf Hotellisten, dass sie hier waren.«

»Falls sie nicht hier waren, müssen sie jemanden angeworben haben.«

»So weit wir wissen, werben sie keine Verbrecher an, um für sie zu arbeiten, und was wir über ihre Waffen wissen, passt auch nicht. Sie schätzen die direkte Konfrontation; von ihnen würde man viel eher erwarten, dass sie auf offener Straße direkt auf das Opfer zugehen.«

»Ausreden«, behauptete Hobart entschieden. »Allerdings fällt mir ein weiteres störendes Element ein, das vielleicht schuldig ist, falls es die Miliz nicht war.«

»Ja, Mylord? Falls Sie uns irgendeinen Hinweis geben könnten …«

»Die Generationisten«, sagte Hobart. »Lord Thornbuckle war ein Verjüngter, und ebenso seine Frau, sogar eine mehrfach verjüngte.« Bai-Darlins Blick wanderte von Hobarts Gesicht zu seinem Ohr. Hobart schüttelte den Kopf. »Nein, Colonel, das ist nur Schmuck. Ich unterstütze natürlich die Verjüngung; jeder vernünftige Mensch tut das. Und jemand in meiner Position muss sozusagen Flagge zeigen. Ich werde mich verjüngen, wenn es Zeit wird, in zehn Jahren oder so; ich bin ein ganzes Stück jünger, als es Lord Thornbuckle war. Bis dahin versichern diese Ringe …« Er fasste sich ans Ohr. »… Diese Ringe sichern den älteren Verjüngten zu, dass ich es ernst meine, wenn ich ihre Interessen vertrete.«

»Ich verstehe, Sir. Und Sie halten es für möglich, dass die Generationisten Lord Thornbuckle ermordet haben, weil er verjüngt war? Wollen Sie damit sagen, dass Sie selbst mit einem Anschlag auf sich rechnen?«

»Ich denke nicht, dass es die Generationisten waren – ich denke, dass es die neutexanische Miliz war, wie ich es Ihnen schon erklärt habe. Aber falls ich mich in diesem Punkt irre, würde ich als Nächstes die Generationisten unter die Lupe nehmen.«

Bai-Darlin schien nicht überzeugt. »Ich hatte gehofft, Mylord, Sie könnten mir vielleicht Einblick geben in mögliche Elemente unter den Ratsfamilien … womöglich hat Lord Thornbuckle dort irgendeine Feindseligkeit provoziert? Er schien ein populärer Sprecher zu sein, aber man findet immer jemanden …«

Hobart winkte ab. »Vielleicht ein paar geringfügige

Ressentiments. Sicherlich hatten manche das Gefühl, er hätte Ressourcen der Familias missbraucht, so, wie er sie für die Rettung seiner Tochter einsetzte. Viele von uns dachten so und brachten diese Meinung auch zum Ausdruck. Ich weiß jedoch nichts von irgendwelchen Gefühlen, die für einen Mordanschlag gereicht hätten – und bin dafür auch kaum der Richtige, habe ich doch kaum etwas mit den internen Abläufen des Barraclough-Clans zu tun.«

»Sehr gut, Sir. Danke, Mylord, dass Sie mir Zeit geschenkt haben.«

»Fangen Sie diese Mörder, Colonel, und ich sorge dafür, dass Sie eine Auszeichnung erhalten.« Statt des eifrigen Lächelns, das Hobart erwartet hatte, bedachte ihn Bai-Darlin mit einem düsteren, grüblerischen Blick, ehe er sich abwandte. Seltsamer Bursche! Vielleicht gar nicht mal so tüchtig, wie es den Anschein gehabt hatte.

Mehrere Tage später ertappte sich Hobart dabei, wie er genau diesen Schreibtisch, nach dem es ihn so verlangt hatte, finster anblickte. Das war die natürliche Folge, wenn man mit hinderlichen Idioten zu tun hatte, sagte er sich. Ein Mann hatte doch ein Recht auf Minister, mit denen er vernünftig zusammenarbeiten konnte! Wie konnte nur irgendeiner von denen, die Häschen Thornbuckle ernannt hatte, damit rechnen, im Amt zu bleiben, falls er ihm Probleme machte? Sie hätten eigentlich aus seinen ersten Personalentscheidungen die Lehre ziehen müssen, aber trotzdem behinderten sie ihn weiter. Sie mussten alle verschwinden, restlos; er war nicht bereit, sich noch mehr von solcher Insubordination bieten zu lassen!

Hobart dachte darüber nach, was er tun konnte. Wen

sollte er als Ersten auswechseln? Der Verteidigungsminister hatte in jüngster Zeit Lärm über Verjüngungen bei den Mannschaftsdienstgraden geschlagen, irgendwas über alte Uffze, die verrückt würden oder sowas. Die Idioten vom medizinischen Dienst dort hatten sämtliche Verjüngungen gestoppt und schienen entschlossen, die Sache gründlich zu untersuchen. Er hatte Irion Solinari darauf hingewiesen, dass es teuer und wenig erfolgversprechend war, eine lange Untersuchung zu einer solchen Frage durchzuführen, und dass es klüger wäre, die Verluste abzuschreiben und die betroffenen Personen als aus gesundheitlichen Gründen nicht mehr diensttauglich zu entlassen. Solinari erhob jedoch Einwände – er tat überhaupt *nie* etwas anderes, dachte Hobart, dem jetzt wieder einfiel, wie der Minister auch Häschen gegenüber Einwände erhoben hatte, obwohl er diesem seine Berufung ins Amt verdankte. Er war einfach eine schwierige Person und nicht für eine so verantwortliche Stellung wie die des Verteidigungsministers geeignet.

Falls Solinari ging – falls Hobart eine Person eigener Wahl ins Verteidigungsministerium entsenden konnte, dann ... konnte er auch die schwierigeren Admirale loswerden. Vielleicht scheiterten *deren* Verjüngungsbehandlungen mal? In ihren Fällen waren nur die ursprünglichen Guernesi-Medikamente verwendet worden; falls diese also versagten, konnte man damit auch noch die Patchcock-Verbindung von der Last der öffentlichen Aufmerksamkeit befreien. Sie brauchten gar nicht wirklich zu versagen, falls man die Flotte nur überreden konnte, die betroffenen Admirale aus dem aktiven Dienst zu entlassen, indem man Sorgen über ihre Verjüngung als Grund anführte. Derzeit verhielten sich der medizinische Dienst und die Führungsoffiziere völlig unvernünftig, und Solinari unterstützte sie dabei – oder stiftete sie gar dazu an, da war Hobart nicht ganz sicher. Solinari musste definitiv gehen!

Hobart öffnete sein privates Computerpad und machte sich daran, einen Brief an Solinari zu entwerfen, in dem er seine Gründe darlegte. Er wollte nicht barsch sein, aber der Mann musste begreifen, dass er einfach nicht qualifiziert war. Und selbst falls er es gewesen wäre, hätten die negative Einstellung und die Streitlust ihn ungeeignet gemacht. Mehr Kummer als Zorn sollte die Tonlage bestimmen, sagte sich Hobart. Nicht, dass Solinari irgendwelche Freunde gehabt hätte, um die man sich hätte Gedanken machen müssen. Ein Haufen lästernder, scharfzüngiger und dabei unbedeutender Gestalten aus den kleinen Familien, das war alles. Sie würden bald erfahren, mit wem sie es zu tun hatten.

Admiral Vida Serrano befasste sich nur selten mit zivilen Fragen, es sei denn, sie liefen wahrscheinlich auf einen Krieg hinaus. Der Wechsel von einem Staatsoberhaupt zum nächsten hätte eigentlich nur eine Frage der Zeremonien und Ansprachen sein dürfen und war dies normalerweise auch; die Auswirkungen auf den Regular Space Service hätten nicht größer sein dürfen als beim Wechsel von einem Grand Admiral zum nächsten.

Sicherlich war die Ermordung Lord Thornbuckles schockierend gewesen, aber Vida Serrano erwartete ursprünglich, dass sie langfristig keine großen Folgen zeitigte. Man wählte einen Nachfolger, ein paar Minister wechselten womöglich, und die Trägheit einer sehr großen Organisation hielt alles weitgehend im üblichen Rahmen. Was frustrierend sein konnte, wenn man sich eine Veränderung wünschte, war Grund zur Beruhigung, wenn man Stabilität vorzog. Ihre eigene Aufgabe schätzte Vida so ein: Sie hatte ihren Befehlsbereich in Form zu halten, damit er sich jeder Gefahr von außen stellen konnte, wo jemand vielleicht die aktuellen Wirren als Gelegenheit betrachtete, um Ärger zu machen.

Zu diesem Zweck hatte sie sich auf die Liste derer gesetzt, die über das Verjüngungsproblem auf dem Laufenden gehalten werden wollten, und gelangte schließlich zur gleichen Schlussfolgerung wie das erste Expertengremium, das mit entsprechenden Ermittlungen beauftragt gewesen war: Eine Lieferung verdorbener Medikamente, wegen des etwas geringeren Preises gekauft und fast mit Sicherheit in der Fabrik auf Patchcock hergestellt, die Vida besichtigt hatte. Die Lösung schien ebenfalls klar: bei den Personen, die noch keine bedeutsame Schädigung erlitten hatten, die Behandlung mit sauberen Medikamenten wiederholen, und diejenigen medizinisch pflegen, die schon solche Schäden erlitten hatten und in deren Fall eine weitere Verjüngung nur bedeutet hätte, das Leiden der Senilität zu verlängern. Vida zeichnete den Bericht gegen, als er in der Hierarchie weitergeleitet wurde, und tat das Gleiche mit einem Brief, der vorschlug, dass der verantwortliche Hersteller die Kosten für die wiederholten Behandlungen und die medizinische Pflege übernehmen solle.

Und nichts war geschehen. Die Informationsliste war verschwunden; sie erkundigte sich beim Oberkommando und erfuhr, »die Liste sei zurückgezogen, bis weitere Ermittlungen im Hinblick auf Sicherheitsprobleme« vorgenommen worden wären. Gerüchte kamen ihr zu Ohren, eines der großen unabhängigen Forschungslabors wäre seinerseits Gegenstand von Ermittlungen, weil der Verdacht bestand, dass Beweise gefälscht und öffentliche Gelder veruntreut worden waren. Das Oberkommando stoppte plötzlich die Finanzierung von wiederholter Verjüngung, ohne den Grund zu erklären. Sicherlich wusste man dort doch, wie wichtig das war – die Flotte brauchte diese Leute wieder im Dienst, ganz zu schweigen davon, dass man sie vor Senilität und Tod bewahren musste. Vida bewilligte so viele Verjüngungen wie nur möglich aus ihrem Ermessensfond, aber dieses Geld reichte nicht für alle. Sie überlegte, mit Marta Katerina Saenz Kontakt aufzunehmen, deren Pharmazeutika sie vertraute. Das Oberkommando erließ jedoch einen Knebelbefehl zum Thema Verjüngung; sie durfte nicht einmal intern darüber sprechen. Damit nach außen zu gehen, das wäre sogar Grund für ein Verfahren vor dem Kriegsgericht gewesen, falls man ihr auf die Schliche kam.

Sie hätte zu gern gewusst, woher dieser ganze Unfug stammte. War es jemand in der Flotte? Jemand in der Regierung? Der Große Rat hatte am Tag nach der Bestattung Lord Thornbuckles Hobart Merethal Conselline zum neuen Regierungschef gewählt, und er hatte einige neue Leute in diverse Komitees entsandt, die mit dem Ressort Verteidigung zu tun hatten. Irion Solinari war aber immer noch Verteidigungsminister und von jeher ein solider Charakter. Vida spielte mit der Idee, persönlich mit ihm in Verbindung zu treten, aber nach ihrer Erfahrung führte es nur zu einer harten Bruchlandung, wenn ein Admiral sich direkt mit Ministern einließ. Für die Karriere war das fast so schlimm, wie in eine Ratsfamilie einzuheiraten.

Die meisten neuen Leute in den Komitees waren für Vida Serrano nur Namen. Die Consellines und Morrellines waren in den Patchcock-Schlamassel verwickelt – so viel wusste alle Welt –, aber Vida musste lange in den Datenbanken suchen, bis sie Hobart Merethal Conselline fand, und unter diesem Begriff erhielt sie nicht mehr als eine kurze offizielle Biografie, die anlässlich seines Einzuges in den Rat herausgegeben worden war. Nichts darin gab Hinweis, warum die übrigen Familien ihn wählen sollten, es sei denn aus einem allgemeinen Bedürfnis, Thornbuckle und alle seine Freunde zurückzustoßen.

Sie hatte gerade diesen Punkt in den inzwischen nur allzu vertrauten Träumereien erreicht, als ihr Sekretär anrief.

»Admiral – ein Kurier des Oberkommandos ist mit einer persönlichen Nachricht eingetroffen.«

Persönliche, per Hand überbrachte Nachrichten waren, fand Vida, ein veraltetes Ärgernis, aber einige der moosbewachsenen Relikte im Oberkommando schworen darauf. Besonders der Chef der Personalabteilung. Vielleicht handelte es sich ja um die Informationen, die sie angefodert hatte: Welche Fortschritte die übrigen Sektoren dabei erzielten, ihre verjüngten Senior-Uffze wieder für den aktiven Dienst fit zu machen.

»Schicken Sie ihn herein«, sagte sie.

Zu ihrer Überraschung war es Heris Serranos Bekannter, Commander Livadhi – Arash? Aram? –, der mit dem Kasten unterm Arm hereinkam. Kein Commander mehr, konnte sie dem erkennbaren neuen Stern entnehmen, der am Kragen funkelte: Admiral minor.

»Glückwunsch«, sagte sie. »Ich hatte von Ihrer Beförderung noch gar nicht gehört.« Sie hatte nicht mal gehört, dass überhaupt ein Beförderungsausschuss zusammengetreten war. Sie hätte davon hören sollen. Wieder klingelte leiser Alarm in ihrem Schädel.

»Admiral, tut mir Leid, dass ich schlechte Nachrichten überbringe, aber trotzdem danke.« Er sah betreten drein, fast so, als hätte er am liebsten schuldbewusst den Zeh in den Teppich gebohrt.

»Verzeihung?« Er war jetzt vielleicht Admiral minor, aber Vida war Admiral major, und sie sprach das Wort fordernd aus.

»Ich weiß nicht, ob Sie schon wissen, dass wir einen neuen Minister der Verteidigung …«

»Nein! Solinari wurde gefeuert?« Jetzt heulte der Alarm lautstark.

»Ja. Gefeuert und abgetaucht … niemand hatte Gelegenheit, mit ihm zu reden; es heißt, er hätte Castle Rock verlassen und wäre nach Hause zurückgekehrt, und er hat mit niemandem gesprochen.«

»Ich verstehe.« Was hatten sie nur mit Solinari gemacht, der sonst nie vor einem Interview zurückschreckte, der jedem seine Meinung sagte? Womit schickte man einen Solinari zurück nach – von welchem Planeten stammte er noch gleich? Und wie brachte man ihn zum Schweigen? Ihr wurde kalt, wenn sie darüber nachdachte.

»Die Kurzfassung lautet: Dem neuen Sprecher hat nicht gefallen, was ihm Solinari über das Verjüngungsproblem erzählte, und er hat jemanden ernannt, der tut, was man ihm sagt, und keine Fragen stellt. Der neue Sprecher glaubt nicht, dass das Problem bei den Verjüngungen von Unteroffizieren ausschließlich pharmazeutischer Natur ist …«

»Natürlich ist es das«, sagte Vida. »Die Daten zeigen eindeutig …«

»Daten kann man manipulieren«, wandte Livadhi

ein. »Der Sprecher scheint überzeugt, dass die Daten tatsächlich manipuliert wurden, vielleicht von Gruppen mit besonderen Interessen, die Wissenschaftler in den Forschungslabors beeinflussen.«

»Er *möchte,* dass sie manipuliert wurden!«, sagte Vida, und Wut baute sich wie ein Sturm in ihr auf.

»Es steht mir nicht zu, mich dazu zu äußern«, sagte Livadhi. Er brach ab, und Vida starrte ihn an und verdaute die Warnung, die sie gerade erhalten hatte.

»Und was sonst noch?«

»In Anbetracht der Möglichkeit, der noch nachzugehen ist, dass das Scheitern von Verjüngungen bei den Unteroffizieren nicht nur an medikamentösen Problemen liegt, sondern auch einer im Verfahren selbst liegenden Reaktion ... Derzeit unterhält man sich über das Ausmaß an Inzucht in Flottenfamilien, so weit ich es verstanden habe; Sie haben das allerdings nicht von mir gehört.«

»Als ob *deren* Familien nicht an Inzucht litten!«

»Wir sind keine Registrierten Embryos ... so heißt es dort.« Er wartete, während sie schweigend kochte; dann fuhr er fort: »Bedenkt man diese Möglichkeit, heißt es, dann bestehen auch Sorgen an der Stabilität der führenden Flottenoffiziere, die verjüngt wurden. Man hat beschlossen, alle Fälle von Verjüngung bei Flottenangehörigen gründlich zu untersuchen, angefangen bei Offizieren im Flaggenrang.«

»Das kann doch nicht ihr Ernst sein!« Vida wurde starr in ihrem Sessel.

»Doch, Sir, das ist es. Die Maßnahme wird auf alle Flottenangehörigen ausgedehnt – Offiziere eingeschlossen, besonders die im Flaggenrang –, deren Verjüngung mehr als zehn Jahre zurückliegt. Sie werden vom aktiven Dienst suspendiert, bis die medizinische Bewertung vorliegt.«

»Aber …«

»Admiral, ich weiß, dass diese Aktion ohne Beispiel ist.« Sie musste Livadhi zugute halten, dass er fast so unglücklich aussah, wie sie sich fühlte. Falls er Triumphgefühle hegte, verbarg er sie gut. »Die ganze Affäre ist ohne Beispiel. Es handelt sich um bezahlten Urlaub – das heißt, volle Bezahlung vom Commander abwärts, halber Sold für alle von höherem Rang.«

»Was für fast alle betroffenen Offiziere gilt.« Vida zeigte ein finsteres Gesicht. »Außerdem *wissen* sie, dass meine Verjüngung stabil ist. Ich gehörte zu den Ersten – und es liegt über fünfundzwanzig Jahre zurück …«

»Ja, Sir, aber …«

»Und was denken die sich eigentlich, wer ganz plötzlich das Kommando übernehmen soll? Die Verlierer, auf die sie gar keine Verjüngung verschwenden wollten? Oder die sie nicht mal befördern wollten? Nein – antworten Sie darauf nicht! Ich habe das nicht gesagt, und Sie haben es nicht gehört. Verdammt!« Auf diese Weise war Livadhi befördert worden, und sie war überzeugt, dass weitere Commander sich in diesem Augenblick die Sterne anhefteten, mit denen sie noch in den nächsten fünf Jahren oder so nicht gerechnet hatten. Vida fragte sich kurz, ob Heris es inzwischen zum neuesten Admiral Serrano gebracht hatte.

Vida schwenkte den Sessel vom Tisch weg und starrte durch das Schott auf Jahrzehnte der Erinnerung. Alles lag deutlich vor dem geistigen Auge, Bild auf Bild, scharf umrissen, Gesichter, Namen, Beziehungen. Diese Leute irrten sich – sie mussten sich irren. Nichts vernebelte Vidas Gedanken. Sie wandte sich erneut Livadhi zu. »Also fein. Ich gebe mir selbst dienstfrei und spaziere hinunter zum Medizinischen Dienst, wo sie mich mal anschauen und wieder diensttauglich schreiben können.«

»Nein, Sir. Bitte – würde sich der Admiral mal die Befehle ansehen?«

»Die Sie nicht entworfen haben, vermute ich. In Ordnung.« Sie las sorgfältig jedes Wort auf jedem der altmodischen Papierbögen.

Schlimmer als schlimm. Sofortige Entlassung aus dem aktiven Dienst. Sofortiger Ersatz durch einen bereits benannten Offizier – in ihrem Fall Admiral minor Livadhi. Sofortige Übergabe aller Kommunikationsanlagen, Verschlüsselungs- und Entschlüsselungsanlagen, Datenzugriffsanlagen …

»Ich habe nicht … Es tut mir Leid, Admiral, ich halte es für unvernünftig und lächerlich, Flaggoffiziere so schnell aus ihren Unterkünften und von ihren Dienstposten zu entfernen …«

»Es ergibt durchaus Sinn, falls jemand uns wirklich loswerden möchte«, sagte Vida. Sie war über die erste Wut hinaus, und in ihrem Kopf liefen die Überlegungen jetzt im Gefechtstempo. »Sie werfen uns hinaus, stellen sicher, dass wir – außer auf abgehörten Kanälen – keinen Kontakt zu Freunden aufnehmen können, die noch im aktiven Dienst sind, dass wir keinen Zugriff mehr auf Dateien erhalten …«

»Ich habe ein Zimmer in der Unterkunft für Offiziere auf Durchreise«, sagte Livadhi. »Ich sehe keinen Grund, diese Befehle buchstabengetreu durchzusetzen …«

Vida blickte auf und entdeckte Mitgefühl in seinem Gesicht. Heris hatte gesagt, er hätte seine guten Seiten. »Wirklich nicht? Dann sind Sie dümmer, als ich je erwartet hätte, junger Mann. Wenn der Wind wechselt, müssen ihm die Segel folgen. Falls Sie Ihre Befehle nicht durchsetzen, werden Sie nicht lange durchhalten. Ich bin bis zum angegebenen Zeitpunkt weg.«

»Ja, aber – ich weiß nicht einmal richtig, was ich tun soll …« Das klang fast wehleidig. Vida schenkte ihm ein breites Serrano-Lächeln, das die Zähne zeigte, und er wurde so bleich, dass die Sommersprossen stark hervortraten.

»Tun Sie Ihre Arbeit, mein Sohn, so wie ich meine getan habe … und lernen Sie sie auf die gleiche Art. Erschreckend, wenn man das bekommt, was man sich immer gewünscht hat, nicht wahr? Falls Sie mich jetzt entschuldigen – ich muss den Schreibtisch leer räumen.« Sie drückte die Verbindungstaste zu ihrem Sekretär. »Sandy, kommen Sie herein; wir haben einiges zu klären.«

Innerhalb einer Stunde hatte Vida alles in die Wege geleitet, was den Oberbefehl über Sektor Sieben an Admiral minor Livadhi übertrug. Keine große Zeremonie der Übergabe, weil die Befehle dafür nicht genug Zeit ließen. Vida rief ihren Stab zusammen, informierte ihn über die Order und forderte ihn auf, Livadhi, der gerade aus Sektor Fünf kam, in die Besonderheiten von Sektor Sieben einzuweisen. Während das geschah, machte sie sich daran, ihre persönlichen Dateien von den dienstlichen zu trennen, die unter ihren Codes gespeichert waren. Zum Beispiel gedachte sie, auf jeden Fall die Dateien über Verjüngungen mitzunehmen – sollte sie Livadhi Kopien anbieten? Nein. Falls man herausfand, dass er sie hatte, steckte er womöglich in Schwierigkeiten. Was tat sie mit den spärlichen Informationen, die sie über die neuen Mächte im Großen Rat gesammelt hatte? Vielleicht überließ sie sie ihm.

Eine Liste mit Familienmitgliedern im aktiven Dienst, Personen, an die sie sich mit Recht – na ja, beinahe mit Recht – wenden konnte, wenn sie Informationen haben wollte … Sämtliche Serrano-Offiziere waren verjüngt und somit betroffen: Von Davor, jetzt im dritten Jahr auf der Akademie, bis zu Gossin – sie rümpfte die Nase bei dem Gedanken, mit Gossin zusammenzuarbeiten, einem der seltenen hellhäutigen Serranos (was jedoch nur das am leichtesten Sichtbare ihrer Probleme darstellte) – umfasste die Liste neunzehn Personen … nein, siebzehn, denn Heris' Eltern waren gerade in den Ruhestand getreten. Barins Mutter war noch im Dienst, aber sein Vater war ausgeschieden, um als Geschäftsagent der Serrano-Familie zu wirken.

Ihre Funkanlage klingelte. Sie schaltete ein. »Vida? Hier Gadar Livadhi. Hast du schon von diesem lächerlichen Befehl gehört, der verjüngte Admirale aus dem Dienst entlässt?«

»Gerade gesehen, Gadar«, antwortete sie. »Einer aus eurer Familie hat ihn mir überbracht. Einen hübschen glänzenden neuen Stern hat er, der junge Arash.«

»Nun … was unternehmen wir jetzt?«

»Ich weiß nicht, was du vorhast, aber ich scheide aus dem aktiven Dienst aus. Hast auch du eine der experimentellen Behandlungen erhalten?«

»Ja, und mit meinem Gehirn ist alles in bester Ordnung – mal abgesehen von dem Rauch, der ihm bei diesem Unsinn entfährt.«

»Gadar – jetzt ist nicht die Zeit …«

»… um Ärger zu machen. Ich weiß. Aber zu einem solchen Zeitpunkt, jetzt, wo Thornbuckle nicht mehr da ist, brauchen wir erfahrene Führungskräfte.«

»Falls wir unsere Arbeit getan haben, können unsere

Untergebenen übernehmen.« Sie glaubte selbst nicht daran, und Gadars Schnauben verriet ihr, dass es ihm genauso ging.

»Du bist eine Optimistin. Nebenbei: Was hörst du von Copper Mountain?«

»Nichts«, antwortete Vida. »Sollte ich?«

»Na ja ... Du weißt ja, dass mein Bruder Arkad in der juristischen Abteilung ...«

»Ja ...«

»Er hat sich die Unterlagen über Gefangene angesehen, die man in das Hochsicherheitsgefängnis auf Copper Mountain gesteckt hat – diese Stack-Islands-Anlage –, weil das einer der Plätze war, wo Lepescu die Crew deiner Nichte gebunkert hatte.«

Vida fiel der Wechsel in seiner Tonlage auf. Mal hitzig, mal kalt, so war Livadhi nun mal. »Und?«

»Und ihm ist etwas Interessantes aufgefallen. Lepescus Leute waren alle mal in Stack Islands stationiert – die Leute, die zu weit unten in der Hierarchie standen, um mit den Fingern im Honignapf erwischt zu werden, nachdem er getötet worden war. Sie waren nicht als Gefangene dort, sondern als Wachleute. Nicht dass sie die komplette Wachmannschaft gestellt hätten, wohl aber einen Teil davon.«

»Ach du meine Güte!«

»Falls man verzweifelte und gefährliche Personen rekrutieren möchte, findet man kaum eine bessere Stelle als dort; selbst Leute, die ihre Dienstzeit dann zu Ende bringen und nicht unehrenhaft entlassen werden, sind durch die Haft stigmatisiert.«

»Und du denkst natürlich, dass sie etwas im Schilde führen. Irgendeine Idee, was das sein könnte?«

»Eine weitere Meuterei – vielleicht ein Ausbruch ...«

»In wessen Dienst? Wer finanziert sie?«

»Ich konnte nichts herausfinden. Ich habe mich allerdings schon immer gefragt, ob Lepescu nicht den Morrellines nahe gestanden hat, wenn ich an seine Verwicklung in die Patchcock-Affäre denke ...«

»Er hat es schlimmer gemacht – die ganze Sache ist auf sie zurückgefallen ...«

»Ja, aber langfristig konnten die Morrellines ihre leitende Stellung festigen. Die Familias insgesamt erhielten jedoch eine schlechte Publicity ...«

»Damals hast du keinen Ton dazu gesagt«, stellte Vida fest.

»Nein. Es war mir noch nicht klar. Ich war drüben in Eins und hatte Schwätzchen mit diesen Diplomaten der Lone-Star-Konföderation. Ich hasse Personal-Rotation.« Vida schluckte diesen Köder nicht, und schließlich fuhr Livadhi fort: »Erst kürzlich und nach deinem – hmmm – dortigen Abenteuer fing ich an, der Sache nachzugehen.«

»Na ja, im Moment bleibt uns nichts weiter übrig, als wie brave kleine Kinder nach Hause zu gehen«, meinte Vida. »Ich hoffe, diese Leute sehen noch ein, welche Chance sich jetzt für fremde Interessen bietet. Ich möchte ja nichts gegen dein Familienmitglied sagen, Gadar, aber dein neuer Admiral minor hat sich beinahe in die Hosen gemacht, als ihm klar wurde, dass er jetzt die Verantwortung für den Sektor übernimmt, den die Neutex-Miliz am ehesten angreifen wird – mit nur sechsunddreißig Stunden Sprungzeitverzögerung.«

»Mir blutet das Herz«, sagte Gadar. »Ich hoffe, es handelt sich nur um befristete Beförderungen, denn sobald sie uns medizinisch geprüft haben, sitze ich wieder in meinem Büro.«

»Ich hoffe, dass es schnell geht«, sagte Vida. »Aber falls uns jemand loswerden möchte – zumindest einige von uns –, braucht er nicht mehr tun, als die medizinische Klärung zu verzögern.«

»Ihr Serranos seid ja solche Stimmungskanonen!«, beschwerte er sich.

»Und ihr Livadhis so aufgeweckt«, sagte Vida und trennte die Verbindung.

Vida konnte sich in ihrem ganzen Leben als Erwachsene nicht an eine Zeit erinnern, in der sie endlose Tage lang nichts Besonderes zu tun gehabt hatte. Natürlich hatte sie zuzeiten Urlaub gehabt, dabei aber jeweils auch Pläne: eine Reise natürlich oder eine Familienkrise, die ihre Zeit und ihre Talente beanspruchte. Geld hatte sie genug – seit ihrer Zeit als Lieutenant hatte sie nie den kompletten Sold ausgegeben, und ihre Investitionen erwiesen sich als Gewinn bringend. Sie konnte auch bei halbem Sold gut leben. Die Untätigkeit war es, was sie bekümmerte, das Gefühl, von der Familie abgeschnitten zu sein.

Na ja … also ab nach Hause, zum Serrano-Besitz auf Melander, der Heimat aller – oder zumindest vieler – Serranos.

Sie fand es ärgerlich, Platz auf einem zivilen Schiff reservieren zu müssen; sie versuchte, über sich selbst zu lachen, wenn sie erwartete, dass die Leute auf ihr Geheiß sprangen, aber es fiel ihr nicht leicht. So oft hatte sie Zivilisten für schlecht organisiert gehalten, aber wenn sie selbst erst mal keinen Stab mehr zur Verfügung hatte … gelegentlich schimpfte sie über sich selbst, während sie vereinbarte, dieses zu verschiffen und jenes zu lagern, und während sie entschied, was sie im Handgepäck mitnahm und was in den Frachtraum kam.

Schon am ersten Tag auf dem Schiff erkannte sie weitere Flaggoffiziere, aber in wortloser Übereinkunft gingen sie einander aus dem Weg. Obwohl sie alle zunächst Uniform trugen – wozu sie im Urlaub auch berechtigt waren –, wechselten Vida und die meisten Übrigen schnell zu Zivilkleidung.

Melanders Orbitalstation war seit ihrem letzten Besuch größer geworden, aber immer noch kleiner als die riesigen kombinierten Flotten- und Zivilstationen, die sie gewöhnt war. Sie sah reichlich Menschen in Uniform, aber sie ignorierten sie – sie ignorierten doch tatsächlich *sie*, nur weil sie die Uniform nicht trug und weil diese Leute nicht den Admiral in der roten Zivilkleidung erkannten. Vida bedachte sie trotzdem mit finsterem Blick. Mindestens zwei von ihnen waren Serranos.

Sie nahm ein Northside-Shuttle, sah nach, welches Wetter am Zielort herrschte, und holte eine wärmere Jacke hervor. Die erste Zeit des Frühlings auf Melander war kälter als die regulierten Temperaturen an Bord von Schiffen oder Stationen.

Der Familienbesitz der Serranos lag am Ufer eines Sees, der unzutreffenderweise Serenity hieß, Ruhiges Wasser, denn er schien unaufhörlich von der Brise aufgerührt, die vom Meer heraufwehte und zwischen den Bergen kanalisiert wurde. Eine Reihe stabiler, respektabler Häuser aus gelbbraunen bis braunen Steinen oder Ziegelsteinen, jedes mit gepflegtem grünen Rasen und Blumenrabatten, mit Reihen von Schatten- und Obstbäumen, die die Grundstücke umgrenzten, mit gepflegten Kieswegen, die von der Straße zu jedem Haus führten … Das alles wirkte auf Vida viel weniger reizvoll als bei ihrem letzten Besuch vor … fast dreißig Jahren, als die jetzt in voller Blüte stehenden, über sie aufragenden Holzapfelbäume noch kleine Stängel gewesen waren, die auf Veranlassung ihrer Tante angepflanzt worden waren. Sie sahen wirklich hübsch aus, aber Vida wäre trotzdem lieber nicht hier gewesen.

Wenn sich Flottenfamilien einen Grundbesitz schufen, neigten sie zu ähnlicher Organisation ... eigene Häuser für das Wachpersonal mit kleinen Kindern, andere für das mit älteren Kindern, für die jüngeren Offiziere auf Durchreise, für Senioroffiziere, die lange Urlaub hatten, und für die im Ruhestand. Für jeden Flaggoffizier stand eine Wohnung bereit, die auch für einen besonderen Gast benutzt werden konnte, wenn der Wohnungsinhaber nicht anwesend war. Vida hatte ihre noch nie gesehen, hatte sich in der Zeit seit ihrem letzten Besuch dafür qualifiziert, aber sie wusste, dass die Wohnung da war, ausgestattet mit all den Dingen, die Vida über die Jahre nach Hause geschickt hatte.

Es roch nach Wachs und Holz und Leder, und darunter mischte sich der saubere, scharfe Geruch von Spitzenelektronik. Genauso hatte sie es sich vorgestellt, voller Souvenirs aus den ganzen Familias, ansprechend arrangiert ... und sie verabscheute es. Warum hatte sie nur dieses »Muster in Blau« erworben, das inzwischen zweifellos viermal so viel wert war wie zum Zeitpunkt, als sie es gekauft hatte? Es erinnerte sie an ihre erste Fahrt auf einem Kreuzer, und daran wollte sie jetzt nicht mehr erinnert werden. Sie stellte Musik an, Prescotts »Andante für Manamash-Streicher«, und verbrachte die erste halbe Stunde damit, Bilder zur Wand umzudrehen. Falls sie nicht an Bord eines Schiffs sein konnte, eines *echten* Schiffs, dann wollte sie nicht, dass sie sie von der Wand herunter anstarrten. Oder die Karikatur vom Beförderungstanz eines Jungoffiziers. Oder der Anblick, den Castle Rock von Rockhouse Major bot, wobei die Landekapseln der alten *Mordant* die Kontinente umrahmten.

Waren es die Folgen einer letztlich doch fehlerhaften Verjüngung, oder war es einfach nur die Frustration? Vida wusste es nicht und machte sich fast auch nichts daraus. Die Wohnung war größer als ihr Quartier auf der Raumstation, aber sie fühlte sich hier trotzdem auf eine Art beengt und eingesperrt, wie es in Schiffskabinen nie der Fall war. Finster blickte sie zum Fenster hinaus auf den See. Also ein Spaziergang, um die üble Laune zu vertreiben.

Auf dem Weg nach unten traf sie Sabatino, den zweiten Serrano-Flaggoffizier, ein ferner Cousin. »Ich hasse Planeten«, sagte er zur Begrüßung.

»Ich ebenfalls«, sagte Vida. Sie waren nie enge Freunde gewesen, aber sie beide waren Serrano-Admirals und hatten somit gemeinsame Interessen.

»Ich fahre für etwa eine Woche in die Berge«, sagte Sabatino. »Morgen geht's los.« Ihr fiel wieder ein, dass er schon immer gern in der Wildnis kampiert hatte.

»Ich mache einen Spaziergang«, verkündete Vida. »Zum Abendessen?«

»Warum nicht.« Er winkte ihr zu und ging in seine Wohnung.

Draußen fühlte sie sich viel zu ungeschützt. Der Wind, keine anständige Ventilation, rührte die Oberfläche des Sees zu kabbeligen kleinen Wellen auf und war bemüht, Vida seitlich aus der Bahn zu tragen. Wolken rasten über den Himmel; über ihnen breitete sich dieser undurchsichtige Deckel aus, den Planetenbewohner beharrlich als so schön bezeichneten, und verdeckte die Sterne.

Als sie hier aufgewachsen war, hatte ihr der Planet recht gut gefallen. Damals störte sie sich noch nicht an den Schattierungen des Himmels in Blau und Grau und Mauve und Rosa und auch nicht an den abwechslungsreichen Wolkenfarben. Vida raffte sich auf, schneller zu gehen, folgte dem Kiesweg und überquerte die Straße, um den Fußweg am See entlang zu erreichen. Weit draußen hoben sich rote und gelbe Segel leuchtend vom Wasser ab. Eins hatten Planeten für sich: Man konnte lange Strecken gehen, ohne gleich wieder auf den eigenen Spuren zurückkehren zu müssen. Vida ging nach Osten, bis sie richtig außer Atem war, ein gutes Stück über den Serrano-Besitz hinaus. Von früher kannte sie noch die kleine Gruppe von Geschäften am Ufer, hier, wo eine öffentliche Bootsrampe denen Zugang zum See ermöglichte, die keine Ufergrundstücke besaßen.

Sie kam wieder zu Atem, während sie in einer Reihe lärmender Kinder anstand. Nachdem sie sich für Tee und Zimtkuchen entschieden hatte – nicht für die süßen Drinks und Cremetörtchen, wie die Kinder sie kauften –, gewann sie auch ihre gute Laune zurück. Alles in allem waren Planeten gar nicht so schlecht. Vida setzte sich auf eine Bank, durch eines der Geschäfte vor dem Wind geschützt, und blickte zu den Bergen hinüber, die hinter den Grundstücken auf der anderen Straßenseite aufragten. Als Kind war sie dort gewandert, hatte in den Bächen geplanscht und kleine verborgene Täler erkundet. Dann war sie erhitzt und durstig hier heruntergelaufen, um sich die gleichen süßen Drinks zu kaufen. Überhaupt nicht schlecht, so ein Planet, falls man sich freiwillig dort aufhielt.

Sie musste sich etwas Nützliches suchen, was sie tun konnte. Sobald sie diesen Entschluss gefasst hatte, machte sie sich auf den Rückweg zum Familienbesitz; als sie dort eintraf, war sie bereit zum Abendessen mit Sabatino. Sie plauderten über Musik und Kunst – ihre Sammlung an modernen Drucken und seine an Musikaufnahmen. Er lud sie ein, sich in seiner Wohnung Malachy vu Subas neues Fagottkonzert anzuhören, und sie verbrachte einen schöneren Abend, als sie ursprünglich erwartet hatte – mit einer Diskussion über die Vorzüge dieses umstrittenen Werks. Vu Suba hatte entschieden, für das antike Instrument zu schreiben, nicht die moderne Version, was die Aufführung seiner Werke nur solchen Orchestern ermöglichte, die mit historischen Instrumenten ausgestattet waren. Sabatino behauptete, die Klangeigenschaften würden sich deutlich genug von modernen Instrumenten unterscheiden, damit es sich lohnte, aber Vida wandte ein, dass nur sehr wenige Menschen den Unterschied hören konnten.

Am nächsten Morgen jedoch war Sabatino schon fort, und Vida hatte immer noch nicht entschieden, was sie mit ihrer Zeit anfangen sollte. Sie drehte die Bilder wieder nach vorn, arrangierte ein paar Schmuckgegenstände neu und kontrollierte ein drittes Mal, ob auch alles ordentlich verstaut war. Geschrei von draußen lockte sie ans Fenster des zweiten Schlafzimmers.

Die kleinsten Serrano-Kinder spielten im Garten zwischen den Häusern, wie sie es früher auch getan hatte, und schrien und lachten wie bei Kindern üblich. Vida blickte zu dem Spielplatz mit seinen Rampen und Türmen und Brücken hinab und konnte kaum glauben, dass sie jemals so laut gewesen war. Jetzt, wo sie darauf aufmerksam geworden war, hatte sie das Gefühl, der Lärm durchbohrte ihren Kopf mit kleinen Nadeln.

Vielleicht war es im Archiv ruhiger. Sie ging erst eine und dann eine weitere Treppe hinab in die unterirdische Bibliothek, wo die ältesten Dokumente im Besitz der Familie Serrano untergebracht waren.

Ganze Reihen von Serrano-Biografien ... Vida las erneut die über Rogier Xavier Serrano, eine ihrer Lieblingsgestalten (er hatte jede Eigenschaft eines Helden, einschließlich der Tatsache, dass er eine Heldin, in jeder Beziehung so tapfer wie er, geliebt und ihr Herz gewonnen hatte), und über Millicent Serrano, blind geboren, aber begabt mit außergewöhnlichen Fähigkeiten in räumlicher Orientierung. Vida hatte schon immer die Biografie ihres Großonkels Alcandor lesen wollen, der es zuwege gebracht hatte, aus der Flotte gefeuert zu werden, indem er als Streich ein dreihörniges Vermuge aufs Schiff schmuggelte ... und den man schließlich wieder aufnahm, weil niemand sonst das Tier von Bord schaffen konnte. In der offiziellen Biografie las sich diese Geschichte nicht annähernd so gut, wie er sie Vida selbst auf der Veranda des Seniorenhauses erzählt hatte. Damals war er ein Commander im Ruhestand, mit lahmem Bein und einem seltsamen grünen Fleck am Arm. Die offizielle Biografie verschwieg zum Beispiel den Appetit des Vermuges auf Kaffee und auch sein merkwürdiges Paarungsverhalten.

Vida verwandte mehrere Tage darauf, in den Familien-Biografien zu schmökern, ehe sie es leid wurde und sich nach etwas anderem umsah. Gefechtsberichte ... davon hatte sie in ihrem Leben schon gelesen, was sie sich nur wünschen konnte. Dienstberichte, Urlaubsberichte, schmale Bände mit den lyrischen Ergüssen der Serranos, die sich für Dichter hielten ... sie öffnete einen davon und musste lachen. Entweder war Amory David Serrano kein sonderlich guter Poet gewesen, oder die Sprache hatte sich in den zurückliegenden zweihundert Jahren doch sehr verändert. Mercedes Esperanza andererseits hatte erotische Verse verfasst, die eigentlich das ganze Archiv hätten in

Brand setzen müssen, fand Vida ... aber Mercedes war jung gestorben, ein Opfer des typischen Poetenfiebers. Was für eine Art Raumcommander wäre sie wohl geworden?

Sogar Geschichten: ein paar Serranos hatten Erzählungen verfasst, meist eindeutig für Kinder bestimmt und meist auch – jedenfalls für Vidas Geschmack – ziemlich schlecht. *Carlo und das Sternenschiff* behandelte nichts weiter als die Besichtigung eines Passagierschiffes durch ein Kind, ein fügsames Kind, das einfache Fragen stellte und sie von einem freundlichen Hündchen beantwortet bekam. Sie überging achtlos *Carlo und das Kraftwerk* und *Carlo fährt in die Berge*, warf einen kurzen Blick auf die Bilder in *Helen ist ein liebes Mädchen* (Klein-Helen schüttelt Hände; Klein-Helen sitzt aufrecht am Tisch; Klein-Helen bietet einem anderen Kind mit übertrieben süßem Lächeln ein Spielzeug-Raumschiff an – dabei übergaben Serranos niemals freiwillig Schiffe, nicht mal als Kinder) und übersah beinahe *Es war einmal auf Altiplano.*

Altiplano. Von diesem Planeten stammte die Verlobte ihres Enkels. Vida zerrte den Band aus der eng zusammengedrückten Reihe dünner Kinderbücher hervor. Die Seiten waren braun und brüchig geworden; die Illustrationen waren nicht eingezeichnet, sondern eingeklebt – uralte verblasste Flatpics.

»Es war einmal auf Altiplano, wo eine große Familie herrschte.«

Das hatte sie tatsächlich, die Familie, der die Serranos verpflichtet gewesen waren.

»Eine schöne Welt mit prachtvollen, schneebedeckten Berggipfeln und riesigen goldenen Grasebenen. Auf diesen Planeten führten die Garcia-Macdonalds ihr Volk, das dort gedieh und sich über das fruchtbare

Land ausbreitete. Und seine treuen Wächter und Beschützer, die Serranos, behielten den Himmel über ihnen im Auge und schützten ihre Schiffe vor Piraten.« Auch das hatte Vida schon gewusst. Die Serranos hatten die Weltraummiliz der Garcia-Macdonalds gebildet und jemand anderes ihre Bodenmiliz.

»Aber überall lauerte Verrat. Sie wurden von denen verraten, denen sie die Aufgabe anvertraut hatten, sie zu schützen.« Vida wurde kalt zumute. Die Serranos waren es nicht gewesen ...

»Von ihren Soldaten auf dem Planeten.« Das klang besser. Überhaupt keine Serranos, sondern jemand anderes.

»Und sie wurden alle getötet, die Mütter und Väter und all die kleinen Kinder, so niederträchtig waren die Rebellen und Verräter. Und aus diesem Grund bitten wir nicht um Segen für das Volk von Altiplano, wenn wir unsere Gebete sprechen.«

Was für ein seltsames Kinderbuch! Es las sich eher wie eine Schmährede, wie persönliche Erinnerungen. Vida betrachtete die andere Seite der Lücke im Regal, entdeckte dort jedoch nur *Carlo besucht die Sternwarte* und *Helen geht zur Schule,* gefolgt von *Drei kleine Serranos zu Besuch an der Küste.* Keinen weiteren Band mit so einem verblassten braunen Einband.

Vida nahm ihre Entdeckung mit an den Tisch und blätterte hindurch. Wirklich sehr merkwürdig. Natürlich von Hand gedruckt, und die Flatpics waren mit einem Klebstoff eingeklebt worden, der unter ihnen hervorgesickert war. Sie waren allesamt unscharf und verblasst, aber eines zeigte anscheinend ein Haus, ein weiteres ein Gesicht. Auf den übrigen schienen Landschaften abgebildet. Die eingeklebten Bilder machten das Buch dicker, als der Rücken andeutete – kein Wunder, dass alle Bücher in der Reihe so zusammengedrückt gewesen waren.

Vida wendete jede einzelne Seite, suchte nach irgendeinem Hinweis. Eines der Flatpics fiel heraus, gefolgt von dem Papier, das zusammengefaltet dahinter gesteckt hatte. Sie sah es an … dünn, fast durchsichtig, braun an den Faltkanten … es hatte wirklich lange dort gesteckt. Vielleicht sollte sich Vida an den Familienbibliothekar wenden; sie beschädigte es womöglich, wenn sie es auseinander faltete.

Aber sie konnte sich einen verstohlenen Blick nicht verkneifen.

Kapitel zehn

CASTLE ROCK

Als Cecelia nach Castle Rock zurückkehrte, stellte sie überrascht fest, dass Miranda nicht nur den Palast, sondern den Planeten verlassen hatte. Sie sah im Netz nach und fand heraus, dass Brun sich derzeit als einziges Familienmitglied auf dem Planeten aufhielt und nach Appledale umgezogen war, den Familienbesitz der Thornbuckles auf Castle Rock. Cecelia hatte Appledale mit seiner schönen Aussicht auf wellige Felder und Obstgärten schon immer gemocht. Sie rief dort an, und wie sie es erwartet hatte, lud Brun sie ein, dort zu wohnen.

Brun empfing sie an der Eingangstür und wies das Personal rasch an, Cecelias Gepäck nach oben zu bringen; und schon auf dem Weg in das hübsche Frühstückszimmer im Erdgeschoss schäumte sie vor Entrüstung über Hobart Conselline, der es geschafft hatte, zum Sprecher des Kabinetts gewählt zu werden.

»Hobart?« Cecelia blinzelte. »Er ist doch gar nicht so schlecht, oder? Er war immer höflich zu mir. Ich hatte zwar nie besonders viel mit ihm zu tun, aber …«

»Hobart ist ein tobsüchtiger Tyrann«, erklärte Brun grimmig. Sie lud Cecelia mit einem Wink ein, sich in einen bequemen, mit Chintz bezogenen Sessel zu setzen, und warf sich in einen weiteren. »Warte nur, bis du gehört hast …« Sie legte forsch los und verblüffte Cecelia mit ihrem Verständnis von Familienbeziehungen. Hatte das Mädchen hinter Türen gelauscht und tatsächlich aufgepasst, während sie den Eindruck erweckte, nur ein junger Strubbelkopf zu sein? Durchaus möglich – hatte Cecelia hier doch dieselbe Brun vor sich, die ihre Flucht aus dem Kinderhort selbst in die Wege geleitet hatte.

»Das hätte ich nicht für möglich gehalten«, gab Cecelia schließlich zu. »Bist du sicher … Ich meine, er war schon immer ein bisschen stur, aber das sind die meisten von uns hin und wieder.« Eine Dienstmagd hatte Tabletts mit Gebäck und Obstscheiben gebracht, dazu Kaffee- und Teekannen. Cecelia füllte sich einen kleinen Teller mit Apfelscheiben und mampfte sie. Sie waren so frisch und schmackhaft, wie sie sie in Erinnerung hatte.

»Er hat Großonkel Viktor auf der Sitzung abgebürstet. Viktor! Und Stefan hat keinen Mucks gemacht. Hobart fand Ausreden, um die meisten Minister loszuwerden und durch eigene Leute zu ersetzen – und jetzt, wo er die Mehrheit hinter sich hat, stört es ihn gar nicht mehr, dass noch ein paar von Dads Kandidaten dabei sind.« Brun kümmerte sich bislang nicht um das Essen, aber Cecelia bediente sich auch mit einem Ingwerröllchen.

»Was ist mit Harlis?«

»Hobart hat ihn gekauft; ich vermute, mit Hilfe seines neuen Justizministers Norum Radsin. Du weißt ja, wie hilfreich oder lästig die Gerichte bei Nachlassstreitigkeiten sein können …«

»Und ob!« Der alte Zorn spülte über sie hinweg.

»Nun, ich finde schon erstaunlich, wie viele Gerichtsentscheide zu Harlis' Gunsten ausgefallen sind, seit

Norum das Ministerium übernommen hat. Ohne Kevil Mahoney oder Zugriff auf seine privaten Dateien ... und niemand, nicht mal George, kennt die Zugangscodes zu Kevils Dateien ...«

Cecelia kannte sie. Sie dachte an ihr letztes Gespräch mit Kevil zurück, als sie über die verwickelten rechtlichen Fragen diskutierten, die daraus resultierten, dass man sie für geschäftsuntauglich erklärt hatte. Kevil vertraute ihr damals für genau diese Art von Situation die Stimmcodes an.

»Hat irgendjemand versucht, Kevil für geschäftsuntauglich erklären zu lassen?«, erkundigte sie sich.

»Nicht, dass ich wüsste. George sicherlich nicht. Wieso?«

Wieso nicht, dachte sie, wo Kevil doch nach wie vor handlungsunfähig war und keinen Zugriff auf die eigenen Dateien nehmen konnte? Hatte niemand in seinem Büro versucht, Zugriff zu erhalten?

»Ich meine«, fuhr Brun fort, »wir könnten die Informationen gut gebrauchen, aber wir üben in dieser Frage keinen Druck aus – nicht nach dem, was dir passiert ist.«

»Ist er bei Bewusstsein?«

»Ja, aber er scheint sich nicht an viel zu erinnern und sich nicht konzentrieren zu können. Seine Ärzte raten von einer Verjüngung ab – sowohl aufgrund der neurologischen Schäden als auch der kürzlichen Entdeckungen über Fehlentwicklungen, die aus der Verjüngung von Flottenangehörigen resultierten.« Brun goss sich schließlich doch eine Tasse Tee ein und nahm sich ein Gebäckstück.

»Davon hatte ich noch gar nichts gehört.«

»Es ist nach der Abreise bekannt geworden. Einige der ranghohen Unteroffiziere, der Chiefs, entwickelten

Zeichen von Senilität – ich habe damals auf Copper Mountain sogar einen solchen Fall erlebt, ehe ich … ehe ich fortging und all das andere geschah. Gedächtnisverlust, irrationale Überlegungen. Ich habe es sogar Esmay gegenüber erwähnt, aber dann hatten wir diesen Krach. Jedenfalls gab es noch mehr solcher Fälle, viel mehr, und als man der Sache nachging, wurden Behandlungsfehler entdeckt. Man hat etwa die Hälfte aller Flaggoffiziere unbefristet vom Dienst entbunden, weil sie verjüngt wurden – nur für alle Fälle. Keiner von ihnen zeigte allerdings bislang Symptome, es sei denn, man zählt Lepescu mit.«

Cecelia runzelte die Stirn. »Fehler bei der Behandlung oder bei den Medikamenten selbst? Vergiss nicht, was auf Patchcock passiert ist …«

»Das war mein erster Gedanke – nur eine Lieferung misslungener Medikamente. Ich habe dem Rat eine förmliche Anfrage vorgelegt – das heißt, auf der zweiten Sitzung, nicht der ersten –, aber Hobart behauptete, ich wollte ihn nur in Verlegenheit bringen und suchte eine Ausrede, um Familienrivalität zu pflegen, und einer seiner Stiefellecker stand auf und ließ eine verwickelte Ansprache vom Stapel, in der es um genetische Anfälligkeit und Inzucht bei den Flottenfamilien ging.«

»Was sagte Venezia Morrelline dazu?«

»Sie war nicht dort. Und ich erhalte auch keinen Kontakt zu Heris oder Vida Serrano. Beide Serrano-Admirale wurden aus dem aktiven Dienst entlassen; die Personalabteilung der Flotte behauptet, nicht zu wissen, wo sie sich aufhalten. Heris hat noch ein Schiff, aber es ist auf Patrouillenfahrt oder so was, für Zivilisten unerreichbar. Was keinen Sinn ergibt, denn mit Esmay konnte ich Kontakt aufnehmen, und sie fährt auf einem SAR, weit draußen am äußersten Ende des Raums der Familias.«

»Wie geht es Esmay?«, erkundigte sich Cecelia, damit sie Zeit fand, über all das andere nachzudenken.

»Soweit ich es verstanden habe: Sie verzehrt sich nach Barin, sorgt sich um dessen Neutex-Frauen – anscheinend nehmen die Flottenbuchhalter Barins kompletten Sold und stecken ihn in deren Unterhalt – und langweilt sich allmählich etwas beim Search-and-Rescue-Dienst. Und sie hat erfahren, dass man bei der Flotte der Meinung ist, Landbräute sollten keine Flottenoffiziere heiraten.«

»Aber sie *ist* eine Landbraut. Was hält die Flotte davon?«

»Ja – das ist wirklich komisch. Sie sagt, die von der Flotte würden es überhaupt nicht verstehen, und Esmay selbst möchte ohnehin keine Landbraut mehr sein. Aber daran hängt sich der ganze Papierkram auf, den sie für die Hochzeit mit Barin erledigen muss, selbst wenn Barin nicht schon durch den Unterhalt für alle diese Neutex-Frauen pleite gehen würde. Die arme Esmay!« Brun lachte trocken. »Sie ist zum ersten Mal verliebt; ich weiß noch, wie ich mich nach Tommy Rakeseller verzehrt habe, als es mich zum ersten Mal wirklich schlimm erwischte; ich fand das Universum schrecklich unfair, weil seine Eltern ihn zum Zelten schickten. Ich weiß, dass es bei ihr ernster ist und sie es wirklich schwer hat.«

»Und Barin?«

»Barin hält sich am anderen Ende unseres Universums auf und eskortiert einen Ranger der Lone-Star-Konföderation hierher.«

»Was?«

»Ja. Sie haben mich gewarnt – genauer gesagt, Waltraude hat mich gewarnt, diese verrückte Professorin, die sich bei den Neutex-Frauen herumtreibt. Kein *Offizieller* ist auf die Idee gekommen, dass es mich beunruhigen könnte, einem Ranger vorgestellt zu werden. Anscheinend hat Hobarts neuer Außenminister – Hobart hat Cabby DeLancre gefeuert, weil der es wagte, ihm zu widersprechen – beschlossen, die falsche Stalltür zuzuknallen, nachdem das ausgerissene Pferd längst zurückgekehrt war; er hat alle Konten von Bürgern der Lone-Star-Konföderation eingefroren und die Grenze geschlossen.«

»Aber Lone Star hatte nichts damit zu tun!«

»Du weißt das, mein Vater wusste es, sogar ich weiß das. Aber Hobart brauchte nur das Wort ›Texas‹ zu hören und zu erfahren, dass sie Generationisten sind, wie er das nennt. Die Lone-Star-Konföderation ist seit Jahrhunderten ein vernünftiger Handelspartner; sie sind verständlicherweise sauer und bestehen darauf, jemanden zu schicken, der uns ins Bild setzt.«

Cecelia lehnte sich in ihrem Sessel zurück. »Weißt du, Brun, es fällt mir schwer zu glauben, dass gerade du unter allen Menschen ein so politischer Kopf bist.«

Für einen Augenblick blitzte das alte Lächeln auf. »Mir auch. Ich denke immer wieder: ›Das bin nicht ich; es ist mein böser Zwilling!‹ Aber eines habe ich in dieser Hölle gelernt, nämlich was einem widerfährt, wenn man nicht Acht gibt. Und so ist Mutter nach Sirialis zurückgekehrt, um von Dads Dateien auszugraben, was sie nur findet – einige sind nie hierher übermittelt worden – und um Onkel Harlis' Versuch abzuwehren, sich den Familienbesitz unter den Nagel zu reißen. Und ich bin hier.«

»Ja … ich verstehe.«

»Und … hast du ein gutes Zuhause für die Zwillinge

gefunden?« Es klang fast wehmütig und ganz sicher flehend.

»Ja«, antwortete Cecelia in entschiedenem Ton. »Ein sehr gutes Zuhause. Man wird sie dort lieben und gut für sie sorgen.«

»Gut. Nachdem du abgereist warst, fiel mir ein, dass ich Raffaele hätte vorschlagen sollen, aber andererseits hat sie schon viel zu lange hinter mir aufräumen müssen. Ich freue mich, dass du eine andere gefunden hast.«

Cecelias Gedanken stolperten darüber, brachten dann jedoch ein neues Thema zur Sprache: »Du hast von einem neuen Außenminister gesprochen – wer ist das?«

»Kleine Familie, großer Nervtöter. Pedar Orregiemos. Du hast wahrscheinlich noch nie von ihm gehört.«

»Eigentlich doch. Er …« Sie schluckte den geplanten Satz herunter und wählte einen anderen. »Er hat Sportpferde. Ich habe seines in diesem Jahr bei den Wherrin Trials besiegt.«

»Gut. Ich wünschte, du hättest ihn bei der Gelegenheit auch gleich in den Boden trampeln können. Du solltest mal sehen, wie er um Hobart herumscharwenzelt und wie Hobart das genüsslich aufsaugt. Der Mann hat *überhaupt* keine Erfahrung im diplomatischen Dienst, im Umgang mit anderen Staaten. Er findet, jedes politische System, das sich die Verjüngung nicht zu eigen macht, wäre korrupt und wahrscheinlich darauf erpicht, uns anzugreifen. Er hat es schon geschafft, die Halbmondplaneten zu beleidigen, und sie gehören zu *uns!* Schlimmer noch, er hält sich für den richtigen Kandidaten, um Witwen zu trösten – er deutet mir gegenüber ständig an, was er für ein prima Stiefvater wäre.« Brun tat so, als müsste sie würgen.

Cecelia zerbrach sich den Kopf nach einem neuen Thema, Hauptsache nicht Pedar. Sie hatte noch nie ein Gespräch mit so vielen Tretminen geführt. »Wer leitet jetzt das Kolonialministerium?«

»Ein weiterer Conselline-Lakai, Davor Vraimont«, antwortete Brun. »Langsam dämmert ihnen – na ja, ich schätze, inzwischen jedem –, dass die wiederholbare Verjüngung zur größten Bevölkerungsexplosion aller Zeiten führen könnte, wie auch zur Häufung von Wohlstand bei den ganz Alten. In der Folge haben wir es dann mit einer Menge ehrgeiziger, frustrierter junger Leute zu tun. Deshalb beschleunigt man seit einiger Zeit die Kolonisierung – was ich noch gar nicht wusste; Buttons erzählte mir, er hätte mit Dad darüber gesprochen. Ich habe herausgefunden, dass der Conselline-Clan große Investitionen in Entwicklungsunternehmen getätigt hat; dabei sind ihre Berechnungen, in welchem Tempo der Bevölkerungsüberschuss von Entwicklungsprojekten absorbiert werden kann, unsinnig niedrig – es sei denn, die Häufigkeit von fehlschlagenden Projekten wäre viel höher als früher. Diese Information habe ich von einem Angestellten im Kolonialministerium erhalten, der für Insubordination gefeuert wurde. Das weckt meinen Argwohn.«

»Hmm. Du erinnerst dich doch sicher noch, dass Ronnie mein Neffe ist«, sagte Cecelia und errichtete sorgfältig bombensichere Trennwände in ihren Gedanken, um sich vor einem lockeren Mundwerk zu schützen.

»Ja, natürlich.«

»Seine Eltern sorgen sich um die Lage auf dem Planeten, auf den er umgezogen ist. Ich habe gehört, dass etliche Lieferungen, die im Kontrakt stehen, nicht erfolgt sind und dass möglicherweise jemand jeden

Kontakt zu der Kolonie unterbindet. Was, wenn die Consellines eine bestimmte Rate fehlgeschlagener Siedlungsversuche einkalkulieren, weil sie ihren Profit machen, indem sie Siedlungsrechte verkaufen?«

»Das glaube ich gern. Aber wie können wir es beweisen?«

»Ich weiß nicht. Wir brauchen Kevil«, fand Cecelia. »Ich gehe ihn lieber besuchen.«

»Es steht – ganz schön schlimm um ihn. Du weißt ja, dass er auch einen Arm verloren hat.«

»Nein, das wusste ich nicht. Als ich ihn im Krankenhaus sah, kurz bevor ich die Babys fortbrachte, war er einfach nur eine Gestalt im Bett. Und ich hatte nicht viel Zeit.«

»Man versucht, einen Ersatz zu züchten, aber bislang hat es nicht funktioniert – sie haben drei Knospen verloren. Und George sagt, dass Kevils Gedächtnis nach wie vor lückenhaft ist und er sich nicht konzentrieren kann.«

»Liegt er immer noch im Krankenhaus?«

»Nein, sie haben ihn in ein Reha-Zentrum gebracht, und von dort hat ihn George nach Hause geholt. Unser toller neuer Sprecher fand, Kevil stellte im Reha-Zentrum ein Sicherheitsrisiko dar.«

»Also dann. Ich fahre morgen hin. Vielleicht kann ich helfen.«

»Weißt du«, sagte Brun, langsamer jetzt, »Onkel Harlis leitet die planetaren Entwicklungsgesellschaften für den Clan Barraclough.« Sie nahm einen ausgiebigen Schluck Tee. »Auf welcher Kolonie leben Ronnie und Raffa?«

»Excet-24.«

»Mist! Ich hatte gehofft, es wäre eine von unseren – auf diese Weise könnte ich sie fördern. Die Excet Environmental Group ist allerdings ein Conselline-Unternehmen. Ich frage mich, warum sie sich dafür entschieden haben und nicht für ein Projekt der eigenen Familie. Nicht, dass es darauf ankäme.«

»Ich weiß nicht«, sagte Cecelia. »Möglicherweise haben die Anteile weniger gekostet?«

»Möglich. Jedenfalls wette ich, dass auf allen diesen neuen Kolonien irgendwas abläuft ... Ich wünschte, ich hätte Kevils Dateien zur Hand, weil ich vermute, dass die Daten in den Hauptcomputern ebenfalls manipuliert sind.« Brun streckte sich. »Und jetzt, wo ich dich bis zum Rand vollgeschwatzt habe, wie wäre es mit einem Besuch im Stall? Wir haben hier nicht viel zu bieten, wie du wahrscheinlich noch weißt, aber wir haben zwei recht hübsche Stuten, auf denen wir durch die Obstgärten reiten können, wenn du möchtest.«

Cecelia schüttelte den Kopf. »Nein, danke, meine Liebe. Alle Welt hält mich für eine durch und durch pferdeverrückte alte Frau, aber ein Vorrecht alter Frauen ist es, die jungen zuzeiten zu überraschen. Ich werde aber mal durch deine Gärten spazieren, wenn ich darf.«

»Nun, gern. Ich gehe schwimmen. Wir sehen uns zum Abendessen.«

Im Mahoney-Haus empfing ein uniformierter Krankenpfleger Cecelia an der Tür. »Ser Mahoney ist im Arbeitszimmer, Madam, aber er ist ... im Grunde nicht er selbst.«

Cecelia überlegte kurz, ob sie fragen sollte, wer er denn sonst war – denn sie empfand einen beharrlichen Abscheu vor medizinischer Schönfärberei –, widerstand der Versuchung aber. Sie folgte dem Pfleger den vertrauten breiten Flur entlang zu der Doppeltür, die zu

Kevils häuslichem Arbeitszimmer führte, und stählte sich für das, was sie zu sehen bekommen würde. Gleichzeitig fragte sie sich, wo denn der Sicherheitsdienst steckte. Falls Kevil ein Sicherheitsrisiko darstellte, hätte er dann nicht besser geschützt werden sollen? Sie hatte hier überhaupt keine Wachleute gesehen.

»Ser George Mahoney ist in der Universität«, sagte der Krankenpfleger und wandte dabei den Kopf zu ihr. »Er kommt erst heute Abend zurück.«

Cecelia runzelte die Stirn. Kein Sicherheitsdienst, nur ein Pfleger den ganzen Tag lang ... irgendwas stimmte hier nicht!

Im Arbeitszimmer lag Kevil unbeholfen in einem der großen Ledersessel. Sein Gesicht wirkte seltsam, verzerrt; Cecelia konnte sehen, dass die Regeneration nicht alle körperlichen Wunden hatte heilen können – dass ein Teil des Unterkiefers fehlte und die Haut darüber seltsam zerknittert war. In Kevils Augen entdeckte sie kein Anzeichen dafür, dass er sie erkannt hätte, lediglich Angst. Dann langsam ein Funken ... als ginge er mit einer Kerze in der Hand durch einen Flur und käme ihr immer näher.

»Cecelia ...«

»Ja.«

»Du siehst ... jünger aus. Färbst du die Haare?«

Cecelias Mut sank. Natürlich sah sie jünger aus; sie hatte sich vor mehreren Jahren auf ein scheinbares Alter von vierzig verjüngen lassen. Das wusste er doch! Sie hatten danach miteinander geschlafen. »Verjüngung, Kevil!«, sagte sie lebhaft. Es fiel ihr schwer, ihn anzusehen, aber sie wusste, dass sie es tun musste. »Es tut mir Leid, dass ich nicht hier war, als du verletzt wurdest«, sagte sie.

»Mir ... auch. Ich ... erinnere mich nicht ... an alles.«

Lag es an der Verletzung oder an den Medikamenten, dass er so undeutlich sprach? Cecelia blickte sich um, entdeckte aber keine herumliegenden Tablettenschachteln.

»Ich habe Ronnie und Raffaele besucht«, erzählte sie, und zu ihrer großen Freude wurde der Funke in seinen Augen heller.

»Wie geht … es ihnen?«

»Gut, mal abgesehen davon, dass die Entwicklungsgesellschaft ihre Kolonie sabotiert.« Sie erzählte ihm davon und versuchte, seinem Gesicht zu entnehmen, wie gut er ihr zu folgen vermochte. Für jeweils ein paar Minuten schien er wieder ganz der alte Kevil – die Augen hell, die Miene konzentriert. Dann blinzelte er jeweils wieder, und seine Züge wurden schlaff. Sie brach dann ab und wartete, und sobald er aufs Neue aufmerksam schien, fuhr sie fort.

»Du redest … ja richtig … mit mir.« Er lächelte, und es wirkte jetzt völlig aufrichtig.

»Ja, natürlich.«

»Du … verstehst …«

»Nicht ganz, Kevil. Aber ich weiß, dass du etwas brauchst, worüber du gründlich nachdenken kannst.«

»Ja. Sie stellen mir immer … Fragen … Tests … kann mich nicht erinnern …«

»Ich habe das immer gehasst«, sagte Cecelia, die sich an die eigene Rekonvaleszenz erinnerte, an die idiotischen Fragen bei den Standardtests.

»Nennen Sie drei Gemüse- und fünf Obstsorten …«

»Nenne den Vorstandsvorsitzenden der Excet Environmental Group«, sagte Cecelia, als wäre es eine weitere Frage auf dieser Liste.

»Silvester Conselline«, antwortete Kevil sofort, und sein Gesicht wurde wieder leer. »Was war das?«

»Eine sinnvolle Frage«, antwortete Cecelia. »Und eine, auf die ich die Antwort brauchte. Ronnie und Raffa sind, wie ich schon sagte, auf Excet-24 praktisch gestrandet, und Brun sagt, es wäre eine Kolonie der Excet Group. Und ich möchte herausfinden, wer dafür verantwortlich ist, dass die Kolonie nicht ihre üblichen Startvorräte und ihr übliches Startpersonal erhalten hat.«

»Wahrscheinlich nicht Silvester«, meinte Kevil und klang jetzt wacher als zuvor. »Den größten Teil seiner Zeit verwendet er auf den Versuch, das Universum davon zu überzeugen, dass er ein großer Komponist ist. Aber er hat sehr wohl die Neigung, schier alles zu unterschreiben, was ihm jemand vorlegt.«

Jemand klopfte an die Tür. Der Pfleger steckte den Kopf herein und zeigte genau das Gesicht, das Cecelia am wenigsten schätzte. »Ser Mahoney braucht Ruhe, Madam. Vielleicht ein anderes Mal?«

»Nur zu – machen Sie mal Pause«, sagte Cecelia zu ihm. »Ich habe Erfahrung mit so etwas – ich habe mich selbst mal davon erholen müssen.«

»Aber sein Mittagessen … seine Diät …«

»Und ich kann kochen. Gehen Sie nur.«

Endlich ging er unter Protest, Warnungen und Gemurre. Cecelia verfolgte ihn auf dem Scanner, bis sie gesehen hatte, wie er den ganzen Weg hinunter zur Straße gegangen war und eine Straßenbahn genommen hatte.

»Übereifrig«, sagte sie zu Kevil, sobald sie wieder in seinem Zimmer war.

»Du denkst … dass er was im Schilde führt«, sagte Kevil.

»Krankenpfleger führen immer was im Schilde«, wandte Cecelia ein. »Aber diesmal noch etwas mehr, ja, das denke ich. So.« Sie nahm das Chiffriergerät aus der Handtasche und schaltete es ein. Kevil sah sie verwirrt an. »Ein Andenken an meine Zeit bei Heris Serrano und diesen Flüchtlingen von der Raumflotte, die sie mir als Besatzung andrehte. Oblo Wie-auch-immer. Ein guter Rat, stellte ich damals nach einiger Zeit fest: Trage immer etwas bei dir, womit du anderer Leute Daten anzapfen und deine eigenen Gespräche schützen kannst.«

Kevil lächelte. »Du warst schon immer cleverer … als die Leute dachten.«

»Ja, und du auch. Kevil – was ist passiert? Warum nur ein Pfleger? Warum hast du keinen richtigen Ersatzarm erhalten?«

»Kein Geld.«

Cecelia starrte ihn erschrocken an. »Aber Kevil – du hast doch immer Geld gehabt, gleich eimerweise!«

»Nicht mehr. Es ist … nicht mehr da.«

»Aber – was ist passiert?«

»Ich weiß es nicht. An einem Tag noch da, dann … nicht mehr. George hat sich bemüht – konnte es nicht herausfinden …«

»Hat jemand die Datenbanken manipuliert? Aber – das würde man doch merken …«

»Nur bei Konten, die man selbst verwaltet. Die Leute, die normalerweise meine Konten führten, hätten es bemerkt, es sei denn, sie wurden versetzt.«

»Und das ist überhaupt nicht schwer«, überlegte Cecelia laut. »Und die relevanten Ministerien sind neu besetzt, überall herrscht ein großes Durcheinander …«

»Ja. Ich denke … es ist passiert … als Häschen starb.«

Falls das zutraf, bedeutete es – nein, *konnte* es bedeuten –, dass eine Beziehung bestand. Dass dieselbe

Person oder dieselben Personen, die den Anschlag auf Häschens Leben geplant hatten, auch auf Kevils Vermögen aus gewesen waren.

»Ich weiß … etwas … Es muss daran liegen, dass ich irgendetwas weiß … aber Cece, ich kann mich nicht erinnern, was das sein soll. Es fällt mir einfach nicht ein. Ich kann nicht richtig nachdenken …« Ein Muskel im Gesicht zuckte; die Hand zitterte.

»Kevil, entspanne dich! Bitte. Ich möchte dir das Mittagessen machen – ja, du kommst mit in die Küche –, und anschließend reden wir weiter. Ich weiß, dass ich dir helfen kann.«

Es war ein richtiger Kampf, Kevil auf die Beine zu bringen, und Cecelia rang ihren Zorn nieder, als sie sah, wie schlecht er im Gleichgewicht war, wie schlingernd sein Gang. Aber als er endlich in der Küche auf dem Stuhl saß, mit dem gesunden Arm auf den großen Holztisch gestützt, schien er sich besser zu halten als vorher im Arbeitszimmer.

»Ich vermute, du hast keinen Koch, weil das Geld fehlt.«

»Ja.«

Sie bereitete ihm eine Mahlzeit aus Obst, Brot und Käse zu. Im Kühlschrank fand sie auch Vanillepudding, aber dem traute sie nicht, weil er leicht mit Medikamenten versetzt sein konnte. Kevil aß ungeschickt mit der linken Hand.

»Kevil, erinnerst du dich noch, wie du mir deine Zugriffscodes gegeben hast?«

Ein ausdrucksloser Blick. »Zugriffscodes?«

»Am zweiten Abend. Als wir entschieden hatten, dass es mit uns nicht funktionieren würde. Du sagtest: ›Falls ich je in dem Zustand bin, in dem du warst, möchte ich wissen, dass du auf meiner Seite stehst.‹ Und du hast sie mir gegeben. Du hast es vergessen, aber ich nicht.«

»Cecelia …«

»Sobald George nach Hause kommt, machen wir uns an die Arbeit. Wir haben keine Zeit zu verschwenden.«

»Ich kann nicht … groß helfen.«

»Du hast es schon getan, vor Jahren. Wir kümmern uns darum.« Irgendwie, schalt Cecelia sich in Gedanken, entwickelte sie sich von neuem zu jedermanns hilfreicher alter Tante. Na ja, falls sie schon mal wieder so richtig solidarisch, hilfreich und nützlich sein wollte, dann konnte sie es auch richtig machen. Sie hatte eine weitere brillante Idee.

Waltraude Meyerson saß still in einer Ecke des Zimmers, hatte ihren Recorder eingeschaltet und hörte sich den Streit der neutexanischen Frauen über Religion und Erziehung an, ohne sich einzumischen. Waltraude war ordentliche Professorin für Altertumsstudien und derzeit als Beraterin für texanische Geschichte und Kultur zum Regular Space Service abgestellt. Ohne sich einzumischen? Sie hoffte es. Zum ersten Mal wurde sie Zeugin eines Streits unter den Frauen, die von Unser Texas geflohen waren, und er faszinierte sie.

Es war jetzt Monate her, und erst jetzt brach die starre Hierarchie unter ihnen auf. Die ersten Frauen der Ranger hatten jede den eigenen Haushalt geleitet, ohne dass sich die anderen ersten Frauen – Primas genannt – einmischten. Prima Bowie, die Waltraude am besten zu kennen glaubte, hatte im Grunde den zweiten Rang in der Hierarchie; die erste Frau des Ranger Captains stand über ihr. Das war Prima Travis, aber sie war älter und nicht so vital wie Prima Bowie. Normalerweise überließ sie Prima Bowie die Entscheidungen, nicht jedoch heute.

Sie stritten sich erneut über Schulen. Nach den Gesetzen der Familias mussten Kinder – ohne Ausnahme – eine Schulbildung erhalten. Eltern konnten unter einer großen Vielfalt von Schulen ihre Wahl treffen oder die Kinder gar zu Hause unterrichten, und die Mindestanforderungen waren minimal, zumindest vom Standpunkt einer Akademikerin wie Waltraude. Alle Kinder mussten wenigstens zwei Sprachen schreiben und lesen lernen, einige Grundlagen der Wissenschaft und Mathematik erwerben und den Bürgercode erlernen. Diese Frauen hatten sich jedoch von Anfang an standhaft geweigert, ihre Kinder zur Schule zu schicken. Niemand hatte den Grund dafür herausfinden können, denn die Frauen gaben einfach keine Erklärungen für das, was sie für selbstverständlich hielten. Jetzt dämmerte Waltraude das Problem allmählich, während sie der Auseinandersetzung folgte.

»Jungen und Mädchen zusammen! Kommt nicht in Frage!« Prima Travis blieb eisern in diesem Punkt. »Sie würden sich zu Gräueln entwickeln!«

»Es gibt auch geschlechtlich getrennte Schulen«, wandte Prima Bowie ein. »Die meisten sind religiöse …«

»Es ist nicht *unsere* Religion!« Prima Travis schniefte wieder. »Sie sind Heiden oder Schlimmeres.«

»Aber …«

»Wir hätten niemals kommen dürfen«, fand Prima Travis. »Es war … falsch von mir zu kommen. Wir sollten zurückkehren.« Waltraude sah, wie hinter ihrer Prima mehrere der jüngeren Travis-Frauen nickten, aber eine kniff die Lippen zu und machte ein stures Gesicht. Waltraude zählte ab … die Dritte, das war Tertia.

»Die Männer haben uns angelogen«, wandte Prima Bowie ein. »Sie haben Mütter umgebracht …«

»Sagst *du«,* unterbrach sie Prima Travis. »Ich habe nie diese Bilder gesehen, die du erwähnt hast.«

»Du hast doch Patience gehört … Hazel«, sagte Prima Bowie. »Sie ist ein liebes Mädchen.«

»Sie ist *kein* liebes Mädchen; sie ist eine von ihnen. Prima Bowie, ist dir das Gehirn zu den Ohren herausgelaufen oder was? Sie ist eine von ihnen, ein Gräuel. Sie läuft in Männerkleidern herum und hantiert an Maschinen …«

»Ich wette, sie hat ein Implantat«, spottete Secunda Travis. Prima Travis wirbelte herum und gab er ihr eine auf den Mund.

»Dass du es ja nicht mehr wagst, die schlimmen Wörter zu benutzen, Mädchen!«

»Ich wollte doch nur …«

»Und zanke nicht mit mir! Siehst du, wozu das führt, Prima Bowie? Wir haben unseren rechtmäßigen Platz verlassen, und jetzt haben wir das hier … diese Streiterei und üble Wörter!«

»Wir können nicht zurück«, sagte Prima Bowie. »Sie würden uns umbringen …«

»Und Recht hätten sie damit«, fand Prima Travis. »Dass unsere Kinder ohne die rechte Anleitung aufwachsen …«

»Du denkst also, wir sollten einfach zurückkehren und sterben und unsere Kinder als Waisen aufwachsen lassen …«

»Nein, aber wir müssen den richtigen Lebensweg finden. Nicht in einem Stock wie Bienen, die nirgendwo Honig sammeln können.« Nachdem sie diese Worte gesprochen hatte, führte Prima Travis ihre Familie aus dem Gemeinschaftsraum, zurück in den eigenen kleinen Bienenstock. Mehr Stachel als Honig, fand Waltraude.

Sie schaltete den Recorder aus und wartete, bis sich die verbliebenen Frauen wieder gesetzt hatten und erneut ihren endlosen Handarbeiten widmeten.

»Prima …«

»Nennen Sie mich Ruth Ann«, sagte Prima. »Ich bin keine erste Ehefrau mehr. Mitch ist tot, und dieser Junge wird mich nicht wirklich heiraten – das erkenne ich jetzt.«

»Ruth Ann, fein. Hören Sie – wo, denken Sie, wären Sie glücklich?«

»Nirgendwo.« Das breite, runde Gesicht verzog sich zu einer finsteren Miene. »Nicht in dieser Art von Welt.«

»In den Familias findet man viele Welten«, gab Waltraude zu bedenken. »Was für ein Ort müsste es bitte sein? Eine Großstadt? Eine kleinere Stadt?«

»Hazel sagte, so etwas gäbe es, aber wie kommen wir hin? Wir können nicht einfach plötzlich auf irgendeinem Raumschiff nachfragen, ob sie uns mitnehmen, selbst wenn ich wüsste wohin. Falls ich nicht mehr nach Hause zurückkehren kann … ich schätze, ich hätte gern ein ruhiges Fleckchen. Hier sind immer Geräusche. Maschinengeräusche. Wo es ruhig ist, da würde es mir gefallen. Und wo es offen ist. Wo ich vielleicht die Felder sehe. Das habe ich immer vermisst, nachdem Mitch mit uns in die Stadt gezogen war – dass wir dort nicht mehr die Felder vor der Tür hatten. Der Garten war einfach nicht dasselbe, so groß er auch war. Ein Ort, wo die Leute mich nicht dafür auslachen, dass ich nicht zur Schule gegangen bin, ein Ort, wo das, was ich tun kann, einen Wert hat. Aber ich bezweifle, dass Sie so einen Ort irgendwo in ihrer schicken Konföderation haben, oder was immer das ist.«

Waltraude lächelte. »Oh, die haben wir sehr wohl, Ruth Ann. Worauf es vor allem ankommt: Sie müssten auf einem Planeten leben, nicht auf einer Station im Weltraum. Und dann muss es ein Planet sein, wo man dringend die grundlegenden Fertigkeiten braucht, die Sie haben: Gärtnern, Weben, Nähen, Kochen … und sagen Sie mal: verstehen Ihre Jungen irgendwas von Werkzeug?«

»Die älteren schon. Die Jungs bauen die meisten Möbel, die man in einem Haus findet – sie gehen schließlich so grob damit um, dass sie lernen müssen, wie man sie repariert und herstellt.«

»Auf Ihrem Planeten wachsen Bäume, nicht wahr? Sie haben dort Holz zum Bauen?«

»Ja, natürlich.« Ruth Ann machte eine Pause und runzelte die Stirn. »Gibt es Welten ohne Bäume?«

»Fast ohne Bäume, ja. Ruth Ann … die Familias umfassen Hunderte von besiedelten Planeten und öffnen ständig neue für die Besiedlung. Und die Koloniewelten brauchen Pioniere. Wie Sie heute so treffend bemerkten, können die meisten von uns ohne einen Computer kein Wasser mehr kochen. Sie hingegen wissen, wie man Feuer macht. Sie wissen, wie man aus Weizen Brot macht – und ich wette, dass einige Ihrer älteren Jungen eine Mühle bauen könnten.«

»Natürlich können sie das«, sagte Ruth Ann. Waltraude spürte beinahe, wie sich langsam ein Lächeln aus Ruth Anns verwirrtem Herzen hervorarbeitete, und wie die Professorin erwartet hatte, glättete es schließlich die gerunzelte Stirn. »Glauben Sie wirklich, dass wir eine solche Welt finden könnten? Wie? Wir haben kein Geld …«

»Ich kenne jemanden, der Geld hat«, sagte Waltraude. »Und diese Leute schulden Ihnen viel. Das einzige Problem besteht darin, die Verbindung herzustellen. Aber das ist schließlich Aufgabe von Wissenschaftlern.«

»Verbindungen herstellen?«

»Ja. Das ist unser Job, obwohl die meisten Menschen das nicht erkennen. Wenn sie an Wissenschaftler denken, dann glauben sie, wir sammeln Informationen – albern, denn das kann jeder. Was wir tun: Wir achten auf neue Zusammenhänge.«

»Werden Sie uns helfen? Warum? Sie halten uns doch für unwissend …«

»Was Geschichte angeht, ja. Was das Leben angeht, nein. Und natürlich helfe ich Ihnen. Jeder anständige Mensch hilft anderen; dafür ist man schließlich da – unter anderem.«

»Welcher … Religion hängen Sie an?«

»Sie kennen sie nicht, und es würde Ihnen nur Sorgen machen.« Waltraude hob ihre Tasche auf. »Prima … Ruth Ann, ich werde mehrere Wochen lang nicht hier sein; man hat mich gebeten, einen Diplomaten der Lone-Star-Konföderation nach Castle Rock zu begleiten. Aber ich möchte Ihnen noch etwas zeigen …« Sie holte ein paar gedruckte Werbezettel für Kolonialwelten hervor. »Sehen Sie das? Vielleicht gefällt Ihnen davon etwas …«

»Aber was sagt unser Beschützer dazu? Er müsste seine Zustimmung geben …«

Waltraude dachte an die Gerüchte über den jungen Barin Serrano und seine Probleme mit den Frauen. »Ich denke, es wird ihn freuen, wenn Sie einen Platz finden, wo Sie glücklich sein können.«

»Und leben können, wie es sich gehört«, sagte die Frau, und das Stirnrunzeln kehrte für einen Augenblick zurück. »Glück ist nicht alles. Nur weil unsere Männer

Falsches getan haben, hatten sie nicht zwangsläufig in allem Unrecht. Ich möchte, dass meine Kinder zu guten, gottesfürchtigen Männern und Frauen heranwachsen.«

»Ich bin sicher, dass Sie dafür einen Platz finden, Ruth Anne«, sagte Waltraude. »Sobald ich zurück bin, helfe ich dabei.«

Auf Rockhouse Major fand man alles, was sich zwei verliebte junge Offiziere nur wünschen konnten, wie Esmay wusste … Falls es ihr nur gelang, dorthin zu kommen. Es hätte einfach sein müssen, von der in Sektor Sieben stationierten RSS *Shrike* zum Oberkommando von Sektor Sieben zu gelangen und von dort aus ins System von Castle Rock. Esmay hatte endlich von Barin gehört; Castle Rock bot sich als sinnvoller Treffpunkt an, da die *Gyrfalcon* mehrere Tage lang dort sein würde. Und Castle Rock lag auf Esmays Weg zu ihrem neuen Posten und bot einen bewundernswerten Zugang zu Beförderungs- und Passagierlinien. Aber dann hielt ein Problem nach dem anderen sie auf. Sie malte sich aus, wie Barin mit der *Gyrfalcon* eine ungestörte Reise hatte … nur um dann zu warten und sich zu fragen, ob Esmay jemals auftauchte. Vielleicht fuhr er wieder ab, ehe sie eintraf – falls dieser jämmerliche Kahn nicht endlich mal vom Fleck kam.

Barin entdeckte Esmay nur einen Augenblick, ehe sie ihn sah: erkannte ihr Gesicht mit diesem jetzt härteren, wachsameren Ausdruck. Dann begegneten sich ihre Blicke, und Esmay lächelte.

»Wie viel Zeit hast du?«, fragte sie, während sie sich an einen freien Tisch auf der Promenade setzten.

»Vier Stunden«, antwortete Barin, jetzt wieder durch

und durch sauer. »Eigentlich sollten wir achtundvierzig Stunden auf der Station haben, mindestens, aber ganz plötzlich …«

»Bei uns das Gleiche«, erzählte Esmay. »Ich hätte vor drei Tagen hier ankommen müssen, aber das verdammte Schiff hatte ein Problem mit der Druckschleuse; stundenlang haben wir beim SekSieben-Oberkommando festgehangen, bis sie uns endlich auf die alte *Bowfin* brachten, allerdings so plötzlich, dass wir keine Zeit fanden, Nachrichten zu verschicken; dann konnte die *Bowfin* nicht mehr als zweiundsiebzig Prozent ihrer normalen Energie erzeugen, und wir sind gerade eben in den Hafen getrudelt … Ich hatte schon Angst, du wärst längst abgereist.«

»Ich auch. Für alle Fälle hatte ich schon eine Nachricht an dich in die Post gegeben.« Barin legte den Kopf auf die Seite und lächelte. »Dieses ganze Chaos kann doch sicher nicht nur dazu dienen, uns auseinander zu halten«, sagte er. »Das wäre ein teurer Missbrauch von Flottenressourcen.«

»Was immer es ist, ich finde es ärgerlich. Ist deine Familie immer noch gegen uns?«

»Ja. Sie findet, wir sollten warten, bis für alle diese neutexanischen Frauen gesorgt ist. Was soll ich machen? Es könnte Jahre dauern! Wie sieht es bei dir aus?«

Esmay reichte ihm die Nachricht, die schließlich doch eingetroffen war, formell zugebunden und abgestempelt. »Die Landbesitzer sind besorgt. Kannst du Kurlik-Schrift lesen? Im Wesentlichen steht dort, dass die Heirat einer Landbraut mit einem Außerplanetarischen generell inakzeptabel ist, und besonders die Heirat mit einem fremdstaatlichen Militäroffizier.«

»Aber wir sind doch nicht fremdstaatlich«, wandte Barin ein.

»Ich weiß das. Du weißt das. Aber Altiplano …«

»Ich möchte dir nicht alles wegnehmen, was du hast«, sagte Barin. »Du hast mir erklärt, was eine Landbraut ist … es ist eine wundervolle Sache …«

»Es ist ein Ärgernis«, sagte Esmay. Sie straffte die Schultern. »Ich hatte nie erwartet, mal Landbraut zu werden, und ich dachte, ich hätte dich verloren … und … Ich habe es sowieso nur in einer Krisenzeit akzeptiert, und das ist jetzt vorbei. Mein Vater hat sehr früh eingesehen, dass ich vielleicht zugunsten einer legitimen Erbin zurücktrete. Es geschieht zwar nicht oft …« Es war überhaupt noch nie geschehen, außer in Fällen von Wahnsinn oder sonstiger permanenter Behinderung oder extrem hohen Alters. Esmay gefiel es jedoch nicht, das Heiraten mit Wahnsinn oder sonstiger permanenter Behinderung gleichzusetzen. »Aber es gibt ein rituelles Verfahren dafür. Schwierig wird nur, dafür Urlaub zu bekommen. Ich kann zwar einen Ersatz benennen, aber das wäre nicht dasselbe wie eine richtige neue Landbraut. Mein Vater sagt: Falls ich dich heirate, könnte die Landbesitzergilde eine Herausforderung aussprechen und sich in unsere Familiengeschäfte einmischen – auch dann, wenn ich eine Ersatzlandbraut ernannt habe. Und das wäre schlimm.«

»Das sehe ich ein.« Barin schüttelte den Kopf. »Und wir haben noch immer keine Idee, wie wir die Flottenbestimmungen umgehen könnten; selbst wenn du als Landbraut zurücktrittst – als Tochter eines Sektorkommandeurs kannst du nicht zurücktreten. Hast du nicht auch den Eindruck, dass es viel schwieriger ist, als wir erwartet hatten?«

»Ja. Falls es für alle so schwer wäre, würde niemand heiraten.«

Sie starrten einander mehrere Minuten lang düster

an. Dann richtete sich Esmay auf. »Vergeuden wir die Zeit nicht! Wir haben vier Stunden – genauer, drei Stunden und zweiundvierzig Minuten.«

»Ich denke nicht, dass wir in drei Stunden und zweiundvierzig Minuten heiraten könnten, oder?«, überlegte Barin wehmütig. »Vielleicht eine Stunde für die Hochzeit und zwei Stunden, um es zu genießen?«

Esmay lachte. »Es dauert viel länger; das ginge einfach nicht. Aber wir könnten schon etwas Lustigeres tun, als hier zu sitzen und schlechtes Essen in lauter Umgebung zu verspeisen.«

»Richtig. Aber du musst zahlen; ich bin völlig pleite.« Aus irgendeinem Grund fanden sie beide das eher lustig als ärgerlich, und sie genossen ihr Abendessen von Herzen.

Kapitel elf

J. C. Chandler, Präsident der Lone-Star-Konföderation, sah sich den Nachrichtenwürfel an und biss sich dabei auf die Unterlippe. Das sah wirklich nach ernsten Schwierigkeiten aus, und er wusste nicht, was er tun sollte. Sie hatten auch ohne *derartigen* Unsinn im Verlauf der Jahre schon genug Ärger mit den Regierenden Familias gehabt.

»Sieht übel aus, J. C.«, fand Millicent.

»Man findet immer Verrückte«, warf Ramie ein und lehnte sich zurück, die Hände auf dem Bauch gefaltet. »Es ist nicht unsere Schuld, dass sie sich selbst Texaner nennen.«

Die beiden nahe liegenden Reaktionen, dachte J. C., und keine davon war derzeit hilfreich. Er sagte nichts, während der Nachrichtenwürfel die komplette Meldung abspielte; dann schaltete er das Lesegerät aus und legte die Hände auf den Tisch. Zeit für eine ernsthafte Diskussion.

»Die neue Regierung hat die Grenze für Lone-Star-Bürger geschlossen«, kam er ohne Umschweife zur Sache. »Sie behaupten, sie könnten nicht für unsere Sicherheit garantieren, und sie haben den Würfel geschickt, um die Gründe zu erläutern. Aber sie haben ihr Botschaftspersonal nicht abgezogen.«

»Aber *wir* waren es doch gar nicht«, stellte Millicent fest. »Diese Idioten leben ganz auf der anderen Seite des Familias-Gebietes …«

»Kann man wohl sagen«, bekräftigte Ramie, ohne

sich zu rühren. »Falls man sich die tatsächliche Geometrie des Raums ansieht ...«

»Entscheidend ist«, unterbrach ihn J. C., »dass sie es getan haben – dass sie die Grenze geschlossen haben. Haben auch die Konten eingefroren, die wir auf ihren Banken führen ...«

»Das können sie doch nicht *machen!«*, rief Ramie und richtete sich so heftig auf, dass der Stuhl zurückrollte. »Der Vertrag von Poldek legt eindeutig fest ...«

»Sie haben es getan.« J. C. gab sich Mühe, nicht zu viel Spaß daran zu haben, dass er Ramie aufs Neue unterbrach, aber es fiel ihm schwer – es war so ärgerlich schwierig, dem älteren Mann mal eine Reaktion zu entlocken, und J. C. hatte es doch gerade geschafft, dass sich Ramie aufrichtete.

»Aber ich habe den größten Teil des flüssigen Kapitals der Familie erst vor einem Jahr zu Goodrich & Scanlon transferiert; es ist einfach unvernünftig, wenn ...«

»Sie behaupten, dass wir möglicherweise unsere ›Landsleute‹ – wie sie sie nennen – finanzieren, selbst wenn wir nicht direkt an deren Aktionen beteiligt sind. Sie möchten sich dessen vergewissern, was unser Geld tut.«

»Es macht noch mehr Geld, genau wie ihres.« Ramie blies beleidigt die röter werdenden Backen auf. »Wofür halten sie uns eigentlich – für unwissende Bauerntölpel?«

Wahrscheinlich taten sie das, dachte J. C., aber darauf kam es derzeit nicht an. »Ich habe vor«, sagte er, »dem Kabinett und dem Kongress mitzuteilen, dass wir einige Ermittler schicken, die ihnen weiterhelfen.«

»Ihnen helfen? Wobei? Uns alles zu klauen, was wir haben?«

»Nein – ihnen im Hinblick auf spezifisch texanische

Fragen auf die Sprünge zu helfen. Sie scheinen sich einfach zwischen diesen Idioten und uns nicht orientieren zu können. Dabei könnten wir hilfreich sein.«

»Sie haben doch eine Expertin, sagten sie. Diese Meyerson.«

»Milly, warum nennst du sie ›diese Meyerson‹? Das tut unserem Image nicht gut.«

»Ich habe Professor Lamon gemocht«, erklärte Millicent offenherzig. »Er hat mir immer die nettesten Briefe geschrieben, die man sich … in Ordnung, es ist nicht fair. Du hast Recht. Wir sollten ihnen helfen – sogar Meyerson –, wenn sie uns nur lassen.«

Aus schierer Gewohnheit und einer Vorliebe für Traditionen, so weit sie nicht lästig fielen, hatte die Lone-Star-Konföderation den Begriff »Ranger« für ihre inneren Sicherheitskräfte beibehalten. Dies hatte jahrhundertelang niemandem Kummer bereitet – nicht mal den Regierenden Familias mit ihrer hochnäsigen Einstellung –, aber offensichtlich hatten die Familias jetzt einen Grund, um auf dieses Wort übel zu reagieren. Angesichts des Missbrauchs, den der Begriff durch die verrückten Gottesfürchtigen Milizionäre von Neutexas erfuhr, wünschten sich die *echten* Ranger, sie hätten den Namen schon in historischer Vorzeit rechtlich geschützt.

Trotzdem war es nicht die Schuld der Lone-Star-Konföderation. Ranger erhielten die nötige Ausbildung, um Ermittlungen durchzuführen, und sie hatten nicht vor, ihren Titel zu wechseln, nur um eine nervöse Regierende Familie zufrieden zu stellen. Sie gedachten einen Ranger zu schicken.

Nur welchen, das war noch ein Streitpunkt … allerdings nicht lange, denn Katherine Anne Briarly war offenkundig die beste Wahl. Eine Frau wie Katie Anne, und die Familias sahen sofort, dass die Lone-Star-Ranger den anderen in keiner Weise glichen – rein äußerlich schon gar nicht.

Und außerdem ging diese Frau dann ein paar Monate lang niemandem mehr auf die Nerven. Sie kam inzwischen ein bisschen großspurig daher für ihre Schuhgröße – nicht, dass Letztere sonderlich eindrucksvoll gewesen wäre –, seit man ihren Onkel Beau ans Oberste Gericht berufen hatte. Langsam gab sie sich texanischer, als selbst Texaner verkraften konnten.

Ranger Katherine Anne Briarly betrat die Botschaft der Regierenden Familias in einem roten zweiteiligen Kostüm, das jeden ihrer Vorzüge betonte, abgesehen vom Hirn, das man nach ihrer Meinung ohnehin nicht sichtbar machen konnte, ohne dass sich jemand erbrechen musste. Das aschblonde Haar ringelte sich über die Schultern; mit den hellblauen Augen zwinkerte sie den RSS-Marineinfanteristen zu, die am Tor Wache hielten. Keiner zwinkerte zurück.

»Hallo«, sagte sie und zeigte ihren ID-Streifen vor. »Ich bin Kate Briarly, und man erwartet mich hier.«

Das Tor schwang hinter den reglosen Wachtposten auf, und sie stand nun einer ganzen Korporalschaft von ihnen gegenüber. Der Anführer oder was immer trat vor, nahm den ID-Streifen entgegen, betrachtete sich erst das Bild darauf und dann sie.

»Sie sind Ranger Katherine Anne Briarly?«

»Jepp. Aber das ist ein offizielles Bild in Uniform, und ich habe keinen Grund dafür gesehen, mich für einen Freundschaftsbesuch gleich so in Schale zu schmeißen. Ich dachte mir, ihr habt hier sowieso einen ID-Scanner.«

»Völlig richtig. Falls Sie mir bitte folgen möchten.« Sie ging dem jungen Mann nach, zu einer im Hof aufgestellten, tragbaren Kabine, und kümmerte sich dabei nicht um die scharrenden Füße, als sich die Korporalschaft in Marsch setzte und wiederum ihr folgte. Das versprach, Spaß zu machen!

Sie war die Person, die sie zu sein behauptete – per Netzhautmuster, Fingerabdrücken, Stimmcharakteristik, dem ganzen Kram –, und zehn Minuten später wartete sie bereits im Obergeschoss darauf, den Botschafter zu treffen.

»Sera … ich meine, Ranger Briarly …«

»Oh, nennen Sie mich einfach Kate«, sagte sie und lächelte noch breiter. Er blinzelte.

»Das wäre unstatthaft«, murmelte er.

»Ich weiß«, sagte Kate, »aber wer sollte Sie verpetzen? Ich bestimmt nicht.«

»Ich habe die Erlaubnis erhalten, zwei Rangern den Zutritt zum Gebiet der Familias zu ermöglichen, damit sie bei den Ermittlungen helfen.«

»Sie brauchen keine zwei«, wandte Kate ein. »Ich fahre allein, danke.«

»Aber …«

»So ist es einfacher«, sagte sie. »Es kostet Sie auch weniger, wenn Sie nur über eine Person auf dem Laufenden bleiben müssen. Außerdem ist es das traditionelle Verfahren.«

Sie hatte den Botschafter schon einmal gesehen, als sie vor drei Jahren für die Sicherheitsmaßnahmen auf dem Ball der Rinderbarone zuständig gewesen war; damals hatte sie jedoch Uniform getragen und das Haar zu einem ordentlichen Zopf gebunden. Er erinnerte sich nicht an sie, das erkannte sie. Umso besser.

»Mir ist klar, dass Sie besorgt sind, wir könnten mit

diesen neutexanischen Verrückten in Verbindung stehen …«

»Besorgnis wurde zum Ausdruck gebracht«, bestätigte der Botschafter. »Nicht von mir jedoch; ich habe dem Großen Rat versichert, dass Sie … äh … dass Sie hier, in der Lone-Star-Konföderation … nicht zu dieser Gruppe gehören.«

»Himmel, nein!«, sagte Kate. »Ich möchte sehen, wer *uns* dazu bringen könnte, solche Kleider zu tragen! Und nackte Füße – Mann, ich war so ein Kumpeltyp von Mädchen, wie man sich nur denken kann, aber Sie werden nicht erleben, dass ich mit nackten Füßen herumschlurfe!« Sie zeigte einen langen, eleganten Fuß vor, der in einer femininen Version texanischen Schuhwerks steckte: hochhackig, aber kein Stiefel.

»Es liegt an der neuen Regierung«, erklärte der Botschafter. »Wir haben einen neuen Sprecher und neue Minister für Auswärtiges und Verteidigung; man möchte ja nicht sagen, dass sie unerfahren sind, aber sie hören einfach nicht auf mich. Sind Sie schon mal durch Familias-Raum gereist, Sera … äh … Ranger …«

»Kate«, sagte sie erneut. »Nein, ich nicht. Ich war mal auf Bluebonnet und West und Panhandle, aber nicht in den Familias. Es macht mir bestimmt Spaß.«

An der Grenze stellte Kate fest, dass am Ende des Andockschlauchs ein Begleiter auf sie wartete.

Ein adretter junger Mann mit einem Gesicht wie gehämmerte Bronze. »Lieutenant Junior Grade Serrano«, stellte er sich vor. »Ranger Briarly, man wird Ihr Gepäck hinüber …«

»Oh, nennen Sie mich Kate«, sagte sie lächelnd. Er erwiderte das Lächeln nicht.

»Sie werden an Bord der *Gyrfalcon* erwartet«, sagte er. »Es ist der schnellste Weg nach Rockhouse Major, wo die Einsatzgruppe neu zusammengetreten ist ...«

»Verhaften Sie mich?«, fragte Kate. Sie blickte sich in der Andockhalle um, deren Farben sie fade und kühl fand, gedämpfte Blau- und Grauschattierungen – und entdeckte zwei Männer und eine Frau in RSS-Uniformen, die sich am Eingang herumdrückten.

»Nein, Ma'am«, antwortete der junge Mann. »Wir befördern Sie nur, Ma'am.«

Kate legte den Kopf auf die Seite und nahm ihn gründlicher in Augenschein. Nach ihrer Erfahrung schmolzen junge Männer seines Alters nach nur einem Lächeln dahin, aber er nicht. Na ja, er hatte vielleicht andere Vorlieben, aber trotzdem ... »Fein«, sagte sie. »Gehen wir.« Er drehte sich so rasch um, wie sie vortrat, und durchquerte neben ihr den Eingang, wo sich ihnen die drei übrigen Personen anschlossen. Dann führte er sie über den breiten Gang zu einem Schild, das einen Schwebeschacht anzeigte. Kate blieb abrupt stehen.

»Dort gehe ich nicht hinein«, sagte sie. »Von den Dingern habe ich schon gehört.«

»Gibt es die bei Ihnen nicht?«

»Nein – wir haben gern Fußböden in unseren Fahrstühlen. Niemand wird *mir* unter den Rock gucken ...«

»Fein ... dann nehmen wir die Stationsbahn.« Er führte sie zur Haltestelle und steckte eine Art Datenstab in einen Port; die nächste Bahn hielt an, und die Türen öffneten sich direkt ihnen gegenüber. Kate war beeindruckt und äußerte sich entsprechend. Er schmolz immer noch nicht. Sie betrachtete ihn von neuem. Er war auf keinen Fall ein Mango; sie hatte schon eine Menge Mangos kennen gelernt, und sie vermittelten ein bestimmtes … Gefühl. Also, entweder hasste er Texaner wirklich, oder … er widerstand ihr, weil er ein Mädchen hatte.

Ihre erste Mahlzeit in der Offiziersmesse gab ihr Gelegenheit, mehr zu tun, als höfliche Grüße zu murmeln.

»Haben Sie vorher schon einmal die Familias besucht, Ranger Briarly?«, erkundigte sich der Erste Offizier, der neben ihr saß. Sie wusste nicht genau, was ein Erster Offizier tat, aber sie hatte sich die Abzeichen eingeprägt und wusste, dass sie es mit einem Lieutenant Commander zu tun hatte.

»Nein – und ich hoffe, dass ich mehr zu sehen bekomme als das Innere einer Transferstation und dieses Schiffes.«

»Was würden Sie gern sehen?«

»Oh – all diese Sehenswürdigkeiten aus den Touristenbroschüren. Die Eisfälle von Langsdon. Die Wolkenwälder auf Chuzillera. Den Saal des Großen Rates auf Castle Rock. Ich hätte auch gern Ihren König gesehen, solange Sie noch einen hatten.«

»Warum?«

»Es ist so romantisch«, fand Kate. »Die ganzen Dramenwürfel, die im nebelverhangenen Vaalonia spielen oder – wie hieß das noch, wo sie auf Pferden hinter einem Fuchs herhetzen? Wir haben nur normale Leute, die normale Sachen machen …« Sie glaubte das im Grunde nicht, wollte aber die Reaktion der anderen sehen.

»Die Abenteuerwürfel, die Sie exportieren, sind schon recht ungewöhnlich. Diese Längshörner …«

»Langhörner«, korrigierte ihn Kate. »Und es sind alte Geschichten – das Wildwest-Revival des letzten Jahrhunderts …«

»Annie – und wie steht es um diese Frauen in Fransenklamotten mit den ganzen Pistolen …?«

»Erfundene Geschichten«, antwortete Kate entschieden. »Nicht wirklich historisch. Und deshalb bin ich hier: um über tatsächliche Geschichte zu reden.«

»Aber Sie sind ein … Ranger …« Das Wort machte sie eindeutig nervös. Nicht ohne Grund, obwohl dieser Grund eine Lüge war.

»Ich bin ein Ranger«, erklärte Kate entschieden. »Diese anderen Leute hingegen nicht. Sie waren ein Haufen Irrer ohne irgendeine legitime Verbindung zu echten Rangern.«

»Das sagen Sie«, meldete sich eine Stimme von weiter unten am Tisch. Kate beugte sich vor.

»Das tue ich. Und möchten Sie mich als Lügnerin bezeichnen?«

Die Luft schien sich rings um sie zu verdichten. Sie lächelte; die Stille hielt an. Der Offizier am anderen Ende der Tafel räusperte sich.

»Mr. Chesub, das war unhöflich; entschuldigen Sie sich!«

»Es tut mir Leid, Ranger Briarly«, sagte ein junger Mann. »Ich beschuldige Sie nicht der Lüge.« Sein Ton verriet jedoch, dass er nicht überzeugt war.

Kates Lächeln wurde weicher. »Wir haben genauso viele Ausgeflippte und Verrückte wie jede andere Kultur«, sagte sie. »Aber die Leute, die die Tochter Ihres Regierungschefs entführt haben, gehören nicht zu uns. Die Lone-Star-Konföderation duldet solches Verhalten nicht. Wir Lone-Star-*Frauen* würden solches Verhalten nicht dulden.« Nervöses Lachen. »Nicht, dass wir … wie drücken Sie das aus … Männern feindlich gegenüberstehen oder sowas …«

»Na ja, Sie sehen auch gar nicht so aus wie deren

Frauen in den Aufnahmen – aber Sie alle stammen ursprünglich von Texas, nicht wahr?«

»Im Grunde nicht.« Kate wechselte jetzt ganz in den Vortragsmodus. »Die Lone-Star-Konföderation wurde noch auf der Erde zur Erforschung des Weltraums gegründet, und die meisten ihrer Mitglieder waren Nordamerikaner – viele davon tatsächlich aus der Gegend, die Texas hieß. Aber die meisten Bewohner von Texas stammten von anderswo, aus ganz Nordamerika. Sicher, man fand unter ihnen auch einige in der Wolle gefärbte Texaner – deren Familien schon fast ewig dort lebten –, aber für viele galt das nicht. Und Lone Star hat immer mit offenen Armen Einwanderer aufgenommen, die unsere Philosophie teilen …«

»Und die lautet?«

»Fürchte Gott und niemanden sonst, reite aufrecht, schieße genau, lüge nie, tanze, mit wem du gehst, und verrate nie einen Handschlag.«

Wieder Stille, diesmal leicht erschrocken, aber von Interesse geprägt.

»›Tanze, mit wem du gehst?‹«

»Eine andere Wendung für: ehre eingegangene Verpflichtungen – suche nicht nur nach dem schnellen Profit.«

»Interessant.«

»Und Ihre Philosophie?«, fragte Kate.

Eine ganze Weile lang antwortete niemand; dann meldete sich der junge Lieutenant Serrano zu Wort. »Falls ich Ihre richtig verstanden habe, ist sie weitgehend gleich. Sage die Wahrheit, halte Versprechungen, stehe zu deinen Freunden, wende einem Feind nicht den Rücken zu.«

»Mir ist aufgefallen, dass Sie nicht von Gott gesprochen haben«, sagte Kate. »Liegt es daran, dass diese neutexanischen Verrückten Ihnen Angst gemacht haben oder was? Hat irgendjemand von Ihnen eine Religion?«

Diesmal antwortete ihr der Kommandant. »Die Gesetze der Familias – und die des Regular Space Service – gewähren Glaubensfreiheit und unbehinderte Ausübung religiöser Praktiken, die niemandem konkret schaden. Aufgrund der großen Vielfalt an Glaubensvorstellungen, von denen viele sehr nachdrücklich vertreten werden, diskutieren wir religiöse Fragen im Allgemeinen nicht mit Menschen, die wir nicht kennen.«

Kate legte den Kopf schief und zeigte ihm ihr schönstes schelmisches Lächeln. »Mit anderen Worten: Es zeugt von schlechten Manieren, wenn man über Gott spricht?«

»So ungefähr«, bestätigte er.

»Sie stammen wohl von Anglikanern ab«, meinte Kate. »Na ja, ich bin nicht gekommen, um Sie nervös zu machen, obwohl ich nicht erkenne, warum eine gute Auseinandersetzung über Gott andere Folgen haben sollte als eine gesegnete Verdauung. Sie gehört zu unseren liebsten Freizeitgestaltungen.«

»Sind Sie selbst ... ah ... religiös?«

Kate erwiderte seinen Blick direkt. »Darauf können Sie wetten. So weit ich weiß, war es jeder meiner Vorfahren bis zurück auf die Alte Erde, und ich habe nicht vor, mit der Tradition zu brechen.«

»Und da Ihnen solche Diskussionen nichts ausmachen: Welcher Religion hängen Sie an?«

»Der baptistischen«, antwortete Kate. »Aber die Familie meiner Mutter war etwa zur Hälfte anglikanisch, und die Großmutter meines Vater war Methodistin. Wir haben sogar hier und da einzelne Presbyterianer.«

Blicke wurden gewechselt.

»Sie haben keinen Schimmer, wovon ich rede, nicht wahr?«

»Nein … nicht so richtig.« Das kam von einem weiblichen Offizier.

»Bei Ihnen findet man doch auch Christen, oder?«

»Sicher … viele Konfessionen, obwohl ich nicht die ganzen Bezeichnungen kenne.«

»Dann nennen Sie mich einfach eine Christin und machen sich weiter keine Gedanken. Gott wird es klären.«

»Gelten für Sie irgendwelche … ah … Ernährungsgebote oder sonstigen Regeln, die wir kennen sollten?«

»Nein, da verwechseln sie mich mit anderen. Ich esse alles, was ich mag, an jedem Wochentag. Die Baptisten unserer Familie trinken keinen Alkohol, außer wenn wir noch jung sind und uns die Hörner abstoßen. Und hin und wieder stoße ich mir selbst noch das eine oder andere Horn ab.«

Sie spürte, wie die Atmosphäre warmherziger wurde.

»Was tun Ranger bei Ihnen?«

»Alles, was getan werden muss. Unsere Aufgaben sind denen einer Polizei sehr ähnlich, aber wir arbeiten meist allein – sorgen für Ordnung, spüren böse Buben auf, helfen den Menschen, die Hilfe brauchen.«

»Wer ist denn für Sie ein böser Bube?«, rief jemand weiter unten am Tisch.

»Die gleichen Leute wie bei Ihnen, vermute ich. Lügner, Betrüger, Mörder, die Art Leute, die einen Hund mit Benzin übergießen …« Sie spürte, wie dieser Punkt auf völliges Unverständnis stieß, und unterbrach sich. »Sie haben doch auch Hunde, oder?«

»Oh … Hunde? Jagdhunde oder sowas?«

»Hunde – Jagdhunde, Schäferhunde, Hütehunde, selbst diese schrecklichen, überkandidelten Pudelviecher. Und Sie haben doch auch brutale Menschen, die Tieren wehtun?«

»Yeah …« Das klang vorsichtig, als wäre der Sprecher nicht ganz sicher.

»Na ja, wir mögen keine Leute, die Tiere, Kinder oder alte Damen misshandeln. Oder auch alte Herren. Solche Leute stehen auf meiner Liste der bösen Buben.«

Als die Mahlzeit beendet war, spürte sie, dass die meisten Offiziere ihr gegenüber jetzt zumindest neutral eingestellt waren, wenn nicht sogar freundlich.

Am nächsten Tag traf Kate die Professorin für alte Geschichte, Meyerson, und seufzte innerlich. So vorhersagbar, dieser Typ. Die klassische Akademikerin, ganz Tweed und Warzen … Nicht, dass Meyerson tatsächlich Warzen gehabt hätte, aber sie sah ganz so aus, als sollten welche da sein, um die offizielle Erscheinung abzurunden. Sogar auf dem für seine schönen Frauen bekannten Planeten Bluebonnet traf man eine bestimmte Art von Akademikerin, die so aussah, wenn auch mit besserem Tweed angetan.

Wenigstens wusste Meyerson mehr über die Lone-Star-Konföderation als die übrigen Leute, denen Kate hier begegnete. Und Kate konnte hier endlich eine Frage vorbringen, die ihr seit Tagen auf dem Herzen lag.

»Was diesen jungen Burschen angeht, Barin Serrano.«

»Ja …?« Meyerson, die wie üblich über einen Scanner gebeugt saß, schien nicht sehr bei der Sache.

»Was weißt du von ihm?«

»Macht er dir Schwierigkeiten?« Meyerson hob den Kopf und zeigte ein Gesicht, in dem sich Schalk und Überraschung mischten.

»Nein, ganz im Gegenteil. Er übersieht mich, als wäre ich mit der Borke eines Süßhülsenbaums überzogen, aber ich kann einfach nicht glauben, dass er mango ist.«

Meyerson lachte, und es war ein erstaunlich volltönendes Lachen für eine muffige alte Professorin. »Das ist er nicht. Zunächst ist er mit einer Offizierskameradin verlobt, und darüber hinaus trägt er die Last der Verantwortung für diese ganzen neutexanischen Frauen und Kinder.«

»Wieso ausgerechnet er?«

»Sie halten ihn für ihren Beschützer, und das heißt für sie, dass nur er Entscheidungen für sie treffen kann. Der Regular Space Service behält seinen Sold ein und finanziert damit einen Teil des Unterhalts für sie. Deshalb kann er nicht eher heiraten, bis er eine Idee hat, was er mit ihnen machen soll.«

»Ich vermute, sie einfach zurückzuschicken kommt nicht in Frage?«

»Nein, dort würde man sie umbringen, ihnen zumindest die Stimmen rauben. Er bleibt auf ihnen sitzen.«

»Zu schade.« Kate überlegte. »Er ist ein netter Junge, und falls ihm der Sinn nach dem Heiraten steht, sollte er die Chance bekommen. Denkst du, dass diese Frauen auf mich hören würden?«

Meyerson musterte sie vom Scheitel bis zur Sohle. »Als Sendbotin des Teufels vielleicht. Sie nehmen ihre Religion sehr ernst.«

»Und ich nehme meine sehr ernst, Wally.« Sie redeten sich seit mehreren Tagen mit dem Vornamen an, und Kate weigerte sich nach den ersten Versuchen, sich mit Waltraude die Zunge zu verrenken. »Man muss nicht barfuß gehen und Lumpen tragen, um ein gläubiger Mensch zu sein.« Sie legte den Kopf auf die Seite. »Ihr solltet diese Frauen zu uns schicken – wir machen richtige Texaner aus ihnen. Sie mussten schließlich schon etwas Initiative und Tatkraft aufbringen, um von Neutexas fortzugehen.«

Von Tag zu Tag entspannten sich die Offiziere immer mehr in Kates Gesellschaft, und hätte sie nicht über den Appetit eines gesunden Pferdes verfügt, wäre sie wegen der ständigen Tischgespräche verhungert.

Sie erzählte mehr, als sie Fragen stellte, und Informationen flossen ihr zu, ohne dass sie danach fragen musste. Als sie Rockhouse Major erreichten, fraß ihr inzwischen jeder aus der Hand, Männer und Frauen, und die meisten von ihnen hatte sie eingeladen, sie irgendwann mal zu besuchen. Sie glaubte, dass ein paar von ihnen es tatsächlich mal tun würden.

Alle außer dem jungen Lieutenant Junior Grade, der kühle Distanz gewahrt hatte, komme was da wolle. Na ja, wenn er schmollen wollte, dann sollte er doch. Kate hatte jede Menge weitere Fische in der Pfanne, und andere hatten ihre eigenen Geschichten über Barin Serrano und Esmay Suiza erzählt. Also war er in eine Heldin verliebt – falls die Geschichten stimmten, dann wäre Suiza ein guter Ranger gewesen – und machte sich womöglich Sorgen, ob sie bei der Stange blieb.

Sorgen um die Sicherheit hinderten sie daran, Rockhouse Major zu besichtigen, obwohl sie immerhin feststellen konnte, dass es viel größer war als irgendeine Orbitalstation in der Lone-Star-Konföderation. Ein Flottenshuttle brachte sie zum Planeten hinunter, und sie erhielt einen ersten Eindruck von Castle Rock.

Langweilig, fand sie, sagte es aber natürlich nicht laut. Die Regierungsgebäude, überwiegend aus grauen Steinen errichtet, wirkten solide und fade. Das Innere wurde dem Äußeren gerecht; das Auswärtige Amt bestand ganz aus dunkler Vertäfelung und dunklen Fliesen sowie dicken dunkelgrünen oder blauen Teppichen in den Büros, in die man Kate führte. Alle Menschen trugen dunkle Kleidung – Männer und Frauen gleichermaßen –, und befleißigten sich einer düsteren, gedämpften, hastigen Sprechweise.

»Sera Briarly – sehr erfreut …« Das war der Außenminister, die erste Person, die ihr in diesem trübseligen Gebäude begegnete und vollkommen wach wirkte. Er trug ein Hemd abweichender Art mit winzigen Rüschen am Kragen, und an den Ohren baumelten mehrere blau-silberne Ringe. Sie wusste, was das in San Antone bedeutet hätte, aber hier tappte sie im Dunkeln. »Sie sind so … *dekorativ,* meine Liebe!«

Das war ihr schon häufig begegnet, komplett mit diesem Funkeln in den Augen und allem. »Herr Minister«, sagte sie und streckte die Hand aus. »Ich bin Ranger Briarly, aber Sie können mich Kate nennen.«

»Aber ich dachte, Ihre … äh … Ranger … wären so eine Art … äh … Polizisten?«

»Das stimmt«, antwortete Kate munter; sie sah, wie einige Mitarbeiter des Ministers zusammenzuckten, und lächelte auch sie an. Sie taten so, als würde dieses massive Steingebäude einstürzen, wenn jemand die Stimme über bloßes Murmeln hinaus erhob.

»Aber sicherlich … sind Sie nicht – Ich meine, das ist doch wohl eher ein … ähem … Ehrentitel …«

Das ging zu weit. »Herr Minister, ich bin ein Ranger wie jeder andere Ranger auch; ich habe mich im Rahmen der gleichen Ausbildung qualifiziert und kann und werde meine Fähigkeiten jederzeit demonstrieren, wenn Sie oder sonst jemand sie in Frage stellt.« Sie führte natürlich keine Waffe mit, aber sie konnte diesem Burschen auch ohne Waffe den Hals – oder sonst einen Knochen – brechen.

»Oh ... gewiss, gewiss! Nun, wir, ah ... veranstalten heute Nachmittag im Palast einen Empfang zu Ihren Ehren. Ich hoffe, Sie sind nicht zu müde ...«

»Überhaupt nicht.« Für eine Party war sie nie zu müde.

Der Palast erwies sich als weiterer Klotz aus grauem Stein, an einer Seite mit Vorsprüngen in einer merkwürdigen gelbbraunen Farbe versehen. Die offiziellen Innenräume zeigten dasselbe fade, dumpfe Design wie die Büros im Ministerium.

Kate zeigte sich von ihrer besten Seite und lächelte wie eine Gebrauchtwagenhändlerin. Sie hatte schon ihren Teil an schicken Veranstaltungen erlebt und wusste, dass ihre Aufgabe als Ehrengast darin bestand, zu lächeln und jedem zu erklären, wie hübsch es war. Sie sagte dem neuen Sprecher, welche Ehre es war, ihn kennen zu lernen, und dachte sich dabei, was er für Schweinsäuglein hatte. Sie sagte seiner Frau, was sie für ein reizendes Kleid trug, obwohl sie ihr am liebsten erklärt hätte, dass sie niemals diese Grünschattierung tragen dürfte, weil sie darin kränklich wirkte. Sie sagte dem Außenminister, der Pedar Orregiemos hieß, dass ihr sein Rüschenhemd gefiel, obwohl ihr durch den Kopf ging zu erwähnen, dass ihn ein Rüschenhemd in Verbindung mit diesen hübschen Ohrringen in der Lone-Star-Konföderation als Mango gebrandmarkt hätte. Dann hörte sie ein Gespräch mit und erfuhr, dass der örtliche Slangbegriff für das gleiche Phänomen »Süßer« lautete.

Es war alles ungeheuer langweilig, da sie sich nicht gut genug auskannte, um mehr als nur den kleinsten Teil dessen zu verstehen, was sie hörte. Ihr taten die Füße weh, und im Kopf entwickelte sich ein Pochen. In diesem Augenblick eilte Pedar geschäftig auf sie zu, eine große blonde Frau im Schlepptau, deren Gesicht Kate aus ihren Einsatzinformationen kannte.

»Und das ist Ranger Briarly«, sagte Pedar. »Brun Meager Thornbuckle …«

Kate betrachtete die Blondine, die so lange in Gefangenschaft gelebt hatte, deren Vater tot war und deren Dilemma eine Kette von Ereignissen ausgelöst hatte, an deren Ende sich Kate hier wiederfand – und sie erblickte einen vertrauten Schatten in diesen blauen Augen. Automatisch entschied sich Kate für einen sanfteren Ansatz. »Hallo – ich hoffe, Sie können mir meinen Titel verzeihen.«

»Nun …« Die Stimme der Frau klang leicht rauchig. »Sie sehen *deren* Rangern nicht besonders ähnlich …«

»Süße, das sind keine Ranger; sie sind Müll. Der Bau eines Waldmurmeltiers ist für die schon zu hoch. Ein Backstein kann sich zwar als Diamanten bezeichnen – aber deshalb ist er noch lange keiner.«

Die Frau lächelte, und ihre Züge entspannten sich plötzlich. »Und Sie sind der echte Diamant?«

»Reiner kristalliner Kohlenstoff, das bin ich«, sagte Kate. »Würfelförmiges Molekülgitter, nicht Zirkonium.«

»Verzeihung?«

»Tut mir Leid – Slang ist schwer zu übersetzen. Hören Sie, mir tun die Füße weh – können wir uns irgendwo hinsetzen?« Falls sie mit dieser Frau Freundschaft schließen konnte – und sie mochte sie bereits –, vielleicht bekam sie das Embargo dann schneller aufgehoben, als irgendjemand erwartete. Selbst Kate in ihrer optimistischsten Verfassung hätte nie gedacht, dass sie dem Grund all dessen begegnen würde oder dass sich diese Frau überhaupt mit ihr treffen wollte. Aber eins war der Zufriedenheit in ihrem Gesicht deutlich zu entnehmen: Brun Meager war in bestimmter Absicht hergekommen, und Kate gehörte mit dazu.

»Der Empfang ist beinahe vorbei, Sera … Ranger …«, sagte Pedar. »Der Wagen fährt bald vor, um Sie ins Hotel zurückzubringen.«

»Warum fahren Sie nicht einfach mit?«, fragte Kate Brun, nicht weniger, um Pedar zu ärgern, als aus irgendeinem anderen Grund. »Wir könnten zu Abend essen …«

Brun lächelte. »Danke – das würde mir gefallen.« Pedar blickte finster drein, und Kate lächelte vor sich hin. Hatte er vielleicht geglaubt, bei ihr landen zu können? Riesenchance!

Sie speisten in Kates Suite, die so langweilig gestaltet war wie alles andere, das sie bislang gesehen hatte. Was nützte schon Seide an den Wänden, wenn sie grau war? Und Polster in gedämpftem Grün und Blau … kalt, abweisend, fade.

»Ihr mögt hier keine leuchtenden Farben, was?«, fragte Kate auf halbem Weg durch den Hauptgang, der aus irgendeinem unbestimmbaren Fleisch bestand, überhäuft mit einer Menge bunten Gemüses. Steaks standen nicht mal auf der Speisekarte!

Brun blickte sich um. »Hier wirkt nichts sonderlich hell, nicht wahr? Ich schätze, ich bin es einfach gewöhnt. Castle Rock ist ziemlich konservativ.«

»Nennt ihr das so? Dieses Auswärtige Amt ähnelt einer Aufbahrungshalle; die einzige Farbe darin ist euer Minister, und er ist …«

»Entsetzlich«, fand Brun und rümpfte die Nase. »So ein kleiner Streber …«

»Streber?«

»Oh ja! Kleine Familie, also drängelt und strebt er nach oben, versucht größer zu werden. Na ja, er hat sich ein Ministerium geangelt, aber wer weiß schon, was er für Hobart getan hat, um es zu bekommen?«

»Hobart ist euer Sprecher?«

»Richtig. Aber Pedar möchte noch mehr … du wirst es nicht glauben, aber er ist hinter meiner Mutter her.«

»Deiner Mutter?« Kate fiel ein, dass es sich dabei um Lord Thornbuckles Witwe handelte.

»Ja. Er hatte den Nerv und verriet mir, als Mutter nach Sirialis abgereist war, dass er einer einsamen Witwe jetzt so viel zu bieten hätte … Ich hätte ihn beinahe zum Fenster hinausgeworfen.«

Kate schüttelte den Kopf. »Ich hatte mich schon gefragt, ob er vielleicht ein … wie hieß das noch, *Süßer?* … mit den Ringen und dem Hemd …«

»Nein – das sind Verjüngtenringe. Sie stellen eigentlich einen medizinischen Code dar; man kann sie implantieren oder tragen, aber eine Menge Leute tragen sie gern.«

»Wie oft hat man ihn schon eingelegt?«

»Ich weiß nicht. Ich habe nicht mitgezählt. Mehrfach. Wieso nennst du das ›einlegen‹?«

»Konserviert – du weißt schon.« Kate hielt eines der runzeligen grünen Dinger hoch, von denen sie hoffte, dass es eingelegte Gurken waren. »Hält fast ewig.«

»Hmm.« Brun aß ein paar Minuten lang wortlos

und fragte dann: »Was hältst du von unserem Sprecher?«

Kate sah sie an, bis in die Haarspitzen alarmiert. »Du bittest eine Besucherin, eure Regierung zu kritisieren?«

Brun wurde ein bisschen rot. »Er ist ein Conselline, und wir gehören dem Clan Barraclough an …«

»Sind das Familien oder Religionen?«, wollte Kate wissen.

Brun verzog das Gesicht. »Vielleicht beides. Sagen wir mal, dass die Consellines und die Barracloughs schon seit langem Rivalen sind, wenn auch auf eine sehr vornehme Art. Ich mag Hobart nicht, aber ich habe mich gefragt, ob eine Außenstehende ihn vielleicht klarer einschätzt.«

»Von jemandem wie ihm würde ich keine Ranch kaufen«, sagte Kate. »Nicht, ehe ich nicht jeden Zoll davon abgeschritten und die Besitzrechte geprüft hätte bis zurück zu dem Zeitpunkt, als Gott sie erschuf. Er hat einen brutalen Zug um die Lippen, und seine Frau hat Angst vor ihm.«

»Das hast du erkannt?«

»Oh ja! Wie ich auch bemerkt habe, dass es dir nicht gefiel, von Ring-und-Rüschen-Pedar an der Hand gehalten zu werden, als er dich zu mir führte. Aber du wolltest halt mit mir reden.«

»Du übersiehst nicht viel, nicht wahr?«

»Das tun Ranger generell nicht. Wieso kommst du nicht zu dem, worüber du wirklich reden möchtest, damit wir später das Dessert genießen können und nicht wie die Katzen um den heißen Brei herumschleichen müssen?« Kate schob den Teller weg, lehnte sich zurück und fixierte Brun mit einem Blick, wie er ihr die Geständnisse der Harkness-Jungen eingebracht hatte.

»Ich hasse es, wenn alle klüger sind als ich.« Brun schob jetzt den eigenen Teller weg.

»Das sind sie nicht, solange du dein Gehirn eingeschaltet lässt«, gab Kate zu bedenken. »Es war nicht viel Grips nötig, um zu erkennen, dass du mich ebenso sehr sprechen wolltest, wie ich mich gefreut habe, dich kennen zu lernen.«

»Du kennst Esmay noch nicht«, entgegnete Brun. »Sie ist cleverer …«

»Erspare mir das.« Kate fuhr sich mit den Händen durchs Haar, um die Frisur aufzulockern. »Ich habe schon unterwegs hierher jede Menge von Fräulein Genie gehört. Alle erzählen, wie toll sie ist, und ich wette, das ist sie auch. Aber … sie ist nicht du.«

»Nein, sie ist …«

Kate war nicht bereit, Brun diesen Weg folgen zu lassen, wohin immer der auch führte. »Himmel, du klingst so, als hättest du keine Freundin auf der Welt. Hattest du nie eine beste Freundin?«

»Ja, aber sie hat geheiratet.«

»Ach du meine Güte. Dann haben wir etwas gemeinsam. Sally und ich standen uns näher als Zwillinge, und dann ist sie Carls wegen völlig ausgeflippt, und das war das Ende. Zwei Babys. Wir sind immer noch befreundet, aber sie möchte nie etwas anderes tun, als mir von den beiden Kurzen zu erzählen – wie der eine Marmelade in den Computer gekippt hat und der andere so viel klüger ist als beliebige zehn College-Professoren. Meine Mutter sagt, sie wäre in ein paar Jahren darüber hinweg, aber bis dahin muss ich tun, als würde mich interessieren, was irgendein schmuddeliges Kleinkind anstellt.«

»Und das tut es nicht?«

»Nein. Falls es irgendeinen instinktiven mütterlichen

Trieb gibt, dann habe ich die Fütterung versäumt. Wie sieht es bei dir aus?«

»Geht mir genauso. Ich möchte ihnen nicht wehtun, aber …«

»Du wolltest auch nicht für sie sorgen. Kann ich verstehen. Wo stecken deine Jungs?«

»Eine Freundin meiner Mutter hat sie mitgenommen und ein Zuhause für sie gefunden. Aber ich mache mir Sorgen …«

»Tu es nicht. Ich meine, nicht mehr als nötig. Und du weichst mir aus. Du hast die Einladung zum Abendessen nicht einfach deshalb angenommen, weil du dachtest, eine Fremde könnte einsam sein. Du hast beinahe die Unmöglichkeit des Gedankenlesens widerlegt; ich sollte mir überlegen, wie wir ungestört reden können.«

»Oder wie ich von Pedar wegkomme; er hat mich nach Mutters Ansible-Rufnummer gelöchert. Okay, okay, ich erzähle es dir.« Sie kratzte an einer Stelle auf der Tischdecke herum. »Ich möchte herausfinden, wer meinen Vater umgebracht hat und womit Hobart Conselline meinen Onkel Harlis in der Hand hat, der hinter Vaters Besitz her ist.«

»Nun, das ist clever. Das ist eine Aufgabe, der wir uns widmen können.«

»Wir?«

»Natürlich *wir!* Teufel auch, Süße, ich habe nicht vor, dich allein nach diesem Schwein jagen zu lassen. Und ich brauche dich ohnehin, um mir einen Weg durch den Irrgarten des Protokolls zu zeigen, in dem ihr hier lebt. Solltest du außerdem letztlich zu der Überzeugung gelangen, dass ich kein Monster bin, hilfst du mir vielleicht dabei, eure Regierung zu überzeugen, dass sie die Konten der Lone-Star-Konföderation wieder freigibt. Du wusstest doch schon, dass unsere Bürger keinen Zugriff mehr auf das Geld erhalten, das sie auf euren Banken liegen haben, nicht wahr?«

»Nein!« Brun wirkte erschrocken. »Wann ist das passiert?«

»Gleich nach dem Attentat. Außerdem wurden alle unsere Bürger ausgewiesen und die Grenzen geschlossen. Dabei war sogar deinem Vater klar, dass wir nichts mit diesem Haufen Idioten zu tun haben, der dich entführt hatte. Das Embargo bremst unsere Wirtschaft wirklich; die Familias sind unser größter Handelspartner.«

»Ich wusste nichts davon«, sagte Brun. »Auf der Ratssitzung hat es niemand erwähnt.« Sie machte ein finsteres Gesicht. »Eine Menge scheint zu passieren, wovon niemand im Rat spricht.«

Kate blickte sich im Zimmer um. Sie hatte es so gut wie möglich gegen Lauscher gesichert, aber sie vertraute keinem öffentlich zugänglichen Ort.

»Vielleicht sollten wir bei anderer Gelegenheit darüber reden«, sagte sie. »Um dir die Wahrheit zu sagen – ich spüre die Reise in den Knochen …« Ihr fiel auf, dass auch Bruns Augen durchs Zimmer schweiften, als dächte sie ebenfalls an die Möglichkeit eines Lauschangriffs.

»Natürlich«, sagte Brun. »Hör mal … ich weiß, dass einige von euch Lone-Star-Leuten reiten können …«

»Reiten!« Kate lächelte. »Liebes, ich habe schon im Sattel gesessen, ehe ich laufen lernte, sogar bevor ich geboren wurde. Erzähl mir bloß nicht, dass man in dieser Stadt Pferde findet!«

»Das tut man, aber ich dacht an unser Landhaus. Es ist nur ein kleiner Stall, aber wir haben dort draußen ein paar tolle Aussichten zu bieten.«

»Das ist wirklich nett von dir. Ich weiß nicht, wie beschäftigt ich hier sein werde – man erwartet von mir, eure Regierung von unserer Harmlosigkeit zu überzeugen.«

»Ich stelle dich den richtigen Leuten vor«, versprach Brun. »Und es werden nicht alles nur langweilige Nachmittags-Empfänge sein wie heute.«

»So schlimm war es gar nicht«, sagte Kate. »Unter diesen Umständen.« Sie blinzelte Brun zu.

Kapitel zwölf

Innerhalb einer Woche war Kate nach Appledale gezogen. Brun veranstaltete für sie ein Abendessen mit Viktor Barraclough und gab eine Gartenparty, wo sie eine Gruppe jüngerer Barracloughs kennen lernte. Die Lone-Star-Frau wirkte immer fröhlich, lebhaft und freundlich. Sie beharrte darauf, schreiende Farben zu tragen, und verwandte jeden Morgen viel Zeit darauf, ihr Haar zu einem riesigen Knoten hochzustecken, aber abgesehen davon hätte sie eine alte Freundin sein können. Brun ertappte sich dabei, wie sie ihr beim Frühstück oder in den Pausen zwischen ihren gesellschaftlichen Verpflichtungen alles erklärte, was sie über Familiengeschäfte und die Machenschaften ihres Onkels wusste.

Bei Harlis' nächstem Besuch erlebte Brun den Ranger zum ersten Mal in Aktion. Brun stieg gerade die Treppe hinunter, als die Türglocke läutete; Kate schickte das Hausmädchen mit einem Wink fort und öffnete selbst. Brun blieb stehen, um sich anzusehen, was passieren würde, und wich etwas zurück, damit man sie von der Tür aus nicht sehen konnte.

»Hallo, ich bin Kate Briarly«, sagte die Rangerfrau zu Harlis, ohne den Weg für ihn freizugeben.

»Ich möchte Brun sehen!«, raunzte Harlis.

»Das kann ja sein, aber ich weiß nicht, wer Sie sind«, sagte Kate. Brun war sicher, dass das nicht stimmte – hatte sie Kate doch ID-Bilder gezeigt.

»Harlis Thornbuckle – rufen Sie jetzt Brun.«

Ein Grunzen folgte, dann: »Also, Herr Thornbuckle …« Es war Kates kühlster Tonfall.

»Es heißt *Lord* Thornbuckle …«

»Dort, woher ich komme, gilt es als überhaupt nicht höflich, wenn sich ein Gentleman an einer Lady vorbeidrängt …«

»Sie sind keine Lady! Und Sie haben mir wehgetan!«

»Kann ja sein, aber Sie haben mich geschubst, und das geht einfach nicht. Seien Sie jetzt nett und warten Sie dort eine Minute lang, dann sehe ich nach, ob Brun Zeit für Sie hat …«

»Das sollte sie lieber, oder …«

»Ah-ah-ah! Keine Drohungen! Sie wissen ja, dass Brun immer noch unter offiziellem Personenschutz steht, und es würde Ihnen doch gar nicht gefallen, strampelnd und brüllend hinausgezerrt zu werden und die Nacht im Kittchen zu verbringen.« Die Tür fiel mit dumpfem Schlag ins Schloss, und Brun stieg ein paar Stufen tiefer und sah Kate mit dem Rücken dazu stehen, geschüttelt von lautlosem Lachen.

»Du hast die Tür vor Onkel Harlis' Nase zugeschlagen«, stellte Brun lächelnd fest.

»Ich hoffe wirklich, dass dein Vater ein besserer Mann war, Brun, denn dieser Bursche ist ein absoluter Hohlkopf.«

»Ein viel besserer Mann«, sagte Brun. »Aber ich sollte lieber mit Harlis reden.« Sie griff nach der Türklinke, und Kate hielt sie auf.

»Nein – geh in den Salon und setze dich in irgendwas Bequemes.« Brun gehorchte und wurde sich auf halbem Weg klar darüber, was Kate im Schilde führte. Sie hörte, wie die Tür erneut aufging und Kate – jetzt ganz zuckersüß – Harlis hereinbat. Dieser stürmte in den Salon.

»Wo steckt deine Mutter?«, wollte er wissen.

»Ich bin nicht sicher«, antwortete Brun und überlegte sich sorgfältig bestimmte Möglichkeiten – ihre Mutter lag vielleicht im Bett oder speiste oder machte gerade einen Ausritt –, statt an die Gewissheit zu denken, dass sich ihre Mutter irgendwo auf Sirialis aufhielt.

»Verdammt! Sie hat nicht das Recht, sich Familienbesitz anzueignen, solange das Erbe noch rechtlich umstritten ist!«

»Welchen Besitz, Onkel Harlis?«

»Sirialis! Ich wette, dass man sie dort findet!«

»Das Universum ist groß, Herr Thornbuckle«, warf Kate ein, ehe Brun Gelegenheit zu einer Erwiderung fand. »Warum denken Sie, dass sie ausgerechnet dort ist? Und was würde das schon ausmachen? Sie kann schließlich nicht mit einem ganzen Planeten durchbrennen.«

Harlis funkelte sie an und wurde rot. Brun bemühte sich, nicht loszulachen; er sah albern aus.

»Sie sollte lieber nichts von dem Besitz fortbringen«, sagte er schließlich. »Ich habe eine gerichtliche Verfügung erwirkt.«

Brun wurde es kalt bis aufs Mark, aber Kate meldete sich erneut zu Wort.

»Eine Verfügung – keinen Besitz wegzuschaffen? Mit anderen Worten: Das ursprüngliche Testament wurde nicht verworfen?«

»Nicht, dass es Sie irgendwas anginge: nein. Sie wird ermahnt, keinerlei umstrittenen Besitz wegzuschaffen, bis der Fall entschieden wurde.«

»Mal angenommen, Sie zeigen mir das einfach, Herr Thornbuckle ...« Kate streckte gebieterisch die Hand aus; zu Bruns Überraschung übergab ihr Harlis eine

Hardcopy. Kate sah den Text durch, eine nachgezeichnete Braue hochgezogen.

»Hier ist das vielleicht legal, aber bei uns zu Hause wäre das sicherlich anders«, sagte sie schließlich. »Ihr habt hier ein wirklich seltsames Rechtssystem und ohnehin ja keine richtige Verfassung. Aber ich vermute, Sie werden Lady Thornbuckle darüber informieren müssen.«

»Sie jagen mir keine Angst ein«, sagte Harlis, fuhr ruckhaft aus dem Sessel hoch, entriss Kate auf dem Weg zur Tür die Hardcopy und knallte die Tür hinter sich zu.

»Ich halte nicht viel von dem, was bei euch als Sicherheit durchgeht«, stellte Kate einen Augenblick später fest. »Diesen Mann bis vor die Tür zu lassen, ohne uns zu informieren!«

»Er ist mein Onkel«, gab Brun zu bedenken.

»Und erlebt ihr hier nie Morde im Familienkreis? Nein, vergiss es. Es wird Zeit, dass ich an die Arbeit gehe.«

Kates Erscheinung und Tonfall wirkten gleich viel weniger texanisch, wenn sie einer Fährte folgte, entschied Brun. Der Ranger hatte sich Kopien aller relevanten Überwachungsunterlagen besorgt und dies damit begründet, sie müsste beweisen, dass die Lone-Star-Konföderation in keiner Weise in die Ereignisse verwickelt war. Jetzt war ihr Zimmer geschmückt mit Diagrammen und Listen und vergrößerten Flatpics.

»Hier haben wir eine vollständige Gästeliste des Monos Hotels; ich halte nicht viel von euren Ermittlern, die sich nur die Liste der Personen von der fünften Etage aufwärts besorgt haben. Sicher, der Schuss kam aus dieser Höhe, aber Menschen können sich in einem Gebäude ebenso nach oben bewegen wie nach unten. Man weiß, dass zumindest ein Schütze hier, in Zimmer 517 war …«

»Das hat uns niemand erzählt!«

»Na ja, verständlich. Hätte ich auch nicht, wenn wir bei uns wären und ich die offizielle Ermittlerin … Ich hätte mich an Regeln zu halten, genau wie eure Leute. Nun, das Paar in Zimmer 517 war zum fraglichen Zeitpunkt nicht dort. Sie nahmen an der Jahresversammlung der Installationsunternehmen teil, und uns liegen über einen Zeitraum von zwei Stunden gute Überwachungsbilder von ihnen vor, wie sie in ihrem Separee sitzen; dazu kommen zwei weitere Stunden, falls man den Ausflug zum Klo nicht mitzählt, der bei jedem anfiel. Außerdem haben wir Zeugenaussagen und ein Bestellbuch mit automatischer Zeitangabe, das ihre Bestellungen nachweist.«

»Sie hätten ihr Zimmer jemand anderem überlassen können.«

»Jap. War auch mein erster Gedanke. Die Sachlage lautet jedoch: Die Zimmertür wurde aufgebrochen, nicht aufgeschlossen. Ein Faden DJ-8, und jemand hat sich noch die Mühe gemacht, die Magnetrelais zu überladen, damit die Explosion des Schlosses keinen Alarm auslöste. So weit wäre niemand gegangen, der einen Schlüssel hatte. Die Stringhalts könnten trotzdem in die Sache verwickelt sein, aber ich zweifle daran. Derzeit nehme ich acht Kandidaten unter die Lupe.« Kate deutete auf die entsprechenden Einträge der Gästeliste. »Zwei Angestellte des Hotels – der stellvertretende Tagesmanager und der Leiter des Haushaltspersonals …«

»Warum die?«

»Zugriff auf die Belegungsdateien der Zimmer. Ich möchte dir die blutrünstigen Details eigentlich ersparen, Brun, aber sieh dir das mal an ...« Kate rief eine farbcodierte Karte des Hotels und der Straße auf. »Eure Sicherheitsleute haben recht gute Arbeit geleistet, auch wenn sie nicht gut genug war. Sie haben alle bekannten Ausländer aus den Zimmern entfernt, die Ausblick auf die Route vom Hafen zum Palast gewährten; sie haben Späher auf den Dächern postiert und das übliche Netz am Boden organisiert. Sie hatten Patrouillen unterwegs, auch im Hotel. Unsere Leute hätten vielleicht das eine oder andere Detail anders gehandhabt, aber das hätte auch nicht gereicht, um deinem Dad das Leben zu retten, falls seine Route bekannt war. Und der Fahrtweg war bekannt – alle Welt wusste davon.

So viel kann ich dir sagen: Ich bin überzeugt, dass der Anschlag nicht von außen gesteuert wurde. Ich denke, es war jemand aus den Familias, der den Anschein zu erwecken versuchte, es wäre die neutexanische Miliz gewesen.«

»Na ja, ich möchte herausfinden, wer genau.«

»Hast du irgendeine Ahnung? Eure Bevölkerung übertrifft unsere bei weitem, und wir fangen normalerweise mit *irgendeiner* Vorstellung davon an, wer jemand anderen umzubringen versucht.«

Brun zählte die Kandidaten ab. »Da haben wir erst mal Onkel Harlis, obwohl ich nicht denke, dass er ... Er möchte den Besitz meines Dads haben, und er tut sein Bestes, ihn Mutter zu entreißen, wie du ja gesehen hast. Dann sein Sohn Kell, der gemeiner ist als eine ... wie lautet noch mal euer Ausdruck?«

»Klapperschlange. Und?«

»Irgendein Conselline, obwohl ich mir nicht vorstellen kann, dass Hobart Conselline von selbst so etwas Dummes tun würde.«

»Hmm – mal vorausgesetzt, es war dumm; schließlich

ist er dadurch Sprecher geworden. Na ja, probieren wir mal einen anderen Ansatz. Vergessen wir zunächst den Mord und sehen uns an, was wir sonst ausgegraben haben.« Kate schob einen Stoß Papier zur Seite und brachte ein Dokument zum Vorschein, das für Bruns Augen nur Zahlenreihen enthielt.

»Sollen diese Zahlen irgendwas besagen?«, wollte Brun wissen.

»Durchaus«, antwortete Kate. »Falls man dem Geld nachspürt, führt es fast immer zum Verbrecher. Ich habe diese Zahlen übrigens öffentlichen Nachrichtendateien entnommen, sodass ich für ihre Genauigkeit nicht bürgen kann. Aber man kann einiges erkennen … siehst du das hier? Das sind die Anteile deines Onkels an Unternehmen, von denen du gesagt hast, dass sie zum Familienbesitz gehören.«

Brun kannte die meisten Namen. Ihre Mutter hatte sie erwähnt, war aber nicht auf Einzelheiten eingegangen.

»Brun, ich muss mit dir reden.« Lady Cecelia klang sehr aufgeregt. Brun hatte seit Tagen nichts von ihr gehört und sich so in Kates Nachforschungen vertieft, dass sie Cecelia fast vergessen hatte.

»Lady Cecelia, wie …«

»Sofort«, sagte die Stimme.

»Ich habe diese Lone-Star-Frau zu Besuch …«

»Ich weiß; ich habe die Gerüchte gehört. Aber kann ich für ein paar Tage zu dir hinauskommen?«

»Natürlich.«

Ein paar Stunden später platzte Cecelia ins Haus, in einem Zustand, in dem Brun eine ganz ordentliche Wut erkannte. Cecelia hatte nicht einen einzigen Blick für Kate übrig.

»Wusstest du schon, dass Kevil Mahoney beraubt wurde, während er im Krankenhaus lag?«

»Nein! George hat gar nichts gesagt…«

»George versucht die ganze Zeit schon, die Sache zu klären, ohne in noch größere Schwierigkeiten zu geraten. Jemand hat am Tag des Mordanschlags die Konten der Mahoneys gelöscht, und George war so beschäftigt, dass er es erst zwei Wochen später feststellte. Und zu diesem Zeitpunkt konnte er die Transaktion schon nicht mehr verfolgen.«

»Aber wie? Ich dachte, die Sicherheitsvorkehrungen …«

»Wären ausreichend. Ja. Das dachte ich auch. Aber George versucht, sich um seinen Vater zu kümmern und gleichzeitig das Jurastudium abzuschließen … Sie können sich nicht mal einen Koch leisten und müssen das Haus verkaufen! Die Sache ist die, Brun, dass George die Zugangscodes nicht kennt und Kevil sich nicht an sie erinnert. Ich habe sie, aber ich habe keine Ahnung, wie ich den Inhalt der Dateien deuten soll.«

»Du kennst Kevils Zugangscodes?«

Cecelia wurde rot. »Ja. Und er hat – hatte meine.«

»Was also von dir und Kevil erzählt wurde …«

»War müßiges Geschwätz. Brun, ich schäme mich für dich! Man hat den Mann verletzt, sein Gedächtnis beschädigt, ihn beraubt, und du kannst an nichts anderes denken als sowas?«

»Verzeihung«, sagte Brun. »Es ist mir einfach durch den Kopf gegangen.«

Cecelia warf einen Blick auf die Papiere und Filmbänder, die über die Bibliothekstische verstreut lagen, und betrachtete schließlich Kate. »Wonach suchst du?«

»Hab die öffentlichen Finanzunterlagen gesichtet,

um rauszufinden, wie Harlis mit einem lächerlichen Anspruch so weit kommen konnte, und hab versucht, die Spur des Killers zu finden. Bruns Mama tut auf Sirialis das Gleiche.«

Brun sah Cecelia an.

»Kate, wir müssen unsere Kräfte bündeln. Mit Cecelias Codes und deiner Fähigkeit, die Dateien zu verstehen, könnte die Ermittlung viel rascher laufen.«

»Falls du uns Eindringlinge vom Hals hältst«, sagte Kate. »Vergiss nicht, was ich über eure untauglichen Sicherheitsvorkehrungen gesagt habe …«

»Ich mache mir mehr Sorgen um Kevil«, stellte Brun fest. »Wieso hole ich ihn nicht einfach zu uns?«

»Ausgezeichnete Idee«, fand Kate.

»Aber das ist alles falsch, das …«

»Jemand, der das alles getan hat, schreckt auch vor einem weiteren Mord nicht zurück.«

Als Brun mit Kevil Mahoney eintraf, waren Kate und Cecelia schon in die Arbeit vertieft. Brun half Kevil in die Bibliothek und nahm einen Stoß Ausdrucke von einem Sessel, damit er sich setzen konnte.

»Scheint … Spaß zu machen …«, sagte er. »Du musst … die … Texanerin sein …«

»Ranger Briarly«, sagte Kate. »Nenn mich Kate. Jemand hat wirklich deine Aktien geplündert … aber ich kriege ihn.«

»Kate hat wirklich was gegen Diebe«, stellte Cecelia fest.

»Ich mag keine Leute, die anderen wehtun und Vorteile ausnutzen, besonders gegenüber solchen, die man gerade niedergeschossen hat.« Kate schenkte Kevil ein ganz breites Lächeln. »Ich verwette meinen besten Showsattel darauf, dass wir in diesem Drama nicht nur einen oder zwei Schurken haben, und mein Ziel ist es, jeden Einzelnen von ihnen zu schnappen.«

»Ihr interessiert euch bestimmt für das, was ich bei Kevil gefunden habe«, sagte Brun. Sie hielt einen Sack hoch und schüttelte ihn. »Interessante Medikamente für jemanden mit einer Hirnverletzung …«

»Das dachte ich mir schon«, sagte Cecelia. »War der Pfleger dort? Er war bei jedem Besuch schwieriger abzuschütteln.«

»Oh ja. War sehr erpicht darauf, Ser Mahoney etwas zu verabreichen, um ihm die Fahrt hier heraus zu erleichtern. Dann wollte er die Medikamente aus den Regalen zu räumen.«

»Ich vermute nicht, dass du *seine* Zugangscodes hast«, sagte Kate und blickte auf.

Brun grinste. »Als ich wieder zu Hause war und nicht viel ausging, habe ich meine Zeit darauf verwandt, ein paar von den Apparaten nachzubauen, wie sie Koutsoudas benutzt … Also, klar doch, ich habe ein bisschen Daten gesaugt und mir alles besorgt, was über den Mann zu bekommen war.« Sie legte ihre Beute auf den Tisch. »Schnittstellen mit dem Würfelleser und dem Computer, was du auch möchtest.«

Drei Abende später döste Brun gerade auf einer der langen Ledercouchen in der Bibliothek, die Augen mit einem Arm vor dem Licht abgeschirmt, als der Durchbruch erfolgte.

»Hab dich!«, murmelte Kate. Sie war gar nicht mehr die sexy Blondine in roten Fransenklamotten; nach mehreren durchgearbeiteten Nächten hintereinander war die Frisur flach und hatten sich Ringe unter den Augen gebildet. Anstelle des engen roten Kostüms trug sie legere Hose und Hemd. Nichts konnte jedoch das

Lächeln trüben, mit dem sie sich zu den anderen umdrehte. »Da haben wir sie, Partnerinnen ... mit allem, was wir brauchen.«

»Umm ...« Brun schaltete zunächst nicht richtig. Gerade hatte sie ein trübes Auge aufbekommen, als der letzte Satz zu hören war. »Wen haben wir?«

»Zunächst mal deinen Onkel Harlis. Er hat sich Aktien auf Wegen besorgt, die sogar hier illegal sind – und ich muss schon sagen, Brun, dass eure Regierung das hiesige Rechtssystem mal wirklich gründlich überarbeiten sollte! Diese Verordnungen lassen Löcher, durch die man eine Herde Langhörner treiben könnte. Ihr braucht nur eine Generation voller Idioten und Feiglinge und ein paar schlimme Gesellen, und ihr habt alles hinter euch.«

Cecelias zerzauster Rotschopf stieg von der anderen Couch auf. »Das ist ja alles schön und gut, aber was hat er nun *getan?*«

»Er hat Anteile an sich gerissen, indem er einige deiner schwächeren Verwandten schikanierte ... Erinnerst du dich noch, dass du mir erzählt hast, wie überrascht du warst, dass Trema, die Tante deines Vaters, Harlis Anteile überschrieben hat? Das war kein Zufall. Ich habe hier die Fährte der Dokumente; sie führt zu einigen Schlägern vor Ort, von Harlis beauftragt, einen Teil von Tremas Lieblingsporzellan zu zertrümmern und ihr anzudrohen, dass sie ihre Knochen genauso leicht brechen könnten. Die dortige Polizei hatte er auch in der Tasche. Er hat ihr gegenüber ausgesagt, Trema wäre nur eine verrückte alte Dame, die Sachen fallen ließe und an Halluzinationen litte.«

»Und man hat ihm geglaubt?«

»Geld ist ein starkes Argument. Und das ist nicht alles, was ich herausgefunden habe; die Beweise müssten sogar vor einem korrupten Gericht standhalten. Mit so einem musst du auch rechnen, wenn ich das richtig deute – Harlis hat ganz ordentliche finanzielle Beiträge für die Schulbildung der Kinder diverser Richter geleistet. Falls ihr hier irgendeine Oppositionszeitung habt, würde sie sich die Finger nach diesem Material abschlecken.«

»Ich kann … dabei helfen … den Einspruch zu formulieren«, sagte Kevil Mahoney. Er stand auf den Beinen und lehnte verkrümmt am Türrahmen.

»Du bist ja auf!«, stellte Cecelia fest. »Du sollst dich doch ausruhen.«

»Ich habe … seit Wochen … nichts anderes getan. Es reicht. Meine Erinnerungen sind immer noch so gesprenkelt wie ein Dalmatiner, aber falls ihr mir die Fakten nennt, kann ich schreiben. Denke ich.« Er konnte schon besser reden, und je länger er es tat, desto gewandter wurde seine Ausdrucksweise.

»Gut«, sagte Kate, begleitet von einem weiteren blendenden Lächeln. »Dann denke ich, wird es Zeit für mich Texasmädel, mal zu schlafen und zu duschen. Ich sehe bestimmt nach etwas aus, was die Katze in die Scheune gezerrt hat.«

Kevil Mahoneys Unterschrift unter dem Antrag auf ein Schnellverfahren, um das Testament des verstorbenen Lord Thornbuckles zu bestätigen, hätte vielleicht wenig Wirkung gezeitigt, aber der dicke Stapel an Beweisen glich das aus. Einer der Gerichtssekretäre rief Brun noch am Nachmittag an.

»Der Richter hatte vorher noch nie etwas davon zu sehen bekommen …« Die Stimme des Sekretärs klang scharf vor Missbilligung.

»Natürlich nicht«, entgegnete Brun. »Ser Mahoney war lebensgefährlich verletzt, wie Sie wissen; und einige der Familiendokumente waren nur für ihn zugänglich.« Sie erwähnte Kevils sonstige Probleme nicht; einem Sekretär waren solche Informationen gewöhnlich nicht zugänglich.

»Sind das alle Daten, die Sie haben, oder können wir mit mehr rechnen?« Das war sarkastisch, aber der Sekretär schien sich dabei unwohl zu fühlen.

»Nein, das ist noch nicht alles; diese Daten sind nur der Anfang. Meine Mutter, Lady Thornbuckle, hält sich auf Sirialis auf, um dem Hauptarchiv der Familie weitere Informationen zu entnehmen.«

»Ich verstehe. Nun … Sie hören wieder von uns.«

Zwei Stunden später stürmte Harlis die Einfahrt herauf, nur um von Bruns neuen Sicherheitsleuten aufgehalten zu werden. Nachdem sie ihn entwaffnet und bei Brun nachgefragt hatten, führten sie ihn zur Tür. Brun empfing ihn dort – und hinter ihr bezogen Kate, Cecelia und ein aufrechter Kevil Stellung, der sich auf George stützte. Kate hatte wieder ihr texanisches Selbst angenommen und trug diesmal auch ihre Rangermarke.

»Bevor du irgendwas sagst«, begann Brun, »gestatte mir, eins deutlich zu machen: wir haben alle Beweise, die wir nur brauchen, dass du dich mit kriminellen Machenschaften in den Besitz von Familienunternehmen gebracht hast; und wir sind dabei, noch mehr Beweise zu sammeln.«

Ihr Onkel sah sie finster an. »Ich glaube das nicht! Du kannst mir das nicht antun! Ich habe nichts getan … es war alles völlig legal. Hobart wird sich um euch kümmern …« Er wurde bleich.

»Wie außerordentlich interessant«, fand Cecelia. »Hobart … Meinst du damit womöglich Hobart *Conselline* … Nun, warum sollte jemand aus unserem Clan mit einem Conselline zusammenarbeiten?«

»Ich habe nicht Conselline gesagt«, stellte Harlis fest. Seine Farbe hatte jedoch gewechselt, und die Stimme bebte. »Aber ich habe das *Recht* …«

»Du hattest nicht das Recht, die arme alte Tante Trema zu erschrecken«, sagte Brun. Erschrocken stellte sie fest, dass sie ganz nach ihrem Vater klang, und fragte sich, ob es den anderen auffiel. »Und ja, wir werden Anklage erheben.«

»Ich … ich sehe dich in der Hölle wieder!« Harlis wirbelte herum und marschierte den Fußweg hinunter, begleitet von den Wachleuten.

»Es ist noch nicht vorüber«, sagte Brun, zu sich selbst nicht weniger als zu den anderen. Harlis hatte nicht vor, klein beizugeben, und sie wusste nicht, was er womöglich als Nächstes unternahm.

»Nein, aber es ist ein guter Anfang«, meinte Kate. »Komm schon, Süße, warte, bis du Cecelias nächste gute Idee gehört hast.«

»Was?«

»Sie hat einen Platz für alle diese unbequemen Frauen und Kinder gefunden, die Lieutenant Serrano auf der Tasche liegen. Sie wird sie auf einen Pionierplaneten bringen, den sie kennt; sie werden dort glücklicher sein, und man braucht dort ihre Fähigkeiten.«

»Das ist schön für Barin und Esmay«, stellte Brun fest. »Aber mir wäre es lieber, wenn Cecelia meine Mutter aufsucht und ihr erzählt, was wir erreicht haben. Mutter muss erfahren, dass wir über Beweise gegen Harlis verfügen. Wir können das nicht den üblichen Kommunikationswegen anvertrauen …«

»Du hast Recht, aber jetzt, wo Harlis auf der Flucht ist, besteht doch keine Eile, nicht wahr? Deine Mutter wird nichts überstürzen.«

Ruth Ann blickte lange zum Fenster hinaus. Die Aussicht war kühl und grün, und sie wusste nicht, ob es Frühling, Sommer oder Winter war. Der Himmel spiegelte sich in Pfützen, blaues Flickwerk mit Wolkenballen, die an ungesponnene Wolle erinnerten.

Keine turmhohen Städte, kein lärmendes Gedränge. Als die Luke aufging, wehte kühle und feuchte Luft herein. Ruth Ann nahm den Duft grüner, wachsender Dinge in dieser Luft wahr. Die rothaarige Frau ging voraus, und Ruth Ann folgte ihr auf den Fersen. Der Boden fühlte sich gut an unter den Füßen, sogar durch die Schuhe hindurch. Er hielt still; er vibrierte nicht.

Die rothaarige Frau mit dem ausgefallenen Namen – Cecelia Wasauchimmer, eine Verjüngte – ging voraus zu einem kleinen eckigen Gebäude, wo jede der neutexanischen Frauen ihre ID vorweisen musste. Ruth Ann empfand es als merkwürdigen Vorgang, dass jede von ihnen eine eigene Karte mitführte. Auf ihrer stand der eigene Name: Ruth Ann Pardue.

Sobald sie alle durch den »Zoll« waren, was immer das auch war, und neue purpurrote Stempel auf den Karten hatten, führte die Rothaarige sie die Straße entlang. Das machte Ruth Ann Angst. Die kleine Stadt sah ganz ähnlich aus wie das Provinzkaff, in dem sie aufgewachsen war und wo man ihr die Beine blutig gepeitscht hätte, wenn sie dort in Schuhen herumlief und andere Menschen anblickte … Aber hier gingen Männer und Frauen umher, auch Letztere beinahe anständig gekleidet, außer dass sie alle Schuhe trugen und nicht den Blick gesenkt hielten. Die Menschen sahen Ruth Ann an, voller Hoffnung allerdings, nicht mit Abscheu. Die Kinder wurden sogar bewundernd gemustert.

Sie durchquerten die offene Tür eines zweigeschossigen Hauses, und die Rothaarige schrie: »Ronnie! Raffaele!« Sofort schrie eine Frau zurück: »Lady Cecelia! Nur einen Moment – ich komme!« Dann trappelten Schritte auf der Treppe, und eine schlanke junge Frau mit dunklen Haaren und Augen kam heruntergelaufen und umarmte die Rothaarige. Dann wandte sie sich Ruth Ann zu. »Das Abendessen ist gleich fertig – wir freuen uns so, dass Sie gekommen sind; ich hoffe, es gefällt Ihnen hier. Ronnie ist draußen und versucht zu ergründen, warum irgendeine Maschine nicht funktioniert oder so was … er ist gleich zurück.«

Ruth Ann erkannte an der Frau, die sich als Raffaele vorstellte, die gleichen Gräuelspuren wie bei Brun. Diese Frau hatte nie respektvoll die Augen niedergeschlagen; sie war nie schweigsam zurückgewichen; ihr hatte man nie den Zugang zu etwas verwehrt, was sie lernen wollte.

Aber – nach den Gerüchen aus der Küche zu urteilen – hatte sie nie gelernt, mehr zu tun als Knöpfe zu drücken, wenn sie etwas essen wollte.

»Und wir hoffen …« Raffaele redete immer noch, aber jetzt unterbrach Ruth Ann sie.

»Was versuchen Sie zu kochen?«

»Nur etwas … Fleisch …«

»Ich möchte mir das mal ansehen.« Ruth Ann segelte auf einer Welle unerwarteter Freude in die Küche, und klar doch, hier herrschte das reinste Chaos. Klebriges Küchengerät lag auf der Anrichte herum – einer zu kleinen Anrichte außerdem; das würde sich ändern müssen! –, und der Herd verbreitete Rauch aus einer schlecht sitzenden Ofentür.

»Secunda … Shelley Marie, du räumst die Anrichte auf. Tertia … Terry, du wischst den Boden. Benji …« Ihr ältester Sohn starrte sie mit großen Augen an. »Benji, dieser Herd muss repariert werden.«

»Pri … Mama?«

»Jetzt gleich, Benji.« Sie spürte, wie ihr Selbstbewusstsein zurückkehrte. »Simplicity, Liebes, geh mit den Kleinen in den Garten … Sie haben hier doch einen Garten, nicht wahr?«, fragte sie Raffaele.

»J-ja, aber er ist nicht … Dort ist alles durcheinander.«

»Nicht mehr lange.« Mit Durcheinander kannte sie sich aus, und sie wusste, was dagegen zu unternehmen war. »Simplicity, sorg dafür, dass die Kleinen mit dem Unkrautjäten anfangen und niemand sie dabei stört.«

Die dunkelhaarige junge Frau flatterte jetzt herum wie ein bunter Schmetterling in einem Netz. »Aber … aber Sera … Ruth Ann … Ich wollte nicht, dass Sie gleich arbeiten … Ich wollte gerade das Abendessen für Sie machen …«

»Bekümmern Sie sich nicht … warum decken Sie nicht den Tisch oder so was?«

»Komm, Raffa; ich erzähle dir alles über Ruth Ann.« Die große schlaksige Rothaarige führte die jüngere Frau weg.

Endlich wieder in einer Küche, einer richtigen Küche! Viel zu klein für sie alle, aber größer als irgendeines dieser Kämmerchen, die man auf Raumschiffen und Raumstationen als Küchen bezeichnete. Shelley hatte inzwischen einen Kessel gefunden und machte auf dem Herd Wasser warm; Benji hatte schon die Ofentür abmontiert. Dahinter kam ein Stück Fleisch zum Vorschein, das an einer Seite langsam anbrannte.

Shelley reichte Ruth Ann ein paar zusammengefaltete Handtücher, und Ruth Ann holte die Bratpfanne hervor und rümpfte die Nase über den Geruch. Das Fleisch war innen roh und außen angebrannt; das Mädchen hatte zu rasch zu viel Feuer gemacht, um die undichte Ofenklappe auszugleichen. Wahrscheinlich hatte sie noch nie ohne Elektroherd gekocht, und der Elektroherd war wohl kaputt.

Ruth Ann blickte sich nach einem Arbeitstisch um – keiner da. Dann also die Anrichte, wo Shelley gerade das Durcheinander zur Seite räumte, um für sie Platz zu schaffen; anschließend durchstöberte sie die Schubladen nach dem Messer, das Ruth Ann jetzt sicher haben wollte. »Wir brauchen einen Arbeitstisch«, erklärte Ruth Ann Benji. »Sie haben gesagt, es gäbe hier reichlich Holz, also kannst du dich gleich an die Planung machen.«

»Cecelia, ich fühle mich furchtbar – die Zwillinge haben mich letzte Nacht ständig auf den Beinen gehalten …«

»Du hast noch niemanden gefunden, der sie nimmt?«

»Nein.« Raffa errötete, eine Farbe, die ihr stand, wie Cecelia feststellte. »Ich … wir … haben irgendwie … entschieden, sie selbst zu behalten. Und eines der Kindermädchen ist mit einem Farmer durchgebrannt, und das andere mit den Kindern möchte eine Schule gründen – und muss sich ohnehin um die eigenen Kinder kümmern …«

»Du selbst?« Das war eine unerwartete Komplikation. »Äh … hältst du das für klug?«

»Du meinst, ob es Brun etwas ausmacht, falls sie davon erfährt?« Raffa war von jeher zu schlau. »Ich denke nicht, dass sie es erfährt, aber falls doch – na ja, zu schade. Ich verstehe völlig, warum sie sie nicht behalten wollte. Es muss schrecklich für sie gewesen sein, und ich wünschte, es wäre nie passiert. Aber ich mag – nein, ich *liebe* die Jungen, und ich liebe sogar die Tatsache, dass sie ein Teil von Brun sind. So, wie die Dinge liegen, können Ronnie und ich diesen Planeten vielleicht nie wieder verlassen … und das ist auch okay so, aber ich vermisse doch das eine oder andere …«

»Meine Liebe … du brauchst nicht hierzubleiben …«

»Doch, das müssen wir, und ich habe auch nichts dagegen. Wir haben uns ein eigenständiges Leben gewünscht, und wir erhalten es. Nicht so, wie ich es mir vorgestellt habe, aber – ob du es glaubst oder nicht – wir sind glücklich. Die Sache ist nur die … Kinder … damit dauert es noch Jahre, weil … nun ja … ich lege keinen großen Wert darauf, ohne moderne medizinische Betreuung Kinder zu kriegen. Und so helfen wir Brun. Und uns selbst.«

Es hätte eindeutig nichts genutzt, Einwände zu erheben. »Welche Namen habt ihr ihnen gegeben?«, erkundigte sich Cecelia.

»Der Rotschopf heißt Peter, nach Ronnies Großonkel, und der Braunhaarige Salomar, nach dem Bruder meiner Mutter.«

Cecelia stellte überrascht fest, dass ihr die Augen brannten. Familientypische Namen – und Namen, von denen sie wusste, dass sie auch unter Bruns Vorfahren auftauchten. »Also – wann bekomme ich die kleinen Dämonen zu sehen?«

»Sie machen ein Nickerchen. Sie waren krank – ich weiß, dass es nur eine Kinderkrankheit war, und alle Kinder machen das durch … hier draußen, meine ich.«

»Na ja, dann decken wir lieber den Tisch. Eins habe ich über Ruth Ann herausgefunden: Sobald sie einen Entschluss gefasst hat, werden die Dinge erledigt.«

»Gehört sie zu denen – die Brun wehgetan haben?«

»Nein. Es war ihr Ehemann, aber sie hat erst viel später davon erfahren. Wo sind deine Tischdecken?«

»Wurden für Krippenlaken zweckentfremdet«, antwortete Raffa. »Wir können den hier nur abstauben.« *Der hier* war mal ein eleganter Esstisch gewesen, als Raffa und Ronnie ihn auf diesen Planeten brachten, aber er hatte jahrelang als Werkbank gedient und sah auch danach aus. Cecelia verzichtete darauf, einen Kommentar über den Fußboden abzugeben – wie sollte Raffa den Fußboden auch staubfrei halten, wenn sie keine Fensterscheiben hatte, geschweige denn irgendwelche Haushaltsgeräte? – und half dabei, die verschrammte Tischfläche abzuwischen.

»Ich habe immer noch das meiste Geschirr«, sagte Raffa. Sie schloss den großen Schrank in der Ecke auf und holte Stapel von Tellern hervor. »Selbst wenn es auf dem nackten Holz ein bisschen albern aussieht.«

Unpassend war das richtige Wort, aber Cecelia sagte nichts und stellte stattdessen Pierce & Samuelsons berühmtes »Krönungsgeschirr« mit dem goldenen Wellenrand auf. Während sie noch damit beschäftigt war, bemerkte sie, dass der Geruch aus der Küche nicht mehr von angesengtem Fleisch und etwas Saurem kündete, sondern eine köstliche Mischung darstellte aus Braten und etwas, das fast nach Brot roch.

Plötzlich tauchte Ruth Ann an der Tür auf. »Oh – benutzen Sie keine Tischtücher?«

»Wir haben keine übrig«, erklärte Raffa. »Wir mussten sie für die Betten benutzen …«

»Liebe Güte! Und das, wo wir mehr als genug davon

im Gepäck haben! Cecelia, wissen Sie, wo die Kartons stehen?«

»Nein, aber ich finde es heraus. Welchen Karton brauchen Sie?«

»Den mit Tisch und Stuhl an der Seitenwand.«

Cecelia ging zum Shuttle und entdeckte unter den Stapeln von Kartons, die gerade entladen wurden, das Exemplar mit Tisch und Stuhl an der Seitenwand. Ein Besatzungsmitglied trug ihn für sie ins Haus; sie stellte ihn auf den Tisch und öffnete ihn sorgfältig. Er war voller gefalteter Tischdecken, großartig mit Handstickereien verziert.

Cecelia nahm ein Tuch hervor. »Wie haben Sie nur die Zeit gefunden, das zu weben?«

»Oh, gewebt haben wir es nicht selbst«, sagte Terry. »Wir hatten keinen Platz für Webstühle. Aber Prima – Ruth – fand, wir dürften nicht faulenzen. Sie hat diese Miss Waltraude überredet, uns Stoff zu besorgen, und wir haben ihn bestickt. Denken Sie, es ist hübsch genug?«

Cecelia schüttelte das Tuch aus. Die Frauen hatten den schlichten weißen Stoff mit einem breiten Band aus Blumen, Bäumen, Vögeln und Sternen bestickt sowie mit, wie Cecelia vermutete, religiösen Symbolen. »Es ist … mehr als nur gut genug!« Es war prachtvoll, und das Krönungsgeschirr sah darauf noch besser aus.

Derweil hatte der Duft aus der Küche die Zwillinge aus dem oberen Stockwerk heruntergelockt. Sie waren inzwischen sicherer auf den Beinen, und obwohl sie gestern noch krank gewesen sein mochten, sprühten sie jetzt vor Leben. Sie nahmen schnurstracks Kurs auf den Tisch, und Raffaele versuchte sie abzufangen. Terry packte sich Salomar, während Raffa Peter zu fassen bekam.

»Was für große Jungen!«, gurrte Terry. »Ihre, Ma'am?«

»Ja«, antwortete Raffa. »Aber ich heiße nicht Ma'am – nennen Sie mich einfach Raffa. Falls Sie helfen könnten, sie vom Tisch fernzuhalten ...«

»Ich bringe sie in den Garten und helfe Simplicity, sie im Auge zu behalten.«

Als sie gegangen war, warf Cecelia Raffa mit schräg gelegtem Kopf einen Blick zu. »Weißt du, sie werden nie glauben, dass du diese Kinder geboren hast. Sie werden bemerken, dass sie adoptiert sind.«

»Ja, aber nicht von wem«, sagte Raffa entschieden.

Cecelia riskierte einen Blick in die Küche. Der Fußboden konnte so, wie er nun mal beschaffen war, nicht glänzen, aber er sah jetzt ganz nach einem Boden aus, der geglänzt hätte, wäre er nur glatt genug gewesen. Ruth Ann bearbeitete ein großes Stück Teig auf der Anrichte, die glänzte, nur nicht an der Stelle, wo Ruth Ann arbeitete. Eine der Frauen spülte Geschirr; eine weitere schnitt etwas klein, was gut roch. Ältere Kinder strömten fortwährend in die Küche und wieder heraus, brachten frisches Grünzeug aus dem Garten, schafften Müll hinaus und wischten, sobald Raffa ihr Einverständnis erteilt hatte, den Boden des Esszimmers.

Das Licht ging wieder an, kurz bevor Ronnie nach Hause kam.

»Mein Gott!«, sagte Ronnie, als er zur Tür hereinschneite. Die Frauen senkten die Köpfe und warteten. »Ich meine ... äh, das ist ja eine Überraschung.«

Ruth Ann blickte auf. »Wir erwähnen den Namen des Herrn nicht eitel«, erklärte sie. »Ich dachte, Sie wollten ein Gebet sprechen.«

»Ich weiß – ich wollte nur ... Was haben Sie getan? Woher kommt das alles?«

»Es ist nur Nahrung«, sagte Ruth Ann.

»Es ist nicht nur Nahrung«, erwiderte Ronnie. »Es ist ein Festschmaus!«

»Dann können Sie Gott auch Ihren Dank dafür aussprechen«, sagte Ruth Ann und bedachte ihn mit einem strengen Blick. Ronnie wurde rot und stotterte ein Kindertischgebet herunter, von dem Cecelia sicher war, dass er es seit über zehn Jahren nicht mehr gesprochen hatte. Die neutexanischen Frauen schlossen es mit einem kräftigen »Amen« ab.

Der Braten teilte sich in gleichmäßige, perfekt gare Scheiben. Luftige Brötchen, leicht wie Wolken. Kartoffeln, außen knusprig und innen mehlig. Frisches Grünzeug, das weder bitter noch zu sauer schmeckte.

»Wirklich ein Festschmaus«, bestätigte Raffa. »Ich kann mir gar nicht vorstellen, wie Sie diesen fürchterlichen alten Ofen in Gang gebracht haben. Seit der Elektroherd ausfiel, hatten wir ein Problem. Die Brotmaschinen funktionieren auch nicht ...«

»Man braucht keine Maschinen, um Brot zu backen«, wandte Ruth Ann ein.

»Ich schon«, entgegnete Raffa mit einem Lächeln, das der Gegenrede jede Schärfe raubte. »Ich verstehe mich nicht darauf, wie man es anders macht. Ich habe mal die Zutaten in eine Schüssel gegeben, die man laut Rezept in eine Brotmaschine stecken soll, aber hinterher kam der scheußlichste saure Klumpen zum Vorschein ...«

»Haben Sie es durchgeknetet?«

»Durchgeknetet? Was soll das sein? Ich habe die Sachen gemischt; ist die Maschine nicht für alles Weitere zuständig?«

Terry schnaubte, und Ruth Ann warf ihr einen Blick zu. »Ich möchte mich nicht über jemanden lustig machen«, sagte Terry.

»Sie können sich nach Belieben lustig machen, falls Sie mir beibringen, so zu kochen, wie Sie es können«, sagte Raffaele. »Falls ich einen Laib essbares Brot anfertigen könnte, auch nur ein einziges Mal …«

»Man backt kein gutes Brot, indem man es nur einmal tut«, wandte Ruth Ann ein, die sich von einem Augenblick zum nächsten immer sicherer fühlte. Cecelia hatte Recht gehabt. In diesem Haushalt brauchte man sie eindeutig, brauchte man ihre Kenntnisse. »Man macht gutes Brot, indem man eine Menge Brot backt.«

»Na ja, hier bin ich«, sagte Raffa. »Bereit zu lernen.«

Ruth Ann erinnerte sich an Hazel und hatte Zweifel. Diese Frau war viel älter als Hazel, und sofern sie keine natürliche Begabung mitbrachte, wurde sie vielleicht nie besonders gut. Trotzdem … Raffaele konnte gewiss lernen, nicht zu viel Brennstoff in einen undichten Ofen zu packen und einen Braten nicht anzubrennen.

Nach dem Abendessen organisierten die jüngeren Frauen das Saubermachen, ohne dass man es ihnen hätte auftragen müssen, und Ruth Ann diskutierte mit Raffaele, warum sie gekommen waren und was sie tun wollten.

»Wir brauchen alle Kenntnisse, die Sie uns vermitteln können«, sagte Raffa. »Ich sagte Lady Cecelia schon bei ihrem letzten Besuch, dass wir hier gute, hart arbeitende Menschen haben, aber keiner von uns ist je ohne elektrischen Strom oder fließend Wasser ausgekommen oder eines der übrigen Dinge, die uns auf entwickelten Planeten zur Verfügung stehen. Das betrifft nicht nur mich – sondern so ziemlich uns alle. Man erwirbt die fehlenden Fertigkeiten nicht aus Büchern oder Lernwürfeln.«

»Dann fangen wir am besten mit Ihnen an. Dieses Haus bietet Platz; wir können experimentieren …« Ruth Ann war stolz darauf, dieses neue Wort zu verwenden, überhaupt darauf zu kommen, dass sie es verwenden konnte. »Sobald wir wissen, was Sie brauchen, wissen wir auch, was die anderen benötigen.«

Am nächsten Tag begann die Arbeit ernsthaft. Ruth Ann hatte deutlich vor Augen, wie die Küche aussehen sollte, damit sie und die anderen dort arbeiten konnten, ohne sich gegenseitig umzurennen. Sie konnte es gar nicht glauben … sie gab Männern Anweisungen! »Machen Sie die Anrichte so lang«, sagte sie, und sie taten es. Es schien ihnen nichts auszumachen, und Ruth Ann genoss es. Das galt auch für die anderen. All die Monate, in denen man ihnen erklärt hatte, wie rückständig sie waren, all diese Monate der Verwirrung über summende Maschinen, der Verlegenheit und Unsicherheit. Und jetzt …

»Falls Sie Ihre Beete so arrangieren, dass die hohen Pflanzen den kleineren nicht die Sonne rauben, erzielen Sie mehr Ertrag«, erklärte Becky gerade Raffaele. »Sehen Sie – Sie haben sie quer zueinander stehen … Falls die Pflanzenreihen in die andere Richtung verliefen …«

»Oh … na ja … sehen Sie, Becky, warum erklären Sie mir nicht einfach, wie es sein sollte, und ich entwerfe einen Pflanzplan für das nächste Jahr.«

»Schön …«

Terry war hinaufgegangen, um sich die Schlafzimmer vorzunehmen – obwohl sie letzte Nacht geschlafen hatten, hatte Ruth Ann die Unordnung und den Staub deutlich wahrgenommen. Die Jungen arbeiteten jetzt im vorderen Hof an einfachen Möbeln: an richtigen

Betten, damit niemand mehr auf dem Fußboden schlafen musste. Als Ruth Ann zu den hohen Fenstern des Esszimmers hinausblickte, sah sie eine Gruppe von Männern, die zusahen. Es lief zwar verkehrt herum, wenn Männer von Jungen lernten, aber es war richtig, dass Jungen und Männer zusammen waren. Sie ignorierte sorgfältig die beiden Frauen in Hosen, die auch zu der Gruppe gehörten.

Als es an diesem Tag Zeit fürs Abendessen wurde, hatte das Shuttle die restlichen Habseligkeiten vom Raumschiff geholt, darunter die von Lady Cecelia gekauften Klappbetten. Das ganze Haus roch jetzt anders, und Ronnie zeigte ein Gesicht, wie Ruth Ann es beim Vorstand eines Haushalts gern sah. Natürlich war er nicht ihr Gatte – daran erinnerte sie sich immer wieder –, aber sie freute sich wirklich über den Anblick eines Mannes, der mit Genuss speiste.

Cecelia reiste wenige Tage später ab. Ruth Ann bemerkte es kaum; sie hatte in der ausgebauten Küche jetzt ihren Arbeitstisch und hatte außerdem vor dem Haus eine Trockenkammer aufgebaut, um Lebensmittel zu konservieren.

»Was wir noch brauchen, ist eine Schule«, meinte Raffa, während sie das Gedränge rings um den Herd betrachtete, wo Shelley demonstrierte, wie man Gelee prüfte. »Eine wirklich große Küche, wo jeder kochen lernen kann; und vielleicht auch ein Nähzimmer, wo man nähen lernt.«

»Und einen Webschuppen«, ergänzte Ruth Ann. »Das Tuch aus dem Fabrikator ist zu rau. Und einen wirklich großen Backofen für Brot.«

Raffa blickte sich um. »Das hier würde fast reichen, falls Ronnie und ich in eines der kleineren Häuser umzögen.«

»Nein!«, erwiderte Ruth Ann entschieden. »Ihr Mann ist der Gouverneur; Sie brauchen dieses Haus. Wir bauen uns etwas.«

Und schneller, als selbst sie gehofft hatte, wuchs die Schule hoch. Die von Cecelia mitgebrachten Technikwürfel und die Bündel aus verstärkenden Monokristallfasern machten es möglich, rasch solide Mauern zu errichten. Eine der älteren Kolonistinnen, die auf ihrem Heimatplaneten als Hobby getöpfert hatte, entdeckte guten Lehm am Flussufer und wusste, wie daraus Fliesen herzustellen waren.

»Noch keine wirklich guten«, räumte sie ein. »Uns fehlt bislang ein Trockenofen, der genug Hitze erzeugt; aber für den Anfang sind diese Fliesen allemal besser als einfacher Beton oder Erde.« Die Schule war das erste Gebäude mit vor Ort angefertigten Fliesenböden.

Eine richtige Schule für richtige Frauen, mit einer Küche, in der sie alle kochen lernen konnten, wie es Ruth Ann getan hatte – durch Zusehen und Nachmachen und notfalls mit dem Holzlöffel eins auf die Finger bekommen. Einen großen Freiluftofen, um mehrere Dutzend Laibe Brot gleichzeitig zu backen. Einen Webschuppen … Sie vermisste die gefangenen Frauen, die so begabte Weberinnen gewesen waren, aber Tertia Crockett, die sich jetzt Anna nannte, war fast ebenso gut. Sonnenzimmer fürs Sticken. Gärten für die Kinder.

Die Gärten für die Kinder zogen einen weiteren Vorteil nach sich – alle Bewohner der Kolonie wollten ihre jüngsten Kinder dort für einen Teil des Tages unterbringen und Simplicitys sanfter Führung anvertrauen. Raffaele brachte die Zwillinge mit, als sie zum Kochkurs kam, und die anderen Frauen machten es ihr nach. Wie

Ruth Ann schon vermutet hatte, würde Raffaele nie zu mehr als einer mittelmäßigen Bäckerin werden. Ihre Hand war zu schwer für Gebäck und nicht fest genug für Hefeteig, obwohl ihre ungefüllten Pasteten und ihr Brot inzwischen wenigstens essbar waren. Die anderen Frauen eiferten ihrem Vorbild nach, und die Gärten waren voller geschäftiger kleiner Kinder.

Raffaeles Zwillinge allerdings – sie vermittelten Ruth Ann ein seltsames Gefühl in der Brust. Besonders Salomar erschien ihr allzu vertraut ... sie hatte dieses Spiel der Lippen, die Form von Augen und Augenbrauen schon gesehen. Sie betrachtete sich immer wieder Raffaele und Ronnie und versuchte in ihren Gesichtern den Ursprung dieser Merkmale Salomars zu entdecken. Was an ihr nagte, das war doch unmöglich. Sie musste es sich einbilden, oder nicht?

Sie konzentrierte ihre Gedanken entschieden wieder auf die Schule. Ein paar der anderen ehemaligen Ehefrauen hatten inzwischen Verehrer, die selbst verwitwet waren, aber viele der Frauen dachten gar nicht an eine erneute Heirat, sodass Ruth Ann sicher war, auf Jahre hinaus genug Lehrerinnen zu haben. Auch die älteren Töchter wurden nun umworben.

Und was ihre Söhne anging, über deren Aufnahme hier sie sich so viele Sorgen gemacht hatte – sie waren allesamt fähiger im Umgang mit Werkzeug als diese Stadtleute, ungeachtet der Tatsache, dass diese Männer Kurse absolviert und erfolgreich abgeschlossen hatten. Vielleicht waren sie auch, dachte Ruth Ann, mit den schicken elektrischen Geräten tüchtig, an denen man sie ausgebildet hatte, aber nur wenige von ihnen verstanden überhaupt irgendetwas von manuellem Arbeitsgerät.

Alles Mögliche kam aus der Werkstatt der Jungen zum Vorschein, von Betten über Tische bis hin zu

Schüsseln. Niemand störte sich daran, dass es schlichte Produkte waren, obwohl einer der anderen Kolonisten aus örtlichen Pflanzen Farben gewann, um dem Holz abwechslungsreichere Tönungen von weichem Rot und Gelb zu geben. Und es störte hier auch niemanden, dass ein paar Mädchen sich der Bearbeitung von Holz zuwandten. Den ganzen restlichen Frühling über, bis tief hinein in den langen Sommer dieses Planeten, segnete Ruth Ann die lange Folge von Zufällen, die sie hierhergeführt hatten.

»Ich hätte nie gedacht, dass neunzehn Frauen und ein Haufen Kinder einen solchen Unterschied machen würden«, sagte Ronnie an einem heißen Nachmittag. Er hatte die Gewohnheit entwickelt, die Zwillinge abholen zu kommen, und blieb oft auf ein Schwätzchen, wobei er sich auf eine der Sämaschinen lehnte. »Sie haben die Kolonie richtig elektrisiert, keine Frage. Die zusätzlichen Materiallieferungen haben geholfen, aber Sie, Ruth Ann, und die anderen, Sie haben uns aufgeweckt und auf Trab gebracht.«

Sie sah ihn von der Seite an und dachte sich, dass er es trotzdem noch nicht ganz kapiert hatte. Wagemutig, aber auch selbstbewusst, streckte sie die Hand zu dem Korb mit manuellem Werkzeug aus. »Wenn Sie gerade Zeit haben«, sagte sie, reichte ihm eine Unkrautschere und deutete mit dem Kopf auf die Sämaschine, auf die er sich lehnte.

Er lächelte sie an. »Sie hören nie auf zu arbeiten, wie?«

»Falls man nicht erst in Rückstand gerät, braucht man es auch nicht zu überstürzen«, stellte sie fest. »Diese klebrigen Dinger, das ist das Unkraut.«

»Ja, Ma'am.« Er grinste. »Ich lerne es irgendwann noch.«

»Nebenbei«, sagte sie – und es fiel ihr leichter, das Thema anzusprechen, während er sich über das wirre Gestrüpp beugte und jätete. »Ihre Zwillinge … Ich kann nicht glauben, dass Raffaele sie zur Welt gebracht hat; sie ist so zierlich.«

Ronnies Ohren röteten sich. »Hat sie auch nicht«, antwortete er barsch. »Wir haben sie adoptiert.«

»Gott kommt es darauf nicht an«, meinte Ruth Ann. »Was allerdings Salomar angeht – und ich weiß, dass es dreist von mir ist, aber … Dieser Salomar, er erinnert mich an jemanden.«

Ronnies Nacken verdunkelte sich noch um mehrere Schattierungen, den Sonnenbrand nicht mitgezählt. »An wen?«, fragte er kühler, als Ruth Ann erwartet hatte.

»Ich denke«, sagte Ruth Ann und legte die Nadelarbeit zur Seite, weil die Hände jetzt zitterten, »ich denke, dass er mich an meinen … an Mitch erinnert. Und ich denke, falls es einen Grund dafür gibt, dass er mich an Mitch erinnert, dann könnten Sie sich womöglich sorgen, dass es mir auffällt. Sie sind die ganze Zeit schon so schrecklich lieb zu uns, und ich möchte Ihnen keinen Kummer machen. Wenn also … wenn es so ist, wie ich es mir denke, dann … sollen Sie wissen, dass es mir nichts ausmacht und ich den Jungen gern um mich habe. Beide Jungen.«

Ronnie sagte nichts; seine Schultern wölbten sich, und die Erde flog nur so davon.

»Ich sage lieber nichts mehr«, stellte Ruth Ann fest.

»Es ist … schon okay.« Er drehte sich um; seine Augen glänzten von unvergossenen Tränen. »Ich … wir wussten ja nicht, dass Sie herkommen würden oder … aber … Oh, ich verpfusche das; Raffa bringt mich um! Aber falls Sie es schon vermuten, dann …«

»Ich habe diesem Mann neun Kinder geboren; ich erkenne sie sofort«, sagte Ruth Ann. Sie erwähnte Peters Vater nicht, obwohl sie genau wusste, an wen sie diese roten Haare erinnerten.

»Brun wollte, dass sie ein gutes Zuhause bekommen; sie hatte Angst, man könnte sie entführen und als Druckmittel gegen sie benutzen.«

»Sie brauchen sie nicht vor mir zu verteidigen«, sagte Ruth Ann. Sie verstand zwar nach wie vor eine Frau nicht, die sich nicht an ihr eigen Fleisch und Blut klammerte, aber sie wollte darüber jetzt nicht diskutieren. Wären diese Kinder auf normalem Wege zur Welt gekommen, hätte sie diese Chance hier nicht erhalten. »Sie ahnen ja nicht, was für ein Segen es ist, die Zwillinge hier zu haben«, sagte sie. »Ich habe mir unablässig Sorgen gemacht – es ist das Letzte, was ich je von Mitch zu sehen bekommen werde; ich wollte wissen, dass die Kinder in Sicherheit sind. Wird es Raffaele etwas ausmachen? Ich mische mich da nicht ein; ich verspreche es.«

»Sie zieht mir die Haut ab, aber sie wird Sie umarmen«, meinte Ronnie. »Ruth Ann – Sie sind eine wirklich sehr ungewöhnliche Lady!«

»Ich versuche nur, eine gute Frau zu sein«, sagte Ruth Ann, aber Freude stieg in ihr auf und ließ sich nicht mehr wegwischen. Sie stand auf und legte den Kopf in den Nacken. »Lob sei Gott, dass Sie nicht zornig auf mich sind, weil ich es entdeckt habe, und mich nicht von dem Jungen fernhalten. Ich hätte nie gedacht, dass ich mal wieder glücklich sein würde, aber hier bin ich glücklicher als je zuvor!«

Kapitel dreizehn

Benignität der wohltätigen Hand
Nuovo Venitza, Santa Luzia

Um die Beichte abzulegen, musste ein Mitglied des Ordens vom Schwert, das im Einsatz gewesen war, immer vor einen Ordenspriester treten. Aber auch dabei gab es Dinge, die niemand beichtete, nicht falls er überleben wollte; die Priester hatten das Recht, sowohl kirchen- als auch zivilrechtliche Strafen zu verhängen – einschließlich der Todesstrafe.

Hostite Fieddi kniete schweigend und wartete auf den Priester; er dachte über das nach, was er zu beichten hatte und was er lieber verschwieg. Als junger Mann war es ihm schwer gefallen, zwischen Nachbesprechung und Beichte zu unterscheiden, aber jetzt war ihm das zur zweiten Natur geworden.

Die leise Glocke läutete; Hostite leitete das alte, vertraute Ritual ein. »Vergib mir …« Noch während er die Eröffnungssätze sprach, teilte er seine Gedanken, wie ein Hirte Ziegen von Schafen scheiden mochte – die Wahrheiten, die er bereuen musste, und die Wahrheiten, die er nicht bereuen durfte, solange er ein Schwertmeister war.

»Es ist lange her«, sagte der Priester.

»Ich war im Einsatz«, berichtete Hostite. »Auf fernen Planeten.«

»Außerhalb des Raums, den die Kirche beherrscht?«, fragte der Priester.

»Nichts liegt außerhalb des Raums, den die Kirche beherrscht«, sagte Hostite. »Aber ich war weit von jedem Priester des Ordens vom Schwert entfernt.«

»Ah. Dann erzähle.«

Nacheinander breitete er alle Kategorien aus, in denen er seine Seele belastet hatte: die Versuchungen, denen er nachgegeben hatte, und diejenigen, an die er nur gedacht hatte; die Befehle, die er befolgt hatte, obwohl er es nicht hätte tun dürfen, und die nicht befolgten Befehle, denen er eigentlich hätte gehorchen sollen. Das alles tat ihm von Herzen Leid, diese ganzen unumgänglichen Sünden, die die Pflicht seinem Gewissen auferlegte, wo er doch glücklich damit gewesen wäre, einfach nur seine Tage in Frieden zu verbringen und nicht mehr beichten zu müssen als den lüsternen Blick auf irgendjemandes Tochter – wäre er nur jemand anderes gewesen.

»Und bist du irgendwelcher weiteren Sünden schuldig … der Lust womöglich?«

Sie fragten immer nach der Lust, obwohl sie inzwischen wissen müssten, dass seine Verfassung eine solche Möglichkeit ausschloss. Er gab Antwort wie immer und nahm wie immer in aufrichtiger Unterwerfung des Geistes seine Buße entgegen. Wenn er eines Tages zu alt sein würde, um noch dienen zu können, wenn der Meister des Ordens vom Schwert den entsprechenden Befehl erteilte, würde er seine letzten Sünden beichten und mit reinem Herzen in den Tod gehen – nicht länger der Schatten der Tänzer, sondern erfüllt von Licht. So hatte man es ihm versprochen, und so glaubte er.

Ein anderes Leben war nicht möglich, und keine andere Zukunft bot Platz für ihn.

»Hostite ...!« Der Ruf des Meisters riss ihn aus den Träumereien, in die ihn eine lange Buße versetzte.

»Mylord.« Hostite erhob sich gewandt von den Knien und drehte sich um.

»Der Präsident möchte Genaueres über die Lage in den Familias erfahren.«

»Mylord.«

»Wir haben heute Nachmittag eine Audienz. Ich begleite dich, und Iagin Persius ebenfalls.« Persius war auch erst kürzlich von einem Auftrag in den Familias zurückgekehrt. Hostite war drei Jahre älter, wusste jedoch, dass er in Persius einen tüchtigen Agenten vor sich hatte. »Du wirst jetzt beim Ausstatter des Ordens vorsprechen und dich einkleiden lassen.«

»Ja, Mylord.« Hostite verneigte sich; der Meister verließ die Kapelle. Hostite begab sich zu den Ankleideräumen, wo der Orden sämtliche Austattungen aufbewahrte, die seine Mitglieder brauchen konnten. Der Schwertmeister hielt sich gedanklich nicht mit der Begegnung am Nachmittag auf. Über Audienzen beim Präsidenten kursierten zahlreiche Gerüchte, aber Hostite war schon dort gewesen und fürchtete ohnehin nichts, nicht einmal den Tod.

Das für Anlass und Rang passende Kostüm war ziemlich schlicht. Ein enger schwarzer Stretchanzug saß wie eine zweite Haut und bot nebenbei keiner verborgenen Waffe Platz. Der scharlachroten Samtmütze entsprachen scharlachrote Samtpumps und kündeten von Hostites Rang als Schwertmeister. Durch die Epauletten zogen sich Kordeln aus goldener, grüner und roter Seide – Symbole für seine Erfahrung, die Zahl inländischer und ausländischer Attentate, die ganze Geschichte seiner Karriere für jemanden, der sie zu lesen verstand, und das galt für den Präsidenten ganz sicher. Als er gerade prüfte, wie gut die Pumps saßen, trat Iagin Persius ein. Er nickte ihm zu, sagte aber nichts. Hostite nickte ebenfalls. Sie durften über ihre Einsätze erst reden, nachdem sie dem Präsidenten Bericht erstattet hatten – damit nicht der Verdacht entstand, eine Fehlinformation abzusprechen.

Bis zum Mittagessen ging Hostite noch einmal den Datenwürfel mit der Einsatz-Nachbesprechung durch und korrigierte mit einem codierten Datenstab Transkriptionsfehler; vier Plätze weiter tat Persius das Gleiche. Das Mittagessen verzehrten sie in der Ordensmesse an verschiedenen Tischen; seiner Buße entsprechend beschränkte sich Hostite auf dünne Suppe und Wasser sowie auf einen Laib »Sünderbrot« – eine hartes, ungesäuertes Brot, dessen Nährwert gerade eben ausreichte, damit der Büßer jede notwendige Pflicht erfüllen konnte.

Vor dem Büro des Präsidenten übergab der Meister des Ordens vom Schwert seinen roten Chiffonumhang mit Samtmuster an die grau uniformierten Wachtposten und öffnete den Schwertgürtel. Hostite fragte sich, warum der Meister erst volle Montur anlegen und dann Umhang und Schwerter doch wieder ablegen musste, wies die Frage jedoch gleich von sich. Die Tradition verlangte es, mehr nicht. Er und Persius lüfteten ihre Mützen zur Inspektion und setzten sie wieder auf.

Der Präsident saß an seinem großen Marmorschreibtisch, und das Gesicht spiegelte sich matt auf der glänzenden Tischfläche. Rechts und links von ihm hatten seine Leibwächter Stellung bezogen.

»Fieddi, Sie waren bei den Barracloughs zu Besuch … Was haben Sie dort herausgefunden?«

Hostite verneigte sich und begann seine Rezitation, den Blick sorgfältig auf die Bronzetafel an der Wand gerichtet, hinter dem Kopf des Präsidenten. »Es war mein dritter Besuch beim Hauptzweig der Barracloughs, wobei ich die Maske des Gastchoreografen einer Schwerttanzgruppe benutzte. An meinem vierten Tag dort traf die Nachricht vom Attentat auf Lord Thornbuckle ein. Das Tanzensemble besteht aus Einheimischen, wenn auch von Schwertmeistern ausgebildet; ihren Reaktionen konnte ich entnehmen, dass sie von Reibungen zwischen Lord Thornbuckle und seinem jüngeren Bruder wussten sowie zwischen Thornbuckle und bestimmten Familien, insbesondere dem Clan Conselline-Morrelline.«

»Haben Sie mit Familienangehörigen gesprochen?«

»Ich habe während meines Aufenthalts sechs Familienangehörigen Privatunterricht erteilt, namentlich Stefan, dem Familienoberhaupt, seiner Frau Mieran, seinen Söhnen Rudolf und James, seiner Tochter Katarin und seiner Nichte Viola. Stefan hat nur über Fechtkunst geredet; er kann mit drei Waffen umgehen, möchte jedoch ein richtiger Experte werden. Er hat mich um Rat gebeten, was die Anstellung eines permanenten Meisters anbetraf; der Ordensmeister hatte das erwartet, und ich habe weisungsgemäß Alain Detours empfohlen. Mieran brachte die Meinung zum Ausdruck, der Tod Lord Thornbuckles wäre ein schreckliches Ärgernis, aber er hätte es sich selbst zuzuschreiben, und sie hoffte, dass sich die neutexanischen Attentäter mit diesem Mord zufrieden gäben.«

»Wie gut ficht sie?«, erkundigte sich der Präsident.

»Mit ähnlichem Geist«, antwortete Hostite. »Sie reagiert recht gut auf eine Gefahr, aber immer ganz direkt. Sie blickt nicht über den nächsten Stoß hinaus. Die meisten Frauen der Repräsentierten Familien sind schlauer.«

»Und die übrigen?«

»Rudolf zieht das Parpaunspiel vor; er ficht nur, weil das für seinen Stand typisch ist, und gibt sich mit mittelmäßigen Errungenschaften zufrieden.«

»Ganz der Sohn seiner Mutter«, meinte der Präsident. »Fahren Sie fort.«

»James nimmt an Schulturnieren teil; wenn ich zu Besuch komme, ist er auf mein Lob erpicht. Er könnte eines Tages zu einem guten Fechter heranreifen.«

»Mit welcher Waffe?«

»Dem Degen, denke ich, obwohl später vielleicht mit dem Säbel.«

»Reden Sie weiter.«

»Katarin und Viola fechten für Frauen recht gut.«

»Mehr haben Sie über sie nicht zu berichten?«

»Nein … sie fechten, weil man das halt tut, wie sie sich auch dem Tennis, dem Ballspiel oder dem Schwimmen widmen.«

»Sind sie hübsch, Fieddi?«

Hostite dachte zurück; er sah die Gesichter deutlich vor sich, wusste aber nichts über die Maßstäbe des Präsidenten für Schönheit. »Sie sind jung und reich«, antwortete er. »Es sind keine Tänzerinnen.«

Der Präsident lachte. »Wie ich sehe, sind Ihre Maßstäbe streng. Nun denn … Iagin Persius. Sie wurden zu den Consellines gesandt. Was haben Sie erfahren?«

»Hobart Conselline glaubt weiter, man behandelte ihn schlecht. Obwohl er inzwischen anerkannter Vorstand von Familie und Clan ist, hungert er immer noch nach der Zustimmung, die man, wie er findet, seinem Bruder geschenkt hat. Er ist ehrgeizig, was persönliche Ziele und den Nutzen seiner Freunde angeht. Er möchte sicherstellen, dass er für den Rest seines Lebens an der Macht bleibt.«

»Ist er verjüngt?«

»Ja, mehrfach. Er verachtet die Kurzlebigen, die sich eine Verjüngung nicht leisten können.«

»Und weiß er, welchen Standpunkt die Wohltätige Hand zur Verjüngung einnimmt?«

»Das tut er, Sir, und er sagt, dies sei der eine Schwachpunkt der Wohltätigen Hand.«

»Seine Religion?«

»Er glaubt an keine höhere Macht als Reichtum und Einfluss, Sir.«

»Ah. Solche Menschen sind anfällig für Aberglauben. Hostite, wie sieht es damit bei den Barracloughs aus?«

»Einige ihrer Angehörigen sind religiös, folgen aber nicht unserem Glauben. Der ihre ist degeneriert und dekadent und leitet sich von den rebellischen Konfessionen der Alten Erde ab, die sich vor langer Zeit von der Heiligen Kirche abgespalten haben.«

»Hostite! Ich wusste noch gar nicht, dass Sie so wortgewandt sein können.« Diese gespielte Überraschung war gefährlich; Hostite versuchte, jeden Gedanken außer dem an seine Pflicht zu verbannen. »Sie hängen also mit Leidenschaft an der Kirche?«

»Sir, ich bin Mitglied des Ordens vom Schwert; seit der Kindheit widme ich mein Leben dem Orden.«

»Das weiß ich, Hostite. Aber ich spüre ein tieferes Gefühl in Ihnen. Hatten Sie je eine Vision oder Offenbarung Unseres Herrn?«

»Nein, Sir, keine, die man nicht als Wunschfantasie eines Kindes erklären könnte. Durch den Kontakt zu den Ungläubigen in den Familias habe ich jedoch erkannt, welcher Schatz der Wahre Glaube ist. Die Menschen dort spielen mit ihrem Glauben wie ein Kind mit Klötzen und Bällen, und sie verstauen ihn sofort in einer gedanklichen Schachtel, wenn er ihnen gerade nicht genehm ist. Das ist kein wirklicher Glaube.«

»Nein, selbstverständlich nicht. Aber widmen wir uns doch wieder den aktuellen Fragen. Wie stehen die Barracloughs zur Verjüngung?«

»Die meisten von ihnen, die über vierzig sind, wurden verjüngt, Sir, aber etliche der Älteren haben es auch abgelehnt. Die Machtstruktur bei ihnen beruht auf Wahlen: Stefan, das gegenwärtige Familienoberhaupt, ist im Grunde nicht der Älteste unter allen ältesten Söhnen. Sein älterer Bruder Viktor hat sich auf Rechtstheorie spezialisiert und eine Verjüngung abgelehnt. Sein Einwand war berechtigt – der Hinweis auf soziale Unruhen, wie die mehrfachen Verjüngungen sie auslösen. Viktor ist jetzt in den Siebzigern. Seine Tochter Viviane wurde mit vierzig nach dem neuen Verfahren verjüngt; sie ist inzwischen fünfundvierzig und nach meinen Quellen entschlossen, den Vorgang nicht zu wiederholen. Stefan ist siebenundfünfzig und hat zwei Verjüngungen durchgemacht, was ihm ein scheinbares Alter von dreißig verleiht. Er missbilligt jedoch das, was er ›leichfertige‹ Verjüngungen nennt.«

»Hmmm ... eine Frage an Sie beide: In welchem Ausmaß betrachten die Bürger der Familias, die keinen großen Familien angehören, die Verjüngung als rechtliche oder soziale oder religiöse Frage?«

Hostite schwieg und überlegte, aber Iagin antwortete schnell: »Da Hobart Conselline so bereit ist, darüber zu reden – überhaupt mehr bereit zu reden, als sonst etwas zu tun –, verfüge ich über Informationen zu diesen Punkten. Er ist sehr besorgt, dass es Widerstand gegen die Serienverjüngung geben könnte. Diese Sorge gilt einerseits der Gewinnspanne – der Clan Conselline hat umfangreiche Investitionen in die Herstellung von Verjüngungsmitteln gesteckt, und bis zum Patchcock-Skandal warfen diese zwanzig Prozent oder noch mehr des Gesamtgewinns ab –, und andererseits sozialen Einschränkungen, denen sich Serienverjüngte ausgesetzt sehen könnten. Die Consellines haben die Aufhebung des Verbots wiederholter Verjüngungen eingebracht und nachdrücklich unterstützt. Hobart findet, dass die Serienverjüngung, die eine unbegrenzte Lebenserwartung nach sich zieht, als das verdiente Recht derjenigen gelten muss, die ihre Eignung bewiesen haben, indem sie genug Reichtum erwarben, um sie sich leisten zu können.«

»Ah ... und würde er die gleiche Philosophie auch auf auswärtige Angelegenheiten anwenden?«

»Höchstwahrscheinlich. Er strebt mit viel Energie und Konzentration nach Fortschritten in der Fechtkunst, und dem zufolge, was ich erfahren konnte, auch auf anderen Gebieten. Ich habe ihn bei Tisch beobachtet und im Kreis seiner Familie und würde sagen, dass ihm nichts jemals genug ist. Hätte er keinen Zugang zu Verjüngung und fortschrittlicher medizinischer Versorgung, würde er sich durch Essen und Trinken ins Grab bringen.«

»Wahrhaftig, die Disziplin des Glaubens rettet mehr als nur die Seele«, sagte der Präsident und schenkte Hostite ein Lächeln. Der Präsident war mit sechzig noch so schmal und fit wie dreißig Jahre zuvor, dabei hatte er keine Verjüngung vornehmen lassen und gedachte dies auch künftig nicht zu tun: die Kirche untersagte es. Andererseits würde er seinen Körper aber nie aus selbstsüchtigen Motiven schädigen. »Also ... Hobart Conselline, der neue Regierungschef, ist ein Mann voller Ressentiments und Eifersucht, intrigant und schonungslos, ein Mann, der sich erst dann sicher fühlt, wenn er alles unter Kontrolle bekommen hat. Hostite, was werden die Barracloughs unternehmen, wenn er versucht, sie unter seine Fuchtel zu nehmen?«

»Viktor wird kämpfen und dabei alles nutzen, was er an juristischen Kenntnissen hat … allerdings verfügen die Regierenden Familias nicht über eine formelle Verfassung. Stefan wird zunächst das Beste hoffen, aber sollte ihn Hobart ausreichend wütend machen, wird er seine Familie zum Widerstand führen. Er ist allerdings kein Mann großer Visionen. Er pariert den erkennbaren Angriff, sieht aber nicht den versteckt angesetzten Stoß, den der erste Angriff nur tarnt.«

»Da frage ich mich: Warum hat ihn die Familie zum Oberhaupt gewählt?«

Hostite räusperte sich. »Unter allen Kandidaten schien er derjenige, der sich am wenigsten in das Leben der übrigen Familienangehörigen einmischt. Lord Thornbuckle war bereits Sprecher und wollte die Führung der Familie nicht auch noch übernehmen. Sein jüngerer Bruder Harlis genoss keine besondere Sympathie. Viktor wollte das Amt nicht. Und obwohl die Familias in Geschlechterfragen alles andere als strikt sind, werden nur wenige große Familien von Frauen geleitet. Keine der Barraclough-Frauen war unzufrieden genug, um zu kandidieren.«

»Und man findet keine Ausreißerinnen unter den Frauen?«

»Doch, aber deren Neigungen gelten dem Belanglosen. Lady Cecelia de Marktos zum Beispiel züchtet Pferde.«

»Sie war auf Xavier«, stellte der Präsident mit einer kalten Verachtung fest, bei der sich Hostite beinahe in die Hose machte. Er hätte es wissen müssen; schließlich hatte er den Berichten ihrer Verwandten zugehört. »Sie ist vielleicht nur eine Pferdezüchterin, aber sie tauchte in lästiger Nähe zu mehreren Störungen auf, die unsere Pläne erfahren haben. Sie war auf Sirialis, als Lepescu vernichtet wurde …«

»Lepescu war einer unserer Leute?«, fragte Iagin. Der Präsident warf ihm einen Blick zu, wie ihn Hostite ungern erhalten hätte.

»Nein. Ich würde niemals solchen Abschaum benutzen. Es ist eine Sache, wenn man tötet – oder sogar verstümmelt, um eine Lektion zu erteilen –, aber eine ganz andere, einen Feind nicht als Mensch zu behandeln. Nein, woran ich mich erinnere: Cecelia de Marktos war es, die den Kronprinzen zu seinem Vater zurückbrachte, die sich einmischte. Ich hatte den Angriff unserer Agentin auf sie nicht genehmigt – Frauen sind einfach nicht zuverlässig, und ich vermute, dass irgendeine persönliche Eifersucht vorlag –, aber Cecelia de Marktos tauchte dann erneut auf und mischte sich in die Patchcock-Ereignisse ein. Es kann kein Zufall sein, dass sie – eine Frau, die man zuvor nie weit vom nächsten Pferd entfernt angetroffen hat – so oft auf den Schauplätzen unserer Probleme erschien.«

»Heris Serrano«, murmelte Hostite. »Der Commander war auch dort.«

»Ja. Und die Serranos stehen in den Familias von jeher im Ruf der Neutralität. Hier zeigen sie wiederholt eine Bindung an die Barracloughs …«

»Heris Serrano hatte ihr Offizierspatent zurückgegeben; ihre Beziehung zu Lady Cecelia begann als deren Angestellte.« Das kam von Iagin.

»Leicht genug zu fabrizieren, falls man ein Duetto bilden wollte.« Damit war ein festes Paar gemeint, das gemeinsam jagte.

»Ich danke Ihnen beiden«, sagte der Präsident und nickte. »Meister, falls Sie noch einen Moment warten würden …«

Hostite zog sich vom Schreibtisch des Präsidenten zurück, bis er die Teppichkante spürte, die den korrekten Abstand signalisierte; dann wandte er sich um und ging.

Er war etwas überrascht, dass er das Zimmer lebend verlassen konnte. Er und Iagin spazierten ins Ankleidezimmer zurück, und Hostite schwelgte in jener matten Lässigkeit, die stets einem Augenblick tödlicher Gefahr folgte, den er überlebt hatte.

Der Präsident musterte den Meister vom Schwert. »Hostite ist unser ältester Schwertmeister, nicht wahr?«

»Ja, Sir.«

»Ungewöhnlich für einen Schwertmeister, so lange zu leben. Und doch – ein außergewöhnlicher Mann, finden Sie nicht?«

»Auf seine Art, ja.«

»Er führt eine saubere Klinge«, fand der Präsident. »Er verfehlt niemals das Ziel, und ich höre von allen Seiten, dass er vernünftig und gehorsam ist.«

»Das ist er, Präsident.«

»Und doch …?«

»Und doch werde ich mit ihm nicht warm, Präsident.«

»Nein. Und deshalb bestehe ich auch darauf, dass er sein Ende noch nicht erreicht hat; ich brauche wenigstens einen Schwertmeister, den der Meister vom Schwert nicht mag.«

Der Meister verneigte sich. Sie beide wussten das; sie hatten diese Standpunkte schon früher ausgetauscht.

»Mich beunruhigen jedoch die Nachrichten von Hobart Conselline. Ein solcher Mann könnte schier alles tun, falls er sich nur bedroht sieht. Wir hatten erwartet, die Entdeckung, wie leicht die Verjüngungsmedikamente zu kontaminieren sind, würde die Rate an Verjüngungen senken … denn warum sollte jemand für die bloße Chance auf ein endloses Leben Wahnsinn und Senilität riskieren?«

»Ob sie den Tod fürchten?«

»Das allein ist es nicht. Sie verjüngen sich schon, wenn sie noch viele Jahre vor sich haben, nur zum Spaß. Ich habe mir selbst gesagt, dass es an ihrer dekadenten Klassenstruktur liegt und sich die Verjüngungstechnik nur wenig und viel später auch auf die berufstätige Bevölkerung erstrecken wird. Aber nein. Sie wünschen sich gar nicht das ewige Leben … sie möchten ewige Jugend! Das ist nicht das Gleiche.«

»Nein, Präsident.«

»Das war uns zunächst nicht klar; wir verstanden ihre Wünsche nicht. Und ohne die Wünsche zu verstehen, kann man keine Politik formulieren. Und wie man in den Familias empfindet, das geht sogar über den Begriff des Heiligen Vaters, außer als weiteres Beispiel für die sündige Natur dieser Menschen. Das stellt uns vor ein großes Problem. Die Strategie, die wir für eine bestimmte Lage entwickelt haben, ist unter anderen Umständen womöglich nutzlos …« Er brach ab, drehte sich um und blickte zum Fenster hinaus. Kinder. Sie waren alternde Kinder, die sich nichts verdienen und nichts lernen wollten, die Abscheu vor der Disziplin des Glaubens empfanden. Wie konnte man alternde Kinder beeinflussen? Er hatte eine schreckliche Vision von Hobart Conselline, wie er in den Datenwürfeln auftauchte, in hundert Jahren immer noch verdorben und selbstgefällig, während der Präsident selbst schon im Grab lag. Der Nachfolger seines Nachfolgers würde sich dann mit diesem Mann und all den anderen auseinander setzen müssen – wie viele es dann halt waren.

So ging das nicht. Er musste eine Lösung finden, und zwar bald. Seine Familie und die riesige erweiterte Familie, die Gesamtheit der Benignität der Wohltätigen Hand, verließ sich darauf, dass er ihre Sicherheit gewährleistete, ihren Wohlstand und ihre Ordnung. Darin bestand seine Pflicht; und er war exakt deshalb Präsident, weil er in der Ausübung seiner Pflicht noch nie versagt hatte.

»Ich muss vielleicht noch einmal mit Hostite Fieddi sprechen«, sagte er. »Bitte weisen Sie ihn an, im Palast zu bleiben. Ich benötige auch Ihre Analyse … findet man in den Kreisen der Repräsentierten Familien jemanden, der eine Serienverjüngung abgelehnt hat, und falls ja, warum hat er es getan? Findet man in ihrem Rat irgendwelche normalen Leute?«

»Ja, Präsident.«

Als der Meister vom Schwert gegangen war, blickte der Präsident erneut zum Fenster hinaus. Alternde Kinder … senile Kinder, falls ein barmherziger Gott die Zahl möglicher Verjüngungen begrenzte, auch bei den besten Medikamenten. Eine schreckliche Aussicht: dieses riesige Imperium, voll mit alternden, senilen Kindern. Und bis dahin all diese Energie und Sachkenntnis … die riesige Raumflotte mit Admiralen, die erfahrener waren als seine und ständig Nachwuchs aus den Reihen von Commandern erhielten, die ebenso viel Erfahrung hatten wie Admirale. Aber nicht die Mannschaftsdienstgrade. Dafür wenigstens hatten sie selbst gesorgt. Trotzdem … eine ernste, eine sehr ernste Lage!

Er würde für Hobart Conselline beten müssen. Er würde ein ganz spezielles Gebet für die Seele von Hobart Conselline sprechen müssen – und womöglich auch für die Seele von Hostite Fieddi.

Im Sitzungssaal wandte sich der Präsident an seine Regierung und erläuterte, was er gelernt hatte.

»Also wird in den Familias noch mehr Unruhe auftreten?«

»Und noch mehr Expansionslust. Ich habe den Meister vom Schwert angewiesen, die Möglichkeit eines Staatsstreichs zu erkunden, aber wir benötigen einen geeigneten Nachfolger.«

»Mit allem gebührenden Respekt, Präsident: Ich dachte, unsere Politik wäre es, die Abhängigkeit von den Medikamenten zu fördern ...«

»Das haben Sie missverstanden.« Atemlose Stille herrschte, während alle auf die nächste Bemerkung des Präsidenten warteten. »Wir fördern keine Laster; wir profitieren lediglich von ihnen, wo die fehlerhafte Natur des Menschen ihnen zu gedeihen ermöglicht. In diesem Fall jedoch war es meine ernste Hoffnung, dass sie die Medikamente vom Markt nähmen – entweder aus freien Stücken, aus Scham, oder unfreiwillig, aufgrund der Beweise für eine sich ausbreitende Gefahr. Natürlich hatten wir keine Einwände gegen die Schäden, die ihr Militär dadurch erlitten hat, aber schließlich sollten diese Schäden ihre Politik verändern, eine Abkehr herbeiführen von der bisherigen Verjüngung und den Wechsel zu einem begrenzter wirksamen Medikament, das das Leben nur um ungefähr zehn Jahre verlängert.«

»Unsere Ressourcen ...«

»Sind unzureichend für einen umfassenden Krieg

gegen die Familias. Ja. Wir haben bei Xavier ein komplettes Angriffsgeschwader verloren, und ein weiterer Verlust dieser Größenordnung wäre nicht profitabel. Wir müssen einen Weg finden, um uns zu schützen, ohne unsere Existenz aufs Spiel zu setzen.«

»Also eliminieren wir Hobart Conselline?«

»Das ist gewiss eine Möglichkeit. Besonders falls wir den richtigen Mann finden, den wir an seine Stelle setzen können, jemanden, der begreift, dass grenzenlose Expansion letzten Endes zur Explosion führt.«

Die Regierungsmitglieder sahen ihn an. Er wusste, was sie dachten, und er wusste, dass ihnen das klar war. Hundert oder tausend Weizenstiele stürzen unter der Sense, und niemand außer dem Allmächtigen kann einen vom anderen unterscheiden ... aber der Sturz eines gewaltigen Baumes reißt die umstehenden Bäume mit und erschüttert den Erdboden. Vielleicht sorgte sich Gott um einen Grashalm nicht weniger als um eine mächtige Zypresse ... aber bloße Sterbliche nahmen von Letztgenannter mehr Notiz. Es war seine, des Präsidenten Entscheidung, aber über seine Regierung würden die Konsequenzen hereinbrechen.

Sirialis

Miranda ging bergab zu den Ställen; der kühle abendliche Nieselregen trug nicht dazu bei, ihren Zorn über den gepflegten kleinen Mann zu besänftigen, der so überzeugt gewesen war, willkommen zu sein.

Sie hatte sich bemüht, fair und vernünftig zu sein. Sie hatte sich gesagt, dass sich Cecelia in ihrem hitzköpfigen Enthusiamus oft irrte.

Aber Pedar Orregiemos schien entschlossen, Mirandas Geduldsfaden durchzureißen. Er hatte ihr geschrieben und seine Freude darüber zum Ausdruck gebracht, dass er jetzt Minister war. Er schrieb erneut und beschwerte sich, ihre Tochter würde sich in die Außenpolitik »einmischen«, nur weil Brun diese Texasfrau nach Appledale eingeladen hatte. Er rief per Ansible an, um darauf zu bestehen, dass sie Harlis gegenüber »fair« blieb. Weil sie, wie er erläuterte, diesen ganzen Besitz im Grunde nicht brauchte. Er könnte schließlich für sie sorgen und als Außenminister persönlich ihre Interessen fördern.

Und heute war er auf Sirialis eingetroffen, in seiner Selbstgefälligkeit ganz davon überzeugt, ihr Dinge zu erzählen, die sie noch nicht kannte – indem er ihr das Urteil bezüglich Häschens Testament vorlegte, das gegen Harlis ausgefallen war. So überzeugt davon, willkommen zu sein und eine Witwe trösten zu können, die, wie er fest glaubte, Trost benötigte!

Hätte er sie doch nur in Ruhe gelassen! Sie sah sich um und erblickte nur die Stallknechte, die den letzten Arbeiten des Abends nachgingen. Sie nickten ihr zu, und sie erwiderte den Gruß, als sie sich in den Gang duckte, der das Stallbüro mit dem Vorratsraum des Tierarztes verband. Es würde niemanden überraschen, sie hier zu sehen; sie kam oft für ein paar abendliche Runden hierher oder noch später mit ein paar Zuckerwürfeln für Häschens Lieblingspferde.

Hätte er sie doch nur in Ruhe gelassen! Dann hätte sie auch nichts unternommen. Wenn er nur nicht seine Macht zur Schau gestellt hätte und seine Verbindungen, wenn er nur nicht so aufdringlich seine Zuneigung demonstriert hätte, dass sie es nicht ignorieren konnte! Was dachte er sich eigentlich dabei? Dass sie ihn schon immer heimlich geliebt hatte, dass sie gehofft hatte, einem ungeliebten Ehemann den Laufpass zu geben und sich einen Liebhaber zu nehmen? Ihn?

War er wirklich so ein Idiot?

Sie öffnete die Tür zur alten Schmiede, in der Gebissstangen, Steigbügel und Schnallen auf die Reparatur warteten. Über der langen Bank mit den Schweißbrennern und den Spitzen dafür standen Flaschen mit Chemikalien in ordentlichen Gestellen. Eine kleine Esse füllte das hintere Ende des Raums aus, den man um sie herum errichtet hatte, als die neue Schmiede im anderen Hof entstand – eine viel größere, ausreichend für einen Stall mit mehr Pferden.

Bruns Informationen waren umfassender gewesen als die Cecelias. Pedar stand mit den Verjüngten und mit Hobart Conselline im Bund … aber obwohl es Hobart abgelehnt hatte, sich zugunsten von Harlis einzumischen, war er doch nicht bereit, am eigenen Sturz mitzuwirken. Weder Brun noch dieser Texas-Ranger glaubten, dass ihre Beweise ausreichten, da der Sprecher Minister und Richter der oberen Instanzen nach Belieben heuern und feuern konnte.

»Ich bin sicher, dass Pedar den Mord geplant hat«, hatte Brun geschrieben. »Ich bin sicher, dass er die Mörder angeworben hat, obwohl Cecelia sagt, er hätte es nicht selbst tun können, er wäre auf Zenebra gewesen. Kate denkt, dass sie die Spur des Geldes gefunden hat – eine dünne Spur –, die Beweise aber vor einem feindlich eingestellten Gericht wahrscheinlich nicht standhalten. Aber ob Pedar aus eigenem Antrieb gehandelt hat, um sich bei den Consellines einzuschmeicheln, oder ob er Hobarts Befehl Folge leistete, das können wir nicht feststellen. Pedar scheint für geleistete Dienste belohnt worden zu sein – warum sonst sollte ihn jemand zum Außenminister ernennen? –, aber wir können es nicht beweisen. Sofern du nicht etwas im Archiv gefunden hast, stecken wir fest.«

Das Archiv zeigte deutlich, dass Harlis Thornbuckle und sein Sohn Kell in finanzielle Schikanen, Erpressung und innerfamiliäre Machtspiele verwickelt waren, aber es gab nichts her, was Harlis mit dem Tod seines Bruders oder mit den Verjüngten in Verbindung brachte. Zumindest hatte Miranda in dieser Hinsicht noch nichts gefunden.

Sie ging in der Schmiede umher, nahm eine kaputte Trense zur Hand und setzte sich an die Werkbank. War sie überzeugt, dass Pedar Häschen hatte umbringen lassen?

Ja.

War sie überzeugt, dass man ihn nicht der Gerechtigkeit überantworten konnte?

Solange Hobart Conselline Sprecher war und Pedar sein Außenminister: ja. Wer sollte den hysterischen Anschuldigungen einer trauernden Witwe glauben?

War sie wirklich bereit, sich einem solchen Risiko auszusetzen, wo doch nichts, was sie tat, Häschen wieder lebendig machen konnte?

Sie dachte darüber nach und drehte die Trense unaufhörlich in den Händen. Falls Pedar fortging und sie in Ruhe ließ … nein. Nein. Das würde er nicht; es entsprach nicht seinem Naturell. Er würde jahrein, jahraus weiter schmeicheln und jammern; er würde auf die eine oder andere Art versuchen, sie in sein Bett zu manövrieren, wie er es schon probiert hatte, als sie noch ein junges Mädchen war und in einen anderen verliebt. Aber damals hatte sie noch Häschen gehabt. Jetzt war sie allein und genoss keinen anderen Schutz mehr als den eigenen Verstand.

Gegen Hobart Conselline konnte sie nichts unternehmen, den eigentlichen Feind, der – daran glaubte sie fest – Pedar zu seinen Taten inspiriert hatte, ob nun durch einen regelrechten Befehl oder sonstwie. Aber hier in ihrem eigenen Haus konnte sie sich mit seinem Günstling befassen.

Sie schaltete den kleineren Schweißbrenner ein und zog ihn über die mit Klammern gehaltene Gebissstange hinweg. Sie hatte die Metallbearbeitung als Hobby gelernt, als sie einen speziellen Korb an ihrem Florett haben wollte. Im Lauf der Jahre lernte sie dann, wie sie Metall stärken oder schwächen konnte, wie man ihm ein gealtertes Aussehen verlieh oder generell einen trügerischen optischen Eindruck erzielte.

Du bist damit vielleicht nicht einverstanden, mein Liebster, aber du wirst mich verstehen.

Sie hoffte, dass das auch für ihre Kinder galt.

Endlich schaltete sie den Schweißbrenner aus und ließ die Gebissstange abkühlen. Sie hatte sie nicht richtig instand gesetzt, wohl aber einen Anfang gemacht. Manchmal war das alles, was ein Mensch tun konnte.

Neil wartete am Ausgang.

»Gute Nacht, Neil«, sagte sie. »Ich habe ein ganz schönes Chaos in der alten Schmiede angerichtet – an dieser gebrochenen Gebissstange von Simms. Sie hatten völlig Recht; der kleine Schweißbrenner ist nicht heiß genug.«

»Es wird schon werden«, meinte er.

Sie hoffte es. Sie gedachte ihr Bestes zu tun, damit es dazu kam.

Kapitel vierzehn

Station Baskar, Baskar-System

Beatta Sorin, Klassenlehrerin der Kleinen Lämmer der Shepherd's-Glen-Grundschule auf Station Baskar, führte ihre Schüler zur Haltestelle. Alle paar Schritte weit überzeugte sie sich mit einem kurzen Blick nach hinten davon, dass ihr die ordentliche Schlange uniformierter Schüler, Lehrergehilfen und freiwilliger Helfer aus den Reihen der Eltern weiter folgte. Die Erwachsenen trugen einen offiziellen Wappenrock mit der Aufschrift »Shepherd's-Glen-Grundschule« links und dem Bild eines herumtollenden Lamms rechts; in den Taschen steckten die offiziellen IDs, die Ortungschips und Notfallpacks. Um den Hals jedes Erwachsenen ergänzte eine Pfeife an einer Kordel den Kopfhörer und das Mikro. Die Lehrergehilfen trugen wie Beatta eine Erwachsenenausgabe der Schuluniform, weißes Hemd und karierte Hose. Beatta hielt das bortenbesetzte Ende der Leine, an der sich jedes Kind festhalten sollte. Bislang hielten alle kleinen Hände die Leine umklammert … aber sie waren nach wie vor fast in Sichtweite der Schule. Noch konnte es passieren, dass man ein Kind zurückschickte, um einen langweiligen Tag im Aufenthaltsraum zu verbringen.

An der Haltestelle übergab Beatta den Kreditwürfel der Schule, und die Schlange aus siebzehn Kindern und zehn Erwachsenen betrat den Bahnsteig. Zu diesem frühen Zeitpunkt des Ausflugs benahmen sich die

Kinder noch, obwohl Beattas erfahrenes Auge bemerkte, dass Poro Orinios schon auf die Toilette musste und Mercy Lavenham etwas in der Tasche und an den Fingern der linken Hand kleben hatte. Beatta kommandierte ihren ersten Lehrergehilfen Uri ab, sich um Poros Bedürfnisse zu kümmern, während sie selbst Mercys Tasche reinigte und dem Mädchen sorgfältig die Finger abwischte. Mercys Mutter konnte, wie es schien, nie der Versuchung widerstehen, ihre Jüngste mit einem besonderen Leckerchen loszuschicken, auch wenn es streng verboten war.

Uri kehrte gerade rechtzeitig zurück, und die Schlange rückte an Bord der Transgrav-Bahn vor, die sie auf eine Rundreise rings um die Station mitnahm. Die stets gut organisierte und tüchtige Beatta hatte mit der Stationsverkehrsbehörde vorab arrangiert, dass die fragliche Bahn genügend Spielraum im Fahrplan hatte, um den Kindern etwas Zeit zu geben. Sie hatten einen Wagen für sich reserviert, und jedes Kind saß ordentlich angeschnallt auf seinem Platz, ein Medikamentenpflaster greifbar, falls ihm schlecht wurde – und alles war bereit, noch ehe die Bahn langsam aus der Haltestelle glitt, ein Wagen voll mit kleinen Lämmern und ihren Hütern.

Beatta hatte diesen Ausflug schon elf Mal geleitet. Sie wusste aus Erfahrung, welche Route die meiste Aufregung und den größten Bildungserfolg bot. Zuerst der langsame Teil durch den dicht bevölkerten Einkaufs- und Wohnbezirk. Schrille Stimmchen meldeten sich zu Wort und wiesen auf den heimatlichen Block hin oder den Laden, wo Mama Brot kaufte. Die Bahn hielt häufig. Dann schwenkte sie auf den ersten Transgrav-Fahrtabschnitt ein, und Beatta heischte mit ihrer Klassenglocke um Aufmerksamkeit.

»Jetzt geht's huppsa«, erklärte sie. »Denkt alle daran zu atmen und euch festzuhalten.« Sicherheitsriegel schwenkten vor alle Sitze; Beatta ergriff die Gelegenheit, sich die Geräuschschützer ins Ohr zu stecken. Keine Disziplin verhinderte, dass Kinder losquietschten, wenn die Bahn Schwerkraftübergänge absolvierte, und die ohrenzerreißenden Eigenschaften von kleinen Lämmern hätten Beatta ohne Sicherheitsvorkehrungen schon vor Jahren taub gemacht.

Die Bahn beschleunigte und rumpelte dabei ein bisschen; die Lampen blinkten dreimal, eine letzte Warnung vor dem Übergang. Dann stürmte sie ins Dunkle, und Beattas Körper beharrte darauf, dass sie gerade von einer Klippe stürzte. Sogar durch die Lärmschützer war das Kreischen der Kinder, das von Angst und Aufregung zugleich kündete, schmerzhaft laut.

Die Schwerkraft kehrte allmählich zurück, jedoch nicht auf den Normalwert. In der Schwerlastzone, dem ersten Haltepunkt, bestanden nur 0,25 g. Beatta sah genau hin und stellte fest, dass sich niemand aus der Klasse übergeben hatte; wenigstens in diesem Jahr hatten ihr die Mütter wohl geglaubt, dass es nötig war, sich auf ein leichtes Frühstück zu beschränken. Die Bahn gelangte hinter dem dunklen Tunnel in eine riesige, hell ausgeleuchtete Höhle. Beatta nahm die Lärmschützer mit geübter Handbewegung aus den Ohren und griff nach dem Mikrofon.

»Passt auf, Kinder! Hier seht ihr die Entladezone für die meisten ankommenden Lieferungen. Bri, dein Vater arbeitet in der Schwerlastzone, nicht wahr?«

Bri nickte, auf der rechten Seite auf halber Höhe des Wagens.

»Na ja, das ist genau hier.«

»Ich war schon mal hier – er hat mich mitgenommen!«

»Ja, Bri, aber die anderen noch nicht. Bitte passt alle auf. Sobald wir die Haltestelle erreichen, könnt ihr auf Bris Seite die Ausgangsluken der Container-Transportanlage sehen und die Gleise dieser Anlage. Falls wir großes Glück haben, seht ihr auch eine Reihe Frachtbehälter herauskommen.« Sie wusste, dass sie Glück haben würden; sie hatte den Ausflug so organisiert, dass er auf die Dockszeit eines der großen Containerfrachter fiel, und sie hatte sich zusammen mit dem Frachtmeister den Entladeplan angeschaut. Beatta kannte auch die Farb- und Formcodes der verschiedenen Containersorten und war bereit zu erläutern, welcher Lebensmittel enthielt und welcher industrielle Rohstoffe oder Fertigprodukte.

Bix und Xia hüpften auf ihren Plätzen auf und ab und prüften die geringe Schwerkraft und die Sicherung ... Beatta bedachte sie mit diesem seit Urzeiten bekannten Lehrerblick, und sie wurden wieder still, wenn auch leicht eingeschnappt. Zwillinge waren immer problematisch, fand Beatta, und die aktuelle Zwillingswelle ärgerte sie. Dank des allseits publizierten Paares von Lord Thornbuckles Tochter Brun hatten sich Hunderttausende von Eltern bei ihrer nächsten Schwangerschaft für eine Zwillingsgeburt entschieden, und Beatta sah in einigen Jahren viel Arbeit für Lehrer voraus.

Die Bahn bremste für die Haltestelle der Entladearbeiter ab, und Beatta erinnerte die Kinder daran, zu den Fenstern auf der rechten Seite hinauszublicken und auf Frachtcontainer zu achten. Und klar doch, riesige farbige Kästen kamen rumpelnd hinter den schwarzen Lukenvorhängen hervor und polterten auf ihren jeweiligen Gleisen weiter. Manche bogen in diese oder jene Richtung ab, und Beatta gab Antwort auf die vorhersagbaren Fragen, ohne richtig darüber nachzudenken.

»Die optischen Sensoren lesen die Chiffren auf den Etiketten ab, und andere Sensoren kontrollieren das noch mal anhand von Farbchiffren … auf diese Weise kann die KI jeden einzelnen Container dorthin schicken, wo er erwartet wird.«

»Wo ist mein Daddy?«, wollte Bri wissen, der ein Gesicht machte, als wollte er gleich weinen.

»Er arbeitet irgendwo«, antwortete Beatta. »Ich weiß es wirklich nicht.« Sie hätte es wissen sollen; sie hätte dafür sorgen sollen, dass Bris Vater bei diesem kurzen Stopp zu sehen war.

»Da ist er!«, rief Bri aufgeregt und trommelte vor Freude ans Fenster. Beatta war gar nicht überzeugt, dass es sich bei der Gestalt im orangefarbenen Anzug, die mit einem Scanner an den Markierungen eines Containers entlangfuhr, um Bris Vater handelte, aber wenn es den Jungen glücklich machte … Dann stockte ihr der Atem, als eine andere Gestalt in einer hellbraunen Schiffsmontur hervortrat und der Orangegestalt auf den Kopf schlug. Der Deckel des Containers ging auf, und vier … acht … zwölf weitere Männer in hellbraunen Monturen krochen daraus hervor. Der Mann im Orangeanzug lag reglos auf dem Boden.

»Jemand hat ihn geschlagen!«, rief Bri. Seine Stimme wurde noch schriller. »Er ist verletzt, mein Daddy ist verletzt!«

»Ich bin überzeugt, dass er es nicht ist, mein Lieber«, sagte Beatta. Die Fülle ihrer Erfahrungen ermöglichte es ihr, in ruhigem Ton zu sprechen, und die Erfahrungen waren es auch, die sie bewegten, rasch zur anderen

Seite aus dem Zug zu blicken, ob dort nicht irgendetwas die Kinder ablenken konnte. »Seht mal!«, sagte sie, ehe sie richtig kapiert hatte, was sie dort sah. »Seht nur diese komischen kleinen Wagen, mit denen sie herumfahren!«

Es war zu spät für den Wunsch, sie hätte es lieber nicht getan, denn alle Kinder außer Bri drehten sich gehorsam um und hatten nun freie Sicht auf das Feuergefecht, als die Passagiere der komischen kleinen Wagen zunächst die Arbeiter auf dem Deck angriffen und dann direkt an die Bahn heranfuhren.

Die Bahn ruckte heftig, als hätte der Fahrer sie zu starten versucht, nur um gleich wieder anzuhalten. Drei der Kinder brachen in Tränen aus; die Erwachsenen starrten Beatta aus bleichen Gesichtern an.

»Also, Kinder«, sagte sie in ihrem besten Lehrertonfall. »Ihr braucht nicht zu weinen; das war nur ein kleiner Holperer. Bleibt bitte sitzen! Mag, würden Sie bitte helfen, Bri zu beruhigen, und Sivi, Sie kümmern sich um Crowder …« Die Erwachsenen reagierten, und als der Mann, der eindeutig eine Waffe in der Hand hielt, die Tür öffnete, saßen alle Kinder ruhig da und hörten Beatta zu, die ihnen die Geschichte vom Braunen Häschen und der Gefleckten Schlange erzählte.

»Oh Scheiße!«, sagte der Mann. »Da sin' *Kinner* inner Bahn!« Er hatte einen starken Akzent, wie er durch die Nachrichtensendungen der zurückliegenden beiden Jahre nur allzu bekannt geworden war.

»Wir benutzen solche Ausdrücke nicht«, versetzte Beatta entschieden. Die Mündung seiner Waffe schien groß genug, um die ganze Bahn zu verschlucken, aber sie zwang sich, ihm ins Gesicht zu blicken. »Bitte machen Sie die Kinder nicht nervös.«

»Bleibense einfach nur hier«, sagte der Mann und zog sich nach draußen zurück. Beatta hatte auch nicht vor, etwas anderes zu tun.

Auf der Überwachungstafel für das Verkehrssystem blinkte eine Lampe zweimal auf und sprang dann auf Rot.

»Der Babyzug hat ein Problem«, stellte Kyle fest. Der jährliche Ausflug durch die Station hatte einen eigenen Codenamen, von dem die Schule nichts wusste.

»Was ist da los?« Die Schichtleiterin Della Part versuchte gerade, einem Gespräch zwischen einem RSS-Sicherheitsberater und ihrem eigenen Vorgesetzten zuzuhören.

»Weiß ich noch nicht.« Kyle drückte die Gesprächstaste. »Transgrav 4, was haben Sie für ein Problem?« Keine Antwort. Jedes Problem, das den Fahrer einer Transgravbahn von seinem Platz holte, erforderte wirklich Hilfe. Falls eines der Kids verletzt worden war …

»In welcher Sektion ist der Babyzug?«, rief Sash durch die Leitzentrale.

»Schwerlast zwei.«

»Wir haben dort einen leichten, aber bedeutsamen Anstieg an Kohlendioxid, und die Raumtemperatur ist leicht gestiegen.«

»Sind Kids ausgerissen? Laufen sie herum?«

»Wo bleibt das Videobild?«

»Nicht da – hat schon seit zwei Tagen geblinkt.«

»Frag bei der Stationssicherheit nach.«

Kyle rief beim Stationsmeister an. »Wir haben ein Problem in Schwerlastsektion zwei. Was hast du auf dem Scanner?«

»Mal gucken.« Eine Pause trat ein. »Das Kohlendioxid ist leicht gestiegen, der Sauerstoffverbrauch ist erhöht, ebenso die Umgebungstemperatur … das Bild … die Transgrav steht noch an der Haltestelle. Steht heute nicht der Babyzug auf dem Plan?«

»Yeah. Sie haben ein Rotlicht, und ich kann sie nicht erreichen.«

»Sieht so weit normal aus. Frachtcontainer von der *Freedawn-24* kommen herein. Die Ladearbeiter … warte mal … welche Farbe trägt man dieses Jahr in der Schwerlastzone?«

»Orange. Letztes Jahr war es Hellbraun …«

»Würde irgendjemand noch die alte … oh verdammt!«

»Was ist?«

»Kein Entladearbeiter hätte eine Feuerwaffe dabei! Wir haben Eindringlinge an Bord.«

»*Da* drin? Was ist mit den Kids?«

In der entsetzten Stille, die jetzt eintrat, hörte Kyle fast das eigene Herz schlagen. Er schluckte, gab die Nummer der Schichtleiterin ein und sprach es laut aus: »Wir haben einen Stufe-fünf-Notfall. Feindliche Eindringlinge in Schwerlast zwei und eine Bahnladung Kids – dieser Vorschulausflug.«

Der RSS-Offizier öffnete den Mund und klappte ihn wieder zu. Er warf der Schichtleiterin einen Seitenblick zu.

»Gib den Alarm in die entsprechende Sektion durch und bringe uns auf Stufe-fünf-Alarmzustand. Stelle Verbindungen zum Stationsmeister und den Einsatzkräften her. Rufe die zweite Schicht zur Verstärkung …«

Dann zum RSS-Berater: »Was noch?«

»Wie viel professionelles Einsatzpersonal steht Ihnen zur Verfügung?«

»Wenn man Sicherheit, Medizin, Reparaturkräfte mitzählt … vielleicht fünfhundert.«

»Finden Sie es heraus; Sie benötigen die genaue Zahl. Und ich empfehle Ihnen, auch die Patrouille zu informieren; wir können voraussetzen, dass dieser Angriff auf eine fremde Macht zurückgeht.«

»Der Stationsmeister muss das genehmigen …«

»Das tue ich.« Kyle war erleichtert, als er die Stimme des Stationsmeisters über die Sprechanlage hörte.

»Kann man dort helfen?«

»Vielleicht. Dann rufen Sie das komplette RSS-Personal an Bord in Dienst und trommeln es zusammen – fragen Sie nach … Spezialgebieten … besonders Sicherheit, Sprengtechnik und Notfallmedizin.«

Sergeant Cavallo hatte entschieden, seine aktuelle Dienstzeit in der Messe zu beschließen, zum Teil deshalb, weil das Nachschub- und Messepersonal während des ansonsten langweiligen Patrouillendienstes mehr Chancen auf ein paar Stunden Stationszeit hatte. Der Wochendienstplan schloss stets 24 Stunden auf der Station ein, manchmal sogar mehr. Cavallo gefiel das Gedränge auf den Märkten, und er verfügte über einen ungewöhnlichen Scharfblick für Qualitätsware – dank der Leidenschaft seiner Großmutter für die Gärtnerei. Er wusste, dass Purcells Lebensmittelgeschäft manchmal frisches Obst aus planetaren Gärten bezog und hoffte, entweder Kirschen oder Kirschunen zu finden. Das zehnjährige Dienstjubiläum des Ersten Offiziers stand bevor, und der Mann mochte Kirschen. Darüber hinaus spielte Cavallos Sinn für das Absurde mit hinein: wenige neuroverstärkte Soldaten, falls überhaupt mal welche, fanden jemals die Chance, ein harmloses Interessengebiet zu pflegen.

Er war noch fünf Minuten von der Station entfernt, als eine rote Lampe auf dem Armaturenbrett ansprang.

Der Shuttlepilot verzog das Gesicht und wechselte den Kanal. Cavallo erblickte die verräterische Anspannung der Kiefermuskulatur und stellte dann fest, dass der Pilot die Einstellungen an den Armaturen veränderte.

»Was ist?«, fragte Cavallo.

»Sie haben es dort mit einer Invasion zu tun«, antwortete der Pilot. »Sie wissen nicht genau, um was es geht, aber feindliche bewaffnete Kräfte sind in die Schwerlastsektion vorgedrungen – und sie haben Geiseln genommen, eine ganze Bahnladung Vorschulkinder.«

Cavallo wollte schon fragen, was eine Bahnladung Vorschulkinder in der Viertelschwerkraft der Schwerlastsektion zu suchen hatte, aber das war jetzt nicht die drängendste Frage. »Was haben sie dort an Spezialisten für die Terrorbekämpfung?«

»Ich weiß nicht, aber ein Major Reichart hält sich an Bord der Station auf, und er hat alles Flottenpersonal zusammengetrommelt – deshalb haben wir einen neuen Anlegeplatz erhalten. Tut mir Leid, Sarge, aber es sieht so aus, als wären wir mit von der Partie.«

Cavallo sagte nichts; er war sich der Ironie der Lage bewusst: Er hatte sich für den Messedienst entschieden, weil es eine schöne Abwechslung war von der Langeweile, die der Leiter eines Sondereinsatzkommandos auf einem Patrouillenschiff empfand, wo nie etwas passierte ... und jetzt sah er sich wieder mit seinem ureigenen Aufgabengebiet konfrontiert, und das ohne seine Ausrüstung und ohne seine geschulten Leute.

»Informieren Sie den Major lieber darüber, dass ich komme«, wies er den Piloten an, der ihm daraufhin einen kurzen Blick zuwarf.

»Sie, Sarge? Aber Sie sind ein Koch ...« Der Pilot kannte Cavallo nur von seinen derzeitigen Aufgaben her; vielleicht führte er die überschüssige Körpermasse auf den übergroßen Appetit eines Versorgungs-Sergeanten zurück.

»Nicht ganz«, entgegnete Cavallo. »Meine eigentliche Aufgabe habe ich als neuroverstärkter Spezialkämpfer.«

Der Pilot wirkte jetzt nervös, die übliche Reaktion, wenn jemand herausfand, dass er neben einem der wenigen Flottenangehörigen saß, die dazu ausgebildet waren, mit bloßer Hand zu töten. »Sie sind ein Neuro?«

»Jepp. Also melden Sie mich an.«

»Jasir!«

Obwohl bei der Ausstattung des Nachschubshuttles nicht der Gedanke an einen Kampfeinsatz Pate gestanden hatte, führten doch alle Flottenshuttles ein paar grundlegende Ausrüstungsgegenstände für Notfälle mit. Eine Kampfpanzerung, die Cavallo gepasst hätte, war nicht vorhanden, aber er schnappte sich den größten Druckanzug und das Bereitschaftspaket an Sprengstoff, das dazu gedacht war, ein Rumpfloch aufzusprengen, falls das in einer Notlage einmal erforderlich werden sollte: drei Blöcke LUB-Sprengstoff, fünf Standardfusionspakete und die Zutaten für weitere Sprengsätze, dazu Funkzünder … Cavallo kontrollierte alles, und als das Shuttle ins Dock fuhr, hatte er die Sachen neu zusammengepackt und war bereit, durch den Andockschlauch zu gehen.

Sarknon Philios hatte bis eben die erfolgreiche Versteigerung der *Mindy Cricket II* gefeiert – der alte Kahn war für mehr weggegangen, als er selbst dafür bezahlt hatte, allerdings nicht für mehr, als er hineingesteckt hatte – sowie den Verkauf seines Anteils an den Mineralen, die sie in den Hafen geschleppt hatten. Die Besatzung freute sich nicht weniger als er über diesen Ausgang und die Aussicht auf ein neues Schiff – oder zumindest ein gebrauchtes von besserer Qualität – und hatte sich der Feier angeschlossen. Nun hatten sie das *Spacer's Delight* zwar nicht leer getrunken, wohl aber den Inhaber reicher gemacht, und während draußen die morgendlichen Pendler vorbeigingen, war Sarknon endlich bettreif. Bis zum Bett waren es zwei Haltestellen mit der Stationsbahn; er sammelte seine Besatzung ein und führte sie zur Haltestelle.

Dort verlangte ein Mann im Grün des Sicherheitsdienstes, dass sie ihre IDs vorzeigten – obwohl sie ihre Schiffsmonturen mit den deutlich erkennbaren Aufnähern an der linken Schulter trugen und damit hätte deutlich sein müssen, wer und was sie waren.

»Was ist los, Mann?«, wollte Sarknon wissen. »Wir waren im *Delight,* und Sie müssen doch gesehen haben, wie wir rübergekommen sin'. Wir sin' Raumfahrer; wir machen keinen Ärger.«

»Ihre IDs, Ser.« Die Stationssicherheit war gewöhnlich unbewaffnet, aber dieser Mann trug eine Schallwaffe am Schulterriemen. Am unteren Ende des Bahnsteigs entdeckte Sarknon zwei weitere Sicherheitsleute, die jetzt herüberblickten. So verärgert er auch war, er hatte nicht vor, Schwierigkeiten zu machen.

»Eine Affenschande, finde ich, so auf uns Raumfahrer loszugehen, wo wir doch Geld aufer Station ausgeben.« Er fummelte an der Tasche des Overalls herum und holte die ID-Mappe hervor. »Nich' nur, dass euer Kneipier uns den doppelten Preis berechnet – jetzt tut ihr auch noch so, als würdet ihr uns nich' kennen.«

Selbst wenn die Sicherheitsleute mal nach der ID fragten, was selten geschah, warfen sie immer nur einen kurzen Blick darauf. Nicht diesmal jedoch. Sarknon schwankte leicht hin und her, während der Mann mal auf die Papiere sah, mal in sein Gesicht, immer wieder, bis Sarknon schließlich genug hatte.

»Was denkense denn – dass ich nich' Sarknon Philios bin? Noch nie vonner *Mindy Cricket* gehört, von unserm Glückstreffer? Oder bin ich zu hässlich für Sie?«

»Immer mit der Ruhe«, sagte der Sicherheitsmann, klappte die Mappe zu und gab sie zurück. »Wir haben Probleme – wir suchen nach Asteroidenhüpfern mit Sprengstofferfahrung. Sieht so aus, als wären Sie das.«

»Ein Vertrag?« Sarknon blinzelte; er wusste, dass er, wenn er betrunken war, nicht gut verhandeln konnte – so war es auch dazu gekommen, dass er für die *Mindy Cricket II* damals zu viel bezahlte. »Kann jetzt nich' über'n Vertrag reden – bin ganz neblig inner Birne. Vielleicht nächste Schicht, wenn ich die Drinks ausgeschwitzt hab.«

»Sofort«, erwiderte der Sicherheitsmann. Seine beiden Kollegen kamen jetzt näher, ohne dass Sarknon es bemerkte, und jetzt sah er sich gezogenen Waffen gegenüber.

»Probleme, Harv?«, fragte einer der Neuen.

»Nein – habe eine Sprengstofftruppe für uns gefunden, aber sie sind besoffen. Helft mir, sie auf die Krankenstation zu schaffen.«

Sarknon hatte gutes Geld für seine Getränke bezahlt und war nicht bereit, sich den Ertrag so einfach nehmen zu lassen. »Ich gehe nich' aufe Med; dann war das ganze Geld vergeudet … ich hab den Suff verdient; es ist meiner …«

Er sah die Hand auf sein Gesicht zufliegen, war aber zu unkoordiniert, um ihr auszuweichen. Als er wieder zu sich kam, lag er auf einem Bett in der Stationsklinik.

Er war innerhalb eines Augenblicks richtig wach, mit der unnatürlichen Klarheit des entgifteten Patienten. »Verdammt!«, sagte er. »Und ich hatte nen ganzen Krug von dem surneanischen Ale!«

»Machen Sie sich nichts daraus«, sagte die junge Frau, die ihm die Nadel aus der Ader zog. »Retten Sie diese Kurzen, und ich kaufe Ihnen persönlich zwei Krüge.«

»Na dann.« Sarknon richtete sich auf und empfand gar kein Bedauern über die, dem Detox sei Dank, fehlenden Kopfschmerzen. Er blickte sich nach der Mannschaft um. »Falls das ein Job von der Art iss …«

»Es ist ein Job von der Art.« Er kannte die Uniform des Sprechers nicht, aber der Tonfall war unmissverständlich. Sarknon folgte ihm den Korridor hinunter zu einer Sektion voller Menschen in Notarztwesten, und fünf Minuten später war er schon dabei, alles über Sprengstoff zu erklären, was er wusste.

Im Gegensatz zu den organisierten, disziplinierten Planungsgruppen, wie Cavallo sie kannte, wurde in dem Zimmer voller Zivilisten gemurrt und gestritten, und ein fetter Mann in der Ecke brüllte sogar. Cavallo entdeckte den Major sofort und ging zu ihm hinüber. »Sergeant Cavallo, Sir, neuroverstärktes Sondereinsatzkommando.«

»Das ist eine gute Nachricht! Wie viele sind Sie?«

»Nur ich, Sir. Ich bin gerade an Bord einer Versorgungsfahrt eingetroffen … Ich war als Nachschubsergeant für das Patrouillenboot tätig.«

»Ein neuroverstärkter Nachschubsergeant? Nein, erzählen Sie es mir nicht … oder später, sobald wir Zeit haben. Wir stecken hier wirklich übel in der Klemme.« Rasch umriss der Major die Situation – die Eindringlinge, die Vorschulkinder, die Informationen über die auf der Station verfügbaren Mittel, die ihm bislang vorlagen. »Niemand kann hier eine Ausbildung vorweisen, die Ihrer entspräche«, sagte er. »Gute grundlegende medizinische Notfalleinrichtungen, aber nichts, um mit umfangreichen terroristischen Aktionen fertig zu werden. Man hatte die Stationsleute vorgewarnt, aber sie wussten im Grunde nicht, wo sie die benötigten Informationen einholen sollten. Deshalb war ich hier. Und diese Kleinen sind jetzt wirklich unser Problem. Die von der Medizin haben mir erklärt, dass Kinder empfindlicher auf plötzliche Druckveränderungen reagieren als Erwachsene – sie erleiden schneller einen Lungenschock, und er ist schwieriger zu behandeln. Das Gleiche gilt für chemische und akustische Mittel zur Aufruhrbekämpfung. Wir werden die Kinder letztlich verletzen, egal was wir tun, also müssen wir wirklich schnell handeln.«

»Laufen Verhandlungen, Sir?«

Der Major zuckte die Achseln und zeigte ein Gesicht, das Cavallo nicht deuten konnte. »Wir haben hier die übliche Mannschaft an psychologischen Profis, und zwei davon haben auch Erfahrung mit Fällen kleineren Zuschnitts – Mann nimmt Exfrau als Geisel und bedroht die Kinder, so was in der Art. Aber niemand ist mit einer Situation vertraut, wie wir sie hier haben, und ich weiß nicht recht, ob den Leuten der Unterschied klar ist. Ich vermute, dass unsere Übeltäter nicht mit einem Flottenoffizier reden würden … und wie Sie ja hören, habe ich einen Akzent, den ich einfach nicht unterdrücken kann.«

»Sind es diese Neutexas-Burschen?«, erkundigte sich Cavallo.

»Weiß ich noch nicht. Bislang haben wir keinen Kontakt. Der Stationsmeister hat gleich alle Sprechverbindungen gekappt; ich konnte ihn nicht überreden, wenigstens einen Kanal wieder zu öffnen. Ich denke, er fürchtet, die Terroristen könnten die Sicherheitsmaßnahmen der Hauptcomputer überwinden.«

»Das können wir verhindern«, sagte Cavallo. »Ich habe den Sprengstoff und die Kommunikatorausrüstung aus dem Shuttle mitgebracht.«

»Guter Mann! Dann bringe ich Sie jetzt mal zum Stationsmeister.«

»Falls sie die Kinder umbringen möchten, um etwas zu demonstrieren oder so was, dann sind die Kleinen schon so gut wie tot – falls das nicht ohnehin schon passiert ist. Wir können es nicht verhindern. Uns bleibt nur, mit den Leuten zu reden. Unseren Quellen zufolge haben sie zu Hause starke Familienbindungen, besonders zum Nachwuchs. Uns bleibt also die Hoffnung, dass sie keine Kinder umbringen, sondern eher zu Verhandlungen bereit sind, wo es um Kinder geht.«

»Aber sie halten unsere Kids für Heiden …«

»Schon, aber den Kindern auf der *Elias Madero* haben sie auch nichts getan. Sie wollten sie retten. Unwahrscheinlich, dass sie die hiesige Aktion mit Absicht auf den einen Tag im Jahr gelegt haben, an dem die Vorschulkinder ihren Ausflug machen.«

Cavallos irenianischer Akzent hatte seine Kameraden bei der Raumflotte zu Anfang erheitert. Nach über zwanzig Jahren konnte er ihn nach Belieben benutzen oder unterdrücken – wobei die Implantate halfen –, aber hier erwies sich der Akzent womöglich als hilfreich.

»Jemand dort?«, fragte er im entsprechend schleppenden Tonfall.

Zunächst blieb alles still. Dann wurde ein starker Akzent vernehmbar, wie er durch die Nachrichtenmeldungen über Bruns Entführer bekannt geworden war: »Wer da?«

»Ich möchte diese Lehrerin sprechen – Sera Sorin. Wir sind um die Kinder besorgt.«

Wieder blieb es erst still, aber diesmal nicht so lange. »Welche Kinner?«

»Die Kinder in der Bahn. Wird Zeit, dass sie nach Hause kommen, denken Sie nich'?«

»Wieso steckense überhaupt Kinner inne Transgrav-Bahn? Machense sich nix aus ihnen?«

»Natürlich machen wir uns was aus ihnen; deshalb melde ich mich ja. Kann ich bitte mit der Lehrerin reden?«

»Kinner so ner Frau zu geben! Auch Jungs. Richtig widerlich. Nein, Sie können nich' mit ihr reden; sie tut, was ihr gesagt wurde, und sorgt dafür, dass die Kinner ruhig bleiben.«

»Aber geht es ihnen gut? Ich meine, Sie wissen doch, wie Kinder sind – sie müssen auf die Toilette, werden hungrig und durstig – haben Sie genug Vorräte für sie?«

Eine andere Stimme meldete sich, älter und zorniger. »Nein, wir haben nix zu essen für Kids. Ihres auch hier unten, Mister?«

Cavallo hatte sich überlegt, als betroffener Vater aufzutreten, aber Kinder in dem Alter waren nicht leicht zu täuschen. Falls er behauptete, er wäre der Vater eines der Jungen, und der Junge sagte ›Das ist nicht mein Dad!‹, dann waren sie schlimmer dran als jetzt.

»Nein«, antwortete er. »Meins nicht – hätte aber sein können. Für Kinder sind wir alle verantwortlich, dort, wo ich herkomme.«

»Und wo iss das?«

»Irene.« Ob die Terroristen diesen Planeten kannten, war ungewiss, aber falls er ihnen ein Begriff war, dann passte es … die Irenianer waren in den ganzen Familias für ihre idealistische Kinderfürsorge berühmt.

»Oh.« Eine Pause trat ein. Cavallo wünschte sich, er hätte ein Bild gehabt; das Mienenspiel hätte ihm viel verraten. Der Videosensor schlängelte sich derzeit jedoch noch an den Versorgungsleitungen entlang, noch gute siebzig Meter von Schwerlastsektion zwei entfernt. »Na ja … zu schade um die Kids, aber …«

»Sie können Vorräte für sie bekommen«, unterbrach Cavallo ihn. »Nahrung und Wasser. Für sich selbst auch«, setzte er dann hinzu, als wäre es ein spontaner Einfall und keine sorgsam umgesetzte Taktik.

»Hörense mal, werse auch sind …«

»Fred«, sagte Cavallo, entschied sich aufs Geratewohl für den Namen eines Onkels. »Fred Vallo.«

»Na ja, Fred, die Sache iss die: Diese Kinner sind tot, falls wir das wollen.«

»Das ist mir klar«, sagte Cavallo.

»Also geben Sie uns lieber, was wir möchten …«

»Falls die Kinder umkommen«, warf Cavallo ein und legte Stahl in den Ton, »dann verlässt keiner von Ihnen diese Station mehr lebendig.«

»Wennse sie lebend zurückhaben wollen, dann tunse, was wir Ihnen sagen«, erwiderte die Stimme. Eine jüngere Stimme fiel protestierend ein: »Aber wir können keine *Kinner* umbringen!«

Cavallo lächelte vor sich hin. Streit im feindlichen Lager, und jemand fiel dem Unterhändler ins Wort … sie hatten schon verloren. Wären nur keine kleinen Kinder in die Sache verwickelt gewesen!

»Ich muss mit jemandem sprechen, der mir zusichern kann, dass die Kinder unverletzt sind«, beharrte er. »Falls nicht die Lehrerin, dann einer der anderen Erwachsenen in der Bahn.«

»Warten Sie«, sagte die ältere Stimme.

Cavallo schaltete sein Mikro auf Stumm und wandte sich an den Major. »Haben Sie das gehört, Sir? Wenigstens einer dort wird seinem Anführer Schwierigkeiten machen, falls dieser den Kindern wehtun möchte, und bislang ist der Gegner verhandlungsbereit.«

»Yeah ... aber wie lange hält das vor? Ich frage mich, ob er Ihnen wirklich erlaubt, mit einem der Erwachsenen zu reden.«

»Ich ...« Das Licht am Set ging an, und Cavallo aktivierte wieder das Mikro.

»Redense«, sagte die gewohnte Stimme. »Sagense ihnen, dass die Kinner nich' verletzt sind.«

»Aber sie müssen auf die Toilette ...«, fiel eine andere Stimme ein, eine Männerstimme.

»Sagense es ihnen!«

»Ah ... hier spricht Parkop Kindisson ... vom Schulausflug der Kleinen Lämmer ... Wissen Sie darüber Bescheid?«

»Ja, Ser Kindisson«, antwortete Cavallo. »Sind die Kinder wohlauf?«

»Na ja, sie sind nicht *verletzt,* aber sie haben Angst, besonders Bri, weil er gesehen hat, wie sein Vater niedergeschlagen wurde, und sie müssen aufs Klo, aber man lässt uns nicht, und sie werden hungrig, und man erlaubt uns nicht, am Imbissstand der Haltestelle etwas zu holen, und ...«

»Das reicht!« Die wütende Stimme meldete sich zurück; Cavallo bekam gerade noch den fernen Protest des anderen mit. »Kennense diesen Kindisson?«

»Nein, nicht persönlich«, sagte Cavallo. Er hatte kurz

eine Datei über alle Erwachsenen durchgesehen, die den Schulausflug begleiteten, und wusste, dass Kindisson ein allein erziehender Vater war, der sich von seinem Beruf als Anstreicher beim Wohnungsamt den Tag frei genommen hatte, um auf die Kinder aufpassen zu helfen.

»Scheint irgendwie nervös zu sein, nich' wie'n normaler Mann …«

»Er macht sich Sorgen um die Kinder. Das tue ich auch. Wie wäre es, wenn wir für sie was zu beißen besorgen? Oder Tragetoiletten, damit sie sie im Zug benutzen können.«

»Die Bahn hat Toiletten?«

»Nein – deshalb habe ich ja auch von Tragetoiletten gesprochen. Familien haben hier so was, falls sie mal mit einem Kleinkind unterwegs sind und keine Toilette in der Nähe ist.«

»Aber es gibt Toiletten anner Haltestelle, nich' wahr?«

»Sicher, aber Sie lassen die Kids ja nicht aus dem Zug. Kleine Kinder – ich bin sicher, dass Sie sich damit auskennen und wissen, wie die immer rumrennen und mal hier und mal da reingeraten … clever von Ihnen, sie an einem Ort festzuhalten, wo sie in Sicherheit sind.«

Schmeichelei konnte nicht schaden, davon war er überzeugt.

»Wir möchten mit unseren Frauen reden«, sagte die Stimme.

Cavallo spürte, wie seine Augenbrauen hochstiegen. »Ihren Frauen?«, fragte er vorsichtig.

»Tunse nich' so, als wüsstense davon nix! Diese Rangerfrauen, die Sie entführt haben, und ihre Kinner … Wir möchten ihnen sagen, dasse nach Hause kommen sollen.«

»Eine Sekunde …« Cavallo stellte das Mikro auf stumm und rief den Stationsmeister heran. »Sind irgendwelche dieser Neutex-Frauen auf der Station?«

»Nein, sie sind vor einiger Zeit abgereist. Warum?«

»Weil diese Burschen hier sind, um sie nach Hause zu holen, deshalb. Haben Sie eine Ahnung, welches Ziel sie hatten?«

»Nein. Ich kann auf den Passagierlisten nachsehen, aber daraus erfahre ich auch nur, welches Schiff sie genommen haben.«

»Was wir diesen Burschen nun wirklich nicht verraten möchten«, sagte Cavallo. Er schaltete das Mikro wieder ein und sagte: »Ich habe gerade den Stationsmeister gefragt, und er sagt, dass die Frauen nicht mehr hier sind. Sie waren es, sind aber schon vor einiger Zeit abgereist.«

»Sie lügen! Gebense uns unsere Kinner, oder wir nehmen Ihre!«

»Ich kann Ihnen eine Liste besorgen …« Cavallo winkte, und der Stationsmeister kam wieder zu ihm. »Wir brauchen eine Liste oder so was, damit diese Männer einsehen, dass ihre Frauen nicht mehr hier sind.«

»Über die öffentlichen Datenports in der Schwerlastsektion kann man die Verzeichnisse einsehen, aber wir haben die Verbindungen unterbrochen …«

»Na ja, stellen Sie eine gesicherte Verbindung wieder her.«

»Wir jagen hier die ganze Klitsche hoch, wenner uns unsre Frauen und Kinner nich' wiedergebt!« Das war eine neue Stimme, und sie klang viel zu aufgeregt. Cavallo hörte eine Rauferei im Hintergrund, dann einen Schrei. Er hoffte, dass es der Schrei eines Erwachsenen gewesen war.

»Jetzt mal eine Minute!«, mischte er sich ein. »Keiner

von uns will doch, dass Kinder verletzt werden. Sehen wir mal, worauf wir uns einigen können …« Jemand hielt ihm ein Display vor die Nase, das ihm mitteilte: DATENDISPLAY AN HALTESTELLE FÜR UNS AKTIV. »Es stimmt, dass Ihre Kinder nicht mehr hier sind – und es stimmt auch, dass ich nicht weiß, wo sie heute sind. Sie … wie sagten Sie noch gleich, dass Sie heißen?«

»Dan«, antwortete die ältere Stimme. »Sie können mich Dan nennen.«

»Dan, ich vermute, nach Ihrer Meinung sollten Kinder bei ihren Eltern sein …«

»Yeah, richtig. Falls unsere Kinner nich' hier sind, dann möchten wir wissen, wohinse gefahren sind.«

Das Videobild war jetzt da, wenn auch durch die Weitwinkelperspektive verzerrt. Die Ortungsspezialisten führten Tests durch und wandelten die Aufnahme in eine korrigierte dreidimensionale Version um. Cavallo zwang sich, die Arbeiten zu ignorieren, solange sie nicht abgeschlossen waren; als es so weit war, schob ihm jemand einen Monitor hin, damit er die Aufnahmen verfolgen konnte.

Als sich Dan jetzt wieder zu Wort meldete, erblickte er die beste Interpretation, die der Computer vom Gesicht des Mannes hatte – in mittleren Jahren, wie Cavallo vermutet hatte, die Züge eines Menschen, der schon früher in schwierigen Fragen Verantwortung übernommen hatte.

»Wie hatten sie denn geplant, Ihre Kinder von hier wegzubringen?«

»Ein Schiff stehlen. Haben wir schon früher gemacht.«

»Guter Plan«, sagte Cavallo und drückte sich in Gedanken selbst den Daumen. Er kritzelte *suchen Sie ein kleines, billiges, einfaches Schiff* auf den Block und reichte ihn dem Major.

»Wir könnten einfach diese Kinner nehmen, wenn unsere weg sind.«

»Aber das ist nicht dasselbe«, wandte Cavallo ein. »Und diese Kinder sollten bei ihren Familien bleiben.«

»Sie lassen uns ziehen?«

»Würden Sie es annehmen?«

»Vielleicht.«

Cavallo sah sich an, wie der Mann das Mikro weglegte und sich abwandte, um mit den anderen zu reden. Der Sergeant drehte die Tonaufnahme höher.

»*Du* hast gesagt, sie wären hier!«, hörte er einen Mann sagen; durch die Weitwinkellinse konnte er die Gesichter nicht erkennen.

»Wir wussten es halt nich' genauer.«

»Ich sage dir, ich bin es leid! Wir sin' die ganze Strecke von zu Hause gekommen, ham wie die Ochsen auf diesem verdammten Kahn geschuftet, nur weil du nich' das Geld für Fahrkarten ausgeben wolltest, was sich gelohnt hätte, wäre es uns gelungen, den alten Stinksack umzubringen, aber das hat nich' geklappt, weil jemand anderes einfach schneller war!«

»Es hätte eigentlich nich' so lang dauern dürfen …«

»Und wer hat sich das Schiff ausgesucht? Dann haste gesagt, lasst uns wenigstens die Kinner zurückholen – und es sind nich' mal unsere eigenen –, und wir müssen erneut für ne Passage schuften, sind hergekommen, und dann sind sie gar nich' hier! Ich weiß gar nich', ob ich überhaupt glaub, dasse je hier waren!«

»Alle in dieser Kneipe ham gesagt, sie wären es!«

»Alle in dieser Kneipe waren besoffen, Dan. Die Kinner sind nich' hier und waren auch nich' hier, und was in drei Teufels Namen machen wir jetzt?«

»Ich denk mir was aus … lasst mir nur ne Minute Zeit, ja?«

»Wir könnten diese Kinner hier nehmen …«

»Verdammt, Arnett, ich möchte diese Kinner aber nich'! Es sind nich' *unsere* und auch keine Ranger-Kids. Und wie sollten wirse überhaupt befördern?«

»Na ja, was sollen wir sonst tun? Aufgeben und uns umbringen lassen, wie sie es mitten Rangern gemacht ham?«

»Wir ham noch nix angestellt, wofürse uns umbringen würden.«

»Ich geb nich' auf.« Das war Arnett, wie Cavallo anhand der Stimme feststellte.

»Na, ich bringe jedenfalls keine Kinner um.« Das war der Mann, der schon zu Anfang protestiert hatte. »Wieso tauschen wirse nich' für ein Schiff ein?«

»Ein ganzes Schiff? Denkst du, gottlose Heiden würden uns'n ganzes Schiff für nur'n Haufen Kinner geben? Sie machen sich nix aus Kinnern!«

»Wie läuft es?«, fragte der Major. Cavallo lehnte sich zurück, behielt aber den Monitor im Auge.

»Sie streiten sich darum, wer Schuld hat. Falls ich sie richtig verstehe, dann wollte dieser Haufen Lord Thornbuckle ermorden, und als sie feststellten, dass jemand das schon erledigt hatte, beschlossen sie, die Frauen und Kinder aufzuspüren und zu entführen. Ich denke nicht, dass es Neutex-Ranger sind; ich halte sie für einen Haufen idealistische Idioten, die auf eigene Faust losgezogen sind.« Er tippte auf das Mikro, und auf dem Monitor drehten sie die Köpfe. Dan kam herbei, fast widerstrebend, und nahm sein Mikro zur Hand.

»Dan! Dan … hören Sie. Sind die Kinder immer noch okay?«

»Yeah, yeah, vorläufig geht's nen gut.«

»Dan, der Stationsmeister hat mir erzählt, die Frauen und Kinder wären vor elf Tagen mit dem Passagierschiff *Dolphin Rider* abgereist.«

Auf dem Video warfen zwei der übrigen Männer die Hände in die Luft, und einer spuckte aufs Deck.

»Das können wir jetzt nicht mehr ändern, Dan, aber ich habe einen Vorschlag.«

»Was für einen?«

»Ich weiß nicht, ob Sie … Aber falls Sie … Ich meine, falls wir Ihnen ein Schiff geben könnten, Dan … und die Kinder würden dann auch nicht verletzt …«

»Sie meinen, die Kinner für'n Schiff eintauschen? Das würdense machen?«

»Yeah, natürlich. Über Kinder reden wir hier schließlich.«

»Ein ganzes Schiff – und eins, das auch richtig funktioniert?«

»Natürlich.« Cavallo blickte auf, als sich jemand über ihn beugte und ihm ein Datenpad vor die Augen hielt, auf das jemand *Mindy Cricket II* gekritzelt hatte.

»Ich weiß nich'. Wir bräuchten auch Vorräte.«

Cavallo riskierte es, dem Major zuzugrinsen, als er das Mikro ausschaltete. »Sie gehen drauf ein«, sagte er. »Falls sie uns nicht hereinlegen – und bei mehreren von ihnen bin ich ganz sicher, dass sie es nicht versuchen … Wo liegt dieses Schiff?«

Es kostete weitere zwölf Stunden heikler Verhandlungen, bis die Kinder zu ihren panischen Eltern zurückkehren konnten, die neutexanischen Terroristen endlich an Bord der *Mindy Cricket II* waren und das kleine Schiff mit seiner üblichen Eleganz von der Station wegruckelte.

»Man brauchte eigentlich nix dran zu machen«, meinte Sarknon. »Mit dem Kahn kommen sie nirgendwo schnell hin.«

»Besonders jetzt nicht mehr«, ergänzte Cavallo. Er hatte die LUB-Blöcke dort platziert, wo sie am meisten Wirkung entfalteten. Die *Mindy Cricket II* würde die Sprungdistanz nicht am Stück erreichen. Noch zwei Stunden, in sicherer Entfernung zur Station, und sie ging hoch. »Wir können wirklich nicht gebrauchen, dass dieser Abschaum herumspaziert und Ärger macht.« Er streckte sich und grinste den Major an. »Schätze, ich mache jetzt meine Einkäufe, falls es Ihnen recht ist.«

Kapitel fünfzehn

RSS *Gyrfalcon*

»Jig Serrano ins Büro des Kommandanten …« Barin tippte seinen Code in das Signalgerät an der Wand, um den Erhalt der Nachricht zu bestätigen, und wandte sich zum Sektionssergeant um.

»Ich schließe die Inspektion später ab«, sagte Barin. »Und ich erwarte, dass Sie bis dahin etwas bezüglich dieser Spinde unternommen haben.« Die Spinde waren nicht abgeschlossen gewesen, und Barin hatte bereits drei bedeutsame Diskrepanzen entdeckt.

»Ja, Sir!«

Auf dem ganzen Weg ins Oberschiff fragte er sich, was er angestellt hatte. Ihm fiel nichts ein, und Major Conway hatte ihm erst gestern eine Belobigung ausgesprochen.

Kommandant Escovars Sekretär bedachte ihn nicht mit warnender Miene, sondern lächelte nur und winkte ihn durch. Barin nahm Haltung an und wartete.

»Ah … ich dachte, Sie würden gern erfahren, dass Sie wieder Sold erhalten.« Escovar reichte ihm einen Datenwürfel.

»Sir?«

»Anscheinend haben Ihre … Schützlinge irgendwo ehrliche Arbeit gefunden. Sie liegen der Flotte nicht mehr auf der Tasche.

»Wo sind sie?«

»Auf irgendeinem Kolonialplaneten. Anscheinend

haben Professor Meyerson und die Diplomatin der Lone-Star-Konföderation einen Platz für sie gefunden, und jemand hat ihnen die entsprechenden Siedlungsrechte gekauft. Und dieser Jemand hat auch zumindest einen Teil dessen übernommen, was die Raumflotte in diese Menschen investiert hatte, und das Oberkommando verzichtet auf den Rest. Sie erhalten also wieder Geld. Das heißt wohl, vermute ich, dass Sie jetzt heiraten?«

Barin spürte, wie ihm heiß wurde. »Ich ... hoffe es, Sir.«

»Von einer Bredouille in die nächste. Am besten geben Sie ihrer Familie Zeit, sich daran zu gewöhnen. Haben Ihre Eltern Lieutenant Suiza schon kennen gelernt?«

»Nein, Sir. Aber jetzt, wo ich wieder Sold erhalte, könnte ich etwas Urlaub nehmen ...«

»Um zu heiraten.«

»Nein, Sir, nicht sofort. Ich möchte jedoch meine Verlobte mit meinen Eltern bekannt machen.«

Escovar dachte nach. »Sie haben reichlich Urlaubsanspruch angesammelt. Ich sage Ihnen was ... sehen Sie mal nach, welche Zeitspanne Ihren Eltern und Suiza passt, und ich tue mein Bestes.«

»Danke, Sir!«

RSS *Navarino*

»Sie haben Post, Lieutenant.« Esmay fragte sich, worum es diesmal ging. Die letzte Post war eine steif formulierte Nachricht der Personalabteilung gewesen: Sie hätte die Ernennung zur Landbraut schon melden sollen, ehe sie sie akzeptierte, und jedes Ersuchen um eine Statusänderung müsste den ordentlichen Dienstweg über das Sektorkommando und schließlich das Oberkommando nehmen.

Ein Würfel von Barin. Das musste erfreulicher sein als alles von der Personalabteilung.

Ihr ging das Herz auf, als sie ihn las. Frei von der Verantwortung für all diese Frauen und Kinder. Wieder bezahlt. Mit den Eltern gesprochen; sie wollten sie kennen lernen. Er konnte Urlaub bekommen – was war mit ihr? Er war überzeugt, dass es ihm gelingen würde, die älteren Serranos dafür zu gewinnen, dass die Einschränkungen im Hinblick auf Landbräute gelockert wurden …

Auch sie hatte Urlaubsanspruch angesammelt. Sicherlich war es möglich, sich für ein paar Tage zu treffen, sogar für eine Woche. Irgendwo, wo sie Privatsphäre genossen – es machte Esmay nichts aus, seine Eltern kennen zu lernen, aber sie wollte wenigstens auch ein paar Stunden lang mit Barin allein sein.

Copper Mountain

Obwohl die Ausbildungsbasis Copper Mountain, nach den roten Felsformationen des ersten Landeplatzes benannt, schließlich für den Namen des ganzen Planeten Pate gestanden hatte, unterhielt die Raumflotte hier noch weitere Stützpunkte, von denen aus weder Berge noch roter Staub zu sehen waren. Die meisten Ausbildungskurse für Unteroffiziere waren zwar per Zubringer von Copper Mountain aus erreichbar, fanden aber im Grunde an weiteren Standorten desselben Kontinents statt: Drylands auf den nördlichen Ebenen, Camp Engleton in den Küstensümpfen, Big Trees weit entfernt im Westen. Das fest ansässige Schulungspersonal hatte eigene Erholungsgebiete, die die Schüler nie zu sehen bekamen, und zwar an den langen Uferstränden weit östlich von Copper Mountain, wo die Fleischfresser der Meerestiefen sorgsam ausgesperrt blieben, und im Eight-Peak-Bergland, das weit mehr als acht Gipfel aufwies, obwohl die meisten Übrigen nicht ganz die achttausend Meter erreichten.

Zu den weniger bekannten Stützpunkten gehörten die Anlagen von Stack Islands. Die alten Vulkanstümpfe der Stacks ragten senkrecht aus den kalten Wassern von etwas auf, was jemand mit geringem Einfallsreichtum Big Ocean, den Großen Ozean genannt hatte, und waren auf technischem Wege in noch abweisendere Formationen umgewandelt worden, als Zeit, Wind und Wasser sie erzeugt hatten. Die Inselgruppe der Stacks wies insgesamt drei Stützpunkte der Raumflotte auf, von denen zwei der Forschung gewidmet waren (biomedizinisch und waffentechnisch) und eine der Inhaftierung der gefährlichsten Verbrecher, die man in den Reihen der Flotte antraf.

Diese wechselseitige Nähe war kein Zufall; obwohl der Große Rat nichts davon wusste, dienten Gefangene als Versuchspersonen für die Neurobiologie, und manche kamen mit neuen Identitäten aus diesem Programm zum Vorschein. Der Begriff Nähe passte jedoch nur nach planetaren, nicht nach örtlichen Maßstäben: das Gefängnis war weniger als eine Stunde mit dem Flugwagen von den übrigen Stack-Islands-Basen entfernt, was jedoch reichte, um die Gefangenen sicher zu internieren. Die Forschungseinrichtungen lagen nur wenige Kilometer auseinander auf benachbarten Vulkanstümpfen; das Gefängnis war am Ostende der Inselgruppe untergebracht, außer Sicht der beiden Forschungsbasen und viel zu weit für jeden Schwimmer, selbst wenn die Wassertemperatur und das Meeresleben nicht auch eine Rolle gespielt hätten.

Das Sicherheitspersonal von Three Stack, wie man das Gefängnis umgangssprachlich nannte, unternahm keinen Versuch, Gefangene am Selbstmord zu hindern; man fand allgemein, dass Selbstmorde allen Beteiligten eine Menge Ärger ersparten. Auch Fluchtversuche galten als mit Sicherheit tödlich und fanden ebenfalls kaum Aufmerksamkeit. Die Gefangenen durften von den Klippen ins kalte Wasser springen, falls ihnen danach zumute war; falls sie den Sturz und die betäubende Kälte überlebten, wurden sie leichte Beute für das einheimische Meeresleben, das in diesen Breiten stark zahnbewehrt und gefräßig war. Obwohl die Wachmannschaften zwar in den Korridoren und auf den Sportplätzen Streife gingen und die Flugwagen der Basis scharf bewachten, behielt niemand auf regulärer Basis die Klippen im Auge.

Das Kommando über eine solche Anlage trug nichts dazu bei, eine Offizierskarriere zu fördern, und die meisten Offiziere verabscheuten den Knastdienst. Einigen wenigen jedoch bot die Basis drei von Stack Islands genau das Milieu, in dem sie aufblühten.

Corporal Gelan Meharry, Wachmann der zweiten Schicht in Three Stack, zerbrach sich den Kopf darüber, was genau ihn eigentlich an seiner neuen Kommandantin so störte. Gefängniskommandanten waren zwangsläufig verbogene Charaktere – Tolin war weich und schlampig gewesen, viel zu sehr in die eigene Bequemlichkeit verliebt und von den Seniorunteroffizieren leicht zu führen –, aber diese Bacarion war eindeutig anders gestrickt. Was hatte sie angestellt, um hierher abgeschoben zu werden? Eine Dienstzeit in einem Hochsicherheitsknast war für die Mannschaftsdienstgrade keine Schande, ganz im Gegenteil, falls nichts schief ging, aber … bei dieser Frau fühlte er sich nicht wohl.

Nach dem zeremoniellen Kommandowechsel entließ Gelans unmittelbarer Vorgesetzter, Sergeant Copans, die zweite Schicht, damit die Leute essen und sich auf die Arbeitszeit vorbereiten konnten. Gelan hängte die Galauniform in den Spind und wechselte in die Dienstuniform. Wie stets achtete er sorgsam darauf, dass seine Sachen im Spind penibel geordnet waren, ehe er zum Messesaal ging. Danach kontrollierte er seine Unterkunft in der Kaserne. So sicher, wie das Vakuum leer war, würde die neue Kommandantin eine Inspektion durchführen, und Gelan gedachte, dafür zu sorgen, dass *seine* Einheit sie bestand.

Auf dem Weg in die Messe besuchte er die Datenbankzentrale des Stützpunkts und rief die Offiziersliste auf. Zumindest die offizielle Biografie der neuen Kommandantin konnte er einsehen. Das Bild auf dem Monitor zeigte sie mit den Abzeichen eines Lieutenant Commanders – sie hatte es seit der letzten Beförderung nicht aktualisiert. Er sah die Anmerkungen darunter durch. Oberes Leistungsviertel auf der Akademie; dumm war sie also nicht. Als Junioroffizier der Kommandolaufbahn Dienst auf einer Reihe von Schiffen in vorgeschobener Position. Als Major der übliche Stabsdienst, diesmal auf einem Flaggschiff, der *Dominion*. Dort war sie auch im Kampfeinsatz, wenn auch aus der Perspektive der Stabsoffiziere.

Woran musste er nur bei der *Dominion* denken? Er kannte den Namen doch irgendwoher … Er rief ihn ab. Lepescu. Bacarion hatte in *Lepescus* Stab gedient?

Und das in dem Gefecht, in dem Heris Serrano Lepescus Befehle verweigerte und dadurch die Schlacht gewann und ihr Kommando verlor? Gelan presste die Kiefer zusammen und hoffte, dass sich seine Miene nicht verändert hatte. Dank Lepescu war Serranos Mannschaft – darunter Gelans älteste lebende Schwester Methlin – vor Gericht und im Gefängnis gelandet. Bacarion hatte es verdient, in ein Gefängnis versetzt zu werden, dachte er griesgrämig. Eigentlich hätte sie es verdient, als Gefangene eingewiesen zu werden. Er hatte Methlin seit ihrer Entlassung nicht mehr gesehen, aber alles über diese Ereignisse gehört. Lepescu war nun tot, aber diese Bacarion …

Er schaltete das Terminal ab, schenkte der Diensthabenden ein vorsichtiges Lächeln und ging zum Mittagessen, geplagt von nagender Unruhe im Bauch. Auf halbem Weg durch seine Mahlzeit brach er plötzlich ab, die Gabel unterwegs zum Mund erstarrt. Was, falls Bacarion gar nicht strafversetzt worden war? Was, wenn sie diesen Posten gewollt hatte? Was, wenn sie mit den Gefangenen spielen wollte, wie damals Lepescu?

Gelan musste wirklich sehr vorsichtig sein. Wenn sie bemerkte, dass sie einen Meharry an Bord hatte, dann würde sie davon ausgehen, dass er Bescheid wusste.

Gelan Meharry war noch nicht auf der Welt, als sein ältester Bruder Gareth im Wrack der *Forge* ums Leben kam. Er ging noch zur Schule, als seine Schwester Methlin in genau dieses Gefängnis kam. Seine Grundausbildung lief im Schatten dieser Schande ab, obwohl der Ausbilder ihm erklärte – nach Gelans erfolgreichem Abschluss –, dass er persönlich glaubte, man hätte sie hereingelegt. Herkunft und Familiengeschichte vermittelten ihm ein schärferes Bewusstsein von sozialen Nuancen, als die meisten jungen Corporals für sich in Anspruch nehmen konnten, sowie die Gewissheit, dass jeder, der ihm etwas verschwieg, üble Gründe dafür hatte.

Als in den ersten Wochen von Bacarions Kommando nichts passierte, ließ Gelan keinesfalls in seiner Wachsamkeit nach. Er stellte keine Fragen; er sagte nichts, was er nicht früher schon häufig gesagt hatte; nach allen äußeren Anzeichen blieb er derselbe unaufdringlich kompetente junge Uffz, der er von jeher war.

Innerlich fühlte er sich in einem Sturm gefangen. Bacarion hatte bislang nichts weiter unternommen, als nacheinander jeden Offizier und Unteroffizier zu sich zu rufen, vom höchsten Rang abwärts. Jeder kehrte mit nachdenklicher Miene von diesem Gespräch zurück; ein paar wirkten auch verblüfft oder besorgt. Keiner äußerte mehr als »das ist wirklich eine ganz Harte«.

Das war an sich schon leicht beunruhigend. Auf einem so kleinen Stützpunkt kam der Klatsch übereinander für den größten Teil der Unterhaltung auf. Aus kurzen Begegnungen entstanden Informationsbrocken, die mühsam zur verbreiteten Auffassung über jedes Individuum zusammengesetzt wurden. Gelan wusste, dass eine Tante des früheren Kommandanten Iosep Tolin flachschnäuzige, langhaarige Katzen züchtete, dass eine Kusine im Weingeschäft tätig war und er sich mit einer Tochter zerstritten hatte – wofür Tolin der Exfrau die Schuld gab, die ihn zugunsten eines Historikers verlassen hatte.

Aber über Bacarion – einfach nichts. »Eine ganz Harte.« Seine Schwester Methlin war hart … während sie im Gefängnis saß, hatte er nicht gewusst, was Gefängnis bedeutete oder wie schwierig es dort war. Jetzt wusste er es. Zumindest von der anderen Seite der

Zellentüren her. Es schnürte ihm den Hals zu, wenn er Dienst im Frauentrakt hatte und sich Meth dort vorstellte, und er fragte sich, ob es unter den Frauen welche gab, denen es wie ihr ging, die man zu Unrecht verurteilt hatte.

Bald war er bei Bacarion an der Reihe. Sie hatte Zugriff auf seine Dienstakte, einschließlich einer Liste aller Verwandten, die im Militär dienten oder dies einmal getan hatten. Was sie wohl sagen würde? Welche Fragen sie wohl stellte? Was sollte er sagen, wenn doch die Wahrheit – *Ich möchte Sie tot sehen wie Lepescu!* – nicht in Frage kam?

Tolin war keinesfalls ein Dreckspatz gewesen, aber Bacarions Büro glänzte inzwischen stärker und wirkte besser aufgeräumt. Alles glänzte makellos. Jedes Papier auf dem Vorzimmerschreibtisch lag perfekt parallel zu jedem anderen.

Eine Zuchtmeisterin, wie Lepescu. Im eigentlichen Büro wartete Bacarion auf ihn, saß wie eine geschnitzte Figur reglos an ihrem Schreibtisch.

»Corporal Meharry wie befohlen zur Stelle, Sir!« Es fiel ihm schwer, keine Reaktion zu zeigen, als ihr kalter Blick in seine Augen fiel.

»Sie sehen Ihrer Schwester nicht besonders ähnlich«, lautete ihre erste Bemerkung. Dann seufzte sie und zeigte ein falsches Lächeln. »Wie kommt es, dass die Männer einer Familie so oft das ganze gute Aussehen abbekommen? Das frage ich mich.«

Er spürte, wie sein Hals heiß anlief und sich die Röte dann übers Gesicht ausbreitete. Ihr Lächeln wurde wärmer.

»Verzeihung, Corporal. Wollte Sie nicht in Verlegenheit bringen.«

Ach wirklich! Gelan hoffte, dass es jetzt die beste Strategie war, wie ein dummer Junge auszusehen.

»Ich bin ihr natürlich nur ein paar Mal begegnet«, führ Bacarion aalglatt fort, als läse sie aus einem Manuskript vor. Vielleicht tat sie das sogar. »Ich war schockiert und überrascht zu erfahren, dass sie eine Haftstrafe erhalten hatte, und erfreut, als man sie rehabilitierte.« Eine Falte bildete sich auf ihrer Stirn; Gelan war überzeugt, dass sie das mit Absicht tat, als Zeichen der Aufrichtigkeit. »Vielleicht fällt es Ihnen schwer, das zu glauben, Corporal, aber als ich in Admiral Lepescus Stab diente, ahnte ich nicht, dass er zu irgendeiner unlauteren Tat fähig wäre. Er schien so ... so darauf bedacht, den Feind zu schlagen.«

So konnte man es auch ausdrücken – falls man den Preis nicht bedachte, den Lepescus Bundesgenossen für diese Entschlossenheit ebenso zu zahlen hatten wie der Feind, und falls man auch nicht die Tatsache berücksichtigte, dass er reichhaltiges Blutvergießen liebte und sich dabei nicht sonderlich dafür interessierte, wessen Blut es war.

»Ich hoffe, dass wir zusammenarbeiten können«, sagte Bacarion gerade, jetzt mit leicht finsterer Miene, als hätte er es verabsäumt, einen Befehl auszuführen.

»Ja, Sir.« Gelan bemühte sich, etwas Enthusiasmus in diese vertraute Wendung zu legen. Bacarions Miene entspannte sich, aber ob das ein gutes oder ein schlechtes Zeichen war, konnte er nicht erkennen.

»Haben Sie um die Versetzung hierher gebeten, weil Ihre Schwester hier war?«, erkundigte sie sich.

»Nein, Sir.« Diese Frage hatte er erwartet. »Die von der Personalabteilung stellten fest, dass ich noch keine Dienstzeit in meinem sekundären Spezialgebiet absolviert hatte, und holten mich von Bord der *Flashpoint*, kurz bevor das Schiff zu seinem Einsatzgebiet abfuhr. Ich bat um einen Posten in Sektor Drei, damit ich wenigstens im selben Sektor diente wie mein – wie das Schiff –, aber man hat mich trotzdem hierhergeschickt.«

»Fällt Ihnen das schwer?«

»Nein, Sir.«

»Wie schätzen Sie die generelle Loyalität der Offiziere und Mannschaften auf diesem Stützpunkt ein?«

Wozu stellte Sie einem Corporal diese Frage? »Loyalität? Ich weiß nicht recht, was die Kommandantin mit dieser Frage meint.«

»Spielen Sie nicht den Unschuldigen, Meharry! Überall, wo man Gefangene und ihre Bewacher antrifft, besteht die Möglichkeit geheimer Absprachen, sogar eines Ausbruchs. Ich frage Sie, ob Sie irgendwelche Informationen über eine solche Lage haben.«

»Nein, Sir«, antwortete Gelan. »Nichts Derartiges.«

Ein weiterer forschender Blick. »Sehr gut. Entlassen.«

Der Herbstabend rückte heran, und ein dünner kalter Nebel blies über den Hof. Gelan schauderte. Es dauerte noch eine Woche bis zum regulären Wechsel in die Winteruniformen, aber es war nicht die äußere Kälte, die ihn frieren machte. Die zehn Kilometer bis Stack Two und die zwölf bis Stack One hätten genauso gut Tausende von Kilometern sein können, die ihn vom nächsten Kontinent trennten, denn für ihn lief eins aufs andere hinaus. Er konnte keinen der Flugwagen lenken, selbst wenn diese nicht scharf bewacht worden wären. Wasserfahrzeuge waren gar nicht erst verfügbar; die Stacks wiesen keine Strände oder Buchten auf, wo solche Fahrzeuge hätten anlegen können. Wasser und Fels prallten mit brutaler Wucht aufeinander, zwanzig Meter unter der niedrigsten Stelle, die ein Mensch erreichen konnte; bei Stürmen schoss die Gischt dieses Zusammenpralls dreißig und vierzig Meter weit hoch. Gelan konnte zwar schwimmen, aber er hätte in einem solch kalten Wasser keine zehn Meter geschafft, selbst wenn er nicht von den Meerestieren gefressen worden wäre.

Kein Entkommen. Er steckte ebenso in der Falle wie die Gefangenen. Er zweifelte nicht daran, dass Bacarion einen Anschlag auf sein Leben plante und diesen auf eine Art auszuführen gedachte, die nur minimale Ermittlungen nach sich zog. Wahrscheinlich also kein Schuss oder Stich oder tödlicher Schlag auf den Kopf – was es jeweils nötig gemacht hätte, seine Leiche der gerichtsmedizinischen Untersuchung zuzuführen. Und ob Bacarion einen Komplizen in der medizinischen Einrichtung von Stack One hatte, das war ungewiss. Obwohl man einen solchen Mord einem Gefangenen vorwerfen konnte, wäre es für sie viel nützlicher, Gelan einfach verschwinden zu lassen, etwas, wofür man ihm selbst die Schuld geben konnte. Falls er sich sozusagen unerlaubt von der Truppe entfernte – was er sich auch schon überlegt hatte, wurde ihm in diesem Augenblick erschrocken klar –, dann stand es Bacarion frei, irgendeine Geschichte über ihn zu erfinden, die ihr gefiel.

Am ehesten kam ein kurzer Stoß über die Klippen in Frage, lebend oder tot. Wahrscheinlich lebend, weil ihre Agenten dann aufrichtig behaupten konnten, sie hätten ihm nichts getan. Sie würde keinen Befehl dazu geben, solange sie nicht überzeugt war, dass der Anschlag erfolgreich verlief – erst wenn sie sicher war, dass sie genügend Unterstützung genoss. Ihm blieb ein wenig Zeit, eigene Vorbereitungen zu treffen, so minimal sie auch bleiben würden.

Three Stack war mit fünfzig Personenschutzmonturen, so genannten Personal Protective Units oder PPUs, ausgestattet – planetare Version. Theoretisch schützte eine PPU ihren Träger vor den Unbilden eines planetaren Klimas und vor einer Vielzahl von Traumata. Eine PPU aus dem Gerätelager zu entwenden würde definitiv Aufmerksamkeit wecken, aber die Inventur wurde nur einmal monatlich durchgeführt. Ob der Angriff in dieser Zeit erfolgte? Wahrscheinlich, überlegte er.

Aber eine PPU reichte nicht, um im Meer zu überleben. Er brauchte mehr.

Die Luftfahrzeuge hatten Überlebensausrüstung an Bord; sie gingen zuzeiten im Meer nieder, und die Besatzung überlebte gelegentlich, um die Rettungsflöße und anderen Hilfsmittel auch benutzen zu können. Sogar ein Handbuch existierte – er hatte einmal ein Exemplar gesehen –, das erläuterte, wie man solche Unfälle überlebte; der Text war die Bearbeitung eines alten Leitfadens für Leute, die mit Segelschiffen herumfuhren. Gelan hatte dieses Handbuch aus schierer Langeweile gelesen, während er auf ein Shuttle wartete, und er hatte es mit der gelassenen Verächtlichkeit eines Menschen getan, der niemals so dumm sein würde, sich in eine Lage zu bringen, wo die geschilderten Details wichtig wurden.

Methlin hatte immer gesagt: Lerne, was du nur kannst. Meth selbst hatte Schlimmeres überlebt.

Warum mussten große Schwestern nur so oft Recht behalten?

Zusätzliche Überlebensausrüstung für die Flugzeuge von Three Stack – der persönliche Flugwagen des Kommandanten, der außer dem Piloten vier Passagiere aufnahm, sowie die beiden Posttransporter, die notfalls zwanzig Personen Platz boten – wurde in einer verschlossenen Abteilung an der Küstenseite des Hangars gelagert. Während des ersten Monats seiner Dienstzeit war Gelan Mitglied im Inventurteam gewesen, um zu lernen, wo man hier alles fand; Aufgabe dieses Teams war es, vor der jährlichen Generalinspektion die Bestände zu sichten. Er erinnerte sich deutlich an die dicken Bündel, die an Würstchen erinnerten und an der Außenwand aufgestapelt lagen. Schwer und unhandlich und etwas, was er sich nicht einfach unter den Arm klemmen konnte.

Also … wo sollte er so etwas verstecken? Ehe er es an sich nahm, brauchte er ein Versteck, und er verbrachte die nächsten Freischichten mit der Suche danach. Die gesamte begrenzte Fläche des Stacks wurde schon genutzt. Das galt auch für die beiden Hauptlavakanäle; in einem davon war sogar eine kleine Liftröhre installiert. Personen benutzten sie mehrfach täglich, obwohl die meisten nicht weiter gingen als zu den Stapeln von Reservevorräten am unteren Ende und dem kleinen Nest abgelegter Kleidung hinter der nächsten Ecke – wo Menschen, die auf eine private Begegnung erpicht waren, sich in den wärmeren Monaten betten konnten.

Trotzdem … es war der einzige Platz. Der kleinere Kanal öffnete sich nach draußen, wobei der Ausgang über Fluthöhe lag, außer bei Stürmen. Generationen von Wachmannschaften hatten einen Durchbruch zwischen den beiden Kanälen gegraben, und Gelan war nicht der Einzige, der schon an der Ufermündung gestanden und dort die Wellen aus der Nähe betrachtet hatte, ja sogar versucht hatte, eine der einheimischen Meereskreaturen mit einem Molykabel zu fangen. Solange ihn niemand sah, wie er doch tatsächlich ein nicht aufgeblasenes Rettungsfloß in die Seemündung schleppte, würde seine Anwesenheit in den Höhlen niemandem auffallen. Hoffte er.

Er kam sich richtig schlau vor, als ihm eine Möglichkeit einfiel, das zusammengefaltete Floß unerkannt durch die Gebäude und in den Liftkanal zu schaffen – denn er brauchte es gar nicht persönlich zu tragen. Er heftete einen Nachschubcode daran und gab einfach einem Pivot den Befehl, es mit den übrigen Materialen nach unten zu schaffen, als die nächste Ladung eintraf. Nachschubabwürfe verliefen so chaotisch, dass niemandem etwas auffiel – zumindest dem Anschein nach nicht, ermahnte sich Gelan –, wenn ein weiterer Behälter in die Höhlen verfrachtet wurde. Später machte er das Floß wieder ausfindig und schob es auf einer ausgeliehenen Antigravkarre durch den Kanal, durch die Lücke und zum ausgesuchten Versteck.

Danach fühlte er sich besser, obwohl seine Chancen nach wie vor eher bei null als bei hundert Prozent lagen, wie er fest glaubte. Zumindest hatte er jetzt eine Chance zu überleben, wie klein auch immer diese war.

Sobald er seine Vorbereitungen abgeschlossen hatte, wandte er sich von den eigenen Plänen ab und denen Bacarions zu. Was führte sie im Schilde? Er war sicher, dass sie sich aktiv um die Versetzung hierher bemüht hatte, so sicher, als könnte er ihre Gedanken lesen. Aber warum? Seinetwegen doch bestimmt nicht – sicherlich war Rache an Methlins kleinem Bruder nicht profitabel genug für drei Jahre Three Stack – aber welche Absicht verfolgte sie? Was konnte sie mit einer Gefängnisladung Strafgefangener und Wachleute anfangen, isoliert inmitten eines Ozeans?

Wenn er sich die Frage so stellte, dann musste er sich auch fragen, was sie mit einer Gefängnisladung Wachleute und Strafgefangener auf dem Kontinent oder im Weltraum getan hätte … und die Antwort darauf machte ihn frieren. Lepescus Günstlinge hatten sich, davon war Gelan überzeugt, keinesfalls seit seinem Tod in beispielhafte Vertreter der Nettigkeit und des Lichts verwandelt. Methlin hatte ihre Familie sogar davor gewarnt, sich mit irgendeinem von ihnen einzulassen. Sie kommen gleich nach Verrätern, sagte sie. So an ihren eigenen Spielchen interessiert, dass nichts anderes für sie Bedeutung hat.

Was sollte er tun? Am besten fand er heraus, was Bacarion trieb, und meldete es. Aber wie? Er genoss nicht ihr Vertrauen und hatte ohnehin keinen Zutritt zu den Büros der Verwaltung. Damit brachte er sich nur schneller um Kopf und Kragen.

Während die Tage ins Land gingen, stellte Gelan fest, dass es seine Nerven bis ins Unerträgliche anspannte, sich normal zu geben. Inspektionen, Haushalt, Wachdienst … und dabei von der Frage bewegt, welche Wachleute und welche Gefangenen an Bacarions Plan beteiligt waren, und aufs Neue, was das eigentlich für ein Plan war. Es musste um mehr gehen, als nur ihn umzubringen. Bacarion hätte vielleicht Spaß daran, Methlin Meharrys kleinen Bruder zu töten, aber sie hätte nicht allein zu diesem Zweck eine Versetzung hierher arrangiert. Hätte er doch nur gewusst, worum es ging … Obwohl zunehmend offenkundig wurde, dass etwas im Busch war. Da er aus Konferenzen und Planungen ausgeschlossen blieb, konnte er einfach nicht herausfinden, was es war.

Er hatte sich nie für vertrauensselig gehalten, aber jetzt, wo er sich bemühte, niemandem mehr zu trauen, wurde ihm bewusst, dass er das normale menschliche Bedürfnis teilte, einer Gruppe anzugehören, kein vollständiger Außenseiter zu sein.

Margiu hatte eine Stellung als Juniorausbilderin auf der Akademie angenommen und entdeckt, dass es ihr Freude machte, Menschen etwas beizubringen. Während das Wetter milder wurde und gelegentlich eine kühle Brise aus dem fernen Norden mitbrachte, stieg ihre Laune. Xavier war im Sommer nie ganz so heiß gewesen wie Copper Mountain, und sie freute sich auf den hiesigen Winter. Im Gegensatz zu manch anderen, die nie Gefallen am Leben auf einem Planeten fanden, genoss sie es, mehr über die Welt zu erfahren, die sie umgab. Der Regular Space Service unterhielt überall auf dem Planeten Einrichtungen, von den froststarren Polkappen bis zu den lindesten tropischen Inseln. Die meisten dienten der Ausbildung oder der Erprobung von Gerät; dabei kam Margiu gar nicht in den Sinn, sich zu fragen, warum eine Weltraumstreitmacht so viel Ausbildungen und Tests auf einem Planeten durchführte. Stattdessen hoffte sie, dass sie einmal Gelegenheit fand, die Steppen unweit von Drylands zu sehen, die ihrer Heimatwelt so sehr ähnelten, und vielleicht einen Berg zu besteigen, wenn sie mal Urlaub bekam.

Ihre erste Chance, eine Reise zu unternehmen, ergab sich in einer Pause zwischen verschiedenen Klassen, und sie brauchte nicht einmal Urlaubstage zu investieren. Prioritätsdirektiven mit einer sehr hohen Geheimhaltungsstufe wurden per Kurier zwischen den Stützpunkten übermittelt, und Ensign Pardalt war für eine solche Aufgabe die nahe liegende Wahl.

Und so nahm sie eines Morgens, der nicht wirklich frisch war, aber auch nicht drückend, einen Aktenkoffer voller Direktiven entgegen, schloss ihn per Sicherungskette an ihren Gürtel und stieg an Bord eines der im regulären Nachschubdienst verkehrenden Flugwagen nach Camp Engleton. Sie saß zwei Stunden lang auf einem Sack mit etwas Klumpigem und Unbequemem darin – die Nachschubluftwagen waren nicht mit Passagierschlaufen ausgestattet – und sah das von rotem Staub charakterisierte Buschland in ein schmutziggrünes Küstengrasland übergehen und schließlich in eine Landschaft aus dunkelgrünen Bäumen, die in braunem Wasser standen.

Sie hatte nur fünfzehn Minuten Zeit, um dem Befehlshaber der Basis die Direktiven zu übergeben. Aber fünfzehn Minuten in der stickigen Hitze und dem Schwefelgestank aus dem Sumpfwald waren mehr als genug, um sie von ihrer Neugier zu kurieren. Sie war froh, wieder in den Flugwagen steigen zu können, der jetzt Kurs auf Drylands nahm. Der klumpige Sack, auf dem sie gesessen hatte, war mit anderen Frachtgütern ausgeladen worden, und der Chief der Maschine hatte jetzt Platz, um so etwas wie einen Fahrgastsitz zu improvisieren.

Der Flug dauerte etliche Stunden; Margiu schlief in dem lauten Frachtabteil ein und erwachte, als der Flugwagen in der Sonne des späten Nachmittags landete. So weit im Norden zerrte ein kalter Wind an den wenigen verblühenden Blättern der Bäume, die man hier rings um den zentralen Ausbildungsplatz der Basis gepflanzt hatte; das kurze Präriegras hatte verschiedene Schattierungen von gelblichem Rotbraun und Kastanienbraun angenommen. Margiu übergab dem Kommandanten seine Ausgabe der Direktiven und trug sich für die Nacht im Quartier für Offiziere auf Durchreise ein. Als sie draußen einen Spaziergang unternahm, konnte sie sich beinahe vorstellen, auf Xavier zu sein – bis es dunkel wurde und der Nachthimmel ganz anders aussah als dort. War man hier dem Sternbild der Schärpe wirklich so nahe?

Am nächsten Tag war sie für einen Langstreckenflug zu den Basen an der Westküste gebucht, Big Trees und Dark Harbor (erneut fragte sie sich, wer diese Orte hatte benennen dürfen); anschließend stand die gefährliche Reise zu den Stützpunkten auf den Stack Islands an.

Der Langstreckenflug wurde nicht mit einem Flugwagen durchgeführt, sondern einem Flugzeug mit druckfestem Rumpf, das viel höher flog als die Wagen; unter Margiu versank die Landschaft in einem fahlen Flickwerk aus Graubraun und runzeligem Braun, durchsetzt mit weißen Berggipfeln, die sie irgendwann mal zu besuchen hoffte. An Bord waren auch Offiziere und Mannschaftsdienstgrade, die zur Ablösung anderer anreisten; Margiu war auf ihrem Platz eingezwängt, von dem aus sie immer nur dann einen kurzen Blick durchs Fenster werfen konnte, wenn der neuroverstärkte Marineinfanterist neben ihr sich aus irgendeinem Grund zurücklehnte.

Immerhin, sie war auf Reisen! Sie war hergekommen, um zu lernen, und jetzt lernte sie. Sie prägte sich die Details der Innenausstattung des Flugzeugs ein, so gut sie nur konnte.

Sie landeten in Big Trees, und die Landebahn war eine klaffende Spalte im Wald. Margiu war zwischen Bäumen aufgewachsen, Baumgruppen und Wäldchen, verstreut auf den Wiesen, aber die dortigen Bäume waren runder gewesen, weicher. In ihrer Zeit auf der Akademie hatte sie weitere Baumsorten kennen gelernt, höher wachsende diesmal. Aber die Bäume, die sie bislang kannte, hatten immer Platz gehabt um sich herum und zwischen ihnen. Und obwohl sie Bilder davon kannte, hatte sie sich nicht wirklich vorstellen können, wie dieser Wald sich darstellte – turmhohe

Wipfel, die die Häuser der Stützpunkte um ein Vielfaches überragten. Nachdem Margiu dem Kommandanten ihr Paket übergeben hatte, stellte sie fest, dass sie erst am nächsten Tag eine Passage nach Dark Harbor erhalten konnte.

»Sie sollten sich unsere Bäume ansehen«, sagte man ihr. »Nirgendwo sonst findet man etwas Vergleichbares.«

Und so spazierte sie hinaus ins Licht des Nachmittags, bis an den Waldrand. Hinter ihr summten die Rasenmäher und hielten das Smaragdgras auf dem Geviert des Stützpunkts kurz; die Schritte der Menschen auf den Fußwegen kamen aus größerer Nähe. Margiu wandte all dem den Rücken zu und sah sich einem massiven dunklen Baumstamm gegenüber, der sie an eine leicht gebogene Wand erinnerte. Farne, die ihr bis zum Scheitel reichten, wuchsen um ihn herum und waren zum Stützpunkt hin zu einer geraden Linie zurückgeschnitten. In den Ritzen der Rinde – sie dachte, dass es Rinde sein musste – wuchsen weitere Pflanzen, Moose und Farne und etwas mit hellgelben Blüten, die nach winzigen Feuerwerkskörpern aussahen.

Sie ging um den Baum herum und folgte dabei so etwas wie einem Pfad. Der Boden fühlte sich schwammig an, und als sie den Stamm des Riesenbaums umrundet hatte, stellte sie fest, dass sie die Geräusche der Basis nicht mehr hörte … der gewaltige Baum saugte sie auf. Margiu fühlte sich unwohl in der dichten Vegetation und ging den Weg zurück, den sie gekommen war, über den Hof des Stützpunkts zu ihrer Unterkunft.

Als sie am nächsten Morgen die Küste hinaufflog, diesmal wieder in einem Flugwagen, stellte sie fest, wie wenig Spuren die Menschen in der Landschaft hinterlassen hatten – der große Wald erstreckte sich grün und ohne Lücken vom Stützpunkt bis zum Fuß des Gebirges, fast über die ganze Strecke bis Dark Harbor, wo die Bäume allmählich kleiner wurden und schließlich in aufgelockertes Buschland übergingen.

In Dark Harbor musste sie mehrere Tage lang auf einen Transozeanflug zu den Stack-Islands-Basen warten. Ein Sturm war aufgezogen, und niemand hatte vor, einen Flug hindurch zu riskieren, nicht für einen schlichten Kurier. Bis dahin sollte sie sich mit den Überlebenstechniken im kalten Meerwasser vertraut machen. Auf dem nördlichen Big Ocean, dem Großen Ozean, war es bereits früher Winter. Margiu lernte es, sich in eine PPU zu schlängeln und die Kapuze mit einer Hand zu schließen; wenigstens viermal absolvierte sie Übungen, um den Umgang mit dem Rettungsboot und den Ausstieg aus dem notgewasserten Flugzeug zu lernen.

Corporal Asil Martin-Jehore hatte die Satellitenwache auf der abgelegenen Blue-Islands-Basis. Anders als die Stack Islands lag der Archipel der Blue Islands in warmen Äquatorgewässern. Die Versetzung hierher war so begehrt, wie man die auf die Stack Islands fürchtete; die großen Meeresraubtiere, die auf der Lauer lagen, um Flüchtlinge von Three Stack zu fressen, wurden mit Energienetzen von den schönen weißen Stränden und türkisfarbenen Lagunen der Blues ferngehalten. Alle fest auf dem Planeten stationierten Personen versuchten es zu deichseln, dass sie wenigstens eine Woche Urlaub auf den Blues verbringen konnten.

Martin-Jehore hatte Jahre daran gearbeitet, sich diesen Posten zu verdienen, aber Hilfe von einem freundlich gesonnenen Mitarbeiter der Personalabteilung schadete auch nicht. Er hatte ein ums andere Mal seine Eignung bewiesen – so kalibrierte er die Signalphalanx Nummer vier nach einem Sturm neu, während sein Vorgesetzter mit einer Darmgrippe darniederlag. Und weil er ein Talent für aufsässige Elektronik zeigte, hatte man ihn permanent mit der Wartung von MetSatIV beauftragt, dem Wetter- und Überwachungssatelliten, der das nördliche Drittel des Big Oceans im Auge behielt.

MetSatIV war seit seiner Installation ein Sorgenkind. Der Hersteller hatte ihn schon zweimal ausgetauscht und jedes Mal am alten Modell nichts gefunden. Beim zweiten Mal äußerte der Projektingenieur des Herstellers die unliebsame Vermutung, jemand in der Flotte würde die Software verpfuschen. Dafür kam nur Jurowski in Frage, der Vorgänger von Martin-Jehore. Tatsächlich hatte Jurowski den Vogel nicht verpfuscht, aber um den Hersteller glücklich zu machen, nahm man Jurowski aus dem Dienstplan für MetSatIV.

Der Satellit lief immer noch fehlerhaft. Martin-Jehore war überzeugt, dass die KI eine Macke hatte – wie auch Jurowski; Martin-Jehore verfügte jedoch über eine entscheidende Information, an der es Jurowski gefehlt hatte: die Systemkommandos für die KI von MetSatIV.

Theoretisch wurden alle Signalübermittlungen von Blue Islands in einem Log verzeichnet. Praktisch konnte ein sehr guter Funktechniker einen Satelliten per Richtstrahl ansteuern, ohne dass man ihn entdeckte. Nicht oft, aber gelegentlich. Martin-Jehore suchte sich seine Augenblicke sorgfältig aus und hatte die KI von MetSatIV schließlich auf einem Niveau in der Hand, das von einem bloßen Funktechniker eigentlich nicht zu erwarten war.

Jetzt brauchte er nur noch den Deckmantel eines routinemäßigen Prüfsignals, um den gewünschten Ausfall herbeizuführen.

Die MetSatIV-KI verglich die Befehle mit denen, die sie zuvor erhalten hatte, und stellte fest, dass sie in Syntax und Inhalt übereinstimmten. Daraufhin schaltete sie ihre Infrarotmessungen ab und kippte den Satelliten 30 Grad weit um die Z-Achse.

Im Observatorium darunter wechselte einer der ein Dutzend Bildschirme für die Satellitenüberwachung vom klaren Bild eines Sturms über dem Meer, einem riesigen weißen Wirbel, zu einem schwindlig machenden, wackeligen Durcheinander.

»Verdammt! Da ist unser Wachvogel wieder hinüber.« Martin-Jehore bedachte den Monitor mit finsterer Miene. »Ich wette, der Fehler liegt in der Uhr.«

»Nee – dazu ist das zu beliebig.« Jurowski war nicht bereit, irgendeiner Überlegung Martin-Jehores zuzustimmen. Nach achtzehn Monaten war er immer noch sauer, dass er seine Stellung als Seniortechniker für den Wachvogel verloren hatte.

»Na ja, sehen wir mal, ob C-28 ihn wieder in Ordnung bringt.« Manchmal führte der Befehl C-28 dazu, dass der Wachvogel wieder online ging, manchmal aber auch nicht. Diesmal würde es nicht geschehen, aber Martin-Jehore gab das Kommando trotzdem ein. Das Durcheinander auf den Monitoren blieb. »Diesmal nicht.« Wenn C-28 nicht funktionierte, brauchte man in der Regel länger, um die Störung zu beheben, aber bislang hatte er es stets geschafft.

»Probier mal den Satz 43-120«, schlug Jurowski vor. Obwohl er einer ersten Stichelei nicht widerstehen konnte, war er ein großmütiger Mann und immer bereit zu helfen. Martin-Jehore nickte und gab die Befehle ein. Auch sie würden nicht helfen, aber der Versuch verschlang mehrere Minuten. Die Bildschirmmuster wurden feinkörniger, aber sonst geschah nichts.

»Jemand hat die KI verjüngt«, meinte Jurowski. Die komplette Mannschaft im Raum gluckste anerkennend. Beim Oberkommando kannte man vielleicht noch keinen Zusammenhang zwischen Verjüngung und geistigen Problemen, aber die unteren Ränge hatten es schon längst geschnallt.

Wie es die Vorschriften verlangten, meldete Martin-Jehore innerhalb einer Stunde seiner Vorgesetzten, dass MetSatIV ausgefallen war – nachdem die ersten drei Standard-Reparaturversuche den Satelliten nicht wieder online gebracht hatten. Chief Petty Officer Gurnach seufzte und wies ihn an, es weiter zu versuchen. Martin-Jehore erkannte, dass sie nicht wirklich besorgt war. Der Big Ocean war überwiegend leer, und der Sturm, den MetSatIV gezeigt hatte, war bereits ins meteorologische Modell integriert. Auf Stack Islands wusste man schon davon – tatsächlich zog er dort gerade wieder ab, und den Kontinent erreichte er erst Tage später.

Die zweite Fähigkeit von MetSatIV, nämlich die Entdeckung kleiner Raumfahrzeuge, die in die Atmosphäre eindrangen, bekümmerte CPO Gurnach ebenfalls nicht. Laut aktuellen Meldungen befanden sich wie stets nur Raumschiffe des Regular Space Service im Sonnensystem; eine feindliche Landeaktion müsste also von einem Fahrzeug im tiefen Raum ausgehen, und ein solches war nicht vor Ort. Warum sich also um eine solche Gefahr Gedanken machen? Überdies war Polar I, derzeit auf dem südlichsten Punkt seiner Umlaufbahn, mit Sensoren bestückt, die jedes anfliegende Fahrzeug ausmachen konnten; MetSatIV war in diesem Zusammenhang wirklich überflüssig.

Martin-Jehore wusste, dass es darauf ankam, MetSatIV mindestens fünf Stunden lang offline zu halten. Er kannte den Grund nicht und scherte sich auch nicht darum. Er hatte sich selbst eingeredet, dass es wahrscheinlich um den Schmuggel wirklich profitabler Ware ging (in Anbetracht der Summe, die man ihm gezahlt hatte), und er fand nicht, dass die Schmuggelei irgendjemandem schadete. Was machte es schon, wenn ein paar Pornowürfel den Zoll umgingen?

Kapitel sechzehn

Stack Islands Basis Drei

Der Angriff erfolgte an einem feuchten grauen Nachmittag. Dünner Regen rieselte von einem tief hängenden Himmel, und freie Sicht herrschte nur von der Mauer des Sportplatzes bis zum Verwaltungsgebäude. Gelan Meharry hatte Dienst im Freien und hatte gerade die ersten drei Posten kontrolliert, als er feststellte, dass der vierte fehlte. Schon während er die Alarmtaste des Funkgeräts drückte, spürte er, wie sich ihm die Armhaare aufrichteten. Also doch nicht nachts, sondern bei genügend Tageslicht, um zu sehen, ob er an einem Felsvorsprung hängen blieb.

»Hier Spiers«, kam zur Antwort. Ihn hatte er bislang nicht verdächtigt.

»Posten vier draußen ist unbesetzt«, erklärte Gelan. »Hier sollte eigentlich Mahdal stehen – hat er sich gemeldet?«

»Nein, Corporal. Soll ich auf der Krankenstation nachfragen?«

»Rufen Sie eine Reserve auf diesen Posten«, sagte Gelan. »Führen Sie danach einen Funkcheck bei den anderen durch, ja? Dann bitte auf der Krankenstation fragen.«

»Klar doch.« Spiers klang ganz normal; in seinem Ton schwang nur leichte Sorge mit, wie sie situationsgerecht war, wenn ein Posten fehlte.

Gelan blickte sich um. Posten Nummer vier gewährte

seinem Inhaber freie Sicht über den Sportplatz der Gefangenen, den Eingangsblock dahinter, den oberen Teil des Verwaltungsblocks, der über den Vorhof – von hier aus nicht sichtbar – aufragte, und den Gipfel des Stacks im Hintergrund. Zur Linken erblickte Gelan den Helm von Posten drei; rechts und weiter unten, vor dem Eingangsblock, hätte er den hellen Fleck sehen müssen, der für Nummer fünf stand.

Er sah ihn jedoch nicht. Er beugte sich über die Brüstung des Viererpostens, um den Weg darunter zu prüfen. Dort, tief unten, war ein heller gelber Klecks zu sehen und ein weißer Punkt in seiner Nähe.

Er bediente erneut des Funkgerät. »Spiers, hier wieder Corporal Meharry. Auf dem Westweg ist ein Mann zu Boden gegangen. Haben Sie Nummer fünf schon geprüft?«

»Nein, Corporal.« Jetzt klang Spiers richtig besorgt. »Der Sergeant sagt, er wäre unterwegs. Soll ich bei der Medizin anrufen?«

»Es wäre besser. Ich steige hinunter und sehe nach …«

Als der Schlag fiel, machte Gelan einen Satz nach vorn, sodass nur ein Teil der geplanten Wucht den Schädel erreichte. Die unerwartete Bewegung lockerte den Griff des Angreifers, und Gelan konnte einmal kräftig zustoßen, ehe er über die Kante geriet.

Einen Augenblick lang war er richtig euphorisch, während er über dem Meer in der Luft hing. Sie hatten es nicht geschafft, ihn bewusstlos zu schlagen; er hatte sie ausgetrickst! Er würde es schaffen; sein Plan würde funktionieren.

Dann war er dicht genug über dem Meer, um zu erkennen, wie hoch die Wellen schlugen – von oben waren es nur Runzeln gewesen, hier unten jedoch, wo sie auf die scharfen Felsspitzen einpeitschten, mehr als mannshoch. *Und das ohne Helm,* dachte er, als er in ein Wasser stürzte, so kalt, dass es ihm den Atem verschlug, und mit genug Wucht, um ihn fast bewusstlos zu schlagen.

Gelenkt von blindem Instinkt, kämpfte er sich wieder an die Oberfläche, wobei ihn die steigende Flut unterstützte. Als er sich das Wasser aus den Augen schüttelte, sah er eine schwarze Wand auf sich zustürzen, überdeckt mit scharfen Muschelschalen. Er riss die Arme nach vorn; das Wasser hämmerte ihn mit zermalmender Wucht an die Klippe, aber die PPU-Handschuhe schützten erst die Hände, dann den Rumpf vor den scharfen Muschelkanten, und die Handgelenksgreifer hakten sich ins Gestein. Als das Wasser ihn zurückzuzerren versuchte, gelang es ihm, sich an der Klippe zu halten. In dieser kurzen Sekunde rollte er sich zusammen, rammte die Schuhe in eine Felsspalte und setzte die unteren Greifer der PPU ein.

Kaltes Wasser schlug aufs Neue brüllend über ihm zusammen, rammte ihn an die Felswand, saugte an ihm … aber die Greifer hielten; Arme und Beine spannten sich. Im nächsten Wellental löste er die Handgelenksgreifer, warf sich nach oben und heftete sie erneut an, als der nächste Brecher heranstürzte.

Minute auf Minute kämpfte er sich die Klippe hinauf, reizte die Flut und die Grenzen seiner Kraft aus. Ferner Lärm drang ihm ins Ohr, übertönte gar das Brüllen und Saugen der Brecher. Er blickte nach oben, bekam aber nur einen Schwall kaltes Wasser ins Gesicht.

Unmittelbar über der Fluthöhe, noch gut innerhalb der Gischt, klammerte er sich an die Klippe. Trotz der PPU war er bis auf die Knochen durchgefroren; ohne sie wäre er tot gewesen. Er spürte, wie Arme und Beine von der Kälte und den Schlägen steif wurden, und irgendwo dort draußen … suchten die Killer nach ihm.

Gelan befreite sich von den Resten der Dienstuniform, riss sie mit den Greifklauen der PPU herunter. Er hoffte, dass die Fetzen nach dem aussahen, was Meereskreaturen zurückließen, falls die Killer sie fanden. Die programmierbare Außenhaut der PPU nahm nun die gefleckte dunkle Farbe der Felswand an … falls die da oben also herunterblickten, sahen sie lediglich Gestein und keinen gelben Klecks. Gelan löste die Kapuze aus der Halterung und streifte sie sich über den Kopf. Sofort fühlte er sich besser; die Kapuze schützte ihn vor dem kalten Wind. Er versiegelte sie vor dem Gesicht und zog die Maske hoch. Der letzte Biss des Windes war nun auch noch ausgesperrt. Ihm war nicht gerade bequem, aber er schwebte nicht mehr in der Gefahr auszukühlen. Jedenfalls nicht so schnell.

Er griff an die Steuerung auf der Brust, und die Schaltungen der PPU lieferten ihm ein verstärktes Audiosignal. Ein weiterer Regler fuhr die dünne Antenne aus, die Funksignale empfangen konnte.

»… ist genau dort über die Klippe gestürzt, Sir. Keine Chance mehr, ihn festzuhalten – und er ist direkt in die Tiefe gestürzt, vielleicht mit dem Kopf auf einen Felsen geschlagen …«

Die Dunkelheit brach früh herein. Gelan erblickte Lichter über sich; er wartete, bis sie verschwunden waren, und gab dann noch Zeit hinzu: Mit Sicherheit führten sie auch Infrarotmessungen durch. Obwohl seine Montur die meiste Körperwärme nach innen reflektierte, um ihn vor der Kälte zu schützen, konnte ein empfindliches Messgerät eine menschliche Gestalt entdecken, die sich bewegte. Aber ein gutes Stück nach Mitternacht Ortszeit setzte er sich in Bewegung – zunächst steif, dann wendiger – und nahm dabei Kurs auf den Lavakanal, wo, wie er hoffte, nach wie vor seine Überlebensausrüstung versteckt lag.

Sobald er die Mündung des Kanals erreicht hatte, riskierte er es, die Taschenlampe kurz einzuschalten. Da lag alles.

Und da stand Commander Bacarion und richtete eine Waffe auf seine Brust.

»Ich dachte mir gleich, dass die Leute Sie womöglich unterschätzt haben«, sagte sie. »Ich aber nicht.«

Er sagte nichts.

»Ich nehme mir sehr gern Ihre Ohren«, fuhr sie fort. »Vielleicht schicke ich eins sogar Ihrer Familie.«

Als er an Methlins Reaktion dachte, falls sie ein Ohr des kleinen Bruders mit der Post geschickt bekam, musste er trotz seiner Angst grinsen. »Tun Sie das«, sagte er.

Damit warf er die Taschenlampe weg und stürzte auf Bacarions Haupthand los, wobei er die Greifer der PPU einsetzte, um sich in einem Bogen auf sie zu werfen. Sie feuerte, aber die Nadel verfehlte ihn. Gelan drehte sich auf einem Greifer und knallte beide Stiefel in Bacarions Flanke; er spürte Knochen brechen und hörte sie grunzen, aber es war jetzt dunkel, und sie war nicht tot. Mit Sicherheit führte sie mehr als eine Waffe mit.

Er krabbelte auf Bacarion zu, harkte sich mit den Greifern seiner Überlebensmontur voran. Ein dünner roter Faden leuchtete auf, der Entfernungsmesser ihrer nächsten Waffe, und der scharfe Knall eines Jagdgewehrs vermischte sich mit dem Klappern fallernder Steinbrocken, wo das Geschoss einschlug. Gelan spürte unter einem Handschuh etwas und riss heftig daran; Bacarion schrie auf, und etwas rammte ihn kräftig an der Schulter. Er griff mit Ellbogen, Knien und Füßen an und steckte selbst heftige Treffer ein, die von der Montur kaum abgeschwächt wurden. Dann wurden die Schläge schwächer; er schlug ein ums andere Mal zu. Und von neuem.

Stille, in der er nur die eigenen Atemzüge hörte und das Anprallen der Wellen vor der Kanalmündung. War Bacarion tot oder tat sie nur so? War sie allein? Er tastete herum, versuchte die Taschenlampe zu finden, gab schließlich auf und schaltete die Stirnlampe des Überlebensanzugs an.

Galle schwappte ihm in den Mund. Die Anzugsgreifer glänzten hellrot im Licht; er hatte ihr beim abschließenden Handgemenge das Gesicht heruntergerissen. Ein Ohr baumelte an einer Greiferspitze. Er schüttelte es ab.

Sie nahm Ohren.

Er war ein Meharry.

Er war ein Meharry und hatte einen Offizier getötet, der, so weit alle Welt wusste, seine legitime Vorgesetzte gewesen war, die nur ihre Pflicht tat. Er konnte nicht einfach zum Sergeant gehen und ihm davon erzählen. Diesmal nicht.

Methlin hatte gesagt, dass er solche Tage erleben würde; er hatte es sich selbst oft genug gesagt. Sie hatte ihm jedoch nie gesagt, dass er womöglich einmal den eigenen Befehlshaber umbringen und sich dann überlegen musste, wie er es erklärte.

Er musste Bacarion durchsuchen. Falls sie eine ernsthafte Untat geplant hatte – mehr als nur den Mord an ihm –, dann führte sie bestimmt irgendwelche Indizien mit und hatte nichts einem Bürosafe anvertraut. Er durfte es jedoch nicht hier tun, während ihre Kumpane vielleicht hierher unterwegs waren, alarmiert durch irgendein Signal, von dem er nichts wusste, oder einfach dadurch, dass sie nicht zu einem Treffen erschien. Falls sie einen Beweis bei sich trug, musste er ihre Leiche mitnehmen, damit ihre Kumpane sie nicht vernichteten.

Eine eisige Windbö fegte in den Kanal und resonierte darin wie in einer riesigen Orgelpfeife. Zog ein Sturm herauf? Er konnte nicht warten. Ächzend vor Anstrengung schleppte Gelan das von ihm entwendete Rettungsfloß zur Höhlenmündung und überlegte sich dann, was er mit Bacarions Leiche anstellen sollte. Schließlich entschied er, sie mitzunehmen. Sie war schwerer, als er erwartet hatte, und er musste all seine Kraft aufwenden, um sie anzuheben und auf das Floß zu kippen. Dort befestigte er sie sorgfältig, ehe er das Floß – und sich selbst – zur eigentlichen Felskante schob.

Eine noch heftigere Bö packte das Floß und wirbelte es durch die Luft, sodass es heftig im Meer aufschlug; Gelan verlor fast den Halt. Sogar durch die PPU hindurch spürte er, wie kalt das Wasser war und wie mächtig. Er zerrte am Ventil, und das Floß blähte sich rings um ihn auf. Es schaukelte und rotierte so heftig auf den ungestümen Wellen, dass Bacarions Leiche an ihn prallte.

Das Tag brach spät an, und das Licht blieb fahl; das Floß wurde von regenschwerem Wind über tobende Wogen getragen, die Gelan schon längst vom kompletten Mageninhalt befreit hatten. Er wollte nicht die Stirnlampe benutzen, um nach der Meditasche zu suchen; der Lichtschein wäre womöglich vom Stützpunkt aus zu sehen gewesen. Und so entdeckte er erst im schmuddeligen grauen Tageslicht die Meditasche, während die grausige steife Leiche weiterhin mit jedem

Wellenschlag an ihn stieß; die Tasche befand sich unterhalb des Schanzkleids, und er kroch hinüber. Er nahm einen Handschuh ab, öffnete sie und fand darin die Pflaster gegen Übelkeit. Nach wenigen Minuten fühlte er sich etwas besser und sehr hungrig. Zunächst jedoch setzte er die Saugpumpe der Rettungsinsel ein, um das blutige Wasser über Bord zu pumpen, und blickte unter der Überdachung hervor.

Nur tobende Wellen, in die der Schneeregen kleine Dellen schlug, bis in düster verschwommene Ferne. Wenigstens war er jetzt außer Sicht von Three Stack. Er dichtete den Baldachin wieder ab und erkundete den Rest des Floßes.

Es war dazu konstruiert, acht Überlebende eines Absturzes aufzunehmen. In einem Fach entdeckte Gelan ein Handbuch – das gleiche Handbuch, stellte er fest, dass er bei anderer Gelegenheit so sorglos gelesen hatte. Auf der ersten Seite erblickte er ein Diagramm des Floßes mit eindeutigen Angaben, wo er den Wasserreiniger fand, die Peilantenne, die Lebensmittelvorräte, die Reparaturtasche …

Lieutenant Commander Vinet sah mit nicht allzu großer Geduld dem erwarteten Signal entgegen. Heute oder morgen, hatte Bacarion gesagt, je nach Wetterlage. Es musste bewölkt sein, damit der Satellit nichts entdeckte, falls er nicht sabotiert war; außerdem musste es hell genug sein, damit ihre Leute sicher sein konnten, dass Meharry auch wirklich ertrunken war. Durch den heraufziehenden Sturm war es auf Three Stack sicherlich bewölkt genug – schon vor der Morgendämmerung; und als der Abend heranrückte, prasselte eine eisige Mischung aus Schneeregen und Schnee auf die Fenster ein.

Er schlang sein Abendessen so schnell hinunter, wie er konnte. Hätte er doch nur Verbindung mit Bacarion aufnehmen dürfen – aber das hatte sie untersagt, und er kannte sie als schonungslose Kritikerin von jedem, der ihr nicht gehorchte. Durch irgendetwas war eine Verzögerung eingetreten – also geschah es sicherlich morgen. Er schlief endlich ein.

Der Morgen brachte den Höhepunkt des Sturms; die Wogen in der Tiefe wurden vom Wind niedergeprügelt und vom Schneeregen zu Mustern zerhämmert, die so gefährlich aussahen, wie sie waren. Sogar durch dreifach isolierte Fenster spürte Vinet die Gewalt des Sturms und die Kälte des Windes. Bis zum Mittag war er wieder unerträglich unruhig geworden, lief zwischen Schreibtisch und Fenster hin und her, um schließlich dem Flur zu dem kleinen umschlossenen Aussichtsposten zu folgen, der ihm freie Sicht über die gesamte Westseite des Stacks bot sowie über mehrere weitere Inseln dieser Gruppe. Kein Schneeregen fiel mehr; nur noch der kalte Wind wehte; die beiden Bäume auf dem Hof unter ihm peitschten mit kahlen Ästen nach der Mauer, die sie schützte.

Bis zum Abend war der Sturm nach Süden abgezogen, und kaltes grünes Licht stach unter seine hinteren Ausläufer. Immer noch nichts. Etwas musste wirklich schief gegangen sein. Was nun? Er konnte keinen Kontakt zu den anderen herstellen; nur Bacarion kannte die Erkennungscodes. Ohne Verstärkung konnte er auch mit den Suchteams oder den Waffen nichts ausrichten. Bacarion wusste, dass er nur wenige zuverlässige Leute zur Verfügung hatte. Sie wusste es, und trotzdem … er zwang sich dazu, sich wieder zu setzen, aber nichts brachte seine Gedanken zur Ruhe.

Gelan hatte die Leiche des Commanders auf der anderen Seite des Floßes festgebunden, dann die Risse repariert, die er versehentlich an der Rumpfinnenseite erzeugt hatte, schließlich gegessen und sich schlafen gelegt. Der Sturm war zurückgegangen, aber er hatte keine Vorstellung davon, wo er sich im Verhältnis zu den Stacks befand. Die Angst davor, zu ihnen zurückgeweht zu werden, stritt sich mit der Angst davor, bis zu seinem Tod auf dem riesigen Ozean zu treiben. Das eine wie das andere bedeutete das Ende – und welches war schlimmer?

Sicherlich war nicht der ganze Planet in die Verschwörung des Commanders verwickelt, worum immer es dabei ging. Eigentlich müsste er sich auf die Leute vom Such-und-Rettungsdienst verlassen können, falls schon auf sonst niemanden.

Er sah die Leiche an, und ihn schauderte. Er konnte sich einfach nicht überwinden, an ihr nach Papieren oder sonst etwas zu suchen, was sie womöglich mitführte. Na ja, dann konnte er wenigstens einen Bericht über die Ereignisse verfassen; das Überlebenshandbuch enthielt auch einen dicken Block wasserfesten Papieres und einen wasserfesten Stift. Gelan hatte seit Jahren nicht mehr mit der Hand geschrieben, aber er beschloss, seinen Bericht abzufassen, ehe er das Funkfeuer startete. Auf diese Weise lag, selbst wenn er umkam, wenigstens eine Darstellung der Ereignisse aus seiner Sicht vor.

Falls niemand sie vernichtete.

Zwecklos, solchen Gedanken nachzuhängen. Er packte sich den Block aufs Knie und bemühte sich um eine lesbare Handschrift, während ihn die Wogen hoben und senkten. Es war schwieriger als erwartet, und nach drei verbrauchten Blättern gab er auf.

»Commander Bacarion ist nicht in ihrem Büro, Sir.« Sergeant Copans wirkte besorgt. »Sie reagiert nicht auf Anrufe, und der Positionsmelder ist nicht aktiv.«

»Irgendwas geht wohl immer schief.« Chief Petty Officer Slyke konnte das nun wirklich nicht gebrauchen. Corporal Meharrys sorgfältig inszenierter Selbstmord war wie geplant gelaufen, ebenso wie der Mord an Major Dumlin, dem ranghöchsten nicht eingeweihten Offizier. Aber Bacarion hätte hier sein müssen, es sei denn, sie spielte noch ein eigenes Spiel ... aber selbst dann hätte sie inzwischen zurück sein müssen. Ihre Spiele waren normalerweise kurz.

CPO Slyke war seit sechzehn Jahren Mitglied im Loyalen Orden der Jäger und war dessen erster Angehöriger im Mannschaftsrang gewesen. Er hatte unter dem damaligen Major Lepescu gedient und das Verständnis der wahren Natur des Krieges bewundert, durch das sich Lepescu auszeichnete – eine Prüfung der Fähigkeit zu überleben, der höchsten Form der Tauglichkeit. Slyke war auf Calydon von Prioristen geboren und aufgezogen worden, die glaubten, dass die Tauglichkeit im gegenwärtigen Leben bestimmt wurde durch die Mühe, die man sich in einem vorangegangenen Leben gemacht hatte, und so wusste Slyke, dass seine überlegenen Fähigkeiten und seine überlegene Zähigkeit wirklich *verdient* waren.

Jetzt, wo er sich mit der ganzen Tragweite von Bacarions Verschwinden konfrontiert sah, wusste er, dass sein Augenblick gekommen war. Obwohl man ihn nicht über das ganze Ausmaß des Einsatzes informiert hatte, verlangte sein Anteil daran umfassendere Kenntnisse, als sie sämtliche übrigen Unteroffiziere und die meisten Offiziere besaßen. Er konnte das Kommando übernehmen und *würde* es übernehmen.

Sie hatten Glück. Das Unwetter hatte die Kommunikation unterbrochen, kaum dass der Commander verschwunden war, was Slyke jetzt Zeit gab, sein Bestes zu tun, um Hinweise zu vertuschen und die Häuser zu durchsuchen. Die unterirdischen Lagerräume und Lavakanäle stellten ein offenkundiges Ziel dar. Er bestand darauf, die Suchmannschaft selbst zu führen und mit seinen vertrautesten Gefährten zu besetzen, allesamt Vollmitglieder.

Der Commander hatte Spuren gelegt. Sehr vernünftig von ihr. Was hatte sie gewusst, und warum hatte sie ihn nicht eingeweiht? Er verbannte diese Überlegung und drückte sich grunzend in den zweiten Kanal.

Da. Im Licht der Suchscheinwerfer leuchtete zuerst der Lauf des Jagdgewehrs auf; dann erblickte Slyke den kleinen roten Fleck an der Wand gegenüber. Der Laserzielsucher lief noch; der Energievorrat war nicht erschöpft. Slykes Atem ging kürzer. War es eine Falle? Eine von ihr gelegte Falle, um ihre Leute auf die Probe zu stellen? Die Meeresbrandung dröhnte draußen und spülte kalte nasse Luft in die Höhle, die sich glänzend auf den Wänden niederschlug.

Näher heran … und er stellte fest, dass ein Teil des Glanzes von Blut herrührte, nicht von Meerwasser. Verschmiertes Blut und Blutpfützen, ein paar Fleischfetzen … und jemand hatte etwas Schweres von dieser Stelle bis zur Höhlenmündung gezerrt, zum Meer, wo ein zerknülltes Stück nasse Persenning lag und in jeder Bö flappte.

Dieser grässliche, hinterhältige Hurenbock, dieser Corporal Meharry musste den Sturz überlebt haben … war heraufgeklettert, um sich zu verstecken – nein, um ein Rettungsfloß zu holen, das er hier gelagert hatte. Und der Commander hatte sich das alles ausgerechnet und ihn hier erwartet; in dem Kampf tötete einer den anderen (so viel Blut, und Slyke verstand es, die Menge vergossenen Blutes korrekt einzuschätzen) und flüchtete mit dem Floß.

Aber wer von beiden? Die Logik sprach für Meharry; Bacarion wäre zurückgekehrt.

Es sei denn, das alles gehörte zu ihrem Plan. Es sei denn, sie hatte von vornherein vorgehabt, sie alle zu verraten und selbst zu fliehen. Schließlich war sie hier heruntergestiegen, ohne sie vorher zu informieren. Vielleicht hatte sie sich darauf verlassen, dass Meharry zu Tode kam, und selbst das Rettungsfloß hier verstaut.

Er kaute auf den Lippen und versuchte, aus der Sache schlau zu werden; dann entschied er, dass es nicht darauf ankam. Sie alle steckten bis zum Hals drin, und ein Zeuge war entkommen – es spielte keine Rolle, wer dieser Zeuge war.

Er musste die Sache weiter durchziehen. Zu viele Beweise waren vielleicht zurückgeblieben, obwohl er den Lavakanal mit einem Feuerwehrschlauch ausgespült hatte. Falls er und seine Mitverschwörer den Planeten verlassen konnten, ehe die Person auf der Rettungsinsel zu irgendjemandem Kontakt aufnahm, konnte der Plan immer noch so aufgehen, wie ursprünglich gedacht.

Er fuhr mit dem Daumen unter dem Gürtel entlang, über die Streifen aus den Ohren hinweg, die er seinen Opfern abgeschnitten hatte. Sie waren, daran glaubte er fest, erst der Anfang.

Unter den Gefangenen war die Anspannung in den zurückliegenden Tagen gestiegen. Sie musterten das Wachpersonal in ihrer Doppelrolle als die Raubtiere, die sie früher gewesen waren und im Geist nach wie vor waren, und als die Beute, die die Raubtiere ihrer Umgebung im Auge behielten. Slyke wusste genau, welche Gefangenen freigelassen werden sollten, ergänzte die Liste aber aufgrund eigener Einschätzungen um ein paar Namen. Zunächst jedoch musste er Verbindung mit den Verschwörern im Orbit aufnehmen und sie von seiner Identität überzeugen.

Den Kontakt herzustellen war leichter, als er gefürchtet hatte.

»Wir hören.« Die Stimme war aus Zufallsfetzen synthetischer Sprache erzeugt und trotzte damit jeder Software zur Stimmerkennung.

»Bereit für Schaumbad«, sagte Slyke.

Lange blieb es still, vom Zischen abgesehen. »Sie?«

»Wir machen lieber weiter«, sagte Slyke und schaffte es mit Mühe, auf den »Sir« zu verzichten. »Ermittlungen zum Verschwinden des Majors …«

»Bestätigt. Zeitpunkt Phase eins?«

Slyke hatte das sorgfältig berechnet. »Siebenundzwanzig Minuten plus ursprüngliche Angabe.«

»Gut.«

Jetzt musste er noch seinen Kameraden das Signal geben. Sergeant Copans und Sergeant Vinus wirkten besorgt, ließen ihn aber ausreden.

»Aber Sir … jetzt, wo der Commander verschwunden ist, werden die vom Sicherheitsdienst der Flotte über uns hinwegschwärmen wie Polypen über einen toten Raumfahrer.«

»Ja, und falls wir hier abwarten, besteht die Gefahr, dass sie belastende Hinweise finden, die der Commander hinterlassen hat. Entweder handeln wir *jetzt,* oder wir haben gute Chancen, da drin zu landen.« Er deutete mit dem Daumen zum Zellenblock draußen. »Möchten Sie das?«

»Nein, aber …«

»Haben Sie sich schon Ihre *Ohren* verdient, Sergeant?«

»Jasir!«

»Dann aber hurtig!«

Die *RSS Bonar Tighe* bat bei der Verkehrsleitung um die Genehmigung, Kampfabsprünge in den Großen Ozean zu üben. Viele der Kriegsschiffe, die Copper Mountain anliefen, nutzten die Gelegenheit, um ihre Absprungtruppen zu testen. Die Verkehrsleitung stimmte der Sprungzone zu – 200 Kilometer südlich der Stack Islands – und übermittelte die Information, dass das einzige Verkehrsmittel im Umkreis ein Propellerflugzeug war, das einen Such-und-Rettungseinsatz im Nordwesten durchführte.

Die Besatzung der *Bonar Tighe* hatte sich um den charismatischen Solomon Drizh versammelt, den Helden von Calvinatto, der wie Bacarion einfach zu jung war, um Gegenstand gründlicher Ermittlungen als Lepescus Günstling zu werden, nachdem der Admiral umgekommen war. Die Verschwörer hatten aus der Meuterei auf der *Despite* gelernt, und der Anteil der Komplizen Drizhs und seiner Bundesgenossen war auf jedem Schiff viel höher als damals und die Befehlshierarchie unter ihnen viel kompakter. Und diesmal handelten sie nicht im Auftrag der Benignität, sondern im eigenen Interesse … für den Loyalen Orden der Jäger.

Die Raumflotte war verweichlicht, so lautete Drizhs Botschaft; die Regierenden Familias waren insgesamt so weich geworden wie ein faulender Pfirsich. Hätte irgendjemand das Kommando geführt, der wirklich eine Vision hatte, dann gäbe es keine Piraten, keine Invasion durch die Gottesfürchtige Miliz von Neutexas – und sicherlich keinen Versuch mehr, das Leben dieses Abschaums zu schonen, nachdem er die Tochter des Sprechers entführt hatte. Man hätte sämtliche neutexanischen Planeten besetzt, ihre bösartige Miliz niedergeworfen … obwohl Drizh einräumen musste, dass er die Männer doch sehr bewunderte, die große Schiffe mit kleinen angriffen.

Der Loyale Orden der Jäger hatte den Tod Lepescus überlebt und war seitdem sogar gewachsen. Seine Anführer nutzten ein politisches Ereignis nach dem anderen, um den Bedarf an mehr Härte zu demonstrieren, an einer realistischeren Einstellung zum Krieg, an mehr Loyalität unter Waffenbrüdern. Schwäche in hohen Ämtern – von der Abdankung des Königs bis zum Unvermögen Lord Thornbuckles, die eigene Tochter an die Kandare zu nehmen – bewies den Bedarf an stärkeren, mehr kriegerisch orientierten Streitkräften.

Wie Lepescu fanden die Ordensmitglieder, dass sie loyaler und engagierter waren als die übrigen Menschen, die in der Raumflotte dienten, und dass die anderen eine Wischiwaschi-Einstellung hatten, unentschlossen und letztlich ineffektiv waren. Die Jäger rekrutierten auf breiter Basis neue Anhänger und taten dies häufiger in den Reihen der Unteroffiziere als Lepescu selbst – wie Drizh es ausdrückte: Falls der Gründer einen Fehler gehabt hatte, dann seinen unangebrachten Glauben an die Vorzüge einer hohen Geburt.

Als dann ranghohe Unteroffiziere und Offiziere im Flaggenrang entlassen wurden, weil sich Probleme aus der Verjüngung ergaben, bot sich den Jägern eine augenfällige Gelegenheit. Die sich anschließende Explosion an befristeten Beförderungen schenkte ihnen erneut ein Mitglied im Flaggenrang. Er war vielleicht nur ein Admiral minor und das auch nur für die Dauer des Ausnahmezustandes – aber dieser Ausnahmezustand würde für seine Zwecke lange genug anhalten.

Die drei Landungsboote der *Bonar Tighe* stießen, eingewiesen von der Orbitalverkehrsleitung, in die Lufthülle des Planeten vor. Die atmosphärische Flugleitung auf Copper Mountain war minimal und existierte überhaupt nur in der Nähe der wichtigsten Ausbildungsbasen – und darunter fiel der Große Ozean nicht. Sobald die Boote erst mal unter 8000 Meter sanken, fielen sie automatisch aus der Erfassung der Orbitalmonitore.

Trotzdem blieben sie auf Kurs, bis sie unter 2000 Metern Höhe waren, um dann nach Norden abzuschwenken, zu den Stack Islands.

Chief Petty Officer Slyke wusste nicht genau, was Commander Bacarion mit den Gefangenen und Wachleuten vorgehabt hatte, die nicht in die Verschwörung verwickelt waren. Er seinerseits gedachte nicht, lebende Zeugen zurückzulassen, nicht einmal in dieser isolierten Basis. Sobald sich der Sturm verzogen hatte und über Funk erneut die üblichen Tagesmeldungen verlangt wurden, hatte er irgendetwas sagen müssen, um jeden Verdacht von sich abzulenken – und hatte Meharry und Bacarion als »vermisst, vermutlich vom Meer geholt« gemeldet. Die Reaktion war Ungläubigkeit gewesen; er wusste, dass jemand so schnell wie möglich Ermittler schicken würde, zusammen mit einem neuen Stützpunktkommandeur. Niemand durfte dann noch hier sein, der reden konnte. Selbst falls es den Meuterern gelang, die Orbitalstation in ihre Gewalt zu bringen, konnten sie die Kontrolle nicht über den ganzen Planeten ausdehnen, ehe jemand hier eintraf und eine Meldung machte, die sie verdammte.

Seine Kumpane kümmerten sich zunächst um die nicht eingeweihten Mitglieder des Personals. Diese Leichen ließ Slyke herumliegen ... in der Hoffnung, dass Ermittler sie für die Folge eines Gefangenenausbruchs hielten. Die Tötung der nicht beteiligten Gefangenen war ein schwierigeres Problem. Er ließ sie auf den Hof führen und setzte die Waffen zur Aufruhrbekämpfung gegen sie ein. Sie fanden noch Zeit zu schreien ... und als die von ihm rekrutierten Gefangenen herauskamen, zeigten sie sich gleich respektvoller, genau wie er es sich erhofft hatte.

Als die Landungsboote in die Atmosphäre eindrangen, waren die Gefangenen bereits aufgestellt und warteten. Die zuverlässigsten hatte er mit den Waffen und PPUs aus dem Wachraum versorgt. Als das erste Landungsboot heulend vom Himmel herabstieß und auf dem kalten Gestein von Three Stack landete, wartete Slyke nicht erst, bis sich die Luken öffneten – seine Männer rannten bereits darauf zu. Das erste Boot startete, und das zweite setzte auf. Sechzig weitere Personen stürmten an Bord, unmittelbar vor einem weiteren Regenguss. Dann wieder sechzig. Slyke flog an Bord des letzten Bootes mit.

Hinter ihm peitschte der Regen auf die Leichen im Hof ein, spülte das Blut in die Rinnsteine und schließlich ins Meer. Als sich der Regen verzog, kamen die Meeresvögel und umflatterten die hoch aufragende Insel eine Zeit lang wie eine Säule aus flatternden Schwingen.

Die Landungsboote der *Bonar Tighe* flogend heulend nach Süden und stiegen von den angegebenen Landungszonen aus wieder in eine Umlaufbahn – bequeme zwölf Minuten, ehe Martin-Jehore endlich den Fehler von MetSatIV wieder beheben konnte.

MetSatIV entdeckte die Boote erst, als sie fast wieder den Orbit erreicht hatten; sie waren jedoch auf dem Flug nach draußen und strahlten das Funkfeuer der Raumflotte aus; die KI des Satelliten stufte sie demzufolge als befreundet ein.

Das erste Landungsboot glitt sachte in den Absprunghangar der *Bonar Tighe* und setzte sich auf seine Markierungen. Pivot Anseli Markham, die immer die Handbücher las und sie wortwörtlich umsetzte, hielt ihren Handbioscanner an den Rumpf.

»Nehmen Sie das Ding runter!«, knurrte ihr Boss, Sergeant-minor Prinkin.

»Aber Sir, laut Handbuch …« Anseli glotzte auf die Ergebnisse ihrer Messung. Die Landungsboote waren leer ausgefahren, nur mit der Flugbesatzung an Bord, und ihr Instrument zeigte jetzt Dutzende und Aberdutzende kleiner grüner Signalpunkte.

»Runter damit, Pivot. Es funktioniert nicht richtig.«

»Oh.« Anseli stellte das Instrument ins Regal zurück. Deshalb zeigte es also Truppen an Bord eines leeren Landungsbootes. »Soll ich es zur Reparatur bringen, Sergeant Rinkin?«

Er sah sie mürrisch an. »Tun Sie das, Pivot; Sie sind hier drin sowieso verdammt nutzlos.«

Anseli nahm den Bioscanner wieder aus dem Regal und nahm Kurs auf die Reparaturabteilung. Sie fühlte sich versucht, das Gerät einzuschalten und zu sehen, ob es wohl funktionierte, wenn es keinen Fahrzeugrumpf durchdringen musste, aber sie spürte regelrecht, wie Sergeant Prinkin ihr mit dem Blick folgte. Er hatte sie nie gemocht; er attackierte sie immer wieder, dabei gab sie sich solche Mühe … Sie gestattete sich, in ihrer Lieblingsträumerei zu versinken, bei der sie sich ausmalte, wie sie Pivots behandeln würde, wenn sie es erst mal zum Sergeant-minor gebracht hatte.

Die Reparaturabteilung für Kleinsensoren lag nicht im Blickfeld des Wartungshangars für Landungsboote. Sobald sie um die Ecke war, experimentierte Anseli mit dem Bioscanner. Als sie ihn auf ihren Fuß richtete, zeigte sein Display eine verschwommene, grüne Wiedergabe des Fußes. Als sie ihn auf die Korporalschaft richtete, die ihr auf dem Flur entgegenkam, zeigte er alle acht Personen. Als sie ihn auf ein Schott richtete, zeigte er zwei hockende Gestalten … und als dann Wasser durch die Leitungen lief, wurde sie rot. *So was* hatte sie eigentlich nicht tun wollen.

Chief Stockard nahm ihr in der Reparaturabteilung den Bioscanner ab und reichte ihr die Formulare, die sie ausfüllen musste.

»Aber ich denke, dass er jetzt funktioniert«, wandte Anseli ein, als sie versuchte, die kompletten dreizehn Ziffern der Gerätenummer in ein nur zwei Zentimeter langes Feld zu schreiben. In deutlicher Druckschrift, verlangten die Anweisungen, aber wie sollte das auf so wenig Platz gehen? Und wozu musste sie überhaupt Formulare ausfüllen, wo doch das computergesteuerte Erkennungssystem die Gerätenummer direkt vom Bioscanner ablesen konnte? Sie wusste es allerdings besser, als *danach* zu fragen; schließlich war sie nicht zum ersten Mal in der Reparaturabteilung. »Ich habe ihn an Personen ausprobiert, die mir entgegenkamen, und er hat sie jedesmal registriert.«

»Falls Ihr Sergeant sagte, dass er nicht funktioniert hat, dann hat er nicht funktioniert«, behauptete Stockard und saugte die Lippen ein. »Vielleicht funktioniert er jetzt wieder, aber vorher tat er es nicht. Was wollte der Sergeant gerade tun, als er sagte, es läge eine Störung vor?«

»Er hat ihn gar nicht benutzt, Chief. Ich war es. Ich wollte gerade einen Bioscan am eingefahrenen Landungsboot vornehmen, wie man es laut Handbuch tun soll, und der Sergeant sagte, ich sollte ihn weglegen, er würde nicht richtig funktionieren. Und ich vermute, dass tat er auch nicht, weil laut Display das Landungsboot voller Soldaten war.«

»Das sind Landungsboote üblicherweise auch«, erklärte Stockard, und ein Mundwinkel zuckte. »Ich kann nicht erkennen, was daran ungewöhnlich sein soll.«

»Aber sie sind leer ausgefahren«, gab Anseli zu bedenken. »Ich war dabei; ich habe sie bei der Ausfahrt angemessen, wie es das Handbuch verlangt, und es waren nur die Flugbesatzungen an Bord. Es war schließlich nur ein Übungsflug.«

Stockard erstarrte, die Hände flach auf dem Schalter zwischen ihnen. »Möchten Sie damit sagen, die Landungsboote wären unbesetzt abgefahren und voll besetzt zurückgekehrt?«

»Nun … nein, Sir, im Grunde nicht. Das wäre ja nicht möglich gewesen. Es liegt sicher nur an diesem Bioscanner, und da er eine Störung hat …«

»Warten Sie eine Minute.« Stockard wandte sich ab, und Anseli sah, dass er auf ein Funkgerät einredete, obwohl sie nicht hören konnte, was er sagte. Kopfschüttelnd drehte er sich zu ihr um und brummte dabei immer noch was ins Funkgerät. Dann bedachte er

Anseli mit einem reuigen Blick. »Ich schätze, es war wirklich eine Störung ... Ich habe gerade Chief Burdine gefragt, ob die Landungsboote Soldaten an Bord hatten, und er sagte nein. Oh – er sagte auch, Sie sollten einen Umweg zur Verwaltung machen und die Urlaubspässe für die Abteilung abholen. Wir fahren in ein paar Stunden ins Dock.«

»Ja, Sir.« Keine Chance, dass ihr Name auf der Liste stand, wenn sie an Sergeant Prinkins Feindseligkeit dachte, aber vielleicht ging er ja selbst von Bord und gönnte ihr damit ein paar Stunden Ruhe.

Chief Burdine spazierte über das Deck des Wartungshangars zu Sergeant Prinkin hinüber, als absolvierte er gerade seinen üblichen Rundgang. »Hab gerade einen Anruf von Stockard aus der Reparaturabteilung erhalten ... Ihr idiotischer Pivot hat ihm alles über den gestörten Bioscanner erzählt, der das Landungsboot voller Soldaten zeigte. Ich denke, Stockard hat mir die Zusicherung geglaubt, dass die Boote leer waren, aber wie groß ist das Risiko, dass dieser Pivot mit jemand anderem über die Messergebnisse plappert?«

»Fast hundert Prozent«, antwortete Sergeant Prinkin. »Das Mädel hat kein bisschen Grips im Kopf.«

»Ist sie beliebt?«

»Sie hat Freunde. Arbeitet hart, zeigt Initiative, ist immer bereit auszuhelfen.«

»Ein Milchmädchen.« Es klang verächtlich.

»Oh ja, durch und durch.«

»Ich wünschte, wir hätten keine Leute dieses Schlages an Bord«, sagte Chief Burdine. »Sie könnten ein glückliches Leben führen, falls sie nur irgendwo Kühe melken würden; wozu müssen sie nur in die Raumflotte eintreten?«

»Zu unserem Vergnügen.«

»Das stimmt.« Burdine grinste ihn an. »Obwohl uns jemand wie sie nicht viel Spaß bereiten wird.«

Der Weg von der Reparaturabteilung zur Verwaltung führte eine Menge Leitern hinauf, die anscheinend von vielen Menschen in Gegenrichtung gebraucht wurden. Immer wieder musste Anseli ausweichen, während ein oder mehrere Offiziere oder Gruppen neuroverstärkter Marinesoldaten heruntergetrampelt kamen. Anseli hatte es im Grunde nicht eilig, weil es ihr umso besser ging, je länger sie nicht in Gesellschaft von Sergeant Prinkin war, aber am Fuß von Leitern zu stehen, das war auch nicht gerade ihr liebster Zeitvertreib. Ihre Gedanken schweiften zu den Landungsbooten und dem Bioscanner ab. Falls Landungsboote Truppen absetzen konnten … warum sollten sie sie dann nicht auch abholen können? Leer hinunterfliegen, voll besetzt wieder heraufkommen? Und falls man keinen Bioscan an ihnen durchführte, wie sollte man es dann erfahren?

»Weg frei!«

Sie drückte sich erneut ans Wandschott, ohne die Uniformen, die an ihr vorbeihuschten, richtig zu erkennen. Was, wenn Leute an Bord waren, die nicht zur Besatzung gehörten? Leute vom Planeten?

Natürlich fand man auf diesem Planeten nur Flottenangehörige, also war das nicht von Bedeutung. Wirklich nicht?

Anseli wusste, dass es nicht Aufgabe von Pivots war zu denken – na ja, jedenfalls nicht, sofern es über das Auswendiglernen der Handbücher hinausging. Seit eh und je hatte es sie jedoch gejuckt, wenn sie aus etwas nicht schlüssig wurde. Maschinen funktionierten entweder oder nicht, jedenfalls in dem sauber geordneten Universum ihrer Vorstellungswelt. Ein Bioscanner, der echte, verifizierbare Menschen hinter der einen Wand anzeigte, wurde nicht plötzlich zum Lügner und meldete Personen, die gar nicht vorhanden waren. Derselbe Bioscanner hatte im Hangar der Landungsboote nichts angezeigt, als dieses Boot startete … als auch bekannt war, dass sich außer der Flugbesatzung niemand an Bord befand. *Woher* wusste der Sergeant dann, dass das Boot auch in dem Augenblick leer war, als der Bioscanner anzeigte, dass es mit Truppen voll besetzt war? Sergeants wussten zwar alles, aber … es ließ sie einfach nicht los.

Ein davon nicht geplagter Teil ihres Bewussstseins trug nun einen eigenen Kommentar über die Besatzungsmitglieder vor, die in einem fort die Leitern herunterkamen. Niemand hatte Alarm geschlagen, also warum stiegen die Sicherheitstruppen des Schiffes zu den Hangars der Landungsboote hinunter?

Als sie in der Verwaltung eintraf, summten ihre Gedanken durcheinander wie ein aufgebrachter Bienenschwarm, und sie wusste keine andere Möglichkeit, sich an dieser juckenden Stelle zu kratzen, als Fragen zu stellen. Der Chief in der Verwaltung knurrte jedoch nur und gab ihr einen weiteren Auftrag. Wie sollte sie etwas lernen, wenn niemand ihre Fragen beantwortete?

Die *Bonar Tighe* meldete, dass sie ihre Landungsboote wieder an Bord genommen hatte, und bat um Erlaubnis, an der Orbitalstation anzudocken, was gewährt wurde. Das war ebenso ein Standardverfahren wie die Bitte, mit den Booten üben zu dürfen, und die Verkehrsleitung gab der *Bonar Tighe* eine Wartenummer für die Dockseinfahrt, die aus der geschätzten Ankunftszeit resultierte. Der Stationsmeister willigte ein, dass die Mannschaft nach Ermessen des Kommandanten Ausgang erhielt, und übermittelte die aktuellen Nachrichten. Schiffe von der Größe der *Bonar Tighe* konnten in solcher Nähe zum Planeten keine Mikrosprünge durchführen, also musste der Kreuzer geduldig eine Spiralbahn entlangkriechen, um die Station einzuholen – ein Vorgang, der mehrere Stunden dauerte.

Kapitel siebzehn

Margiu Pardalt bestieg das seltsam aussehende Flugzeug vor Sonnenaufgang. Ohne die vorangegangene Einsatzbesprechung hätte sie keine Ahnung gehabt, dass solche Vehikel existierten. Von Xavier kannte sie nur die Shuttles, die die Orbitalstation anflogen, sowie tief fliegende Flugwagen oder Flitzer. Auf der Akademie lernte sie dann die in großer Höhe verkehrenden Passagierflieger kennen wie den, den sie von Drylands zur Küste genommen hatte. Der jetzige ungemütliche Kompromiss zwischen einem Flugzeug und einem Boot sah jedoch ganz nach etwas aus, was man von einem verrückten Wissenschaftler erwarten konnte: an den hoch ansetzenden Tragflächen vier dicke Triebwerke, ausgestattet mit Kreiselpropellern in justierbaren Rohren; an der Spitze jeder Tragfläche hing an einer dünnen Stange ein merkwürdiger Tropfen. Der Rumpfboden war muschelförmig und auf eine Art und Weise bucklig und zerfurcht, wie es Margiu mit Glasscherben in Verbindung brachte. Es fiel ihr schwer zu glauben, dass die Kiste tatsächlich fliegen würde.

Diesmal waren neben der Crew nur drei Fluggäste an Bord, darunter ein grauhaariger Major mit einem verhärmten Zug um die Lippen und einer schmalen Reihe von Auszeichnungen, die ihm, wie Margiu erkannte, für Tüchtigkeit verliehen worden waren. Höchstwahrscheinlich aus der Verwaltung. Er ging gleich an die Spitze der Minischlange, die am Dock wartete, als hätte er das Recht dazu, stieg als Erster ein und machte es sich auf einem Platz an Backbord bequem, auf halber Länge der Kabine, wo er sofort die Leselampe einschaltete und einen Handcomputer aufklappte.

Der zweite Fluggast gab Margiu zu verstehen, sie möge vor ihm einsteigen, und er tat dies mit einer pompösen Geste, die seiner pompösen Erscheinung gerecht wurde. Im grellen Licht des Hangars leuchtete seine Lederjacke grellgelb, und die metallischen Auszeichnungen glitzerten. Margiu stieg über die Lukenschwelle und folgte dem Major, wobei sie einmal kurz stolperte, als eine sachte Bewegung der Maschine auf den Wellen sie überraschte.

Sie nahm einen Fensterplatz an Steuerbord. Während sie sich anschnallte, blickte sie auf und stellte fest, dass der dritte Fluggast sie ansah. Einer von diesen Typen? Er hatte die Mütze abgenommen und dadurch feine graue Haare freigelegt, die einen Flaumkranz um die kahle Schädeldecke bildeten, und in diesem Licht stellte Margiu fest, dass seine gelbe Jacke der Vorstellung einer Theatertruppe von einer Uniform entsprechen mochte. Die Schultern waren mit grünen Tressen verziert, und der aufrecht stehende Kragen hatte eine Reihe von Sternen; die Jacke stand offen und zeigte darunter ein grünes Hemd; die dunkle Hose war ebenfalls grün.

»Darf ich?«, fragte der Mann mit überraschend weicher Stimme. »Ich bin wirklich ganz harmlos.«

Sie hatte sich einen ruhigen Flug erhofft und vielleicht sogar ein Nickerchen, aber die Höflichkeit verlangte zuzustimmen, sodass sie nickte.

Ein Crew Chief kontrollierte, ob sie auch alle ihre PPUs und Rettungswesten trugen und dass das Rettungsgerät an Bord auch komplett war. Und tatsächlich, der Mann in Gelb trug seine PPU nicht. Überraschend hingegen war, dass er recht fröhlich darauf reagierte, sich umziehen zu müssen, und dabei schneller zu Werk ging, als Margiu erwartet hätte. Margiu war schon zwischen den Sternen geflogen, aber nicht über größere Wasserflächen; allmählich wurde ihr bewusst, dass es sich dabei um eine ernste Sache handelte.

Dann drehte der Pilot die kurze, gedrungene Maschine und fuhr die Triebwerke hoch, und Margiu spürte, wie die Beschleunigung sie in den Sitz drückte. Das Flugzeug rammte sich durch die flachen, kleinen Wellen des Hafens, und die Gischt ließ die Lichter draußen verschwimmen. Wenige Augenblicke später waren sie in der Luft.

Die von Lampen gesäumten Landvorsprünge von Dark Harbor blieben hinter ihnen und unter ihnen zurück, und dann breitete sich nur noch Dunkelheit in der Tiefe aus. Irgendwo da unten lag Wasser, unsichtbar, aber kalt und nass. Margiu schauderte. Zu ihrer Erleichterung wandte sich ihr Sitznachbar ein Stück weit ab und schnarchte gleich darauf los. Als es hell geworden war, zogen sie unter hohen Wolken ihre Bahn, und das Wasser in der Tiefe ähnelte einem riesigen Laken aus Seide, von Falten durchzogen, durchsetzt mit blau und grün und silbern schattierten Stellen, deren Ursprung Margiu nicht erkennen konnte.

Der Mann neben ihr wurde wieder wach und schenkte ihr ein nettes Lächeln. »Ich hoffe, mein Schnarchen hat Sie nicht wach gehalten«, sagte er.

»Keineswegs, Sir.«

»Ich bin kein Sir, Mylady. Ich bin Professor Gustaf Aidersson, falls Sie meinen faden, langweiligen Alltagsnamen hören möchten, der zu meinem faden, langweiligen Alltagsberuf gehört, über den ich nicht reden darf, damit wir nicht beide in ernste Schwierigkeiten geraten. Sie können mich jedoch Don Alfonso Dundee nennen, den höchst edlen Ritter des Ordens der Alten Erde, und wir könnten eine erfreuliche Konversation führen über schier jedes Thema, das Ihnen recht ist.«

»Verzeihung?« Sie hatte keine Ahnung, wovon er redete.

»Nein, ich muss um Verzeihung bitten.« Er schlug sich mit dramatischem Gestus an die Stirn. »Man plage niemals junge Damen vor dem Frühstück mit Geschichten aus einer fernen Mythologie. Haben Sie schon von der SPAL gehört?«

»Nein, Sir.«

»Ah. Nun, das Kürzel steht für die größte Ansammlung von schrägen Gestalten und Außenseitern im Universum und lautet ausgeschrieben *Society for the Preservation of Antique Lore,* Gesellschaft zur Pflege der Altertumskunde. Altertumstick wäre eine treffendere Bezeichnung – ich habe nicht das geringste Vertrauen in den Realitätsgehalt unseres Blödsinns, aber er macht Spaß. Wir sind darauf gekommen, als die reichen Leute aus den großen Familien damit begannen, antike Wissenschaften und Künste zu studieren – was lange vor Ihrer Zeit war, Mylady –, und wir haben unsere eigene Interpretation des Themas entwickelt. Sollen die reichen Leute mit Fechtmeistern der Schwertgesellschaft herumrennen, sich hübsche Titel ausdenken und dabei vorstellen, sie würden Szenen aus der Geschichte der Alten Erde nachstellen. Sie gehen so ernst an die Sache heran, dass es den ganzen Spaß raubt.«

Margiu lauschte dem wogenden Wortschwall und fragte sich, ob der Mann ganz bei Verstand war. Sein aufgeweckter Seitenblick schien ihre Gedanken im Flug abzufangen wie einen Ball, den sie geworfen hatte.

»Sie fragen sich, ob ich spinne. Natürlich tun Sie das.

Ich bin mir da selbst nicht sicher, und meine Frau erklärt mir regelmäßig, dass meine Schüssel leichte Sprünge hat. Aber Tatsache ist nun mal, dass Verrücktheit Genialität nicht zwingend ausschließt, und meine Art von Verrücktheit besteht nur darin, völlig fremde Personen an Bord von Flugzeugen so zu langweilen, dass sie abschalten. Oder an Bord von Raumschiffen. Oder sonst wo, wo ich sie in der Falle habe.« Er lächelte sie mit solch offenkundig guter Laune hat, dass Margiu spürte, wie sie sich entspannte.

Sie ertappte sich bei der Frage: »Was ist das für eine gelbe Jacke?«

»Gute Frage«, antwortete er prompt und in einem Tonfall, bei dem sie sich gleich hervorragend den Professor irgendeines Fachgebiets vorstellen konnte. »Es gab mal einen Kolonialplaneten namens Congreve, eine Kolonie der zweiten von der Erde ausgehenden Welle, die mehrere Schübe von Siedlern aufnahm. Sie kamen nicht miteinander aus, und so fingen sie natürlich an, sich gegenseitig zu bekämpfen. Damals waren Fabrikatoren noch ziemlich primitive Maschinen und brachten keinerlei brauchbare Schutzkleidung hervor. Deshalb benutzten die Kolonisten Leder, das sie aus ihren Rinderherden gewannen. Die Farbe verriet jeweils, auf welcher Seite man stand. Meine Jacke ist die halbwegs genaue Reproduktion einer Missen-Asaya-Offiziersuniform aus dem Dritten Missen-Asaya/Tangrat-Krieg. Was nicht passt, sind die Abzeichen. Ich müsste einen kleinen Holzvogel haben, konnte ihn aber bis zu meiner Abreise nicht finden. Meine Frau schwört, dass ich ihn beim Bankett der letzten Preisverleihung liegen gelassen habe … also habe ich ersatzweise die Sterne von einem Raumschiffmodell abmontiert. Kein sehr gutes Modell; Schiffe der Rosenklasse waren nie mit Zwillingsbatterien von Strahlenkanonen ausgestattet. Ich habe es Zachery erklärt, als er mir das Modell zeigte, aber er war gleich eingeschnappt und hat es in die Ecke geschmissen – genau dorthin, wo Kata immer ihre schmutzigen Schuhe hinstellt. Deshalb wusste ich, wo ich Sterne fand, wenn ich sie brauchte. Und ich dachte, Sterne wären womöglich eindrucksvoller, wenn ich in Gesellschaft von Offizieren der Raumflotte auf Reisen ging, aber natürlich sehen die gleich die gelbe Kanarienjacke und geben sich nur Mühe, vor Lachen nicht loszuplatzen.«

Es war, als ertränke man in Sirup.

»Aber ich rede zu viel über mich selbst. Verpassen Sie mir einfach eine Kopfnuss, wenn ich das tue; genau so macht es meine Frau. Oder, falls Sie möchten, gucken Sie zum Fenster hinaus und ignorieren mich. Ich sehe, dass Sie ein Ensign sind und Ihre roten Haare exakt die gleiche Farbe haben wie die meiner Nichte, aber … wer sind Sie?«

»Margiu Pardalt«, antwortete sie. »Von Xavier.«

»Xavier!« Sein Gesicht leuchtete auf, und ihr sank das Herz. »Wissen Sie, die taktische Analyse des jüngsten Gefechts ist faszinierend. Ich war höchst beeindruckt von der Feuerleittechnik der Benignitätsraumschiffe …«

»Der Benignitätsraumschiffe …!« Sie konnte weder verhindern, dass ihr diese Worte herausrutschten, noch dass sie den Ton anschlug, in dem sie sie äußerte.

»Ja. Das ist nicht respektlos gemeint gegenüber Commander … ähm … wie hieß sie noch gleich …«

»Serrano«, murmelte Margiu.

»Die Leistungen der Benignität waren jedoch deutlich besser als erwartet. Es liegen neue Daten vor, und zwar aus keiner anderen Quelle als der hiesigen Basis – na ja, nicht der, wohin wir unterwegs sind, sondern der, woher Sie kommen, wie ich vermute, nämlich Copper Mountain –, denen zufolge sie ein von uns geraubtes Schiff technisch verbessert haben. Zum Beispiel die Zeit für die erneute Aufladung … Nein. Ich darf mich nicht in dieses Thema hineinsteigern!« Margiu erkannte, wie viel es ihn kostete, die eigene Begeisterung an die Kandare zu nehmen. »Ich mache Ihnen einen Vorschlag: Unterhalten wir uns über Seestreitkräfte. Hier überfliegen wir einen fantastischen großen Ozean, und ich wette, dass Sie sich noch nie mit der Geschichte von Seestreitkräften befasst haben, oder?«

»Nur ein bisschen«, antwortete Margiu. Sie suchte hektisch nach irgendeinem Informationsbrocken, der bewies, dass sie sich überhaupt mal mit diesem Gebiet beschäftigt hatte, aber ihr fiel nichts weiter ein als das Wort *Trafalgar.* Sie wusste aber nicht mehr, ob das ein Admiral, ein Schiff oder eine Schlacht gewesen war. »Trafalgar«, sagte sie.

»Natürlich!« Er strahlte sie an. »Wirklich eine gewaltige Schlacht war das, aber vielleicht ein bisschen weitab für unsere Zwecke. Sind Sie mit der Anwendung von Nelsons Segeltaktik auf koloniale Marineschlachten vertraut?«

»Ah … nein, Sir.«

»Denken Sie nur mal, wenn es Ihnen recht ist, an die Archipele von Skinner III.« Er breitete die Hände aus, als umfasste er eine geografische Region, und Margiu fragte sich, ob sie eingestehen sollte, dass sie nicht wusste, was ein Archipel war. Sie fand jedoch ohnehin nicht die Zeit dafür. »Mindestens vierzigtausend Inseln! Mit der Absicht kolonisiert, die offenkundige Eignung für Meereskulturen zu nutzen, aber wie immer mit zu wenig Geldmitteln und einem Piratenproblem. Reichlich Holz, also …«

Margius Funkanlage piepte; sie drückte den Knopf. Ihr Begleiter verfolgte das mit wachem Blick. Der Pilot meldete sich zu Wort: »Ensign, Major …« Sie warf einen Blick nach hinten und sah, wie sich der andere Offizier aufrichtete; er erwiderte ihren Blick über den Zwischengang hinweg. »Auf Stack Islands liegt irgendein Problem vor. Anscheinend werden Personen vermisst, von denen man glaubt, dass das Meer sie genommen hat …«

»Welche Personen?«, fragte der Major.

»Die Kommandantin von Basis drei und ein Wachcorporal. Auch ein Rettungsfloß aus dem Flugwagenhangar von Three Stack fehlt, außerdem liegen Hinweise auf einen Kampf vor … Es heißt, der Corporal wäre womöglich verrückt geworden und hätte die Kommandantin entführt. Wie dem auch sei – wir beteiligen uns an der Suche; auf dem Stützpunkt haben sie keinerlei Flugzeug mit großer Reichweite. Sie vermuten, dass das Rettungsfloß vom Sturm nach Westen getrieben wurde, in den Nordstrom hinein.«

Margiu wollte schon sagen, dass sie den Befehl hatte, ihre Direktiven auf schnellstem Weg den Stützpunktkommandanten auszuhändigen, entschied sich aber dagegen. Der Pilot wusste, dass sie ein Kurier war, aber falls jemand in einem Rettungsfloß auf dem Meer trieb, hatte das eindeutig Vorrang. Hoffte sie jedenfalls.

Sie waren noch mindestens eine Stunde östlich der Stacks, aber Margiu konnte es sich nicht verkneifen, nach der Rettungsinsel Ausschau zu halten. Dabei hatte sie keine Ahnung, wie groß es aus dieser Höhe wirken würde.

Dunkle Punkte tauchten auf dem Meer auf. »Das sind die Stacks«, erklärte der Pilot. Margiu starrte auf sie hinunter … ein Häufchen hoher schwarzer Felsen, deren Höhe über dem Meer in diesem Streulicht schwer abzuschätzen war. Das Flugzeug sackte plötzlich ein Stück weit ab. »Wir sind in etwa einer Stunde über Stack Islands Three.«

Die Stacks wirkten unglaublich abweisend – zu hoch, zu schmal an der Spitze, zu öde. Warum hatte die Flotte hier überhaupt Stützpunkte errichtet? Margiu hatte die entsprechenden Würfel gelesen, fand es aber nach wie vor albern. Das Flugzeug zog weiter brummend seine Bahn, und ein Stack nach dem anderen ragte erst vor ihm auf und versank hinter ihm wieder … laut Würfel insgesamt 98 bei Flut sichtbare Inseln, 117 bei Ebbe. Manche waren so klein, dass nicht mal ein Flugwagen auf ihnen landen konnte.

Sie ließen die Stacks zurück, und Margiu starrte nun konzentriert aufs Meer.

»Ein Signal!«, verkündete der Pilot plötzlich. »Ich habe ein Funkfeuersignal! Und eine Bestätigung von oben.« Die Maschine ging in Schräglage, und Margiu schluckte, um den Magen wieder an seinen angestammten Platz zu befördern. Als sie die Stirn ans Fenster legte, fühlte sich die Scheibe kälter an als vorher.

Der Major entdeckte es als Erster; Margiu hörte ihn rufen, und der Pilot zog die Maschine erneut herum. Jetzt sah Margiu selbst den kleinen gelben Span auf dem graugrünen Meer. Steckte irgendjemand da drin? Lebend? Sie konnte sich einfach nicht vorstellen, wie das sein musste.

»Wir gehen runter«, erklärte der Pilot. Margiu presste die Kiefer zusammen. Runter? War mit dem Flieger irgendwas nicht in Ordnung?

»Ist schon okay, Ensign«, sagte der Major und fing

ihren Blick auf. »Das ist ein Flugboot, vergessen Sie das nicht. Es kann auf dem Wasser landen.«

Margiu holte bebend Luft. Wasser, ja – in einer geschützten Lagune, flach und ruhig. Sie hatte gar nicht gewusst, dass irgendein Flugzeug auf dem offenen Meer landen konnte, ohne unterzugehen. Sie war nicht sicher, ob sie daran glaubte.

»Kapuzen auf!«, befahl der Pilot. Margiu klappte die um den Hals zusammengefaltete PPU-Kapuze hoch. Falls die Landung so sicher war, warum dann diese Vorkehrung? Sie zog sich auch die Handschuhe an und überzeugte sich davon, dass Handgelenk- und Schuhgreifer in ihren Vertiefungen eingerastet waren. Sie warf einen forschenden Blick nach draußen. Sie waren schon viel tiefer, und sie sah, dass das Meer in langsamen Wogen stieg und sank und sich der leuchtend gelbe Baldachin des Rettungsfloßes im Wasser spiegelte. Im klaren, ruhigen Wasser sah sie etwas schwimmen – irgendwelche langen, schmalen Gestalten.

»Ist das nicht aufregend?«, fragte ihr Sitznachbar. »Ein ganz ausgezeichnetes Abenteuer – meine erste Wasserlandung mit einem Flugzeug.« Er schien überhaupt nicht beunruhigt. Margiu hatte Angst, war aber nicht bereit, sich das einzugestehen. »Falls wir zu schnell oder zu steil hinuntergehen, kommen wir natürlich um, was eine Schande wäre. Mal sehen … Die Schwerkraft dieses Planeten beläuft sich auf das 1,012fache der Erde, was bedeutet …«

Margiu schaltete ihr Gehör ab; sie hätte auch gern die Augen geschlossen, konnte aber einfach nicht den Blick vom Meer wenden … das glatte Wasser wirkte immer weniger glatt, je näher sie ihm kamen. Dann sprühte Gischt vor ihrem Fenster hoch; der Sicherheitsgurt grub sich ein, als das Flugzeug schlingerte und schwankte. Es wurde langsamer und senkte sich auf das Wasser; Margiu spürte, wie die Bewegungen der Luft von denen der Wellen abgelöst wurden und das Flugzeug in einem bedächtigen Rhythmus hoben und senkten. Das innere Triebwerk an ihrer Seite stoppte, und die Aussicht vor dem Fenster wurde wieder klar. Sie erinnerte sich an die Einsatzbesprechung, wo es hieß, dass im Fall einer Notwasserung zwei der Triebwerke weiter laufen würden, so justiert, dass der von ihnen erzeugte Luftstrom die Ausstiegsflöße so wenig wie möglich beeinträchtigte. Vermutlich diente das gleiche Verfahren jetzt dazu, dieses Rettungsfloß vor dem Propellerluftstrom zu schützen.

Als das Flugzeug mit dem Seegang stieg, entdeckte Margiu den gelben Baldachin des Floßes in der Ferne. Die Stimme des Piloten durchdrang den Lärm der Triebwerke: »Wir verfügen nicht über die aktuellen Wetterdaten – MetSatIV ist erneut ausgefallen –, und obwohl im Augenblick alles ganz ruhig wirkt, traue ich dem Braten nicht. Wir bleiben keine Sekunde länger auf dem Wasser als nötig. Und Sie werden genau das tun, was mein Crew Chief Ihnen aufträgt.«

Der Crew Chief gab ihnen einen Wink. Der Professor stand auf und gab Margiu den Weg auf den Zwischengang frei, sobald der Major vorbeigegangen war.

»Major, Sie und der Ensign müssen sich an dieser Leine festhalten … ganz ruhig …«

Margiu packte mit den behandschuhten Fäusten zu. Leine. Wie immer sie das nannten, für sie war es ein Seil, wie sie es von der Farm ihrer Familie kannte. Der Major blockierte ihr die halbe Sicht nach draußen, aber sie sah, dass das Meer nicht sehr weit unter ihnen wogte und bis zum Horizont nichts als Wasser zu sehen war. Ihr schauderte ungeachtet der PPU.

»Warum binden wir das Seil nicht ans Flugzeug?«, fragte der Major.

»Sir, wir binden die Maschine niemals an so etwas wie ein Floß. Falls es kentert …«

»Es ist ein Rettungsfloß«, stellte der Major fest. »Es ist so konstruiert, dass es nicht kentert. Ich sollte nicht hier stehen und ein dummes Seil halten …«

»Richtig, Sir … geben Sie es mir für einen Moment.« Der Crew Chief nahm dem Major das Seil ab und reichte das durchhängende Stück an Margiu weiter und schließlich dem Professor, der nach vorn gekommen war, ohne auf eine Aufforderung zu warten.

Der Baldachin klappte auf; ein Kopf wurde herausgesteckt, verdeckt durch eine PPU-Kapuze.

»Wer sind Sie?«, krächzte eine Stimme.

»Chief Stivers«, antwortete der Chief. »Und Sie sind … der vermisste Corporal Meharry?«

»Sie haben mich als vermisst gemeldet?« Die Stimme klang seltsam; Margiu entdeckte die Anspannung im Gesicht des Fremden. »Ich sollte doch tot sein.«

»Wo ist Commander Bacarion?«

»Sie ist … hier … Sie ist hier.« Meharry klappte den Baldachin weiter auf. Margiu konnte nicht erkennen, was dadurch freigelegt wurde, aber der Major erstarrte.

»Das … Sie ist verletzt, sie …«

»Sie ist tot«, erklärte Meharry.

»Das wird untersucht werden müssen«, sagte der Major.

»Ja, Sir. Aber zunächst, Sir …«

»Kein aber, Corporal. Chief … äh … Stivers … stellen Sie diesen Mann unter Arrest.«

»Sir, er sitzt seit Tagen in einem Rettungsfloß … er braucht Pflege …«

»Er ist ein wesentlicher Zeuge, falls nicht ein Mörder. Unter Arrest, Chief, sofort ...!«

»Wir müssen ihn zuerst an Bord holen.«

»Und die Tote. Und das Floß.«

»Sir, da muss ich erst Pilot Officer Galvan fragen. Es wird nicht leicht sein, das Floß sicher an Bord zu holen.«

»Wir dürfen keine wertvollen Beweise am Tatort zurück ...«

Der Pilot hatte Wichtigeres im Sinn. »Zuerst nehmen wir den Mann an Bord. Er treibt seit Tagen in eiskaltem Wetter auf dem Meer; es ist ein Wunder, dass er noch lebt. Major, nehmen Sie diese Leine. Professor, setzen Sie sich vorläufig wieder auf Ihren Platz.«

Wie der Pilot befohlen hatte, packten Margiu und der Major jeweils eine Leine und schlangen sie um einen Sicherungsknauf innerhalb des Flugzeugs. Der Pilot kannte einen speziellen Namen für den Knauf, aber Margiu kümmerte sich nicht darum und konzentrierte sich lieber darauf, die Leine gespannt und das Floß fest an den Flugzeugrumpf gedrückt zu halten. Der Kopilot und der Crew Chief halfen Corporal Meharry über den Rand des Floßes an Bord der Maschine.

Er war ausgezehrt und bleich; als er aufzustehen versuchte, schwankte er und musste sich an der Wand Halt suchen. Kopilot und Crew Chief trugen ihn förmlich zu den Passagierplätzen und legten ihn auf zwei aneinander grenzende Sitze. Professor Aidersson näherte sich geschäftig; Margiu hörte seine weiche Stimme über die der anderen hinweg. Jetzt sprach der Major sie an.

»Ensign – steigen Sie in das Floß und bereiten Sie die Leiche des Commanders auf die Übernahme vor.«

Margiu starrte ihn an, schluckte aber das »Ich, Sir?«

herunter, das ihr beinahe entfahren wäre. Sie blickte zum Kopiloten hinüber, in der Hoffnung, dass er etwas sagte, aber er arbeitete gerade an der PPU des Corporals.

Nie hatte sie erwartet, einmal inmitten eines riesigen Ozeans in ein blutverschmiertes Rettungsfloß zu klettern, um die Leiche eines Mordopfers zu bergen. Behutsam stieg sie über den aufgeblasenen Rand des Floßes. Der Stoff kippte und schwappte unter ihren Schritten, und sie fühlte sich unsicher. Leichen hingegen hatte sie schon früher gesehen; eigentlich hatte sie auch schon Leichen gesehen, die Tage alt waren. Das war jedoch auf festem Boden gewesen, im warmen, trockenen Klima ihrer Heimat. Noch nie zuvor war sie mit so viel Wasser konfrontiert gewesen, und von einem Floß auf hoher See auf und nieder getragen zu werden, mit einer kalten steifen Leiche an Bord, das erschreckte sie. Als sie zum Flugzeug zurückblickte, wirkte es viel kleiner, viel zu klein, um sie zu trösten, wenn alles Übrige hier aus Wasser bestand.

Das Nächste, was ihr auffiel, war der Gestank; die Kälte verzögerte die Verwesung, aber trotzdem umgab sie der Geruch von menschlichem Schmutz und Tod zugleich, festgehalten durch den Baldachin. Als das Floß erneut mit dem Seegang schaukelte, bemühte sich Margiu, nicht zu würgen. So rasch sie konnte, löste sie die Schlaufen des Baldachins und rollte ihn auf. Selbst die Abgase des Flugzeugs waren besser als das hier.

Bacarions Leiche … Sie versuchte, nicht hinzusehen, besonders nicht in das verwüstete Gesicht zu blicken. Aber die Leiche war schwer; die Frau war größer und schwerer als Margiu gewesen, und Margiu konnte nicht richtig zupacken, um sie zu bewegen.

»Beeilen Sie sich, Ensign«, verlangte der Major.

»Verzeihung, Sir«, sagte Margiu atemlos, während sie sich abmühte, die Gurte loszubinden, mit denen die Leiche gesichert war. Sobald sie die letzte Schlaufe gelöst hatte, rollte die Leiche mit der nächsten Woge auf sie zu. Als sie sie anzuheben versuchte, drückte das zusätzliche Gewicht sie tief in den Stoffboden des Floßes, und die Leiche rollte in die Vertiefung. Auf festem Boden wäre es schon schwierig genug gewesen, und hier erst recht.

»Binden Sie eine Leine um sie, und wir ziehen sie dann von hier aus herein«, schlug der Professor vor, der an der Flugzeugluke aufgetaucht war.

»Seien Sie nicht albern!«, schnauzte der Major. »Sie braucht die Leiche doch nur anzuheben und herüberzutragen …«

»Nein … sie braucht den Korb. Warten Sie, Ensign. Bin gleich zurück.« Der Crew Chief, der nach vorn gekommen war, verschwand wieder in der Maschine.

»Ich halte nicht viel von Ihrer Initiative«, erklärte der Major Margiu; von hinter ihm blinzelte der Professor ihr zu. Der Crew Chief tauchte wieder auf und brachte einen Gegenstand in leuchtendem Orange mit, der an einen langen dünnen Korb erinnerte. »Hier, Ensign …« Er schob ihr den Korb über den Rand des Rettungsfloßes zu. »So was schon mal benutzt? Nein? Na ja, rollen Sie die Leiche einfach hinein und schließen Sie dann die Schnallen darüber.« Er blickte ins Innere der Maschine und schrie: »Nur eine Sekunde, Sir!«

Margiu zog eine Ecke des Korbdingsdas an die Leiche heran.

»Treten Sie jetzt auf die andere Seite und geben Sie ihr einen Stoß«, sagte der Major.

»Bleiben Sie, wo Sie sind«, empfahl hingegen der

Professor. »Durch Ihr Gewicht rollt sie dann auf Sie zu.«

»Halten Sie sich da raus!«, sagte der Major, drehte sich um und funkelte den Professor an.

»Das ist simple Physik«, wandte der Professor ein. »Jedes Kind würde erkennen …« Er deutete hinüber. »Ihr Gewicht drückt den Floßboden durch, und die Leiche rollt …«

Eine sanfte Woge trug Margiu hoch und senkte sie wieder ab, und die Leiche rollte in den Korb. Margiu hakte rasch die Gurte ein und blickte zum Flugzeug hinüber. Eine Lücke aus kaltem grünem Wasser verbreiterte sich zwischen ihr und der Maschine; die beiden Männer stritten sich, mit den Händen fuchtelnd, an der Luke, und das Seil lief an ihnen vorbei nach draußen. Margiu bekam es dermaßen mit der Panik, dass sie nicht einmal schreien konnte.

»Idioten!« Der Crew Chief sprang an ihnen vorbei und packte das Seil. »Nicht ziehen!«, schrie er Margiu zu. »Wir verlieren Sie nicht.« Noch während er das sagte, rutschte ein Ende des Seils aus der Maschine und platschte ins Wasser. Die Panik ergriff aufs Neue von Margiu Besitz, bis sie sich an die Leine erinnerte, die an dem Korb befestigt war.

Eine andere Stimme brüllte jetzt aus der Maschine: »Was ist da los, Ker? Wir müssen noch im Verlauf des Jahrhunderts wieder in die Luft. Die Dünung hat zugenommen, falls du es nicht bemerkt hast.«

»Ein loses Tau, Sir.« Der Crew Chief drehte diesmal nicht den Kopf, wie Margiu auffiel. »So, Major, falls Sie jetzt hinter mir zupacken würden, und dann Sie, Professor? Holen wir sie herein …«

Margiu überwand sich, den Blick vom Flugboot abzuwenden und die Gurte am Korb zu kontrollieren. Dann machte sie sich daran, das am Korb befestigte Tau einzuholen. Etwas ruckte heftig daran, und sie landete am luftgefüllten Rand des Floßes.

»Machen Sie schnell, Ensign«, befahl der Major. »Der Pilot möchte, dass wir wegkommen.«

»Ja, Sir …« Was immer das war, das dort am Tau ruckte, es tat dies erneut und erzeugte einen tiefen Einschnitt im mit Luft gefüllten Floßrand. Dann ließ es los, und Margiu fiel rückwärts in den stinkenden Schleim auf dem Boden. Sie holte das Tau Hand über Hand ein und konnte das tropfende Ende wieder in die Luke werfen, als das Floß ans Flugzeug stieß.

»In Ordnung, Major … Falls Sie jetzt diese Leine loslassen, Sir, und diese dort packen …«

Margiu tat ihr Bestes, den Korb über den Floßrand anzuheben, während der Major zog, und nach einigen Minuten atemloser Anstrengung war die Leiche an Bord des Flugzeugs. Margiu krabbelte hinterher, und ihr zitterten die Knie. Das Flugboot war vielleicht winzig, verglichen mit dem Meer, aber doch solider als dieses Rettungsfloß. Während der Kopilot nach vorn ging und sich auf seinen Platz setzte, richtete sie sich auf und hoffte, dass niemand ihre Angst bemerkt hatte.

Der Pilot warf einen Blick über die Schulter.

»Beeilen Sie sich dort hinten. Mir gefällt nicht, wie es am Horizont aussieht, und ich erhalte immer noch keine aktuellen Daten vom MetSat.«

»Wir müssen einfach dieses Floß an Bord nehmen«, beharrte der Major.

»Wir werden starten, ehe die Sturmfront eintrifft«, entgegnete der Pilot. »Und der Chief sagt, es würde mindestens eine Stunde dauern, die Luft aus dem Floß abzulassen und es einzupacken, wodurch unsere Beladungsgrenze erreicht würde, da es nass ist. Vergessen Sie das Floß.«

»Verdammt, es ist ein *Beweisstück!«* Der Major kochte sichtlich ein paar Augenblicke lang, dann sagte er: »Also gut. Wir lassen Ensign Pardalt auf dem Floß zurück, um die Beweise zu sichern; ein anderes Flugboot kann sie später abholen. Ensign, steigen Sie wieder ins Floß.«

Margiu verlor den Mut. Sie wollten sie allein auf dem Meer zurücklassen, während ein Sturm aufzog?

»Ich denke nicht …«, mischte sich der Professor ein; der Major ging gleich auf ihn los.

»Sie haben hierzu nichts beizutragen! Sie sind nur Zivilist! Sie haben schon genug Schwierigkeiten gemacht, also setzen Sie sich und halten Sie den Mund!«

Die Brauen des Professors stiegen an, und er legte den Kopf zurück. »Wie ich sehe, Sir, sind Sie eine scheinheilige Person.«

»Ensign, steigen Sie in die Rettungsinsel und machen Sie sich bereit abzulegen«, kommandierte der Major, ohne den Professor anzublicken. »Wir informieren den Such-und-Rettungsdienst, wo Sie sind, und man wird Sie finden.«

Der Pilot stürmte aus dem Cockpit heran. »Ensign, auf Ihren Platz! Sie auch, Prof.« Margiu folgte dem Professor rasch in die Passagierkabine. »Major, falls Sie nicht die Klappe halten, stecke ich *Sie* in die Rettungsinsel. Ich führe den Befehl über diese Maschine …«

»Welchen Rang bekleiden Sie derzeit?«, verlangte der Major zu wissen. Kalte Wut ging in Wellen von ihm aus.

»Sie sind ein Etappenschwein und Dokumentenheini«, sagte der Pilot, »kein Frontoffizier und nicht mein Befehlshaber. Sie haben die Wahl – entweder setzen Sie sich und halten die Klappe, oder Sie fliegen zur Luke hinaus, gleich hier und jetzt, und dabei ist mir ziemlich egal, ob sie auf dem Floß landen oder im Wasser.«

Margiu betrachtete die kleine Gruppe an der Luke – ob der Major wohl wusste, dass sich der Crew Chief hinter ihm bereithielt, ihn mit der breiten Hand hinauszustoßen? Sie bezweifelte es; er war zu wütend auf den Piloten.

»Ich werde mich bei Ihrem Kommandeur beschweren«, sagte der Major und wandte sich ab; Margiu sah, dass er rot angelaufen war, und senkte den Blick. Sie wollte nicht Zeugin eines solchen Vorgangs werden.

»Das tue ich auch«, sagte der Pilot. Der Crew Chief war inzwischen schon dabei, die nasse Leine aufzurollen, die das Floß am Flugzeugrumpf gehalten hatte. Er schob die Luke zu, verriegelte sie und hängte die tropfende Seilrolle auf die Querleiste am vorderen Schott. Margiu sah das Floß von ihrer Seite aus nicht, aber sie stellte fest, dass der Propeller des inneren Triebwerks jetzt wieder rotierte und sich die Flansche am Triebwerksgehäuse bewegten. Blauer Rauch stieg auf, gefolgt von Gischt, als der Propellerstrom das Meer aufpeitschte. Die Maschine drehte sich auf engem Raum; jetzt erblickte Margiu durch die schwankenden Wasserströme, die übers Fenster liefen, wieder das leuchtend gelbe Floß, wie es auf der Dünung schaukelte. Die Triebwerke heulten auf, und das Flugboot zog, zunächst ruckhaft, seine Bahn durch die Wellen; in einer Folge hämmernder Schläge erreichte es schließlich Startgeschwindigkeit und stieg über das Meer auf. Als das Fenster wieder klar wurde, blickte Margiu zurück: ein winziger gelber Fleck, nur noch schwer zu erkennen, und dahinter die sich verdunkelnde Front des aufziehenden Sturms.

Sie hätte jetzt dort unten zurückbleiben können. Sie hätte jetzt auf diesem elenden, stinkenden Rettungsfloß kauern können, bemüht zu lernen, wie man in einem Sturm überlebte.

»Ich denke nicht, dass ich diesen Major wirklich mag«, sagte der Professor. Margiu sah ihn an. Sein liebenswürdiges Gesicht zeigte einen Ausdruck kalten Abscheus. »Jemand, der im Grunde nicht weiß, was wirklich wichtig ist.«

Es war sicherer, dazu nichts zu sagen, besonders da ihr Magen in Übereinstimmung mit den Turbulenzen herumschlingerte.

»Alles okay mit Ihnen?«, erkundigte sich der Professor und beantwortete seine Frage gleich selbst: »Nein, wie ich sehe, ist das nicht der Fall. Hier …« Er drückte ihr etwas Kaltes und Nasses auf die Wange, die einzige Stelle, wo die Haut unbedeckt war. »Ein Pflaster gegen Übelkeit. Ich habe mir eins aufgesetzt, als sie sich noch zankten. Schließen Sie die Augen und lehnen Sie sich zurück – es dauert etwa dreißig Sekunden.«

Margiu zählte in Gedanken mit, und bei siebenundzwanzig spürte sie, dass sich der Magen beruhigt hatte. Sie öffnete die Augen. Hinter sich hörte sie trotz des Triebwerklärms den Major würgen, aber nicht mal der saure Gestank von Erbrochenem machte ihr jetzt noch etwas aus. Der Professor beugte sich auf den Gang hinaus. »Hier, Major – ein Pflaster gegen Übelkeit …«

Der Major sagte nichts, aber die Hand des Professors war leer, als er sie zurücknahm, und er drehte sich zu Margiu um und blinzelte ihr zu. Margiu lächelte unsicher.

»Immer vorbereitet sein«, empfahl der Professor. »Übelkeit hilft niemandem, zielbewusst zu denken und zu handeln. Geht es Ihnen jetzt besser?«

»Ja«, antwortete Margiu.

Sobald die Maschine ihre Reiseflughöhe erreicht hatte, meldete sich der Pilot über die Sprechanlage.

»Mir ist klar, dass Sie alle dringende Befehle für die verschiedenen Stack-Islands-Stützpunkte haben, aber wir stehen vor einigen Problemen. MetSatIV ist offline, und das seit mehreren Stunden. Wir wissen nicht, mit welchem Wetter wir es dort zu tun haben, und darüber hinaus bestehen Sicherheitsbedenken, was Three Stack anbetrifft. Die Leute dort können sagen, was sie wollen, aber jetzt, wo die Kommandeurin tot ist … Wir kehren nach Dark Harbor zurück.«

»Ich sehe mal nach, was ich für diesen armen Burschen tun kann«, sagte der Professor und öffnete den Gurt.

»Aber der Major …«

»Hat keine Befehlsgewalt über mich – wie er ja so rüde bemerkte, bin ich Zivilist. Und er gehört auch nicht zu den Militäroffizieren, denen ich verantwortlich bin … er kann nur Geschrei anstimmen, mehr nicht. Außerdem …« Er deutete hinüber, und Margiu reckte den Hals und folgte seinem Fingerzeig. Der Major schlief, war ganz unelegant zusammengesunken, mit einer Hand auf dem Deck. Der Professor blinzelte Margiu erneut zu.

»Pflaster gegen Übelkeit gibt es in der einen und der anderen Form«, sagte er. »Er wird etliche Stunden schlafen.«

Der gerettete Corporal war am hinteren Ende der Kabine in mehrere Decken eingewickelt, sah jedoch trotzdem ziemlich kläglich aus. Er hatte sich zwar nicht übergeben, aber sein Gesicht zeigte eine grünliche Färbung. Auf der anderen Seite des Gangs hatte man die Leiche in eine weitere Decke gewickelt und auf dem Deck festgeschnallt.

»Wie wäre es, wenn wir ihm ein Pflaster verabreichen?«, fragte der Professor den Crew Chief.

»Fein, was mich angeht … Mir ist aufgefallen, dass unser Major friedlich schläft …«

»Übelkeit ist ja so erschöpfend«, meinte der Professor. »Hier …« Er drückte dem Corporal ein Pflaster auf die Wange. »Das müsste helfen.«

»Er braucht eigentlich Flüssigkeit und Kalorien«, stellte der Crew Chief fest. »Falls er sie unten behält.«

»Das wird er in ein oder zwei Minuten«, versprach der Professor. »Wie deuten Sie diese Geschichte?«

»Ein Chaos, Sir. Dieser Bursche ist ein Meharry – was Ihnen vielleicht nicht viel sagt, aber das ist eine Familie mit stolzer Geschichte in der Raumflotte. Meharrys sind als eine zähe Bande bekannt, mit der man sich nicht anlegen sollte, aber sie waren immer loyal.«

»Also – was denken Sie, ist da passiert?«

»Ich weiß nicht, Sir. Der Major sagte, niemand dürfte mit ihm sprechen …«

»Und die Befehlsgewalt des Majors …«

Der Crew Chief saugte die Wangen ein. »Na ja, Sir – er hat einen höheren Rang als ich. Zwar führt der Pilot hier das Kommando, aber er ist mit der Maschine beschäftigt, und mir gefällt die Idee nicht, ihn zu belästigen. Es ist immer eine heikle Sache, wenn einer der MetSats nicht funktioniert.«

»Wie oft ist das so?«

»MetSatIV arbeitet seit zwei Jahren oder mehr fehlerhaft. Wir haben einen neuen jungen Mann auf den Blue Islands, der die Laufzeiten verlängern konnte, aber selbst ihm entgleitet der Satellit ab und zu.«

»Hmm … und seit wann ist dieser Mann dort?«

»Oh … vielleicht achtzehn Monate.«

»Sorgt MetSatIV für unsere Funkverbindungen?«

»Nein, er ist ein allgemeiner Überwachungssatellit. Nach außen gehört er zur Phalanx der Passivsensoren, zum Planeten hin arbeitet er als elektromagnetischer Breitbandscanner. Wäre er intakt, hätten wir zum Beispiel diese Rettungsinsel leichter gefunden.«

»Aber das Funkfeuer des Floßes …«

»Oh, dieses Signal geht direkt zu den GPS-Satelliten, die jedoch nicht für visuelle Ortung ausgelegt sind. Und das Funkfeuer muss von jemandem an Bord der Rettungsinsel aktiviert werden, wonach es mindestens alle zwei Stunden ein Signal sendet. Man kann in zwei Stunden jedoch weit treiben.«

»Sagen Sie mir eins, Chief: Falls hier draußen weder ein Rettungsfloß noch ein Flugzeug unterwegs gewesen wäre, während MetSatIV nicht arbeitet, hätte dann irgendjemand eine Landung hier bemerkt?«

»Eine Landung, Sir?«

»Eine Landung … wie … von Landungsbooten eines Kriegsschiffs.«

»Auf Copper Mountain? Na ja, der Große Ozean dient als Übungsgelände für Absprünge auf Wasserflächen, aber ein Raumschiff wäre nicht nahe genug herangekommen, ohne von den anderen Satelliten bemerkt zu werden, selbst wenn MetSatIV offline war.«

»Und wie steht es mit den Landungsbooten?«

»Sobald sie erst mal unterhalb des Horizonts wären … Hier draußen gibt es natürlich keine Bodensensoren. Aber was bringt Sie auf diesen Gedanken? Und was würde es ausmachen?«

»Bei allem Respekt vor der Ehre der Raumflotte, Chief, aber ich habe noch nie eine Gesellschaft von Heiligen kennen gelernt. Falls eine Möglichkeit besteht, etwas zu schmuggeln und damit Gewinn zu machen, dann nutzen Menschen die Gelegenheit. Und mir fällt keine bessere Möglichkeit zu schmuggeln ein, als dass man die Möglichkeit hat, das Licht auszuschalten, wann immer man möchte.«

Der Chief wurde rot, lächelte dann jedoch. »Na ja, Sir, da haben Sie völlig Recht. Ich habe noch nie auf einem Schiff gedient, wo man nicht wenigstens ein unerlaubtes Tier, eine unerlaubte Person oder Substanz an Bord gehabt hätte, was auch immer.«

»Da frage ich mich: Was könnte man hier schmuggeln, worin der Befehlshaber des Gefängnisses verwickelt wäre?«

»Ich weiß nicht, Sir.«

»Ich ebenso wenig. Aber da ich selbst unterwegs nach Stack Islands war, interessiert mich die Frage natürlich. Schmuggeln kann man in jede Richtung – man bringt Personen oder Material hinein oder hinaus. Dabei kommt einem natürlich die Waffentestbasis in den Sinn ...«

»Sir ...« Das war der Corporal, der jetzt nur noch blass war, nicht mehr hellgrün. Die Stimme klang matt, war jedoch recht gut zu verstehen.

»Sie müssen essen und trinken«, sagte der Crew Chief. »Und ich muss dem Piloten melden, dass Sie wieder reden können.«

»Ich kann ihm etwas geben«, sagte Margiu. Der Crew Chief reichte ihr eine der von selbst heiß werdenden Suppen, die bereits aktiviert war und wärmer wurde, und ging nach vorn. Als der Hitzestreifen farblich mit dem Punkt an seinem Ende übereinstimmte, steckte Margiu dem Corporal die Tube in den Mund.

Der Professor wartete, bis der Corporal fertig war, und sagte dann: »Sie wollten uns etwas sagen?«

»Ja, Sir. Commander Bacarion gehörte zu Lepescus

Anhängern«, sagte der Corporal. Margiu fror plötzlich.

»Das sagt mir nichts«, stellte der Professor fest. »Ihnen vielleicht?« Der Crew Chief schüttelte den Kopf, aber Margiu nickte.

»Admiral Lepescu benutzte Gefangene als Jagdbeute … er gehörte einer Geheimgesellschaft an, die Menschenjagden durchführte. Abgeschnittene Ohren dienten ihnen als Erkennungszeichen.«

»Woher wissen Sie das?«

»Ich habe etwas über Commander Heris Serrano gelesen – wegen Xavier, meines Heimatplaneten, den sie gerettet hat – und erfuhr dabei, dass man nach ihrem Ausscheiden aus der Flotte ihre Besatzung verurteilte und als Beute nutzte. Deshalb habe ich auch über Lepescu alles gelesen, was ich finden konnte. Aber … sind Sie sicher, dass Bacarion zu seinen Leuten gehörte? Ich dachte, man hätte sie alle verhaftet.«

»Ja, ich bin sicher. Sie hat es mir bei ihrem zweiten Versuch gesagt, mich umzubringen.«

»Ihrem zweiten Versuch?«

»Ja. Beim ersten Mal hatte sie jemanden beauftragt, mich über die Klippe zu stoßen.« Corporal Meharry hustete und fuhr fort: »Sie haben Commander Serrano erwähnt, Sir – meine Schwester Methlin gehörte zu ihrer Besatzung. Sie saß hier im Gefängnis und wurde später gejagt. Sie überlebte und dient jetzt wieder in der Flotte. Als ich nun erfuhr, dass Bacarion zu Lepescus Stab gehört hatte, wusste ich, dass sie etwas im Schilde führte. Deshalb traf ich Vorkehrungen, aber sie hat mich trotzdem beinahe erwischt. Das ist jedoch nicht alles – ich meine, es geht nicht nur um private Rache. Ich bin sicher, dass sie etwas Bedeutenderes vorhatte, konnte aber nicht herausfinden, was.«

»Aber jetzt ist uns ja etwas eingefallen … wenn auch immer noch recht vage.«

»Die Gefangenen!«, sagte Meharry. »Lepescu benutzte Gefangene früher als Jagdbeute. Was, falls sie sie jetzt anders nutzen möchte – als Soldaten?«

»Zu welchem Zweck?«, fragte der Chief.

»Keinem Guten«, behauptete der Professor. »Vielleicht möchte sie sie an jemanden verkaufen, der dann Jagd auf sie macht, oder sie möchte sie selbst für die Jagd auf irgendetwas einsetzen … Was immer es ist, es muss übel sein.«

»Wir müssen jemanden informieren …« Der gleiche Gedanke musste ihnen allen gekommen sein, nach den erschrockenen Gesichtern zu urteilen.

»Ja, aber wen?« Der Chief schüttelte den Kopf. »Unserem Piloten vertraue ich … aber Sie kennen ihn nicht. Mich kennen Sie eigentlich auch nicht.«

»Ein bisschen spät, um sich darum zu sorgen«, sagte der Professor. »Und der Pilot muss es erfahren, da haben Sie Recht. Und wir müssen so viele andere wie möglich informieren. Eine umfassende Verschwörung leitet man nicht von einem so kleinen Stützpunkt wie Three Stack aus. Man fängt mit einer kleinen Verschwörung an und hofft, dass es eine große wird. In Funkreichweite muss es also noch eine Menge Leute geben, die nicht darin verwickelt sind.«

»Groß genug, falls die Verschwörer hinter den Problemen mit MetSatIV stecken«, sagte der Chief. »Und falls sie ein ganzes Schiff herangeholt haben. Der Einsatz von Landungsbooten setzt Verschwörer an Bord voraus, und zwar eine Menge: zum Beispiel die Flugbesatzungen der Boote und die Mehrzahl der Brückenoffiziere.«

»Was ist, falls sie tatsächlich Häftlinge ausgeflogen

haben? Nur ausgewählte Leute? Und dann ein Angriff auf die Orbitalstation? Dann hätten sie den Zugang zum ganzen Planeten in der Hand …«

»Und die Systemverteidigung«, ergänzte der Professor. »Und die Labors zur Waffenforschung. Ein hübscher Anfang für eine Meuterei, falls jemand eine lostreten möchte.«

Kapitel achtzehn

Als Margiu und die anderen in Dark Harbor landeten, hatten sich ihre schlimmsten Vermutungen bestätigt.

»Sie haben die Orbitalstation besetzt«, berichtete ihnen ein wütender Major, und der kalte Wind peitschte ihm die Uniformhose um die Beine, wie er dort am Rand des Kais stand. »Wir haben Ihre Meldung nach oben weitergeleitet, aber der Angriff lief schon. Die *Bonar Tighe* hat mit ihren Landungsbooten Häftlinge aus Three Stack geholt, sie bewaffnet und dann als Stoßtruppen eingesetzt. Wir denken – wir hoffen –, dass jemand auf der Station einen Richtstrahl absetzen konnte und den Ansible-Alarm ausgelöst hat, aber wir wissen es nicht. Die Meuterer haben den gesamten Funkverkehr von dort aus unterbrochen, und sie haben die Systemverteidigung in der Hand. Wir wissen, dass sechs weitere Schiffe im System sind, aber möchte jemand wetten, wie viele davon auf Seiten der Meuterer stehen?«

»Was können wir tun?«, fragte der Pilot.

»Verdammt wenig. Polacek hat natürlich drüben auf der Hauptbasis den Notstand ausgerufen, aber wir haben keine sprungtauglichen Schiffe auf dem Planeten, nicht einmal kleine. Wir verfügen auch nicht über Raketen, die die Station oder eines der Schiffe im System ausschalten könnten – wie auch? Wir sitzen hier in einem Gravitationsschacht fest. Ich hasse Planeten!«

Margiu hatte das schon von vielen Flottenoffizieren gehört, aber sie war froh, auf festem Boden zu stehen.

»Denken Sie, die Meuterer werden eine Invasion versuchen?«, erkundigte sich der Professor.

»Ich habe keine Ahnung.« Der Major zuckte die Achseln. »Wer weiß schon, was sie planen? Sie sagen uns ja nichts. Bringen wir Sie jetzt lieber in Deckung und sehen mal, was Sie noch so alles wissen. Benötigt der Corporal, den Sie gerettet haben, medizinischen Beistand?«

»Nein, Sir, ich kann gehen.« Corporal Meharry wirkte auf Margiu immer noch blass, hielt sich aber ganz ordentlich auf den Beinen.

»Gut. Chief, sichern Sie das Flugboot; ich habe bereits den Weitertransport der Leiche arrangiert. Wir benötigen noch Aussagen von Ihnen allen ... Wo steckt Ihr Major?«

»Immer noch ziemlich groggy«, antwortete der Professor. »Ich fürchte, ich habe ihm womöglich ein stärkeres Pflaster gegen seine Übelkeit verabreicht, als nötig gewesen wäre. Ich würde jetzt gern mit Ihrem Stützpunktkommandeur sprechen, wenn ich darf.«

Margiu musterte ihn. Er war ruhig und sogar munter gewesen, bis er den Gedanken an eine Meuterei gehabt hatte, und jetzt waren seine Züge zu einer starren Maske gefroren. Er bemerkte ihren Blick und brachte ein Lächeln zuwege, aber es zeigte nichts von seiner früheren Wärme.

Die Kommandostelle der kleinen Basis brodelte vor Anspannung und Aktivität. Der Major, der sie in Empfang genommen hatte, führte sie ins Büro des Kommandeurs. Lieutenant Commander Ardsan funkelte sie eine ganze Weile lang an.

»Es ist nicht Ihre Schuld, aber ich wünschte mir, sie hätten es eine Stunde früher erfahren«, sagte er. »Vielleicht hätte diese Stunde den Leuten auf der Station eine Chance gegeben.«

Margiu fühlte sich schuldig, der Professor aber eindeutig nicht. »Unfug, Sir«, sagte er. »Eine Stunde früher mussten wir uns noch mit einer Leiche, einem Überlebenden und einem anziehenden Sturm herumschlagen ... und ich bezweifle sehr, dass eine Stunde mehr bewirkt hätte, als das Blutbad zu verlängern. Die Meuterer hatten sicher Komplizen an Bord der Station, wie sie welche auf Three Stack hatten.«

»Sie haben wahrscheinlich Recht«, räumte Ardsan ein. »Aber es ist so frustrierend ... wir haben hier unten nicht zwischen allen Stützpunkten Überlandkabel, und jetzt, wo die Meuterer im Orbit alles in der Hand halten, können wir die Relaissatelliten nicht mehr benutzen.« Er schob einen Datenwürfel auf seinem Schreibtisch hin und her. »Wir haben Kurzstreckenfunk zur Verfügung, aber auch den können sie dort oben abfangen, falls sie möchten. Sie haben uns von Wetterinformationen abgeschnitten, was den Flugverkehr zwischen den Stützpunkten schwierig gestaltet. Polacek möchte, dass sich alle auf der Hauptbasis versammeln, aber aus meiner Sicht macht uns das nur zu einem bequemen Ziel.«

»Können wir seiner Loyalität vertrauen?«, wollte der Professor wissen.

»Derzeit bin ich mir keiner Person mehr sicher. Ich hätte nie gedacht, mal so etwas zu erleben, aber andererseits hat mich das Xavier-Desaster auch völlig schockiert. Ich begreife das nicht ...«

»Ich denke, es kommt jetzt darauf an, wie wir mit der Situation umgehen«, sagte der Professor. »Ich denke dabei an ein ganz besonderes Problem. Ich bin Waffenspezialist und war auf dem Weg nach Stack Two, um Ratschläge für einige Aspekte der dortigen Forschung zu geben.« Er reichte Ardsan eine Chipkarte. »Natürlich werden Sie meine Vollmachten prüfen wollen.«

»Natürlich«, murmelte Ardsan. Er schwenkte seinen Stuhl und schob die Karte in den Würfelleser. Margiu erhaschte einen kurzen Eindruck vom Monitor, ehe Ardsan ihn wieder ausschaltete. »Na ja, das ist deutlich genug.« Er sah blass aus. »Ich denke nicht, dass ich schon jemals eine …« Er warf einen kurzen Blick auf Margiu. »… schon jemals solche Zugangsrechte gesehen habe.«

»Wahrscheinlich nicht«, bestätigte der Professor. »Aber wir steigen auch erst in ein Hosenbein und dann ins andere, genau wie Sie. So. Zufällig bin ich darüber informiert, dass dort Waffen entwickelt werden, die Sie nicht in der Hand der Meuterer sehen möchten. Allerdings werde ich, wie die Lage aussieht, sehr erstaunt sein, falls auf Stack Two niemand in die Verschwörung verwickelt ist.«

»Warum sagen Sie das?«

»Aus welchem anderen Grund sollten sie sonst im hiesigen Sonnensystem einen Aufstand starten? Warum versammeln sie sich nicht erst mal an einem ruhigen, abgelegenen Ort, wo niemand sie entdecken kann? Ich wette: Wäre Commander Bacarion nicht getötet worden – wäre alles nach Plan verlaufen –, dann hätte schon eines dieser Landungsboote Personen und Waffen von Stack Two an Bord genommen. Ich schlage vor, dass Sie sich mal die Personaldateien der dort stationierten Mitarbeiter genau ansehen.«

Ardsan runzelte die Stirn. »Wir sind dafür im Grunde nicht eingerichtet, Professor. Ich kann nachschlagen, wer dort das Kommando führt, aber das war es dann auch schon. Ich bin nicht mal überzeugt, dass ich eine vollständige Personalliste greifbar habe. Und da die Meuterer unseren Funk kontrollieren, haben wir auch keinen Zugriff auf die Personaldateien der

Hauptbasis; hier in Dark Harbor werden keine Kopien gelagert.«

»Ich verstehe.« Der Professor trommelte eine ganze Weile lang mit den Fingern auf dem Knie. »Nun, Commander, an Ihrer Stelle würde ich mir jetzt überlegen, wie ich einige Soldaten hinausschicken kann, um die Basis zu sichern.«

»Aber … wie?«

»Wir sind auch schon hinausgeflogen. Können wir das nicht erneut tun?«

»Aber uns liegen keine Wetterdaten vor! Sie haben die Übermittlung von den Wettersatelliten unterbrochen.«

Der Professor beugte sich vor. »Commander, ich sage Ihnen was – falls Sie die Basis da draußen nicht in Ihre Hand bringen und die Meuterer daran hindern, diese Waffen zu erbeuten, dann werden Sie sich bis zum Ende Ihres Lebens wünschen, Sie hätten es getan – und es wird wahrscheinlich kein langes Leben werden. Mehrere Dinge können nun passieren: Wir fliegen wieder hinaus und stürzen ins Meer. Wir fliegen wieder hinaus und werden vom Himmel geschossen – falls dort draußen genug Leute in die Sache verwickelt sind und sie uns entdecken. Wir schaffen es bis dorthin, können dann jedoch die Basis nicht erfolgreich besetzen, obwohl ich nicht glaube, dass das passiert, falls Sie genug Truppen entsenden. Wir schaffen es bis dorthin und können die Basis besetzen, und die Meuterer im Orbit setzen vielleicht eine Truppe ab und vertreiben uns wieder … aber falls wir nur genug Zeit finden, haben wir bis dahin zumindest die schlimmsten Waffen vernichtet. Oder wir sitzen einfach hier herum und unternehmen nichts, was uns letztlich auch das Leben kostet, nur ohne irgendjemandem noch zu helfen.« Er lehnte sich zurück. »Ich persönlich halte das für die schlechteste Wahl.«

»Ich ... ich sollte mit Commander Polacek Verbindung aufnehmen.«

»Nein, Commander, das sollten Sie nicht. Sie sagten bereits, dass Sie sich auf seine Loyalität nicht verlassen möchten. Sie wissen, dass die Funkverbindungen abgehört werden, und Sie wissen, welche Befehlsgewalt ich ausübe.«

»Er hat Recht«, sagte Margiu und überraschte sich selbst damit, dass sie das Wort ergriff. »Falls wir wieder hinausfliegen, müssen wir es tun, ehe der Gegner Shuttles herunterschickt.«

Ardsan blickte finster vom einen zum anderen. Endlich seufzte er. »In Ordnung, in Ordnung ... lassen Sie mich überlegen. Wir brauchen Flugzeuge, die Soldaten transportieren und auf Stack Two landen können ...« Er drückte den Schalter seiner Sprechanlage. »Chief – sehen Sie mal nach, was wir über das Personal von Stack Two gespeichert haben. Und liefern Sie mir eine Schätzung der Sicherheitstruppen, die wir hier vor Ort haben.«

Der Professor unterbrach ihn. »Sind hier irgendwelche Schwertransporter stationiert?«

»Wir haben Schwerlast-Flugwagen, die wir für Transporte entlang der Küste benutzen, aber wir fliegen damit nicht gern aufs offene Meer hinaus. Sie sinken wie Backsteine, falls die Energie ausfällt. Dafür nehmen wir lieber Flugboote.«

»Bis wann könnten es die Meuterer schaffen, Shuttles herunterzuschicken?«

»Hängt davon ab, ob auf der Station startbereite Kurzbahnshuttles verfügbar sind. Die normalen Shuttles brauchen längere Landebahnen; auf dem ganzen Planeten existieren nur vier solcher langen Bahnen, und zwei davon werden nur in Notfällen benutzt. Die Landungsboote der *Bonar Tighe* kommen natürlich in Frage, müssen aber erst aufgetankt und gewartet werden – was mindestens zwei Stunden dauert. Die übrigen Schiffe … Ich weiß nicht, welche davon Landungsboote mitführen und ob sie startbereit sind. Sofern das Schiff nicht auf eine besonders niedrige Umlaufbahn geht, brauchen die Landungsboote mehrere Stunden – wie viel genau, kann ich nicht sagen. Hätten die Meuterer sofort nach Einnahme der Station zusätzliche Landungsboote losgeschickt, könnten sie die Insel jetzt schon halten. Falls sich alles verzögert, passiert es vielleicht auch erst morgen oder übermorgen.«

»Und welche Flugzeiten gelten für die Ihnen verfügbaren Maschinen?«

»Hängt von Windgeschwindigkeit und -richtung ab – und wir erfahren zurzeit nichts von den Wettersatelliten. Fünf Stunden, sechs – ich weiß es nicht genau.«

Jemand steckte den Kopf herein. »Sir, auf Stack Two dienen dreizehn zivile Wissenschaftler, fünf Offiziere und neunundzwanzig Personen mit Mannschaftsrang. Kommandeur ist ein Lieutenant Commander Vinet. Hier haben wir fünfzehn neuroverstärkte Sturmsoldaten und dreißig Reguläre, zusätzlich zur Stützpunktpolizei.«

»Danke. Weitermachen.« Ardsan verzog das Gesicht. »Genug, um die Verlockung zu spüren, uns in ein Abenteuer zu stürzen, aber nicht genug, um wieder herauszukommen … Und falls ich alle Kräfte von Dark Harbor einsetze, beschützt niemand mehr die Leute hier …« Er schüttelte den Kopf, als wollte er ihn freibekommen. »In Ordnung! Wenigstens ist endlich mal etwas klar. Professor, ich vermute, Sie fliegen mit …«

»Absolut richtig«, sagte dieser. »Sie brauchen mich, um diese Waffen zu demontieren, und die Wissenschaftler und Techniker kennen mich.«

»Ensign, ich teile Sie dem Professor zu, da er Ihnen auch bislang schon vertraut zu haben scheint. Sie sind doch für den Waffengebrauch qualifiziert, richtig?«

»Ja, Sir.« Als Mädchen war sie auf die Jagd gegangen; sie wusste, dass sie mit Feuerwaffen umgehen konnte, und bei den Prüfungen hatte sie stets das höchstmögliche Ergebnis erzielt.

»Gut. Ich weise den Waffenmeister an, Sie auszurüsten; ich möchte, dass Sie ständig dicht am Professor kleben und ihm den Rücken freihalten. Nur für den Fall, dass irgendjemand von den Leuten, die wir hinausschicken, weniger loyal ist, als wir glauben.«

»Ja, Sir.«

»Professor, es wird etwas dauern, das Flugzeug aufzutanken, die Flugbesatzung zu instruieren und die Truppen aufzustellen. Sie sollten etwas essen und schlafen, so lange Sie können. Ensign, Sie auch – aber Sie bleiben bei ihm, verstanden?«

»Ja, Sir.« Ihr wurde plötzlich klar, dass sie sehr hungrig war und auch müde und dass sie wieder auf diesen kalten, nassen, riesigen Ozean hinausfliegen musste … und das im Dunkeln.

In der Messe, wo sie und der Professor speisten, hörte sie ein Gespräch mit.

»Es liegt an diesen verdammten Verjüngungen«, behauptete der Crew Chief. »Man braucht kein Admiralsstratege zu sein, um zu erkennen, was eine stark verlängerte Jugend für die Karriere jedes Menschen bedeutet, der noch nicht das Verjüngungsalter erreicht hat. Vor zehn oder fünfzehn Jahren sind die Beförderungen schon weniger geworden, damals, als die führenden Unteroffiziere ihre ersten Verjüngungen erhielten … Man gibt nicht das ganze Geld dafür aus, um die Leute dann in den Ruhestand zu versetzen, nicht wahr? Und die Leute, die als Nachfolger in Frage kämen, sehen, dass sie keine Chance mehr haben. Die Expansion hat ein bisschen geholfen, aber eine wie große Raumflotte brauchen wir eigentlich noch?«

»Aber Meuterei, Chief! Sehen Sie eine Meuterei voraus?«

»Nicht sofort, nein. Und was mich persönlich angeht, sowieso nie. Aber man hört Gerüchte, dass bei der Verjüngung von Uffzen irgendwas schief gegangen ist, und manche Leute – wenn auch nicht ich – behaupten, man hätte es absichtlich verpfuscht. Es war eine Sache, sich zu viele jung-alte Admirale zuzulegen, aber man wollte nicht, dass die Mannschaftsdienstgrade auch noch auf Ideen kommen.«

»Das ergibt aber keinen Sinn«, mischte sich der Professor ein. »Die führenden Mannschaftsdienstgrade bilden das Rückgrat aller erfolgreichen Streitkräfte – und sind es schon immer gewesen. Admirale sind okay, und falls man unter ihnen sogar ein strategisches Genie hat, möchte man es natürlich behalten, aber im Alltag braucht man erfahrene Unteroffiziere.«

»Früher wurde der gleiche Fehler auch schon begangen. Topplastige Hierarchie, zu viele Offiziere …«

»Nun, ich habe früher in der Personalbeschaffung gearbeitet«, meldete sich ein weiterer Chief zu Wort. »Damals, als ich noch ein junger Sergeant war. Ich habe Projektionen des Bedarfs an spezifischen Rängen gesehen, und damals wenigstens wussten die Planer, dass sie mehr Master Chiefs als Admirale brauchten. Ich kann mir also nicht vorstellen, dass sie absichtlich ein Verjüngungsprogramm für Chiefs sabotieren.«

»Jemand hat es ganz gewiss getan. Denken Sie mal an Chief Wang letztes Jahr. Wir mussten ständig auf ihn aufpassen, damit er nicht einen Sechserverschluss in eine Viereröffnung steckte und alle anwies, es ihm gleichzutun. Ich hatte noch nie so was erlebt, und es war nicht schön.«

»Ich dachte, es hätte damals geheißen, ein Gehirnvirus oder sowas steckte dahinter, das er sich bei seinen Fischfangausflügen in die Berge geholt hatte.«

»So hieß es damals, aber als wir dann die Direktive erhielten, die verjüngten Chiefs aus dem aktiven Dienst zu nehmen, bis man sie untersucht hätte, musste ich wieder an genau diesen Fall denken. Natürlich war er da schon aus gesundheitlichen Gründen in den Ruhestand versetzt worden. Aber ich habe Pauli in der Krankenstation gefragt, und er sagte, seiner Meinung nach läge der Fall an einer missglückten Verjüngung.«

»Missglückte Verjüngungen eröffnen den unteren Rängen Karrierechancen ...«, sagte ein Sergeant leise. »Nicht, dass irgendjemand so etwas tun würde ... Ich habe Chief Wang erlebt, als es zu Ende ging.«

»Vielleicht ahnten sie nicht, wie es sich auswirken würde. Ich erinnere mich noch, wie ich einmal dem Haus-Sarri meiner Mom ein Plätzchen gab; ich wollte nur etwas abgeben, wisst ihr, und es bekam Krämpfe und starb. Ich hatte einfach keine Ahnung, dass diese Tiere unser Essen nicht vertragen. Es war jedoch genauso tot, als hätte ich es absichtlich vergiftet.«

»Das stimmt. Man sollte nie jemandem eine böse Absicht unterstellen, der womöglich einfach nur dumm ist. Es könnte genauso leicht an Einsparungen seitens der Personalbeschaffung oder des Herstellers der Medikamente liegen.«

Margiu hatte noch gar nicht gewusst, dass Mannschaftsdienstgrade der Flotte verjüngt worden waren; sie konnte sich nicht erinnern, dass auf der Akademie jemand davon gesprochen hätte. Sie fragte sich, ob jemand in diesem Raum verjüngt war. Woran konnte sie es erkennen?

Als der Professor mit dem Essen fertig war, berührte er sie am Ärmel. »Ensign, wir schlafen lieber etwas, so lange wir können. Wissen Sie noch, welche Unterkunft uns Commander Ardsan genannt hat?«

Margiu zeigte ihm das Zimmer – eindeutig das eines Offiziers, und für ein paar Stunden jetzt ihres. Sie lösten sich unter der Dusche ab und wechselten in saubere Kleidung. Aber ehe einer von ihnen einnicken konnte, gab der Commander durch, dass das Flugzeug bereit war.

Diesmal zog der Professor seine PPU über der Straßenkleidung an und die gelbe Lederjacke erst zum Schluss. »Meine Freunde da draußen erkennen sie«, gab er zu bedenken.

»So geben Sie auch ein prima Ziel ab.« Der Major, der sie am Kai empfangen hatte, leitete den Einsatz; Margiu kannte inzwischen seinen Namen: Antony Garson. Ein Lieutenant Lightfoot befehligte die Soldaten.

»Stimmt, aber falls wir es mit einer Stellung in Feindeshand zu tun haben, weiß wenigstens *unsere* Seite, wer ich bin.«

Nachdem der Major Margiu kontrolliert hatte, die ihre saubere PPU auf Mitternachtsblau eingestellt hatte – die Standardtarnfarbe für Nachteinsätze –, zuckte er die Achseln und wandte sich der restlichen Gruppe zu. Obwohl es erst Nachmittag war, ließen es die dichte Wolkendecke und der tröpfelnde Regen viel später erscheinen.

Als sie sich den Stack Islands erneut näherten, war das Tageslicht bereits in die finstere Nacht übergegangen. Auf dem ganzen Weg zeigte sich der Himmel bewölkt, was angeblich Schutz bedeutete, aber Margiu fand es trist, wie das Flugzeug zwischen zwei Schichten aus allmählich dunkler werdendem Grau seine Bahn entlangzukriechen schien. Obwohl es dunkel geworden war, blieb auch in der Maschine die Beleuchtung ausgeschaltet – aus Sicherheitsgründen, erfuhr sie –, aber sie spürte ringsherum die massigen Gestalten der neuroverstärkten Marinesoldaten. Der Professor war eingeschlafen und schnarchte so musikalisch wie beim ersten Mal, und Margiu lehnte sich vorsichtig an seine Schulter und überließ sich dem Schlaf. In die andere Richtung konnte sie sich nicht lehnen, ohne dass die ungewohnte Faustfeuerwaffe ihr in die Flanke stach. Sie erwachte, als das Flugzeug tiefer ging, und blickte zum Fenster hinaus in die Dunkelheit.

»Hmpf!« Das war der Professor, der an einem letzten Schnarcher beinahe erstickte. »Sehen Sie was?«

»Nein – es ist völlig dunkel.« Wie sollten sie nur landen? Was, wenn sie in Stack Two hineindonnerten, statt dort aufzusetzen? Margiu spürte, wie das Flugzeug sank, und in den Ohren knackte es wiederholt.

Dann tauchte irgendwo im Dunkeln funkelndes Licht auf … eine winzige helle Linie, dann eine zweite.

»Lichter«, erklärte sie dem Professor.

Als sie näher kamen, erkannte sie, dass die Lampen eine normale Landebahn umrissen und weitere in Häusern in der Nähe brannten. Es sah so normal aus …

Die Maschine setzte heftig auf, hüpfte und senkte sich dann fest auf die Piste, und Margiu wurde nach vorn geschleudert, als die Bremsen zupackten. Anstatt an eines der beleuchteten Häuser heranzurollen, schwenkte die Maschine vor dem Ende der Landebahn seitlich ab. Die Neurosoldaten waren schon auf den Beinen, kaum dass die Landung erfolgt war. Margiu hatte keine Befehle und blieb, wo sie war; sie und der Professor trugen Kopfhörer, die auf denselben Funkkanal eingestellt waren. Ein weiteres Flugzeug und ein drittes rollten neben sie. In der Dunkelheit, die von der Landebahnbeleuchtung kaum erhellt wurde, sah Margiu mit knapper Not, wie dunkle Gestalten eine der anderen Maschinen verließen.

Dann öffnete jemand die Luke ihres eigenen Flugzeugs, und der kalte Atem der Meeresluft fuhr herein, vorbei an den dunklen Gestalten. Jemand brummte einen Befehl, und die Soldaten stiegen hinaus in die Nacht. Major Garsons ruhige Stimme meldete sich im Kopfhörer: »Professor – Sie und der Ensign steigen jetzt auch aus.« Der Professor stemmte sich hoch, und Margiu hastete ihm nach.

Draußen war es kälter, aber etwas weniger düster; Margiu konnte den Professor als leicht helleren Fleck von den anderen unterscheiden. Sie klappte die Kapuze der PPU zu, um sich vor der Kälte zu schützen, und blieb dicht neben ihm. Eine dünne rote Linie wies den Weg; jemand hatte den Laserleitstrahl eingeschaltet. Sie spürte die raue Oberfläche der Landebahn unter den Schuhen. War es hier sicher? Niemand hatte bislang einen Schuss abgefeuert, und die Soldaten schienen zu wissen, wohin es ging. Margiu wusste nicht, wohin sich die zuerst ausgestiegenen Truppen gewandt hatten; sie sah sie nicht mehr.

»Sieht vorläufig sicher aus, Professor«, wurde die Stimme des Majors über Margius Kopfhörer vernehmbar. »Kommen Sie herein.«

Margiu spürte mehr, als sie es sah, wie sich die Soldaten fester um sie drängten und einen Schutzkordon bildeten; so führten sie sie zu einem der Häuser unweit der Landebahn. Vor ihnen ging eine Tür auf, und gelbes Licht strömte heraus. Margiu blinzelte und gab sich Mühe, nicht in das heiß ersehnte Licht zu starren, sondern nach Gefahren Ausschau zu halten. Sie sah jedoch nichts weiter als die Soldaten, die sie begleiteten, und die dunkle Nacht hinter ihnen.

Im Gebäude redete Major Garson mit einem Lieutenant Commander; beide wirkten angespannt und schienen sich unwohl zu fühlen. Bewaffnete Posten standen vor jeder Tür. Margiu blickte an ihnen vorbei zu den Zivilisten in dem großen Raum – die übrigen Wissenschaftler, wie sie vermutete.

»Oh Gott, es *ist* Gussie«, sagte einer der Zivilisten zu einem anderen. »Komplett mit dieser scheußlichen gelben Jacke und einem süßen Rotschopf im Schlepptau …«

»Sie ist kein süßer Rotschopf im Schlepptau, sondern Ensign Pardalt.« Der Professor deutete mit dem Kopf auf sie. »Zeigt ihr Respekt; sie ist eine sehr intelligente junge Frau …«

»Was bedeutet, dass er Sie vollgeschwatzt und Sie keine Einwände erhoben hat«, behauptete der andere Mann und schenkte Margiu ein strahlendes Lächeln. »Ich bin, nebenbei, Helmut Swearingen.« Er drehte sich wieder zum Professor um.

»Als du heute Morgen nicht aufgetaucht bist, Gussie, und dann diese Leute die Raumstation übernahmen, fürchteten wir schon, du wärst in Gefangenschaft geraten …«

»Was habt ihr erreicht?«, unterbrach ihn der Professor.

Der andere verzog das Gesicht und deutete mit dem Kopf zu den Offizieren an der Tür. »Gar nichts. Sobald wir es hörten – und Ty saß am Funkgerät und versuchte herauszufinden, wo du stecktest, also bekamen wir es gleich mit –, habe ich unseren Stützpunktkommandeur aufgesucht und ihm gesagt, wir sollten die laufenden Projekte demontieren und die Unterlagen vernichten. Er wollte nichts davon wissen, bestand sogar darauf, wir müssten erst auf Befehle warten, wir unterlägen der Flottendisziplin. Er deutete sogar an, wir könnten selbst Meuterer sein. Er ließ uns in diesem Raum hier bewachen ...«

»Wie ist er?«, fragte ihn der Professor in gedämpfterem Ton.

»Jemand, der sich gern Sorgen macht. Sein einziger Vorteil ist: Er ist technisch geschult und versteht wenigstens teilweise, was wir hier tun. Er hat sogar einen akademischen Abschluss bei Bruno am Gradus-Institut erworben. Allerdings leidet er an einem ernsthaften Suchtproblem, was Vorschriften angeht, und er behauptet, den Vorschriften zufolge dürfte er keine eigenständigen Entscheidungen über das treffen, was wir hier haben.«

»Wir haben keine Zeit zu vergeuden. Wie heißt er?«

»Alcandor Vinet.«

Die beiden Offiziere musterten einander jetzt finster. Margiu blickte vom einen zum anderen.

»Entschuldigung«, mischte sich der Professor ein. »Commander Vinet? Ich bin Professor Aidersson; Sie hatten mich heute Morgen erwartet ...«

»Sie sind spät dran, Professor«, sagte Vinet. »Ich schätze jedoch, dass es unter den gegebenen Umständen verständlich ist.«

»Ja«, sagte der Professor. »Und jetzt, wo ich hier bin,

übernehme ich die Leitung der Forschungseinheit. Wir müssen allmählich die Dateien löschen, ehe sie den Meuterern …«

»Das können Sie nicht tun!«, wandte Vinet ein. »Das kommt überhaupt nicht in Frage. Ich habe keinerlei Befehle vom Oberkommando …«

»Unter den gegebenen Umständen …«, begann der Professor.

»Er hat die höchste Stufe an Zugang und Vollmachten«, erklärte Garson. »Und ich habe Befehle aus Dark Harbor, denen zufolge Sie umfassend zu kooperieren haben.«

»Dark Harbor gehört zu einem anderen Kommandobereich«, sagte Vinet. »Und Sie haben nicht den nötigen Rang, Major. Woher soll ich überhaupt wissen, dass Sie nicht allesamt Meuterer sind?«

»Wir alle?« Die Augenbrauen des Professors stiegen steil hoch. »Das ist eine interessante Hypothese, aber können Sie auch Daten vorweisen, die sie untermauern? Warum sollten Meuterer den Wunsch haben, anderen Meuterern den Zugang zu hochgradig wirkungsvollen Waffen zu verweigern? Ich neige eher dazu, jemanden zu verdächtigen, der versucht, die entsprechenden Waffen intakt zu halten, damit ein anderer sie erbeuten kann.«

Vinet wurde rot. »Beschuldigen Sie mich, ein Meuterer zu sein?«

»Keineswegs«, erwiderte der Professor. »Ich weise nur darauf hin, dass man im Zuge späterer Ermittlungen Ihre Motive missverstehen könnte, wenn Sie jetzt die ausgesprochen vernünftigen Vorschläge meiner Kollegen oder die Befehle, die ich Ihnen erteile, ablehnen.«

»Das ist ja lächerlich! Diese Einrichtung ist äußerst wertvoll; allein die Ausrüstung …«

»Ist wertlos für die Familias, falls sie in die falschen Hände fällt. Mehr als wertlos. Begreifen Sie das?«

»Nun ... natürlich, aber uns liegt kein Beweis vor, dass die Meuterer darauf erpicht sind. Womöglich wissen sie gar nichts davon.«

»Halten Sie sie für dumm? Das ist keine gute Haltung. Commander, ich fürchte, ich muss auf Ihrer Kooperation bestehen.«

Margiu bemerkte das Signal, das Garson seinen Soldaten gab; und Vinet sah es ebenfalls. Er sackte ein wenig zusammen.

»Sehr gut. Aber es geschieht gegen meinen Protest, und ich werde ihn zu Protokoll geben. Wären Sie hier nicht mit überlegener Macht hereingestürmt, würden Sie sich für solchen Unfug in der Zelle wiederfinden.«

»Danke«, sagte der Professor makellos höflich. »Ich schätze Ihre Haltung und Ihre Mitarbeit.«

Er führte Margiu zur Gruppe der Zivilisten zurück.

»Gussie, wir haben da eine Idee ...«, sagte einer von ihnen. »Vielleicht könnten wir die ...« Er senkte die Stimme, und Margiu hörte nur noch ein Murmeln. »... und dann die Meuterer angreifen.«

»Auf einem Planeten montieren?« Der Professor spitzte die Lippen. »Ein interessanter Vorschlag – es könnte tatsächlich funktionieren, falls wir genug Zeit haben. Ist hier das Material für eine adäquate Abschirmung vorrätig?«

»Ja, falls wir ein paar andere Dinge zerlegen. Oh, und Ty hatte auch schon daran gearbeitet, den Funkverkehr der Meuterer zu belauschen, ehe Vinet ihn aus der Funkstelle zerren und zu uns sperren ließ.«

Der Professor warf Margiu einen Blick zu. »Ensign, Sie werden hier vieles hören, was Sie nicht hören sollten, und ich empfehle Ihnen, es schnellstens wieder zu vergessen. Verfügen Sie über spezielle Kenntnisse auf technischem Gebiet?«

»Nein, abgesehen von den Dingen, mit denen ich aufgewachsen bin ... Wir mussten manches von Grund auf selbst anfertigen. Einfache Elektronik und Tischlerei.«

»Na ja, das erweist sich vielleicht als nützlich. Kommen Sie mit; wir gehen zu den Labors ...«

Zunächst hielten sie eine kurze Konferenz in einem Raum ab, der wie eine Imbissbude aussah und eine Reihe programmierbarer Lebensmittelprozessoren an einer Wand aufwies sowie ramponierte Stühle und Couchen an den anderen Wänden. Das halb fertige Kindermodell einer Raumstation beanspruchte den niedrigen Tisch. Margiu hätte nicht gedacht, dass Wissenschaftler mit solchen Dingen spielten, und jemand schaffte das Modell rasch in die Ecke gegenüber.

»Welche Funkverbindungen haben wir?«, erkundigte sich der Professor. »Ty?«

Ein dünner Mann mit schwarzem Haarschopf trat vor. »Die Meuterer haben die Satelliten in der Hand, aber wir könnten den Kontinent mit etwas erreichen, was ich zusammengebastelt habe. Ich möchte die technischen Details hinüberschicken, damit sie dort schnell ihre eigene Version bauen können. Die Verbindungen der Meuterer anzuzapfen, das wird schwieriger sein; sie verfügen da oben über Richtstrahlanlagen. Allerdings haben sie das eine oder andere per Breitband heruntergefunkt – ich vermute, zu Komplizen auf dem Planeten –, und da kann ich mich einschalten, falls ich Zugriff auf die Funkgeräte erhalte. Wenn du mir etwa eine Stunde Zeit gibst, kann ich selbst Richtfunk haben, wozu ich nur ein paar Module aus einem der Labors neu konfigurieren muss – aber wir haben niemanden, an den wir uns damit wenden könnten.«

»Wie sieht es mit Scannern aus? Können wir irgendwas außerhalb der Atmosphäre anmessen?«

»Na ja – nur das, was nicht unter dem jeweiligen Horizont liegt. Das Problem besteht dann darin, uns auf das Signal einzupeilen, ganz zu schweigen von dem, was unter den Horizont sinkt. Knurri hat ein Teleskop mit automatischem Ausgleich, das wir hätten benutzen können, aber er hat es mitgenommen, als er in Urlaub ging. Klar, wir können Instrumente nach oben richten, aber selbst wenn wir ein Schiff entdecken, können wir ihm auf seiner Flugbahn nicht präzise folgen.«

»Brauchst du noch jemanden, der dir hilft?«

»Nein, im Grunde nicht. Wir haben einen ganz ordentlichen Techniker hier, aber ich bin ein wenig besorgt, die Meuterer könnten einen oder mehrere Agenten auf dem Stützpunkt haben – und er wäre die logische Wahl.«

»Fein. Ensign, besorgen Sie Ty einen Geleitschutz aus unserer Truppe bis zum Funkgebäude, ja?«

Sie sollte eigentlich ihm den Rücken freihalten, aber um seinen Befehl auszuführen, musste sie ja nur bis zur Tür gehen. Lieutenant Lightfoot wartete draußen; er rief zwei neuroverstärkte Soldaten herbei, und sie gingen mit Ty.

»So – Cole, du sagtest, du hättest eine Idee?«

»Yeah, Jen und ich denken, es wäre vielleicht möglich, den Großen Kerl für den Boden-Raum-Einsatz herzurichten. Wir sind schon dabei, uns zu überlegen, wie wir das Ziel anmessen und verfolgen können …«

»Welches Ziel?«

»Na ja … wir sind ziemlich sicher, dass wir die Orbitalstation und alle dort angedockten Schiffe vernichten können. Echte Fernarbeit, zumal wenn man keine Satelliten hat, die die Ortung übernehmen …«

»Aber ich denke, es ist zu schaffen«, ergänzte eine Frau. »Falls wir die Station abschießen und dann die Satellitensteuerung wieder selbst übernehmen …«

»Wie viele Stunden?«, wollte der Professor wissen.

»Sechs oder sieben für den Aufbau der Kanone, und wir brauchen eine Menge Leute dafür.«

»Wir haben vielleicht keine sechs oder sieben Stunden Zeit«, gab der Professor zu bedenken. »Wir müssen herausfinden, ob sie landen werden und wann. Jen, wie steht es mit Scannereinsatz innerhalb der Atmosphäre? Können wir irgendwie an die Satellitendaten kommen?«

»Vorläufig nicht. Womit wir arbeiten können, das ist hauptsächlich Radar alten Stils für die Leitung des Luftverkehrs sowie ein kleiner örtlicher Wetterscanner. Die Reichweite ist jedoch so gering, dass wir anfliegende Landungsfahrzeuge nicht rechtzeitig orten könnten, um noch etwas Sinnvolles zu unternehmen. Bislang war mehr auch nicht nötig: als Fernscanner dienten uns die Satelliten. Wir brauchen sie wirklich, und dazu müssen wir die Steuerung durch die Meuterer knacken. Das wird nicht leicht werden, und es braucht Zeit.«

»Die wir womöglich nicht haben. Bob, wie steht es mit Projekt Zed?«

»Einsatzfähig. Und wir wollen wirklich nicht, dass ihnen das in die Hand fällt!«

»Es funktioniert wirklich?«

»Oh yeah! Falls wir hier auf einem Schiff wären, nicht auf einer Insel, könnte ich den Schalter drücken, und sie würden uns niemals finden. Eine starke Verbesserung, verglichen mit den früheren Modellen. Da wir uns aber leider auf einer Insel befinden, kann man uns leicht orten, egal in welche Wolke wir uns auch hüllen.«

Margiu wurde erschrocken klar, dass sie von einer neuen Tarnvorrichtung sprachen.

»Könnten wir damit einen Rückzug per Flugzeug tarnen? Falls wir uns die Daten schnappten und zum Festland flüchteten?«

»Ich denke schon.« Der Mann wirkte nachdenklich. »Wir haben es an Flugzeugen noch nicht getestet … welche Zuladung haben sie?«

»Ich frage mal«, sagte der Professor. Er warf Margiu einen Blick zu, die wieder zur Tür ging. Sie gab die Frage an Lightfoot weiter und kehrte zum Professor zurück. In dieser kurzen Zeitspanne hatte sich die Diskussion schon zu sehr in technische Details vertieft, als dass sie sie noch hätte verfolgen können, aber das Gespräch endete abrupt, als jemand an die Tür hämmerte.

»Komm rein!«, rief der Professor.

Ty trat ein. »Ich habe zwei Dinge gefunden – ein Datenlog, dem zufolge dieser Stützpunkt vor fünf Tagen Funkmeldungen von Three Stack erhalten hat. Von Bacarion. Ich denke, jemand steht hier auf der Gehaltsliste der Meuterer.«

»Höchstwahrscheinlich«, räumte der Professor ein. »Und das andere?«

»Ein Funkspruch aus dem Orbit hierher, gerade eben. Für Lieutenant Commander Vinet persönlich.«

»Vinet! Ich hätte nie vermutet, dass er darin verwickelt ist!«, sagte Swearingen. »Er ist ein solcher Umstandskrämer. Haben Sie geantwortet?«

»Nein, nur den Empfang bestätigt, und das mit demselben Unterschriftscode, der auch mit den Antworten auf die übrigen Funksprüche abgespeichert war. Aber ich habe mal einen Blick riskiert …«

»War er nicht verschlüsselt?«, fragte jemand.

»Schon, aber ganz simpel. Nicht schwer zu knacken. Die Sache ist die: Vinet ist nicht nur in die Sache verwickelt, sondern sie informieren ihn auch darüber, dass sie in etwa einem Tag herunterkommen und er sich keine Sorgen machen soll – sie hätten verhindert, dass irgendjemand von der Station aus einen Notruf absetzt. So ist also die Lage: Niemand da draußen weiß, was vorgeht.«

Margiu meldete sich zu Wort. »Wir müssen irgendwie einen Notruf absetzen!«

Der Professor sah sie an. »Sie haben völlig Recht, Ensign. Und wir müssen möglichst verhindern, dass die im Orbit von unserer Anwesenheit auf Stack Two erfahren, damit wir Zeit für unsere Projekte erhalten – um einen Hilferuf zu senden und das zu zerstören, was wir nicht schützen können.«

Margiu fiel auf, dass er nicht sagte: »Um sicher fliehen zu können.«

»Wir brauchen die Soldaten, die dich begleiten, Gussie, damit uns die bösen Buben nicht auf den Pelz rücken.«

»Richtig. Ty, ist deine Eskorte mit dir zurückgekommen?«

»Nein, ich habe sie zurückgelassen, damit sie die Anlagen schützt.«

»Ensign, wir brauchen Major Garson.« Margiu erklärte es Lightfoot, der davoneilte, und eine oder zwei Minuten später tauchte Garson auf.

Er hörte sich Tys Meldung mit finsterer Miene an. »Dann stelle ich Vinet unter Arrest. Ich frage mich, wie viele Komplizen er hier hat.«

»Und ich frage mich, wie viele seiner Komplizen Sie selbst mitgebracht haben«, ergänzte der Professor.

»Keinen, hoffe ich«, sagte Garson. »Können Sie und Ihre Kollegen sich um alles andere kümmern?«

»Ja, was den Aufbau eines Richtstrahlsenders von der nötigen Stärke angeht, um ein Raumschiff im Sonnensystem zu erreichen. Ja, was die Montage eines Scanners angeht, um solch ein Schiff zu finden. Ja, was die Vernichtung der heikleren Forschungsdaten angeht. Aber das nimmt alles Zeit in Anspruch, Major! Wir sind nur vierzehn, und einige anfallende Aufgaben sind spezialisiert genug, dass nur jeweils eine Person sie erfüllen kann. Also fangen wir lieber gleich an.« Er nickte Garson zu, und der Major zog sich zurück. Der Professor wandte sich seiner Gruppe zu. »Eine Sache macht mir Kummer.«

»Nur eine?«, fragte Swearingen lächelnd.

»Solange die anderen nicht wissen, dass wir hier sind, haben sie es auch nicht übertrieben eilig, hier zu landen … aber sobald sich die Wolken verziehen, werden sie zwangsläufig den Blick auf uns richten. Und sie sehen dann unsere Flugzeuge wie ein Schild in Großbuchstaben: HIER PROBLEME!«

»Wir könnten die Maschinen zurückschicken«, schlug Swearingen vor. »Nur säßen wir dann an Ort und Stelle fest. Außerdem würde sich die Restwärme der Starts und Landungen auf einem präzisen Infrarotbild zeigen.«

»Falls du nur die Maschinen vor der Entdeckung schützen möchtest«, sagte Bob, »können wir das mit Zed erreichen, vorausgesetzt, wir stellen ihn auf die entsprechenden Parameter ein. Es wäre ein guter Test …«

»Und falls es schief geht, wissen sie nicht nur von unserer Anwesenheit, sondern auch von Zed.«

»Ihn können wir viel schneller zerlegen und vernichten als den Großen Kerl«, wandte Bob ein.

»Wie lange bleibt es noch dunkel? Und hat irgendjemand einen Schimmer vom Wetter?« Der Professor blickte sich in der Gruppe um.

»Die Sonne geht morgen um 8 Uhr 13 auf; falls der Himmel klar ist, wird es natürlich schon vorher hell.«

»Und wir haben keine Wettersats … allerdings können wir jederzeit vor die Tür gehen und nachsehen.«

Als sie die Tür öffneten, erwartete sie eine Korporalschaft, um sie zu begleiten. Der Professor wies Ty an, wieder das Funkgebäude aufzusuchen; die Hälfte der Soldaten führte ihn dorthin. Mit den Übrigen ging der Professor nach draußen, um einen Blick auf das Wetter zu werfen. Ein kalter, nasser Wind peitschte über den Boden. Margiu blieb dicht am Professor und warf nur einmal einen Blick zum Himmel, der ihr zeigte, dass keine Sterne zu sehen waren.

»Einfach nicht zu erkennen«, meinte der Professor. »Bob, mach dich daran, die Flugzeuge mit Zed zu tarnen. Dann fangen wir an, die übrigen Sachen zu zerlegen …«

»Professor …« Das war Major Garson. »Wir finden Vinet und etliche andere nicht. Ich möchte, dass Sie alle wieder hineingehen, bis wir sie gefunden haben.«

»Das könnte Tage dauern«, wandte Swearingen ein. »Einige Labors liegen unter der Erde und sind durch Tunnel verbunden.«

»Ty hält sich im Funkgebäude auf«, stellte der Professor fest, »aber er hat Wachen dabei.«

Licht flammte auf, wenige Augenblicke später von einem Donnerschlag gefolgt. Am anderen Ende der Landebahn brannte ein Flugzeug so heftig, dass die Flammen die Wolken erhellten.

»Fantastisch«, meinte Garson. »*Das* ist sogar durch die Wolken zu sehen. Gehen Sie jetzt hinein, in Deckung!«

»Wo steckt Lieutenant Lightfoot?«, wollte Margiu wissen.

»Ich habe keine Ahnung – er reagiert nicht auf Anfragen über Funk.« Ein weiterer, noch hellerer Lichtblitz erhellte eine Gesichtshälfte des Majors, und eine erneute Explosion wälzte sich durch die Nacht. Das zweite Flugzeug. »Ensign, schalten Sie Ihre PPU-Maske auf Verstärkung und führen Sie diese Zivilisten in Deckung. Die gelbe Jacke gibt ein prima Ziel ab.«

Margiu fummelte an der Steuerung ihrer Maske herum und stellte die PPU versehentlich auf Reflexion. Die Außenseite wurde silbrig und kehrte zu dunkelblau zurück, als Margiu die Funktion wieder abstellte. Dann fand sie die richtigen Tasten, und statt dunkler Wolken und ferner Brände hatte sie jetzt eine Szenerie vor Augen, die von einem Maler mit einer Leidenschaft für gelbe und rote Tönungen hätte stammen können. Sie sah kleine orangefarbene Gestalten herumlaufen, einige davon mit grünen Dreiecken als Köpfen; die tosenden Flammen wirkten schwarz. Als die Augen sich darauf eingestellt hatten, stellte sie fest, dass auch der Professor und die neuroverstärkten Soldaten ringsum grüne Dreiecke hatten.

Dann stach eine türkise Linie durchs Blickfeld und kroch über den Ärmel des Professors auf seinen Kopf zu. Margiu warf sich auf ihn und stellte ihm ein Bein, und gemeinsam stürzten sie, als ein Geschoss vorbeijaulte und in die Panzerung eines Neurosoldaten auf der anderen Seite knallte. Er stolperte, und dann warfen sich alle Soldaten wie ein Mann zu Boden.

»Ziel erfasst«, sagte der neben Margiu. »Als feindlich erkannt …« Margiu drehte den Kopf und sah die orangefarbene Gestalt mit einem roten Quadrat auf den

Schultern. Ein anderer Soldat feuerte, und die ferne Gestalt stürzte. Margiu hob den Kopf, und der Soldat drückte ihn wieder herunter. »Noch nicht, Ensign. Ist vielleicht nicht tot und es sind vielleicht noch andere da.«

»Verluste?«, erkundigte sich Garson über Funk.

»Nein, Sir. Nur Handfeuerwaffen; konnten die Panzerung nicht durchschlagen. Zivilisten allesamt unversehrt.«

»Welche Posten haben wir oben stehen?«

»Turak und Benits – berichten Sie!«

»Keine Aktivität auf dem Dach – nichts, Sir.«

»Schaffen wir die Leute lieber hinein.«

Die Neurosoldaten bildeten eine schützende Doppelreihe, und die Zivilisten krochen vorsichtig zwischen ihnen ins Haus zurück; keine weiteren Schüsse fielen. Margiu warf einen letzten Blick durch den Bildverstärker ihrer Maske, und die orangene Gestalt lag immer noch dort, wo sie gestürzt war. Dann tauchte ein ganzes Netz türkisfarbener Linien auf, die sich aus mehreren Richtungen an der Antennenabschirmung des Funkgebäudes kreuzten. Sie lehnte sich hinaus, um es genauer sehen zu können, und ein Soldat riss sie zurück.

»Möchten Sie sich eigentlich um Kopf und Kragen bringen?«, fragte eine Frauenstimme.

»Nein, nur …«

»Rein mit Ihnen, und kümmern Sie sich um Ihren Professor!«

Margiu folgte den anderen in das fensterlose Pausenzimmer; der Professor betrachtete sie mit einer Miene, bei der sie sich unwohl fühlte.

»Was tun die da draußen?«, erkundigte sich Swearingen.

»Ich denke, Sie versuchen, die Antennenphalanx zu zerstören«, antwortete Margiu. »Sie steckt unter dieser Kuppel auf dem Funkgebäude, nicht wahr?«

»Ja, und falls es ihnen gelingt, können wir keinen Richtfunksender mehr einsetzen, selbst wenn wir einen bauen.«

»Warum einen Richtfunksender?«, fragte Margiu.

»Hat eine größere Reichweite und transportiert mehr Daten. Vielleicht erreichen wir damit sogar das System-Ansible, falls wir uns darauf einpeilen können. Das wäre eine Möglichkeit, eine Nachricht nach draußen abzusetzen.«

»Aber – würde eine reguläre Funkmeldung nicht weiter gestreut und Ihnen damit eine größere Chance geben, anfahrende Schiffe zu warnen, die nicht an der Meuterei beteiligt sind?«

Der Professor wirkte nachdenklich. »Sie meinen – so etwas wie altmodischer Rundfunk?«

»Ja. Falls Sie genug Energie aufbieten können …«

»Und die Antenne ist viel leichter herzustellen. Vielleicht haben Sie damit mehr als nur mein Leben gerettet, Ensign.«

Die *RSS Vigor* durchquerte den Sprungpunkt, wie es im Schulbuch stand. Nur weil man an Bord wusste, dass man ein sicheres Sonnensystem anlief, und nur weil unmöglich etwas im Argen liegen konnte, war das noch lange kein Grund, sorglos zu sein. Kommandant Satir hätte keinerlei Klage darüber Gehör geschenkt, und niemand beklagte sich; Satir war ein guter Kommandant, und seine penible Treue zu allen kleinen Details der Vorschriften hatte früher schon Menschenleben gerettet.

Jetzt bremste die *Vigor* ab, um die Systemverteidigung mit den Sensoren abzutasten und den Funkverkehr im System zu prüfen, ehe sie weiter eindrang, obwohl man hier von ihrem Transpondersignal bereits automatisch informiert wurde, wer da eingetroffen war. Während die Geschwindigkeit sank, riss der Funkoffizier eine Meldung nach der anderen aus dem Drucker, wobei er jeweils kaum einen Blick darauf warf ... Kommandant Satir verlangte Hardcopys, selbst wenn das bedeutete, dass man viel Papier wieder aufzubereiten hatte. Er reichte die Bögen dem Kurier des Kommandanten für die Übergabe an Satir. Dieser war bereits argwöhnisch und betrachtete forschend die Sensorendaten des Systems.

»Ich war schon achtmal auf Copper Mountain, und die Außenschleifen waren noch nie durchgängig *rot*«, erklärte der Scanner-Offizier gerade.

»Ich war schon zehnmal hier und habe noch nie so viele große Schiffe im System gesehen. Da frage ich mich doch: Was geht hier vor?«

»Wir sind noch zehn Lichtminuten weit draußen – zwanzig bis zu einer Antwort auf unsere Fragen.«

»Ich denke nicht, dass ich Kontakt zur Station aufnehmen möchte. Bringen Sie uns auf Gefechtsbereitschaft, Tony, aber fahren Sie die Stromzufuhr der Geschütze noch nicht hoch.« Die Alarmsirenen heulten überall an Bord; bunte Lichter tanzten über die verschiedenen Steuertafeln und gaben Bereitschaftsmeldungen der technischen Anlagen ab. Satir sah sich die Papierbögen auf seinem Schoß an. Probleme. Große Probleme.

»Sir, wir erhalten hier ein komisches Signal ... Sie müssen sich das sofort ansehen!«

»Wie komisch?«

»Zunächst kommt es nicht auf den üblichen Frequenzen. Es stammt vom Planeten und ist nicht kohärent – sieht so aus, als wäre ihnen ganz egal, wer es empfängt. Allerdings droht das Rauschen im System es zu zerstreuen.«

»Und was besagt es?«

»Es ist in Klartext abgefasst und sagt, auf Copper Mountain herrschte eine Meuterei; die Meuterer hätten die Orbitalstation besetzt und die Systemverteidigung in der Hand. Der Absender bittet irgendjemanden, die Nachricht nach draußen zu bringen.«

Kommandant Satir sah seine Brückenoffiziere an. Falls ihm hier jemand einen Streich spielte und er ihn ernst nahm, bedeutete es das Ende seiner Karriere. Falls es ernst war, hatte er nur eine einzige Chance, hier herauszukommen.

Noch während er zögerte, leuchtete eine ganze Lampenbatterie auf den Scannerpulten auf.

»Sie zielen auf *uns!«*, meldete der Scanner-Offizier. »Die Zielerfassung läuft …«

»Volle Kraft voraus! Wir nehmen die nächste Sprungmöglichkeit nach draußen«, sagte Satir. »Sehen wir zu, dass wir wegkommen, solange wir noch können.« Die *Vigor* hatte die korrekte Geschwindigkeit und Richtung; keines der Schiffe im System konnte sie in gerader Linie abfangen; und Satir war notfalls bereit, blind zu springen, nur um mehr Abstand zum Feind zu erhalten. Die Systemverteidigung war auf bestimmte Anflugschneisen vorprogrammiert, denen er leicht ausweichen konnte. »Fertigen Sie zusätzliche Kopien aller Scannerdaten an und versuchen Sie, sie ans System-Ansible zu übertragen, wenn wir daran vorbeikommen … Sie haben es womöglich umprogrammiert, aber ein Versuch kann nicht schaden.«

Vier Tage später kam die *Vigor* in Reichweite eines Ansibles in einem anderen Sonnensystem und sendete einen Satz Funksignale mit Notfallpriorität, gefolgt von der kompletten Ladung Scannerdaten, die sie gesammelt hatte.

Kapitel neunzehn

Sirialis

Der lange Raum mit der hohen Decke hätte zwanzig Fechterpaare aufnehmen können. Über den Spiegeln waren die Wände blassgrün, und das vergoldete Deckenfries mit den perlschnurartigen Einfassungen fand sein Echo in dem Fries, das die Spiegel umgab. Die Ostwand enthielt eine Reihe von Verandatüren, durch die das natürliche Tageslicht hereinfiel und man Aussicht auf einen Rosengarten hatte. Heute Morgen lagen Balken gelben Sonnenscheins auf dem polierten Holzboden. Nur wenige Rosenblüten hatten sich geöffnet; die frühen weißen Blüten wirkten wie ein Regen von Sternen, und ihr Duft wurde selbst beim leisesten Lufthauch merkbar. In der Mitte des polierten Parkettbodens verlief die tiefgrüne Fechtbahn.

Miranda beendete ihre Dehnübungen und nahm das Übungsflorett zur Hand. In den Spiegeln sah sie, dass der noch mit seinen Dehnübungen beschäftigte Pedar sie betrachtete. Sie absolvierte ihre Paraden glatt, aber ohne Eile, und ertastete sich dabei den Rhythmus, der ihr am dienlichsten sein würde. Jetzt beendete auch Pedar die Dehnübungen, traf jedoch keinerlei Anstalten, nach der Klinge zu greifen. Vielmehr stand er da und betrachtete Miranda weiterhin. Sie erwiderte seinen Blick im Spiegel und drehte sich dann um.

»Was ist? Mache ich irgendwas falsch?«

»Nein, meine Liebe. Ich dachte mir nur, wie liebreizend du bist – und wie unpassend es immer ist, eine schöne Frau mit einer tödlichen Waffe in der Hand zu sehen.«

»Das hier?« Miranda lachte, fasste an den Knopf der Waffe und bog die Klinge mit nur geringem Druck. »Selbst wenn sie nicht so federte, könnte sie wohl kaum jemanden umbringen.«

»Entscheidend ist das Prinzipielle«, fand Pedar. »Und ich habe dich auch schon mit stärkeren Klingen gesehen.«

Miranda verzog das Gesicht. »Damals war ich noch jünger.«

»Du warst Damenmeisterin mit dem Degen … ich habe nie die Anmut vergessen, die du an diesem Tag zeigtest.«

»Ich hatte Glück. Berenice ist die Luft ausgegangen – ich hatte die ganze Zeit den Verdacht, dass sie erkältet war. Meist hat sie mich geschlagen.«

»Trotzdem – hättest du in alter Zeit waschechten Stahl in der Hand gehalten, bezweifle ich nicht, dass du ein gefährlicher Gegner gewesen wärst.«

»Ich verstehe das als Kompliment«, sagte Miranda. »Sollen wir?«

Er traf immer noch keine Anstalten. »Ich wollte dich um einen Gefallen bitten.«

»Einen Gefallen? Was denn?«

»Wie ich sehe, bewahrst du Häschens alte Sammlung hier auf – in der Halle. Ich weiß, dass er niemandem jemals erlaubt hat, sie wirklich zu benutzen, aber – denkst du, wir könnten es heute mal tun?«

Angebissen, und das schneller, als sie erwartet hatte. Sie runzelte leicht die Stirn. »Die alten Waffen? Aber

Pedar – sie sind wirklich *alt!* Ich weiß bei einigen nicht mal, wie alt genau!«

»Falls ich sie nur mal halten könnte – des Gefühls halber.«

»Ich weiß nicht mal, ob es mir zusteht, sie auszuleihen«, wandte Miranda ein. »Ich meine, sie sind nur hier, weil Häschen sie mitgebracht hat, und es sind nun mal Erbstücke seiner Familie. Du bist doch derjenige, der sagte, ich sollte zu Harlis fair sein…«

»Harlis braucht es nie zu erfahren«, gab Pedar zu bedenken. »Es ist nur so … Der älteste Stahl, den ich jemals in der Hand hielt, war diese Antiquität von Georgy – du weißt schon.«

»Oh, dieses alte Ding!« Miranda gestattete sich ein Naserümpfen. »Es ist keinen Tag älter als zweihundert Jahre, egal was er behauptet. Diese hier sind viel älter…«

»Ich weiß; deshalb habe ich ja gefragt. Bitte, ja?« Er legte den Kopf zur Seite und die Hände zusammen, wie ein höfliches Kind.

»Ich schätze, es kann nicht schaden«, gab Miranda nach. »Solange wir vorsichtig sind…« Sie spürte, wie ihr Herz schneller wurde, aber das blieb von der weißen Jacke verdeckt, als sie Pedar zur Halle zurückführte.

Sie öffnete die Vitrine und trat zurück. Pedar streckte die Hand an ihr vorbei aus und nahm, wie sie erwartet hatte, den großen Säbel mit dem schweren, verzierten Griff heraus. Er fuhr mit dem Daumen an der Klinge entlang und nickte. »Dennoch…«

»Häschen sagte, diese Waffen wären immer noch gebrauchsfähig«, sagte Miranda. »Er wollte aber nicht das Risiko eingehen, dass eine davon zerbricht. Sie sind unersetzlich.«

»Richtig ...« Pedar hauchte die Klinge an und polierte sie mit dem Ärmel. »Sie ist von Derrigay! Sieh dir nur mal dieses Muster an! Und der Ring ...« Er klopfte mit dem Fingernagel darauf, und die Klinge reagierte mit einem leisen Klang. Miranda schauderte unwillkürlich. Pedar legte die Waffe zurück und holte eine andere heraus. »Hast du keine Ahnung, wie alt sie sind?«

»Häschen sagte immer, diese hier – der Degen – wäre die älteste, und das Rapier käme an zweiter Stelle. Er sagte, es wäre möglich, dass diese beiden von der Alten Erde stammen und aus einer Zeit, in der man sie womöglich sogar noch benutzt hat.« Um absichtlich zu töten. So, wie sie auch heute noch ein Schwert gebrauchen würde.

»Erstaunlich.« Pedar legte das Rapier zurück und holte die breite, gebogene Klinge hervor, für die Miranda keine Bezeichnung wusste. »Und die hier?«

»Ich weiß nicht. Sieht für mich mehr nach einem Hackbeil aus – für sehr große Kartoffeln.«

Er lachte sich eins. »Kein Schwert für kunstvolle Manöver, wirklich nicht. Vielleicht die Waffe eines Henkers aus einer sehr blutigen Epoche.« Er griff erneut in die Vitrine, diesmal nach einem Florett. »So – das ist jetzt die Gewichtsklasse, die du vorziehst?« Er strich mit der Hand über die Klinge und bog sie. »Nicht so elastisch wie die, die du eben benutzt hast, aber ... leicht genug, wette ich.«

»Oh, wahrscheinlich. Ich übe immer noch ab und zu mit schwereren Waffen.« Sie musste fair sein. Sie musste peinlich genau auf Fairness achten und warten, bis ihn die eigene Torheit in Gefahr brachte.

»Fechten wir doch mal mit diesen hier, nicht mit den modernen Waffen.«

»Ich halte das nicht für eine gute Idee … Ich weiß nicht, was sie davon hielten …«

»Sie? Wer denn? Wer könnte sich denkbarerweise mit dir anlegen, nachdem die Erbschaft in deinem Sinn entschieden wurde? Was könnte es schon schaden?«

»Ich weiß nicht«, sagte Miranda. »Was, wenn eine Klinge zerbricht? Was, wenn Harlis in die nächste Instanz geht und herausfindet, dass ich ein wertvolles Stück beschädigt habe?«

»Er braucht es nicht zu erfahren. Er ist kein Fechter; wahrscheinlich hat er dieser Sammlung noch nie Aufmerksamkeit geschenkt. Außerdem … sage ich dann aus, dass es meine Idee war.« Pedar deutete mit dem Kopf auf die antiken Helme. »Sieh mal – machen wir es am besten gleich richtig und benutzen die ganzen alten Sachen, auch die Masken. Es wäre wie auf einem Maskenball.« Er liebte Maskenkostüme von jeher und hatte sie auch schon auf Bällen getragen, wo die übrigen Männer in konventioneller Kleidung erschienen.

»Aber …«

»Nur dieses eine Mal. Niemand sieht es. Bitte, ja?« Wieder dieser schiefe Kopf, das flehende Gesicht, dann ein lausbübisches Grinsen. »Ich wette, du wolltest es auch schon immer, nicht wahr?«

Miranda lächelte. »Eigentlich … habe ich das da auch mal heimlich hervorgeholt.« Sie deutete mit dem Kopf auf das Schwert in seiner Hand. »Es hat etwas an sich – zu wissen, dass es alt ist, dass es von Menschen benutzt wurde, die seit langem tot sind …«

»Jaaa!« Er zog die Silbe in die Länge und nickte. »Das dachte ich mir. Wie du ja auch Freude an altem Porzellan oder Schmuck hast. Wer solche Dinge zu schätzen weiß, dem soll man ihren Gebrauch nicht verbieten. Also lässt du mir diesmal meinen Willen, Miranda?«

Sie sah sich um, als machte sie der Gedanke an Zuschauer nervös. »Ich schätze … und sollten wir eins zerbrechen und Harlis davon erfahren … wie du schon sagtest: Er ist kein Fechter. Er kann mich wohl kaum aufspießen.«

»Dann, meine Dame – wählen Sie Ihre Waffe!« Pedar legte das Schwert in die Vitrine zurück und lud sie mit übertriebener Geste ein vorzutreten.

Miranda streckte die Hand aus, nahm sie zurück, als wäre sie unsicher, und ergriff schließlich die Klinge, die er gerade zurückgelegt hatte, das Längste unter den Floretts, mit einem beschwerten Griff, der für Balance sorgte. Pedar nahm das Gegenstück zur Hand.

»Machen wir diesen Unfug gleich richtig«, schlug Pedar vor. »Wie ich schon sagte – zu solchen Schwertern sollte man auch die passenden Helme tragen. Ich war schon immer scharf auf so was und habe meinen Waffenschmied auch angewiesen, eine Nachbildung anzufertigen, aber es ist nicht dasselbe.« Er probierte erst einen Helm und dann noch einen, bis er einen gefunden hatte, der ihm passte … die übrigen wiesen, wie Miranda sehr gut wusste, unpraktische und unbequeme Klumpen im Futter auf.

Miranda zog die Brauen hoch. »Das ist auf keinen Fall ungefährlich, Pedar – Schwerter sind haltbar, aber alte Metallmasken …«

»Pah! Sie wird dem Hieb einer stumpfen Waffe standhalten, und falls ich nicht wenigstens mein Gesicht schützen kann, mache ich als Kämpfer nicht viel her. Komm, meine Liebe – falls du nervös bist, musst du deine übliche Maske tragen, aber gestatte mir die Illusion. Meine Augen wirst du nur mit deiner Schönheit treffen.«

Mehr war nicht nötig, um Miranda den letzten Rest Mitgefühl zu rauben. Sie hätte ihn an Ort und Stelle niederschießen können, aber sie hatte nicht vor, für den Mord an einem Mörder vor Gericht zu landen.

Als sie zurück im Fechtsaal waren und die Knöpfe auf die Klingenspitzen gesteckt hatten, stellte sich Pedar in einen der Balken aus Sonnenlicht, eine leuchtend weiße Gestalt mit glänzendem, gold-bronzenem Kopf; der alte Helm schimmerte im Licht. Miranda konnte Pedars Gesicht durch das Metallsieb hindurch nicht erkennen. Aus der eigenen Maske heraus war die Welt auf einen Streifen und den Gegner ihr gegenüber reduziert. Ob er ihr Gesicht sah? Sie gestattete sich ein Lächeln, befreit von der Anspannung der Wachsamkeit.

Sie hob die Klinge zum Gruß, wie Pedar es tat. Dann rückte er vor.

Sie begannen mit der förmlichen Einleitung, den »Fingerspitzen«, für die sich der Fechtmeister Eduardo Callin vor zweihundert Jahren eingesetzt hatte. Sie ermöglichten es einem Fechter, der einer Begegnung tiefere Bedeutung beizumessen wünschte, diese durch die Qualität des Treffers auszudrücken, und der erste Kontakt, Hauch und Gegenhauch, begründete diese Möglichkeit. Mirandas Klinge berührte den Gegner forsch, das Signal, dass keine besondere Absicht vorlag, aber Pedars Manöver riss ihres mit oder versuchte dies zumindest – ein Signal, dass die Begegnung für ihn die Metapher für einen Antrag war.

Miranda spürte, wie sich unter der Maske ihre Lippen kräuselten, und kämpfte die Aufwallung des Zorns nieder. Im ritualisierten Vorgeplänkel musste sie ihrer List treu bleiben. Bei der vierten Berührung schwankte ihre Schwertspitze ein wenig – Signal, dass das Angebot verstanden und bislang nicht abgewiesen wurde. Dass es womöglich bedacht werden würde. Seine fünfte Berührung, die letzte mit der rechten Hand, bemühte sich um die Entwicklung einer Spirale rings um Mirandas Schwert, aber sie ließ es nicht zu, schlug seine Waffe aber auch nicht weg. Das drückte Schüchternheit aus, nicht Zurückweisung.

Sie wechselten die Hände für die nächsten fünf Fingerspitzen. Seine Spitze kreiste weiterhin, eine stärkere Bitte darum, erhört zu werden; Miranda ließ ihre Schwertspitze bei der neunten und vorletzten Berührung sinken. Unsicherheit – das Letzte, was sie jetzt fühlte, aber ein Gefühl, von dem sie hoffte, dass er es einen letzten Augenblick lang erleben würde. Dann die zehnte Berührung – ein klares Antippen beider, um das Ende dieses Abschnitts zu markieren. Miranda trat zurück, wie Pedar es auch tat, und wechselte die Waffe erneut in die rechte Hand. Wieder eine Verbeugung und ein Gruß mit der Waffe, und die nächste Phase hatte begonnen.

Miranda präsentierte eine ganz gewöhnliche Eröffnung der Quarte, und Pedar akzeptierte. In einem freundschaftlichen Gefecht wie diesem bestand keine Eile, und so kreuzten sie die Klingen etwa fünfzehnmal in lockeren Parade/Riposte-Kombinationen.

»Du bist so graziös«, fand Pedar, und die Stimme klang leicht gedämpft unter der Maske hervor.

»Du bist so schnell«, sagte Miranda tief aus der Kehle hervor, damit es ein bisschen atemlos klang.

»Für dich werde ich mit Freuden langsamer«, versetzte er. Sein nächster Streich erfolgte etwas langsamer, und sie fing ihn einen Augenblick zu spät ab. Falls sie ihn dazu verlocken konnte, das Tempo zurückzunehmen – falls sie einen Rhythmus durchsetzen konnte, der ihn einlullte, ihn aus dem Takt brachte …

»Früher war ich schneller«, erklärte sie. »Ich weiß es noch genau …«

»Es liegt an dieser Klinge, meine Liebe. Sie ist zu schwer für dich.«

»Ich brauche sie …« Sie blockierte einen Angriff und erwiderte ihn absichtlich langsam, sodass er gelassen parieren konnte. »Gegen dich brauche ich die zusätzliche Länge, die steife Klinge …«

»Bah! Ich habe nicht vor, dir heftiger zuzusetzen, als du verkraften kannst. Das solltest du eigentlich wissen, Miranda! Wann war ich schon je zudringlich?«

»Warst du nicht. Es ist nur …«

Er wich zurück und hielt das Schwert an den Boden. »Komm, tauschen wir die Waffen. Deine wurde für einen Mann angefertigt; das merkt man am Gewicht des Griffs.«

»Außerdem möchtest du sie ausprobieren«, sagte sie mit leisem Lachen.

»Stimmt. Verwöhnst du mich, meine Liebe?«

»Sehr gut. Aber ich werde mehr Konditionstraining betreiben, das schwöre ich! Ich wusste noch gar nicht, dass ich so außer Form bin. Die ganzen Tage mit dem Begräbnis und den Arrangements …«

»Natürlich.« Er reichte ihr sein Florett mit dem Griff voran über den Arm, verbunden mit einer Verbeugung. Hätte seine Höflichkeit doch nur irgendeinen Wert gehabt! Sie reichte ihm ihre Waffe mit gleicher Eleganz, und sie wechselten die Plätze auf der Fechtbahn, wie man es immer tat, wenn man die Waffen getauscht hatte.

Miranda war überzeugt, dass sie genau wusste, welche der antiken Waffen tatsächlich Blut vergossen hatte. Sie wusste, dass sich bei einer Analyse nichts gezeigt hätte, dass ihre Überzeugung irrational und unhaltbar war, aber … das Florett übertrug einen Durst nach Blut auf sie, der ihrem eigenen entsprach. Das tat es seit dem Augenblick, als sie die alten Waffen zum ersten Mal in die Hand genommen hatte.

Sie waren gerade in Stellung gegangen, um neu zu beginnen, als ihr Funkgerät klingelte. »Mylady – Lady Cecelia de Marktos hat angerufen; ihr Schiff hat angedockt, und sie nimmt eines der Privatshuttles.«

Cecelia kam? Heller Zorn überwältigte Miranda. Sie war so dicht dran! Vielleicht erhielt sie nie eine zweite Chance! Wieso konnte sich Cecelia nicht um ihre eigenen Angelegenheiten kümmern? Und woher kam sie jetzt überhaupt? Wie viele Minuten blieben Miranda noch, um Pedar zu erledigen?

Mühsam gewann sie die Konzentration zurück. Sie würde sich etwas überlegen … sofern es nur vorüber war, ehe Cecelia hereinspazierte …

Zu Anfang fiel es ihr schwer, die Schnelligkeit zu verbergen, die ihr das Florett verlieh. Zustoßen, parieren, parieren, zustoßen, zustoßen. Ihr Herz hämmerte, mehr vor Aufregung als vor Anstrengung; sie wagte nicht, den eigenen Puls als Zeitvorgabe zu nutzen. Sie wagte aber auch nicht, länger zu warten.

Sie wich erst einen Schritt weit zurück, dann noch einen; dann befreite sie sich rasch aus dem unmittelbaren Schlagabtausch, machte einen Satz nach vorn und berührte Pedar. Beim Kontakt drehte sie das Handgelenk und drückte zu, erhielt dabei Pedars Florettspitze an die linke Schulter. Durch die Hand spürte sie, wie die eigene Klingenspitze leicht nachgab.

»Wir sind beide tot«, sagte sie lächelnd. Die Maske gegenüber gab keinen Hinweis auf Pedars Miene; er trat zurück, als sie es auch tat, gefolgt von Gruß und erneutem Schlagabtausch.

War die Spitze abgebrochen? Das Florett fühlte sich unverändert an; sie parierte Pedars nächsten Angriff und auch den darauf folgenden, und dann hörte sie es: die Spitze gab nach, als sich die Klinge elastisch zu einer Parabel wölbte; sie zwang sich, den Blick von Pedar zu wenden und den Bruch zu inspizieren. Pedar erstarrte einen Augenblick lang und wich dann zurück.

»Ich fürchte, ein Florett ist abgebrochen …«, sagte er. Sie sah, wie sich sein Helm neigte, als er hinabblickte und die eigene Waffe in Augenschein nahm, und dann wieder aufrichtete.

Sie wartete, bis sie wusste, dass er Zeit gehabt hatte, ihre Klinge zu sehen, die scharfe Spitze, die von dem Spiralbruch erzeugt worden war.

»Miranda?« Zum ersten Mal klang er unsicher.

Er war gut: beinahe parierte er den blitzschnellen Stoß, den sie zu seiner Maske ausführte – aber er hatte den Arm gesenkt, war aus dem Rhythmus und reagierte den entscheidenden Sekundenbruchteil zu spät. Die Spitze des Floretts – jetzt steifer und scharf – durchstieß den Zielpunkt, einen speziellen Schwachpunkt der Metallmaske. Das geschwächte Material gab nach, und sie drückte fester zu; die abgebrochene Spitze fuhr knirschend in die Augenhöhle, die sie nicht sehen konnte, und in das Gehirn dahinter, begleitet von einer Drehung, die sicherstellte, dass mehr als nur eine Verletzungsbahn erzeugt wurde. An Pedars Hinterkopf brach Mirandas Florett erneut, und sie zog es rasch zurück, als er stürzte.

»Ohhh …« Sie sank ebenfalls nieder und blieb dabei wachsam, bis sich seine Hand öffnete und die Waffe zu Boden fiel. Dann ließ sie das eigene Florett fallen und packte ihn an den Schultern. »Neiiin …! Pedar! NEIN!«

Cecelia hörte den Schrei, als sie durch die Tür kam, und erblickte Miranda, erkennbar an ihrer Figur und dem goldenen Haar, das unter dem Helm hervorquoll; sie wandte ihr den Rücken zu und hielt die Schultern ihres Gegenübers umklammert, der in sich zusammensank. Cecelia trat rasch vor; war es Pedar oder sonst jemand?

Miranda zerrte an der Maske der anderen Person, versuchte sie abzunehmen.

»Miranda – lass mich helfen. Ruf den Notarzt …«

»Sie löst sich nicht – sie löst sich nicht!« Miranda schien in Panik, während sie mit den vom Handschuh behinderten Fingern an einer Art Riegel zerrte. Jetzt sah Cecelia das Blut hervorlaufen, wo die Maske durchstoßen war, und das Blut am abgebrochenen Stück der Klinge. »Ich habe es ihm gesagt! Ich habe ihm gesagt, dass es gefährlich ist! Häschen hat immer darauf bestanden, dass niemand die alten Schwerter benutzt oder den alten Rüstungen vertraut, aber er wollte es ja so sehr… er wollte nicht nachgeben …!«

Cecelia stellte fest, dass ihr Verstand wieder arbeitete – denn sie erkannte all das als Bestandteile eines Alibis. Sie machte sich an der anderen Seite des Helms zu schaffen, den das Opfer trug, und fragte sich, warum man in alter Zeit alles so kompliziert gestaltet hatte. Sicherlich hatte man dieses Ding doch nicht vor Erfindung des Druckverschlusses hergestellt!

»Was ist passiert?«

»Die Klinge ist abgebrochen – ich habe damit zugestoßen – und sie ist einfach abgesplittert!«

Cecelia blickte Miranda an, sah aber nur den Schatten ihres Gesichts hinter der Maske.

»Ich dachte, du hättest gesagt, Fechten wäre ungefährlich.« Auch Pedar hatte sich bei den Trials entsprechend geäußert. *Solange es nur Stahl ist,* sagte er.

»Das ist es auch. Nur – er wollte die alten Schwerter benutzen, von denen Häschen immer die Finger gelassen hat. Er wusste, dass Harlis es nie erlaubt hätte, aber … dann sagte er: Warum nicht auch die alten Helme. Er war wieder in so einer Stimmung – du kennst ja Pedar. Er hat mir einen spitzenbesetzten Schal mitgebracht. Als wir dann die Zehn Finger absolvierten, begann er mit der Gunstwerbung.«

Cecelia hatte den Helm jetzt an einer Seite geöffnet und machte sich an der anderen zu schaffen.

»Du hast nicht nach dem Notarzt gerufen.«

»Cece … Wenn ein Schwert durchs Auge fährt, *gibt* es keine Rettung mehr.«

»Durchs Auge?«

»Dieser alte Helm – die Gesichtsmaske hat versagt. Meine Klinge ist mitten hindurchgefahren, ins Auge. Du weißt ja, wie das ist … na ja, du weißt es eigentlich nicht, aber wenn man zustößt und dabei die Klinge bricht, dann reißt einen der Schwung längst mit und man kann ihn nicht mehr stoppen. Ich habe es versucht – aber es damit nur schlimmer gemacht.«

»Wie?«

»Die Klinge hatte schon das Auge durchstoßen und die Augenhöhle – natürlich habe ich sie zurückgerissen, aber sie steckte schon im Gehirn. Mir war gar nicht klar … Es war so schrecklich …«

Cecelia hatte den Helm inzwischen auch auf der anderen Seite geöffnet und nahm ihn ab. Pedars Gesicht wurde erkennbar, ein Auge geöffnet, aber bereits stumpf vom fehlenden Sauerstoff, das andere nur ein blutiges Loch.

»Miranda.« Cecelia blickte sie an und versuchte dabei, die Maske zu durchdringen. Sonnenlicht spiegelte sich jedoch auf dem Metall, und dahinter lag nur Schatten. Sie senkte den Blick auf Mirandas Hände in den Handschuhen, einer davon blutverschmiert … hob ihn dann zum Hals, wo der Stehkragen des Fechtanzugs den Puls verdeckte.

Die Tür flog krachend auf, und ein Schwarm Diener stürmte herein. Wo hatten sie die ganze Zeit gesteckt? War das eine Intrige?

»Mylady! Was ist passiert …?«

»Wir haben gefochten, und die Klinge ist abgebrochen …«

Miranda nahm langsam, mit zitternden Händen die eigene Maske ab. Tränenbahnen zogen sich über ihre Wangen; sie wirkte bleicher als sonst, und die Augen waren rot gerändert.

»Du hast geweint!«, stellte Cecelia fest.

»Natürlich habe ich geweint!« Miranda funkelte sie an.

»Ich habe dich noch nie zuvor weinen gesehen, außer für Häschen …«

»Du hast mich nicht gesehen, als ich von Bruns Entführung erfuhr. Oder als die Babys geboren wurden.« Sie wandte sich an den Mann im grauen Anzug; Cecelia kannte ihn nicht. »Sammins, wir brauchen einen Arzt, auch wenn ich denke, dass es zu spät ist; und die Miliz. Dieser Mann ist – war Außenminister; eine Untersuchung wird stattfinden müssen.«

Während all der Fragen, die sich anschlossen, saß Cecelia ruhig daneben, betrachtete Miranda, lauschte dem Timbre ihrer Stimme. Pedar hatte sie seit seiner

Ankunft auf Sirialis zweimal wöchentlich besucht, um zu fechten. Pedar hatte die Übungen angeregt; außerdem war er gekommen, um Geschäftliches zu besprechen sowie – hier zögerte sie, und ein Hauch von Farbe überdeckte ihre Wangen – um eine familiäre Verbindung vorzuschlagen. Heute hatte alles wie üblich begonnen, und Pedar fragte – wie vorher schon – nach den antiken Waffen in der Halle. Wohin würde man sie bringen? Wer erbte sie? Er hatte sie in die Hand nehmen, mit ihnen fechten wollen. Häschen hatte dergleichen nie gestattet, aber Pedar bat so darum …

Und so gab sie nach, willigte ein, mit den alten Waffen zu fechten, obwohl sie nicht begutachtet worden waren.

Es mussten Scannerdaten vorliegen, wurde Cecelia klar. Miranda hätte nicht gewagt, so ins Detail zu gehen, ohne dass die Scanner es untermauerten. Und deshalb – konnte es ein Unfall gewesen sein, genau wie Miranda sagte. Oder sie war sogar noch cleverer als sie gedacht hatte, wenn es darum ging, etwas zu arrangieren.

Bedächtig siedender Zorn wühlte in Cecelias Magen. Das waren ihre Freunde gewesen – oder zumindest Bekanntschaften, Menschen der gleichen Klasse. Reich, weltmännisch, kultiviert … sie kannte sie schon ihr ganzes Leben lang. Sie sammelten Werke der schönen Künste; sie besaßen schöne Häuser und Landschaftsgärten. Sie dilettierten in diesem und jenem – Vasenmalerei, Pferdezucht, Entwurf exotischer Raumstationen –, wenn sie gerade nicht Machtspiele in Familienpolitik betrieben und noch mehr Geld und Macht und Besitz ansammelten. Sie trugen schöne Kleider und frönten den kunstvollen Spielen sozialen Kontaktes.

Und jetzt brachten sie einander um. Lorenza, die versucht hatte, Cecelia zu vergiften. Kemtre, der darin einwilligte, den eigenen Sohn zu vergiften. Jemand – Pedar, nach seinen Prahlereien zu urteilen – arrangierte die Ermordung Häschens. Miranda wiederum tötete Pedar.

Waren sie alle verrückt geworden?

Und falls ja … warum? Wer profitierte davon?

Sie fand keinen Weg durch dieses Labyrinth, außer in Begriffen der vertrauten, ihr so teuren Welt des Reitsports und der Pferdezucht. Falls sie einen Stall voller hochgezüchteter Pferde hatte, alle sorgfältig aufgezogen und ausgebildet … falls sie sich dann plötzlich seltsam benahmen und die Stallburschen und sich gegenseitig angriffen … was würde sie, Cecelia, dann denken?

Jemand hatte die Stallburschen bestochen.

Fein, aber reiche Leute wurden nicht von Stallburschen versorgt.

Ihr Verstand stutzte, wie ein Pferd vor einem riesigen, unbekannten Hindernis im Gelände.

Doch, sie wurden ebenfalls versorgt. Ihre Stallburschen und Tierärzte hießen Zofen und Kammerdiener und Pfleger. Die Reichen waren allesamt abhängig von Medikamenten zur Verjüngung. Sie alle waren schon mehrfach verjüngt worden. Lorenza, Kemtre, Pedar, Miranda, sogar Cecelias eigene Schwester Berenice. Manche hatten Zugang zu anderen, illegalen Medikamenten, zum Beispiel den Neurotoxinen, mit denen Cecelia von Lorenza vergiftet worden war.

Sobald Cecelia erst mal gewusst hatte, dass Lorenza tot war, hatte sie keinen Gedanken mehr an die Herkunft dieses Mittels verwandt. Lorenza war eine brutale, bösartige, sadistische Frau gewesen … und darin hatte die Gefahr bestanden, nicht in dem Mittel. Nicht die Waffe ist das Problem, sondern der Mensch, der sie missbraucht.

Trotzdem … sie wusste es. Sie wusste über Patchcock Bescheid, obwohl sie diesen Gedanken verbannt hatte, als Ronnie und Raffa erst mal sicher miteinander verheiratet waren. Verdorbene Medikamente. Verdorbene Verjüngungsmittel, und wer wusste schon, was sonst noch – und die Auswirkungen konnten durchaus schlimmer sein, als irgendjemand bislang ahnte.

War Miranda noch bei Verstand? War *irgendjemand* aus diesen Kreisen noch bei Verstand? Der Große Rat der Familias … ohne Häschens Führung oder Kevil Mahoneys Ratschläge, und ohne Pedar – so böse, wie sie ihn jetzt auch einschätzte –, der tot am Boden dieser Fechthalle lag und langsam steif wurde … Was würde jetzt geschehen? Fand Cecelia noch *irgendjemanden*, dem sie trauen konnte?

Ja. Die Menschen, die noch nie verjüngt worden waren. Die Menschen, die irgendwo verjüngt worden waren … wo man sich auf die Medikamente noch verlassen konnte. Marta Saenz? Aber dass Marta selbst Biochemikerin war und eigene Labors hatte, hieß das allein schon, dass die Medikamente auch in Ordnung waren?

Nein. Allerdings durfte Cecelia auch nicht aller Welt misstrauen. So war sie nicht gestrickt; sie brauchte klare Abgrenzungen, brauchte eine Vorstellung davon, wer auf ihrer Seite stand und wer gegen sie war.

Endlich war die einleitende Befragung abgeschlossen, und Cecelia begleitete Miranda in ihre Zimmerflucht. Eine totenbleiche Zofe brachte ihnen ein Tablett mit Speisen und heißem Tee. Miranda legte die Fechtmontur ab und duschte, während Cecelia zu den hohen Fenstern über die hügelige Landschaft der Blauen Jagd hinausblickte. Als Miranda zurückkehrte, eingewickelt in einen dicken Steppbademantel, hatte Cecelia ihre Fragen geordnet.

»Miranda ... erinnerst du dich noch an das Gespräch, in dem ich dir erzählte, was Pedar mir kurz nach Häschens Tod verraten hatte?«

»Natürlich«, antwortete Miranda. »Du hast mir erzählt, deiner Meinung nach würde Pedar die Mörder kennen, und es wäre nicht die Neutex-Miliz.«

»War ... das der Grund ...?«

»Cecelia, Pedar war von jeher etwas flegelhaft, wie du weißt.«

»Ja, aber ...«

»Er hielt sich für einen mächtigen Mann; er wollte seine Stellung innerhalb des Conselline-Clans verbessern. Also behauptete er natürlich, er wüsste Dinge, von denen du keine Ahnung hattest.«

»Du hast es nicht ernst genommen.«

»Zunächst nicht, nein. Dann hat er um mich geworben, verstehst du?«

»Geworben!«

»Ja. Hat angedeutet, unter seinem Schutz bräuchte ich keine Angst zu haben, wenn Harlis Häschens Testament anfechtet. Ich würde Sirialis behalten können – womit er meinte, dass *er* Sirialis bekommen würde.«

»Hat er wirklich geglaubt, du würdest ihn heiraten?«

»Anscheinend. Er fragte, ob er mich besuchen dürfte; ich habe ihn mehrfach abgewimmelt, mich schließlich aber einverstanden erklärt.«

»Aber warum?«

Miranda zuckte die Achseln. »Ich wollte erfahren, was er wusste – was ihn so sicher machte, seine Versprechungen auch halten zu können. Das ist nichts, was man einfach über eine Funkverbindung fragen kann: ›Hast du wirklich die Macht, die du zu haben behauptest?‹ Ich dachte mir, falls er zu Besuch kommt, könnte ich seine Fähigkeiten und Absichten besser einschätzen.«

»Aber du hattest doch wohl nicht vor, ihn zu heiraten …«

»Lieber Himmel, Cecelia, du bist wirklich zäh wie eine Klette! Nein, ich hatte nicht vor, ihn zu heiraten. Ich werde überhaupt niemanden heiraten. Ich habe vor, für Buttons gegen Harlis zu kämpfen und unser Erbe zu retten, aber ich werde nicht wieder heiraten. Ich hatte für den größten Teil meines Lebens das Beste; warum sollte ich mich jetzt mit Krümeln begnügen?«

»Ich weiß nicht … ich habe mir nur Sorgen gemacht …«

»Nicht nötig.« Miranda streckte sich und spazierte zum Teich hinüber. Dicke, orangefarbene Goldfische stiegen zur Oberfläche hoch und schwammen näher heran. »Ich bin nicht verrückt; ich habe die Medikamente für meine Verjüngung nicht von den Morrelines erhalten, und ich habe nicht vor, mich noch einmal zu verjüngen. Sobald ich für meine Kinder alles geregelt habe …«

»Ich hatte früher nie vor, mich überhaupt mal verjüngen zu lassen«, sagte Cecelia. »Ohne die Vergiftung hätte ich es auch nie getan. Jetzt gefällt es mir allerdings ziemlich gut.«

»Das kann ich verstehen«, sagte Miranda. »Du hast noch vieles vor. Ich bin jetzt nominell vierzig und tatsächlich … na ja, du kennst die Fakten – und habe noch sechzig gesunde Jahre vor mir, auch ohne mich erneut zu verjüngen. Sechzig Jahre ohne Häschen sind eine lange Zeit.«

»Du findest vielleicht noch jemanden.«

»Und vielleicht regnet irgendwann Gold vom Himmel. Falls es passieren sollte und ich dann den Wunsch habe, kann ich mich immer noch verjüngen lassen. Das ist jedoch nichts, was ich planen möchte. Ende der Diskussion, Cece. Sag mir, warst du schon in den Stallungen?«

»Nein ...«

»Dann solltest du es nachholen. Nur für den Fall, dass irgendwas passiert und Harlis Sirialis doch noch erhält, solltest du dir mal anschauen, ob du dort etwas findest, wofür du ein Gebot abgeben möchtest.«

»Ich kann nicht glauben, dass er dumm genug wäre, die Stallungen zu schließen«, wandte Cecelia ein.

»Ein Pferd hat ihm mal den Fuß gebrochen, als er noch ein Junge war, und dann hat er sich mal ein paar Rippen angebrochen, als er beim Versuch, mit Häschen Schritt zu halten, aus dem Sattel auf Steine fiel. Er hält Pferde für nicht viel mehr als stinkende Monster, die einem auf der Tasche liegen – was sie ja im Grunde auch tun. Die Pferde haben uns nie Geld eingebracht.«

»Miranda – du versuchst nur, mich mit Pferden abzulenken, aber so dumm bin ich nicht! Hast du Pedar absichtlich umgebracht?«

Miranda sah sie lange schweigend an. »Denkst du, ich würde so etwas tun?«

»Ich weiß nicht mehr, was Leute über sich bringen und was nicht. Ich hatte nicht geglaubt, dass Lorenza mich vergiften und sich daran weiden würde, wie ich hilflos am Boden lag. Ich hatte nicht geglaubt, dass Kemtre die eigenen Söhne unter Drogen setzen oder in verschwörerischer Absicht klonen würde. Ich hatte nicht geglaubt, dass Häschens Bruder eine alte Dame so schikanieren würde, dass sie ihm ihre Anteile überschrieb. Oder dass Pedar Häschen ermorden lassen würde, um Minister zu werden.«

»Wir geben einander keine Antwort auf unsere Fragen«, stellte Miranda fest. »Und ich denke, dass es wahrscheinlich klug von uns ist. Aber ich werde dir diese uralte Regel in Erinnerung rufen.«

»Welche Regel?«

»Eine Dame wird niemals aus Versehen grob.« Miranda gab einen Schlag Honig in ihren Tee und trank davon. »Das habe ich gebraucht!«

»Jemandem ein Florett durchs Auge zu stoßen und im Gehirn zu rühren, das geht über bloße Grobheit hinaus.« Cecelia war mürrisch. Sie war überzeugt zu wissen, was geschehen war – zumindest teilweise –, und doch reagierte Miranda nicht, wie sie es hätte tun sollen.

»Das stimmt«, bestätigte Miranda. »Aber die Regel gilt auch in anderen Situationen. Cecelia, falls du Theater machen möchtest, dann tu dir bitte keinen Zwang an.«

»Du bittest mich nicht einmal darum, es zu unterlassen?«

»Nein. Du triffst deine eigenen Entscheidungen, wie ich meine treffe.«

»Was wirst du deinen Kindern erzählen?«

»Dass Pedar bei einem Fechtunfall ums Leben gekommen ist. Sie haben Grips und Vorstellungsvermögen, Cecelia; sie werden das so deuten, wie es ihnen passt.«

Cecelia verspeiste ein weiteres Stück Marmeladenkuchen und starrte erneut zum Fenster hinaus. Nach langem Schweigen sagte sie: »Ich schätze, dadurch erhält Hobart eine Botschaft …«

»Das hoffe ich«, sagte Miranda.

Kapitel zwanzig

Finster betrachtete Esmay den Streifen mit der Nachricht, den ihr der Sekretär überreicht hatte. Sie hatten einfach alles arrangiert, dachte sie. Warum trafen sie sich in einem Privatzimmer und nicht im Restaurant? Sie musterte die Liftröhren und suchte nach den richtigen Etagen. Siebenunddreißig bis vierzig … seltsam! Die meisten Röhren steuerten mindestens zehn Etagen an. Sie drückte die Anmeldetaste.

»Zimmer und Name, bitte?«

Was sollte das bedeuten? Wäre Barin bei ihr gewesen, hätte sie ihm eine Kopfnuss verpasst, aber er war nicht da. »3814«, antwortete sie also stattdessen. »Lieutenant Suiza.«

Die Luke zur Liftröhre glitt auf, und das Haltegitter leuchtete grün und wies damit die Richtung nach oben. Esmay trat ein und fand sich in einem verspiegelten Zylinder wieder, der glatt nach oben lief, aber nichts von der Überschwänglichkeit der meisten Liftröhren vermittelte. In Esmays Ohren knackte es, und der Vorgang wiederholte sich. Es waren doch nur achtunddreißig Stockwerke – was geschah hier?

Sie verließ die Röhre und betrat ein Foyer mit grünem Teppich, die Wände in subtilen Schattierungen von Beige und Cremefarbe gestreift. Die Wandbilder … angesichts der kühnen Geometrie stockte Esmay der Atem. Sicherlich war das eine Kopie – sie trat näher. Nein … der dicke Purpurkeil, der in jeder Kopie einen Schatten warf, erzeugte hier einen Schatten anderer

Art, angeleuchtet von einem Nadelstrahler an der Wand gegenüber. Ein echter Oskar Cramin! Dann war das dort vielleicht auch ein echter Dessaline, dessen zierliche Filigranmuster jede Unterordnung unter Cramins fast brutale Kraftentfaltung verweigerten. Zurückhaltend und im gelassenen Bewusstsein der eigenen Größe hielt der kleine grau-gold-schwarze Dessaline die Stellung.

Esmay schüttelte den Kopf und sah sich um. Auf das Foyer folgte ein kurzer Flur, von dem nur vier Türen abgingen, eine davon mit SERVICE beschriftet. Barin musste ein Vermögen ausgegeben haben … 3814 war die mittlere Tür. Esmay betrat den Identifizierungskegel und wartete.

Die Tür ging auf, und sie sah sich … unmittelbar einer Frau mittleren Alters gegenüber, die sie noch nie gesehen hatte. Ehe sie eine Entschuldigung hervorstammeln konnte, ergriff die Frau das Wort.

»Lieutenant Suiza! Wie schön, Sie zu treffen – gestatten, Podjar Serrano, Barins Mutter.«

Barins Mutter! Panik ergriff von ihr Besitz. Sie war auf Barin eingestellt gewesen, auf ein paar geraubte Augenblicke Privatsphäre … eine Chance zu reden, ehe sie seiner Mutter begegnete.

»Treten Sie ein«, sagte Podjar gerade. »Wir sind alle ganz erpicht darauf, Sie kennen zu lernen.«

Wir? Was für *wir?* Sie hörte leises Stimmengemurmel und wäre am liebsten weggerannt. Wo steckte Barin? Wie konnte er ihr das antun?

Podjar hatte sie inzwischen am Arm gepackt – und von Barins Mutter konnte sie sich nicht einfach losreißen – und zog sie ins Zimmer, in einen Raum, der ihr in diesem Augenblick so groß wie der ganze Planet erschien.

»Hier ist sie endlich«, sagte Podjar zu jemand anderem, einem kleinen, gedrungenen Mann, der Barins Lächeln zeigte, aber nichts von Barins Eleganz. Bruder? Vater? Onkel? »Das ist Kerin, mein Mann«, stellte ihn Podjar vor. Esmay hoffte, daraus entnehmen zu können, dass er Barins Vater war, denn ansonsten hatte sie keinen Schimmer, wer er sein konnte.

Als sie tiefer im Raum war, nahm ihr benommenes Bewusstsein allmählich mehr Einzelheiten auf. Das hier war nicht nur ein großes Zimmer und für Unterhaltungszwecke ausgelegt, sondern es war auch gemütlich mit Menschen gefüllt, die einander alle zu kennen schienen. Barins Familie?

»Esmay!« Ihr Herz machte einen Satz. Da war Barin, und er würde sie hier herausholen, was immer hier los war. Er kam auf sie zu, eindeutig vergnügt und sehr von sich eingenommen. Sie hätte ihn umbringen können und hoffte, dass er den Stahl hinter ihrem starren Lächeln sah.

»Tut mir Leid, dass ich dich nicht am Lift empfangen habe«, sagte er. »Ich hatte gerade einen dringenden Anruf …«

Esmay konnte sich nicht dazu überwinden, höflich zu sein und zu sagen, es wäre nicht wichtig. »Worum geht es hier?«, fragte sie stattdessen.

Barin verzog das Gesicht. »Es ist außer Kontrolle geraten«, erklärte er. »Ich wollte, dass du meine Eltern kennen lernst, und sie wollten auf dem Weg nach Hause hier Station machen. Dann äußerte Großmutter …« Er streckte die Hand aus, und Esmay folgte seinem Fingerzeig und erblickte Admiral Vida Serrano am hintersten Ende des Zimmers, umgeben von einer ernsten Versammlung älterer Leute. »… äußerte Großmutter den Wunsch, mit dir über irgendwas zu reden, und sie dachte, dies wäre eine gute Gelegenheit. Und dann … regneten sie auf einmal alle vom Himmel …«

»Hmm.« Esmay konnte nichts von dem sagen, was ihr auf der Zunge lag – jedenfalls nicht, solange seine Eltern daneben standen und sie etwas nervös anlächelten. »Haben wir – haben wir eine Chance, miteinander zu reden?« Unter vier Augen, meinte sie damit.

»Ich weiß nicht«, antwortete Barin. »Ich hoffe es. Aber …« Sein Blick wanderte zur Mutter, die eine Braue hochzog.

»Barin, du weißt, dass wichtige Belange der Familie auf dem Spiel stehen. Wir müssen darüber diskutieren.«

Na toll! Das einzige, was Esmay in der aktuellen Krise an Urlaub hatte organisieren können, und jetzt sah es ganz danach aus, als müsste sie die ganze Zeit auf Gespräche mit Barins Familie verwenden statt mit der eigenen.

»Wie war Ihre Reise, Esmay?«, erkundigte sich Barins Vater. Er trug die Rangabzeichen eines Lieutenant Commanders mit dem Abzeichen des technischen Dienstes.

»Gut, außer dass wir auf Karpat einen Tag aufgrund ungeplanter Wartungsarbeiten verloren haben.« Sie konnte nicht verhindern, dass Schärfe in ihrem Ton mitschwang.

»Hmm. Das ist mal wieder typisch.« Barins Vater deutete mit dem Kopf zur anderen Seite des Raums. »Gestatten Sie mir, Ihnen Ihr Zimmer zu zeigen.«

»Mein …?«

»Natürlich haben Sie ein eigenes Zimmer! Auch wenn wir hier mit gewaltiger Übermacht eingefallen sind, sind wir nicht gänzlich unzivilisiert. Sie müssen ja irgendwo bleiben.« Er führte sie durch den Raum, durch eine weitere Tür, einen weiteren Flur entlang … Esmay war schon über jede Verblüffung hinaus, als er ihr eine kleine Zimmerflucht öffnete; dort zeigte die Wand des Wohnzimmers ein Bild von der Umgebung der Station. »Hier sind Sie zu Hause … und ich bin sicher, das Personal wird Ihre Sachen heraufschicken.«

»Ich habe nur das Handgepäck dabei«, sagte Esmay.

»Na ja, dann. Stoßen Sie zu uns, wenn Sie so weit sind.« Lächelnd wandte er sich ab und schloss die Tür hinter sich. Esmay sank in einen der rosenrot und cremefarben gestreiften Sessel. Was sie jetzt am liebsten getan hätte: den Kopf in die Hände legen und laut schreien. Das wäre jedoch unproduktiv gewesen, davon war sie überzeugt. Aber was ging hier vor?

Ein Klopfen an der Tür unterbrach ihre unbehaglichen Gedanken. Das Handgepäck? »Treten Sie ein«, sagte sie. Die Tür ging auf, und dort stand ein verlegen aussehender Barin.

»Darf ich?«, fragte er. Esmay nickte; er trat ein, schloss die Tür hinter sich und zog Esmay vom Sessel hoch. Sie wurde für einen Augenblick steif, lehnte sich dann aber entspannt an ihn.

»Deine Familie …«, begann sie.

»Es tut mir Leid. Es war nicht meine Idee, aber es ist nun mal meine Familie. Die Leute sind … dickköpfig.«

»Und du nicht?« Sie war noch nicht bereit, das alles für komisch zu halten; sie wollte ihre Verärgerung – die ja so gerechtfertigt war – noch ein wenig länger auskosten, aber plötzlich schaltete sich ihr Sinn für Humor ein. Sie konnte sich Barin glatt vorstellen, wie er dieses stille kleine Treffen plante und dann von seiner mächtigen und großen Familie ausmanövriert wurde. Sie schluckte das Kichern herunter, das aus ihr hervorzubrechen drohte.

»Nicht dickköpfig genug«, antwortete Barin mit reuigem Lächeln. »Ich habe versucht, ihnen zu sagen, dass sie uns in Ruhe lassen sollten, aber du siehst ja, was ich damit erreicht habe.«

Esmay verlor die Kontrolle über das Kichern; sie spürte, wie es in ihrer Kehle vibrierte, und dann war es heraus.

»Du bist nicht böse?«, fragte Barin hoffnungsvoll.

»Jedenfalls nicht auf dich«, antwortete Esmay. »Ich schätze, mit ein paar stillen Tagen zu zweit haben wir uns einfach zu viel erhofft.«

»Das dachte ich zunächst nicht«, entgegnete Barin. »Man könnte glatt glauben, dass uns das ganze Universum Streiche spielt.«

»Hmmm ... Ich habe mal gelesen, dass sich Liebende immer selbst im Mittelpunkt aller Dinge sehen.«

»Ich würde uns gern mitten in einem Bett sehen, weit von aller Welt entfernt«, sagte Barin mit der Andeutung eines Stirnrunzelns.

»Dorthin kommen wir noch«, sagte Esmay. Sie drückte mit den Armen, die sie um ihn liegen hatte, fester zu; er fühlte sich so gut an wie eh und je, und sie wäre am liebsten in ihn hineingeschmolzen, bis es ihrer beider Knochen zum Klingen brachte.

Jemand klopfte an. »Barin, wenn du sie daran hinderst, sich umzuziehen, kommen wir nie zum Abendessen ...« Eine Frauenstimme, die Esmay noch nicht gehört hatte.

»Ach, halt doch die Klappe«, murmelte Barin Esmay ins Ohr. »Warum bin ich nicht als Waisenkind auf die Welt gekommen?«

»Das wäre zu einfach gewesen«, fand Esmay. »Lass

mich los – ich möchte mich umziehen. Und essen wir hier oben oder in der Öffentlichkeit?« Als ob die komplette Familie Serrano nicht schon öffentlich genug gewesen wäre.

»Hier. Es wird heraufgeschickt.« Er gab sie frei, ging zur Tür und öffnete. Dort stand eine Frau in den Dreißigern, von Esmays Statur und mit dem typischen Serrano-Gesicht.

»Esmay, ich bin Dolcent. Barin – verschwinde. Ich muss einen Augenblick lang mit ihr reden.«

»Ich hasse dich«, behauptete Barin, entfernte sich jedoch. Dolcent lächelte.

»Hör mal – soweit ich verstanden habe, hast du mit ruhiger Abendunterhaltung gerechnet und nur Handgepäck dabei. Falls ich in dieser Lage wäre, hätte ich nur die Kleider mitgebracht, die ich zu tragen plante und die nicht genau das wären, was man für ein Familientreffen braucht … Darf ich dir also etwas anbieten?«

Eine Woge der Verärgerung meldete sich zurück – wer glaubten diese Leute eigentlich zu sein? –, aber dann fiel Esmay wieder ein, was sie im Handgepäck hatte. Kleider für einen oder zwei freie Tage mit dem Verlobten, ein Abendkleid für die Begegnung mit seinen Eltern … verdammt, diese Frau hatte Recht!

»Danke«, sagte Esmay so liebenswürdig, wie sie es nur zuwege brachte, während sie einen weiteren Kloß des Widerwillens herunterschluckte.

»Ich wäre selbst nur ungern gezwungen, mir Kleider zu borgen, aber es gibt nun mal Augenblicke – sieh her …«

Esmay musste eingestehen, dass Dolcents Angebote hübscher waren als alles, was sie selbst mitgebracht hatte, und Dolcents blaues Hemd über der eigenen

Freizeithose entsprach vielleicht beiden Anforderungen. Esmay bedankte sich.

»Vergiss es. Eines Tages werde ich mal deine Garderobe plündern. Falls du meinen kleinen Bruder glücklich machst, heißt das.«

»Andernfalls sprengst du sie in die Luft, was?«

»In etwa«, sagte Dolcent. »Oder falls du mich Dolly nennst … nur zur Warnung!« Sie schnitt eine Grimasse.

Das Abendessen erwies sich nicht als die förmliche Angelegenheit, die Esmay gefürchtet hatte; das Hotelpersonal tischte ein Büfett auf, und die Leute bedienten sich dort und setzten sich mit der Beute dorthin, wo es ihnen gefiel. Esmay fand eine Ecke auf einem großen, dick gepolsterten Sofa mit einem Tisch am Ellbogen, und Dolcent setzte sich neben sie und versorgte sie mit Erklärungen. Die Stimme eines Mannes erhob sich über das allgemeine Stimmengewirr.

»Und ich habe ihm gesagt, dass diese Technik noch nicht ausgereift genug ist, aber er war entschlossen …«

»Iones – ein entfernter Onkel. Arbeitet in der Materialforschung; du hast ihn knapp verpasst, als du auf der *Koskiusko* warst«, erzählte Dolcent. »Er ist ein fürchterlicher Langweiler, aber was er weiß, davon hat er auch wirklich Ahnung.«

Dann eine Frau, nahe genug, um sie richtig zu erkennen: »… und falls sie mir *jemals* wieder in diesem Ton kommt, reiße ich ihr gleich das Lametta runter …!«

»Und das ist Bindi – lass dich von ihr nicht erschrecken; sie ist nicht so schlimm, wie sie sich anhört.«

Eine Garnele kam durch die Luft geflogen und prallte mit tödlicher Präzision von Dolcents Kopf ab. »Ach wirklich, du elende Lauscherin?«

Gelassen hob Dolcent die Garnele auf und verspeiste sie. »Nein, bist du nicht. Und ich bin keine Lauscherin, wenn du so laut redest, dass man dich noch drei Zimmer weiter hört.«

Bindi zuckte die Achseln und wandte sich ab.

»Geht es immer so zu?«, erkundigte sich Esmay.

»Gewöhnlich schlimmer. Man würde mich jedoch finsterer Machenschaften beschuldigen, falls ich versuchte, die Familienpolitik der Serranos zu erklären. Du stammst selbst aus einer großen Familie, nicht wahr? Du müsstest es eigentlich wissen.«

»Ahm ...« Sie musste zugeben, dass die Beziehungen hier eine vertraute Atmosphäre verbreiteten. Die Lautstarken steckten ihre Reviere und Machtbereiche ab, und die Leisen saßen in den Ecken und zogen nur hin und wieder sardonisch eine Braue hoch. Bindi konnte als eine Art Tante Sanni durchgehen; Barins Mutter schien wie Esmays Stiefmutter eine stille Friedensstifterin zu sein.

Heris Serrano zog einen Stuhl zur anderen Seite des Couchtisches, setzte sich und platzierte ihren Teller neben den Esmays. Esmay hatte sich Commander Serrano nie in etwas anderes als einer Uniform vorstellen können, aber ... hier saß sie in silbergrün gemusterter Seide, einem losen Hemd über einer fließenden Hose.

»Esmay – ich weiß nicht, ob Sie sich an mich erinnern ...«

»Ja, Sir ... Commander ...«

»Heris, bitte. Ansonsten wäre dieses Zimmer dermaßen mit Rängen vollgestopft, dass wir kaum noch miteinander reden könnten. Ich denke nicht, dass ich Ihnen schon jemals von Angesicht zu Angesicht dafür danken konnte, dass Sie uns auf Xavier die Haut gerettet haben – und nicht nur uns ...«

»Heris, bitte nicht beim Abendessen! Ich weiß, dass du bei Gelegenheit mit ihr über Taktik reden wirst, aber nicht jetzt.« Dolcent deutete mit einem Krebsbein auf Esmay, eine Geste, die auf Altiplano als tödliche Beleidigung gegolten hätte. »Sie wird heiraten; du könntest also zumindest ein passenderes Gesprächsthema wählen.«

»Möchtest du mit ihr über Kleider reden, Centa? Oder Blumen, oder wie man die Servietten für den Empfang faltet?«

»Besser, als beim Abendessen über alte Schlachten zu diskutieren.« Dolcent schien durch Heris' Schärfe nicht eingeschüchtert; Esmay sah interessiert zu.

»Haben Sie sich schon Ihr Hochzeitskleid ausgesucht, Esmay?«, fragte Heris mit übertrieben viel Zucker im Ton.

»Nein, S … Heris. Brun sagt, sie würde sich darum kümmern.«

»Liebe Güte! Wie konnte das passieren?«

»Sie hat einfach …« Esmay wedelte hilflos mit den Händen. »Sie hat herausgefunden, dass ich keine Vorstellung hatte, und kaum, dass ich mich versah, hat sie mir schon Stoffmuster geschickt und Designer vorgeschlagen.«

»Sie ist schon wer, nicht wahr?« Heris lachte leise. »Sie hätten sie mal vor Jahren erleben sollen, als sie noch wirklich wild war! Falls Sie nicht aufpassen, wird sie noch die ganze Hochzeit organisieren.«

Esmay war einigermaßen entspannt und fast satt, als sie sah, wie Admiral Vida Serrano auf sie zukam und dabei ein Gesicht zeigte, dass viel weniger freundlich wirkte als die Mienen der anderen hier. Wie fast alle anderen trug Vida Zivilkleidung, aber das konnte ihren Charakter nicht verdecken. Esmay wollte schon aufstehen, aber der Admiral gab ihr mit einem Wink zu verstehen, dass sie sitzen bleiben sollte.

»Es gibt da etwas, was Sie erfahren müssen«, sagte Admiral Serrano. »Ich habe den anderen noch nichts davon erzählt, weil es mir unfair erschien, das hinter Ihrem Rücken zu tun. Die Tatsache ist nicht gerade weithin bekannt – tatsächlich war sie seit Jahrhunderten sicher vergraben. Aber da diese Idioten vom medizinischen Dienst die meisten Offiziere im Flaggenrang unbefristet vom Dienst suspendierten, haben mehrere von uns beschlossen, mal die Serrano-Archive aufzuräumen und die Unterlagen auf moderne Speichermedien zu übertragen.«

»Ja, Sir?« Sie war zwar bereit, Heris mit dem Vornamen anzureden, falls diese darauf bestand, aber sie würde auf keinen Fall den Admiral anders anreden als mit »Sir«, ob Vida nun Uniform trug oder nicht.

»Sie kennen die offizielle Geschichte des Regular Space Service – wie er aus einer Vermischung der privaten Raummilizen der Gründungsfamilien entstand?«

»Ja …«

»Was Sie vielleicht nicht wissen: ungeachtet aller Anstrengungen, die Erinnerung daran auszulöschen, welche Flottenfamilie einmal welcher großen Familie diente, nehmen diese Realitäten nach wie vor Einfluss auf die Politik der Flotte. Vielleicht mehr, als gut ist. Das Serrano-Erbe – soweit wir eins haben – leitet sich aus den eigentümlichen Umständen unseres Ursprungs her.«

Eine lange Pause trat ein, als Esmay darauf zu kommen versuchte, welcher der großen Familien einst die Serranos als zweifellos schwierige Leibwächter gedient hatten.

»Unsere große Familie wurde vernichtet«, sagte der Admiral schließlich. »Wir waren ihre Raummiliz; zum Zeitpunkt der politischen Katastrophe, die unsere Dienstherren auslöschte, waren wir weit vom Schauplatz entfernt und schützten ihre Raumschiffe. Danach konnten wir nicht zurückkehren – aus leicht erkennbaren Gründen –, und als etwa dreißig Erdjahre später der Regular Space Service aufgestellt wurde, bewarben sich die meisten unserer Familienmitglieder um Aufnahme in den Dienst. Manche hielten uns für eine besonders sichere Wahl, da wir im Netz der Familieneinflüsse neutral waren.«

Esmay fiel nichts ein, was sie hätte sagen sollen.

»Das alles ist wohl bekannt, zumindest den meisten führenden Flottenoffizieren, und es bildet auch den Nährboden für einigen Widerwillen gegen den Serrano-Einfluss. Etwa einmal pro Generation deutet irgendein Schlauberger aus einer anderen Flottenfamilie an, wir könnten Mittäter am Aufstand gegen unsere große Familie gewesen sein, und dann müssen wir darauf reagieren. Falls wir Glück haben, wird das auf Führungsebene aus der Welt geräumt, aber vor ein paar hundert Jahren verloren wir und die Barringtons zwei Jigs bei einem Duell.«

Admiral Serrano räusperte sich. Esmay fiel auf, dass es ringsum stiller geworden war; die anderen waren näher gekommen und hörten zu.

»Die Familie, der wir dienten, hatte ihren Sitz nur auf einem einzelnen Planeten – das galt damals für viele große Häuser. Und dieser Planet …« Sie legte erneut eine Pause ein, und Esmay spürte, wie ihr ein kalter Schauer über den Rücken lief. Es konnte nicht sein! »Dieser Planet, Esmay, war Altiplano. Ihre Heimatwelt.«

Esmay hätte am liebsten gefragt: *Sind Sie sicher?*, aber sie wusste, dass Admiral Serrano das nicht gesagt hätte, wäre es nicht nachweisbar gewesen.

»So viel ist den Serranos bekannt – uns allen –, und manche haben auf dieser Grundlage Einwände gegen Sie erhoben. Ich tat es nicht; ich hatte das Gefühl, dass Sie eine feine Partnerin für meinen Enkel wären, und äußerte mich entsprechend.«

Die anderen murmelten. Esmay sah Barin an, versuchte seine Miene zu deuten, schaffte es aber nicht.

Vida Serrano fuhr fort: »Da liegt noch mehr vor, und ich denke, ich bin womöglich der erste Mensch, der es seit Jahrhunderten zu Gesicht bekommen hat. Ich war unten im Familienarchiv, ausreichend gelangweilt, um mir eine Reihe von Kinderbüchern anzusehen, die irgendein *sehr* untalentierter Vorfahre verfasst hatte; dort entdeckte ich das hier.« Sie hielt ein schmuddeliges braunes Buch hoch. »Ich halte es nicht für ein Kinderbuch; ich denke, es ist ein persönliches Tagebuch oder ein Teil davon. Die Konservatoren datieren es auf die Zeitspanne, die darin geschildert wird, oder auf kurz danach, und die Bilder darin sind eingeklebte Flatpics. Die Konservatoren konnten in den Bildarchiven nichts Entsprechendes finden, und mit maximaler Bildauswertung erzielten wir das hier als bestes Ergebnis ...«

Sie zog einen Stoß Flatpics aus dem Buch und klappte es auf. Die Bilder wirkten immer noch verschwommen, aber Esmay stockte der Atem. Altiplano ... sie konnte einfach diesen Zwillingsberggipfel nicht missdeuten. Und das Gebäude – der ältere Teil der Landbesitzer-Gildenhalle, wie man ihn auf den ältesten Bildern fand, die sie aus dem Geschichtsunterricht kannte.

»Erkennen Sie es?«, fragte Vida.

»Ja … die Berge sind die Drachenzähne …« Und zu ihren Füßen ein alter Bunker … darüber wollte sie in diesem Augenblick nicht nachdenken. »Und das Haus sieht nach der Gildenhalle der Landbesitzer aus, ehe sie zur Zeit meines Urgroßvaters ausgebaut wurde.«

»Das dachte ich mir. Hinter einem der Flatpics habe ich das hier versteckt gefunden.« Vida hielt ein Stück Papier hoch, das aber nicht alt genug schien. »Das ist natürlich nicht das Original – es liegt zu Hause, wo die Konservatoren darüber hinwegschwärmen. Hier habe ich eine Kopie. Und dieser Text, Esmay Suiza, macht deutlich, dass Ihre Vorfahren sich die Feindschaft der meinen eingehandelt haben, indem sie gegen ihre Schirmherren rebellierten und sie alle abschlachteten.«

»Was?«

»Ihre Vorfahren haben den Aufstand angeführt, Esmay. Sie haben die Familie massakriert, die zu schützen wir geschworen hatten.«

Esmay starrte sie an. »Wie können Sie das wissen? Falls niemand überlebt hat …«

»Hören Sie zu: *Ihnen gilt unser Fluch: den Söhnen von Simon Escandon, den Söhnen von Barios Suiza und den Söhnen von Mario Vicarios, denn sie waren es, die den Aufstand gegen unseren Schirmherrn anführten. Ihnen gilt der Fluch, und den Söhnen ihrer Söhne bis in die entfernteste Generation. Mögen ihre Landbräute unfruchtbar bleiben und ihre Priester in der Hölle brennen, denn sie ermordeten ihren rechtmäßigen Herrn und seine ganze Familie, Mann und Frau, Vater und Mutter, Bruder und Schwester, bis zum kleinsten Säugling. Blut steht zwischen ihren Kindern und unseren Kindern, bis die Sterne sterben und der Himmel einstürzt. Gezeichnet: Miguel Serrano, Erenzia Serrano, Domingues Serrano.*«

Stille hielt das ganze Zimmer umfasst; Esmay bekam kaum Luft, und Kälte durchdrang sie. Sie blickte sich um; die Gesichter, in denen sie sich noch vor einer Stunde willkommen gesehen hatte, waren jetzt vor ihr verschlossen, steinhart, die dunklen Augen kalt. Alle außer Barins, der benommen schien, aber noch ohne Ablehnung.

»Das habe ich noch nie gehört«, sagte sie schließlich.

»Ich denke nicht, dass sie damit prahlen«, gab Vida zu bedenken. »Welche Geschichte haben Sie gehört?«

Geschichte. Vida Serrano war schon überzeugt, dass alles, was Esmay sagte, eine Geschichte sein würde, eine erfundene Geschichte. »Nach unserer Geschichtsschreibung … kam es zu einem Krieg, aber auch zu einer Seuche, und ein Drittel der Bevölkerung starb daran, einschließlich der Gründer.«

»Ist das Ihre Bezeichnung für die große Familie?«

»Ja … ich vermute, obwohl ich nie gehört habe, dass es nur eine große Familie auf Altiplano gab. Ich dachte immer, die Gründer setzten sich aus zahlreichen Familien zusammen.«

»Sie haben noch nie den Namen Garcia-Macdonald gehört?«

»Nein, keinen dieser Namen.«

»Ah. Ich zweifle nicht daran, dass die Rebellen alle Beweise vernichtet haben. Nichts lag vor, das man ihnen hätte vorhalten können, als Altiplano dreihundert Jahre später den Regierenden Familias beitrat. Wir konnten lediglich Acht geben – und wir wussten damals auch noch nicht, welche Menschen auf Altiplano in das Massaker verwickelt gewesen waren. Zu dem Zeitpunkt hatte sich schon der Regular Space Service rings um uns gebildet.«

»War das die Familie? Garcia-Macdonald?«

»Ja. Eine Familie, an deren Seite die Serranos schon lange gedient hatten, bis zurück zu den Tagen der Seestreitkräfte auf der Alten Erde. Erzählen Sie mir von dem Krieg, was Sie davon gehört haben.«

»Die Lebensfreunde und die Altgläubigen«, erzählte Esmay und kratzte aus der Erinnerung hervor, was von diesen Unterweisungen in der Kindheit übrig geblieben war. »Ahm ... die Gründer wollten mehr Kolonisten heranholen, Freigeburtler und Tamidianer, um in den Bergwerken zu arbeiten und das Land zu erschließen. Es gab eine Charta – sie nannten es einen Pakt –, die versprach, dass Altiplano nur von Menschen besiedelt würde, mit denen die bereits ansässigen einverstanden waren. Die Altgläubigen erhoben Einwände gegen die Anzahl Tamidianer, die die Gründer ansiedeln wollten – denn die Altgläubigen wussten, dass sie aufgrund der Freigeburtspolitik in zwei oder drei Generationen schon in der Minderheit sein würden. Und die Lebensfreunde wollten, dass die Erschließung des Planeten in Übereinstimmung mit dem zugrunde liegenden Ökosystem erfolgte. Die Gründer beharrten jedoch auf schnellem Gewinn und holten ganze Schiffsladungen Tamidianer heran, und diese brachten Krankheiten mit, gegen die sie selbst genetisch immun waren, die den Altiplanern jedoch fremd waren.«

Jetzt fiel ihr das alles wieder ein – die Anschuldigungen und Gegenbeschuldigungen. Die Kindersterblichkeit unter Altiplanern schnellte an, als sich die Krankheiten unter der schutzlosen Bevölkerung ausbreiteten; schon in Jahrzehnten würden die Alteingesessenen nun in der Minderheit sein, nicht erst in Generationen. Die Tamidianer verspotteten ihre Glaubensvorstellungen, rissen Schreine nieder und trampelten die Ikonen in den Staub. Die Gründer siedelten Menschen vom Land in die Städte um, pferchten sie dort zusammen, wo sie noch rascher krank wurden. Esmays Urgroßmutter hatte ihr vom Todesjahr erzählt, als kein Altiplaner-Baby länger als eine Woche nach der Geburt am Leben blieb – und sie hatte ihr von der Landbraut erzählt, die einen Fluch auf die Ungläubigen herabrief und dafür die eigene Seele opferte.

»Denn Landbräute fluchen nicht, sondern segnen. Aber diese Landbraut wurde von ihrem Land geholt, und ihre Kinder starben, und sie entkam aus der Stadt in die Berge – wo sie aus Blut und Spucke und Haar von ihrem Haupt ein *gieeim* anfertigte und ihre Seele dem Land anbot, falls es die Invasoren vernichtete.

Ich weiß nicht, was sie wirklich tat«, erzählte Esmay weiter. »Meine Urgroßmutter hat es mir nie gesagt, falls sie es überhaupt wusste. In ihrer Sicht rief die Hybris der Gründer den Zorn Gottes herab und brachte eine gerechte Strafe über sie. Und eine Seuche kam von den Bergen herab und vom offenen Land herein und vom Meer herauf, und im ersten Jahr starben die Tamidianer, wie unsere Kinder gestorben waren, und sie spuckten Blut und Fäulnis, wenn sie stürzten. Es hieß, sie hätten die Gründer angefleht, sie wieder fortgehen zu lassen, aber die Gründer holten noch mehr Tamidianer auf den Planeten, und die Städte stanken nach Tod, und die Gründer selbst wurden krank.«

»Eine Biowaffe?«, fragte jemand hinter dem Admiral.

Esmay schüttelte den Kopf. »Nein – zumindest keine, von der ich wüsste, und Altiplaner setzen zumindest heute keine Biowaffen mehr ein. Aber als die Altiplaner aus den Städten aufs Land zurückkehren wollten, untersagten es die Gründer, und es kam zum Krieg …

aber nicht, um sie alle zu massakrieren, sondern um auf das Land zurückkehren zu können, aus dem wir vertrieben worden waren.«

»Das entspricht nicht dem, was uns vorliegt«, erwiderte Admiral Serrano. »Und es entspricht nicht dem hier.« Sie wedelte mit dem Stück Papier.

»Aber was ich erzählt habe, ist alles, was ich weiß«, stellte Esmay fest. »Sind Sie sicher, dass Ihr Bericht zuverlässig ist?«

»Warum sollte er es nicht sein? Ein Diener ... irgendjemand ... entkommt ...«

»Wie? Wohin?«

»Ein Atmosphärenshuttle zur Orbitalstation. Leider überbrachte er auch die Krankheit und infizierte die Stationsbesatzung. Nur drei von ihnen überlebten, aber sie gaben den Bericht weiter ...«

»Ich glaube es nicht!« Barin griff nach Esmays Hand. »Wie kannst du nur an einen Fetzen Papier in einem Kinderbuch glauben ...«

»Es ist kein Kinderbuch ...«

»Was für ein Buch auch immer. Wie kannst du nur glauben, die echte, geheime Wahrheit wäre so lange verloren gewesen, nur um gerade jetzt ans Licht zu kommen, damit ich Esmay nicht heiraten kann?«

Stimmen erhoben sich zu wütendem Raunen, aber Barin schrie sie nieder. »Mir ist es egal! Mir ist egal, dass sie von Altiplano stammt. Mir ist egal, dass dieser ... dieser Fetzen Papier behauptet, ihre Familie hätte vor Jahrhunderten ein Massaker verübt. Sind alle Serranos Heilige? Ich liebe Esmay und bewundere sie und werde sie heiraten, selbst falls ich die Familie dazu verlassen müsste!«

»Barin, nein!« Esmay griff nach seiner freien Hand. »Warte ... wir müssen erst herausfinden ...«

»Ich weiß schon, was ich wissen muss«, sagte er und blickte ihr in die Augen. »Ich liebe dich, und du bist treu, aufrichtig und tapfer – und du liebst mich. Darauf allein kommt es an, nicht auf das, was damals passiert ist.«

»Ein Eid wurde geschworen …«, warf Vida ein.

Barin attackierte sie jetzt, und diesmal sah Esmay deutlich die Familienähnlichkeit, als wäre sie in Bronze gegossen. »Und sind es alle Eide wert, gehalten zu werden? Du hast mir etwas anderes erklärt, Großmutter, als ich schwor, Misis Geheimnisse zu wahren. Es gibt Eide und Eide, hast du gesagt, und ein kluger Mensch schwört nur, was richtig ist, weshalb wir auch nur wenige Eide ablegen.«

Einen Augenblick lang glaubte Esmay, Vida würde ihre Antwort laut schreien, aber als sie sich dann zu Wort meldete, klang sie weich.

»Dann müssen wir herausfinden, was in diesem Punkt wirklich wahr ist, Enkelsohn … ob die Geschichte stimmt, wie wir sie kennen, oder so, wie die Suizas sie kennen. Denn falls wir endlich die Namen derer kennen sollten, die unsere Schirmherren umgebracht haben, sehe ich keine Möglichkeit, dass zwischen uns Frieden herrscht.«

»Wir haben einen Eid gegenüber den Familias abgelegt«, wandte Heris Serrano ein. »Wie du es den anderen Flottenfamilien immer wieder erklärst, wenn sie sich daran erinnern, wer ihre Schirmherren waren. Möchtest du, dass Serranos den Zusammenhalt der Flotte zerstören und möglicherweise den der Familias gleich mit, um Vergeltung für ein altes Unrecht zu suchen?«

Stille trat ein, eine unbehagliche Stille, in der Esmay die unausgesprochenen Argumente fast hören konnte, beruhend auf Rang, aktivem Dienst und Kampferfahrung. Barin durchbrach sie schließlich.

»Es spielt keine Rolle. Ich halte zu Esmay, egal was ihr sagt.«

»Die Frage lautet: Hält sie zu dir, oder wird sie eine Verräterin werden wie ihre Ahnen?« Das stammte nicht von Vida, sondern einem männlichen Serrano weiter hinten im Gedränge.

»Unfug!«, erwiderte Heris. »Die Frage lautet: Liebt sie ihn?«

Das erzeugte einen weiteren Tumult, in dem *Liebe ist nur ein Aufstand der Hormone!* mit *Liebe geht über Hormone hinaus!* und einem Dutzend weiterer Kommentare stritt, die Esmay früher schon gehört hatte. Durch dieses Stimmengewirr schnitt das schrille Pfeifen des Interkoms wie ein Messer, und der Aufruhr ließ nach.

Jemand auf der anderen Seite des Zimmers nahm das Interkom ab, und absolute Stille breitete sich von diesem Zentrum zu den Leuten aus, die immer noch Bemerkungen über Liebe und Verrat und Ehre brummten. Köpfe wurden gedreht; Menschen entfernten sich, gingen zum Interkom hinüber.

Endlich konnte Esmay etwas erkennen. Ein Serrano, den sie noch nicht kennen gelernt hatte, stand dort und heischte mit einer Hand um Schweigen, das Gesicht vor Entsetzen mehr grau als braun. Er legte das Gerät schließlich mit übertriebener Vorsicht nieder.

»Meuterei! Auf Copper Mountain ist eine Meuterei ausgebrochen, und die Meuterer haben schon zehn Schiffe.«

»Was?«

»Jeder Urlaub wurde gestrichen, alle Mannschaftsmitglieder müssen unverzüglich auf ihre Schiffe zurückkehren …« Er suchte Vida Serranos Blick. »Sie rufen auch die suspendierten Flaggoffiziere wieder in den Dienst, Sir; Sie sollen auf dem schnellstmöglichen Weg das Oberkommando ansteuern.«

»Wer ist es?«, rief Heris. »Hast du irgendwas erfahren, wer die Meuterei angezettelt hat?«

»Die *Bonar Tighe* war das erste Schiff, Heris, aber sie haben die Orbitalstation von Copper Mountain mit Hilfe von Häftlingen aus Three Stack gestürmt, und die dortige Kommandeurin hieß Bacarion.«

»Bacarion.« Heris überlegte. »Eine von Lepescus Stabsoffizieren. Wieder dieser Haufen, unsere eigene kleine Bluthorde! Und ihr wisst ja, was Lepescus Leute für die Serranos empfinden.«

Barin zog Esmay auf die Beine und schlang die Arme um sie. »Immer kommt irgendwas dazwischen«, murmelte er. »Aber ich liebe dich wirklich und werde dich heiraten, und *nichts* – weder Großmutter noch die Geschichte noch Meutereien noch irgendwas – wird mich aufhalten.«

Sie drückte ihn ihrerseits und vergaß für einen langen, wundervollen Augenblick alles, blieb sich nur vage der Menschen bewusst, die im Zimmer umherliefen, der Türen, die auf- und zugingen. Endlich hustete jemand vernehmlich.

»Ihr habt eure Position deutlich gemacht, alle beide«, sagte Vida Serrano. »Aber in diesem Augenblick heißt es: ab in die Uniform und los!«

Esmay hob den Kopf von Barins Schulter und sah jetzt nichts mehr außer Uniformen, Serranos mit Rucksäcken und Rollkoffern; einer nach dem anderen kamen sie aus den Nebenzimmern zum Vorschein und gingen zur Tür, die zu den Liftröhren führte.

»Ich liebe ihn wirklich«, sagte Esmay Vida mitten ins Gesicht. »Und ich bin weder eine Verräterin, noch werde ich ihm wehtun.«

Vida seufzte. »Viel mehr steht auf dem Spiel als das Glück von euch beiden«, sagte sie. »Aber wenn mich einer fragt: Ich hoffe, dass es für euch gut ausgeht.«

Barin und Esmay suchten die eigenen Zimmer auf; Esmay schlüpfte rasch aus den geliehenen Kleidern und wechselte wieder in die zerknitterte Uniform, in der sie gekommen war – die Zeit hatte nicht mal gereicht, sie bügeln zu lassen. Sie betrachtete Dolcents Sachen, überlegte, sie einfach auf dem Bett liegen zu lassen, und erinnerte sich dann, wie sie Dolcent schon in Uniform hatte fortgehen sehen, in Begleitung zweier anderer Personen. Also stopfte Esmay die Sachen ins eigene Gepäck – vielleicht begegnete sie Dolcent ja an Bord eines Schiffes, das sie von hier fortbrachte –, glättete ihr widerspenstiges Haar und ging hinaus, wo Barin sie erwartete. Draußen auf dem Korridor warteten die letzten acht Serranos vor den Liftröhren.

»Ich werde mich nie wieder beschweren, wenn ich zu einem langweiligen Familientreffen muss«, sagte eine Frau, die in den Vierzigern zu sein schien. Sie warf Esmay einen verstohlenen Blick zu. »Erst finden wir heraus, dass die übliche Begutachtung einer potenziellen Ehegattin fast zur Lynchjustiz an einem alten Feind ausartet, und dann bricht auch noch eine Meuterei aus.« Nervöses Lachen von der Hälfte der Übrigen war die Reaktion. »Liegt es an dir, meine Liebe, oder am Zusammentreffen von Heris und Vida? Die beiden sind wirklich Blitzableiter.«

»Heute würde ich sie eher Blitz *und* Ableiter nennen.« Das sagte ein junger Mann, der ganz nach einem Bücherwurm aussah. »Es sind eindeutig Funken geflogen.«

»Das weiß sie.« Ein weiterer nachdenklicher Blick galt Esmay, die spürte, wie sich ihre Wangen dabei erhitzten. Eine der Röhren ging auf, und sie drängten sich hinein und schwebten mit solchem Tempo abwärts, dass Esmay glaubte, ihr Magen wollte sich zum Hals hinausdrängen.

Das Foyer des Hotels wimmelte von Männern und Frauen in RSS-Uniformen; einige rangen an der Rezeption um eine geordnete Abmeldung, andere drängten sich an den Türen, die nach draußen führten. »Kümmern Sie sich nicht um den Papierkram«, sagte der junge Mann, der sich schon oben zu Wort gemeldet hatte. »Ich kümmere mich darum – wir sind die Letzten, und es ist mein Job.«

»Cousin Andy«, flüsterte Barin Esmay ins Ohr. »Von der Verwaltung. Gehen wir.«

Das Gedränge setzte sich auf den Laufbändern und in den Straßenbahnen fort, die zum Flugsteig der Raumflotte führten. Jedes Nachrichtendisplay verkündete die Story; Kommentatoren diskutierten mit ernster Miene über den Vorfall, während Bilder von Copper Mountain im Hintergrund liefen. Esmay hielt sich nicht auf, um zuzuhören, aber vor jedem Display stand eine Gruppe Menschen.

An jeder Haltestelle stiegen neue Leute in Uniform zu. Nicht nur Serranos hatten sich hier aufgehalten, und Esmay fragte sich, wie sie alle eigentlich ihre jeweiligen Ziele erreichen wollten. Am Flugsteig fand sie es heraus.

Während die lange Schlange durch das Sicherheitstor zog, wurde sie in Besatzungsmitglieder und Durchreisende geteilt. Wer an Bord eines Schiffes diente, das hier im Dock lag, suchte es direkt auf, und wer auf Durchreise war, wurde nach Spezialgebiet und Rang eingeteilt. Innerhalb von zwei Stunden hatten Esmay und Barin neue Befehle erhalten: sie mussten an Bord eines Passagierliners gehen, um sich einer Kampfgruppe anzuschließen, die gerade für den Einsatz im System von Copper Mountain zusammengestellt wurde. Sie kehrten von der Promenade zum Flugsteig zurück und fanden im Wartesaal für die *Cecily Marie* achtzehn weitere Flottenangehörige vor. Noch dreizehn Personen zusätzlich tauchten auf, ehe alle an Bord gingen, und ein Knäuel wütender ziviler Fahrgäste beklagte sich inzwischen bitter beim Repräsentanten ihres Reisebüros am Flugsteig.

»Willkommen an Bord! Bitte nehmen Sie Ihre Plätze ein – wir führen Sie später zu den Kabinen …« Der Steward wirkte angespannt, und das nicht ohne Grund. Dreiunddreißig militärische Last-Minute-Fahrgäste, eine Meuterei in der Flotte und was noch alles? Wer wollte das wissen? Esmay und Barin setzten sich zusammen in den Aussichtssalon, und Esmay fragte sich, ob er sich ebenso merkwürdig fühlte wie sie. Wahrscheinlich nicht. Keine sechs Stunden zuvor hatte sie dieses Schiffes verlassen, und schon war sie wieder hier.

Der ranghöchste Flottenoffizier an Bord war Commander Deparre, der die Übrigen rasch organisierte, als wäre dieses Schiff kein ziviles Fahrzeug, sondern gehörte zur Raumflotte. Esmay hatte kurz die Fantasievorstellung gehegt, sie könnte die Zeit mit Barin verbringen – die Zeit, die sie nach wie vor nicht zusammen gehabt hatten, die Zeit, nach der sie sich schon sehnten, noch ehe sie zu Bruns Rettung gezogen waren. Commander Deparre wollte jedoch allen den Ernst der Lage verdeutlichen und dafür sorgen, dass sie auch verstanden, wie wichtig es war, die Reputation der Flotte bei den Zivilisten der Regierenden Familias aufrechtzuerhalten.

Esmay fand jedoch, dass die Zivilisten an Bord der *Cecily Marie* eher beunruhigt als beruhigt waren durch die Art, wie Commander Deparre das Zepter über seine kleine Gruppe schwang. Falls Meuterer geplant hätten, genau dieses Schiff in die Hand zu bekommen, hätten sie sich gar nicht bedrohlicher aufführen können – immer als Gruppe zusammen, immer von den anderen abgesondert. Commander Deparre schien jedoch seine Chance zu genießen, einmal den Kommandeur zu markieren; wie sich herausstellte, war er normalerweise für die Soldzahlungen im Oberkommando von Sektor Vier verantwortlich. Er übertrug Esmay die Verantwortung für das weibliche Militärpersonal – sie hatte darunter tatsächlich den höchsten Rang – und bestand darauf, dass sie nachts durch einen Wachtposten vor ihrem Quartier vor jeder Zudringlichkeit geschützt wurden.

»Aber Sir …«

»Wir dürfen nicht den Hauch eines Gerüchts riskieren, dass hier Unregelmäßigkeiten auftreten, Lieutenant«, beharrte er. Hinter ihm verdrehte Barin ausdrucksvoll die Augen, aber Esmay war eher danach zu schreien als zu lachen. Die Jungfrauen, deren Tugend sie nun schützen sollte, waren mit Ausnahme eines jungen Pivot-Majors mit strahlenden Augen allesamt älter als sie, und zwei unter den sieben Frauen waren führende Unteroffiziere, die in Begleitung ihrer Ehemänner auf Reisen gewesen waren. Für Commander

Deparre machte das keinen Unterschied, und er bestand darauf, dass es »unschicklich« gewesen wäre, wenn sie Kabinen mit den Ehemännern geteilt hätten. Warum genau, das wollte er nicht erklären, und Esmay hätte es ohnehin nicht verstanden.

Wenigstens begriffen diese älteren Frauen, dass man die verrückten Einfälle von Offizieren wie Deparre nicht ihren Untergebenen vorhalten sollte und dass jeder Einwand sinnlos gewesen wäre. Schwieriger waren der Sergeant und der Corporal, die sich in männliche Zivilisten verguckt hatten und unaufhörlich um eine Gelegenheit schmeichelten, mit diesen zu schwatzen.

Esmay und Barin blieben sogar zu den Mahlzeiten getrennt, weil der Commander fand, dass die Frauen an einem eigenen Tisch dinieren sollten. Mit aller Vorsicht konnten sie zweimal täglich die halbe Stunde für eine Plauderei nutzen, die Commander Deparre für nötig hielt, damit die Offiziere ihre beruflichen Kontakte und exklusive Abschottung von den Mannschaftsdienstgraden wahren konnten, denen ihrerseits zweimal dreißig Minuten zur Verfügung standen, um zu plaudern, ohne dass ein Offizier zugegen war. Die glücklichen Mannschaftsdienstgrade, fand Esmay, denn sie brauchten dabei zumindest Deparre nicht zu ertragen, was ihr hingegen nicht erspart blieb ... und der Commander hielt es außerdem für seine Pflicht, wenigstens einmal täglich mit jedem »seiner« Offiziere ein Schwätzchen zu führen.

»Nichts dauert ewig«, tröstete sie Barin. »Sogar diese Fahrt muss irgendwann enden ...« So viele Tage waren es noch gar nicht, aber sie kamen ihr wie Jahre vor.

»Bei unserem Glück enden wir noch für den Rest

unserer Laufbahnen auf demselben Schiff wie Commander Departe.«

»Nein … er wird zu seiner Buchhaltung zurückkehren, da bin ich sicher.«

»Ich hoffe es.«

Kapitel einundzwanzig

Alter Palast, Castle Rock

»Meuterei!« Mit finsterer Miene bedachte Hobart Conselline das Gesicht auf dem Bildschirm. »Was meinen Sie mit Meuterei?«

»Copper Mountain, Mylord. Meuterer haben es übernommen, das ganze dortige Sonnensystem …«

Copper Mountain lag weit entfernt – Hobart hatte keine Ahnung, wie weit genau, aber weit genug. Eine Ausbildungsbasis, nicht wahr? Wahrscheinlich ein Haufen verstimmter Rekruten und nichts, worüber man sich Sorgen machen musste. »Wer führt dort das Kommando?«

»Mylord?«

Er war von Idioten umgeben. »Wer kommandiert Copper Mountain? Den Stützpunkt dort?« Ein ausdrucksloser Blick, gefolgt von einem wirren Geschwätz über die Hauptbasis und Camp Dies und Irgendwas-Islands. »Vergessen Sie es – legen Sie einen Kordon herum.«

»Einen Kordon, Mylord?«

Musste er wirklich alles erklären? Und diese Leute waren angeblich Militärs! »Schneiden Sie die Meuterer ab«, sagte er mit Bestimmtheit. »Eine Blockade, einen Kordon oder wie immer man das bei Ihnen nennt. Isolieren Sie sie einfach, und denen wird rasch genug der Nachschub ausgehen.«

Ein anderes Gesicht tauchte auf, diesmal ein etwas

älteres. »Sprecher, Sie verstehen nicht! Die Meuterei hat auf Copper Mountain begonnen, aber die Meuterer beherrschen inzwischen das ganze Sonnensystem – die Orbitalstation und die Systemverteidigung; und wir wissen, dass mindestens zehn Kriegsschiffe daran beteiligt sind. Das reicht aus, um jede andere Orbitalstation anzugreifen oder auch einen der weniger stark geschützten Planeten.«

»Aber warum sollten sie das tun?«

»Wir wissen es nicht, Lord Conselline, und da wir ihre Pläne nicht kennen, müssen wir jede mögliche Vorkehrung treffen, um die empfindlichsten Bevölkerungszentren zu schützen ...«

»Zur Hölle mit ihnen! Ich möchte wissen, wen sie repräsentieren! Ich möchte es unverzüglich erfahren!«

»Mylord, vorrangig ist es, für die Sicherheit der ...«

»Ich wette, die Barracloughs stecken dahinter ... oder die Serranos ...«

Das Gesicht auf dem Bildschirm schien zu erstarren. »Uns liegen keine Informationen vor ...«

»Na, dann finden Sie es heraus! Ich erwarte unverzüglich Ihren Bericht.« Er schaltete sein Gerät ab und drehte den Stuhl so schnell, dass er sich das Knie am Schreibtisch stieß und nach Luft schnappte. Verdammt sollten sie sein! Selbstgefällig, herablassend ... und sie wollten ohnehin nichts weiter, als das eigene Nest zu polstern. Er spürte, wie immer, das riesige klebrige Netz der Verschwörung eines anderen, die Bösartigkeit und Feindseligkeit eines anderen. Es war unfair ... warum sahen die Leute nicht ein, dass er nur versuchte, die Lage der *wirklichen* Regierenden Familias zu verbessern, dieses mentale Abbild hart arbeitender, wohltätiger Lords und Ladys und hart arbeitender, dankbarer kleiner Familien und Arbeiter, für die er sich zwischen Mühlsteinen zerreiben ließ? Warum mussten sie immer Einwände erheben, widersprechen, zanken und sich beschweren? Falls sie doch nur sofort und ohne Widerrede seinen Anweisungen folgten, könnte die Regierungsarbeit viel glatter und schneller laufen und so auch auf jede Krise reagieren, die sich entwickelte.

Aber nein! Sie ließen sich von persönlichem Ehrgeiz, bloßem Eigeninteresse und albernem Stolz lenken … und sabotierten so sein Bemühen, die Regierenden Familias zu retten. Tränen brannten ihm in den Augen, und er blinzelte. Ein Rücktritt erschien ihm verlockend – damit sie einmal erfuhren, in welchen Schlamassel, welchen katastrophalen Treibsand sie ohne ihn gerieten. Er hatte gewiss das seine geleistet; er hatte sich eine Ruhepause verdient. Aber nein – er würde wie eh und je seine Pflicht tun. Er würde die trägen Intriganten ausmerzen, die ihn hinter seinem Rücken auslachten, und den Staat retten, ob der nun wollte oder nicht.

Er tätigte selbst einen Anruf – denn er wollte nicht auf die Dienste des sauertöpfischen Poisson zurückgreifen – und verlangte über das Sekretariat des Verteidigungsministers ein Gespräch mit diesem.

»Eine schreckliche Geschichte«, sagte der Minister, kaum dass sein Gesicht auf dem Monitor erschien.

»Fangen Sie nicht auch noch an!«, mahnte ihn Hobart. »Aus dem Büro des Grand Admirals erhalte ich schon keinerlei Hilfe …«

»Die Leute dort sind nervös – Sie wissen ja, Lord Conselline, dass der Grand Admiral erst einen Stern hatte, als die übrigen Offiziere im Flaggenrang fortgeschickt wurden …«

»Keine Ausreden, Ed! Eine Meuterei passiert nicht

einfach aus heiterem Himmel. Ich möchte erfahren, wer für diesen Skandal verantwortlich ist. Namen, Daten, das ganze Programm. Köpfe werden rollen, haben Sie das kapiert, Ed?«

»Absolut, Lord Conselline. Sobald ich etwas erfahren habe, melde ich …«

»Ich habe Feinde, wissen Sie?«, sagte Hobart. »Es gibt Personen, die mich gern in Verlegenheit sähen. Ich könnte Namen nennen …«

»Aus der Flotte, Mylord?«

»Nicht unbedingt, obwohl, so weit ich es verstanden habe, die Serranos Lord Thornbuckle und seiner Tochter recht nahe gestanden haben. Waren sie nicht an ihrer Rettung beteiligt, diesem eklatanten Missbrauch staatlicher Mittel?«

»Ja, Mylord, aber kein Serrano konnte bislang als Besatzungsmitglied eines an der Meuterei beteiligten Schiffes identifiziert werden. Tatsächlich nahmen viele von ihnen zur gleichen Zeit an einem gesellschaftlichen Ereignis teil …«

»Ein krasser Fall von arrangiertem Alibi«, behauptete Hobart. »An sich schon verdächtig.«

»Ah … es war eine Verlobungsfeier, soweit ich es verstanden habe. Mylord, die Flotte hat um meine Genehmigung ersucht, den Befehl aufzuheben, mit dem verjüngte Flaggoffiziere vom aktiven Dienst suspendiert wurden, und ich habe natürlich eingewilligt …«

»Warum?«

Der Minister blickte ihn verständnislos an. »Weil wir sie brauchen, Mylord. Wenn ein Teil der Flotte meutert, brauchen wir loyale Offiziere und besonders die Befehlsstruktur …«

»Woher wissen Sie, dass sie loyal sind? Woher wissen Sie, dass sie die Meuterei nicht inszeniert haben, nur um in die bequemen Jobs zurückkehren zu können, die sie vorher hatten?«

»Lord Conselline, es liegt keinerlei Beweis vor …«

»Falls Sie jetzt *Einwände* erheben, Ed …«, begann Hobart, der spürte, wie er laufend hitziger wurde.

»Mylord, ich erhebe keine Einwände, ich erläutere Ihnen nur die Faktenlage, wie sie uns bekannt ist.«

»Dabei wissen Sie gar nichts, was von Belang wäre!« Hobart trennte die Verbindung und wollte wieder den Stuhl herumwirbeln, stoppte aber gerade noch rechtzeitig, ehe er sich erneut das Bein anstieß. Er war von vollständig untauglichen Menschen umgeben! Er hatte diesen Mann *gemacht!* Er hatte ihm alles beigebracht, ihn geformt, ihn in die Regierungsmannschaft geholt, und das … *das* war jetzt der Lohn! Insubordination, Unfähigkeit …

Er konnte ihn natürlich feuern. Aber wen konnte er stattdessen berufen? Keiner von denen war den Hoffnungen gerecht geworden, die Hobart in sie gesetzt hatte. Statt für ihn zu arbeiten, ihn zu unterstützen, ihm zu helfen, führten sie sich alle wie verwöhnte Primadonnen auf. Konnte er jemanden finden, der mehr taugte?

»Goonar – wach auf, Mann!« Goonar drehte sich um und warf seinem Cousin einen finsteren Blick zu.

»Ich habe Freiwache. Das Schiff ist völlig zerlegt. Verschwinde!«

»Goonar, hör zu! Wir haben gerade eine Meldung erster Priorität abgehört …«

»Ist Laisa verrückt geworden? Falls wir jetzt Flottendaten abzapfen, werden sie …«

»Eine Meuterei ist ausgebrochen, Goonar.«

»Eine Meuterei?«

»Bislang, soweit bekannt wurde, zehn Schiffe, alle im System von Copper Mountain. Wer weiß, wie viele an anderer Stelle?«

»*Offene* Meuterei?« Goonar war jetzt hellwach, und der Magen bildete einen kalten Knoten.

»Genau das habe ich gesagt. Ein Schiff hat Landungsboote zu einem Gefängnis auf dem Planeten geschickt, einen Haufen gefährlicher Verbrecher herausgeholt, mit ihrer Hilfe die Orbitalstation besetzt, Funkanlagen und Systemverteidigung übernommen und das dortige Sonnensystem zum Mitglied in der Gesellschaft der Natürlichen Menschen erklärt.«

»Und wer soll das sein?« Das klang nach nichts, was Goonar je zu Ohren gekomen war. Natürliche Menschen? Was taten die eigentlich – nackt herumrennen und rohen Fisch essen?

»Ich vermute, dass diese Leute zu dem blutrünstigen Haufen gehörten, der sich um Admiral Lepescu geschart hatte. Erinnerst du dich noch an diesen besinnungslos betrunkenen Glatzkopf, der uns damals, nach der Kneipenschlägerei, seine Trophäen zeigen wollte? Und was Kaim uns erzählt hat?«

»Lepescu ist tot«, wandte Goonar ein.

»Die Gemeinheit stirbt nicht, wenn es ein einzelner gemeiner Mensch tut.« Basil bewegte nervös die Schultern. »Ich frage mich, ob mit Kaim alles in Ordnung ist oder er auf irgendeine Weise drinsteckt.«

»Er hätte es uns gesagt – wir sind doch seine Familie ...«

»Kannst du dir waschechte Verschwörer vorstellen, die Kaim ins Vertrauen ziehen? Er ist so davon überzeugt, dass ihn niemand hereinlegen kann! Er ist der Typ, der seine Brieftasche in der Hand hält und Taschendieben zeigt, wo er sie hat. Mir wäre es zuwider, wenn ein Terakian in die Sache verwickelt ist, sei es auch nur durch Zufall.«

»Ich bin mehr um den Rest der Familie besorgt. Eine Meuterei im Regular Space Service fährt übel Schlitten mit Transportplänen, einschließlich unserer. Die Lage war bislang schon unruhig genug.«

»Deshalb habe ich dich auch geweckt. Wir spielen derzeit Seilspringen mit der *Terakians Harvest*, und Laisa sagt, wir wären fast in Richtstrahldistanz.«

»Wir müssen doch nicht auf sie umsteigen, oder?«, fragte Goonar. Die Umstiegsschläuche zwischen Raumschiffen waren ihm ein noch größeres Gräuel, als aus tiefem Schlaf geweckt zu werden.

»Nein. Genauer gesagt: du nicht, ich schon. Aber sie möchten mit dir reden.«

Goonar stöhnte, wälzte sich aber trotzdem aus dem Bett und rieb sich kräftig den Kopf. Wenn er gerade wach geworden war, taugte er zu gar nichts; glatt hätte er Basil eine Ohrfeige verpassen können, nur weil sein Bruder so frisch und wach aussah.

Auf der Brücke der *Flavor* lächelte Laisa ihn an. »Aufregende Zeiten, Goonar!«

»Ich habe nie ein Gebet um Aufregung gesprochen«, knurrte er. Er wollte einfach nur sein Leben in Frieden verbringen, dachte er, und sich die Erinnerung an jene Tafelrunden auf Caskadar bewahren … den warmen Schein der Lampen, den Essensgeruch, die süßen hellen Kinderstimmen. Er seufzte und stellte eine Verbindung zum Funkoffizier der *Harvest* her.

»Wie lautet deine Analyse, Goonar?«

Woher sollte er eine Analyse haben, wenn er gerade erst wach geworden war? Und obwohl er zunächst kaum ein Wort hervorbrachte, spürte er, wie sich die kleinen Walzen in seinem Kopf drehten und die Zahlen immer schneller vor dem inneren Auge vorbeiliefen.

»Was habt ihr an Bord?«

»Klasse D. Geschosshülsen aus Wolfram in Laderaum vier, formbarer Sprengstoff in Nummer drei, der Rest nicht bemerkenswert.«

»Erzähle mir alles.« Sie wollten einem nie alles melden, was sie an Bord hatten, aber es waren die kleinen Dinge, die eine Gewinnberechnung auf den Kopf stellen konnten.

»Software für Spitzenmode, an acht unterschiedliche Bestimmungsorte zu liefern, Installateurszubehör – meist Plastikverbindungsstücke, aber auch ein paar Klappenventile –, ein Gros solarbetriebene Pumpen, ein Kasten mit gefüllten Datteln und zwei Ballen ungefärbte Synthoseide.«

Goonar wusste aus Erfahrung, dass die Datteln und die Synthoseide sicher nicht auf der Ladeliste standen. Persönlicher Besitz der Besatzung, unverkäuflich … außer gegen satten Gewinn. »Schön – und welche Zielorte und Routen?«

Diese trafen als langer Datenstrang direkt in seinem Tischcomputer ein.

Er sah sich das an und ließ den kleinen Schaltungen und Walzen im Kopf freie Bahn. Und gerade als der inzwischen im Raumanzug steckende Basil ihm von der Brückentür aus zuwinkte, kam er darauf.

»Xavier.«

»Was? Das steht nun wirklich überhaupt nicht auf unserer Liste!«

»Ich weiß … aber ich wette, dort braucht man eure Klasse-D-Waren, und der Planet ist in der Flottendirektive der vergangenen Woche als Prioritätsziel aufgeführt. Niemand möchte dort hinausfahren.«

»Ich auch nicht!«

»Doch, tust du. Es ist ein weiter Weg, der von Copper Mountain wegführt. Nichts, was für die Meuterer interessant wäre – keine Schiffe zu erbeuten, keine Waffenfabriken zu plündern, kein reiches Handelszentrum für Überfälle. Die Flotte hat dort Kräfte stationiert, und nach dem, was passiert ist, werden es die loyalsten Besatzungen sein, die sie nur finden können. Es ist ein Agroplanet, Tierzüchter, minimale Industrie. Darüber hinaus befindet sich Xavier im Wiederaufbau – sie nehmen euch also auch die Installationsware ab. Sie brauchen eine Menge Synthoseide, aber Färber haben sie selbst. Danach steuert ihr Rotterdam an; das ist ebenfalls ein agrarischer Planet, der etwas Handel mit Xavier austauscht.«

»Was ist mit der Modesoftware? Sie ist nur für sehr kurze Zeit verkäuflich.«

»Übergebt sie per Schlauch an uns, und wir schicken sie mit dem nächsten Schiff weiter, das wir treffen, sobald es wieder ruhiger ist.«

»Falls überhaupt je. Also schön. Glückliche Reise!«

Double-Sun-Lines, *Cecily Marie*

Auf Station Chinglin erwarteten den kritiksüchtigen Commander Befehle, die ihn in eine andere Richtung schickten als die Mitglieder seiner sehr erleichterten Gruppe, die auf andere Schiffe verteilt wurden. Barin und Esmay nutzten die Gelegenheit, an einem Snackstand auf der Promenade einzukehren, die von den zivilen Warteräumen zum Flugsteig der Raumflotte führte; dort erwartete man sie an Bord der *RSS Rosa Gloria.* Ihnen blieben weniger als zwei Stunden Zeit für sich, wobei das »für sich« relativ großzügig auszulegen war, aber es war doch eine erhebliche Steigerung zu einer Suite voller Serranos und dem wachsamen Blick des Majors.

»Wie bei Rondin und Gillian«, fand Esmay und schlenkerte mit den Beinen an den Tresen. Sie kam sich wie ein Kind vor auf diesem hohen Hocker, wo sie ihre Eiscreme löffelte. »Alter Familienzwist und all so was.«

»Du meinst Romeo und Julia«, korrigierte sie Barin. »Shakespeare, sehr alt.«

»Nein, das tue ich nicht«, konterte Esmay. »Ich meine Rondin und Gillian. Wer sind Romeo und Julia?«

»Du musst von ihnen gehört haben; vielleicht wurden die Namen in eurer Version verändert. Die Montagues und Capulets waren traditionell verfeindet. Duelle und Verbannung, und schließlich sind sie umgekommen.«

»Nein, sind sie nicht.«

»Doch, sind sie. Julia nahm einen Trank zu sich, wonach sie aussah wie eine Tote, und Romeo hielt sie für tot und brachte sich selbst um, und dann fand sie ihn und beging auch Selbstmord.« Barin verspeiste einen weiteren Löffel voll Eiscreme. »Tragisch, aber dumm. Er hätte einen Arzt konsultieren können, obwohl mein Lehrer behauptet, man hätte damals, als die Geschichte ursprünglich erzählt wurde, noch keine Ärzte gehabt.«

»Nicht Rondin«, sagte Esmay. »Ich bin ihm begegnet.«

Barin glotzte. »Du sprichst von echten Personen?«

»Natürlich. Rondin Escandera und Gillian Portobello. Ihre Väter stritten sich schon seit Jahren und untersagten ihnen zu heiraten.«

»Warum?«

»Warum sie sich gestritten haben? Ich weiß nicht. Ich war damals noch ein kleines Mädchen und habe es nie erfahren. Ich denke aber, mein Vater wusste es. Es war alles sehr aufregend … Rondin ist über unseren Grund geritten, um Gillian zu besuchen, weil ihr Vater sie zu meiner Urgroßmutter geschickt hatte, damit sie sich Rondin aus dem Kopf schlug, wie er es ausdrückte. Dort habe ich sie kennen gelernt; ich war noch klein und sie eine junge Frau. Dann kam Rondin eines Nachts zu Besuch, und sie kletterte aus dem Fenster.«

»Woher wusste er, wo er sie fand?«

»Alle wussten es – ihr Vater hatte kein Geheimnis daraus gemacht.«

»War sie schön?«

»Oh Barin, ich war neun … vielleicht zehn. Ich wusste noch nichts von Schönheit. Sie war eine Erwachsene, die mit mir redete; mehr weiß ich nicht mehr.«

»Was ist dann passiert?«

»Oh, ihr Vater kam herüber und schrie meinen Vater an und wollte auch meine Urgroßmutter anschreien; mein Großvater und Onkel haben ihn angeschrien – es wurde eine Menge geschrien, und ich habe mich die meiste Zeit in meinem Zimmer versteckt, damit niemand mir peinliche Fragen stellte.«

»*Dir* Fragen stellte – was wusstest du denn?«

Esmay lächelte. »Ich war es, die als Kurier zwischen den beiden gedient hatte. Niemand hat besonders auf eine dürre Neunjährige geachtet, von der man schon wusste, dass sie gern allein durch die Hügel spazierte. Gillian war nett zu mir; für sie hätte ich sogar mehr getan, als nur einen Brief ein paar Meilen weit zu tragen. Und ich wusste, wohin die beiden verschwunden waren. Meine Urgroßmutter hatte versucht, es Gillian auszureden, und gemeint, es wäre eine Schande für sie beide, aber endlich erteilte sie ihnen doch die Erlaubnis, sich weit im Süden auf unserem Land niederzulassen, und zwar als … In dieser Sprache gibt es keinen Begriff dafür, aber man könnte sagen, als Suiza-Schützlinge – und unter Suiza-Recht. Das Land gehört ihnen nicht.«

»Sind sie glücklich?«

»Ich habe keine Ahnung. Nachdem sich das Geschrei gelegt hatte, habe ich nie wieder von ihnen gehört. Was ich jedoch sagen wollte: uns geht es ganz ähnlich; unsere Familien sind dagegen, dass wir heiraten, und wir müssen uns auch entscheiden, ob wir uns entweder von der Familie oder vom anderen trennen.«

»Ich möchte mich nicht von dir trennen.«

»Ich mich auch nicht von dir.«

»Es ist nicht fair, dir die Schuld an etwas zu geben, was irgendein Vorfahr von dir getan hat …«

»… *falls* er es überhaupt getan hat«, sagten sie beide gleichzeitig.

»So weit sie wissen«, sagte Esmay, »bin ich die letzte lebende Nachfahrin jener Familie, wie immer sie auch hieß. Vielleicht sollten sie mir lieber zujubeln, als mich zu hassen.«

»Sie hassen dich nicht. Sie sind einfach verwirrt. Es ist sowieso alles die Schuld der Personalabteilung.« Er streckte die Hand aus und berührte ihr Haar so sachte, dass sie es kaum spürte. Sogar das war in der Öffentlichkeit riskant; sie spürte, wie ihr Gesicht heiß wurde.

»Der Personalabteilung?«

»Na ja, hätten sie die verjüngten Admirale nicht vom Dienst suspendiert, dann hätte Großmutter nie gelangweilt im Familienarchiv herumgestöbert. Stell dir nur vor, welche Überwindung es sie gekostet haben muss, sich eine Reihe Kinderbücher anzusehen.«

Esmay konnte ein Kichern nicht unterdrücken. »Nachdem sie auf der Veranda gesessen hatte ... Gibt es dort eine Veranda?«

»Oh ja. Sie saß auf der Veranda und blickte auf den See hinaus, da wette ich. Dann hat sie einen Spaziergang gemacht. Danach hat sie die Nachrichten gesehen und sich schließlich überlegt, etwas Nützliches und Lehrreiches zu tun ...«

»Zum Beispiel in Kinderbüchern lesen.« Es war schwierig, sich den Respekt gebietenden Admiral Serrano bei solcher Lektüre vorzustellen. Sie musste sich wirklich sehr gelangweilt haben.

»Ich möchte keine Kinderbücher lesen ...« Barin betrachtete sie ausgiebig.

»Nein ...« Sie starrte auf ihr Eis und bemühte sich, nicht erneut rot zu werden. Sie wusste genau, was er wollte und was sie auch wollte.

»Esmay ... alles steht gegen uns – beide Familien, die Meuterei, vielleicht gar ein Krieg; das ganze Universum möchte verhindern, dass wir heiraten. Alle sind so überzeugt davon zu wissen, warum wir es nicht tun sollten und was wir tun sollten, um noch in zehn oder zwanzig oder fünfzig Jahren glücklich zu sein. Aber ich möchte dich heiraten. Möchtest du auch mich noch heiraten?«

»Ja.«

»Dann tun wir es – ihnen allen zum Trotz, der Meuterei zum Trotz, dem gesunden Menschenverstand zum Trotz! *Tun* wir es einfach.«

Warme, leuchtende Freude erfüllte Esmay gänzlich und verbannte jede Verlegenheit. »Ja. Oh ja! Aber wie?«

»Falls alle Stricke reißen, halten wir Händchen über einer Kerze, aber uns bleibt noch eine Stunde – womöglich mehr –, ehe das Schiff geht. Falls wir die Zeit nicht vergeuden …«

»Gehen wir.«

Als sie auf der Anzeigetafel nachsahen, waren es noch zweiundsiebzig Minuten, bis die *Rosa Gloria* zum Auslaufen eingeplant war. Zweiundsiebzig Minuten. Eine Amtsperson zu finden, die berechtigt war, die Zeremonie durchzuführen, das verschlang dreiunddreißig davon. Den Mann zu überreden, dass er es auch tat – wobei sie beide redeten, ihre Identität nachwiesen, alle Dokumente vorzeigten –, dauerte weitere sechsundzwanzig Minuten. Noch dreizehn übrig … Sie standen Hand in Hand, und der Friedensrichter rasselte die rechtlichen Anforderungen herunter, so schnell es ging, und setzte dann etwas hinzu, was Esmay als Segen nach seiner Religion deutete, wenn auch nicht nach ihrer. Die verschiedenen Dokumente zu unterschreiben, abzustempeln und zu siegeln nahm weitere acht Minuten in Anspruch, und dann stürmten sie beide zurück auf die Flottenseite der Station, so schnell sie nur konnten.

»Wir sind verrückt«, fand Barin, nachdem sie sich am Tor zur Flottensektion gemeldet hatten. Seine Hand fühlte sich an, als wäre sie mit ihrer verschmolzen.

»Ich liebe dich«, sagte Esmay. »Ich … verdammt, es ist schon gelb …«

»*Komm* schon!« Hand in Hand stürmten sie los, und andere Menschen drehten sich zu ihnen um und starrten – manche schrien gar etwas, aber Esmay war es egal. Sie erreichten das hintere Ende der Zugangsröhre, gerade als die Lampe auf Rot sprang, und ein sehr empörter Petty-major hielt die Hand auf der Steuerung, damit sie noch an Bord kamen.

»Willkommen an Bord, Sir … Sirs.« Ihr Ton hätte gereicht, um Fisch auf hundert Jahre zu konservieren.

Hinter der Frau stand ein Major; Esmay konnte die Hand aus Barins Griff lösen, und sie beide salutierten.

»Jig Serrano und Lieutenant Suiza, wie ich vermute?«

»Ja, Sir.« Sie hatte nicht mal die Zeit gefunden, sich zu überlegen, ob sie den Namen wechseln wollte.

»Das war ziemlich knapp, was? Wir hatten Sie beinahe schon auf unserer Liste möglicher Meuterer.«

»Uns?«, fragte Barin. Er klang entrüstet.

»Sie«, bestätigte der Major. »So stufen wir die Leute ein, die sich nicht blicken lassen – was haben Sie denn gedacht?«

»Sir, wir müssen eine Statusänderung bekannt geben.«

Seine Brauen stiegen. »Wir?«

»Wir«, sagte Barin mit Bestimmtheit.

»Ich vermute, Sie meinen damit eine Statusänderung, die sich auf die Einqartierung auswirkt«, sagte der Major und verdrehte die Augen. »In Ordnung. Derzeit teilen wir Offiziere, die wir nur zu anderen Schiffen bringen, für halbe Arbeitsschichten ein. Sie erhalten zunächst die zweite Schicht, zweite Hälfte. Mal sehen – Lieutenant Suiza, wir treffen die *Navarino,* sobald die Kampfgruppe zusammengestellt ist, und Sie gehen dort an Bord; derzeit ist die *Navarino* im Sprungtransit. Jig Serrano, Sie standen im Begriff, die *Gyrfalcon* zu verlassen, aber das Schiff, für das Sie eingeteilt wurden, ist zu den Meuterern übergelaufen, sodass Ihre weitere Verwendung zunächst ungeklärt bleibt.«

»Die *Goshawk* ist übergelaufen?«

»So habe ich es gehört.«

»Aber sie war überhaupt nicht in der Nähe von Copper Mountain!«

»Serrano, ich weiß auch nur, was ich gesagt habe. Zunächst müssen Sie in der Messe der Juniorofﬁziere darauf warten, dass Sie in der Verwaltung und beim Kommandanten an die Reihe kommen.«

»Ja, Sir.«

Die Messe der Juniorofﬁziere war ein summender Bienenschwarm aus Ensigns, Jigs und Lieutenants, die viel mehr an den aktuellen Nachrichten interessiert waren als an persönlichen Fragen. Sobald sie erst mal herausfanden, dass Barin und Esmay ihre letzten beiden Stunden auf der Station nicht vor Nachrichtendisplays verbracht hatten, fuhren sie damit fort, den Flottenklatsch neu aufzugießen. Barin und Esmay fanden Gelegenheit, sich in einer Ecke zusammenzusetzen, wobei sie sich kaum mit den Schultern berührten; dann hielten sie auf der Statustafel nach dem Befehl Ausschau, sich beim Kommandanten zu melden.

»Sie haben *was?«*, fragte Kommandant Atherton.

»Geheiratet, Sir«, antwortete Esmay. Als Ranghöhere hatte sie es bekannt gegeben.

»Aber – aber Sie hatten niemanden informiert!«

»Nein, Sir.« Dabei waren ihr befehlshabender Offizier und der Barins sehr wohl über die Verlobung informiert gewesen.

»Ihre Papiere sind nicht mal vollständig.«

»Nein, Sir.« Auch das erklärte sie nicht näher, und sie ging auch nicht darauf ein, wie wenig wahrscheinlich es war, dass die Papiere in absehbarer Zukunft vollständig sein würden.

»Sie wissen, dass die Personalabteilung die Ehe annullieren könnte …«

»Ja, Sir.« Sie hörte, wie stur sie klang. Die Personalabteilung konnte annullieren, was sie wollte, aber Esmay war im Herzen verheiratet, und nichts konnte das mehr ändern.

»Warum – nein, vergessen Sie diese Frage. Weil Sie beide Idioten sind, die nur Stroh im Kopf haben! In einer solchen Zeit ein solches Kunststück aufzuführen!«

»Sir, der Grund lautet«, wagte sich Esmay vor, »dass uns immer wieder etwas dazwischengekommen ist, und wir wollten …«

»Wir sind hier nicht in einem romantischen Abenteuerwürfel, Lieutenant. Wir sind auf einem Kriegsschiff und im Krieg. Mir ist egal, ob Sie beide ineinander verliebt sind oder jemand Ihrem Cocktail etwas zugesetzt hat … wir haben einfach keine Zeit dafür. Sie beide dürften nicht mal auf demselben Schiff dienen.«

Esmay warf einen verstohlenen Blick auf Barin, der ihn erwiderte. Seit der *Koskiusko* hatten sie schon nicht mehr auf demselben Schiff gedient, auch ohne verheiratet zu sein.

»Warum konnten Sie nicht einfach wilden, leidenschaftlichen Sex haben und es damit bewenden lassen? Warum mussten Sie unbedingt heiraten?« Atherton wandte sich Barin zu. »Haben Sie eine Idee, was Ihre Großmutter mit mir anstellen wird, wenn sie davon erfährt?«

»Es war nicht Ihre Schuld, Sir.« Barin wirkte ein bisschen grimmig, und Esmay wusste, was ihm durch den Kopf ging. Es war nicht der Kommandant dieses Schiffes, der die volle Wucht von Admiral Serranos Zorn abbekommen würde.

»Nein, das ist es nicht, aber sie wird mir trotzdem vorwerfen, dass ich es nicht unterbunden habe. Sie …« Er unterbrach sein Gebrüll. »Sie lachen doch nicht etwa, oder?«

»Nein, Sir«, antworteten beide.

»Gut! Denn obwohl die ganze Situation so schlimm ist, dass Lachen die einzig vernünftige Reaktion wäre, gefällt es mir nicht, wenn man mich auslacht – und ich selbst lache auch nicht, sodass Sie nicht einstimmen können.« Er schüttelte den Kopf. »Wir erleben so was in jeder Krise. Ich weiß nicht, was ihr jungen Leute euch eigentlich dabei denkt – und Sie, Lieutenant Suiza, sind eigentlich zu alt für diese Kategorie –, aber in jeder militärischen Krise beschließt ein ganzer Haufen von euch, miteinander ins Bett zu hüpfen, und ein paar davon machen gleich anschließend den Sprung in die Ehe. Es muss irgendeine atavistische Marotte aus der Frühzeit der menschlichen Evolution sein.«

»So war es gar nicht. Wir haben nichts überstürzt. Wir haben gewartet und gewartet und Formulare ausgefüllt und mit unseren Familien gezankt …« Esmay wusste, dass sie zu viel sagte, aber dieses eine Mal konnte sie einfach nicht aufhören.

»Und dann ist Großmutter mit etwas wirklich Schrecklichem herausgerückt …«, ergänzte Barin. Esmay warf ihm einen warnenden Blick zu.

»Und dann kam die Meldung von der Meuterei, und alle hatten es auf einmal furchtbar eilig …«

»Hmm-mm. Und Sie haben geheiratet, weil Ihnen Ihr persönliches Glück wichtiger war als alles andere.«

»So wichtig wie«, korrigierte ihn Barin. »Sir, ich kann nicht erkennen, wie es unserem Leistungsvermögen nutzen sollte, wenn wir uns erbärmlich fühlen, und wir haben uns erbärmlich dabei gefühlt, nicht verheiratet und auch noch getrennt zu sein.«

»Und Sie funktionieren besser, wenn Sie zusammen sind?«

»Das denke ich«, bestätigte Barin.

»Gut. Beweisen Sie es. Ich sehe Sie zur zweiten Schicht, zweite Hälfte. Wir sind sicherlich ausreichend überfüllt, um es vernünftig erscheinen zu lassen, dass Sie zur Schlafenszeit eine Kabine teilen. Aber sobald ich zum ersten Mal einen von Ihnen im Dienst groggy erlebe, stoße ich Sie beide in den Weltraum hinaus, das schwöre ich! Klar?«

»Ja, Sir!«

»Und Sie beide informieren unverzüglich Ihre Familien, solange wir noch in Reichweite des System-Ansibles sind. Zweifellos sind wir im Sprungtransit, ehe eine Antwort eintrifft, aber zumindest haben Sie es ihnen dann gesagt. Sie haben eine Stunde!«

»Ja, Sir.«

»Sie bringen sie gemeinsam unter?«, fragte der Erste Offizier. Er hatte genug mitgehört.

»Es spart Zeit. Sie finden sowieso irgendwie zusammen, falls wir sie für verschiedene Arbeitsschichten einteilen und ihnen getrennte Unterkünfte geben … so vergeuden sie wenigstens weder Zeit noch Kraft auf der Suche nach einander. Ihren Dienstakten zufolge vermute ich, dass sie so tüchtig sein werden wie alle anderen auch.«

»Die Serrano-Familie wird nicht glücklich sein.«

»Na ja … wie die beiden schon sagten: es ist nicht meine Schuld. Ich habe es weder arrangiert noch genehmigt; es war schon passiert, als sie zu meinem Kommando stießen. Außerdem bin ich kein Serrano.« Sein Gesicht entspannte sich, als ihm die Erinnerung ein Lächeln entlockte. »Als ich noch Ensign auf der *Claremont* war und Vida Serrano dort Kommandantin, hat sie mich mal zur Schnecke gemacht, weil ich zu viel Zeit mit meiner Freundin verbrachte. Sagte, ich würde ohnehin über die alberne Göre hinwegkommen. Na ja, ich bin jetzt seit achtundzwanzig Jahren mit der ›albernen Göre‹ verheiratet, und an dem Tag, an dem ich über Sal hinwegkomme, bin ich tot. Es ist nur gerecht, dass Vidas Enkel sich in jemanden verliebt hat, den sie für ungeeignet hält – obwohl über meine Begriffe geht, was sie an Lieutenant Suiza auszusetzen hat. Vielleicht zeigen diese beiden eines Tages Verständnis für eins meiner Kinder.«

Die Kabine war, wie nicht anders zu erwarten, beengt; eine zweite schmale Koje war über der ersten montiert; sie mussten diese Unterkunft mit vier weiteren Offizieren teilen und konnten sie nur in der zugewiesenen Schlafenszeit nutzen. Aber sie waren dann jeweils allein und hatten eine abgeschlossene Tür zwischen sich und dem Rest des Universums. Derzeit war nichts weiter von Bedeutung.

»Tut mir Leid, die ganze Eile«, flüsterte Barin Esmay ins Ohr.

»Hmmm?«

»Das schöne Kleid, das Brun für dich entwerfen lassen wollte. Und der Ring, den ich bestellt habe. Und eine Feier, die man als solche erkennen würde ...«

»Das können wir nachholen, falls wir eine Gelegenheit finden. Mir ist das hier jetzt lieber.« *Das hier* beanspruchte sie beide für einige Zeit mehr als ausreichend.

»Trotzdem ...«, sagte Barin, als er endlich wieder Luft bekam.

Esmay stieß ihn mit dem Finger in die Rippen. »Lenke ... mich nicht ab!«

Kapitel zweiundzwanzig

Büro des Präsidenten, Benignität der wohltätigen Hand

Hostite Fieddi hatte immer gewusst, dass dieser Tag anbrechen würde. Der Präsident saß am Schreibtisch, und auf dem Schreibtisch lag das Messer, dieses uralte Messer mit der schwarzen Klinge, der Griff zur Linken des Präsidenten.

»Hostite, Sie waren ein guter und treuer Diener.«

»Sir.«

»Sie waren lange in unserem Dienst.«

»Sir.«

»Sie sind das Schwert, dem ich vertraue.« Die Satzmelodie deutete auf eine Pause hin, nicht auf Fortsetzung, und Hostite wartete. »Wir haben einen Feind, den die Zeit nicht für uns verwunden wird.«

»Sir.«

»Sie sind mein Schwert, Hostite …«

»Im Herzen, Präsident.«

»Im Herzen, Hostite, ohne Schaden.« Eine Tötung, außerhalb der Grenzen, aber nur eine. Dafür war Hostite dankbar – dass nur ein genommenes Leben seine Seele für die Ewigkeit belastete.

»Treten Sie näher, und ich werde mit meinem Schwert zielen.«

Er war bereits tot, obwohl er noch wandelte; näher zu treten, das vergrößerte seine Sterblichkeit auch nicht. Hostite wartete, und der Präsident schwieg lange.

Dann: »Es ist eine ernste Sache, den Tod eines Menschen zu befehlen, der nie Ihrer Autorität unterlag. Ich erteile diesen Befehl widerstrebend, Hostite, nicht nur aufgrund seiner Bedeutung für Sie und mich, sondern aufgrund seiner Bedeutung für die Völker ... unsere Schützlinge. Aber mir bleibt keine andere Wahl; dieser Mann platzt vor Ehrgeiz und möchte uns allen seine unheiligen Wege aufzwingen.«

»Es sind Heiden, Sir.«

»Nicht alle so wie er. Hostite, ich befehle Ihnen, Hobart Conselline zu töten. Niemanden sonst aus seiner Familie; nur ihn.«

Hostite verneigte sich.

»Auf welche Weise, Sir?«

»Das liegt bei Ihnen.«

Sein letzter Auftrag. Danach sein eigener Tod. Und der Tod des Präsidenten, der seinen persönlichen Schwertmeister verlor, den Schatten des Meisters vom Schwert, den Schutz vor jener Gefahr, die von diesem ausging.

Er spürte, welche Ehre das bedeutete, und sie wärmte ihn. Der Tod war ihm seit Jahren nicht mehr fremd, und im Alter erwartete ihn ohnehin lediglich das Schwert eines anderen, sobald er einmal strauchelte. Das hier – das konnte er für sein Volk und seinen Glauben tun, und er lächelte fast, als er daran dachte.

»Gehen Sie jetzt«, befahl der Präsident, und Hostite zog sich zurück und überlegte bereits, wie er zu Werke gehen würde.

Alter Palast, Castle Rock

Hobart schleuderte seine Kleider wütend in den Wäschekorb. Jeden Tag wurde es schlimmer mit diesen verdammten Idioten!

Er zog die Fechtstrumpfhose an und begann mit den Übungen. Als die Tür geöffnet wurde, blickte er auf und erwartete, Iagin Persius zu sehen. Den Schwertmeister, der jetzt eintrat, kannte er jedoch nicht. Ein älterer Mann, ein bisschen stämmiger, gekleidet in geschmeidige schwarze Stretchsachen, mit einer komisch aussehenden Mütze und roten Pumps. Er hielt ein Schwert in der Hand, das keine Ähnlichkeit mit denen aufwies, die Hobart benutzte.

»Es ist Zeit«, sagte der Mann mit einer Stimme, weich wie Regenwasser.

»In Ordnung.« Hobart richtete sich auf und schob sich an ihm vorbei in den Fechtsaal. »Wo steckt der andere Schwertmeister? Ich habe mich an ihn gewöhnt.«

»Er ist indisponiert, Lord Conselline, und hat mich gebeten, ihn zu vertreten und Ihnen die Ungelegenheit zu ersparen, auf seine Genesung warten zu müssen.«

Hobart starrte ihn an. »Sie sind ganz gewiss förmlicher als er. Was halten Sie da für ein Schwert? Muss ich damit trainieren? Ich schätze, Sie möchten, dass ich den Umgang mit einer weiteren dummen, antiken Waffe erlerne …«

»Nicht, falls Sie es nicht wünschen. Welche Waffe ziehen Sie vor?«

»Das Rapier.« Hobart blickte sich um und stellte fest, dass auch sein Trainer nicht zugegen war; er musste sich also sein Sportgerät selbst holen, denn er glaubte nicht, dass dieser alte Mann ihm den Gefallen tun würde. Zu seiner Überraschung ging der Schwertmeister jedoch rasch zu den Ständern hinüber und brachte ihm ein Rapier – seine Lieblingswaffe, wie er sah – sowie eine Maske.

»Sie scheinen erzürnt«, sagte der Mann.

»Das bin ich«, bestätigte Hobart. Er wollte nicht darüber reden; er war zum Training gekommen, um seine Probleme eine Zeit lang zu vergessen – oder wenigstens zu ignorieren.

»Hat jemand Sie schlecht behandelt«, erkundigte sich der Schwertmeister.

»Ja – aber ich bin zum Fechten hier.«

»Natürlich. Verzeihung, Lord Conselline. Schwertmeister Iagin hat mir von Ihrer Hingabe, Ihrer Ernsthaftigkeit berichtet.«

»Hat er?« Hobart hatte nie richtig gewusst, ob er die Zustimmung des Schwertmeisters genoss, obwohl sich Iagin stets höflich und respektvoll gezeigt hatte.

»Ja … er sagte, Sie wären ungewöhnlich, ein Mann, der alles ernst nimmt.«

»Das trifft es wirklich gut.« Hobart rückte die Maske zurecht und wippte ein wenig, um die Knie zu lockern. Er hatte die Dehnübungen übersprungen, und falls Iagin ihn für ernsthaft hielt, dann trat er lieber auch so auf. »Nicht viele sind … Sie würden gar nicht glauben … nein, vergessen Sie es…«

»Aber falls Sie sich noch dehnen müssen – und falls Sie Ihren Geist mit einem Gespräch lockern müssen wie die Sehnen mit den Übungen, dann sollten Sie es tun, Mylord.«

»Oh – sehr gut.« Hobart legte vorsichtig das Schwert auf die Matte und bückte sich, um den eigenen Knöchel zu umklammern. »Ich hoffe, es langweilt Sie nicht, und Sie dürfen auch nicht vergessen, dass es vertraulich ist…«

»Selbstverständlich. Sie müssen das Handgelenk noch etwas mehr drehen, Mylord.«

»Es sind diese Idioten – diese Schwächlinge mit Stroh im Kopf, deren Aufstieg zu höchsten Ämtern ich gefördert habe. Ich habe sie zu dem gemacht, was sie sind, habe sie geleitet und gelehrt und geschniegelt, bis sie so weit waren, und jetzt, wo sie an der Macht sind … tun sie einfach nicht mehr, was man ihnen sagt!«

»Ah. Und jetzt, Mylord, noch einen Zentimeter weiter ziehen … ja. Und jetzt das andere Bein … vergessen Sie nicht, das Handgelenk so zu drehen, dass … ja.«

»Ich weiß nicht, woran es liegt, Schwertmeister, aber egal wie klug die Leute sind, wie viel Initiative sie gezeigt haben, als ich anfing, sie zu formen – kaum finden sie sich in einer Stellung mit echter Verantwortung wieder, wenden sie sich auch schon gegen mich. Aufsässig, arrogant, egoistisch…«

»Falls Sie den Kopf jetzt neigen können – ja, genau so! –, und noch ein bisschen mehr…«

»Eigentlich sollten sie meine Gefolgsleute sein, aber unterstützen sie mich? Nein. Sie rennen los und stellen dumme Sachen an wie dieser Idiot Orregiemos…«

»Und jetzt auf die andere Seite, Mylord…«

»Das reicht schon, damit selbst ein Heiliger Gift und Galle spuckt!«, fand Hobart. Erstaunlich, wie leicht man mit diesem Burschen reden konnte! Die Kombination aus dem warmen, stillen Raum und den vertrauten Gerüchen von Leder, Stahl, Öl, Sandelholz und Zeder – dazu die ruhigen, geduldigen, gleichmäßig zupackenden Hände des älteren Mannes, die ihm dazu verhalfen, eine Figur nach der anderen einzunehmen und damit Verspannungen zu lockern, die Hobart noch gar nicht gespürt hatte …

»Es ist schwierig, falls Untergebene nicht folgsam sind«, pflichtete ihm der Schwertmeister bei.

»Genau! Ich habe es mit Vernunft probiert, mit Schelte, sogar Drohungen …«

»Und sie widersetzen sich weiterhin.«

»Das tun sie wirklich! Falls sie nur erkennen würden, dass ich lediglich versuche, die Lage zu verbessern!«

Hostite hatte die Unterlagen studiert; er kannte Hobart Conselline so gut, wie es ging, wenn man nur die Aktenlage kannte. Wie sich ihm der Mann jetzt tatsächlich darbot, das erschreckte ihn jedoch. Hobart war so erbärmlich, so voller Zorn und Angst und Neid, dass die ganze Fechthalle danach stank. Hobarts Körper war von diesen Gefühlen steif und deformiert; schon die Gesichtsmuskeln drückten Wut und Angst aus.

Er war ein Hautsack voller Gift.

Als Verjüngter war er unsterblich, wie der Silber- und der Kobaltring in seinem Ohr der Welt prahlend verkündeten.

So alt und doch so voller Torheit. Wie Hostite sah, hatte Hobart nichts gelernt in all diesen Jahrzehnten erneuerter Frische, die er der Verjüngung verdankte.

Stolz … das war für ihn selbst ein Fallstrick, erinnerte sich Hostite. Ja, dieser Mann war stolz und bitter und zornig, aber warum? Hostite hatte noch nie jemanden getötet, ohne zu verstehen, *was* das Opfer zu dem gemacht hatte, was es war.

Er musste diesem Mann eine Chance geben zu begreifen, zu bereuen, obwohl er ihm keine Chance geben konnte oder durfte, zu entkommen. Er musste der Seele eine Chance geben, ohne dem Körper das Gleiche zu bieten.

Aber wie sollte er das bei einem Ungläubigen erreichen, der sich seiner Seele nicht bewusst war, der nichts anerkannte, was über den Körper hinausging? Hostite hatte im Verlauf der Jahre Ungläubige jeder Art studiert und herausgefunden, dass sie alle letztlich über irgendeinen Glauben verfügten, nur halt den falschen. Sie glaubten an Reichtum, an Sicherheit, an die Güte von Fremden oder sonst irgendetwas anderes als den Wahren Glauben. Und so ließ das, woran sie glaubten, sie letzten Endes im Stich, und sie stürzten …

Alles, was Lord Conselline äußerte, konnte als Beichte verstanden werden, aber bei einer echten Beichte wusste der Sünder, dass das, was er preisgab, Sünde war. Hobart schien das überhaupt nicht zu begreifen. Alles, was schief ging, war die Schuld eines anderen. Hostite spürte eine Woge des Mitgefühls für diese dummen, unkooperativen Menschen, die Lord Conselline so aufgebracht hatten. Auch sie waren Heiden und Feinde, und der Präsident hielt es vielleicht einmal für nötig, sie umzubringen, aber sie litten sicherlich an der langen Verbindung mit Lord Conselline.

Er hörte sich alles an, entlockte ihm allein durch seine Anwesenheit immer mehr – ein neutrales Ohr, dem Hobart unklugerweise vertraute. Hobarts Neid auf den eigenen Bruder und auf jeden anderen, dessen Persönlichkeit anziehend wirkte. Im Grunde Neid auf überhaupt jeden, denn Hobart entdeckte immer etwas, woraus ein anderer unverdienten Gewinn gezogen hatte. Stolz – ein Schwindel erregend großer Stolz, die

Gewissheit, selbst im Recht zu sein und in anderen nur moralische Schwäche zu entdecken. Zorn auf alle Welt, Habgier … denn nichts reichte jemals aus, nicht einmal einen Tag lang; Lust und ein starker Zug Grausamkeit, die sich daran ergötzte, andere zu demütigen. Und all das, jede schmutzige Einzelheit, war getränkt von Selbstbeweihräucherung.

Ein Schwertmeister musste wissen, wann es genug war, und Hostite erlebte diesen Augenblick der Offenbarung: Dieser Mann würde nie seine Irrtümer einsehen, nicht mal im Augenblick des Todes. Arme Seele, so gottverlassen, so ohne Hoffnung auf Besseres in der Ewigkeit, so unwissend! Aber Gott gewährte jeder Seele ausreichend Zeit, falls sie sie nur nutzte, und Lord Consellines Seele hatte die gleiche Chance gehabt – tatsächlich jahrelang –, um mehr Verständnis zu gewinnen.

»Kommen Sie jetzt, Lord Conselline«, sagte Hostite schließlich und wich zurück. »Inzwischen müssten Sie sich besser fühlen; Zeit für den Unterricht.«

»Ja, ich fühle mich besser.« Hobart richtete sich auf, das Rapier in der Hand, die Haltung etwas straffer als zuvor, der Verstand ein wenig klarer nach der Beichte seiner aktuellen Sünden, so unzureichend auch immer sie ausgefallen war.

»Es liegt nicht an Ihren Mitarbeitern«, sagte Hostite. »Es liegt an Ihnen.« Er war überzeugt, dass Conselline ihn nicht verstehen würde, aber er musste es versuchen.

»Was?« Lord Consellines Augen weiteten sich, als er die Bewegung des großen dunklen Schwerts sah, jenes Ausholen, das so viel Wucht versprach.

»Ihr Versagen.« Die Klinge sauste nach vorn; Lord Conselline versuchte sie mit dem Rapier abzuwehren, aber das Schwert zerschnitt dieses und setzte den Schwung fort. Conselline sprang zurück, den Mund zum Schrei geöffnet, und Hostite setzte nach, entschied sich, die Figur eher zu tanzen als einfach abzuschreiten. Er hörte die Musik in seinem Kopf, seine Lieblingsmusik, Lamberts »An einem Frühlingsmorgen die helle Trompete erschallt!«. Sein Nachsetzen und Hobarts Angst raubten diesem den Atem, und was ein Schrei hätte werden sollen, kam nur als Folge atemloser Quiekslaute hervor.

»Nein … was … tun Sie da? Hilfe … halt … Sicherheitsdienst!« Lord Conselline blickte von einer Seite zur anderen, erkennbar entsetzt, und riss eine andere Waffe aus dem Ständer.

»Ich bin Ihr Tod; Ihr Leben ist vorüber.« Ein weiterer Hieb durchtrennte ein Übungsflorett, als wäre es ein Grashalm. »Bitten Sie Ihren Gott um Vergebung.« Dieser Mann hatte keinen Gott, aber auch dazu musste Hostite ihm wenigstens Gelegenheit geben.

»Ich habe nichts getan!«, keuchte Lord Conselline. »Ich war es nicht! Tun Sie das …«

Hostite war noch nie jemand gewesen, der mit seinem Opfer spielte, sobald die Chance zu bereuen erst mal vorüber war; das große Schwert schlug mit einem Hieb Lord Consellines Kopf von den Schultern, und der beißende Gestank des Todes überwältigte den süßen würzigen Duft von Zedern- und Sandelholz.

Der Präsident im Ministerrat der Benignität der Wohltätigen Hand wandte sich vom Schreibtisch ab und blickte durch die hohen Fenster auf den formellen Garten hinaus. Ein heftiger Frühlingswind peitschte die Wipfel der Zypressen und wehte sogar einige Blütenblätter früher Rosen über die Kieswege. Von hier aus konnte der Präsident die Fontänen nicht sehen, aber vor dem geistigen Auge erblickte er trotzdem die Gischt, einen langen feuchten Schleier, der den Marmorrand der Kaskade glitschig machte, dahinter die Bänke, wo an schönen Tagen die alten Damen in ihren schwarzen Kleidern saßen und das Meer und die spielenden Kinder betrachteten. Der Präsident hob den Blick zum Horizont, zum blauen Meer, dessen glitzerndes Mosaik die Sonne in seine Augen reflektierte.

Er hatte ein insgesamt erfolgreiches Leben geführt, und da er gerade die letzte Beichte abgelegt hatte, war er sich dieses Lebens in seiner Gänze bewusst – einer nahezu abgeschlossenen Geschichte, die entscheidenden Augenblicke so klar, als hätte ein großer Künstler sie gemalt. Dieses und jenes hatte er gut gemacht, und dieses und jenes war ihm weniger gut gelungen. Zuzeiten hatte ihn die Gnade des Allmächtigen vor den Folgen eigener Fehler bewahrt, und zu anderen Gelegenheiten hatte er die Schuld für etwas auf sich genommen, was nicht er zu verantworten gehabt hatte. Nicht vor Gott natürlich, sondern vor der Benignität. Nichts anderes war zu erwarten gewesen, und er bereute nichts davon, denn Bereuen war nutzlos. Es war ein Leben von menschlichem Zuschnitt gewesen und erfüllt von menschlichem Inhalt, und er war glücklich darüber.

Wäre er geistig so beschaffen gewesen, dass er hätte bereuen können, dann hätte er diese letzte Notwendigkeit – beinahe – bereut. Es war nicht seine Schuld, dass die Regierenden Familias in die Hände Hobart Consellines gefallen waren und er, der Präsident, sich mangels einer erkennbaren Alternative gezwungen gesehen hatte, dessen Hinrichtung anzuordnen. Es hätte eine übernatürliche Begabung erfordert, all das vorherzusehen, was Conselline an die Macht gebracht und zu jemandem geformt hatte, der so gefährlich war und der Benignität so wenig Spielraum für Manöver ließ. Und niemand erwartete von einem Präsidenten übernatürliche Begabungen.

Nur musste er den Preis zahlen, wenn er versagte.

Wer in der Benignität lebte, unterlag seiner Macht, ohne Einschränkung; falls der Präsident befahl, dass ein Kartoffelbauer zum Wohl des Ganzen sterben musste, dann würde der Kartoffelbauer sterben, auf die angeordnete Art und zum angeordneten Zeitpunkt, und nicht anders sollte es sein. Vielleicht bedauerte er den Kartoffelbauern und dessen Gattin und schreiende Bälger, aber er würde die Tötung ohne Skrupel anordnen, und ohne Skrupel würde sie ausgeführt werden. Das war nicht mal grausam. Der Tod beendete jedes Leben; der Tod heilte die Kranken und die schlimm Verwundeten; der Tod öffnete das Tor zum ewigen Leben.

Aber außerhalb der Benignität … veränderten sich die Regeln. Zu konkurrieren, zu bekehren, sogar zu besetzen – das war zulässig. Zu korrumpieren und Geheimagenten einzusetzen, die Informationen beschafften und die Interessen der Benignität förderten – das war unvermeidlich. Aber die Ermordung eines auswärtigen Königs zu befehlen – wie immer die Ausländer ihre Staatsoberhäupter auch nannten, und sie gaben ihnen viele törichte Titel –, das bewies, dass ein Präsident versagt hatte: dass er nicht vorhergesehen hatte, welche Schwierigkeiten heraufzogen, dass er die Sache nicht anders hatte steuern können, dass er nicht durch Verstohlenheit oder Einflussnahme oder Einschüchterung getan hatte, was getan werden musste.

Trotzdem war kein Werkzeug, keine Methode verboten. Gott in Seiner Weisheit wusste, dass Notsituationen möglich waren. Falls ein ausländischer König sterben musste, um die Benignität zu schützen, dann konnte der Präsident den entsprechenden Befehl erteilen, und es würde geschehen.

Und der Präsident würde ebenfalls sterben, denn er hatte bewiesen, dass ihm die Eigenschaften eines Präsidenten abgingen. Ob er nun dumm war oder alt und müde oder von Ratgebern in die Irre geführt – darauf kam es nicht an: er hatte sein Volk enttäuscht und musste den Preis zahlen. Nicht unerwartet, nicht grausam, aber mit Gewissheit und im gebührenden zeremoniellen Rahmen.

Manche Präsidenten hatte solch eine Entscheidung nie fällen müssen, und es war schließlich die Häufung der Fehler, die sie zur letzten Beichte führte. Er hatte erwartet, dass es bei ihm genauso laufen würde, während die Jahre vorbeizogen, bis er dann zu spät erkannte, wohin Hobart Consellines Führung der Regierenden Familias letztlich führte. Im Augenblick der Erkenntnis hatte er auch die eigene Torheit erkannt, die eigene Blindheit: und das wäre eigentlich schon Jahre vorher möglich gewesen. Ob es den Lauf der Dinge nun verändert hätte oder nicht, das konnte er nicht wissen, und es war nicht von Bedeutung. Er hatte einen schweren Fehler begangen; er hatte sein Mögliches getan, um ihn zu beheben, aber das reichte nicht.

Heute hielten sich keine Wachleute im Zimmer auf. Er hatte die letzte Beichte abgelegt, und sein Herz war so leicht und sonnig wie der Frühlingswind.

Als er die Tür hörte, wandte er sich um. Manche hatten nicht hingesehen, aber er hatte noch nie Furcht vor dem Mann empfunden, der ihn töten würde – lediglich vor dem, der ihn verleitete, sein Volk zu enttäuschen.

Der Meister vom Schwert stand vor dem Schreibtisch, in förmlicher Kleidung, das dunkle Schwert in der Hand, das nicht zum Fechten diente.

»Sie kennen meine Gründe«, sagte der Präsident, ohne ihm in die Augen zu blicken. Es galt als unhöflich, den Blick zu erwidern; man hätte es als Flehen deuten können.

»Ja.«

»Ich habe meine Beichte abgelegt«, sagte der Präsident.

»Ja.« Der Meister vom Schwert trat zur Seite und hob die Waffe.

»Fiat…«

»… Nox.« Der Meister vom Schwert holte aus, und die Klinge, die schon das Leben von sechzehn Präsidenten genommen hatte, durchschnitt Haut und Sehne und Knochen so mühelos wie ein heißes Messer die Butter. Blut spritzte, als der Kopf dumpf auf die Tischplatte fiel und darüber hinwegrollte, aber Blut war an diesem Ort nichts Neues, und die Diener verstanden sich darauf, es wegzuwischen.

»In nomine Patrem«, sagte der Meister und grüßte *seinen* Meister. Er wischte das Schwert mit einem Stück scharlachroter Seide ab und legte diese Seide dann auf den Kopf des Präsidenten. »Requiescat in pacem.«

Wie er war, das nackte Schwert in der Hand, Flecken vom Blut Pietro Alberto Rossa-Votaris auf dem Umhang, verließ er das Büro, schritt durch das Vorzimmer – wo der Sekretär bereits nach den Dienern rief und bald die Familie informieren würde –, ging den Flur hinunter und betrat den Sitzungssaal der Regierung, wo die Minister darauf warteten, dass der Präsident erschien und die Sitzung eröffnete.

»Der Präsident hat seine letzte Beichte abgelegt«, kam er ohne Umschweife zur Sache. Gesichter wurden bleich, aber niemand sagte etwas. »Der Ministerrat wird einen neuen Präsidenten wählen«, stellte er fest. Besorgte Blicke wanderten vom einen zum anderen und zum Meister. Einige dieser Männer hatten noch nie eine Präsidentenwahl erlebt, hatte Rossa-Votari dieses Amt doch seit achtzehn Jahren ausgeübt. Der Schwertmeister stand an der Tür; er hatte nichts weiter zu sagen, als das leise Murmeln einsetzte, als sie ihn und sich gegenseitig anblickten ... ihm war egal, was sie taten, und nichts, was sie sagten, würde er je weitergeben, aber niemand von ihnen verließ dieses Zimmer lebend, bis einer von ihnen durch Akklamation zum neuen Präsidenten bestimmt worden war.

RSS *Rosa Gloria*

Das Schiff war erst seit ein paar Stunden im Abwärtssprung, als der Kommandant Barin und Esmay in sein Büro zitierte.

»Ich habe Nachrichten von Ihren Familien erhalten«, sagte er. Er wartete nicht erst auf eine Reaktion. »Es heißt dort, dass man Wichtigeres im Kopf hat als Sie beide. Man ist nicht glücklich über Ihre Entscheidung und billigt sie nicht, aber in der gegenwärtigen Notlage hat man nichts weiter vor, als darüber zu diskutieren. Miteinander.«

»Miteinander?«

»Ja. Sowohl Admiral Serrano als auch General Suiza haben das hier unterschrieben ...« Er überreichte ihnen den Ausdruck. »Tatsächlich sogar sämtliche Admirale Serrano und Generale Suiza … Ich weiß nicht, was Sie zu erreichen hofften, als sie gemeinsam durchbrannten, aber Sie scheinen eine beträchtliche Zahl hochrangiger Offiziere in zumindest einem Punkt vereint zu haben – dass Sie beide in Schwierigkeiten stecken.«

»Aber wir sind verheiratet«, stellte Barin fest.

»Das ist es wert«, sagte Esmay.

»Das sollte es lieber auch«, sagte der Kommandant. »Denn wenn sich mal alles beruhigt und es gerade weder Krieg gibt noch eine Meuterei noch Invasionen, Terroranschläge, Piraten oder sonstige Ablenkungen, dann werden sich Ihre Familien auf Sie stürzen wie zwei Planeten, die zusammenstoßen.«

Das war, überlegte Esmay, eine recht präzise Schilderung dessen, was zwischen Serranos und Suizas wahrscheinlich ohnehin geschehen würde, mal abgesehen von ihnen beiden.

»Verschwinden Sie jetzt aus meinem Büro und seien Sie weiter diese frustrierend tüchtigen Offiziere, als die Sie nun mal gelten müssen.«

Sie tollten nicht erfreut davon, denn Offiziere tollten nun mal nicht.

»Wenn sich mal alles beruhigt, was?«, sagte Barin lächelnd. »Das möchte ich erleben.«

»Falls sie so lange warten«, gab Esmay zu bedenken und stellte sich vor, wie ihr Vater und Onkel mit Barins Großmutter und Großonkel redeten. Falls sie einander nicht schnurstracks umgebracht hatten – und die gemeinsame Nachricht deutete an, dass das nicht geschehen war –, mit welcher gefährlichen Kombination sah sich das Universum hier konfrontiert?

»Sie gewöhnen sich daran«, fand Barin. »Wir waren

nicht halb so schlimm, wie wir hätten sein können – angenommen, ich hätte Casea geheiratet?«

Esmay sah ihn von der Seite an und platzte beinahe los. Eine Spur unterdrückten Kicherns folgte ihnen auf dem ganzen Weg zu ihrer Kabine, die zwar winzig war, aber für den unmittelbaren Zweck durchaus geeignet.

Abwechslungsreich und farbenfroh:
für alle Leser von Peter Hamilton.

Samarkand ist eine lebensfeindliche Welt, die terrageformt werden soll. Erste Erfolge stellen sich ein, doch dann geschieht ein katastrophaler Unfall, der jedes menschliche Wesen auf Samarkand tötet.
Ian Cormac, seit dreißig Jahren dauerhaft mit einem galaxisweiten Computersystem vernetzt, wird nach Samarkand geschickt. Dort findet er zwei menschenähnliche Kreaturen, ein Dienerwesen und den sogenannten DRACHEN, eine monströse außerirdische Lebensform – die sich bald als künstliche Intelligenz erweist. Doch wer hat den Drachen erbaut, und zu welchem Zweck?

3–404–23242–9

BASTEI LÜBBE

David Weber
HONOR HARRINGTON
Die Ehre der Königin
Roman
BASTEI

David Weber
HONOR HARRINGTON
Ein schneller Sieg
Roman
BASTEI LÜBBE

David Weber
HONOR HARRINGTON
Mit Schimpf und Schande
Roman
BASTEI LÜBBE

David Weber
HONOR HARRINGTON
Im Exil
Roman
BASTEI LÜBBE